SHICI PINGZE YUNHUI

诗词平仄韵汇

周鸾昌　编　著

山东大学出版社

图书在版编目(CIP)数据

诗词平仄韵汇/周鸾昌编著.—济南:山东大学出版社,2008.4(2014.2重印)
ISBN 978-7-5607-3538-2

Ⅰ.诗...
Ⅱ.周...
Ⅲ.诗律-韵书-中国
Ⅳ.I207.21

中国版本图书馆CIP数据核字(2008)第008867号

山东大学出版社出版发行
(山东省济南市山大南路27号　邮政编码:250100)
山东省新华书店经销
泰安农大印刷有限公司印刷
850×1168毫米　1/32　12印张　599千字
2008年4月第1版　2014年2月第4次印刷
定价:35.00元

序 言

周莺昌教授已年逾古稀，本可赋闲在家，颐养天年，尽享天伦之乐，可是他出于对诗词的热爱和对广大诗词爱好者的关心，凭着自己扎实的古典诗词功底，历时一年精心编著了这部《诗词平仄韵汇》。

作者对诗词平仄韵律是很熟悉的。他从四岁起就跟着母亲学诗于炕头锅台之间，五岁时就能熟背《五言千家诗》以及曹植的《七步诗》和岳飞的《满江红》词等。十二岁时就读完“四书五经”，熟背《唐宋诗集》以及“大韵”即《十三经歌诀标射谱》。八岁时他被兖州府庠生杨怀忠老先生免费收为弟子，学业大进。十一岁时所作《文犹质也》（文言论文）以及五言律诗《儿童冬学闹比邻》，一时名震兖府城南。建国初期，在大学里他又专攻宋词。“文革”前后，他虽干了二十多年的政治工作，脱离了教学，但于1984年又调进大学里教学，并任文史教研室主任。中文各科课程全都教过，其文学作品、论文（诗论、文论）有不少在国家级报刊上发表，所以说，他对诗词格律是有坚实的基础的。

据说，周教授于在职时曾经历了一件憾事：新分配到学校任教的一位中文教师（大学中文本科毕业生）对分担的教学计划中安排的诗词理论课，由于不懂平仄的韵律，竟然自己任意删掉不讲。对此，他感慨良多。离休后，他在当地老年书会讲书画课，同时在社会上更接触不少高考落榜青年或因考上大学而交不起学费的失学青年，了解到社会上有这么多热爱格律诗词的人，他们想自学却没有材料，仿写出来的都是五言或七言的顺口溜，于是周教授就萌生出写一部韵书的念头。

作者本人学格律诗词时所学过、用过的《诗韵集成》、《诗韵合璧》以及他少年时代就能熟背熟用的《十三经歌诀标射谱》，可惜“文革”期间都被“造反派”搜走，有的当即烧掉，有的不知去向。鉴于此，他于书画活动之余，在一年中编著成一部近60万字的韵书，可谓一大贡献。是为序以赞誉之。

班继随

2007年7月10日

前 言

近几年来，诵读旧诗词、品味旧诗词、学习写作旧诗词者越来越多了，老年人、中年人、青少年都有，若按各年龄段所占之比例，恐怕老年人居多。原因没有细究，我想主要是国泰民康、年丰物阜、人们文化水平提高了的缘故。但在这些诗词爱好者当中，由于历史的、社会的原因，老年人绝大部分是离退休的干部和职工，大部分学历较低。他们离岗在家，无事还闲不惯，只有看看报纸、练练书画，再就是阅读或背诵些诗词。其中也有不少人，大胆模仿、习作些诗词，而真正能写作、发表诗词的人，当然还是那些为数很少的老知识分子。中青年人由于接触古典文学较少，市场上也缺少可供自学诗词韵律的书籍，想写又不懂韵律。因此，无论老年人、中年人还是青少年，都希望能有一部论述诗词韵律的书籍问世，以指导自己学习诗作。

要学习韵律，必须先弄懂文学体裁。不懂文学体裁说不定就会闹出要“改革”格律诗词的笑话。文学体裁即文学样式，或文章形式，它分诗歌、小说、戏剧、散文。讲究格律的诗和讲究格律的词，都属诗歌种类，都是诗歌的一种形式。就其体式而言，可分为旧体诗、旧体词和新体诗、新体词两大类。旧体诗又可分为古体诗（亦名古风）和近体诗（也叫今体诗）。近体诗的近，古体诗的古，这是就其产生的时间远近来说的。近体诗起于齐梁，流行于“初唐四杰”时代，及至开元、天宝时代却展布了种种诗坛的波涛壮阔的伟观，呈现出开元、天宝这个近体诗的黄金时代。它又分律诗和绝句两体，所以近体诗又叫格律诗。旧词同旧诗一样，也是以古代汉语即文言为其语言表现形式的，新词也同新诗一样，也是以现代汉语即白话为其语言表现形式的。旧体词，兴起于唐代，经过五代的发展，极盛于宋代，是一种配合音乐可以歌唱的乐府诗。由于词和音乐有着极其密切的关系，从而产生了严格的声律和种种形式上的特点。每个词调都有它的固定形式，即“调有定句，句有定字，字有定声”。为了适应乐曲的节拍，词的句子多数是长短不齐，韵位也是参差不同的。为了配合乐曲的音调，加强乐曲的音乐性，词中所有的字除分平仄外，有些还分四声。由于词必须受声律的约束，所以前人把作词称为“倚声填词”或“按谱填词”。这些严格的声律，使词比诗更具有音乐性，所以填词比赋诗的难度更大。

对旧体诗词作此简要介绍，目的在于对爱读、爱学、心愿习作旧体诗词者指出一条必经的门径：必须先搞懂汉字原来应读的平、上、去、入四声，掌握格律诗词的平仄规则，弄通声律、韵律。同时也是对于盲喊“格律诗词要改革”者指出错误之所在。

格律诗词是一种文体，它是随着社会生活的改变而不断丰富、发展、演变和消亡的。开我国文体研究之先河的是曹丕，他把文体分为四类：①奏议；②书论；③铭诔；④诗赋。到清代姚鼐编辑的《古文辞类纂》又将文体分为十三类，他把奏议列入第三类，诏令(圣旨)列入第六类，辞赋列入第十二类。诗赋和词赋与格律诗词同样都是韵文。就奏议、诏令(圣旨)而论，一是臣子写给皇帝的书信或公文，一是皇帝写给臣下的书信及命令。可现在是中国共产党执政，人民当家作主，皇帝已不复存在，这两种文体就随着皇帝的消亡而消亡了，难道还能保留“奏议”、“圣旨”这两种文体名称而对其进行改革吗？

现在喜读学作旧体诗词的人逐年增加，书画界的领导者也倡导书画家们和热爱书画、习学书画的人学习、创作格律诗词。近年来，全国书画展览所展出的作品，特别是书法作品，多是半成品，其内容大都是抄的唐诗宋词和毛主席诗词以及著名的诗家和词家的作品，只是其字是今天的书法家或书写者自己写的。因而我认为应在书画界和广大书画爱好者中兴起学习创作格律诗词的热潮。

编著这部《诗词平仄韵汇》，其目的就是帮助学习格律诗词者了解认识平仄韵律，辨认查阅诗词所用字的四种声调及其组字成句的声律。它是一部对于汉字依韵序编排的韵书，是依据《平水新刊韵略》之韵序，将《新华字典》上的全部单字分别编入106个韵部里的，并且又依次增补在韵部里共1300余字。《新华字典》所收单字共计11100左右，《诗词平仄韵汇》共收12400余字，比《新华字典》所收单字要多1300字，应该认定是一部学习、创作格律诗词必备的韵典。

由于水平和时间所限，错误之处在所难免，诚望读者指正，以便再版时修订。

周鸾昌

2007年12月16日

凡例

1. 本韵书共收入单字12400个左右，依据《平水新刊韵略》之韵序编排，将所收单字分别编入106个韵部里，以便于广大古典诗词爱好者阅读参考。

2. 本韵书字音依据现代汉语普通话的语音系统，字头后用汉语拼音字母注音。字头用四声即阴平、阳平、上声、去声分别注音，除轻声外，每个注音都按现代汉语普通话的读音分别标出声调符号。对于一些重点词或某些易产生误读的词，还特别进行标音，其中“·”表示后面的音节读轻声。

3. 本韵书共106个韵部，是写作诗词用的平水韵，共分平、上、去、入四个声韵。平声韵又分为上平声、下平声，各15韵；上声29韵，去声30韵，入声17韵，上、去、入都是仄声韵。

4. 本韵书的字头用大字号排印，后附繁体字、异体字，外加圆括号。需要说明的是，对偏旁繁写的字不再注明其繁写形式。有些繁体字或异体字的左上方标有义项数码①②③……，表示该字只适用于某个或某几个义项。有些异体字的左上方标有“△”，表示该字另外也做字头。

5. 每韵的单字有几个音的，就列为几个字头，并在注音前面用汉字圈码㊀㊁㊂……标明次第，并在释文之后附列其余的读音及其所见页码。如“峒”的第一音读“dòng”，就在该注音前标㊀；其第二音读“tóng”，故在该注音前标㊁。

6. 一字有旧读、又音、俗读的，不再另立字头，只在字头后加括号标注其读音。

7. 字头有多义项者，用❶❷❸……分条注解。一个义项中又分若干项的，用1、2、3……加以区分。【 】中的复音词，如分条注解，也用1、2、3……表示。

8. 注解中[引]、[喻]、[转]、[连]的用法如下：

[引]表示由原义引申出来的意义。如第2页“躬”字条❶义下，“[引]自身，亲自”便是由“身体”引申出来的。

[喻]表示由比喻形成的意义。如第8页“胸”字条【胸襟】下注“[喻]气量，抱负”。

[转]表示由原义、故事、成语等转化而成的意义。如第2页“红”字条❶义下注“[转]1. 喜庆。2. 革命的。3. 象征顺利、成功”。

[连]表示本字可以与一个意义相同或相近的字并列起来构成一个大致同义的词。如第7页“容”字条❹义下“[连]～貌”。

9. 注解中的(叠)、〈方〉、〈古〉的用法如下：

(叠)表示本字可以重叠起来构成大致同义的词。

〈方〉表示本字是方言地区使用的字或者本义项所注的是方言地区的用法。

〈古〉表示本字是古代用的字或者本义项所注的是古代的用法。

10. 在注解后举例中，用“～”代替本字。一个“～”只代表一个字。例词、例句不止一个例的，中间用“｜”号隔开。

索 引

上平声

下平声

上声

去声

入声

东（東） dōng ❶方向，太阳出来的那一边，跟“西”相对：～方红，太阳升。【东西】物件，有时也指人或动物。❷主人：房～。

岽（崬） dōng 【岽罗】地名，在广西壮族自治区扶绥县。今作“东罗”。

鸫（鶇） dōng 鸟名，种类很多，羽毛多淡褐色，春日多善鸣，食昆虫，是益鸟。

充 chōng ❶满，足（连～足）：～其量｜理由～分｜内容～实。❷填满，装满：～满愉快的心情｜～耳不闻。❸当，担任：～当｜～任。❹假装：～行家｜～能干。

茺 chōng 【茺蔚】（chōng wèi）就是益母草，一年或二年生草本植物，茎方柱形，叶掌状分裂，花红色或白色。茎、叶、子实都可入药。

冲 chōng ❶用液体浇，水撞击：～茶｜用水～服｜这道堤不怕水～。【冲淡】加多液体，降低浓度。喻降低严肃性或严重性。❷向上钻：～入云霄。

忡 chōng 忧虑不安：忧心～～。

翀 chōng 向上直飞。

虫 chóng 虫子，昆虫。【大虫】老虎。

种 chóng 姓。

崇 chóng ❶高：～山峻岭｜～高的品质。❷尊重：推～｜～拜｜尊～。

匆（怱、悤） cōng 急促：～忙｜来去～～。

葱（蔥） cōng ❶多年生草本植物，叶圆筒状，中空，开白色小花。茎叶有辣味，是常吃的蔬菜。❷青色：～翠。

囱 cōng 烟囱，炉灶出烟的通路。

骢 cōng 青白色相杂的马。

聪（聰） cōng ❶听觉灵敏：耳～目明。❷聪明，智力强：～颖｜有实践经验的战士最～明。

丛（叢、菆） cóng ❶聚集，许多事物凑在一起：草木～生｜百事～集。❷聚在一起的人或物：人～｜草～。

漎 cóng ❶小水汇入大水。❷水声。

丰（❷豐） fēng ❶容貌好看。❷盛，多（连～盛）：～年｜～衣足食。【丰采】【丰姿】见本页“风”字条“风采”、“风姿”。

沣（灃） fēng 【沣水】水名，在陕西省。

风（風） fēng ❶跟地面大致平行的空气流动的现象：北～｜旋（xuàn）～｜刮一阵～。引像风那样快，那样普遍：～行。【风头】1. 指有关个人利害的情势：不要看～～办事。2. 出风头，当众表现自己：～～主义对工作是有害的。【风化】1. 教化。2. 地质学上称岩石因长期受风雨侵蚀而分解崩溃。3. 化学上称结晶体在空气中因失去结晶水而分解。❷消息：闻～而至。❸没有确实根据的：～传｜～闻。❹表现在外的景象或态度：～景｜～光｜作～｜～度。【风采】风度神采。也作“丰采”。【风姿】风度姿态。也作“丰姿”。❺风气，习俗：世～｜转变～气｜勤俭成～。❻病名：抽～｜羊痫（xián）～。❼古代称民歌：国～｜采～。〈古〉又同“讽”（fěng），亦同“疯”。

沨 fēng 水声。

枫 fēng 也叫枫香，落叶乔木，春季开花。叶子掌状三裂。秋季变红色，故又名红叶。

砜 fēng 硫酰基与烃基或芳香基结合成的有机化合物，如二甲砜、二苯砜。

疯 fēng 一种精神病，患者精神错乱、失常（连～癫｜～狂）。喻 1. 指农作物生长旺盛不结果实：长～杈｜棉花长～了。2. 言行狂妄：～言～语｜打退敌人的～狂进攻。

讽 ㊀fěng ❶不看着书本念，背书（连～诵）。❷用含蓄的话劝告或讥刺（连讥～）：～刺｜冷嘲热～。㊁fèng 送韵。

酆 fēng 【酆都】县名,在四川省。今作"丰都"。

冯 féng 姓。〈古〉又同"凭"(píng),蒸韵。

工 gōng ❶工人:矿~|技~|~农联盟。【工人阶级】即无产阶级,是我国的领导阶级。❷工业:化~|~商界。❸工作,工程:做~|~具|手~。【工程】关于制造、建筑、开矿等,按一定计划进行的工作:土木~~|水利~~。❹精细:~笔画。❺善于,长于:~书善画。❻旧时乐谱记音符号的一个,相当于简谱的"3"。【工尺】(gōng chě)我国旧有的音乐记谱符号,计有合、四、一、上、尺(chě)、工、凡、六、五、乙,相当于简谱的5,6,7,1,2,3,4,5,6,7。"工尺"是这些符号的总称。

功 gōng ❶功劳,贡献较大的成绩:记大~一次|立~。【功臣】封建时代指为皇帝效劳有功的官僚,现在指对人民革命事业有特殊功劳的人。❷【功夫】【工夫】(gōng·fu)1.长期努力实践或长期努力实践的成果(多用"功夫"):~~深。2.时间(多用"工夫"):有~~来一趟。❸成就,成效:成~|徒劳无~。❹物理学上指度量能量转换的量。在外力作用下使物体顺力的方向移动,机械功的大小就等于这个力和物体移动距离的乘积。

红 ㊀gōng 【女红】旧指女子所做的缝纫、刺绣等工作。也作"女工"。㊁hóng 东韵。

攻 gōng ❶攻击,打击,进击,跟"守"相对:~守同盟|~势|~城。引 指责别人的错误:~人之短。❷致力研究:~读|专~化学。

弓 gōng ❶射箭或发弹丸的器具:弹~|~箭。❷(~子)像弓的用具:胡琴~子。❸旧时丈量地亩的器具和计算单位。一弓约等于五尺。二百四十弓(平方弓)为一亩。❹弯曲:~腰。

躬(躳) gōng ❶身体。引 自身,亲自:~行|~耕。❷弯曲身体:~身。

公 gōng ❶跟"私"相对:大~无私|立党为~。❷公平,公道:买卖~平|办事~道。❸让大家知道:~开|~告|~布。❹共同的,大家承认的,大多数适用的:~海|爱国~约|几何~理。❺指公制的计量单位:~里|~尺|~斤。❻属于国家的或集体的事:~文|办~|因~出差。❼雄性的:~鸡|~羊。❽对祖辈和年老男人的称呼:外~|老~~。❾丈夫的父亲:~婆|~~。❿我国古代五等爵位(公、侯、伯、子、男)的第一等。

蚣 gōng 见本书第36页"蜈"字条"蜈蚣"(wú·gong)。

宫 gōng ❶房屋,封建时代专指帝王的住所:故~。❷神话中神仙居住的房屋或庙宇的名称。❸一些文化娱乐场所的名称:少年~|文化~。❹宫刑,古代阉割生殖器的残酷肉刑。❺古代五音"宫、商、角、徵(zhǐ)、羽"之一。

红 ㊀hóng ❶像鲜血那样的颜色。转 1.喜庆:办~事。2.革命的:~军|~色政权。3.象征顺利、成功:开门~。❷指人受宠信:~人。㊁gōng 东韵。

荭 hóng 【荭草】一种供观赏的草本植物。

虹 ㊀hóng 雨后天空中出现的彩色圆弧,有红、橙、黄、绿、蓝、靛、紫七种颜色。是由大气中的小水珠经日光照射发生折射和反射作用而形成的。这种圆弧常出现两个:红色在外,紫色在内,颜色鲜艳的叫"虹",也叫"正虹";红色在内,紫色在外,颜色较淡的叫"霓",也叫"副虹"。㊁jiàng 绛韵。

鸿 hóng ❶鸿雁,就是"大雁"。【鸿毛】喻 轻微:轻于~~。❷大:~图。【鸿沟】楚汉(项羽跟刘邦)分界的一条河。喻 明显的界限。

洪 hóng ❶大:~水。❷大水:山~|~峰|溢~道。

葓 hóng 同"荭"(hóng)。

蕻 ㊁hóng 雪里蕻,就是"雪里红",草本植物,茎叶可以吃。㊀hòng 送韵。

讧 ㊁hòng 争吵,混乱:内~。㊀hǒng 送韵。

空 ㊀kōng ❶里面没有东西或没有内容,不合实际的:~房子|~碗|~话|~想|

～谈。【空洞】没有内容的：他说的话都很～～。【空头】不发生作用的，有名无实的：～～支票。【凭空】无根据：～～捏造。【真空】没有空气的空间：～～管。❷白白地：～跑了一趟。❸天空：航～。【空间】一切物质存在和运动所占的地方。【空气】包围在地球表面，充满空间的气体。它是氮、氧和一些惰性气体的混合物。喻情势：～～紧张。㊁kòng 送韵。

崆 kōng 【崆峒】（kōng tóng）1. 山名，在甘肃省。2. 岛名，在山东省烟台市。

箜 kōng 【箜篌】（kōng hóu）古代弦乐器，像瑟而比较小。

咙（嚨）lóng 见第 132 页“喉”字条“喉咙”（hóu lóng）。

泷（瀧）㊀lóng 急流的水。【七里泷】地名，在浙江省。㊁shuāng 江韵。

珑（瓏）lóng 见第 124 页“玲”字条“玲珑”（líng lóng）。

栊（櫳）lóng ❶窗。❷养兽的栅栏。

昽（曨）lóng 见本页“曚”字条“曚昽”（méng lóng）。

胧（朧）lóng 见本页“朦”字条“朦胧”（méng lóng）。

砻（礱）lóng ❶去掉稻壳的器具。❷用砻去掉稻壳：～谷舂米。

眬（矓）lóng 【蒙眬】（méng lóng）目不明：睡眼～～。

聋（聾）lóng 耳朵听不见声音：他耳朵～了。

笼（籠）㊀lóng ❶（～子｜～儿）养鸟、虫的器具，用竹、木条或金属丝等编插而成：鸟～子｜鸡～。引旧时囚禁犯人的东西：囚～。❷用竹、木等材料制成的有盖的蒸东西的器具：蒸～｜～屉。㊁lǒng 董韵。

隆 lóng ❶盛大，厚，程度深：～冬｜～寒｜～重的典礼。❷兴盛（连～盛｜兴～）。❸高：～起。

癃 lóng ❶古指年老衰弱多病。❷癃闭，中医指小便不通的病。

窿 lóng 〈方〉煤矿坑道。

蒙（矇）㊀mēng ❶欺骗：别～人｜谁也～不住他。❷昏迷：他被球打～了。❸胡乱猜测：这回叫你～对了。㊁méng 东韵。㊂měng 董韵。

蒙（㊀❹△濛、㊀❺朦）㊀méng ❶没有知识，愚昧：启～｜发～｜～昧。❷遮盖起来：～头盖脑｜～上一张纸。【蒙蔽】隐瞒事实，欺骗。❸受：承～招待，感谢之至｜～难（nàn）。❹形容雨点细小：～～细雨。❺【蒙眬】【朦胧】目不明：睡眼～～。㊁měng 董韵。

幪 méng 【帡幪】（píng méng）古代称覆盖用的东西，如帐幕等。

獴 méng 哺乳动物的一类，身体长，脚短，嘴尖，耳朵小，捕食蛇、蟹等，如蟹獴。

濛 méng 同“蒙㊀❹”。【空濛】形容景色迷茫：山色～～。

檬 méng 【柠檬】（níng méng）常绿小乔木，生产于热带、亚热带。果实也叫柠檬。

曚 méng 【曚昽】（méng lóng）日光不明。

朦 méng 【朦胧】（méng lóng）1. 月光不明。2. 不清楚，模糊。

礞 méng 【礞石】矿物名，有青、白两种。煅后为金礞石。可入药。

艨（△蒙）méng 【艨艟】（蒙衝）（méng chōng）古代的一种战船。亦作“蒙衝”。又读 měng。

芃 péng 【芃芃】形容草木茂盛。

蓬 péng ❶飞蓬，多年生草本植物，开白花，叶子像柳叶，子实有毛。❷散乱：～头散发｜乱～～的茅草。【蓬松】松散（指毛发或茅草）。【蓬勃】（péng bó）旺盛：～～发展｜朝气～～。

篷 péng ❶张盖在上面，遮蔽日光、风、雨的东西，用竹篾、苇席、布等做成。❷船帆：扯起～来。

穷（窮）qióng ❶缺乏财物（连贫～）：～人大翻身｜他过去很～。❷环境恶劣，没有出路：～困。❸达到极点：～凶极恶。❹完了：理屈词～｜无～无尽｜日暮途～。❺推究到极点:～物之理。

䓖(藭) qióng 见第5页“芎”字条“芎䓖”(xiōng qióng)。

穹 qióng 高起成拱形,隆起:～苍(苍天)。

戎 róng ❶军队,军事:从～|～装。❷我国古代称西部的民族。

绒(羢、毧) róng ❶柔软细小的毛:～毛|驼～|棉～。❷带绒毛的纺织品。

茸 róng 草初生的样子:绿～～的草地。【鹿茸】带细毛的才生出来的鹿角,可以入药。

融 róng ❶固体受热变软或变为流体(连～化):太阳一晒,雪就～了|蜡烛遇热就要～化。❷融合,调和:～洽|水乳交～|～会贯通。❸流通。【金融】货币的流通,即汇兑、借贷、储蓄等经济活动的总称。

菘 sōng 〈方〉菘菜,二年生草本植物,开黄花,叶可以吃。

嵩(崧) sōng ❶嵩山,五岳中的中岳,在河南省登封县北。❷高。

熥 tēng 把熟的食物蒸热:～馒头。

通 ㊀tōng ❶没有阻碍,可以穿过,能够达到:～行|条条大路～罗马|四～八达|～车|～风。引 1.顺,指文章合语法,合事理。2.彻底明了,懂得:精～业务|他～三国文字。3.四通八达的,不闭塞的:～都大邑。【通过】1.穿过去,走过去:火车～～南京长江大桥。2.经过:～～学习提高政治觉悟。3.提案经过讨论大家同意:～～一项议案。【通融】破例迁就。引 适当互助,以有易无:新式农具不够,大家～～着用。❷传达:～报|～告|～信。【通知】1.传达使知道:～～他一声。2.传达事项的文件:发～～|开会～～。❸往来交接:～商|互～情报。❹普遍,全:～病|～共|～盘计划|～力合作。【通俗】浅显的,适合于一般文化程度的:～～读物。㊁tòng 送韵。

樋 tōng 树名。

痌 tōng 痛:～瘝(guān)在抱(喻关怀人的疾苦如同身受)。

仝 tóng ❶同“同”。❷姓。

砼 tóng 混凝土。

同 ㊀tóng ❶一样,没有差异:～等|～岁|～感|大～小异。【同化】1.生物体将从食物中摄取的养料转化成自身细胞的成分并储存能量。2.使与本身不同的事物变成跟本身相同的事物。【同情】和对方起同样的情感:我们～～并支持一切反殖民主义的斗争。【同志】一般指志同道合的,为共同的理想、事业而奋斗的人。特指同一个政党的成员。【同时】1.在同一个时候。2.表示进一层,并且:修好淮河可以防止水灾,～～还可以防止旱灾。❷共,在一起:～学|～事。❸和,跟:我～你一起去。㊁tòng 送韵。

侗 ㊀tóng 旧指童蒙无知。㊁dòng 送韵。㊂tǒng 董韵。

峒 ㊀tóng 见第3页“崆”字条“崆峒”(kōng tóng)。㊁dòng 送韵。

茼 tóng 【茼蒿】(tóng hāo)一年生或二年生草本植物,花黄色或白色,茎叶嫩时可吃。

桐 tóng 植物名:1.泡(pāo)桐,落叶乔木,开白色或紫色花,是较好的固沙防风树木。木材可做琴、船、箱等物。2.油桐,也叫桐油树,落叶乔木,花白色,有红色斑点,果实近球形,顶端尖。种子榨的油叫桐油,可做涂料。3.梧桐。

烔 tóng 【烔炀河】地名,在安徽省巢县。

铜 tóng 一种金属元素,符号Cu,赤色有光泽,富延展性,是热和电的良导体。在湿空气中易生铜绿,遇醋起化学作用应生醋酸铜,有毒。铜可制各种合金、电业器材、器皿、机械等。

酮 tóng 有机化合物的一类,通式R—CO—R′。酮类中的丙酮是工业上常用的溶剂。

鲖 tóng 【鲖城】地名,在安徽省临泉县。

垌 ㊀tóng 【垌塚】地名,在湖北省汉川县。㊁tǒng 董韵。㊂dòng 送韵。

童 tóng　儿童，小孩子：～谣。引 1.未长成的，幼：～牛（没有生角的小牛）。2.未结婚的。3.秃的：～山（没有草木的山）。

僮 tóng　封建时代受役使的未成年的人：书～。〈古〉又同"童"。

潼 tóng　【潼关】县名，在陕西省。

曈 tóng　【曈昽】（tóng lóng）天将亮的样子。

瞳 tóng　【瞳孔】眼球中央的小孔，可以随着光线的强弱缩小或扩大。俗叫"瞳人"。

筒 ㊀tóng　❶竹管。按《吕览·适音》云，黄帝命伶伦制十二筒，以别十二律。今凡截竹为筒，其管之圆而空者，俗皆谓之竹筒。❷射筒，竹名。《异物志》："射～竹，细小，通常无节。出交趾。"❸郫筒，盛酒器。《韵府》："蜀郫县大竹，截为～，盛酒，曰郫～。"㊁tǒng 董韵。

翁 wēng　❶老头儿：渔～｜老～。❷父亲。❸丈夫的父亲或妻子的父亲：～姑（公婆）｜～婿。

滃 ㊀wēng　【滃江】水名，在广东省。㊁wěng 董韵。

嗡 wēng　象声词：飞机～～响｜蜜蜂～～地飞。

鹟 wēng　鸟名，身体小，嘴稍扁平，吃害虫，是益鸟。

鞥 wēng　〈方〉靴鞥（yào）。

芎 xiōng　【芎䓖】（xiōng qióng）多年生草本植物，叶子像芹菜，秋天开白花，全草有香气，地下茎可入药。也叫"川芎"。

雄 xióng　❶公的，阳性的，跟"雌"相对：～鸡｜～蕊。❷强有力的：～师｜～辩｜～赳赳。❸宏伟，有气魄的：～心｜～伟。

熊 xióng　哺乳动物，种类很多，体大，尾短，能直立行走，也能攀登树木。【熊猫】也叫"大熊猫"、"猫熊"，哺乳动物，体肥胖，形状像熊而略小，尾短，眼周、耳、前后肢和肩部黑色，其余均为白色。毛密而有光泽，耐寒。喜食竹叶、竹笋。生活在我国西南地区，是我国特有的珍贵动物。【熊熊】火光旺盛。

中 ㊀zhōng　❶和四方、上下或两端距离同等的位置：～央｜～心｜路～。【中央】1.中心的地方。2.党组织、国家政权等的最高领导机构：党～～。【中人】旧时为双方介绍买卖、调解纠纷等并做见证的人。❷在一定的范围内，里面：空～｜房～｜水～。❸性质、等级在两端之间的：～等｜～学｜～流货。❹表示动作正在进行：在研究～｜在印刷～。❺中国的简称：古今～外｜～文。❻适于，合于：～看｜～听。【中用】有用，有能力。❼〈方〉成，行，好：～不～？～。㊁zhòng 送韵。

忠 zhōng　赤诚无私，诚心尽力。在阶级社会中，忠具有鲜明的阶级性：～于人民｜～于祖国。

盅 zhōng　饮酒或饮茶用的没有把儿的小杯子。

衷 zhōng　内心：由～之言｜苦～｜～心拥护。

终 zhōng　❶末了（liǎo），完了：～点｜年～。转 人死：临～。❷从开始到末了：～日｜～年｜～生。

螽 zhōng　【螽斯】一种害虫，身体绿色或褐色，善跳跃，吃农作物。雄的前翅有发声器，颤动翅膀能发声。

棕（椶） zōng　指棕榈（lǘ）树或棕毛。【棕榈】常绿乔木，叶鞘上的毛叫棕毛，可以打绳、制刷子等。叶子可以做扇子。木材可以制器物。

冬(❷鼕) dōng ❶四季中的第四季，气候最冷：过～|隆～。❷象声词，敲鼓声(叠)。【冬烘】思想迂腐，知识浅陋。

咚 dōng 象声词，重东西落下声。

氡 dōng 一种放射性元素，符号Rn，无色无臭，不易跟其他元素化合，在真空玻璃管中能发荧光。地下水含氡量异常，是发生地震的一种征兆。

冲(衝) chōng ❶通行的大道：要～|这是～要地方。❷快速向前闯：～锋|～入敌阵|横～直撞。

舂 chōng 把谷类的皮捣掉：～米。

憧 chōng 心意不定。【憧憧】往来不定，摇曳不定：人影～～。【憧憬】(chōng jǐng)向往。

艟(衝) chōng 【艨艟】见第3页"艨"字条"艨艟"(méng chōng)。

重 ㊀chóng ❶重复，再：书买～了|～新建筑|～整旗鼓。【重阳】夏历九月九日。❷层：双～领导|～～围住。㊀zhòng 送韵。

从(從) ㊀cōng 【从容】不慌不忙：举止～～|～～不迫。[引]充裕：手头～～|时间～～。㊀cóng 冬韵。

苁(蓯) cōng 【苁蓉】(cōng róng)植物名：1.草苁蓉，一种寄生植物，叶、茎黄褐色，花淡紫色。2.肉苁蓉，一种寄生植物，茎和叶黄褐色，花紫褐色，茎可入药。

枞(樅) ㊀cōng 又叫"冷杉"，常绿乔木，果实椭圆形，暗紫色。木材可制器具，又可做建筑材料。㊀zōng 冬韵。

从(從) ㊀cóng ❶跟随：愿～其后。❷依顺：言听计～|服～领导。❸参与：～公|～事|～军。❹自，由：～南到北|～古到今。【从来】向来，一向：他～～不为个人打算。【从而】由此：坚持学习马列，～～提高了阶级觉悟。❺采取某一种原则：～速解决|一切～简|～宽处理。❻跟随的人：仆～|随～。❼指堂房亲属：～兄弟|～伯叔。❽次要的：主～|分别首～。❻❼❽三义旧读zòng。〈古〉又同"纵横"的"纵"。㊀cōng 冬韵。

淙 cóng 流水声(叠)。

悰 cóng ❶快乐。❷心情。

琮 cóng 古时的一种玉器，外边八角，中间圆形。

赍(賨) cóng 秦汉时期湖南和四川一带少数民族所缴的一种赋税，后也指这个少数民族。

封 fēng ❶密闭：～瓶口|～河(河面冻住)。【封锁】采取军事、政治、经济等措施使跟外界断绝联系：～～港口|军事～～线|～～消息。❷帝王把土地或爵位给予亲属、臣属：～侯。【封建社会】地主阶级依靠土地所有权和反动政权残酷剥削、统治农民的社会制度。

葑 ㊀fēng 即蔓(mán)菁。也称芜菁。㊀fèng 宋韵。

犎 fēng 一种野牛。

峰(峯) fēng 高而尖的山头：山～|顶～|～峦。

烽 fēng 烽火，古时边防报警的烟火，有敌人来侵犯的时候，守卫的人就点火相告。

锋 fēng 刃，刀剑等器械的锐利或尖端的部分([连]～刃)：交～(打仗)|刀～。[引]1.器物的尖锐部分：笔～。2.在前面带头的人：先～|前～。

蜂(蠭) fēng 昆虫名，会飞，多有毒刺，能蜇人。有蜜蜂、熊蜂、胡蜂、细腰蜂等多种，多成群住在一起。特指蜜蜂：～糖|～蜡|～蜜。[喻]众多：～起|～拥。

逢 féng ❶遇到：～人便说|每～星期三开会。❷迎合。【逢迎】迎合旁人的意思，巴结人。

缝 ㊀féng 用针线连缀：把衣服的破口～上。【缝纫】裁制服装：他学习～～。㊀fèng 宋韵。

供 ㊀gōng 供给(jǐ)，准备着东西给需要的人应用：～养|提～|～销|～求相应|～参考。【供给制】对工作人员不给工资，只供给生活必需品的一种制度。㊀gòng

宋韵。

龚（龔）gōng 姓。

恭 gōng 肃敬，谦逊有礼貌（连～敬）：～贺。【出恭】排泄大小便，也省称“恭”：～桶。

塨 gōng 用于人名。

哄 ㊀hōng 好多人同时发声：～传｜～堂大笑。㊁hǒng 董韵。㊂hòng 送韵。

烘 hōng 用火烤干或向火取暖：衣裳湿了，～一～。【烘托】用某种颜色衬托另外的颜色，或用某种事物衬托另外的事物，使在对比下，表现得更明显。

龙（龍）lóng ❶我国古代传说中的一种体长、有鳞、有角的动物，能走、能飞、能游泳。近代古生物学上指一些巨大的有脚有尾的爬行动物：恐～｜翼手～。【龙头】自来水管放水的出口。❷封建时代称关于皇帝的东西：～袍｜～床。【龙钟】年老衰弱行动不灵便的样子。〈古〉又同“垄”（lǒng）。

茏（蘢）lóng 【茏葱】草木茂盛的样子。

农（農、辳）nóng ❶种庄稼，属于种庄稼的：送子务～｜～业。❷农民：工～联盟｜贫下中～。

侬（儂）nóng ❶〈方〉你。❷我（多见于旧诗文）。

哝（噥）nóng 【哝哝】小声说话。

浓（濃）nóng ❶含某种成分多，跟“淡”相对：～茶｜～烟。❷深厚，不淡薄：兴趣正～｜感情～厚。

脓（膿）nóng 化脓性炎症病变所形成的黄白色汁液，是死亡的白血球、细菌及脂肪等的混合物。

秾（穠）nóng 草木茂盛。

邛 qióng 【邛崃】（qióng lái）山名，在四川省。也叫“崃山”。

筇 qióng 古书说的一种竹子，可以做手杖。

蛩 qióng ❶蟋蟀。❷蝗虫。

跫 qióng 脚踏地的声音：足音～然。

容 róng ❶容纳，包含，盛：～器｜～量｜屋子小，～不下。❷对人度量大：～忍｜不能宽～。❸让，允许：不～人说话｜决不能～他这样做。❹相貌，仪表（连～貌）：笑～满面。引样子：军～｜市～。❺或许，也许（连～或）：～或有之。

蓉 róng ❶见第30页“芙”字条“芙蓉”（fú róng）、第6页“苁”字条“苁蓉”（cōng róng）。❷成都市的别称。

溶 róng 在水或其他液体中化开（连～化）：樟脑～于酒精而不～于水。

榕 róng ❶榕树，常绿乔木，树枝有气根，生长在热带和亚热带，木材可制器具。❷福州市的别称。

熔（鎔）róng 固体受热到一定温度时变成液体（连～化）：～点。

忪 ㊀sōng 见第125页“惺”字条“惺忪”（xīng sōng）。㊁zhōng 冬韵。

松（❷～❺鬆）sóng ❶常绿乔木，种类很多，叶子针形，木材用途很广。❷稀散，不紧密，不靠拢，跟“紧”相对：捆得太～｜土质～。❸宽，不紧张，不严格：规矩太～｜决不～懈。❹放开，使松散：～手｜～绑｜～一～马肚带。❺用瘦肉做成的茸毛或碎末状的食品：肉～。

凇 sōng 【雾凇】雾滴在树枝上结成的冰花。

淞 sōng 【淞江】又叫“吴淞江”，发源于太湖，到上海市跟黄浦江合流入海。

佟 tóng 姓。

峂 tóng 【峂峪村】地名，在北京市。

彤 tóng 红色。

凶（❸～❺兇）xiōng ❶不幸的，与“吉”相对：～事（丧事）｜吉～。❷庄稼收成不好：～年。❸恶，暴（连～恶｜～暴）：～狠｜穷～极恶。❹关于杀伤的：行

～|～手。❺厉害,过甚:你闹得太～了|雨来得很～。

匈 xiōng 【匈奴】我国古代北方的民族。〈古〉同"胸"。

讻(訩) xiōng 争辩。【讻讻】喧扰,纷扰。

汹(洶) xiōng 【汹汹】1. 象声词,水声或争吵声。2. 形容声势很大:来势～～。【汹涌】(xiōng yǒng)水势很大,向上涌:波涛～～。

胸(胷) xiōng 胸膛,身体前面颈下腹上的部分。【胸襟】喻 气量,抱负。

佣(傭) ㊀yōng 受剥削阶级雇用:～工。㊁yòng 宋韵。

拥(擁) ㊀yōng ❶抱(连 ～抱)。❷围着:～被而眠|前呼后～。❸群众拥护:一致～戴|～军优属。【拥护】忠诚爱戴,竭力支持:～～社会主义|～～共产党。❹聚到一块:～挤|一～而人。❺持有:～有。㊁yǒng 肿韵。

痈(癰) yōng 一种毒疮,多生在脖子上或背部,常表现为大片块状化脓性炎症,表面疮口很多,疼痛异常。

邕 yōng 【邕宁】县名,在广西壮族自治区。

滃 yōng 【滃水】水名,在江西省。

庸 yōng ❶平常,不高明的(连 平～):～言|～俗。❷用:毋～细述|毋～讳言。❸岂,怎么:～可弃乎?

鄘 yōng 周代诸侯国名,在今河南省汲县。又读 yóng。

墉(隴) yōng ❶城墙。❷高墙。又读 yóng

慵 yōng 困倦,懒。又读 yóng。

镛 yōng 大钟,古时的一种乐器。又读 yóng。

鳙 yōng 【鳙鱼】生活在淡水中,头很大。也叫"胖头鱼"。

雍(雝) ㊀yōng 和谐。【雍容】文雅大方,从容不迫的样子。㊁yòng 宋韵。

壅 ㊀yōng ❶堵塞(连 ～塞):水道～塞。❷把土或肥料培在植物的根上。㊁yòng 宋韵。

臃 yōng 【臃肿】(yōng zhǒng)过于肥胖,以致动作不灵便。喻 1. 衣服穿得太多。2. 机构太庞大,妨碍工作。

饔 yōng ❶熟食。❷早饭。

喁 yóng 鱼口向上,露出水面。【喁喁】1. 众人景仰归向。2. 形容低声:～～私语。

颙 yóng ❶大头。引 大。❷仰慕:～望。

钟(鐘、❹❺鍾) zhōng ❶金属制成响器,中空,敲时发声:警～。❷计时的器具:座～|闹～。❸指钟点,时间:两点～|三个～头。❹杯子。❺集中,专一:～情。

忪 ㊀zhōng 【怔忪】惊惧。㊁sōng 冬韵。

枞(樅) ㊁zōng 【枞阳】县名,在安徽省。㊀cōng 冬韵。

宗 zōng ❶旧指宗庙,祖庙。【祖宗】先人。❷旧指家族,同一家族的:同～|～兄。【宗法】封建社会以家族为中心,按血统远近区别亲疏的制度。❸宗派,派别:禅～|北～山水画。【宗旨】主要的意旨,目的。❹尊奉,向往:～仰。❺量词,指件或批:一～事|大～货物。

综 ㊀zōng 总合:错～(纵横交错)。【综合】1. 把各个独立而互相关联的事物或现象进行分析归纳整理。2. 不同种类、不同性质的事物组合在一起:～～利用|～～大学。㊁zèng 宋韵。

腙 zōng 有机化合物的一类,通式:

$$\begin{matrix} R \\ \quad\diagdown \\ \quad\quad C{=}N{-}NH_2 \\ \quad\diagup \\ R' \end{matrix}$$

,是醛或酮的羰基与肼缩合而成的化合物。

踪(蹤) zōng 人或动物走过留下的脚印(连 ～迹):～影|追～|失～。

鬃(騣、騌) zōng 马、猪等兽类颈上的长毛,可制刷、帚等。

江 jiāng ❶大河的通称:黑龙～|松花～。❷长江,也叫"扬子江",是我国最大的河流,发源于青海省,东流入海。

茳 jiāng 【茳芏】(jiāng dù)多年生草本植物,茎三棱形,开绿褐色小花。茎可编席。

豇 jiāng 【豇豆】一年生草本植物,花淡青或紫色,果实为长荚,嫩荚和种子都可以吃。

邦(邦) bāng 国:友～|盟～。【邦交】国和国之间的正式外交关系:建立～～。

帮(幫) bāng ❶辅助(连～助):～你做。【帮忙】替人分担工作:请大家来～～。【帮凶】帮助坏人行凶作恶的人。【帮手】助理人。❷群,伙:大～人马。❸集团,帮会:匪～|青红～。❹(～子|～儿)旁边的部分:鞋～儿|白菜～儿。

梆 bāng ❶象声词,敲打木头发出的声音。❷打更用的梆子。【梆子】1.打更用的响器,用竹或木制成。2.戏曲里表节奏的两根短小的木棍,是梆子腔的主要乐器。【梆子腔】戏曲的一种,敲梆子表节奏。简称梆子。有陕西梆子、河南梆子、河北梆子等。

窗(窓、窻、牕) chuāng 窗户,房屋通气透光的装置:～明几净。

噇 chuáng 毫无节制地大吃大喝。

幢 ㊀chuáng 古代原指支撑帐幕、伞盖、旌旗的木杆,后借指帐幕、伞盖、旌旗。㊁zhuàng 绛韵。

扛(掆、搁) ㊀gāng ❶两手举东西:～鼎。❷〈方〉抬东西。㊁káng 江韵。

肛 gāng 肛门。

缸(瓨) gāng 盛东西的陶器,圆筒状,底小口大。

扛 ㊀káng 用肩膀承担:～粮食|～着一杆枪|～活(旧时称给地主、富农当长工)。㊁gāng 阳韵。

駹 máng 毛色黑白相间的马。

牻 máng 黑白色杂毛的牛。

庞(龐、厖) páng ❶大(指形体或数量):数字～大|～然大物。❷杂乱(连～杂)。❸面庞,脸盘。

逄 páng 姓。

腔 qiāng ❶(～子)动物身体中空的部分:胸～|口～。引器物中空的部分:炉～|锅台～子。❷(～儿)腔调,乐曲里的调子:离～走板|梆子～。引说话的声音:开～(说话)|南～北调。【京腔】北京语音:一口～～。

双(雙、雙) shuāng ❶两个,一对:一～鞋|～管齐下|取得～方同意。【双簧】曲艺的一种,一人蹲在后面说话,另一人在前面配合着做手势和表情。【双生儿】孪生子,一胎生的两个小孩。❷偶,跟"单"相对:～数。❸加倍的:～料货。

泷(瀧) ㊀shuāng 【泷水】地名,在广东省新会县。㊁lóng 东韵。

降 ㊀xiáng ❶投降,归顺,指军队放下武器投向对方:宁死不～。❷降服,使驯服:～龙伏虎。㊁jiàng 绛韵。

桩(樁) zhuāng ❶(～子)一头插入地里的木棍或石柱:打～|牲口～子|桥～。❷量词,指事件:一～事。

支 zhī ❶撑持,支持:把帐篷~起来。[引]受得住:乐不可~。【支援】支持,援助:中国政府坚决~~第三世界各国人民的革命斗争。❷领款或付款:他已经~了工资。❸用话敷衍,使人离开:把他们都~出去。【支配】指挥,调度:由你~~。❹分支的,附属于总体的:~流|~店。【支离】1.残缺不完整:~~破碎。2.散乱不集中:言语~~。❺量词:1.部分的:一~军队。2.杆形的东西:一~笔。3.各种纤维纺成的纱(如棉纱)粗细程度的计算单位。纱愈细,支数愈多,质量愈好。❻地支,历法中用的"子、丑、寅、卯、辰、巳、午、未、申、酉、戌、亥"十二个字。【支吾】用话搪塞、应付,说话含混躲闪:~~其词|一味~~。【支那】古代印度、希腊和罗马以及近代日本等国家曾称中国为支那。

吱 ㊀zhī 象声词。㊁zī 见第21页"嗞(△吱)"字条。

枝 zhī ❶由植物的主干上分出来的茎条:树~|柳~|节外生~(喻多生事端)。【枝节】[喻] 1.由一事件产生的其他问题:这事又有了~~了。2.细碎的,不重要的:~~问题。❷量词(多指杆形的):一~铅笔。

肢 zhī 手、脚、胳膊、腿的统称:四~|断~再植。

之 zhī ❶文言助词,用法跟"的"(de)相当(例子中加括号的表示有时候可省略不用):1.表示形容性,在形容词或名词后:三分~一|光荣~家|百万年(~)前|三天(~)后|淮水~南。2.表示领有、连属等关系,在名词或代词之后:人民~勤劳|余~生活。❷文言指示代词,代替人或事物,限于作宾语:爱~重~|取~不尽,用~不竭|偶一为~。❸古时当作"这个"用:~子于归。❹往,到:由京~沪|尔将何~?【之乎者也】"之"、"乎"、"者"、"也"都是文言文常用的虚词,这四个字连用常用来形容说话或写文章喜欢古僻深奥。

芝 zhī ❶灵芝,长在枯树上的一种蕈,菌盖赤褐色,有光泽,可入药。古代以为瑞草。❷古书上指白芷:~兰。【芝兰】比喻品德高尚或者友情、环境等的美好。

氏 ㊁zhī 见第78页"阏"字条"阏氏"(yān zhī)、第324页"月"字条"月氏"(yuè zhī)。㊀shì 纸韵。

胝 zhī 见第75页"胼"字条"胼胝"(pián zhī)。

祗 zhī 〈书〉恭敬。

卮(巵) zhī 古代盛酒的器皿。

栀(梔) zhī 栀子树,常绿灌木,夏季开花,白色,很香。果实叫栀子,可入药,又可做黄色染料。

知 ㊀zhī ❶知道,晓得,明了:~无不言|人贵有自~之明。【知觉】随着感觉而起的反映客观物体或现象的心理过程。❷使知道:通~|~照。❸知识,学识,学问:求~|无~。❹主管:~县(旧时的县长)。㊁zhì 同"智"(△知),寘韵。

椥 zhī 【槟椥】(bīn zhī)越南地名。

蜘 zhī 【蜘蛛】(zhī zhū)节肢动物,俗称"蛛蛛"。有足四对,腹部下方有丝腺开口,能分泌黏液,织网粘捕昆虫作食料。种类很多:~网|~丝马迹([喻]线索)。

指 ㊁zhī 义同"指㊀❶",用于指甲等。㊀zhǐ 纸韵。㊂zhí 支韵。

脂 zhī ❶动物体内或油料植物种子内的油质([连]~肪|~膏)。❷胭脂:~粉。【脂膏】1.脂肪。2.比喻劳动人民的血汗。

指 ㊂zhí 义同"指㊀❶",用于指头等。㊀zhǐ 纸韵。㊁zhī 支韵。

陂 ㊀bēi ❶池塘:~塘|~池。❷池塘的岸。❸山坡。㊁pí 支韵。㊂pō 歌韵。

卑 bēi 低下:地势~湿|自~感。[引]低劣,下流([连]~鄙):~鄙无耻。

庳 bēi ❶低下:堕高堙~(削平高丘,填塞洼地)。❷矮。

碑 bēi 刻上文字纪念事业、功勋或作为标记的石头:人民英雄纪念~|里程~|有口皆~(喻人人都说好)。

背(揹) ㊁bēi 人用背驮(tuó)东西:把小孩儿~起来|~包袱|~枪。㊀bèi 队韵。

悲 bēi ❶伤心，哀痛（连～哀）：～喜交集。❷怜悯。

裨 ㊀bì（原读 bī） 补助：无～于事｜对工作大有～益。㊁pí 支韵。

蚩 chī 无知，痴愚。

嗤 chī 讥笑：～之以鼻。

媸 chī 面貌丑。

蚳 chí 蚁子：蚁卵～醢。

鸱 chī 古书上指鹞鹰。【鸱鸮】（chī xiāo）猫头鹰一类的鸟。【鸱鸺】（chī xiū）一种凶猛的鸟，俗叫"猫头鹰"或"夜猫子"。眼大而圆，头上有像耳的毛角。昼伏夜出，捕食小鸟、兔、鼠等，是一种益鸟。

絺 chī 细葛布。

瓻 chī 古代的一种酒器。

眵 chī 【眼眵】眼睛分泌出来的液体凝结成的淡黄色东西。也叫"眵目糊"。

笞 chī 用鞭、杖或竹板打。

痴（癡） chī 傻：～人说梦（喻完全胡说）。

螭 chī 古代传说中一种没有角的龙。古代建筑或工艺品上常用它的形状作装饰。

魑 chī 【魑魅】（chī mèi）传说中山林里能害人的怪物。

池 chí ❶（～子）水塘，多指人工挖的（连～沼）：游泳～｜养鱼～。❷像水池的：便～｜花～。❸护城河：城～｜金城汤～。

弛 chí（旧读 shǐ） 放松，松懈，解除：一张一～｜废～｜～禁。

驰 chí ❶快跑（多指车马）（连～骋）：背道而～｜风～电掣。引向往：神～｜情～。❷传播：～名。

迟（遲） chí ❶慢，缓：说时～，那时快｜行动～缓｜～～不去。引不灵敏：心～眼钝。【迟疑】犹豫不决。❷晚：不～到，不早退。

茌 chí 【茌平】县名，在山东省。

持 chí ❶拿着，握住：～笔｜～枪。❷遵守不变：坚～真理。【持久】保持长久：绿肥不仅肥效～～，还能松地抗旱｜～～战。【持续】保住延续下去。【相持】各不相让：～～不下。❸治理，主管：勤俭～家｜这件事由你主～好了。

匙 ㊀chí 舀（yǎo）汤用的小勺子。又叫"调羹"。㊁shi 支韵，见第 17 页"钥"字条"钥匙"。

漦 chí 涎沫，咏。〈又〉lí。

墀 chí 台阶上面的空地。又指台阶。

踟 chí 【踟蹰】（chí chú）心里犹豫，要走不走的样子：～～不前。

篪（竾、箎） chí 古代一种用竹管制成的乐器。

吹 chuī ❶合拢嘴唇用力出气：～灯｜～笛。❷夸口：瞎～。【吹牛】说大话，自夸。【吹嘘】自夸或替人夸张。❸类似吹的动作：～风机｜氢氧～管｜不怕风～日晒。❹（事情）失败，（感情）破裂：事情～了｜他们俩～了。

炊 chuī 烧火做饭：～烟｜～事员｜～帚（刷洗锅碗等的用具）。

垂 chuí ❶东西一头挂下来：～柳｜～钓｜～涎（喻羡慕）。【垂直】几何学上指两根直线、两个平面或一根直线和一个平面相交成九十度角。❷传下去，传留后世：永～不朽｜名～千古。❸接近，快要：～老｜功败～成。❹敬辞：～询｜～念。

揣 ㊀chuāi 藏在衣服里：～手｜～在怀里。㊁chuǎi 纸韵。㊂chuài 霰韵。

陲 chuí 边疆，国境，靠边界的地方：边～。

捶（搥） chuí 敲打：～衣裳。

棰（❸❹箠） chuí ❶短棍子。❷用棍子打。❸鞭子。❹鞭打。

锤（❷❸鎚） chuí ❶秤锤，配合秤杆称分量的金属块。❷（～子｜～

儿)敲打东西的器具:铁～|木～。❸用锤敲打:千～百炼。

椎 ㊀chuí ❶敲打东西的器具:铁～。❷敲打:～鼓。❸愚钝:～鲁。㊁zhuī支韵。

槌 chuí (～子|～儿)敲打用具:棒～|鼓～子。

差 ㊃cī 见第138页“参”字条“参差”(cēn cī)。㊀chà 祃韵。㊁chā 麻韵。㊂chāi 佳韵。

疵 cī 毛病:吹毛求～(故意挑剔)。

跐 ㊀cī 脚下滑动:登～了(脚没有踏稳)。㊁cǐ 纸韵。

词 cí ❶在句子里能自由运用的最小的语言单位,如“人”、“马”、“水”、“阶级”、“斗争”等。❷语言,特指有组织的语言、文字:义正～严|歌～|讲演～。❸一种长短句押韵的文体。

祠 cí 封建制度下供奉祖宗、鬼神或有“功德”的人的庙宇或房屋,这是剥削阶级为维护其反动统治而建造的:～堂|先贤～。

茈 ㊀cí 【凫茈】古书上指“荸荠”。㊁zǐ 纸韵。

雌 cí(旧读cī) 母的,阴性的,跟“雄”相对:～鸡|～蕊。【雌黄】矿物名,橙黄色,可做颜料,古时用来涂改文字:妄下～～(乱改文字,乱下议论)|信口～～(随意讥评)。【雌雄】喻胜负:一决～～。

茨 cí ❶用茅或苇盖房子。❷蒺藜。

瓷 cí 用高岭土(景德镇高岭产的黏土,现泛指做瓷器用的土)烧成的一种质料,所做器物比陶器细致而坚硬。

餈 cí 同“糍”。

兹(玆) ㊁cí 见第134页“龟”字条“龟兹”(qiū cí)。㊀zī 支韵。

甆 cí 同“瓷”。

慈 cí ❶慈爱、和善:对剥削阶级绝不能讲仁～。❷旧日指母亲:家～。

磁 cí ❶磁性,能吸引铁、镍等的性质。【磁石】一种带有磁性的矿物。也叫“吸铁石”、“天然磁铁”。化学成分是四氧化三铁。❷同“瓷”。

鹚(鷀) cí 见第27页“鸬”字条“鸬鹚”(lú cí)。

糍 cí 一种用江米(糯米)做成的食品:～粑|～团。

辞(辭、辤) cí ❶告别:～行。❷不接受,请求离去:～职。转躲避,推托:虽死不～|不～辛苦。❸解雇。❹同“词❶❷”。

榱 cuī 古代指椽子。

儿(兒) ér ❶小孩子(连～童):六一～童节|小～科|别把这件事当作～戏。❷年轻的人(多指青年男子):健～。❸儿子,男孩子。引雄性的:～马。❹父母对儿女的统称,儿女对父母的自称。❺词尾,同前一字连成一个卷舌音:1.表示小:小孩～|乒乓球～|小狗～。2.使动词、形容词等名词化:没救～|烟卷～|拐弯～|挡着亮～|叫好～。

而 ér ❶连接同类的词或句子:1.顺接:通过实践～发现真理,又通过实践～证实真理和发展真理。2.转接:有其名～无其实。【而已】罢了:不过如此～～。【而且】1.表示平列:文章写得长～～空,群众见了就摇头。2.表示进一层,常跟“不但”相应:鲁迅是中国文化革命的主将,他不但是伟大的文学家,～～是伟大的思想家和伟大的革命家。❷把表时间或情状的词连接到动词上:匆匆～来|侃侃～谈|挺身～出。❸(从)……到……:从上～下|由小～大。

鸸 ér 【鸸鹋】(ér miáo)鸟名,鸵鸟的一种,嘴短而扁,有三个趾。善走,不能飞,生活在大洋洲森林中。

龟(龜) ㊀guī 【乌龟】爬行动物,腹背都有硬甲,头尾和脚能缩入甲中,能耐饥渴,寿命很长。龟甲也叫龟板,可以入药。古人用龟甲占卜(迷信):～卜|蓍(shī)～。【龟鉴】【龟镜】用龟卜,用镜照,比喻借鉴。㊁jūn 文韵。㊂qiū 尤韵。

妫(媯、嬀) guī 【妫河】水名,在北京市延庆县。

规 guī ❶圆规，画圆形的仪器：两脚～。❷法则、章程（连～则）：成～|常～。【规模】1.格局（多指计划、设备）：略具～～|这座工厂～～宏大。2.范围：大～～的经济建设。【规格】产品质量的标准，如大小、轻重、精密度、性能等：合～～。【规矩】1.标准，法则：守～～|循～蹈～。2.合标准，守法则：～～老实。❸相劝：～劝|～勉。❹谋划：～定|～避（设法巧避）。【规划】较长期的大致计划：农业发展～～。

皈 guī 【皈依】原指佛教的入教仪式，后泛指信仰佛教或参加其他宗教组织。也作"归依"。

㧑（撝） huī 指挥。

麾 huī 古代指挥用的旗子。引 指挥：～军。

隳 huī 毁坏。

饥（❷饑） jī ❶饿（连～饿）：～不择食|反动统治下的劳动人民～寒交迫。❷旧指庄稼收成不好或没有收成：～馑。

肌 jī 【肌肉】人或动物体的组织之一，由许多肌纤维组成，具有收缩特性：心～|平滑～。

奇 ㊀jī 数目不成双的，跟"偶"相对：一、三、五、七、九是～数。㊁qí 支韵。

剞 jī 【剞劂】（jī jué）1.雕刻用的曲刀。2.雕版，刻书。

犄 jī 【犄角】1.（jī jiǎo）（～儿）棱角：桌子～～儿。2.（jī jiǎo）（～儿）角落：墙～～儿。3.（jī·jiao）兽角：牛～～。

畸 jī ❶不规则的，不正常的：～形。❷零余的数目：～零。❸偏：～轻～重。

姬 jī ❶古代对妇女的美称。❷旧时称妾。

基 jī ❶建筑物的根脚：地～|墙～。喻 根本的：～数|～层组织。【基金】1.国民经济中有特定用途的资金：消费～～|生产～～。2.机关团体为某种目的集聚的款项：托儿所～～|福利～～。【基础】建筑物的根脚和柱石。喻 事物的根基：以农业为基础、工业为主导，钢铁是工业的～～。❷化学上，化合物的分子中所含的一部分原子被看做是一个单位时，叫做"基"：氢～|氨～。❸根据：～于上述理由。

期（朞） ㊀jī 周年。㊁qī 支韵。

箕 jī ❶簸箕（bò·ji），用竹篾、柳条或铁皮等制成的扬去糠麸或清除垃圾的器具。❷不成圆形的指纹。

羁（覊） jī ❶马笼头。❷束缚：～押|～留。【羁旅】寄居作客。

亏（虧） kuī ❶缺损，折（shé）耗：月有盈～（圆和缺）|气衰血～|营业～本。引 1.短少，缺，欠：功～一篑|～秤|理～。2.损失：吃～（受损失）。❷亏负，对不起：人不～地，地不～人|～负人的好意。❸多亏，幸而：～了你提醒我，我才想起来。❹表示讥讽：～你还学过算术，连这么简单的账都不会算。

岿（巋） kuī 高大。

窥（闚） kuī 从小孔、缝隙或隐蔽处偷看：～探|～伺|～见真相|管～蠡测（喻见识浅陋，看不清高深的道理）。

逵 kuí 通各方的道路。

馗 kuí 同"逵"。

葵 kuí 植物名：1.向日葵，一年生草本植物，花序盘状，花常向日。种子可吃，又可榨油。2.蒲葵，常绿乔木。叶可做蒲扇。

骙 kuí 【骙骙】形容马强壮。

夔 kuí ❶古代传说中一种奇异的动物，似龙，一足。❷夔州，古地名，今四川省奉节县。

累（△纍） ㊀léi 连缀或捆。【累累】连续成串：果实～～。【累赘】（léi·zhui）多余的负担，麻烦：这事多～～。㊁lěi 纸韵。㊂lèi 寘韵。

嫘 léi 【嫘祖】人名，传说是黄帝的妃，发明养蚕。

缧 léi 【缧绁】（léi xiè）旧时捆绑犯人的绳索。

罍 léi 古代一种盛酒的器具。

纍 léi ❶绳索。❷缠绕。

羸 léi 瘦弱：身体～弱。

厘(釐) lí ❶单位名：1.一尺的千分之一。2.一两的千分之一。3.一亩的百分之一。❷小数名：1.一的百分之一。2.年利率一厘按百分之一计，月利率一厘按千分之一计。❸治理，整理：～正|～定。

喱 lí 见第99页"咖"字条"咖喱"(gā lí)。

狸 lí ❶貉(hé)。❷(～子)也叫"山猫"，毛棕黄色，有黑色斑纹。毛皮可制衣物。

离(離) lí ❶相距，隔开(连 距～)：北京～天津二百多里。❷离开，分开，分别：～家|～婚|～散。【离间】(lí jiàn)从中挑拨，使人不团结。【离子】原子或原子团失去或得到电子后叫做离子。失去电子的带正电，叫做正离子或阳离子；得到电子的带负电，叫做负离子或阴离子。❸缺少：发展工业～不了钢铁。❹八卦之一，符号是"☲"，代表火。【离奇】奇怪的，出乎意料的。

漓(❷灕) lí ❶见第138页"淋"字条"淋漓"(lín lí)。❷漓江，水名，在广西壮族自治区。

缡(褵) lí 古时妇女的佩巾：结～(古时指女子出嫁)。

篱(籬) lí 【篱笆】用竹、苇、树枝等编成的障蔽物：竹～茅舍。

醨 lí 味淡的酒。

梨(棃) lí 【梨树】落叶乔木，花五瓣，白色。果实叫梨。

犁(犂) lí ❶耕地的农具。❷用犁耕地：用新式犁～地。

嫠 lí 【嫠妇】寡妇。

犛 lí 【犛牛】就是牦(máo)牛。

漦 lí(又读 chí) 涎沫。

藜 lí 一年生草本植物，开黄绿色花，嫩叶可吃。茎长老了可以做拐杖。

罹 lí ❶遭受困难或不幸：～难。❷忧患，苦难。

蠡 ㊀lí 贝壳做的瓢：以～测海(喻见识浅薄)。㊁lǐ 荠韵。

劙 lí 割开。旧读 lì。

蜊 lí 见第364页"蛤"字条"蛤蜊"(gé lí)。

璃(瓈) li 见第93页"玻"字条"玻璃"(bō·li)、第133页"琉"字条"琉璃"(liú·li)。

眉 méi ❶眉毛，眼上额下的毛：～飞色舞|～开眼笑。【眉目】喻 事情的头绪或事物的次第：有点～～了|～～不清楚。❷书眉，书页上端的空白：～批。

郿 méi 【郿县】在陕西省。今作"眉县"。

嵋 méi 【峨嵋】(é méi)山名，在四川省。也作"峨眉"。

猸 méi (～子)又叫"蟹獴"。哺乳动物，毛灰黄色，生活在水边，毛皮珍贵。

湄 méi 河岸，水滨。

楣 méi 门框上的横木。

镅 méi 一种人造的放射性元素，符号Am。

鹛 méi 鸟名，通常指画眉，羽毛多为棕褐色，翅短，嘴尖，尾巴长，叫的声音好听。

糜(穈) ㊀méi (～子)与黍同类的谷物，就是"穄"。㊁mí 支韵。

眯(瞇) ㊀mī ❶眼皮微微合拢：在床上～(合眼养神)一会儿。❷眯缝：他～起眼睛看了半天|～着眼笑。㊁mǐ 荠韵。

弥(彌、❹瀰) mí ❶满，遍：～月(小孩儿满月)|～天大罪。❷补，合(连 ～补)。❸更加：～坚|欲盖～彰。❹【弥漫】(mí màn)1.水满。2.到处都是，充满：硝烟～～。

猕(獼) mí 【猕猴】哺乳动物，面部红色无毛，有颊囊，尾短，臀疣显著。产于亚洲南部和我国西南等地。

迷 mí ❶分辨不清，失去了辨别、判断的能力：～了路。【迷信】盲目地信仰和崇拜。特指信仰神仙鬼怪等。❷醉心于某种事物，产生特殊的爱好（连～惑）：～恋不舍。❸沉醉于某种事物的人：棋～。

醚 mí 有机化合物的一类，通式是 R—O—R′。乙醚是医药上常用的麻醉剂。

糜 ㊀mí ❶粥。❷糜烂，烂到难于收拾：～烂不堪。㊁méi 支韵。

縻 mí ❶牛缰绳。❷系(jì)，捆，拴。【羁縻】喻牵制，笼络。

靡 ㊀mí 浪费（连奢～）：不要～费公共财物。㊁mǐ 荠韵。

蘼 mí 【蘼芜】(mí wú)古书上指芎䓖的苗。

醾 mí 【酴醾】(tú mí)重酿的酒，即酴酒。

麋 mí 野兽名，就是麋鹿，也叫"四不像"。头似马，身似驴，蹄似牛，角似鹿，全身灰褐色。是一种珍贵动物。

妮 nī （～子|～儿）女孩子。

尼 ní 梵语"比丘尼"的省称，佛教指出家修行的女子，通常叫"尼姑"。

呢 ㊀ní （～子）一种毛织物。【呢喃】(ní nán)象声词，常指燕子的叫声。㊁ne 歌韵。

怩 ní 见第 213 页"忸"字条"忸怩"(niǔ ní)。

呸 pēi 叹词，表示斥责或唾弃：～！胡说八道。

丕 pī 大：～业|～变。

伾 pī 【伾伾】有力的样子。

邳 pī 【邳县】在江苏省。

狉 pī 野兽蠢动的样子(叠)：鹿豕～～。

坯（△坏） pī ❶没有烧过的砖瓦、陶器等，特指砌墙用的土坯：打～|土～墙。❷（～子|～儿）半制成品：酱～子|面～儿。"坏"又 huài，卦韵。

钚 pī 一种放射性元素，符号 Pu，化学性质跟铀相似，是原子能工业的重要原料。又读 bù。

批 pī ❶写上字句，判定是非、优劣、可否：～示|～准|～驳|～改作文。❷（～儿）附注的意见或注意之点：眉～（写在书头上的批）|在文后加了一条小～儿。❸量词：一～货|一～人。【批发】大宗发售货物。

纰 pī 布帛、丝缕等破坏散开。【纰缪】(pī miù)错误。【纰漏】因疏忽而引起的错误。

铍（鈚、錍） pī 【铍箭】古代箭的一种。

披 pī ❶覆盖在肩背上：～红|～着大衣|～星戴月（喻晚上赶路或劳动）。❷打开：～襟|～卷|～肝沥胆（喻竭诚效忠）。【披靡】(pī mǐ)草木随风散倒。喻敌军溃散：所向～～。【披露】发表。❸裂开：竹竿～了|指甲～了。❹劈开，劈去：～荆斩棘（喻开创事业的艰难）。

皮 pí ❶动植物体表面的一层组织：牛～|树～|荞麦～|～箱|～鞋。❷包在外面的东西：包～|书～|封～。❸薄片状的东西：铅～|粉～|海蜇～。❹韧性大，不松脆：～糖|饼～了。❺顽皮，不老实，淘气：这孩子真～。❻指橡胶：橡～|～筋。

陂 ㊀pí 【黄陂】县名，在湖北省。㊁bēi 支韵。㊂pō 歌韵。

铍 pí 一种金属元素，符号 Be，银白色，六角形的晶体。合金质坚而轻，可用来制飞机机件。在原子能研究及制造 X 光管中，都有重要用途。

疲 pí 累，身体劳累的感觉（连～乏|～倦）：精～力尽|～于奔命。【疲沓】懈怠，不起劲：消除工作中的～～现象。【疲癃】(pí lóng)衰老多病。

鲏 pí 【鳑鲏】(páng pí)鱼名，体长二三寸，生活在淡水中。

枇 pí 【枇杷】(pí·pá)常绿乔木，叶大，长椭圆形，有锯齿，开白花。果实也叫枇杷，圆球形，黄色，味甜。叶可入药。

毗（毘） pí 毗连，接连：～邻。

蚍 pí 【蚍蜉】(pí fú)大蚂蚁。

琵 pí 【琵琶】(pí·pá)弦乐器,用木做成,下部长圆形,上有长柄,有四根弦。是民间流行的乐器。

郫 pí 【郫县】在四川省。

陴 pí 城垛子。

埤 pí 增加。

啤 pí 【啤酒】用大麦作主要原料制成的酒。

脾 pí 【脾脏】人和动物内脏之一,在胃的左下侧,椭圆形,赤褐色,是个淋巴器官,也是血库。【脾气】(pí·qi)1.性情:~~好。2.容易激动的感情:有~~|发~~。【脾胃】喻对事物的喜好:不合他的~~|两人~~相投。

裨 ㊀pí 副的(连偏~):~将。㊁bì 荠韵。

蜱 pí 蜘蛛一类的动物,体形扁平,种类很多,对人、畜及农作物有害。

罴(羆) pí 也叫"马熊"或"人熊",熊的一种,毛棕褐色,能爬树、游水。

貔 pí 传说中的一种野兽,似熊。【貔子】(pí·zi)〈方〉黄鼬。【貔子窝】渔港名,在辽宁省新金县,今名"皮口"。【貔貅】(pí xiū)传说中的一种猛兽。喻勇猛的军队。

桤(榿) qī 【桤木】落叶乔木。木材质较软。嫩叶可作茶的代用品。

期 ㊀qī ❶规定的时间或一段时间:定~举行|如~完成任务|分~付款。引刊物出版的号数。❷盼望,希望(连~望):决不辜负大家的~望|~待|以~得到良好的效果。㊁jī 支韵。

欺 qī ❶欺骗,蒙混:自~~人。❷欺负,压迫,侮辱(连~侮):仗势~人。

䫏 qī 【䫏头】古时打鬼驱疫时用的假面具。

攲 qī 倾斜,歪向一边:~侧|~倾。

踦 qī 〈方〉站立。又读 jì。

亓 qí 姓。

祁 qí 盛大:~寒(严寒,极冷)。

芪 qí 【黄芪】多年生草本植物,茎横卧在地面上,开淡黄色的花,根入药。

祇 ㊀qí 古代称地神。㊁zhǐ 纸韵。

岐 qí ❶【岐山】山名,在陕西省。❷同"歧"。

歧 qí ❶岔道,大路分出的小路:~路亡羊。【歧途】错误的道路:误入~~。❷不相同,不一致:~视|~议。

跂 ㊀qí 多生出的脚趾。㊁qì 寘韵。

其 qí ❶代词:1.他,他们:不能任~自流|劝~努力学习。2.他的,他们的:各得~所|人尽~才|物尽~用。❷那,那个,那些:~他|~次|本无~事|~中有个原因。【其实】实在的,事实上:他故意说不懂,~~他懂得。❸文言助词:1.表示揣测、反诘:岂~然乎?|~奈我何?2.表示命令、劝勉:子~勉之!❹词尾,在副词后:极~快乐|尤~伟大。

萁 qí 〈方〉豆茎。

淇 qí 【淇水】源出河南省林县,流入卫河。

骐 qí 有青黑色纹理的马。

琪 qí ❶一种玉。❷姓。

棋(棊、碁) qí 文娱用品名,有象棋、围棋等。

祺 qí 旧指吉祥,福气。

蜞 qí 【蟛蜞】(péng qí)螃蟹的一种。

綦 qí ❶青黑色:~巾。❷极:~难。

麒 qí 【麒麟】(qí lín)古代传说中的一种瑞兽。

奇 ㊀qí ❶特殊的,稀罕,不常见的:~事|~闻。引出人意料的,令人不测的:~

兵|～计|～袭|出～制胜。❷惊异，引以为奇：世人～之。㊁jī 支韵。

埼（碕） qí 弯曲的岸。

蒉 qí 【蒉莱主山】山名，在台湾省。

崎 qí 【崎岖】（qí qū）形容山路不平。

骑 qí ❶跨坐在牲畜或其他东西上：～马|～自行车。[引]兼跨两边：～缝盖章。❷（旧读 jì）骑兵，也泛指骑马的人：车～|轻～|铁～。

琦 qí 美玉。[喻]珍奇。

锜（錡） qí ❶古代一种带三足的锅。❷古代的一种锯。

俟 ㊁qí 【万俟】（mò qí）复姓。㊀sì 纸韵。

耆 qí 年老：～年。

鳍 qí 鱼类和其他水生脊椎动物的运动器官，由薄膜、柔软分节的"鳍条"和坚硬不分节的"鳍棘"组成。

鬐 qí 马脖子上部的长毛，也叫"马鬃"、"马鬣"。

旗（❶△旂） qí ❶（～子|～儿）用布、纸、绸子或其他材料做成的标志，多半呈长方形或方形：国～|校～。❷清代满族的军队编制和户口编制，共分八旗。后又建立蒙古八旗、汉军八旗。[引]属于八旗的，特指属于满族的：～人|～袍|～装。❸内蒙古自治区的行政区划，相当于县。

蕤 ruí 见第 23 页"葳"字条"葳蕤"（wēi ruí）。

谁 shéi 疑问代词。又音 shuí，支韵。

尸（❶屍） shī ❶尸首，死人的身体。❷古代祭祀时代表死者受祭的人。❸不做事情，空占职位：～位。

鸤 shī 【鸤鸠】古书上指布谷鸟。

师（師） shī ❶老师，导师。[引]榜样：前事不忘，后事之～。【师傅】传授技艺的老师和对有实践经验的工人的尊称。❷对擅长某种技术的人的称呼：工程～|医～。❸效法。❹军队的编制单位，是军的下一级。

狮（獅） shī 【狮子】古书中也作"师子"，一种凶猛的野兽，毛黄褐色，雄的脖子上有长鬣，生活在山林里，捕食其他动物。多产于非洲及印度西北部。

鸸 shī 鸟名，背青灰色，腹淡褐色，嘴长而尖，脚短爪强，捕食树林中的害虫。

浉（溮） shī 【浉河】在河南省，流入淮河。

诗 shī 一种文体，形式很多，多用韵，可以歌咏朗诵。

绝 shī 古时一种粗绸子。

施 shī ❶实行：～工|无计可～|倒行逆～。【施展】发挥能力。❷用上，加上：～肥|～粉。❸施舍，旧时指给予而不取代价，多是剥削阶级的伪善行为。

蓍 shī 【蓍草】俗叫"蛐蜒草"或"锯齿草"，多年生草本植物，茎直立，花白色。可以入药，又供制香料。

酾（釃） shī ❶滤酒。❷斟酒。〈又〉shai 佳韵。

嘘 ㊁shī 叹词，表示反对、制止等。㊀xū 鱼韵。

时（時、旹） shí ❶时间，一切物质不断变化或发展所经历的过程。❷时间的一段：1. 比较长期的（[连]～代）：古～|唐～。2. 一年中的一季：四～。3. 时辰，一昼夜的十二分之一：子～。4. 小时，一昼夜的二十四分之一。5. 时候：平～|盛极一～。6. 点：八～上班。【不时】1. 非定时，不定时：～～之需。2. 常常：～～照顾。❸现在的，当时的：～髦|～事。❹时常，常常（叠）：学而～习之|～～发生困难。❺有时候：天气～阴～晴。

埘（塒） shí 古代称在墙壁上挖洞做成的鸡窝。

鲥（鰣） shí 【鲥鱼】背黑绿色，腹银白色，鳞下多脂肪。肉味很美。

匙 ㊁shi 【钥匙】（yào · shi）开锁的东西。㊀chí 支韵。

衰 ㊀shuāi 事物发展转向微弱(连~微):~败|~老|神经~弱。【衰变】化学上指放射性元素放射出粒子后变成另一种元素。㊁cuī 灰韵。

谁 shuí ❶疑问人称代词:~来啦?❷任何人,无论什么人:~都可以做。又音shéi,支韵。

厶 sī "私"的古字。

私 sī ❶个人的,跟"公"相反:~事|~信。引为自己的:~心|自~|破~立公|大公无~。❷秘密不公开,不合法:~自拿走了|~货。

司 sī ❶主管:~账|~令|~法。❷中央各部中所设立的分工办事的单位:外交部礼宾~|~长。

丝(絲) sī ❶蚕吐出的像线的东西,是做绸缎等物的原料。喻细微,极少:纹~不动|脸上没有一~笑容。❷(~儿)像丝的东西:铁~|萝卜~儿。❸单位名,十丝是一毫,十毫是一厘。【丝毫】喻极少,极小,一点儿(多和否定词连用):~~不错。

咝(噝) sī 象声词,形容枪弹等很快地在空中飞过的声音:子弹~~地从身旁飞过。

鸶(鷥) sī 【鹭鸶】(lù sī)一种鸟。

思 sī ❶想,考虑,动脑筋:事要三~|~前想后。【思想】1.即理性认识。正确的思想来自社会实践,是经过由实践到认识,由认识到实践多次的反复而形成的。2.某一阶级或某一政党所持的一定的观点、概念、观念的体系:~~改造|工人阶级的~~。3.思考。4.想法、念头。【思维】在表象、概念的基础上进行分析、综合、判断、推理等认识活动的过程。❷想念、挂念:~念战友。❸思路,想法:文~|构~。

偲 ㊁sī 【偲偲】互相督促。㊀cāi 灰韵。

缌 sī 细的麻布。

飔 sī 凉风。

罳 sī 见第31页"罘"字条"罘罳"(fú sī)。

锶 sī 一种金属元素,符号Sr,银白色晶体。硝酸锶可制红色烟火。溴化锶是健胃剂。乳酸锶可治抽风。

虒 sī 【虒亭】地名,在山西省襄垣县。

斯 sī ❶这,这个,这里:~人|~时|生于~|长于~。❷乃,就:有备~可以无患矣。

厮(廝) sī ❶古代剥削阶级对服杂役的人的蔑称。转对人轻慢的称呼(宋以来的小说中常用):这~|那~。❷互相:~守|~打。

澌 sī 随水流动的冰。

撕 sī 扯开,用手分裂:把布~成两块。

嘶 sī ❶马叫:人喊马~。❷声音哑:声~力竭。

澌 sī 尽:~灭。

蛳(螄) sī 【螺蛳】(luó · sī)"螺"的通称。

尿 ㊁suī 小便(限于名词)。【尿脬】(suī · pāo)膀胱。㊀niào 啸韵。

虽(雖、錐) suī 【虽然】连词,把意思推开一层,表示"即使"、"纵然"的意思,后面多有"可是"、"但是"相应:为人民而死,~死犹生|工作~然忙,可是学习决不能放松。

荽 suī 【胡荽】即芫荽(yán · suī),俗称"香菜"。

眭 suī 姓。

睢 suī 【睢县】在河南省。

濉 suī 【濉河】水名,在安徽省。

绥 suí ❶安抚:~靖。❷平安:顺颂台~(旧书信用语)。

隋 suí 朝代名,杨坚建立(公元581~618年)。

随（隨） suí ❶跟着：我～着大家一起走|～说～记。【随即】立刻。❷顺从，任凭，由：～他的便|～意。【随和】（suí·he）容易同意别人的意见，不固执己见。❸顺便，就着：～手关门。❹〈方〉像：他长（zhǎng）得～他父亲。

遂 ㊀suí 义同"遂"（suì）㊀❶，用于"半身不遂"（身体一侧发生瘫痪）。㊁suì 寘韵。

危 wēi ❶不安全（连～险）：转～为安。【危言】使人惊奇的话：～～耸听。【临危】将死。❷损害（连～害）：～及家国。❸高的，陡的：～楼。

委 ㊀wēi 【委蛇】（wēi yí）1. 敷衍，应付：虚与～～。2. 同"逶迤"。㊁wěi 纸韵。

诿 ㊀wēi 推卸（责任、过错等）。㊁wěi 寘韵。

萎 ㊀wēi 衰落：气～|买卖～了|价钱～下来了。㊁wěi 纸韵。

逶 wēi 【逶迤】（～迆|～移）（wēi yí）道路、河道等弯曲而长：山路～～。

为（為、爲） ㊀wéi ❶做，行：事在人～|所作所～。引 作为，做事的能力：青年有～。❷做，当：他被选～人民代表大会的代表|拜贫下中农～师。❸成为，变为：一分～二|高岸～谷，深谷～陵。❹是：十寸～一尺。❺被：～人所笑。❻助词，常跟"何"相应，表疑问：何以家～？㊁wèi 寘韵。

沩（溈、潙） wéi 【沩水】在湖南省。又读 guī，水名，在山西省。

唯 ㊀wéi 同"惟❶"。㊁wěi 纸韵。

帷 wéi （～子）围在四周的帐幕：车～子|运筹～幄。

惟 wéi ❶单，只：～有他因病不能去|～恐落后。❷但是：雨虽止，～路途仍甚泥泞。❸文言助词，用在年、月、日之前：～二月既望。

维 wéi ❶系，连接（连～系）。【维护】保全，保护。【维持】设法使继续存在。❷文言助词。

潍 wéi 【潍河】水名，在山东省。

圩 ㊀wéi ❶防水护田的堤岸。❷有圩围住的地区：～田。❸圩子，围绕村庄四周的障碍物。㊁xū 鱼韵。

牺（犧） xī 古代称祭祀用的牲畜。【牺牲】喻 1. 为人民、为正义事业而献出自己的生命。2. 泛指为某种目的舍弃权利或利益等。

熙 xī ❶光明。❷和乐（叠）。【熙攘】（xī rǎng）形容人来人往，非常热闹：熙熙攘攘。

僖 xī 快乐。

嘻 xī 喜笑的样子或声音（叠）：笑～～|～皮笑脸。

嬉 xī 游戏，玩耍。

熹 xī 光明。【熹微】日光微明。

嶲 xī 【越嶲】县名，在四川省。今作"越西"。"嶲"原读 suǐ。

巇 xī 【险巇】形容山险。引 道路艰难。

羲 xī 姓。

曦 xī 阳光：晨～。

爔 xī 同"曦"。

禧 xī ❶（旧读 xǐ）福，吉祥。❷喜庆：年～|新～（今读 xǐ）。

伊 yī ❶彼，他，她。❷文言助词：下车～始。【伊斯兰教】宗教名，阿拉伯人穆罕默德所创。唐代传到我国。也叫"清真教"、"回教"。

咿（吚） yī 【咿哑】（吚啞）（yī yā）象声词，如小孩子学话的声音、摇桨的声音。

医（醫、毉） yī ❶医生，医师，治病的人：中～|西～|军～。❷医学，增进健康、预防和治疗疾病的科学：中～|西～|学～。❸治病（连～疗|～治）：有病早～|～疗器械。

猗 yī 〈古〉助词，用如"兮"：河水清且涟～。

椅 ㊀yī 又叫"山桐子"。落叶乔木，夏天开花，黄色，结小红果，木材可以制器物。㊁yǐ 纸韵。

漪 yī 水波纹：清～|～澜。

噫 yī 文言叹词。【噫嘻】(yī xī)文言叹词。

黟 yī 【黟县】在安徽省。

匜 yí 〈古〉❶一种洗手用的器具。❷一种盛酒的器具。

仪(儀) yí ❶人的容貌，举止：～表|～容|威～。❷仪式，按程序进行的礼节：司～。❸礼物：贺～|谢～。❹仪器，供测量、绘图、实验等用的器具：浑天～|绘图～。

圯 yí 桥。

夷 yí ❶我国古代称东部的民族。❷旧指外国或外国的。❸平。1. 平安：化险为～。2. 平坦。❹弄平：～为平地。引 消灭：～灭。

荑 ㊀yí 割去田地里的野草。㊁tí 齐韵。

咦 yí 叹词，表示惊讶：～！这是怎么回事？

姨 yí ❶姨母，母亲的姊妹。❷(～子)妻的姊妹：大～子|小～子。

胰 yí 【胰腺】人和高等动物的腺体之一，能分泌胰液，帮助消化，还分泌一种激素(胰岛素)，有内分泌和外分泌两种功能，起调节糖类代谢作用。旧称"膵(cuì)脏"。【胰子】肥皂：香～～|药～～。

痍 yí 伤，创伤：疮～满目的旧中国一去不复返了("疮痍满目"喻到处是灾祸景象)。

诒 yí 遗留，流传：～训。

饴 yí ❶糖浆，糖稀：甘之若～。❷某种糖果：高粱～。

怡 yí 和悦，愉快：心旷神～|～然自得。

贻 yí ❶赠给。❷遗留：～害|～笑大方。

眙 yí 【盱眙】(xū yí)地名，在江苏省。

迤(迆、△移) ㊀yí 见第 19 页"逶"字条"逶迤"(wēi yí)。㊁yǐ 纸韵。

椸(箷) yí 衣架。

迻 yí 同"移"。【迻译】翻译。【迻录】抄录，过录。

宜 yí ❶适合，适当(连 适～)：你做这样的工作很相～。❷应该，应当：事不～迟|不～如此|不～操之过急。【宜宾】市名，在四川省东南部。

扅 yí 见第 219 页"扊"字条"扊扅"(yǎn yí)。

移 yí ❶挪动(连 迁～)：～植|愚公～山。❷改变，变动：～风易俗|坚定不～。

簃 yí 楼阁旁边的小屋。

宧 yí 古代称屋子里的东北角。

颐 yí ❶面颊，腮。❷休养，保养：～神。

蛇 ㊁yí 见第 19 页"委"字条"委蛇"(wēi yí)。㊀shé 麻韵。

遗 ㊀yí ❶丢失(连 ～失)：～失钢笔一支。❷漏掉(连 ～漏)：～忘。❸丢失的东西，漏掉的部分：路不拾～|补～。❹余，留：不～余力|～憾。特指死人留下的：～嘱|～像。【遗传】生物体的构造和生理机能由上一代传给下一代。❺不自觉地排泄粪便或精液：～尿|～精。㊁wèi 寘韵。

疑 yí ❶不信，因不信而猜度(duó)(连 ～惑)：可～|半信半～|～不能决|你不必～心。❷不能解决的，不能断定的：～问|～案|～义|存～(怀疑的问题保留着)。

嶷 yí 【九嶷】山名，在湖南省。

彝(彜) yí ❶古代盛酒的器具。〈又〉古代宗庙常用的祭器的总称：～器|鼎～。❷常，常道，法度：～训|～宪。❸彝族，我国少数民族名。

隹 zhuī 短尾巴的鸟。

骓 zhuī 青白杂色的马。

椎 ㊀zhuī 椎骨，脊椎骨，构成高等动物背部中央骨柱的短骨：颈～|胸～。㊁chuí 支韵。

锥 zhuī ❶（～子）一头尖锐，可以扎窟窿的工具：针～|无立～之地（喻赤贫）。❷像锥子样的东西：改～。

追 zhuī ❶赶，紧跟着（连～逐）：～随|～击敌人|他走得太快，我～不上他。❷追溯过去，补做过去的事：～念|～悼|～加预算|～肥。❸竭力探求，寻求：～问|～根|这件事不必再～了|～求真理。

仔 ㊂zī 【仔肩】所担负的职务，责任。㊀zǐ 纸韵。㊁zǎi 贿韵（见第175页“崽”字条）。

孖 zī 双生子。

孜 zī 【孜孜】勤谨，不懈怠：～～不倦。

咨（❶諮） zī ❶跟别人商议，询问（连～询）：有所～询。❷咨文，旧时用于同级机关的一种公文。

姿 zī ❶容貌。❷形态，样子（连～态|～势）：雄～|跳舞的～势。

资 zī ❶财物，钱财：～源|投～。引钱，费用：工～|车～。【资本】1.掌握在资本家手里的生产资料和用来雇佣工人的货币。喻在政治上或思想上为达到个人目的所凭借的依据：政治～～|骄傲的～～。2.旧指经营工商业的本钱。【资本主义】资本家占有生产资料并用以剥削雇佣劳动的社会制度。【资产阶级】占有生产资料，使用雇佣劳动，剥削工人剩余价值的阶级。【工资】在资本主义制度下是工人出卖劳动力的价格。在社会主义制度下是劳动报酬的货币表现。【资金】1.社会主义国家用于发展国民经济的物资或货币。2.本钱。【资料】1.生产、生活中必需的东西。2.用作依据的材料：统计～～。❷供给：～助|以～参考。❸智慧能力：～质（指智慧的高低）。❹资历，指出身、经历。【资格】从事某种活动应有的条件。

粢 zī 古代供祭祀用的谷类。

趑 zī 【趑趄】（zī jū）行走困难，不能向前进行：～～不前。

兹（茲） ㊀zī ❶这，这个：～日|～理易明。❷现在：数月于～|～定于明日开全体职工大会。❸〈古〉年：今～|来～。㊁cí 支韵。

嗞（△吱） zī （～儿）象声词（叠）：老鼠～的一声跑了|小鸟～～地叫。“吱”又音 zhī。

嵫 zī 见第144页“崦”字条“崦嵫”（yān zī）。

滋 zī ❶生出，长：～芽|～事|～蔓。❷益，增益，加多：～甚。【滋润】润泽，湿润，不干枯。【滋养】补益身体。【滋味】味道。❸喷射：水管往外～水。

孳 zī 滋生，繁殖：～生得很快。【孳孳】同“孜孜”。

镃 zī 【镃基】古代的锄头。

赀 zī ❶计量（多用于否定）：所费不～|不可～计。❷同“资❶”。

觜 ㊁zī 【觜宿】二十八宿之一。㊀zuǐ 纸韵。

訾 ㊁zī 姓。㊀zǐ 纸韵。

龇（呲） zī 张开嘴露出牙：～牙咧嘴。

髭 zī 嘴上边的胡子：～须皆白。

菑 zī 已经开垦了一年的田地。〈古〉又同“灾”（zāi）。

淄 zī 【淄水】水名，在山东省。

缁 zī 黑色：～衣。

辎 zī 辎车，有帷子的车。【辎重】行军时携带的器械、粮草、材料等。

锱 zī 古代重量单位，六铢等于一锱，四锱等于一两。【锱铢】喻琐碎的事或极少的钱：～～必较。

鲻 zī 【鲻鱼】背部黑绿色，腹部白色，吻宽而短。有的生活在海水和河水交界处,肉味美。

鼒 zī 上端收敛而口小的鼎。

耔 zī(今读 zǐ) 培土。

槜(檇) zuì(古读 zí) 【槜李】(zuì lǐ) 1.一种李子,果皮鲜红,浆多味甜。2.古地名,在今浙江省嘉兴市一带。

微 wēi ❶小，细小(连 细～)(叠)：防～杜渐。❷少，稍(连 稍～)：～笑|～感不适。❸衰落，低下：衰～。❹精深，精妙：～妙。

溦 wēi 小雨。

薇 wēi 一年生或二年生草本植物，又叫“巢菜”或“野豌豆”，花紫红色，种子可吃。

巍 wēi 高大(叠)：～峨。

威 wēi ❶使人敬畏的气魄：示～游行|～力|～望|权～。❷凭借力量或势力：～胁|～逼。

葳 wēi 【葳蕤】(wēi ruí)草木茂盛的样子。

韦(韋) wéi 熟皮子，去毛加工鞣制的兽皮。

围(圍) wéi ❶环绕，四周拦挡起来：～巾|～墙|包～敌人。❷四周：四～都是山|这块地方周～有多大？❸(～子)圈起来作拦阻或遮挡的东西：土～子|床～子。❹两只手的拇指和食指合拢起来的长度：腰大十～。又指两只胳膊合拢起来的长度：树大十～。

帏(幃) wéi 帐子，幔幕。

闱(闈) wéi ❶古代宫室的旁门：宫～(宫殿里边)。❷科举时代称考场：春～|秋～。

涠(潿) wéi 【涠洲】岛名，在广西壮族自治区北海市南。

违(違) wéi ❶背，反，不遵守(连 ～背|～反)：～法|阳奉阴～。❷不见面，离别：久～。

飞(飛) fēi ❶鸟类或虫类等用翅膀在空中往来活动：～行|～鸟|～虫。引 物体在空中飘荡或行动：～砂走石|飞机向东～。❷快，像飞似的：～奔|～报。❸极，特别的：这把刀～快。❹指无根据的，无缘无故的：～语|～灾。

妃 fēi 古代帝王的配偶，位次于后。

非 fēi ❶跟“是”相反：1. 不，不是：莫～|～卖品|～但要生产得多，而且要提高质量。2. 不合理的，不对的：明辨是～|为～作歹|～刑|～分(fèn)。【非常】1. 异乎寻常的：～～时期。2. 十分，极：～～光荣|～～高兴。❷跟“不”搭用，表示必须(有时后面没有“不”字)：～组织起来不能发挥力量|他～去不可。❸以为不对，不以为然：～笑|～议。【非难】(fēi nàn)责备。❹(外)指非洲，世界七大洲之一。

菲 ㊀fēi 花草茂盛：芳～。㊁fěi 尾韵。

啡 fēi 见第199页“吗”字条“吗啡”(mǎ fēi)、第101页“咖”字条“咖啡”(kā fēi)。

騑 fēi 古时一车驾四马，中间两马叫服马，服马两旁的马叫騑马，也叫骖马。

绯 fēi 红色：两颊～红。

扉 fēi 门：柴～|～页(书刊封面之内印着书名、著者等项的一页)|～画(书籍正文前的插画)。

蜚 ㊀fēi 〈古〉同“飞”。现在“流言飞语”的“飞”常写作“蜚”。㊁fěi 尾韵。

霏 fēi 飘扬：烟～云敛。【霏霏】(雨、雪、烟云等)很盛的样子：雨雪～～|淫雨～～。

鲱 fēi 【鲱鱼】身体侧扁而长，背部青黑色，腹银白色，生活在海洋中，肉可吃。

肥 féi ❶含脂肪多的，跟“瘦”相反：～猪|～肉|牛～马壮。❷肥沃，土质含养分多的：地很～|土地～沃。❸肥料，能增加田地养分的东西，如粪、豆饼、化学配合剂等：上～|施～|追～|基～。❹使田地增加养分：用草灰～田。❺宽大(指衣服鞋袜等)：袖子太～了。

淝 féi 【淝水】在安徽省，也作“肥水”：～水之战。

蜰 féi 臭虫。

腓 féi ❶【腓肠肌】胫骨后的肉，俗叫“腿肚子”。❷【腓骨】小腿外侧的骨头，比胫骨细小。

归(歸) guī ❶返回，回到本处：～家|～国。引 还给：物～原主|～本还

原。❷趋向：殊途同～|众望所～。❸归并，合并：把书～在一起|这两个机构～并成一个|～里包堆(zuī)(总共)。【归纳】由许多的事例概括出一般的原理。❹由，属于：这事～我办。❺珠算中称一位数的除法：九～。

挥 huī ❶舞动，摇摆：～刀|～手|大笔一～。【指挥】指导，全面地调度。特指指导军队作战。❷散出，甩出：～金如土|～汗如雨。【挥发】液体或某些固体在常温中变为气体而发散。【挥霍】用钱浪费，随便花钱。

晖 huī 阳光：春～|朝～。

辉(煇、△晖) huī 闪射的光彩(连光～)：光～四射。【辉煌】光彩耀眼：金碧～～。喻极其优良，出色：～～的业绩。【辉映】光彩照耀。引事物互相对照：前后互相～～。

翚 huī ❶飞。❷古书上指具有五彩的雉。

袆(褘) huī 古代王后的祭服。

徽 huī 标志：国～|校～。

几(❷幾) ㊁jī ❶(～儿)小或矮的桌子：茶～儿。❷几乎，差一点儿：～为所害|我～乎忘了。㊀jǐ 尾韵。

讥(譏) jī 讥笑，讽刺，挖苦(连～讽)：冷～热嘲|～笑。

叽(嘰) jī 象声词(叠)：小鸟～～地叫。【叽咕】(jī·gu)小声说话。

玑(璣) jī ❶不圆的珠子。❷古代测天文的仪器。

机(機) jī ❶事物发生的枢纽：生～|危～|转～。引 1. 对事情成败有重要关系的中心环节，有保密性质的事件：军～|～密|～要。2. 机会，合宜的时候：随～应变|勿失良～|好时～。【机体】【有机体】具有生活机能的物体，如动物和植物。【机能】生物体器官的作用：～～障碍。【动机】引起行动的意识，行动前定下的愿望：行动对不对，要把效果跟～～结合起来看。❷灵巧，能迅速适应事物的变化的：～巧|～智|～警。【机动】依照客观情况随时灵活行动：～～处理|～～作战。【机灵】聪明，头脑灵活。❸机器，由许多零件组成可以做功或有特殊作用的装置或设备：织布～|发电～|收音～|拖拉～。【机关】控制整个机器的关键。引办理事务的组织：行政～～|军事～～|～～工作。【机械】1. 利用力学原理组成的各种装置，各种机器、杠杆、滑轮以及枪炮等都是机械：～～化|～～工业。2. 呆板，不灵活，按照一定的方式工作而没变化，不是辩证的：～～地工作|～～唯物论。【飞机】利用机器发动能在空中飞行的工具，也省称"机"：～群|客～|战斗～。

矶(磯) jī 突出江边的小石山：采石～|燕子～。

圻 qí 地的边界。〈古〉又同"垠"(yín)。

祈 qí 迷信的人向神求福(连～祷)。引请求：敬～照准。

颀 qí 身材高大修长。

蕲(蘄) qí 【蕲春】县名，在湖北省。

旂 qí ❶古代指有铃铛的旗子。❷同"旗❶"。

刉 qí 划伤，刺破。

郗 xī(旧读 chī) 姓。

希 xī ❶同"稀"，少(连～罕)：物以～为贵。❷盼望(连～望)：～准时出席|～望你快点回来。

唏 xī 叹息声。【唏嘘】同"欷歔"。

浠 xī 【浠水】水名，在湖北省。

晞 xī 干，干燥：晨露未～。

欷 xī 【欷歔】(xī xū)抽搭，哭泣后不由自主地急促呼吸。

烯 xī 有机化学中分子式用 C_nH_{2n} 表示的一类化合物，如乙烯。

稀 xī ❶事物中间距离远、空隙大，跟“密”相反（连～疏）：棉花种得太～了不好|～客。【稀松】平常，无关紧要。❷浓度小，含水分多的（连～薄）：～饭|～硫酸|～泥|～释。❸少（连～少|～罕）：～有金属。

豨 xī 古书上指猪。【豨莶】（xī xiān）豨莶草，一年生草本植物，茎上有灰白毛，花黄色。全草入药。

饻 xī 老解放区一种计算工资的单位，一饻等于几种实物价格的总和。

衣 ㊀yī ❶衣服：～裳。❷披或包在物体外面的东西：炮～|糖～炮弹。㊁yì 未韵。

依 yī ❶靠，仗赖（连～靠）：相～为命|～靠群众。❷按照（连～照）：～次前进|～样画葫芦。❸顺从，答应：不～不饶。【依依】1.留恋、不忍分离：～～不舍。2.形容柔软的东西摇动的样子：杨柳～～。

铱 yī 一种金属元素，符号 Ir，白色，熔点高，质硬而脆。合金可做坩埚、自来水笔尖等。

祎（禕） yī 美好。多用于人名。

沂 yí 【沂河】源出山东省，至江苏省入海。

鱼(魚) yú 脊椎动物的一类,生活在水中,通常体侧扁,有鳞和鳍,用鳃呼吸,体温随外界温度而变化,种类很多。大部分可供食用或制造鱼胶。

渔(漁) yú ❶捕鱼:~船|~业。❷谋取不应得的东西:~利。

於 ㊀yū 姓。㊁yú 见第29页"于"字条。㊂wū 虞韵。

淤 yū ❶水道被泥沙阻塞:~了好些泥。❷河沟中沉积的泥沙:河~。❸同"瘀"。

瘀 yū 血液凝滞:~血。

与(與) ㊂yú 同"欤"。㊀yǔ 语韵。㊁yù 御韵。

玙(璵) yú 【玙璠】(yú fán)美玉,也作"璠玙"。

欤(歟) yú 文言助词,表示疑问:在齐~?在鲁~?

予 ㊀yú 我。㊁yǔ 语韵。

妤 yú 见第367页"婕"字条"婕妤"(jié yú)。

余(❶❷餘) yú ❶剩下来的,多出来的(连剩~):~粮|~兴|业~|不遗~力。❷十、百、千等整数或名数后的零数:十~人|三百~斤|两丈~。❸我。

馀 yú 见第135页"犰"字条"犰馀"(qiú yú)。

畲 ㊀yú 开垦过两年的地。㊁shē 麻韵。

艅 yú 【艅艎】古代一种大船。

舁 yú 〈方〉共同抬东西。

舆 yú ❶车中装载东西的部分。❷车:舍~登舟。【肩舆】轿子。❸众:~论。【舆情】群众的意见和态度:洞察~~。❹疆域:~图。

初 chū 开始,表示时间、等级、次序等都在前的:~一|~伏|~稿|~学|~等教育|红日~升。引原来的,原来的情况:~衷|和好如~。

樗 chū 【樗树】即臭椿树,落叶乔木,叶有臭味,木材不坚固。

除 chú ❶去掉:~害|斩草~根。❷不计算在内:~此以外|~了这个人,我都认识。【除非】1.表示唯一的条件,只有:若要人不知,~~己莫为。2.表示不计算在内,除了:那条山路,~~他,没人认识。【除夕】一年最后一天的夜晚,也泛指一年最后的一天。❸算术中用一个数去分另一数:用二~四得二。❹台阶:庭~。

滁 chú 【滁州】市名,在安徽省。

蜍 chú 见第73页"蟾"字条"蟾蜍"(chán chú)。

锄 chú 同"锄"。

锄(耡) chú ❶弄松土地及除草的器具:三齿耘~。❷耪,弄松土地,除草:~田|~草。❸铲除:~奸。

躇 chú 见第131页"踌"字条"踌躇"(chóu chú)。

车(車) ㊁jū 象棋棋子的一种。㊀chē 麻韵。

且 ㊁jū 〈古〉❶文言助词,相当于"啊":狂童之狂也~。❷用于人名。㊀qiě 马韵。

苴 jū 大麻的雌株,开花后能结果实。

岨 jū 带土的石山。

狙 jū 古书中指一种猴子。【狙击】乘人不备,突然出击。

疽 jū(俗读 zǔ) 中医指一种毒疮。

趄 ㊁jū 见第21页"越"字条"越趄"(zī jū)。㊀qiè 叶韵。

雎 jū 【雎鸠】古书上说的一种鸟。也叫"王雎"。

居 jū ❶住:分~|久~乡间。❷住处:新~|鲁迅故~。❸站在,处于:~中|~间|以前辈自~。❹安放:是何~心?❺积蓄,储存:奇货可~|囤积~奇。【居然】竟,出乎意外地:他~~来了。

据 ㊁jū 见第335页"拮"字条"拮据"(jié jū)。㊀jù 御韵。

崌 jū 见第355页“崅”字条“崅崌山”(lì jū shān)。

琚 jū 古人佩带的一种玉。

腒 jū 干腌的鸟类肉。

裾 jū 衣服的大襟。[引]衣服的前后部分。

胪(臚) lú 胪列，陈列：～情(陈述心情)。

鸬(鸕) lú 【鸬鹚】(鸕鷀)(lú cí)水鸟名，俗叫“鱼鹰”，羽毛黑色，闪绿光，能游泳，善于捕食鱼类，用树叶海藻等筑巢。渔人常用来捕鱼。

驴(驢) lú 一种家畜，像马，比马小，耳朵和脸都较长，能驮东西、拉车、供人骑乘。

闾 lǘ ❶里门，巷口的门。❷古代二十五家为一闾。

榈 lǘ 见第116页“栟”字条“栟榈”(bīng lǘ)、第5页“棕”字条“棕榈”(zōng lǘ)。

胠 qū ❶从旁边撬开：～箧(偷东西)。❷腋下。

祛 qū 除去，驱逐：～疑|～痰剂。

袪 qū ❶袖口。❷同“祛”。

蛆 qū 苍蝇的幼虫，白色，身体柔软，有环节，多生在不洁净的地方。

渠(❷佢) qú ❶水道。特指人工开的河道，水沟：红旗～|水到～成。❷他：不知～为何人。❸大：～帅|～魁。

蕖 qú 【芙蕖】(fú qú)荷花的别名。

磲 qú 见第99页“砗”字条“砗磲”(chē qú)。

璩 qú 古指耳环。

蘧 qú 姓。

籧 qú 【籧篨】(qú chú)古代指用竹子或苇子编的粗席。

如 rú ❶依照：～法炮制|～期完成。❷像，相似，同什么一样：～此|坚强～钢|整旧～新。【如今】现在，现代。❸及，比得上：我不～他|自以为不～|与其这样，不～那样。❹到，往：纵(听任)舟之所～。❺如果，假若，假使：～不同意，可提意见。❻词尾，表示情况：突～其来。

茹 rú 吃：～素|～毛饮血。[喻]忍：～痛|含辛～苦。

铷 rú 一种金属元素，符号Rb，银白色，质软而轻。是制造光电管的材料，铷的碘化物可供药用。

纾 shū 缓和，解除：～难(nàn)。

舒 shū ❶展开，伸展：～眉展眼。【舒服】【舒坦】身心愉快。❷从容，缓慢。

书(書) shū ❶成本的著作。❷信([连]～信)：家～|来～已悉|上～。❸文件：证明～|申请～。❹写字([连]～写)：～法。[转]字体：楷～|隶～。

梳 shū ❶(～子)整理头发的用具。也叫“拢子”。❷用梳子整理头发：～头。

疏(❶～❹踈) shū ❶去掉阻塞使畅通([连]～通)：～导。❷分散：～散。❸事物间距离大，空隙大，跟“密”相反([连]稀～)：～密不均|稀～的枪声。[引]1.不亲密，关系远的：亲～远近|他们一向很～远。2.不细密，粗忽：～神|这人太～忽了。❹不熟习：生～|人生地～。❺分条说明的文字：注～|奏～(封建时代臣下向皇帝陈述事情的文章)。

蔬 shū 蔬菜，可以做菜的植物(多属草本)：～食。

摅(攄) shū 发表或表示出来：各～己见。

圩(△墟) ㊀xū 闽粤等地区称集市。古书里作“虚”。㊁wéi 支韵。

胥 xū ❶古代的小官：～吏。【钞胥】管誊写的小吏。[转]代人抄写书的人。❷全，都：民～然矣|万事～备。

谞 xū ❶才智。❷谋划。

湑 ㊀xū 【湑水】水名，在陕西省。㊁xǔ 语韵。

虚 xū ❶空(连空～):弹不～发|座无～席。【虚心】不自满,不骄傲:虚心使人进步,骄傲使人落后。❷不真实的:～名|～张声势。【虚词】意义比较抽象,有帮助造句的作用的词(跟"实词"相对),如介词、连词等。❸心里怯懦:做贼心～。❹衰弱:身体～弱|他身子太～了。

墟 xū ❶有人住过而现在已经荒废的地方:废～|殷～。【墟里】【墟落】村落。❷〈方〉集市,同"圩㊁"。

嘘 ㊀xū ❶从嘴里慢慢地吐气,呵气。❷叹气:仰天而～。【嘘唏】同"歔欷"。❸靠火或汽的势力熏炙:小心别～着手|把干粮放在锅里～一～。㊁shī 支韵。

歔 xū 见第24页"欷"字条"欷歔"(xī xū)。

徐 xú 缓,慢慢地(叠):～步|清风～来|火车～～开动了。

诸 zhū ❶众,许多:～位|～子百家。❷"之于"或"之乎"二字的连用:付～实施|有～?

猪(豬) zhū 一种家畜,体肥多肉,肉可吃,皮和鬃是工业原料,粪是很好的肥料。

槠 zhū 常绿乔木,初夏开花,黄绿色。木材坚硬,可做器具。

潴(瀦) zhū 水停聚的地方。

橥(櫫) zhū 拴牲口的小木桩。

菹(葅) zū ❶酸菜。❷多水草的沼泽地带。【菹草】多年生水草,可做饲料。❸剁成肉酱:～醢(hǎi)。

虞（虞） yú ❶预料：以备不～。❷忧虑：无～。❸欺骗：尔～我诈（互相欺骗）。❹周代诸侯国名，在今山西省平陆县东北。

迂 yū ❶曲折，绕远：～回前进。❷言行、见解陈旧不合时宜（连～腐）：～论｜～见。

纡 yū 弯曲，绕弯。

于（❶△於） yú ❶介词：1. 在：写～北京｜生～1949年。2. 对于，对：～人民有益｜忠～祖国｜勇～负责。3. 到：勿诿过～人｜光荣归～党。4. 自，由，给：出～自愿｜取之～民，用之～民。5. 向：问道～盲。6. 在形容词后，表示比较，跟“过”的意思相同：阶级情义重～泰山｜霜叶红～二月花。7. 在动词后，表示被动：见笑～大方。【于是】连词，表示两件事前后紧接：他听完这个报告，～～就回去了。❷姓。“於”又 yū；又 wū。

盂 yú 一种盛液体的器皿：痰～｜漱口～。

竽 yú 乐器名，像现在的笙。【滥竽】一个不会吹竽的人混在乐队里充数。喻没有真本领，占着工作位置：～充数。

臾 yú 【须臾】片刻，一会儿。

谀 yú 谄媚，奉承。

萸 yú 见第36页“茱”字条“茱萸”（zhū yú）。

腴 yú 肥，肥美：丰～。

禺 yú 见第67页“番”字条“番禺”（pān yú）。

隅 yú ❶角落：城～。【隅反】喻由此知彼，能够类推。【向隅】对着屋子的一个角落，比喻得不到机会而失望。❷靠边的地方：海～。

嵎 yú ❶山弯曲的地方。❷同“隅”。

愚 yú ❶傻，笨（连～蠢）：～人｜～昧无知。引使愚蠢。【愚民政策】反动统治者为了便于统治人民而实行的使人民处于无知和闭塞状态的政策。❷谦辞：～见。❸愚弄，欺骗，耍：～弄人｜无人受其～。

髃 yú 【肩髃】针灸穴位名。

俞 ㊀yú 姓。㊁shù 见“腧”。

揄 yú 拉，引。【揄扬】称赞。

嵛 yú 【昆嵛】山名，在山东省东部。

愉 yú 喜欢，快乐（连～快）：轻松～快。

渝 yú ❶变（多指感情或态度）：始终不～。❷重庆市的别称：成～铁路。

逾（❶踰） yú ❶越过，超过：～期。❷更，越发：～甚。

瑜 yú ❶美玉。❷玉石的光彩。喻优点：瑕不掩～。

榆 yú 【榆树】落叶乔木，三、四月开小花。果实外面有膜质的翅，叫榆荚，也叫榆钱。木材坚固可以制器物。

觎（覦） yú 见第229页“觊”字条“觊觎”（jì yú）。

窬（踰） yú 从墙上爬过去：穿～之盗（穿墙和爬墙的贼）。

蝓 yú 见第329页“蛞”字条“蛞蝓”（kuò yú）。

娱 yú 快乐或使人快乐（连～乐）：文～活动｜自～。

雩 yú 古代求雨的一种祭祀。

瘐 yú 贤人失志怀忧而病（瘐病）。因以饥寒而死在狱中（瘐死）。

愈（❸癒、瘉） ㊀yú ❶更，越：～来～好｜～甚。❷贤，好：孰～（哪个好）？❸病好了（连痊～）：病～。㊀yǔ 麌韵。㊂yù 御韵。

逋 bū 逃亡（连～逃）。

晡 bū 〈古〉申时，即午后三时至五时。

刍（芻） chú 喂牲畜的草。

鹐(鸐) chú ❶同“雏”。❷见第 59 页“鹓”字条“鹓鹐”(yuān chú)。

雏(雛) chú 幼小的鸟,生下不久的:~鸡|~莺乳燕。【雏形】[喻]事物初具的规模:略具~~。

厨(廚、厨) chú 厨房,做饭做菜的地方。

橱(櫥) chú (~子|~儿)一种收藏东西的家具,前面有门:衣~|碗~儿。

蹰 chú 见第 11 页“踟”字条“踟蹰”(chí chú)。

粗(觕、麤、麁) cū ❶跟“细”相反:1.颗粒大的:~沙子|~面。2.长条东西直径大的:~线|这棵树长得很~|~枝大叶(喻疏忽)。3.毛糙,不精致的([连]~糙):板面很~|~瓷|~布|去~取精。4.声音低而大:噪音很~。5.疏忽,不周密:~心。❷鲁莽([连]~鲁):~暴|这话太~鲁。

徂 cú 往。

殂 cú 死亡。

都 ㊀dū。❶首都,全国最高领导机关所在的地方:建~。❷大城市([连]~市):通~大邑。㊁dōu 尤韵。

阇 ㊀dū 城门上的台。㊁ shé 麻韵。

嘟 dū 象声词:喇叭~~响。【嘟囔】(dū·nang)连续地自言自语,常带有抱怨的意思:别瞎~~啦!【嘟噜】(dū·lu)1.嘟囔。2.量词,用于连成一簇的东西:一~~钥匙|一~~葡萄。3.(~~儿)舌或小舌连续颤动而发出的声音:打~~儿。

夫 ㊀fū ❶旧时成年男子的通称:农~|渔~。[引]旧时称服劳役的人,也作“伕”([连]~役)。❷丈夫,跟“妻”、“妇”相对:~妻|姐~|姑~|新~妇。【夫人】对别人妻子的敬称。【夫子】1.旧时称老师。2.旧时妻称丈夫。㊁fú 虞韵。

伕 fū 同“夫㊀❶[引]”。

呋 fū 【呋喃】有机化合物,分子式 C_4H_4O,无色液体。供制药用,也是重要的化工原料。【呋喃西林】有机化合物,分子式 $C_6H_6O_4N_4$,浅黄色粉末,对多种细菌有抑制和杀灭作用。外用药,可作皮肤、黏膜的消毒剂。

肤(膚) fū 皮肤,肉体表面的皮:~色|肌~|切~之痛。[喻]表面的,浅薄的:理论~浅。

铁(鈇) ❶铡刀。❷同“斧”。

麸(麩) fū (~子)麸皮,小麦磨面过罗后剩下的皮儿。

趺 fū 同“跗”,脚背。

跗 fū 脚背:~骨|~面。也作“趺”。

稃 fū 小麦等植物的花外面包着的硬壳:内~|外~。

孵 fū 鸟类伏在卵上(现多用人工的方法),使卵内的胚胎发育成雏鸟。

鄜 fū 【鄜县】在陕西省。今作“富县”。

敷 fū ❶涂上,搽上:~粉|外~药。❷布置,铺开:~设路轨。❸足够:~用|入不~出。【敷衍】(fū·yǎn)做事不认真或待人不真诚,只是表面应酬:~~了(liǎo)事|这人不诚恳,对人总是~~。

夫 ㊁fú ❶文言发语词:~天地者。❷文言助词:逝者如斯~。㊀fū 虞韵。

芙 fú 【芙蓉】(fú róng)1.落叶灌木,花有红、白等色,很美丽,为别于荷花,也叫“木芙蓉”。2.荷花的别名。

扶 fú ❶搀,用手支持人或物使不倒:~老携幼|~犁。[引]帮助,援助:救死~伤|~危济困。❷用手按着或把持着:~墙|~栏杆。【扶手】手扶着可以当倚靠的东西,如拐杖、楼梯旁的栏杆等。

蚨 fú 【青蚨】古代用作铜钱的别名。

凫 fú 水鸟名。俗叫“野鸭”,外形像鸭子,雄的头部绿色,背部黑褐色,雌的黑褐色。常群游湖泊中,能飞。

罘 fú 【罘罳】【罦罳】(fú sī)一种屋檐下防鸟雀的网。也指古代一种屏风。【芝罘】【之罘】芝罘山,靠渤海,在山东省烟台市。

芣 fú 【芣苢】(fú yǐ)古书上指车前,多年生草本植物,花淡绿色,叶和种子可入药。

孚 fú ❶信用。❷为人所信服:深～众望。

俘 fú ❶打仗时被擒的敌人(连～虏):战～|遣～。❷打仗时擒住敌人(连～虏):被～|～获。

郛 fú 古代城圈外围的大城。

莩 ㊀fú 芦苇秆子里面的薄膜。㊁piǎo 筱韵。

桴(❷枹) fú ❶小筏子。❷鼓槌。

罦 fú 古书上指捕鸟的网。【罦罳】同"罘罳",见"罘"(fú)。

苻 fú 同"莩㊀"。

符 fú ❶朝廷传达命令或征调兵将用的凭证,用金、玉、铜、竹、木制成,刻上文字,分成两半,一半存朝廷,一半给外任官员或出征将帅:兵～|虎～。❷代表事物的标记,记号:音～|星～。【符号】1.同"符❷"。2.佩戴在身上表明职别、身份等的标志。❸相合(连～合):言行相～|这完全～合人民的利益。❹道士、巫婆画的驱使鬼神的东西(迷信)。

咐 fú 见第56页"吩"字条"吩咐"(fēn·fù)。

沽 gū ❶买:～酒|～名钓誉(有意做使人赞扬的事,捞取个人声誉)。❷卖:待价而～(旧时比喻抬高身价装腔作势谋求主子的重用)。

姑 gū ❶父亲的姊妹(叠)。❷丈夫的姊妹:～嫂|大～子。❸旧时妻称夫的母亲:翁～(公婆)。❹姑且,暂且:～妄言之|～置勿论|～且试一试。【姑息】暂求苟安。转无原则地宽容:对错误的行为绝不～～。

轱 gū 【轱辘】(gū·lu)1.车轮。2.滚动,转:别让球～～了。

鸪 gū 见第287页"鹧"字条"鹧鸪"(zhè gū)、第324页"鹁"字条"鹁鸪"(bó gū)。

菇(△菰) gū 蕈:香～|冬～。

蛄 gū 见第134页"蝼"字条"蝼蛄"(lóu gū)、见第243页"蟪"字条"蟪蛄"(huì gū)。

酤 gū ❶买酒。❷卖酒。

辜 gū ❶罪:无～|死有余～。❷背弃,违背:～负了他的一番好意。

家 ㊂gū 通"姑":～翁|曹大～。

呱 ㊂gū 【呱呱】古书上指小儿哭声。㊀guā 麻韵。㊁guǎ 马韵。

孤 gū ❶幼年失去父亲或父母双亡。❷单独(连～独):～雁|～掌难鸣(喻单独不能有为)|～立。❸古代帝王的自称:～家|～王。❹同"辜❷":～负。

軱 gū 大骨。

菰(苽) gū ❶多年生草本植物,生在浅水里,开淡紫红色小花。嫩茎经黑穗病菌寄生后膨大,叫茭白,果实叫菰米,都可以吃。❷同"菇"。

觚 gū ❶古代一种盛酒的器具。❷古代写字用的木板:操～(执笔写作)。❸棱角。

箍 gū ❶用竹篾或金属条束紧器物:～木盆。❷(～儿)约束器物的圈:铁～。

乎 hū ❶文言助词,表示疑问:1.同白话的"吗":天雨～? 2.同白话的"呢",表选择答复的疑问:然～? |否～? 3.同白话的"吧",表推测和疑问:日食饮得无衰～? ❷文言叹词,同白话的"啊":天～! ❸于(放在动词或形容词后):异～寻常|合～情理|不在～好看,在～实用。

呼(嘑、❹△戏) hū ❶喊:高～|欢～。❷唤,叫:～之即来|～应(彼此声气相通,互相照应)。【呼声】代表群众希望的言论。【呼吁】(hū yù)大声

疾呼地提出要求。❸往外出气，跟“吸”相反。❹见第 35 页“呜”字条“呜呼”（wū hū）。“戏”又音“xì”。

轷 hū 姓。

烀 hū 半蒸半煮，把食物弄熟：～白薯。

滹 hū 【滹沱河】水名，从山西省流入河北省。

戏（戲、戲）㊁hū 【於戏】见第 35 页“呜”字条“呜呼”。㊀xì 寘韵。

糊 ㊂hū 涂抹或粘合使封闭起来：用泥把墙缝～上。㊀hú 虞韵。㊁hù 遇韵。

和 ㊄hú 赌博用语，表示赢了。㊀hé 歌韵。㊁hè 箇韵。㊂huó 歌韵。㊃huò 箇韵。

狐 hú 狐狸，野兽名，性狡猾多疑，遇见敌人时肛门放出臭气，乘机逃跑。皮可做衣服。【狐媚】曲意逢迎，投人所好。【狐肷】（hú qiǎn）毛皮业上指狐狸腋下和腹部的毛皮。【狐疑】多疑。

弧 hú ❶木弓。❷圆周的一段：～形｜～线。

胡（❹鬍、❺衚）hú ❶我国古代称北方的民族：～人｜～服，泛指外国或外族的：～椒。【胡萝卜】（hú luó·bo）草本植物。根也叫胡萝卜，长圆锥形，肉质，有紫红、橘红等多种，是一种蔬菜。【胡琴】（hú·qin）弦乐器，在竹弓上系马尾毛，放在两弦之间拉动。❷乱，无道理：～来｜～闹｜～说｜说～话。❸文言疑问词，为什么，何故：～不归？❹（～子｜～儿）胡须。❺【胡同】（衚衕）（hú·tòng）巷。

葫 hú 【葫芦】（hú·lu）一年生草本植物，爬蔓，夏天开白花。果实中间细，像大小两个球连在一起，可以盛酒或供观赏。还有一种瓢葫芦，也叫“匏”（páo），果实梨形，对半剖开，可做舀水的瓢。

猢 hú 【猢狲】（hú sūn）猕猴的一种，产在我国北部的山林中，能耐寒。也泛指猴。

湖 hú 陆地上聚积的大水：洞庭～｜太～。【湖色】淡绿色。

瑚 hú 见第 67 页“珊”字条“珊瑚”（shān hú）。

煳 hú 烧得焦黑：馒头烤～了。

鹕 hú 见第 39 页“鹈”字条“鹈鹕”（tí hú）。

蝴 hú 见第 367 页“蝶”字条“蝴蝶”（hú dié）。

糊（❷餬）㊀hú ❶粘合：拿纸～窗户｜裱～。【糊涂】（hú·tu）不清楚，不明事理。❷粥类。【糊口】旧指勉强维持生活。❸同“煳”。㊁hù 遇韵。㊂hū 虞韵。

醐 hú 见第 39 页“醍”字条“醍醐”（tí hú）。

壶（壺）hú 一种有把有嘴的容器，通常用来盛茶、酒等液体：酒～｜茶～。

核 ㊁hú （～儿）同“核㊀❶❷”，用于某些口语词，如杏核儿、煤核儿等。㊀hé 职韵。

拘 jū ❶逮捕或扣押：～票｜～留｜～禁。❷限，限制：～束｜不～多少。❸固执：～谨｜～泥成法。【拘挛】1.（jū luán）痉挛。2.（～～儿，jū·luanr）蜷曲：手冻～～了。

泃 jū 【泃河】水名，在河北省。

驹 jū ❶少壮的马：千里～。❷（～子）小马：马～子。又指小驴、骡等：驴～子。

娵 jū 【娵隅】古代南方少数民族称鱼为“娵隅”。

锔（△锯）㊁jū 用锔子连合破裂的器物：～碗｜～锅。【锔子】（jū·zi）用铜、铁等制成的两头有钩可以连合器物裂缝的东西。㊀jú，“锯”又音 jù。

俱 jù（旧读 jū） 全，都：父母～存｜面面～到。【俱乐部】进行社会、政治、文艺、娱乐等活动的团体或场所。

刳 kū 从中间破开再挖空：～木为舟。

枯 kū 水分全没有了，干（连 干～）：～树｜～草｜～井。【枯燥】没趣味：～～乏味｜这种游戏太～～。

骷 kū 【骷髅】（kū lóu）没有皮肉毛发的尸首或头骨。

挎（刳） kū（今读 kuà） 同“抠”（kōu）。

卢（盧）lú 姓。【卢比】印度、巴基斯坦、尼泊尔、斯里兰卡等国的货币名。【卢布】苏联的货币名。

垆（壚、❷罏）lú ❶黑色坚硬的土。❷旧时酒店里安放酒瓮的土台子。也指酒店。

泸（瀘）lú 【泸州】市名，在四川省。

栌（櫨）lú 【黄栌】落叶灌木，花黄绿色，叶子秋天变成红色。木材黄色，可制器具，也可做染料。

颅（顱）lú 脑盖，也指头：～骨。

舻（艫）lú 见第313页“舳”字条“舳舻”（zhú lú）。

鲈（鱸）lú 【鲈鱼】体侧扁，嘴大，鳞细，银灰色，背部和背鳍上有小黑斑。肉味鲜美。

芦（蘆）lú 【芦苇】苇子，多年生草本植物，生在浅水里。茎中空，可造纸、编席等。根茎可入药。

庐（廬）lú 房舍：茅～。

炉（爐、鑪）lú （～子）取暖、做饭或冶炼用的设备：电～|煤气～|煤球～子|炼钢～。

轳（轤）lú 见第310页“辘”字条“辘轳”（lù lú）。

氇 lú 见第168页“氆”字条“氆氇”（pǔ lú）。

谟 mó 计谋，计划：宏～。

摸 ❶mó 同“摹”。【摸棱】同“模棱”。❷mō 药韵。

嫫 mó 【嫫母】传说中的丑妇。

模 ❶mó ❶法式，规范：楷～。【模型】依照原物或计划中的事物（如建筑）的形式做成的物品。❷仿效（连～仿）：儿童常～仿成人的举止动作。【模糊】（mó·hu）不分明，不清楚。【模棱】（mó léng）意见或语言含糊，不肯定：～～两可。❷mú 虞韵。

摹 mó 仿效，照着样子做：把这个字～下来。

毪 mú 毪子，西藏产的一种氆氇。

模 ❶mú 模子：字～儿|铜～儿。【模子】（mú·zi）用压制或浇灌的方法制造物品的工具。【模样】形状，容貌。❷mó 虞韵。

嗯（唔）❶ń 〈又〉ńg。❷ň 麌韵。❸ǹ 遇韵。

孥 nú 儿子，或指妻和子：妻～。

奴 nú 阶级社会中，受剥削阶级压迫、剥削、役使的没有自由的人：农～|家～。【奴隶】受奴隶主奴役而没有人身自由的人。【奴役】把人当作奴隶使用。【奴才】1.旧时受剥削阶级役使的人被迫自称。2.指甘心供人驱使，帮助作恶的坏人。

笯 ❶nú 鸟笼。❷ná 麻韵。

驽 nú 驽马，劣马，走不快的马。喻愚钝无能：～钝。

嗯（唔）❶ ńg 〈又〉叹词，表示疑问：～！你说什么？❷ ňg 麌韵。❸ǹg 遇韵。

铺 ❶pū 把东西散开放置，平摆：～轨|平～直叙（说话、作文没有精彩之处）|为实现共产主义社会～平道路。【铺张】为了形式上好看而多用人力物力：反对～～浪费。❷pù 遇韵。

匍 pú 【匍匐】（pú fú）爬，手足并行，也作“匍伏”：～前进。

葡 pú 【葡萄】（pú·táo）藤本植物，茎有卷须能缠绕他物，叶子像手掌。花小，黄绿色。果实也叫葡萄，圆形或椭圆形，可以吃，也可以酿酒。

莆 pú 【莆田】县名，在福建省。

脯 ❶pú （～子|～儿）胸脯，胸部：挺着胸～子。❷fǔ 麌韵。

蒲 pú 【香蒲】多年生草本植物，生于浅水或池沼中，叶长而尖，可以编席、蒲包和扇子。根茎可以吃。

酺 pú 〈古〉聚会饮酒。

菩 pú 【菩萨】(菩薩)(pú sà)梵语“菩提萨埵(duǒ)”的省称,佛教中指地位仅次于佛的人。泛指佛和某些神。

区(區) ㊀qū ❶分别(连~别|~分)。❷地域:工业~。❸行政区域,有跟省平行的自治区和比市低一级的市辖区等。【区区】(qū qū)小,细微。㊁ōu 尤韵。

岖(嶇) qū 【崎岖】(qí qū)山路不平。

驱(驅、敺) qū ❶赶牲口:~马前进。引赶走(连~逐):~逐出境。【驱使】差遣,支使别人为自己奔走。❷快跑(连驰~):并驾齐~|前~。

躯(軀) qū 身体(连身~):七尺之~|为国捐~。

趋(趨) qū ❶快走:~而迎之。❷向往,情势向着某方面发展,进行:~势|大势所~|意见~于一致。❸鹅或蛇伸头咬人。〈古〉又同“促”(cù)。

劬 qú 劳累(连~劳)。

朐 qú 【临朐】县名,在山东省。

鸲 qú 鸟名,身体小,尾巴长,嘴短而尖,羽毛美丽。【鸲鹆】(qú yù)鸟名,又叫“八哥儿”,全身黑色,头及背部微呈绿色光泽,能模仿人说话。

鼩 qú 【麝鼩】也叫“麝香鼠”,食虫动物,多生活在近水的地方。通常被误认为鼠类。雄的有分泌芳香物质的腺体,皮毛珍贵。

瞿 qú 姓。

氍 qú 【氍毹】(qú shū)毛织的地毯。古代演剧多在地毯上,因以氍毹代表舞台。

臞 qú 消瘦。

癯 qú 瘦:清~。

蠼(蠷) qú 【蠼螋】(qú sōu)昆虫名,黑褐色,体扁平狭长,腹端有铗状尾须一对,多生活在潮湿的地方,危害家蚕等。

衢 qú 大路,四通八达的道路:通~。

儒 rú ❶旧时指读书的人:~生|腐~。❷儒家,春秋战国时代以孔子、孟子为代表的一个学派。提倡以仁为中心的道德观念,主张德治。受到历代封建王朝的推崇,影响深远。

薷 rú 【香薷】一年或多年生草本植物,茎呈方形,紫色,叶子卵形,花粉红色,果实棕色。茎和叶可以提取芳香油。

嚅 rú 见第 367 页“嗫”字条“嗫嚅”(niè rú)。

濡 rú ❶沾湿,润泽:~笔|耳~目染(喻听得多看得多,无形中受到影响)。❷停留,迟滞。

孺 ㊀rú 孺子(即“乳子”),小孩子,幼儿:妇~。㊁rù 遇韵。

襦 rú 短衣,短袄。

颥 rú 见第 367 页“颞”字条“颞颥”(niè rú)。

蠕(蝡) rú(旧读 ruǎn) 像蚯蚓那样慢慢地行动:~动。【蠕形动物】旧时动物分类中的一大类。该类动物体长而柔软,如蛔虫、绦虫等。

殳 shū 古代的一种兵器,用竹子做成,有棱无刃。

枢(樞) shū 门上的转轴:户~不蠹。【枢纽】重要的部分,起决定性作用的部分:运输的~~。【中枢】中心,中央:神经~~。

姝 shū 美丽,美好。

殊 shū ❶不同:特~情况|~途同归。❷极,很:~佳|~乐|~可钦佩。❸断,绝:~死战(拼命的战斗)。

输 shū ❶从一个地方运送到另一个地方(连运~):~出|~血。❷送给,捐献:捐~。❸败,负:~了两个球。

毹 shū 见第 34 页“氍”字条“氍毹”(qú shū)。

苏(蘇、❷甦、❸囌) sū ❶植物名:1. 紫苏,一年生草本植物,叶紫黑色,花紫色,叶和种子可入药。2.白苏，一年生草本植物，茎方形，花白色，种子可以榨油。❷假死后再活过来：死而复～。❸见第167页“噜”字条“噜苏”。

酥 sū ❶酪，用牛羊奶凝成的薄皮制造的食物。❷松脆，多指食物：～糖。❸含油多而松脆的点心：桃～。

稣 sū 同“苏❷”。

图（圖） tú ❶用绘画表现出来的形象：～画|地～|蓝～|插～。【图解】画图或列表解释事物。❷画：画影～形。❸计谋，计划：良～|鸿～。❹谋取，希望得到（连～谋）：唯利是～。

荼 tú ❶古书上说的一种苦菜。【荼毒】喻苦害。❷古书上指茅草的白花：如火如～。

涂（塗） tú ❶使颜色、油漆等附着在上面：～上一层油。❷抹去：字写错了可以～掉|～改。❸泥泞。【涂炭】喻 1.困苦。2.污浊。❹同“途”。

途 tú 道路（连～径|道～|路～|～程）：坦～|道听～说|半～而废。【前途】喻未来的境地，将来的成就。【用途】用处。

酴 tú ❶酒曲。❷酴酒，重（chóng）酿的酒。

徒 tú ❶步行（不用车、马）：～行。❷空：～手。引徒然，白白地：～劳而返|～劳无益。❸只，仅仅：～托空言|不～无益，反而有害。❹徒弟：学～。❺同一派系或信仰同一宗教的人：教～。❻人（多指坏人）：匪～|不法之～。❼徒刑，剥夺犯人自由的刑罚，分有期徒刑和无期徒刑两种。

菟 ㊀tú 见本页“於”字条“於菟”（wū tú）。㊁tù 遇韵。

屠 tú 宰杀牲畜（连～宰）：～狗|～户。引屠杀，大量残杀：反对帝国主义者～杀殖民地人民。

乌（烏） wū ❶乌鸦，鸟名，俗叫“老鸹（guā）”或“老鸦”。【乌合】喻无组织地聚集：～～之众。❷黑色：～云|～木。❸〈古〉疑问词，哪，何：～足道哉？【乌兹别克】乌兹别克族，我国少数民族名；国家名。

邬（鄔） wū 姓。

呜（❶嗚、❷乌、❷於） wū ❶象声词（叠）：工厂汽笛～～地叫。❷呜呼（烏～|於～|於戲）（wū hū）：1.文言叹词。2.旧时祭文常用“呜呼”表示叹息，后借指死亡：一命～～。“於”又 yū；又 yú，见“于”。

钨（鎢） wū 一种金属元素，符号W，灰黑色的晶体，质硬而脆，熔点很高，可以拉成很细的丝。钨丝可以做电灯泡中的细丝。钢里面加入少量的钨合成钨钢，可以制造机器、钢甲等。

圬（杇） wū ❶泥瓦工人用的抹（mǒ）子。❷抹（mò）墙。

污（汙、汚） wū 肮脏（连～秽）：～泥。喻不廉洁：贪～。【污辱】用无理的言行给人以难堪。

巫 wū 旧社会中专以祈祷求神骗取财物的人。

诬 wū 硬说别人做了某种坏事（连～赖）：～告|～赖人。

於 ㊀wū 〈古〉叹词。【於菟】（wū tú）〈古〉老虎的别称。㊁yú 虞韵，见第29页“于（❶△於）”字条。㊂yū 鱼韵。

恶（惡） ㊃wū 〈古〉❶同“乌❸”。❷叹词：～，晨鸡鸣矣！㊀è 药韵。㊁wù 遇韵。㊂ě 药韵。

亡 ㊁wú 〈古〉同“无”。㊀wáng 阳韵。

无（無） wú ❶没有，跟“有”相反：～产阶级|从～到有。❷不：～须这样|～妨试试。【无非】不过是，不外如此：他批评你，～～是想帮助你进步。【无论】不拘，不管，常跟“都”连用：～～是谁都要遵守纪律。

芜（蕪） wú 长满乱草（连荒～）：～城。喻杂乱。

毋 wú 不要，不可以：宁缺～滥。

吾 wú 我,我的。

郚 wú 见第113页“鄌”字条“鄌郚”(táng wú)。

浯 wú 【浯水】在山东省。

梧 wú 【梧桐】落叶乔木,树干很直,木质坚韧。

鼯 wú 【鼯鼠】尾巴很长,前后肢之间有薄膜,能从树上滑翔下来,住在树洞中,昼伏夜出。

吴(吳) wú 古国名:1.周代诸侯国名,在今江苏省南部和浙江省北部,后来扩展到淮河下游一带。2.三国之一,孙权建立(公元222～280年),在今长江中下游和东南沿海一带。

蜈 wú 【蜈蚣】(wú·gōng)节肢动物,由许多环节构成,每节有脚一对,头部的脚像钩子,能分泌毒液,捕食小虫,可入药。

吁 ㊀xū ❶叹息:长～短叹。❷叹词,表示惊疑:～,是何言欤!㊁yù 遇韵。

盱 xū 【盱眙】(xū yí)县名,在江苏省。

须(❸❹鬚) ❶必须,必得,应当:这事～亲自动手|务～注意|必～努力。❷等待。❸胡子(连 胡～)。❹像胡须的东西:触～|花～|～根。【须臾】(xū yú)片刻,一会儿。

嬃 xū 古代楚国人对姐姐的称呼。

需 xū ❶需要,必得用:～款|按～分配。❷必得用的财物:军～。

繻(𦈡) xū ❶有彩色的缯。❷古代一种用帛制的通行证。

朱(❷硃) zhū ❶大红色。❷朱砂,矿物名,化学成分是硫化汞,颜色鲜红,是提炼水银的重要原料,又可做颜料或药材。也叫“丹砂”。

侏 zhū 矮小。【侏儒】身量特别矮小的人。

诛 zhū ❶把罪人杀死:～戮|伏～|罪不容～。❷责罚:口～笔伐。

邾 zhū 周代诸侯国名,后改称“邹”,在今山东省邹城一带。

茱 zhū 【茱萸】(zhū yú)植物名:1.山茱萸。落叶小乔木,开小黄花。果实椭圆形,红色,味酸,可入药。2.吴茱萸,落叶乔木,开黄绿色小花。果实红色,可入药。3.食茱萸,落叶乔木,开淡绿色花。果实味苦,可入药。

洙 zhū 【洙水】泗水的支流,在山东省。

珠 zhū ❶(～子)珍珠,淡水里的三角帆蚌和海水里的马氏珍珠贝等因沙粒窜入壳内,受到刺激而分泌真珠质,逐层包起来形成的圆粒。有光泽,可入药,又可做装饰品。❷(～儿)像珠子样的东西:眼～儿|水～儿。

株 zhū ❶露出地面的树根:守～待兔(比喻妄想不劳而得,也比喻拘泥不知变通)。【株连】指旧时一人犯罪牵连到许多人。❷棵儿,植物体:植～|病～。【株距】种树或种庄稼时,同一行中相邻的两棵植株之间的距离。❸量词,指植物:一～桃树。

铢 zhū 古代重量单位,二十四铢等于一两:锱～|～积寸累(喻一点一滴地积累)。

蛛 zhū 见第10页“蜘”字条“蜘蛛”(zhī zhū)。

租 zū ❶出代价暂用别人的东西:～房|～家具。【租界】帝国主义者强迫被侵略国家在通商都市划给他们直接统治的地区。租界是帝国主义进行侵略活动的据点。【租借地】一国以租借名义在他国暂时取得使用、管理权的地区。租借地的所有权仍属于原来的国家,租借期满交还。它是帝国主义侵占别国领土的一种方式。❷出租:～给人|～出去。【出租】收取一定的代价,把房地器物等借给别人用。旧时剥削阶级常以出租为手段,残酷剥削劳动人民。❸出租所收取的钱或实物:房～|收～。❹田赋:～税。

齐（齊） qí ❶整齐，东西一头平或排成一条直线：庄稼长得很～|队形整～|纸叠得很～。【齐截】（qí·jie）1.整齐：字写得～～。2.全备：东西都预备～～了。【齐齿呼】i韵母和拿i开头的韵母。【看齐】站队的时候，以排头为准把队形排齐。[喻]争取与模范人物一样：大家向劳动模范～～。❷达到，跟什么一般平：河水～腰深。❸同时，同样，一起：～声高唱|～心|一～用力。❹全，完全（[连]～全）：材料都预备～了|代表都到～了。❺周代诸侯国名，在今山东省北部、东部和河北省东南角。❻朝代名：1.南朝朝代之一，萧道成建立（公元479～502年）。2.北朝朝代之一，高洋建立（公元550～577年）。〈古〉又同斋戒的"斋"（zhāi）。

脐（臍） qí ❶肚脐，胎儿肚子中间有一条管子，跟母体的胎盘连着，这个管子叫脐带，出生以后，脐带脱落的地方叫"脐"。❷螃蟹腹部下面的甲壳：尖～|团～。

蛴（蠐） qí 【蛴螬】（qí cáo）金龟子的幼虫，一寸多长，圆筒形，白色，身上有褐色毛，生活在土里，吃农作物的根和茎，是害虫。

畦 qí 田园中分成的小区：种一～菜。

溪 qī 今音xī，见第39页"溪"字条。

蹊 ㊀qī 【蹊跷】（qī qiāo）〈方〉奇怪，跷蹊。㊁xī 齐韵。

妻 ㊀qī （～子）男子的配偶，跟"夫"相对。㊁qì 霁韵。

凄（❶淒、❷悽） qī ❶寒凉：～风苦雨。❷悲伤（[连]～惨）。

郪 qī 【郪江】水名，在四川省。

萋 qī 【萋萋】形容草生长得茂盛。

栖（棲） ㊀qī 鸟停留在树上。[引]居住，停留：两～|～身之处。【栖霞】县名，在山东省。㊁xī 齐韵。

蓖（萞） bì 【蓖麻】（bì má）一年生或多年生草本植物。种子可榨油，医药上用作轻泻剂，工业上用作润滑油等。同"萆"。

篦 bì ❶（～子）齿很密的梳头的用具。❷用篦子梳：～头。

氐 ㊀dī 我国古代西部的少数民族名。㊁dǐ 荠韵。

低 dī ❶跟"高"相反：1.矮：这房子太～|弟弟比哥哥～一头。2.地势洼下：～地。3.声音细小：～声讲话。4.程度差：眼高手～|政治水平～。5.等级在下的：～年级学生。6.价钱小：最～的价钱。❷俯，头向下垂：～头。

羝 dī 公羊。

堤（隄） dī 用土、石等材料修筑的挡水的高岸：河～|修～。【堤防】堤。

提 ㊁dī 【提防】（dī·fang）小心防备。【提溜】（dī·liu）手提（tí）。㊀tí 齐韵。

鞮 dī 古代的一种皮鞋。

圭（❶珪） guī ❶古代帝王、诸侯在举行典礼时拿的一种玉器，上圆（或剑头形）下方。❷古代测日影的器具。【圭臬】（guī niè）标准，法度。❸古代量名，一升的十万分之一。

邽 guī 【下邽】地名，在陕西省渭南县。

闺 guī ❶上圆下方的小门。❷旧时指女子居住的内室：深～。【闺女】1.未出嫁的女子。2.女儿。

鲑 guī 鱼名，身体大，略呈纺锤形，鳞细而圆，肉味美。

乩 jī 扶乩，旧时迷信的人占卜问疑。

鸡（雞、鷄） jī 一种家禽，公鸡能报晓，母鸡能生蛋。

笄 jī 古代盘头发用的簪子。

赍（齎、賫） jī ❶怀抱着，带着：～志而没（mò，志未遂而死去）|～恨。❷把东西送给别人。

嵇 jī 姓。

稽 ㊀jī ❶停留：～留|～迟|不得～延时日。❷考核(连～核)：～查|无～之谈。❸计较：反唇相～(反过来责问对方)。㊁qǐ 荠韵。

跻(躋) jī 登，上升。

齑(齏) jī ❶捣碎的姜、蒜、韭菜等。❷细，碎：化为～粉。

挤(擠) ㊀jī 毁坏、推挤。引排斥(连排～)：互相排～。㊁jǐ 荠韵。

刲 kuī 割。

奎 kuí 【奎星】二十八宿之一。

喹 kuí 【喹啉】(kuí lín)有机化合物，分子式是 $C_6H_4(CH)_3N$，无色液体，有特殊臭味。医药上作防腐剂，工业上供制染料。

蝰 kuí 【蝰蛇】一种毒蛇，生活在森林或草地里。

暌(△睽) kuí 隔离(连～违|～离)。

睽 kuí 【睽睽】睁大眼睛注视：众目～～。

丽(麗) ㊁lí 【高丽】朝鲜历史上的王朝，旧时习惯上沿用指称朝鲜。【丽水】县名，在浙江省。㊀lì 霁韵。

骊(驪) lí 纯黑色的马。

鹂(鸝) lí 【黄鹂】羽毛黄色，从眼边到头后部有黑色斑纹。鸣叫的声音很好听。也叫"黄莺"。

鲡(鱺) lí 见第 66 页"鳗"字条"鳗鲡"(mán lí)。

黎 lí ❶众：～民|～庶。❷黎族，我国少数民族名。【黎明】天刚亮的时候。

藜(莉) lí 草本植物，初生可食，古蒸以为茹，谓之莱蒸。【藜芦】毒草名，三月生苗，叶似初出椶心，又似车前，茎似葱。白青紫色，高五六寸。上有黑皮裹茎似椶皮，有花，肉红色，根似马肠根，长四五寸，黄白色。

黧 lí 黑里带黄的颜色。

瓈 lí 见第 93 页"玻"字条"玻瓈"(bō · lí)。今同"璃"，但"璃"为支韵。

咪 mī ❶猫叫声。又呼猫声。❷微笑的样子(叠)：笑～～。

谜(謎) mí 谜语，影射事物或文字的隐语：灯～|～底。喻还没有弄明白的或难以理解的事物。

坭 ní ❶同"泥"。【红毛坭】〈方〉水泥。❷地名用字，如"白坭"，在广东省。

泥 ㊀ní ❶土和水合成的东西。❷像泥的东西：印～(印色)|枣～|山药～。㊁nì 霁韵。

倪 ní 端，边际。【端倪】头绪：已略有～～。

猊 ní 见第 67 页"狻"字条"狻猊"(suān ní)。

霓 ní 副虹(参看"虹"字条)。【霓虹灯】在长形真空管里装氖、水银蒸气等气体，通电时产生各种颜色的光，这种灯叫霓虹灯。多用作广告或信号。

鲵 ní 两栖动物名，有大鲵和小鲵两种。大鲵俗称"娃娃鱼"，眼小，口大，四肢短，尾巴扁。生活在淡水中，肉可以吃。

麑 ní 小鹿。

齯 ní 老年人齿脱落后重生的小齿叫"齯齿"。也叫儿齿。《尔雅·释诂》："儿齿，寿也。九十曰儿齿。"大齿落尽，更生小齿如小儿齿。

輗(輗) ní 大车辕头上联络横木的键叫輗。

砒 pī ❶"砷"(shēn)的旧名。❷指砒霜。【砒霜】是砷的氧化物，性极毒，可作杀虫剂。

鼙 pí 古代军中用的一种鼓。

梯 tī ❶(～子)登高用的器具或设备：楼～|软～|电～。❷像梯子样的：～形。【梯田】在山坡上开辟的一层一层的田地。

睇 tī 有机化合物，锑氢的特称。

锑 tī 一种金属元素，符号 Sb。银白色，有光泽，质硬而脆。锑、铅和锡的合金可制印刷用的铅字。锑化铟是一种重要的半导体材料。

鷉 tī 见第351页“鸊”字条“鸊鷉”（pì tī）。

荑 ㊀tí ❶草木初生的叶芽。❷稗子一类的草。㊁yí 支韵。

绨 ㊀tí 光滑厚实的丝织品。㊁tì 霁韵。

鹈 tí 【鹈鹕】（tí hú）水鸟名，俗叫“淘河”或“塘鹅”，体大嘴长，嘴下有皮囊可以伸缩，捕食鱼类。

提 ㊀tí ❶垂手拿着有环、柄或绳套的东西：～着一壶水｜～着一个篮子｜～心吊胆（喻害怕）｜～纲挈领（喻扼要）。❷由低往高，由后往前：～升｜～高｜～前。❸引起，说起，举出：经他一～，大家都想起来了｜～意见｜～供材料。【提醒】从旁促使别人注意或指点别人：幸亏你～～，不然我就忘了。【提倡】说明某种事物的优点，鼓励大家使用或实行：要～～顾全大局。【提议】说出意见，供人讨论或采纳。❹取出（连～取）：把款～出来｜～单（提取货物的凭单）。❺汉字的一种笔形（㇀），即“挑”（tiǎo）。㊁dī 齐韵。

缇 tí 橘红色。

騠 tí 见第336页“駃”字条“駃騠”（jué tí）。

啼（嗁） tí ❶哭，出声地哭（连～哭）：悲～｜用不着哭哭～～。❷某些鸟兽叫：鸡～｜猿～。

蹄（蹏） tí （～子｜～儿）马、牛、羊等生在趾端的角质保护物。又指有角质保护物的脚：马不停～。

题 tí ❶题目，写作或讲演内容的总名目：命～｜出～｜难～（喻不容易做的事情）｜离～太远。引练习或考试时要求解答的问题：试～｜算～｜几何～｜问答～。【题材】写作内容的主要材料。❷写上，签署：～名｜～字｜～词。

醍 tí 【醍醐】（tí hú）精制的奶酪。

鳀 tí 鱼名，体长三寸到四寸，银灰色，侧扁，腹部呈圆柱形，眼和口都大。生活在海中。

兮 xī 古汉语助词，相当于现代的“啊”或“呀”：大风起～云飞扬。

西 xī ❶方向，太阳落的一边，跟“东”相对：由～往东｜～房｜～南角上。❷事物的样式或方法属于西方（多指欧、北美两洲）的：～餐｜～服。

茜 ㊁xī 多用于人名（人名中也有读qiàn的）。㊀qiàn 霰韵。

恓 xī 【恓惶】（xī huáng）惊慌烦恼的样子。

栖 ㊁xī 【栖栖】心不安定的样子。㊀qī 齐韵。

氙 xī “氙”（xiān）的旧称。

硒 xī 一种非金属元素，符号Se，导电能力随光的照射强度的增减而改变。硒可用来制半导体晶体管和光电管等，又供玻璃等着色用。

舾 xī 船舶装备品。【舾装】1.船舶装置和舱室设备如锚、舵、缆、桅樯、救生设备、航行仪器、管路、电路等的总称。2.船体下水后，装备上述设备和刷油漆等项工作的总称。

粞 xī 碎米：糠～。

奚 xī ❶古代指被役使的人。❷古疑问词：1.为什么：～不去也？2.什么：子将～先？3.何处：水～自至？

傒 xī 【傒倖】烦恼，焦躁。

徯 xī ❶等待。❷同“蹊”。

溪（谿） xī 山里的小河沟。【溪卡】（谿卡）（xī kǎ）西藏民主改革以前官府、寺院和贵族的庄园。古代又音qī，见第37页“溪”字条。

蹊 ㊀xī 小路（连～径）。㊁qī 齐韵。

鸂 xī 【鸂鶒】（xī chì）古书上指像鸳鸯的一种水鸟。

鼷 xī 【鼷鼠】小家鼠。

犀 xī ❶【犀牛】哺乳动物，形状略似牛，全身几乎没有毛，皮粗厚多皱纹。角生在鼻子上，印度一带产的只有一只角，非洲产的有两只角，前后排列。角坚硬，可做器物，又可以入药。❷坚固：～利（锐利）。【木犀】桂花。

樨 xī 【木樨】同“木犀”，即桂花。

醯 xī ❶醋。❷酰（xiān）的旧称。

携（攜、擕） xié 带（连～带）：～眷|～带武器。【携手】手拉着手。喻合作。

鷖 yī 古书上指鸥。

繄 yī 文言助词，惟：人皆有母，～我独无。

瑿 yī 美石黑色。

堅 yī 尘埃。

黳 yī 小黑子，北人叫做黶子（皮肤上的小黑点），吴楚谓之痣。

嫛 yí 【嫛婗】（yí yí）小儿学语声。

譥 yí 当“然”讲，是，相言应词。

佳 jiā 美，好的：～音（好消息）|～句|～作。

挨 ㊀āi ❶依次，顺次：～家问|～着号头叫。❷靠近：你～着我坐吧。㊁ái 佳韵。

捱（△挨） ái ❶遭受，亲身受到：旧社会劳动人民～饿受冻|～打|～骂。❷拖延：～日子|别～磨了，快走吧。"挨"又音 āi，佳韵。

叉（❷扠） ㊀chā ❶（～子）一头分歧便于扎取的器具：三齿～|粪～子|渔～。❷用叉子扎取：～鱼。❸交错：～手。㊁chá 麻韵。㊂chǎ 马韵。

杈 ㊀chā 一种用来挑柴草等的农具。㊁chà 祃韵。

钗 chāi 妇女发髻上的一种首饰：金～|荆～布裙（旧喻妇女装束朴素）。

差 ㊂chāi ❶派遣去做事（连～遣）。❷旧时称被派遣的人。❸差事，被派遣去做的事：兼～|出～。㊀chà 祃韵。㊁chā 麻韵。㊃cī 支韵。

侪（儕） chái 同辈，同类的人们：吾～（我们）。

柴 chái 烧火用的草木。【火柴】用细木条蘸上磷、硫等制成的能摩擦生火的东西。

豺 chái 一种像狼的野兽，耳朵比狼的短而圆，性贪暴，常成群侵袭家畜。【豺狼】喻 贪心残忍的恶人。

膗 chuái 〈方〉肥胖而肌肉松：看他那～样。

乖 guāi ❶不顺，不和谐（连～僻）。❷机灵，伶俐（连～巧）：这孩子真～。

怀（懷） huái ❶思念（连～念）：～友|～念伟大的祖国。❷包藏：～胎|～疑|～恨|胸～壮志。❸胸前：把小孩抱在～里。❹心意：无介于～|正中（zhòng）下～。

淮 huái 【淮河】源出河南省，流经安徽省，至江苏省注入洪泽湖。

槐 huái 【槐树】落叶乔木，花黄白色。果实长荚形。木材可供建筑和制家具之用。花蕾可做黄色染料。

踝 huái 【踝骨】脚腕两旁凸起的部分。

耲 huái 用耲耙翻土。【耲耙】（huái·bà）翻土用的一种农具。

阶（階、堦） jiē 台阶，建筑物中为了便于上下，用砖、石砌成的、分层的东西。【阶梯】台阶和梯子。比喻提高的凭借或途径。【阶段】事物发展的段落：球赛已经进入最后～～。【阶级】在一定社会的生产中处于不同地位的社会集团叫"阶级"。【阶层】指在同一个阶级中因社会经济地位不同而分成的层次。

皆 jiē 全，都：～大欢喜|人人～知。

搋 chuái 用拳头揉，使掺入的东西和匀：～面|～米饭饼子。

喈 jiē （叠）❶声音和谐：鼓钟～～。❷鸟声：鸡鸣～～。远闻鸟鸣的和声。

楷 ㊁jiē 【楷树】落叶乔木，果实长圆形，红色。木材可制器具。也叫"黄连木"。㊀kǎi。

痎 jiē 古书上说的一种疟疾。

街 jiē 两边有房屋的，比较宽阔的道路。通常指开设商店的地方。【街坊】（jiē·fang）邻居。

偕 jiē 是两个人以上，同在一处的意思。【偕老】两人互爱同居到老。

湝 jiē 水流貌：水流～～。

飷 jiē 疾风。

揩 kāi 擦，抹：～鼻涕|～背|～油（占便宜）。

锴 kāi 大丝。

� kāi 【徘徊】行恶，胡乱行，胡作妄行。

𢭃（擓） kuǎi ❶搔，轻抓：～痒。❷擦，拭。❸用胳膊挎着：～着篮子。

劻 kuái 有力的样子。【劻勷】（kēng kuái）人有力气。

闶（閫） kuái 门斜开。

埋 ㊀mái 把东西放在坑里用土盖上：～地雷。[引]隐藏，使不显露：隐姓～名。【埋没】（mái mò）使人才、功绩、作用等显露不出来：不要～～人才。【埋伏】在敌人将要经过的地方布置下军队，准备袭击。【埋头】[喻]专心，下工夫：～～苦干。㊁mán 删韵。

霾 mái 【阴霾】空气中因悬浮着大量的烟、尘等微粒而形成的混浊现象。

輂 chái 连车，车牵连而行有等差。

荄 gāi 草根，今俗称韭根为荄。通"核"。【孕毓根核】根核即韭根，"核"（又读 hé）亦"荄"字。

蜗 wō（又音 guā） 【蜗牛】一种软体动物，有螺旋形扁圆的硬壳，头部有两对触角。吃嫩叶，对农作物有害。【蜗居】[喻]窄小的住所。

櫰 huái 【槐櫰】叶大而黑。

褱 huái 山谷不平。

俳 pái 古代指杂戏、滑稽戏，也指演这种戏的人。[转]诙谐，玩笑。

排 ㊀pái ❶摆成行列（[连]～列）：～队。【排行】（pái·háng）兄弟姊妹的长幼次序。【排场】（pái·chǎng）铺张的场面。❷排成的行列：我坐在前～。❸同"簰"。❹军队的编制单位，是"班"的上一级。❺除去，推开：～水｜～山倒海（[喻]力量大）｜～难（nàn）。【排泄】生物把体内的废物如汗、尿、屎等排出体外。❻排演，练习演戏：～戏｜彩～。㊁pǎi 蟹韵。

棑 pái 同"簰"。

牌 pái ❶（～子｜～儿）用木板或其他材料做的标志或凭信物：招～｜指路～｜存车～子。[引]商标：解放～汽车。【牌楼】（pái·lou）装点或庆贺用的建筑物。【牌价】市场上用牌告方式公布的标准价格。❷古代兵士战争时用来遮护身体的东西：挡箭～｜藤～。❸娱乐或赌博用的东西：扑克～。❹词或曲的曲调的名称：词～｜曲～。

簰（簿） pái 又同"箄"、"篺"。筏子，大桴（fú）。【枋箄】（fāng·pái）以竹木为之浮于水上的交通工具。也指成捆的在水上漂浮、运送的木材或竹材。也作"排"、"棑"。

筛（篩） shāi ❶（～子）用竹子等做成的一种有孔的器具，可以把细东西漏下去，粗的留下。❷用筛子过东西：～米｜～煤。❸敲（锣）：～了三下锣。【筛酒】1. 斟酒。2. 把酒弄热。

簁 shāi 箩，竹器，今作"簁"。"籭"或字。同"筛"（～箩）。

酾（釃） shāi 见 shī（酾）。

哇 ㊀wā 象声词：哭得～～的｜～的一声吐了一地。㊁wa 麻韵。

洼（窪） wā ❶（～儿）凹陷的地方：水～儿｜这里有个～儿。❷低凹，深陷：～地｜这地太～｜眼眶～进去。❸水名，在甘肃省。

蛙 wā 水陆两栖的脊椎动物。种类很多，卵孵化后为蝌蚪，逐渐变化成蛙。青蛙是常见的一种，捕食害虫，对农作物有益。

鲑 wā ❶鱼名：～鱼。珍鲑、异鲑，就是河豚。❷吴人对鱼菜的总称。

膎 wā 肉脯，肉食肴，熟食，储蓄食味为膎。吴人称腌鱼为膎腑（wā liǎng）。

娲（媧） wā 【女娲】1. 神话中的女帝王，传说她曾经炼五色石补天。2. 山名，女娲山在湖北竹山县西五十里，与燕子山相对。

娃 wá ❶（～子｜～儿）小孩子：女～儿｜胖～～。❷旧称美女。

歪 wāi ❶不正，偏斜：～着头｜这张画挂～了。【歪曲】有意颠倒是非：～～事实。❷不正当的：～门邪道｜～风。

㖞（喎） wāi 嘴歪：口眼～斜。

崴（❷踒） ㊀wǎi ❶〈方〉（～子）山、水弯曲处。多用于地名，如吉林有三道崴子。❷（脚）扭伤。㊁wēi 灰韵。

谐 xié ❶和，配合得适当（连和～）：音调和～。❷诙谐，滑稽：～谈|亦庄亦～。

骸 xié 胫骨。

鞋（鞵）xié 穿在脚上走路时着地的东西。

藍 jiē 禾稿去皮祭天用以为席，禾茎割下来上去其穗，外去其皮，存其净茎就叫藍。

崖（崕、厓）yá(旧读 yái) 高地的边，山边：山～|悬～勒马（喻到了危险的地步赶紧回头）。

涯 yá 水边。引边际，极限：天～海角|一望无～。

睚 yá 眼角。【睚眦】(yá zì)发怒瞪眼。引怨恨。

娖 yá 【娖媿】(yá kuì)女自羞惭愧疚。

啀 yá 狗欲啮(niè)的样子。犬斗。

斋（齋）zhāi ❶旧指书房或学舍：书～|第一～。❷旧指迷信的人祭祀前整洁身心：～戒。引佛教、道教等教徒吃的素食：吃～。

拽㊁ zhuāi 用力扔：～了吧，没用了|把球～过来。㊀zhuài 卦韵。㊂yì 屑韵，见第 338 页“曳（拽、△拽）”字条。

灰 huī ❶物体燃烧后剩下的东西：炉～｜烟～｜～肥。【灰心】志气消沉：不要～～。【石灰】一种建筑上常用的材料，俗叫“白灰”，又叫“生石灰”，是用石灰石烧成的，化学成分是氧化钙。生石灰遇水变成氢氧化钙，叫熟石灰。【青灰】一种含有杂质的石墨，青黑色，是建筑上常用的材料，也可做染料。❷灰尘。❸灰色，黑白之间的颜色。

诙 huī 【诙谐】开玩笑，说话有趣。

咴 huī 【咴儿咴儿】象声词，形容马叫声。

恢 huī 大，宽广（叠）（连～弘）：～～有余。【恢复】失而复得：～～健康。

豗 huī 撞击。【喧豗】轰响声。

回（囬、❸迴、廻） huí ❶还，走向原来的地方：～家｜～国｜～到原单位工作。❷掉转：～过身来。【回头】1. 等一会儿：～～再说吧。2. 改邪归正：现在～～还不晚。❸曲折，环绕，旋转：～形针｜巡～。【回避】避免，躲避。❹答复，答报：～信｜～话｜～敬。❺量词，指事件的次数：两～｜他来过一～。转我国长篇小说分的章节：《红楼梦》一共一百二十～。❻回族：我国少数民族名。【回纥】（huí hé）唐代西北的民族，后改称“回鹘”（hú）。

茴 huí ❶小茴香，多年生草本植物，叶分裂像毛，花黄色，茎叶嫩时可吃。子实大如麦粒，可作香料，也可入药。❷大茴香，常绿小乔木，叶长椭圆形，初夏开花，果实呈八角形，也叫“八角茴香”或“大料”，可作调料或入药。

洄 huí 水流回旋。

蛔（蛕） huí 【蛔虫】寄生在人或其他动物肠子里的一种蠕形动物，像蚯蚓而没有环节。能损害人畜的健康。

虺 ㊀huí 【虺隤】（huí tuí）有病的样子，没有神气。《诗·周南·卷耳》“我马虺隤”《疏》释诂云：“虺隤，病也。”【虺虺】〈古〉打雷的声音。㊁huǐ 贿韵。

哎（△嗳） ㊀āi 叹词，表示不满或提醒：～，你怎么能这么说呢｜～，你们看，谁来了！【哎呀】叹词，表示惊讶。【哎哟】（āi yō）叹词，表示惊讶、痛苦。㊁ài 队韵。

哀 āi ❶悲痛（连悲～）：喜怒～乐。❷悼念：默～。

锿 āi 一种人造的放射性元素，符号 Es。

埃 āi 灰尘（连尘～）。

唉 ㊀āi 叹词，应人声。㊁ài 队韵。

娭 āi 【娭毑】（āi jiě）〈方〉1. 称祖母。2. 尊称年老的妇人。

呆 ㊁ái 【呆板】死板，不灵活。㊀dāi 灰韵。

皑（皚） ái 白（叠）：～～白雪。

癌 ái（旧读 yán） 生物体细胞由于某些致癌因素的作用，变成恶性增生细胞，形成恶性肿瘤：胃～｜肝～。

欸 ㊀āi 表示应声或同意：～，就这么办！｜～，是。㊁éi 灰韵。

杯（盃） bēi （～子）盛酒、水、茶的器皿：酒～｜玻璃～｜～水车薪（喻无济于事）。

偲 ㊀cāi 有才能。㊁sī 支韵。

猜 cāi ❶推测，推想：～谜儿｜你～他来不来？❷疑心（连～疑）：～忌｜～嫌。

才（❸❹纔） cái ❶能力（连～能）：口～｜这人很有～干。❷指某类人（含贬义）：奴～｜蠢～。❸方，始（连刚～｜方～）：昨天～来｜现在～懂得这个道理。❹仅仅：～用了两元｜来了～十天。

材 cái ❶木料：美木良～。引材料，原料或资料：器～｜教～。❷资质，能力：～干。❸棺木：一口～。

财 cái 金钱或物资（连～产｜资～｜钱～）：理～｜～务。【财富】指一个社会所拥有的全部物质资料。【财政】国家的收支及其他有关经济的事务。

裁 cái ❶用剪子剪布或用刀子割纸：～衣服|对～（把整张纸平均裁为两张）。【裁缝】（cái·feng）以做衣服为职业的人。❷削减，去掉一部分：～军|～员。❸决定、判断：～夺|～判。❹安排取舍：独出心～|别～。

衰 ㊀cuī 〈古〉❶等差，等次。❷同"缞"。㊁shuāi 支韵。

缞 cuī 古时的丧服。也作"衰"。

崔 cuī 姓。【崔嵬】（cuī wéi）山高大不平。

催 cuī 催促，使赶快行动：～办|～他早点动身。

摧 cuī 破坏，折断：～残|无坚不～|～枯拉朽（喻很容易地把敌人打垮）。

堆 ㊀duī ❶（～子|～儿）累积在一起的东西：土～|草～|柴火～。❷累积，聚集在一块（连～积）：粮食～满仓。【堆砌】喻写文章用大量华丽而无用的词语。【堆栈】临时存放货物的仓库。㊁zuī 灰韵。

欸（誒） ㊀éi 表示招呼：～，你快来！㊁āi 灰韵。

唉 éi 叹词，表示诧异或忽然想起：～，他怎么病了！|～，我三点钟还有一场电影呢！

该 gāi ❶应当，理应如此（连应～）：～做的一定要做。❷表示根据情理或经验推测必然的或可能的结果：不学习，思想就～落后了。❸那，着重指出前面说过的人或事物，多用于公文：～地|～员|～书。❹欠，欠账：～他几块钱。❺同"赅"：～博。

陔 gāi ❶近台阶的地方。❷级层，台阶。❸田间的土岗子。

垓 gái ❶【垓下】古地名，在今安徽省灵璧县东南，是汉刘邦围困项羽的地方。❷〈古〉数目，指一亿。

荄 gāi 草根。

赅 gāi 完备：言简意～。

瑰 guī 奇特，珍奇：～丽|～异。

瓌 guī ❶像玉的石头。❷同"瑰"。

还（還） ㊀hái ❶仍然，依然。❷更。❸再，又。❹尚，勉强过得去：身体～好。❺还是。㊁huán 删韵。

孩 hái （～子|～儿）幼童。引子女：他有两个～子。

骸 hái ❶骨头（连～骨）：尸～。❷指身体：病～|残～。

咳 ㊀hāi ❶叹息：～声叹气。❷叹词：1.表示惋惜或后悔：～，我为什么这么糊涂！2.招呼人，提醒人注意：～，到这儿来。㊁ké 合韵。

嗨 ㊀hāi ❶象声词。❷叹词，同"咳"。㊁hēi 见第358页"嘿"字条。

颏 ㊀hái 古作"孩"，指其颐下，即颊的下部。㊁kē 合韵。

徊 huái 见第47页"徘"字条"徘徊"（pái huái）。

开（開） kāi ❶把关闭的东西打开：～门|～幕|～口说话。引1.收拢的东西放散：～花|～颜（笑）。2.把整体的东西划分成部分的：三十二～本。3.凝合的东西融化：～冻|～河（河水化冻）。【开关】有节制作用的机关。通常指电门、电键。【开交】分解，脱离：忙得不可～～|闹得不可～～。❷通，使通：～眼|想不～|～路先锋。【开通】思想不守旧，容易接受新事物。❸扩大，发展：～拓|～源节流|～展工作。❹发动：～车|～炮|～船|～动脑筋。❺起始：～端|～春|～学|戏～演了。❻设置，建立：～医院。【开国】建立新的国家。❼沸，滚：～水|水～了。❽放在在动词后面，表示效果：这话传～了|屋子小，坐不～|睁～眼|打～窗子。

锎 kāi 一种人造的放射性元素，符号Cf。

悝 kuī 【李悝】战国时法家代表之一。

盔 kuī ❶作战时用来保护头的帽子，多用金属制成：～甲|钢～。❷盆子一类的器皿：瓦～。

隗 ㊀kuí 姓。㊁wěi 贿韵。

魁 kuí ❶为首的(连～首):罪～祸首。❷大:身～力壮。【魁梧】【魁伟】高大(指身体)。❸魁星,北斗七星中第一星。又第一星至第四星的总称。

魈 kuí 魑魅之类。《山海经·西山经》:"刚山是多神～。"

烸 āi 炫热,火盛。

獃 ㊀ái 【獃痴】(ái chī)不明事理。㊁dāi 灰韵。

嵦 ái 【崃嵦】(lái ái)山。

嵟 duī 高耸。

呆(㊀獃) ㊀dāi ❶傻,愚蠢。❷死板,发愣:两眼发～|他～～地站在那里。❸同"待㊁"。㊁ái 灰韵。

呔 dāi 叹词,突然大喝一声,使人注意。

待 ㊁dāi 停留,逗留,迟延,也作"呆":你～一会儿再走。㊀贿韵 dài。

侅 gāi 【奇侅】非常。

峐 gāi 无草木的山。

莱(萊) lái 藜。【莱菔】(lái fú)萝卜。

来(來) lái ❶由另一方面到这一方面,跟"去"、"往"相反:我～北京三年|～信|～源。【来往】交际。❷表示时间的经过:1.某一个时间以后:自古以～|从～|向～|这一年～他的进步很大。2.现在以后:未～|～年(明年)。❸表示约略估计的数目,将近或略超过某一数目:十～个|三尺～长|五十～岁。❹做某一动作(代替前面的动词):再～一个|这样可～不得|我办不了,你～吧|我们打球,你～不～?❺在动词前,表示要做某事:我～问你|大家～想想办法|我～念一遍吧!❻在动词后,表示曾经做过:昨天开会你跟谁辩论～?|这话我哪儿说～?【来着】(lái·zhe)用于句尾,表示曾经发生过什么事情:刚才我们在这儿开会～～|我昨天上天津去～～。❼在动词后,表示动作的趋向:一只燕子飞过～|大哥托人捎～了一封信|拿～|进～|上～。❽在数词"一"、"二"、"三"后,表示列举:一～领导正确,二～自己努力,所以能胜利地完成任务。❾诗歌中间用作衬字,或为了声音规律配合的音节:正月里～是新春。

崃(崍) lái 见第7页"邛"字条"邛崃"(qióng lái)。

徕(徠) lái 【招徕】把人招来:以广～～。

涞(淶) lái 【涞源】县名,在河北省。

铼(錸) lái 一种金属元素,符号Re,可用来制电灯丝,化学上用作催化剂。

秾(秾、麳) lái 古代齐地将麦叫做秾,来之本义训麦,然则加禾旁或麦旁作"秾"、"麳",都表示来的本义。

郲(郲) lái ❶〈古〉郑国地名。原"时来"即"郲",今河南省荥阳县境。❷【邛郲】【邛崃】(qióng lái)山名,在四川省雅安、荥经两县地。

骒(騋) lái 马高七尺为骒,八尺为龙。

雷 léi ❶带异性电的两块云相接时因放电而发出的强大声音:打～|春～。【雷霆】震耳的雷声:～～万钧之势。喻大怒:大发～～。【雷同】打雷时,许多东西同时响应。喻随声附和,不该相同而相同。❷军事上用的爆炸武器:地～|鱼～。

擂 ㊀léi 研磨:～钵(研东西的钵)。㊁lèi 队韵。㊂lēi 灰韵。

檑 léi 滚木,古代守城用的圆柱形的大木头,从城上推下打击攻城的人。

礌 léi 礌石,古代守城用的石头,从城上推下打击攻城的人。

礧 léi 击,推石自高而下。

镭 léi 一种放射性元素,符号Ra,银白色,有光泽,质软。镭能慢慢地蜕变成氦和氡,最后变成铅。医学上用镭来治癌症和皮肤病。

擂 ㊂lēi 打:用拳头～。㊁lèi 队韵。㊀léi 灰韵。

玫 méi 【玫瑰】(méi·gui)落叶灌木，枝上有刺。花有紫红色、白色等多种，香味很浓，可以做香料，花和根可入药。

枚 méi 量词，相当于“个”：三～勋章。旧时特指铜子儿：一大～。【枚举】一件一件地举出来：不胜～～。

莓 méi 植物名，种类很多，常见的是草莓，开白花，结红色的果实，味酸甜。

䤈 méi 醋的别名。

梅（楳、槑） méi 落叶乔木，初春开花，有白、红等颜色，分五瓣，香味很浓。果实味酸。

脢 méi （～子）〈方〉猪、牛等脊椎两旁的条状瘦肉，即“里脊”。

霉（❷黴） méi ❶衣物、食品等受了潮热长霉菌：～烂｜发～。❷霉菌，低等植物，常寄生或腐生在食物或衣物的表面，呈细丝状，有分枝，没有叶绿素，有白霉、青霉等多种。

酶 méi 一种有机化合物，对于生物化学变化起催化作用，发酵就是靠酶的作用。也叫“酵素”。

媒 méi 旧时撮合男女婚事的人（连～妁）。【媒介】使双方发生关系的人或物：蚊子是传染疟疾的～～。

煤 méi ❶古代的植物压埋在地底下，在缺氧高压的条件下，年久变化成的黑色或褐黑色矿物，成分以碳为主，是很重要的燃料和化工原料。也叫“煤炭”或“石炭”。【煤油】从石油中分馏出来的一种产品。❷〈方〉（～子）烟气凝结的黑灰：锅～子。

禖 méi 〈古〉祭名，祭神求子的一种祭祀。

罞 méi 网，雉网。

徘 pái 【徘徊】(pái huái)来回地走动：他在那里～～了很久。喻犹疑不决：左右～～。

棓 pái 版。

箁 péi 板。

毰 péi 毛羽。

胚 pēi 初期发育的生物体。【胚胎】初期发育的动物体。喻事情的开始。

衃 pēi 凝聚的死血。

陪 péi 跟随，在旁边作伴（连～伴）：我～你去｜～客人。【陪衬】从旁衬托。

醅 pēi 没过滤的酒。

培 péi 为保护植物或墙堤等，在根基部分加土。【培养】1. 训练教育：～～干部。2. 使繁殖：～～真菌。【培育】培养幼小的生物，使它发育成长：～～树苗。

赔 péi ❶补还损失（连～偿）：～款｜照价～偿｜～礼（道歉）。❷亏损：～钱｜～本。

裴 péi 姓。

揌（𢹂） sāi 同“塞”(sāi)。

腮（顋） sāi 面颊，脸的两旁。也叫“腮帮子”。

鳃 sāi 鱼的呼吸器官，在头部两边。

塞 ㊀sāi ❶堵，填满空隙：把窟窿～住｜堵～漏洞。❷（～子｜～儿）堵住器物口的东西：瓶子～儿｜软木～儿。㊁sè 职韵。㊂sài 队韵。

噻 sāi 【噻唑】(sāi zuò)一种有机化合物，无色液体，容易挥发。供制药物和染料用。

䚡 sāi 角中之骨，牛羊等动物角中有肉不坚实的角。

捼 sái ❶打击。❷推摩。

毸 sāi 鸟羽张开。

台 ㊀tāi 【天台】山名，在浙江省。㊁tái 灰韵。

苔 ㊀tāi 舌苔，舌头上面的垢腻，是由衰死的上皮细胞和黏液等形成的，观察它的颜色可以帮助诊断病症。㊁tái 灰韵。

胎 tāi ❶人或其他哺乳动物母体内的幼体：怀～|～儿|～生。引事的开始，根源：祸～。❷（～儿）器物粗坯或衬在内部的：这个帽子是软～儿的|泥～|铜～（塑像、做漆器等用）。❸轮胎：内～|外～。

台（❶❸臺、❹檯、❺颱）㊀tái ❶高平的建筑物：戏～|讲～|主席～。引 1.（～儿）像台的东西：井～|窗～儿。2.器物的座子：灯～|蜡～。❷旧时敬辞：～鉴|～启。❸量词：唱一～戏|一～机器。❹桌子，案子：写字～|柜～。❺【台风】发生在太平洋西部热带海洋上的一种极猛烈的风暴，风力常达10级以上，同时有暴雨。❻【台湾】是我国的一个省（包括台湾本岛和澎湖列岛及其他附属岛屿）。面积36000平方公里，人口2200多万。台湾自古以来就是我国神圣领土不可分割的一部分。㊁tāi 灰韵。

邰 tái 姓。

苔 ㊀tái 隐花植物的一类，根、茎、叶的区别不明显，常贴在阴湿的地方生长。㊁tāi 灰韵。

抬（擡）tái ❶举，仰，提高：～起头来|～手|～脚。引使上升：～价。【抬头】1.喻不再被抑制或受欺侮：推翻了剥削制度，劳动人民才能～～。2.（～头）函牍上另起一行或空格书写，表示尊敬。3.发票、收据上写的户头。❷共同用手或肩搬运东西：一个人搬不动两个人～|把桌子～过来。【抬杠】喻争辩。

骀 tái 劣马。【驽骀】（nú tái）劣马。喻庸才。

炱 tái 烟气凝积而成的黑灰，俗叫"烟子"或"煤子"：煤～|松～（松烟）。

鲐 tái 【鲐鱼】俗叫"鲐巴鱼"，生活在海水中，身体呈纺锤形，背青蓝色，腹淡黄色，肉可以食。

薹 tái ❶薹，多年生草本植物，生在水田里，茎扁三棱形，叶扁平而长，可制蓑衣。❷韭菜、油菜、蒜等蔬菜长出的花莛。

推 tuī ❶手向外或向前用力使物移动：～车|～了他一把|～磨。引使工具向前移动进行工作：～草|用刨子～光|～头（理发）。【推敲】转斟酌文章字句：仔细～～|一字费～～。❷使事情开展：～广|～销|～动。❸进一步想，由已知之点推断其余：～求|～测|～理|～算|类～。❹辞让，脱卸：1.辞退，让给：～辞|～让。2.脱卸责任，托辞：～三阻四|～病不到|～诿给别人。❺往后挪动（时间）：再往后～几天。❻举荐，选举：公～一个人做代表。❼指出某人某物的优点：～许（称赞）|～重（重视、钦佩）|～崇。

蓷 tuī ❶草多。❷草名。

颓（穨）tuí ❶崩坏，倒塌：～垣断壁。【颓废】1.建筑物倒坏。2.精神萎靡不振。❷败坏：～风败俗。【颓唐】精神不振，情绪低落。

魋 tuí 古书上说的一种兽，像小熊。

煺（燵、挼）tuì 已宰杀的猪、鸡等用滚水烫后去掉毛。

虺 tuí 【虺虺】（huī tuí）马病。

崖 tuí 山崩。

崴 ㊁wēi 【崴嵬】（wēi wéi）山高的样子。㊀wǎi 佳韵。

偎 wēi 紧挨着，亲密地靠着：小孩儿～在母亲的怀里。

隈 wēi 山、水等弯曲的地方。

桅 wéi 【桅杆】船上挂帆的杆子。

嵬 wéi 高大耸立。【崔嵬】（cuī wéi）山高大不平。

峗 wéi 高大险峻。

鮠 wéi 鱼名。小鳀鱼，北人呼鹄鳠（hù），南人呼鮠，通称鮰（huí）鱼，生江淮间，无鳞鱼，亦鲟（xún）属。

椳 wéi 承托户枢的门臼。

灾（災、烖）zāi 水、火、干旱等所造成的祸害：战胜～害|旱～。

甾 zāi　有机化合物的一类，广泛存在于动植物体内。胆固醇和许多种激素都属于甾类化合物。在医药上应用很广。

哉 zāi　文言助词：1. 表疑问，反问：有何难～？|岂有他～？2. 表感叹：呜呼哀～！|诚～斯言！

栽 zāi　❶移植：～菜|～树。[引]安上，插上：～绒|～赃。❷（～子）秧子，可以移植的植物幼苗：桃～|树～子。❸跌倒：～跟头|～了一跤。

堆 ㊁zuī　累积在一起的东西。同“堆㊀”，用于“归里包堆”（总起来）。㊀duī　灰韵。

真 zhēn ❶真实，跟客观事物相符合，跟“假”相反：~相大白|千~万确。【真理】正确反映客观世界发展规律的思想。【天真】1.心地单纯，性格很直率。2.用一般的、简单的事理去推断特殊的复杂的事物。❷确实，的确：~好|~高兴。❸清楚，显明：字太小，看不~|听得很~。

珍(珎) zhēn ❶宝贝，宝贵的东西：奇~异宝。❷贵重的，宝贵的：~禽异兽。❸重视，看重：世人~之|~惜|~视。

蓁 zhēn ❶(叠)草木茂盛：其叶~~。❷同“榛❷”：深~(荆棘丛)。

獉 zhēn 同“榛❸”：~狉(pī)(指草木丛杂，野兽出没)。

溱 ㊀zhēn 【溱头河】水名，在河南省。㊁qín 真韵。

榛 zhēn ❶落叶灌木或小乔木，花黄褐色。果实叫榛子，果皮很坚硬，果仁可以吃。❷泛指丛生的荆棘：~莽。❸草木丛杂(叠)：草木~~。

臻 zhēn 到，达到：日~完善。

甄 zhēn 审查：~别|~拔人才。

邠 bīn 【邠县】在陕西省。今作“彬县”。

玢 bīn ❶玉的纹理。❷玢岩，一种岩石。又音 fēn。

宾(賓) bīn 客人(连~客)：来~|外~|~馆|喧~夺主(喻次要事物侵占主要事物的地位)。

傧(儐) bīn 旧指为主人接引宾客的人。

滨(濱) bīn ❶水边：湖~|海~。❷靠近：~海。

缤(繽) bīn 【缤纷】(bīn fēn)繁盛而交杂的样子：五彩~~。

槟(檳、梹) ㊀bīn 槟子，苹果属中的一种，比苹果小，熟的时候紫红色，味酸甜。㊁bīng 庚韵。

镔(鑌) bīn 【镔铁】精铁。

彬 bīn 【彬彬】形容文雅：文质~~。

斌 bīn 【斌斌】同“彬彬”。

豳 bīn 古地名，在今陕西省旬邑县。

濒 bīn ❶接近，将，临：~危|~死。❷同“滨”。

抻(捵) chēn 扯，拉：~面(抻面条或抻的面条)|把衣服~~|把袖子~出来。

嗔 chēn 生气(连~怒)。【嗔着】(chēn·zhe)对人不满，嫌：别~~他多事。

瞋 chēn 睁大眼睛瞪人：~目叱之。

膜 chēn 胀起，大；腹大，腹胀起。

辰 chén ❶地支的第五位。❷辰时，指上午七点到九点。❸指时日：生~|诞~。【辰光】〈方〉时候，时间。❹日、月、星的总称。

臣 chén ❶奴隶社会的奴隶。❷帮助皇帝进行统治的官僚。❸封建时代官吏对君主的自称。

宸 chén ❶屋宇，深邃的房屋。❷旧指帝王住的地方。引王位、帝王的代称。

晨 chén 清早，太阳出来的时候：清~|~昏(早晚)。

尘(塵) chén ❶尘土，飞扬的灰土。❷佛家道家指人间，和他们唯心主义的超现实的幻想世界相对。

陈(陳) chén ❶排列，摆设(连~列|~设)：古物~列馆。❷述说(连~述)：详~。❸旧的，时间久的(连~旧)：~腐|~酒|新~代谢。❹周代诸侯国名，在今河南省淮阳市一带。❺朝代名，南朝朝代之一，陈霸先建立(公元557~589年)。〈古〉又同“阵”(zhèn)。

春 chūn 春季，四季的第一季。【春秋】1.年月，年龄：不知多少~~。2.我国古代编年体的史书。3.泛指历史。4.我国历史上的一个时代(公元前770~公元前476年)。因鲁国编年体史书《春秋》而得名。【青春】青年时代。

椿 chūn 植物名：1.香椿，落叶乔木，叶初生时，有香气，可作菜吃。2.臭椿，又叫"樗"(chū)，落叶乔木，夏天开花，白色，叶子有臭味，木材不坚固。

䲠 chún 【䲠鱼】形状像鲅鱼而稍大，尾部两侧有棱状突起。生活在海中。

纯 chún 专一不杂(连～粹)：～洁｜～钢｜～蓝。

唇（脣）chún 嘴唇，嘴的边缘红色部分。【唇齿】喻关系密切：～～相依。

莼（蓴）chún 【莼菜】多年生水草，叶子椭圆形，浮生在水面，开暗红色小花。茎和叶表面都有黏液，可以做汤吃。

淳 chún 朴实，淳厚：～朴。

鹑 chún 鹌(ān)鹑，鸟名。【鹑衣】喻破烂的旧衣服。

醇 chún ❶酒味厚，纯：～酒｜大～小疵(优点多，缺点少)。❷同"淳"。❸有机化合物的一类，主要的通式是 $C_nH_{2n+1}OH$，医药上常用的酒精就是醇类中的乙醇。

皴 cūn ❶皮肤因受冻或受风吹而干裂：手都～了。❷皮肤上积存的泥垢和脱落的表皮：一脖子～。❸中国画的一种画法，涂出物体的纹理或阴阳向背。

逡 cūn 【逡遁】(cūn dùn)退让，有次第。《汉书·公孙弘传》："有功者上，无功者下，则群臣一。"

巾 jīn 擦东西或包裹、覆盖东西用的纺织品：手～｜头～。

矜 ㊀jīn ❶怜悯，怜惜。❷自尊自大，自夸：自～其功。❸庄重，拘谨：～持。㊁guān 删韵。㊂qín 真韵。

津 jīn ❶渡水的地方：问～(打听渡口，比喻探问)。【津梁】桥。喻作引导用的事物。❷口液，唾液：～液。【津津】形容有滋味，有趣味：～～有味｜～～乐道。❸滋润。【津贴】1.用财物补助人。2.正式工资以外的补助费，也指供给制人员的生活零用钱。

琎（璡）jīn 一种像玉的石头。

均 jūn ❶平，匀(yún)(连～匀｜平～)：～分｜平～数｜势～力敌。❷都(dōu)，皆：老小～安｜～已布置就绪。〈古〉又同"韵"(yùn)。

钧 jūn ❶古代的重量单位，合三十斤：千～一发(喻极其危险)。❷制陶器所用的转轮：陶～(喻造就人才)。❸旧时敬辞(对尊长或上级)：～命｜～安｜～鉴。

筠 ㊀jūn 【筠连】县名，在四川省。㊁yún 文韵。

龟（龜）㊀jūn 同"皲"。㊁guī 支韵。㊂qiū 尤韵。

皲 jūn 手脚有冻疮或坼(chè)裂。【皲瘃】(jūn zhú)冻疮坼裂。

菌 ㊀jūn 低等植物的一大类，不开花，没有茎和叶子，不含叶绿素，不能自己制造养料，靠寄生生活，种类很多，如细菌、真菌等。特指能使人生病的病原细菌。㊁jùn 震韵。㊂jǔn 轸韵。

囷 jūn 积聚米谷的圆仓。又读 qūn，真韵。

麇 ㊀jūn 古书中指獐子。㊁qún 文韵。

邻（鄰、隣）lín ❶住处接近的人家：东～｜四～。❷邻近，接近，附近：～国｜～居｜～舍。❸古代五家为邻。

粼 lín 【粼粼】形容水清澈：～～碧波。

嶙 lín 【嶙峋】(lín xún)山石一层层地重叠不平。

遴 ㊀lín 谨慎选择(连～选)：～选人才。〈古〉又同"吝"(lìn)。㊁lìn 震韵。

璘 lín 玉的光彩。

辚 lín 【辚辚】车行走时的声音：车～～，马萧萧。

磷（燐、粦）lín 一种非金属元素，符号 P，常见的有两种：黄磷(也叫"白磷")和红磷。黄磷有毒，燃烧时生浓烟，可作军事上用的烟幕弹和燃烧弹。红磷无毒，可制安全火柴。磷是植物营养的主要成分之一。【磷火】夜间在野地里常见的青色火光，是磷化氢遇到空气燃烧而发出的光，俗叫“鬼火”。

瞵 lín 注视。

鳞 lín ❶鱼类、爬行动物等身体表面长的角质或骨质的小薄片。【鳞爪】喻 1.琐碎细小的事。2.事情的一小部分。❷像鱼鳞的：～茎｜芽～｜遍体～伤（伤痕密得像鱼鳞似的）。

麟（麐） lín 【麒麟】古代传说中的一种动物，像鹿，比鹿大，有角：凤毛～角（喻罕见而珍贵的东西）。

抡（掄） ㊀lūn 手臂用力旋动：～刀｜～拳。㊁ lún 元韵。

伦（倫） lún ❶辈，类：无与～比。❷封建社会统治阶级为了巩固反动统治而规定的人与人之间的关系：～常。【伦次】条理，次序：语无～～。

论（論） ㊁lún 《论语》，书名，主要记载孔子及其门人的言行。㊀lùn 愿韵。

囵（圇） lún 见第 325 页“囫”字条“囫囵”（hú lún）。

沦（淪） lún ❶水上的波纹。❷沉没，陷落（连～陷、沉～）：～亡。

纶（綸） ㊀lún ❶钓鱼用的线：垂～。❷现用作某些合成纤维的名称：锦～｜涤～。㊁guān 删韵。

轮（輪） lún ❶（～子｜～儿）车轮，车轱辘：三～车。引安在机器上能旋转并促使机器动作的东西：齿～儿｜飞～儿｜偏心～儿。❷像车轮的：日～｜年～。【轮廓】（lún kuò）1.物体的外围。2.事情的大概情形。❸轮流，依照次第转：～班｜～值｜这回～到我了。

民 mín ❶人民。“人民”这个概念在不同的国家和各个国家的不同的历史时期有着不同的内容。在我国，在现阶段，在建设社会主义的时期，一切赞成、拥护和参加社会主义建设事业的阶级、阶层和社会集团，都属于人民的范围。【民主】1.指人民有管理国家和自由发表意见的权利。民主属于上层建筑，属于政治这个范畴。2.根据大多数群众意见处理问题的工作方式：作风～～｜既要有～～，又要有集中。【公民】在一国内有国籍，享受法律上规定的公民权利并执行公民义务的人。【国民】旧指具有某一国籍的人。❷指人或人群。【民族】历史上形成的人的稳定的共同体。有共同语言、共同地域、共同经济生活和表现于共同文化上的共同心理素质。【居民】在一个地区内较长时期固定居住，并且取得正式户籍的人或人群。❸劳动大众的：～间文学｜～歌。❹同“苠”。

苠 mín 庄稼生长期较长，成熟期较晚，也作“民”：～䅎子｜～高粱｜黄谷子比白谷子～。

岷 mín 【岷山】在四川省北部，绵延于川、甘两省边境。

珉 mín 像玉的石头。

缗 mín ❶古代穿铜钱用的绳。❷钓鱼用的绳。

旻 mín ❶天，天空：～天｜苍～。❷秋天。

玭 pín 珍珠。

贫 pín ❶穷，收入少生活困难，跟“富”相反（连～穷）：旧社会里工人过着～困的生活。❷缺乏，不足：～血。【贫乏】不丰富：经验～～。❸絮烦可厌：耍～嘴｜他的嘴太～。

频 pín 屡次，连次（连～繁、～数）（叠）：捷报～传。【频率】（pín lǜ）在一定的时间或范围内事物重复出现的次数。

蘋 ㊀pín 多年生水生蕨类植物，茎横卧在浅水的泥中，四片小叶，像“田”字。也叫“田字草”。㊁píng 见第 120 页“苹（△蘋）”字条。

颦 pín 皱眉头。【效颦】转模仿他人而不得当。

嫔（嬪） pín 封建时代皇宫里的女官。

亲（親） ㊀qīn ❶亲属，有血统或夫妻关系的：～人｜～兄弟。特指父母：双

～|养～。❷婚姻：定～|～事。❸亲戚，因婚姻联成的亲属关系：姑表～。❹本身，自己的：～笔信|～眼见的|～手做的。❺感情好，关系密切：他们很～密|兄弟相～。❻用嘴唇接触，表示喜爱：他～了～孩子的小脸蛋。㊁qìng 敬韵。

矜（穫） ㊀qín 〈古〉矛柄。㊁jīn 真韵。㊂guān 删韵。

秦 qín ❶周代诸侯国名，在今陕西省和甘肃省一带。❷朝代名，由嬴政建立（公元前221～公元前206年）。秦是我国历史上第一个统一的中央集权的封建王朝。❸陕西省的别称。

溱 ㊀qín 【溱潼】地名，在江苏省泰县。㊁zhēn 真韵。

嗪 qín 见第251页"哌"字条"哌嗪"（pài qín）。

螓 qín 古书上说的一种昆虫，像蝉比蝉小。

囷 qūn 古代一种圆形的谷仓。又读 jūn，真韵。

逡 qūn 退。【逡巡】有所顾虑而徘徊或退却。

人 rén ❶能制造工具并能使用工具进行劳动的动物。人是由古类人猿进化而成的。【人口】人的数目。【人手】指参加某项工作的人：～～齐全。【人次】若干次人数的总和。❷别人：助～为乐。❸指人的品质、性情：他～不错。[引]人格或面子：丢～。

仁 rén ❶同情、友爱。❷果核的最内部分：杏～儿。【麻木不仁】肢体麻痹，失去知觉。现喻对外界事物反应迟钝，漠不关心。

申 shēn ❶地支的第九位。❷申时，指下午三点到五点。❸陈述，说明：～请|～明理由|～辩。【申斥】斥责。❹上海市的别称。

伸 shēn ❶舒展开：～手|～缩。❷表白：～冤。

呻 shēn 【呻吟】（shēn yín）哼哼，病痛时发出声音：无病～～。

绅 shēn ❶古代士大夫束在腰间的大带子。❷绅士，旧称地方上有势力、有地位的人，一般是地主或退职官僚：乡～|土豪劣～|开明士～。

珅 shēn 一种玉。

砷 shēn 一种非金属元素，符号 As，灰白色，有金属光泽的晶体，质脆有毒。旧名"砒"。化合物可做杀菌剂和杀虫剂。

身 shēn ❶（～子）人或动物的躯体（[连]～体|～躯）：全～|上～|～体健康|人～自由。[引]物体的主要部分：船～|河～|树～。❷指生命：以～殉职。❸亲身，亲自，本人：～临其境|～体力行（亲身努力去做）|以～作则。❹指人的地位：～败名裂。【身份】（shēn·fen）在社会上及法律上的地位。❺（～子）孕：有了～子。

莘 ㊀shēn 莘县，在山东省。【莘莘】众多。㊁xīn 真韵。

娠 shēn 胎儿在母体中微动。泛指怀孕。

什（△甚） ㊀shēn 【什么】1.代词，表示疑问：想～～？|～～人？2.代词，指不确定的事物：没有～～困难|～～事都难不住他。㊁shí 缉韵。"甚"又音 shèn，沁韵。

神 shén ❶迷信的人称天地万物的创造者和被他们崇拜的人死后的所谓精灵：无～论|不信鬼～。[引]1.不平凡的，特别高超的：～力|～医。2.不可思议的，特别稀奇的（[连]～秘）：故～其说。【神通】特殊的手段或本领：大显～～|～～广大。❷心力，心思，注意力：劳～|留～|看出了～|聚精会～。❸（～儿）神气，表情：你瞧他这个～气儿|～色。

胂 shèn 有机化合物的一类，通式为 $RASH_2$，是砷化氢分子中的氢被羟基替换后生成的化合物。胂类化合物大多有剧毒。原字义：❶伸身。❷夹脊肉。

辛 xīn ❶辣。❷劳苦，艰难：～勤。❸悲伤：～酸。❹天干的第八位，用作顺序的第八。

莘 ㊀xīn 【莘庄】地名，在上海市。㊁shēn 真韵。

锌 xīn 一种金属元素,符号 Zn,旧称"亚铅",蓝白色,质脆。可制锌板,涂在铁上可防生锈。氧化锌(俗称锌白)是一种重要的白色颜料。

新 xīn ❶跟"旧"相反:1. 刚有的或刚经历的:~办法|万象更~|~生事物。2. 没有用过的:~书|~房子。❷称结婚时的人或物:~郎|~房。❸新疆维吾尔自治区的简称。

薪 xīn 柴火:杯水车~。【薪水】【薪金】工资,也省称"薪":月~|发~。

旬 xún ❶十天叫一旬,一个月有三旬,分称上旬、中旬、下旬。❷指十岁:三~上下年纪|年过六~。

询 xún 问,征求意见(连~问):探~|查~。

郇 ㊀xún ❶周代诸侯国名,在今山西省临猗县西南。❷姓。㊁huán 删韵。

荀 xún 姓。

峋 xún 见第 51 页"嶙"字条"嶙峋"(lín xún)。

恂 xún ❶信心,信实。❷恐惧。

洵 xún 诚然,实在:~属可敬。

珣 xún 一种玉。

栒 xún 【栒邑】县名,在陕西省。今作"旬邑"。

紃 xún 圆绦子。

巡(廵) xún ❶往来查看:~夜|~哨。【巡回】按一定路线到各处:~~医疗队|~~演出。❷遍(用于给全座斟酒):酒过三~。

循 xún 遵守,依照:~规蹈矩|~序渐进|有所遵~。【循环】周而复始地运动:血液~~|~~演出。

驯 xùn 顺从,服从人的指使:~马|~服|~养野兽。

因 yīn ❶原因,缘故,事物发生前已具备的条件:事出有~|内~|外~。❷由于某种缘故:会议~故改期。【因为】连词。表示理由或缘故:~~今天下雨,所以我没有出门。❸依,顺着,沿袭(连~袭):~势利导|~陋就简。【因循】1. 守旧,不改变。2. 拖沓(tà),不振作,得过且过。

茵 yīn 古代车子上的席、垫。引铺(pū)的东西:~褥|绿草如~。

洇(△湮) yīn 墨水着纸向周围散开:这种纸写起来有些~。"湮"又音 yān,先韵。

姻(婣) yīn 姻亲,由婚姻关系而结成的亲戚。古代专指婿家。

骃 yīn 浅黑带白色的杂毛马。

氤 yīn 【氤氲】(yīn yūn)烟云弥漫。

铟 yīn 一种金属元素,符号 In,银白色晶体,能拉成细丝。可做低熔点的合金。

裀 yīn ❶夹衣服。❷垫子,褥子。

殷(❷慇) ㊀yīn ❶深厚,丰盛:情意甚~|~切的期望。【殷实】富足,富裕。❷【殷勤】周到,尽心:做事很~~|~~招待。❸殷朝,商朝的后期,由盘庚起称殷(约公元前 1324~约公元前 1066 年)。㊁yān 删韵。

堙(陻) yīn ❶堵塞。❷土山。

闉 yīn 古代城门外的曲城。

禋 ❶古祭祀名,指祭天。❷泛指祭祀。

垠 yín 边,岸,界限:一望无~的麦田。

银 yín ❶一种金属元素,符号 Ag,白色有光泽。质柔软,富延展性,是热和电的良导体,在空气中不易氧化。可以制货币、器皿、电器、设备、感光材料等。❷(~子)旧时用银铸成块的一种货币。【银行】办理存款、放款、汇兑等业务的机构。❸像银的颜色:~白色|~燕(喻白色的飞机)|~河(天河)。

寅 yín ❶地支的第三位。❷寅时,称夜间三点到五点。

夤 yín 深：～夜。【夤缘】攀缘上升。喻 拉拢关系，向上巴结。

嚚 yín 愚蠢而顽固。

赟 yūn 美好。多用于人名。

頵 yūn 头大儿。

匀 yún ❶平均，使平均（连 均～）：颜色涂得不～|这两份儿多少不均，～一～吧。❷从中抽出一部分给别人：把你买的纸～给我一些|先～出两间房来给新来的同志。

昀 yún 日光。多用于人名。

畇 yún 田地平坦整齐的样子（叠）。

鋆 yún （在人名中也读 jūn）金子。

屯 ㊁zhūn 困难。【屯邅】（zhūn zhān）同“迍邅”。㊀tún 元韵。

迍 zhūn 【迍邅】（zhūn zhān）处在困难中不敢前进。

肫 zhūn ❶〈方〉鸟类的胃：鸡～|鸭～。❷恳切，真挚（叠）：～～|～笃。

窀 zhūn 【窀穸】（zhūn xī）墓穴。

谆 zhūn 【谆谆】恳切，不厌倦地：～～告诫。

衠 zhūn 〈方〉纯粹，纯。

遵 zūn 依照，按照：～守纪律|～循着社会主义的道路前进。

【遵义】市名，在贵州省北部，是该省第二大工业城市。1935 年 1 月，党中央在此召开政治局扩大会议。这次会议结束了王明“左”倾机会主义路线在党中央的统治，确立了毛泽东同志在全党的领导地位，挽救了中国革命，挽救了党。这次会议是中国共产党历史上具有伟大意义的里程碑。

文 wén ❶事物错综所成的纹理或形象:天~地理。❷刺画花纹:断发~身。❸文字,记录语言的符号:甲骨~|外~|扫除~盲。【文献】有历史价值或参考价值的图书资料。【文学】用语言、文字表现出来的艺术作品,如诗歌、小说、散文、戏曲等。【文章】把有组织的话用文字写成的篇章,也省称"文":作~|古~。【文言】旧时写文章常用的话,跟"白话"相对,也省称"文"。❹旧时指礼节仪式:虚~|繁~缛节。【文明】社会发展到较高阶段和具有较高文化的:~~古国。【文化】1.人类在社会历史发展过程中所创造的物质财富和精神财富的总和。特指社会意识形态。在阶级社会中,文化是阶级斗争的武器。一定的文化(当作观念形态的文化)是一定社会的政治和经济的反映,又给予伟大影响和作用于一定社会的政治和经济。2.语文、科学等知识:~~水平高|学~~。【文物】过去遗留下来的在文化发展史上有价值的东西。❺外表、容态:~质彬彬。❻旧时指关于知识分子的、非军事的:~人|~臣武将。[转]柔和:~雅|~绉绉。【文火】不猛烈的火。❼量词,指铜钱:一~钱|一~不值。❽(旧读 wèn)文饰、掩饰:~过饰非。

纹 ㊀wén 条纹([连]~理):水~|指~|这木头~理很好看。㊁wèn 问韵。

炆 wén 〈方〉用微火焖食物。

蚊 wén (~子)昆虫名,种类很多,幼虫叫孑孓,生活在水里。雌的吸人畜的血液,有的传染疟疾、流行性脑炎等。雄的吸植物汁液。

雯 wén 成花纹的云彩。

闻 wén ❶听见:百~不如一见。❷听见的事情、消息:新~|奇~。❸(旧读 wèn)出名,有名望:~人。❹用鼻子嗅气味:你~~这是什么味?我~见香味了。

阌 wén 【阌乡】旧县名,在河南省,今已并入灵宝县。

分 ㊀fēn ❶分开,区划开,跟"合"相反:~工合作|~类|~别处理。[引]1.由整体中取一部分:他~到了一千斤粮食。2.由机构分出的部分:~会|~队|~局。【分化】由一种事物演变成几种不同的事物:"他"字~~成"他"、"她"、"它"。【分解】1.一种化合物分成两种以上的元素或化合物。2.细说:且听下回~~。【分析】把事物、现象、概念等划分成简单的部分,找出它的本质、属性或因素:化学~~|~~问题。❷辨别([连]~辨):不~青红皂白|~清敌我。❸区划而成的部分:二~之一。【分数】数学中表示除法的式子,画一道横线,把被除数写在线上面,叫分子,把除数写在线下面,叫分母。【分子】物体分成的最细小而不失原物性质的颗粒:水的一个~~,含有两个氢原子和一个氧原子。❹单位名:1.长度,十分是一寸。2.地积,十分是一亩。3.重量,十分是一钱。4.币制,十分是一角。5.时间,六十分是一小时。6.圆周或角,六十分是一度。【分寸】[喻]说话或办事的适当标准或限度:说话要有~~。㊁fèn 问韵。

芬 fēn 芬芳,花草的香气。

吩 fēn 【吩咐】口头指派或命令,也作"分付":母亲~~他早去早回。

纷 fēn 众多,杂乱([连]~乱|~杂)(叠):~纭|大雪~飞|议论~~。

玢 fēn ❶玉的纹理。❷【玢岩】一种岩石。〈又〉bīn 真韵。

氛(△雰) fēn 气。[引]气象,情势:战~|会场充满团结的气~。

棻 fēn 有香味的木头。

酚 fēn 【苯酚】也叫"石炭酸",是医药上常用的防腐杀菌剂。

雰 fēn 雾气。【雰雰】形容霜雪很盛的样子。

㫥 fēn 〈方〉不曾,没。

坟(墳) fén 埋葬死人筑起的土堆([连]~墓)。

汾 fén 【汾河】水名,在山西省。

棼 fén 纷乱：治丝益～（整理丝不找头绪，越理越乱。比喻做事没有条理，越搞越乱）。

鼢（蚡） fén 【鼢鼠】哺乳动物，身体灰色，尾短，眼小。在地下打洞，损害农作物的根，甚至危害河堤。也叫盲鼠、地羊。

焚 fén 烧：～毁｜玩火自～。

渍 fén 水边。

豮 fén 〈方〉雄性的牲畜：～猪。

斤（❶觔） jīn ❶重量单位，市制一斤为十两（旧制十六两），合公制二分之一公斤。【斤斤】注意小利害：～～计较。❷古代砍伐树木的工具。

筋（觔） jīn ❶肌肉的旧称。❷俗称皮下可以看见的静脉管。❸俗称肌腱或骨头上的韧带：～骨｜牛蹄～。❹像筋的东西：钢～｜铁～。【筋斗】身体上下翻转的一种动作。也叫"跟头"。

军 jūn ❶武装部队：～队｜解放～｜海～。❷军队的编制单位，是"师"的上一级。❸泛指有组织的集体：劳动大～。

皲 jūn 皮肤因寒冷或干燥而破裂。也作"龟"（jūn）。

龟（龜） ㊀jūn 同"皲"。㊁guī 支韵。㊂qiū 尤韵。

君 jūn 封建时代指帝王、诸侯等。敬辞：张～。【君子】旧指有地位的人，又指品行好的人。

莙 jūn 莙荙（dá）菜，恭菜的变种，也叫"厚皮菜"、"牛皮菜"，叶大，是常见的蔬菜。

拚 ㊁pīn 同"拼"。㊀pàn 翰韵。

拼 pīn ❶连合，凑合（[连]～凑）：东～西凑｜把两块板子～起来｜～音。❷不顾一切地奋斗，豁（huō）出去：～命｜～到底。

姘 pīn 非夫妻而同居的不正当的男女关系：～居。

芹 qín 【芹菜】一年或二年生草本植物，夏天开花，白色，茎、叶可以吃。

勤（❶廑、❸懃） qín ❶做事尽力，不偷懒：～劳｜～快｜～学。[引]经常，次数多：房子要～打扫｜～洗澡。❷按规定时间上班的工作：内～｜外～｜出～｜缺～。【后勤】1. 军事组织在后方担任兵工、军需供给、医疗、运输等任务。2. 泛指总务工作。

裙（帬） qún （～子｜～儿）一种围在下身的服装。

群（羣） qún ❶相聚成伙的，聚集在一起的：人～｜一～羊｜～岛。❷众人：～策～力｜～起而攻之。

麇（麕） ㊁qún 成群。【麇集】许多人或物聚集在一起。㊀jūn 真韵。

忻 xīn 同"欣"。

昕 xīn 太阳将要出来的时候。

欣（訢） xīn 快乐，喜欢：欢～鼓舞｜～然前往。【欣欣】1. 高兴的样子：～～然有喜色。2. 草木生机旺盛的样子：～～向荣。【欣赏】用喜爱的心情来领会其中的意味。

焮 xīn 烧，灼。

勋（勳） xūn 特殊功劳（[连]功～）：～章｜屡建奇～。

埙（壎） xūn 古代用陶土烧制的一种吹奏乐器。

熏（❶燻、△薰） ㊀xūn ❶气味或烟气接触物品：～豆腐｜～肉｜把墙～黑了｜用茉莉花～茶叶。❷气味刺激人：臭气～人。❸暖和：～风。㊁xùn 问韵。

薰 xūn 【薰草】古书上说的一种香草。[引]花草的香气。

獯 xūn 【獯鬻】（xūn yù）我国古代北方民族，战国后称匈奴。

纁 xūn 淡红色。

曛 xūn 日没（mò）时的余光：～黄（黄昏）。

醺 xūn 醉。【醺醺】醉酒的样子：喝得醉～～的。

溵 yīn “溵”或字。【溵溜】地名，在天津市蓟县。

溵（濦） yīn 水名，亦作“溵”，出河南省登封县少室山，东流合于颍水。

龈 ㊀yín 【牙龈】牙床，牙根上的肉。㊁kěn 阮韵，见第 180 页“啃（△龈）”字条。

狺 yín 【狺狺】狗叫的声音。

訚 yín （叠）和颜悦色地进行辩论。

龂 yín ❶同“龈”（yín）。❷（叠）争辩的样子。

鄞 yín 【鄞县】在浙江省。

晕 ㊀yūn 昏迷：头～。引 头脑不清。㊁yùn 问韵。

氲 yūn 见第 54 页“氤”字条“氤氲”（yīn yūn）。

云（❸雲） yún ❶说：诗～|人～亦～。❷文言助词，句首句中句末都用：～谁之思？|岁～暮矣|盖记时也～。❸水蒸气上升遇冷凝聚成微小的水点成团地在空气中飘浮叫“云”：～集（喻许多人或事物聚集在一起）。

芸（❷蕓） yún ❶【芸香】多年生草本植物，花黄色，花、叶、茎有特殊气味，可入药。❷【芸薹】（yún tái）也叫“油菜”，二年生草本植物，花黄色，种子可榨油。

纭 yún 【纷纭】（fēn yún）（言论、事情等）多而杂乱：众说～～。

耘 yún 除草：～田。

员 ㊁yún 古人名用字。㊀yuán 先韵。㊂yùn 问韵。

郧 yún 【郧县】在湖北省。

涢 yún 【涢水】水名，在湖北省。古郧国以涢水得名。

筠 ㊀yún ❶竹皮。❷竹子。㊁jūn 真韵。

沄（澐） yún ❶回转之流。❷江中的大波。【汾沄漭沆】（fén yún mǎng háng）水势盛大，平望无涯。

枟（橒） yún 木名。

妘 yún 祝融之后，姓。

篔 yún 【篔筜】（yún dāng）长数丈的竹名：～～竹最大。

蝹 yún 【蝹蜦】（yún lún）蛇行的样子。

蒀 yūn 万年青，俗名千年蒀。

缊 yūn ❶红黄间杂的颜色。❷故麻、旧絮、乱絮。【纷缊】杂乱的意思，盛状。【细缊】元气酝酿的样子。

煴 yūn 【棼煴】（fén yūn）棼乱。

元 yuán ❶开始，第一（[连]～始）：～旦｜～月｜～年。【元素】元素是由具有相同化学性质的一定种类的原子构成的物质。现在已知的元素有106种。【元音】发音的时候，从肺里出来的气使声带颤动，在口腔的通路上不受阻碍而发出的声音，也叫“母音”。拼音字母 a、o、u 等都是元音。❷为首的：～首｜～帅｜～勋。❸构成一个整体的：单～｜～件。❹朝代名（公元1279～1368年）。公元1206年，蒙古孛儿只斤·铁木真称成吉思汗。1271年国号改为元。1279年灭南宋。❺同“圆❸”。

芫 ㊀yuán 芫花，落叶灌木，开紫色小花，有毒，花蕾可入药。㊁yán 元韵。

园（園） yuán ❶（～子｜～儿）种植菜蔬花果的地方。【园地】1.菜园、花园、果园等的统称。2.比喻活动的范围：艺术～～。❷（～子｜～儿）供人游玩或娱乐的地方：公～｜动物～。

沅 yuán 【沅江】发源于贵州省，东北流经湖南省注入洞庭湖。

鼋（黿） yuán 即鳖。

垣 yuán 墙，矮墙：断壁颓～。

榬 yuán 悬钟磬的器具。

爰 yuán 于是：～书其事以告。

援 yuán ❶引，牵（[连]～引）。❷帮助，救助（[连]～助）：抗美～朝｜支～前线。❸引用：～例。

湲 yuán 【潺湲】（chán yuán）水流的样子。

媛 ㊀yuán 【婵媛】❶（姿态）美好。❷牵连，相连。㊁yuàn 愿韵。

原 yuán ❶最初的，开始的（[连]～始）：～稿。[引]没有经过加工的：～油｜～煤。【原子】构成元素的最小粒子。❷原来，本来：这话～不错｜～打算去请他｜放还～处。❸谅解，宽容（[连]～谅）：情有可～｜不可～谅的错误。❹宽广平坦的地方：～野｜平～｜高～｜大草～。❺同“塬”。

塬 yuán 我国西北部黄土高原地区因流水冲刷而形成的高地，四边陡，顶上平。

源 yuán ❶水流所从出的地方：泉～｜河～。【源源】继续不断：～～而来。❷事物的根由：来～。

嫄 yuán 用于人名。

螈 yuán 见第120页“蝾”字条“蝾螈”（róng yuán）。

羱 yuán 【羱羊】似羊而大，生活在高山地带，吃草本植物。善斗，状若骡而群行。

袁 yuán 姓。

猿（猨） yuán 猴一类的动物，颊下没有囊，没有尾巴，猩猩、大猩猩、长臂猿等都是。

辕 yuán ❶车辕子，车前驾牲畜的部分。❷辕门，旧时称军营的门。[引]旧时军政大官的衙门。

鸳 yuān 【鸳鸯】（yuān·yāng）水鸟名，羽毛颜色美丽，形状像凫，但比凫小，雌雄常在一起。旧时文学上常用来比喻夫妻。

鹓 yuān 【鹓鹐】（yuān chú）古代传说中的一种像凤凰的鸟。

眢 yuān 眼睛枯陷。[引]干枯：～井。

冤（寃） yuān ❶冤枉，屈枉：鸣～｜伸～。❷仇恨（[连]～仇）：～家｜～孽。❸欺骗：不许～人。❹上当，不合算：白跑一趟，真～。

奔（犇） ㊀bēn 急走，跑（[连]～跑）：狂～｜～驰｜东～西跑。【奔波】劳苦奔走。㊁bèn 愿韵。

锛 bēn ❶（～子）砍平木料的一种工具，用时向下向内用力。❷用锛子一类东西砍：～木头｜用镐～地。

贲 ㊀bēn 【虎贲】古时指勇士。㊁bì 寘韵。

栟 ㊀bēn 【栟茶】地名，在江苏省如东县。㊁bīng 庚韵。

倴 bèn 【倴城】地名，在河北省滦南县。

汆 cuān ❶把食物放到开水里稍微一煮：～汤|～丸子。❷(～子|～儿)烧水用的金属器具，能很快地把水煮开。❸用汆子把水烧开：～了一汆子水。

村(邨) cūn (～子|～儿)乡村，村庄。

存 cún ❶在，活着：～在|～亡。❷保留，留下：去伪～真|～根。【存心】居心，怀着一种想法 。❸寄放：～车|把这几本书～在你这里吧|～款。❹停聚：小孩儿～食了|下水道修好，街上就不～水了。

蹲 ㊀cún 脚、腿猛然落地受伤：他跳下来～了腿了。㊁dūn 元韵。

吨(噸) dūn (外)❶重量单位，公制一吨等于 1000 公斤。英制一吨(长吨)等于 2240 磅，合 1016.05 公斤。美制一吨(短吨)等于 2000 磅，合 907.18 公斤。❷ 指登记吨，计算船只容积的单位，一吨等于 2.83 立方米(合 100 立方英尺)。

惇 dūn 敦厚。

敦 ㊀dūn ❶敦厚，厚道：～睦邦交。❷诚心诚意：～聘|～请。㊁duì 队韵。

墩 dūn ❶土堆。❷(～子|～儿)厚而粗的木头、石头等，座儿：门～儿|桥 ～。❸量词，用于丛生的或几棵合在一起的植物：栽稻秧二万～，每～五株。

撴 dūn 〈方〉揪住。

礅 dūn 厚而粗的石头：石～。

蹾(撉) dūn 猛地往下放，着(zháo)地很重：篓子里是水果，别～。

蹲 ㊀dūn 两腿尽量弯曲，像坐的样子，但臀部不着地：大家都～下。[转] 闲居：不能再～在家里了。【蹲点】深入到基层单位，参加实际工作，进行调查研究等。㊁cún 元韵。

不 dǔn 粤人以截木作垫为～。【不子】(dǔn·zi)〈方〉墩子。特指做成砖状的瓷土块，是制造瓷器的原料。

奀 ēn 〈方〉瘦小(多用于人名)。粤中语称人物之瘦者为奀(máng)。

恩 ēn 好处，深厚的情谊([连] ～惠)：共产党的～情说不完。

蒽 ēn 一种有机化合物，分子式 $C_{14}H_{10}$，无色晶体，发青色荧光，是染料工业的原料。

番 ㊀fān ❶遍数：三～五次|费了一～心思|解说一～。❷称外国的或外族的：～茄|～薯|～椒。㊂pān 寒韵。㊃pó 歌韵。㊃bō 歌韵。

蕃 ㊀fān 同"番(fān)❷"。㊁fán 元韵。

幡(旛) fān 用竹竿等挑起来直着挂的长条形旗子。

藩 fān 藩篱，篱笆。[喻] 做保卫的，封建时代用来称属国、属地：～国|～属。

翻(飜) fān ❶歪倒，或上下、内外移位：车～了|～修马路|把桌上的书都～乱了。【翻身】1.翻转身体。2.推翻反动政权，从被压迫的情况下解放出来：劳动人民～～当家做主人。❷改变：～供|～案 。❸数量成倍地增加：生产～一番。❹翻译，把一种语文译成另一种语文：把马克思的著作～成中文。

矾(礬) fán 含水复盐的一类，是某些金属硫酸盐的含水结晶。最常见的是"明矾"，也叫"白矾"。明矾带涩味，呈酸性反应，可供制革、造纸及制颜料、染料等用。

钒(鐇) fán 一种金属元素，符号 V，银白色。熔合在钢中，能增加钢的抗张强度、弹性和硬度，工业上用途很大。

烦 fán ❶苦闷，急躁：心～意乱|心里有点～。❷又多又乱：要言不～|话多真絮～。【烦琐】琐碎，不扼要。❸敬辞，表示请、托：～你做点事。

薠 fán 【青薠】草名，似莎(suō)草而大，生长在江湖边上，大雁所食。

蘩 fán 【皤蒿】(pó hāo)即白蒿，俗名蓬蒿菜。

蕃 ㊁fán 茂盛：草木～盛。[喻] 繁多：～衍(逐渐增多或增广)。㊀fān 元韵。

璠 fán 美玉。

膰 fán 古代祭祀时用的熟肉。

燔 fán ❶焚烧。❷烤。

蹯 fán 兽足：熊～（熊掌）。

缁 fān ❶【缤缁】（bīn fān）风吹旗儿。❷【连缁】连续。杨万里诗："雨夜～～约齐集。"

蠜 fán 草虫，一名负蠜，一名常羊，大小长短如蝗，好在茅草中。

潘 fán 米汁。

樊 fán 篱笆。【樊篱】喻 对事物的限制。

繁（緐）㊀fán ❶复杂（连 ～杂）：删～就简。❷许多，不少：实～有徒（这种人实在很多）｜～殖（生长成许多）。【繁华】市面华丽，工商业兴盛的现象。【繁荣】兴旺发展或使兴旺发展：市场～～｜～～经济。㊁pō 歌韵。

根 gēn ❶植物茎干下部长在土里的部分。它有吸收土壤里的水分和溶解在水中的无机盐的作用，还能把植物固定在地上。有的植物的根还有储藏养料的作用（连 ～柢）：树～｜草～｜直～（如向日葵、甜菜的根）｜须～（如小麦、稻的根）｜块～（如萝卜、胡萝卜等可以吃的部分）。引（～儿）：1. 物体的基部和其他东西连着的部分（连 ～基）：耳～｜舌～｜墙～儿。2. 事物的本源：祸～｜斩断穷～。3. 彻底：～绝｜～治。【根据】凭依，依据：～～什么？｜有什么～～？❷量词，指长条的东西：一～木料｜两～麻绳。

跟 gēn ❶（～儿）踵，脚的后部：脚后～。引 鞋袜的后部：袜后～儿。❷随在后面，紧接着：～着共产党走。引 赶，及：后进队也～上来了。❸和，同：我～他在一起工作。❹对，向：已经～他说过了。【跟头】1. 身体摔倒：摔～～｜栽～～。2. 斤斗：翻～～。

哏 gén 〈方〉滑稽，可笑，有趣：逗～｜这话真～。

痕 hén 痕迹，事物留下的迹印：水～｜泪～｜伤～。

拫 hén 【拫抑】排挤。

昏 hūn ❶黄昏，天将黑的时候：晨～（早晚）。❷黑暗（连 ～暗）：天～地暗｜～暗不明。❸神志不清楚，认识糊涂：发～｜病人整天～～沉沉的。转 失去知觉：他～过去了。❹〈古〉同"婚"。

惛 hūn 糊涂。

阍 hūn ❶宫门。❷司阍，看门的人。

婚 hūn 结婚，男女结为夫妇：已～｜未～｜结～证。【婚姻】嫁娶，结婚的事：～～自主。

荤 hūn ❶肉食：～素｜～菜｜不吃～。❷葱蒜等有特殊气味的菜：五～。

浑 hún ❶水不清，污浊：～水坑。❷骂人糊涂，不明事理：～人｜～话。❸全，满：～身是汗。

珲 ㊀hún 【珲春】县名，在吉林省。㊁huī，见第253页"瑷"字条"瑷珲"（ài huī）。

馄 hún 【馄饨】（hún·tún）一种煮熟连汤吃的食品，用薄面片包上馅做成。

混 ㊀hún 同"浑❶❷"。㊁hùn 阮韵。

魂 hún 旧日迷信的说法，指能离开肉体而存在的精神（连 ～魄）：～不附体。【灵魂】喻 1. 人的精神、思想方面活动的总称。2. 事物的最精粹最主要的部分。

犍 ㊀jiān 公牛，特指去掉睾丸的公牛。㊁qián 元韵。

鞬 jiān 马上盛弓箭的器具。

坤（△堃）kūn ❶八卦之一，符号是"☷"，代表地。❷称女性的：～鞋｜～车。

堃 kūn 同"坤"，多用于人名。

昆（❹崑）kūn ❶众多。【昆虫】节肢动物的一类，身体分头、胸、腹三部，有三对脚。蜂、蝶、蚕、蝗等都属昆虫

类。❷子孙，后嗣：后～。❸哥哥：～弟|～仲。❹【昆仑】(崑崙)(kūn lún)我国的最大山脉，西从帕米尔高原起，分三支向东分布。

琨 kūn 一种玉。

焜 kūn 明亮。

锟 kūn 人名用字。

鹍(鵾) kūn 【鹍鸡】古书上说的一种像鹤的鸟。

醌 kūn 一类含有两个双键的六员环状二酮(含两个羰基)结构的有机化合物。

鲲 kūn 传说中的一种大鱼。

裈 kūn 古代称裤子为"裈"。

髡(髨) kūn 古代剃去头发的刑罚。

仑(侖、❷崙、❷崘) lún ❶条理，伦次。❷见第 61 页"昆"字条"昆仑"。

抡(掄) ㊀lún 选择：～材。㊁lūn 真韵。

舻(艪) lún 舟名。

闷 ㊀mēn ❶因空气不流通而引起的不舒服的感觉：天气～热|这屋子矮，又没有窗子，太～了。❷密闭：茶刚泡上，～一会儿再喝。❸〈方〉声音不响亮：这人说话～声～气。㊁mèn 愿韵。

门(門) mén ❶(～儿)建筑物的出入口。又指安在出入口上能开关的装置。喻门径，诀窍：摸不着～儿|找窍～儿。❷(～儿)形状或作用像门的东西：电～|水～。❸封建的家族或家族的一支：一～老小|长(zhǎng)～长子。❹一般事物的分类：分～别类|专～。❺学术思想或宗教的派别：佛～|教～。❻量词：一～炮|一～功课。

【门巴】门巴族，我国少数民族名。

扪 mén 按，摸：～心自问(反省)。

钔 mén 一种人造的放射性元素，符号 Md。

亹 mén 【亹源】回族自治县，在青海省。今作"门源"。《中华大字典》解："亹，山绝水也。谓山当水路，令水势断绝也。"

喷(△噴) ㊀pēn 散着射出：～壶|～泉|～气式飞机|火山～火。【喷嚏】见第 245 页"嚏"字条"嚏喷"。㊁pèn 愿韵。

盆 pén (～子|～儿)盛放东西或洗涤的用具，通常是圆形，口大，底小，不太深：花～|脸～。【盆地】被山或高地围绕着的平地：四川～～|塔里木～～。

湓 pén 【湓水】水名，在江西省。

犍 ㊁qián 【犍为】(qián wéi)县名，在四川省。㊀jiān 元韵。

圈 ㊀quān ❶(～子|～儿)环形，环形的东西：画一个～儿|铁～。引 1.周，周遭：跑了一～儿|兜了个大～子。2.范围：这话说得出～儿了。❷画环形：～个红圈作记号。❸包围：打一道墙把这块地～起来。㊁juàn 霰韵。㊂juān 先韵。

孙(孫) sūn ❶(～子)儿子的儿子。❷孙子以后的各代：曾～|玄～。【子孙】后代。❸跟孙子同辈的亲属：外～|侄～。❹植物再生的：稻～|～竹。〈古〉又同"逊"(xùn)。

荪(蓀) sūn 古书上说的一种香草。

狲(猻) sūn 见第 32 页"猢"字条"猢狲"(hú sūn)。

飧(飱) sūn 晚饭。

蕵 sūn 【蕵芜】(sūn wú)草名，似羊蹄，叶细，味酸，可食。

吞 tūn 不经咀嚼，整个咽到肚子里：囫囵～枣|狼～虎咽。引 1.忍受、不发作出来：忍气～声(不敢做声)。2.兼并，侵占：～没|～并。

鲀 tūn 鱼名。

暾 tūn 刚出来的太阳：朝～。

黗 tūn 黄色。

屯 ㊀tún ❶聚集，储存：～粮。[引]驻军防守：～兵。❷（～子|～儿）村庄：皇姑～。㊁zhūn 真韵。

囤 ㊀tún 囤积，积存，存储货物、粮食：～货。㊁dùn。

饨 tún 见第61页“馄”字条“馄饨”（hún·tún）。

魨 tún 河豚，鱼名。种类很多，头圆形，口小，一般血液和内脏有剧毒。

豚 tún 小猪，也泛指猪。

臀 tún 屁股：～部。

温 wēn ❶不冷不热（[连]～暖）：～水。【温饱】衣食充足。【温度】冷热的程度，也省称“温”：气～|低～|体～。❷性情柔和（[连]～柔|～和）。❸使东西热：～酒。❹复习：时常～习学过的理论和知识。❺中医指温热病：春～|冬～。❻同“瘟”。

榅 wēn 【榅桲】（wēn·po，wēn bó）落叶灌木或小乔木，叶椭圆形，背面密生绒毛，花淡红色或白色。果实也叫榅桲，有香气，味酸，可制蜜饯。

瘟 wēn 【瘟疫】流行性急性传染病：防止～疫|猪～。

鳁 wēn 【鳁鲸】哺乳动物，外形像鱼，生活在海洋中，体长二到四丈，背黑色，腹部白色，头上有喷水孔，无牙齿，有鲸须，背鳍小。脂肪可以炼油。

轩 xuān ❶古代的一种有围棚的车。【轩昂】1.高扬，高举。2.气度不平常：气宇～～。【轩轾】（xuān zhì）车子前高后低叫轩，前低后高叫轾。[喻]高低优劣：不分～～。❷有窗的长廊或小室。

萱（蘐） xuān 【萱草】多年生草本植物，叶细长，花红黄色。

喧（諠） xuān 大声说话，声音杂乱（[连]～哗）。

暄（❶煊） xuān ❶太阳的温暖。【寒暄】[转]普通的客套，谈家常。❷松软，松散：～土|馒头又大又～。

谖 xuān ❶欺诈，欺骗。❷忘记。

芫 ㊁yán 【芫荽】（yán·suī）俗叫“香菜”，又叫“胡荽”。一年生或二年生草本植物，花白色。果实球形，有香气，可以制药和香料。茎、叶可以吃。㊀yuán 元韵。

言 yán ❶话（[连]语～）：发～|格～|名～|谣～|有～在先|一～以蔽之。❷说（[连]～语）：知无不～。❸汉语的字：五～诗|七～绝句|洋洋万～。

尊 zūn ❶地位或辈分高：～卑|～长。旧时敬辞：～府|～驾。【令尊】旧时尊称别人的父亲。❷敬重：～师爱徒。❸量词：一～大炮。❹同“樽”。

樽（罇） zūn 古代的盛酒器具。

繜 zūn 古代东北夷人女子无裤，以帛为胫空，用絮补核，名曰繜衣，犹今之套裤。

嶟 zūn 山高而耸峭。

寒 hán ❶冷(连~冷):御~|天~。【寒噤】因受冷或受惊而发抖。【寒心】1.害怕,战栗。2.灰心,痛心失望。【胆寒】害怕。❷穷困:家里很贫~。旧时谦辞:~门|~舍。

韩(韓) hán 战国国名,在今河南省中部、山西省东南角一带。

邗 hán 【邗江】地名,在江苏省。

汗 ㊀hán 指可汗,见第197页“可”字条“可汗”(kè hán)。㊁hàn 翰韵。

邯 hán 【邯郸】(hán dān)市名,在河北省。

犴 ㊀hān 就是驼鹿,也叫“堪达罕”。㊁àn 翰韵。

顸 hān 粗,圆柱形的东西直径大的:这线太~|拿根~杠子来抬。

鼾 hān 熟睡时的鼻息声:~声如雷。

斡 hán 井栏,井垣。

安 ān ❶平静,稳定:平~|~定|~心(心情安定)|~居乐业。❷使平静,使安定(多指心情):~慰。❸安置,装设(连~装):~排|~营扎寨|~电灯|~装机器|~心(存心)捣乱。❹疑问词,哪里:而今~在?|~能如此?

桉 ㊀ān 【桉树】常绿乔木,树干高而直,木质坚韧,供建筑用,树皮和叶都可入药,叶又可提桉油,树皮又可提鞣料。也叫“有加利树”。㊁àn 翰韵。

氨 ān 一种无机化合物,分子式 NH_3,是无色而有剧臭的气体。在高压下能变成液体,除去压力后吸收周围的热又变成气体,人造冰就是利用这种性质制成的。氨又可制硝酸、肥料和炸药。

鞍(鞌) ān (~子)放在骡马等背上承载重物或供人骑坐的器具。

餐(飡、湌) cān ❶吃:饱~一顿|聚~。❷饭食:一日三~|午~。

残(殘) cán ❶毁坏,毁害(连~害):摧~。❷凶恶(连~暴|~忍)。❸不完全的,有毛病的(连~缺):~破不全|~疾|~编断简。引余下的(连~余):~局|~羹剩饭。

撺(攛) cuān ❶抛掷。❷匆忙地做,乱抓:事先没准备,临时旋(xuàn)~。❸(~儿)发怒,发脾气:他~儿了。【撺掇】(cuān duō)怂恿,劝诱别人做某种事情:你就是~~他,他也不去|你自己不干,为什么~~我呢?

蹿(躥) cuān 向上跳:猫~到房上去了。

巑 cuān 山高锐峻大貌。【巑岏】(cuān wán)山名,又叫锐山。

攒(欑) ㊀cuán 聚,凑集,拼凑:~凑|~钱。㊁zǎn 旱韵。

丹 dān ❶红色:~心|~砂(朱砂)。❷一种依成方配制成的中药,通常是颗粒状或粉末状的:丸散(sǎn)膏~。

担(擔) ㊀dān ❶用肩膀挑:~水|~着两筐青菜。【担心】忧虑,顾虑:我~~他身体受不了。❷担任,担负,负责,承当:做事不怕~风险|要把任务~当起来。㊁dàn 翰韵。㊂dǎn 旱韵。见第182页“掸”字条。

单(單) ㊀dān ❶不复杂,跟“复”相反:简~|~纯|~式簿记。引只,仅:做事~靠热情不够|不提别的,~说这件事。【单位】1.计算物体轻重、长短及数量的标准。2.指机关、团体或属于一个机关、团体的各个部门:那里有五个直属~~。❷独,一:~身|~打一|~枪匹马|~数(跟复数相对)。❸奇(jī)数的:~日|~号|~数(一、三、五、七等,跟双数相对)。【单薄】1.薄,少:穿得很~~。2.弱:他身子骨太~~|人力~~。❹(~子|~儿)记载事物用的纸片:~据|传~|账~儿|清~|药~。❺衣服被褥等只有一层的:~衣|~裤。❻覆盖用的布:被~|床~|褥~。㊁shàn 霰韵。㊂chán 先韵。

郸(鄲) dān 【郸城】县名,在河南省。

殚(殫) dān 尽,竭尽:~力|~心|~思极虑。

箪(簞) dān 古代盛饭的圆竹器:~食(sì)壶浆(形容劳军)。

端 ❶端正，不歪斜：五官～正｜～坐。引正派：品行～正。❷东西的一头：两～｜末～｜笔～。引 1.事情的开头：开～。2.项目，点：不只一～｜举其一～。【端底】【端的】1.事情的经过，底细：不知～～。2.的确，果然：～～是好！3.究竟：～～是谁？【端详】1.从头到尾的详细情形（戏曲中用语）：听～～｜说～～。2.仔细地看：她静静地～～着孩子的脸。【端午】【端阳】夏历五月初五日。民间在这一天包粽子、赛龙舟，纪念两千多年前的楚国大诗人屈原。❸用手很平正地拿着：～碗｜～盆｜～茶。

篅 ㊀duān ❶竹名，出岭南。❷笹（dùn），俗叫做"土篴"（qú），就是盛谷的高大器物。㊁chuán 先韵。

干（❼～⓫△乾） ㊀gān ❶关联，涉及：不相～｜这事与你何～？❷干犯，触犯：有～禁例。【干涉】过问或制止，常指不应管硬管：互不～～内政。❸追求，旧指追求职位俸禄：～禄。❹盾：动～戈（喻战乱）。【干城】转捍卫者。❺天干，历法中用的"甲、乙、丙、丁、戊、己、庚、辛、壬、癸"十个字，也作编排次序用。【干支】天干和地支，历法上把这两组字结合起来，表示日子或年份。❻水边：河～｜江～。❼没有水分或水分少的，跟"湿"相反（连～燥）：～柴｜～粮。【干脆】喻爽快，简捷：说话～～，做事也～～。❽（～儿）干的食品或其他东西：饼～｜豆腐～儿。❾枯竭，尽净，空虚：大河没水小河～｜～杯｜外强中～。❿空，徒：～着急｜～等｜～看着。⓫旧社会中拜认的亲属关系：～娘。【干将】（gān jiāng）古剑名。㊁gàn 翰韵。"乾"又音 qián，先韵。

玕 gān 【琅玕】（láng gān）像珠子的美石。

杆 ㊀gān 较长的木棍（～子｜～儿）：旗～｜电线～子｜栏～儿。㊁gǎn 旱韵。

肝 gān 肝脏，人和高等动物主要内脏之一。可分泌胆汁，还可储藏体内淀粉，调解蛋白质、脂肪和碳水化合物的新陈代谢及解毒等。【肝胆】喻 1.诚心诚意：～～相照（喻真诚相见）。2.勇气，血性。

矸 gān 【矸子】夹杂在煤里的石块。

竿 gān 【竹竿】竹子的主干，竹棍（～子｜～儿）。

官 guān ❶在旧社会，国家机关、军队里担任一定级别职务的人员。他们是为反动统治阶级服务的。❷我国现在也借用来指干部，他们是人民的勤务员：～兵一致｜外交～员。❸旧时称属于国家的：～办｜～款。【官话】指推托不负责任的话：打～～。❹器官，生物体上有特定机能的部分：五～｜感～｜消化器～。

倌 guān ❶农村中专管饲养某些家畜的人：牛～。❷旧时称服杂役的人：堂～（茶、酒、饭馆的服务人员）。

棺 guān 【棺材】装殓死人的器具。

冠 ㊀guān ❶帽子：衣～整齐。❷（～子）鸟类头上的肉瘤或高出的羽毛：鸡～子。㊁guàn 翰韵。

欢（歡、懽、驩、讙） huān ❶快乐，高兴（连～喜｜喜～）：～庆胜利｜～天喜地｜～迎贵宾。❷活跃，起劲：孩子们真～｜机器转得很～。引旺盛：炉子里的火很～。

貛（獾） huān 野兽名，毛灰色，头部有三条白色纵纹。毛可制笔，脂肪炼油可入药。

洹 huán 【洹水】水名，在河南省，又名"安阳河"。

桓 huán 姓。

貆 huán 幼小的貉。

萑 huán 古书上指芦苇一类的植物。

苋 huán 细角的山羊。

刊 kān ❶刻：～石｜～印。转排版印刷：～行｜停～。【刊物】报纸、杂志等出版物，也省称"刊"：周～｜月～。❷削除，修改：不～之论（喻至理名言）｜～误表。

看 ㊀kān 守护：～门｜～家｜～守。[转]监视：把他～起来。【看护】1. 护理。2. 旧时称护士。㊁kàn 翰韵。

宽（寬） kuān ❶阔大，跟"窄"相反（[连]～广｜～阔）：马路很～。【宽绰】（kuān·chuo）1. 宽阔。2. 富裕。❷放宽，使松缓：～心。[引]1. 解除，脱：请～了大衣吧！2. 延展：～限。3. 宽大，不严：～容｜从～处理。❸物体横的方面的距离，长方形多指短的一边：长方形的面积是长乘～。

髋（髖） kuān 【髋骨】组成骨盆的大骨，左右各一，是由髂骨、坐骨、耻骨合成的。通称胯骨。

兰（蘭） lán 植物名：1. 兰花，常绿多年生草本植物，丛生，叶子细长，花味清香。有草兰、建兰等多种。2. 兰草，多年生草本植物，叶子卵形，边缘有锯齿。有香气，秋末开花，可供观赏。

拦（攔） lán 遮拦，阻挡，阻止（[连]～挡｜阻～）：～住他，不要让他进来。

斓 lán 【斑斓】灿烂多样：五色～～。

澜（瀾） lán 大波浪（[连]波～）。

谰（讕） lán 抵赖，诬赖：驳斥帝国主义者的无耻～言。

阑 lán ❶同"栏❶"。【阑干】1. 纵横交错，参差错落：星斗～～。2. 同"栏"字条"栏杆"。❷尽，晚：夜～人静。【阑珊】衰落，衰残。【阑入】进入不应进去的地方，混进：无入场券不得～～。

栏（欄） lán ❶遮拦的东西：木～｜花～。【栏杆】用竹、木、金属或石头等制成的遮拦物，也作"阑干"：桥～～。❷家畜的圈（juàn）：牛～。❸书刊报章在每版或每页上用线条或空白分成的各个部分：新闻～｜广告～｜每页分两～。

褴（襴、幱） lán 古代一种上下衣相连的服装。

峦（巒） luán ❶小而尖的山。❷连着的山：山～起伏。

娈（孌） luán 美好。

栾（欒） luán 【栾树】落叶乔木，夏天开花，黄色。叶可作青色染料。花可入药，又可作黄色染料。木材可制器具，种子可榨油。

鸾（鸞） luán 旧时传说凤凰一类的鸟。

脔（臠） luán （旧读 luǎn）切成小块的肉：～割（分割）。

滦（灤） luán 【滦河】河名，在河北省。

銮（鑾） luán 一种铃铛。

颟（顢） mān 【颟顸】（mān·hān）1. 不明事理：糊涂～～。2. 漫不经心：那人太～～，做什么事都靠不住。

谩 ㊀mán 欺骗，蒙蔽。㊁màn 翰韵。

蔓 ㊂mán 【蔓菁】（mán·jing）芜菁，二年生草本植物，春天开花，黄色。叶大，块根扁圆形。块根也叫蔓菁，可以吃。㊀wàn 愿韵。㊁màn 翰韵。

馒 mán 【馒头】（mán tou）一种用发面蒸成的食品，无馅。

鳗 mán 【鳗鲡】（mán lí）一种鱼，身体前圆后扁，背部灰黑色，腹部白色带淡黄色。生活在淡水中，到海洋中产卵。也省称"鳗"。

鬘 mán 形容头发美。

瞒（瞞） mán 隐瞒，隐藏实情，不让别人知道：这事不必～他。

曼 màn ❶延长：～声而歌。❷柔美：～舞。

镘 màn （～子）镘（màn）墙用的工具，也叫"泥镘子"或"泥板子"。又读 mán，动词。

难（難） ㊀nán ❶不容易（[连]艰～）：～事｜～题｜～写｜～产｜～得。❷不大可能：～免｜～保。【难道】反问的语词，表示不可能：河水～～会倒流吗？｜他们能完成任务，～～我们就不能吗？❸使人不好办：这可真～住他了。【难为】（nán·wei）1. 令人为难。2. 亏得，表示感谢：这么冷的天～～你还来看我｜～～你把机器修好了。❹不好：～听｜～看。〈古〉又用"傩"(nuó)。㊁nàn 翰韵。

番 ㊀pān 【番禺】(pān yú)县名，在广东省。㊁fān 元韵。㊂pó 歌韵。㊃bō 歌韵。

潘 pān 姓。

爿 ㊀pán ❶劈开的成片的木柴。❷〈方〉量词，指商店等：一～水果店。㊁qiáng 阳韵。

胖 ㊀pán 安泰舒适：心广体～。㊁pàng 漾韵。

盘（盤） pán ❶（～子｜～儿）盛放物品的扁而浅的用具，多为圆形：托～｜茶～儿｜和～托出（喻全部说出）。【通盘】全面：～～打算。❷（～儿）形状像盘或有盘的功用的物品：脸～儿｜磨～｜棋～｜算～。❸回旋地绕：～香｜～杠子（在杠子上旋转运动）｜把绳子～起来｜～山公路｜～根错节。【盘剥】辗转剥削。【盘旋】绕着圈地走或飞。❹垒，砌（炕、灶）：～炕｜～灶。❺盘查，仔细查究：～账｜～货｜～问｜～算（细心打算）。❻（～儿）旧社会市场上成交的价格：开～儿｜收～儿｜平～儿。❼量词：一～机器｜一～磨。【盘费】【盘缠】旅途上的费用。【盘桓】留恋在一个地方，逗留。

槃 pán 同"盘❶❸"。

鄱 ㊀pán 〈古〉赵国地名。㊁pó 歌韵。

磐 pán 大石头：安如～石。

磻 pán 【磻溪】古水名，在今陕西省宝鸡市东南。

蟠 pán 屈曲环绕。

蹒（蹣） pán 【蹒跚】(pán shān)1. 走路一瘸一拐。2. 走路缓慢、摇摆。也作"盘跚"。

珊 shān 【珊瑚】一种腔肠动物所分泌的石灰质的东西，形状像树枝，有红、白各色，可以作装饰品。这种腔肠动物叫"珊瑚虫"。

栅 ㊀shān 【栅极】电子管靠阴极的一个电极。㊁zhà 陌韵。

跚 shān 见第67页"蹒"字条"蹒跚"(pán shān)。

狻 suān 【狻猊】(suān ní)传说中的一种猛兽。

痠 suān 同"酸❸"。

酸 suān ❶化学上称能在水溶液中产生氢离子(H^+)的物质，分无机酸、有机酸两大类：硝～｜盐～｜苹果～。❷像醋的气味或味道：～菜｜这个梨真～。❸微痛无力：腰～腿痛｜腰有点发～。❹悲痛，伤心：心～｜十分悲～。❺旧时讥讽人的迂腐：～秀才。【寒酸】旧时指文人的贫苦或不大方的样子。

摊（攤） tān ❶摆开，展开：～场（把庄稼晾在场上）｜把问题～到桌上来。[引]烹饪法，把糊状物放在锅上使成薄片：～鸡蛋｜～煎饼。❷（～子｜～儿）摆在地上或用席、板摆设的售货处：～子｜水果～儿。❸分担财物：～派｜每人～五元。

滩（灘） tān ❶河海边淤积成的平地或水中的沙洲。❷水浅多石而水流很急的地方：险～。【滩簧】流行于江苏南部、浙江北部的一种唱腔。

瘫（癱） tān 【瘫痪】神经机能发生障碍，肢体不能活动。

坛（❶❷壇、❸墰、罈、罎） tán ❶古代举行祭祀、誓师等大典用的土建筑的高台：天～｜先农～。[引]指文艺界、体育界或舆论阵地：文～｜乒～｜论～。❷用土堆成的平台，多在上面种花：花～。❸（～子）一种口小肚大的陶器。

弹（彈） ㊀tán ❶被其他手指压住的手指用力伸开的动作：用手指～他一下｜把帽子上的土～去。❷使弦振动：～弦子｜～琵琶｜～棉花。【弹词】民间文艺的一种，配着弦乐唱的曲词。❸利用一个物体的弹性把另一个物体放射出去：～射。【弹性】物体因受外力暂变形状，外力一去即恢复原状的性质。[引]事物的伸缩性。❹旧指检举违法失职的官吏（[连]～劾）。㊁dàn 翰韵。

檀 tán 植物名：1. 檀树，落叶乔木，果实有翅，木质坚硬。2. 檀香，常绿乔木，产在热带及亚热带。木材坚硬，有香气，可制器物及香料，也可入药。❸紫檀，豆科常绿乔木，产在热带及亚热带。木质坚硬，可做器具。

湍 tuān 急流的水。

揣 tuán 把东西揉弄成球形：～纸团。

抟（摶） tuán ❶用手团弄，把东西揉弄成球形：～饭团子。❷〈书〉盘旋。

蓴 tuán 草丛生儿。

团（團、❷糰） tuán ❶圆形（叠）：～扇|雌蟹是～脐的。❷（～子|～儿）结成球形的东西：饭～儿|菜～子。引堆（专指抽象的事物）：一～和气|一～糟。❸会合在一起：～聚|～圆。【团结】为了集中力量实现共同理想或完成共同任务而联合或结合：～～起来，争取更大的胜利。❹工作或活动的集体组织：文工～|代表～。【团体】有共同目的、志趣的人结合在一起的集体：工会、妇女联合会都是人民～～。❺在我国特指共产主义青年团。❻军队的编制单位，是营的上一级。

剜 wān 用刀挖，挖去：～肉补疮（喻只顾眼前，用有害的方法来救急）。

帵 wān （～子）裁衣服剩下的大片材料。

蜿 wān 【蜿蜒】（wān yán）蛇爬行的样子。引弯弯曲曲：一条～～的小路。

豌 wān 【豌豆】一年或二年生草本植物，开白花，种子和嫩茎叶都可吃。

丸 wán （～子|～儿）小而圆的东西：弹～|药～儿|肉～子。

芄 wán 【芄兰】多年生蔓草。叶对生，心脏形。花白色，有紫红色斑点。茎、叶和种子可入药。

汍 wán 【汍澜】流泪的样子。

纨 wán 细绢，很细的丝织品。【纨袴】【纨绔】（wán kù）古代贵族子弟的华美衣着：～～子弟（旧时指剥削阶级出身，专讲吃喝玩乐的子弟）。

完 wán ❶齐全（连～整）：～美无缺|准备得很～善。❷尽，没有了：用～了|卖～了|事情做～了。❸做成，做了，了结：～成任务|～工|～婚。❹交纳：～粮|～税。

烷 wán 有机化学中分子式可以用 C_nH_{2n+2} 表示的一类化合物。烷系化合物是构成石油的主要成分。

糌 zān 【糌粑】（zān·ba）青稞麦炒熟后磨成的面，是藏族的主食。

簪 zān ❶（～子|～儿）用来绾（wǎn）住头发的一种首饰，古时也用它把帽子别在头发上。❷插，戴：～花。

羱 wán 野羊名。

岏 wán 高峻。

钻（鑽） ㊀zuān ❶用锥状的物体在另一物体上转动穿孔：～一个眼|地质～探。引进入：～山洞|～到水里|～空子。【钻营】旧社会指攀附权势往上爬。❷钻研，仔细研究，深入研究：光～书本不行|他倒是肯～研。㊁zuàn 翰韵。

躜 zuān 向上或向前冲。

删（刪）shān 除去，去掉文字中不妥当的部分：～改|这个字应～去。

姗 shān 形容走路缓慢从容（叠）：～～来迟。

潸（潸）㊀shān 流泪的样子：～然泪下。㊁shǎn 潸韵。

山 shān ❶地面上由土石构成高起的部分：深～|～高水深|人～人海（喻人多）。❷像山的：1. 蚕蔟：蚕上～了。2. 山墙，房屋两头的墙。

舢 shān 【舢板】一种小船。也叫"三板"。

狦（狦）shān 恶健犬，似狼。

讪（訕）㊀shān ❶讥笑：～笑。❷诽谤：嘲～。㊁shàn 谏韵。

扳 bān ❶把一端固定的东西往下或往里拉，使改变方向：～枪机|～树枝。❷扭转：～回一局。

攽 bān 发给。

颁 bān 发下：～布命令|～发奖章。

班 bān ❶一群人按次序排成的行列：排～。❷工作或学习的组织：学习～|机修～。❸工作按时间分成的段落，也指工作或学习的场所：上～|下～。❹定时开行的：～车|～机。❺军队编制中的基层单位，在"排"以下。❻量词：1. 用于人群：这～年轻人真有力气。2. 用于定时开行的交通运输工具：我搭下一～飞机走。❼调回或调动（军队）：～师|～兵。

斑 bān 一种颜色夹杂的别种颜色的点子或条纹（连～驳）：～马|～竹|～白（花白）|脸上有雀～。【斑斓】（bān lán）灿烂多彩。

癍 bān 皮肤上生斑点的病。

般 bān ❶样，种类：如此这～|百～照顾|兄弟～的友谊。【一般】1. 同样：我们两个人～～高。2. 普通的，普遍的：～～的读物|～～人的意见。❷同"搬"。

搬 bān 移动，迁移：～家|把这块石头～开。

瘢 bān 疤瘌（bā·la）。

𩯭 bān 头发半白。

关（關、関）guān ❶闭、合拢：～门|～上橱子。引拘禁。❷古代在险要地方或国界设立的守卫处所：～口|山海～。引征收出口入口货税的机构：海～。❸重要的转折点，不易度过的时机：渡过难～|紧要～头。❹起转折关联作用的部分：～节（两骨连接的地方）|～键。❺牵连，连属（连～连）：毫不相～|～心（注意）|无～紧要。【关系】1. 事物之间的连带情形：这个电门和那盏灯没有～～。2. 人事的联系：同志～～|亲戚～～。3. 影响：这件事～～太大。【关于】说明事物间的关联：～～这个问题|～～养蜂的书。❻旧指发给或支领薪饷。

纶（綸）㊀guān 青丝带。【纶巾】古代配有青丝带的头巾。传说三国时诸葛亮平常戴这种头巾。㊁lún 真韵。

矜 ㊀guān 〈古〉❶同"鳏"。❷同"瘝"。㊁jīn 真韵。㊂qín 真韵。

瘝 guān 病，痛苦。

鳏 guān 鳏夫，无妻或丧妻的男人：～寡孤独。

嚾 guān 鸟和鸣。

癏 guān 同"瘝"。

还（還）㊀huán ❶回，归：～家|～原（恢复原状）。❷回报：～礼|～手|以眼～眼，以牙～牙。❸偿（连归～|偿～）：～钱。㊁hái 灰韵。

环（環）huán ❶（～儿）圆圈形的东西：连～|铁～。❷围绕：～城马路|～视。【环境】周围的一切事物：优美的～～。

郇 ㊀huán 姓。㊁xún 真韵。

锾 huán 古代重量单位，也是货币单位。

圜 ㊀huán 围绕。㊁yuán 先韵。

阛 huán 【阛阓】(huán huì)〈书〉街市。市之营域曰阛,其外门曰阓。阛,阓道也,市巷也。阛阓之里,通阛带阓。

澴 huán 【澴水】水名,在湖北省。

寰 huán 广大的地域。【寰球】【寰宇】全世界。也作"环球"、"环宇"。

嬛 huán 见第110页"嫏"字条"嫏嬛"(láng huán)。

镮 huán 圆形有孔可贯穿的东西。

鬟 huán 古代妇女梳的环形的发结。【丫鬟】【小鬟】旧社会受剥削阶级役使的女孩子。

轘 huán 【轘辕】(huán yuán)山名,在河南省缑(gōu)氏县东南四十六里,路道险阻,凡十二曲,将去复还,故曰轘辕。所在地亦以此得名。

擐 huàn 穿:～甲执兵。

奸(③姦) jiān ❶虚伪,狡诈:～雄|～笑|不藏～,不耍滑。❷叛国的人:汉～|锄～。【奸细】替敌人刺探消息的人。❸男女发生不正当的性行为:通～|～污。

间(間) ㊀jiān ❶中间,两段时间或两种事物相接的地方:彼此～的差别。❷在一定的地方、时间或人群的范围之内:田～|人～|晚～。❸量词,指房屋:一～房|广厦千～。㊁jiàn 谏韵。"間"又通"闲"(xián),见第71页"闲(閑、間)"字条。

菅 jiān 多年生草本植物,叶子细长,根很坚韧,可做炊帚、刷子等。【草菅】喻轻视:～～人命。

艰(艱) jiān 困难(连～难):～辛|～苦|文字～深。

涧 ㊀jiān ❶两山之间的水。❷山夹水,又水名。【涧水】在河南省渑(miǎn)池县北,出渑池山。㊁jiàn 谏韵。

斓 lān 【斑斓】(bān lán)多彩,色杂。

埋 ㊁mán 【埋怨】(mán yuàn)因为事情不如意而对人或事物表示不满、责怪:他自己不小心,还～～别人。㊀mái 佳韵。

蛮(蠻) mán ❶粗野,不通情理(连～横、野～):～不讲理|胡搅～缠。引鲁莽,强悍:～劲不小|只是～干。❷我国古代称南方的民族。❸〈方〉很,挺:～好|～快。

鬘 mán 通"蛮","菩萨蛮"亦作"菩萨～","璎珞花～","月～"。

獌 mán 兽类。【貙獌】似貍。【獌㹢】大兽,长八尺。

攀 pān ❶抓住别的东西向上爬:～登|～树。❷拉拢,拉扯(连～扯):～谈|～亲道故。

扳 pān ❶同"攀",范椁(guǒ)诗:"仙栖庶可～。"❷援引,挽引:《公羊传·隐公元年》:"诸大夫～隐而立之。"

盼 pān 眼睛黑白分明,美目。《诗·卫风·硕人》:"巧笑倩兮,美目～兮。"

眅 pān 多白眼,眅目多白。膜侵睛谓之眅睛。

昄 pān 眅,当作"版"。【眅章】(pān zhāng)当作"版章",犹版图。

悭(慳) qiān 吝啬(连～吝)。

掔 qiān 手持得很紧固。

蒉(蕢) qiān 草名。

闩(櫦) shuān ❶门闩,横插在门后使门推不开的棍子。❷用闩插上门:把门～上。

湾(灣) wān ❶水流弯曲的地方:汾河～。❷海湾,海洋伸入陆地的部分:胶州～|港～。❸使船停住:把船～在那边。

弯(彎) wān ❶屈曲不直(连～曲):～路。❷(～子|～儿)曲折的部分:转～抹角|这根竹竿有个～儿。❸拉弓:～弓。

顽 wán ❶愚蠢无知:～石|愚～。❷固执,不容易变化或动摇:～梗|～癖。

【顽固】1.思想保守，不愿意接受新鲜事物。2.立场反动，反对革命。【顽强】坚强，不屈服：～～地工作着｜他很～～，并没被困难吓倒。❸顽皮，小孩淘气：～童。❹同“玩❶❷”。

闲（閑、閒）xián ❶没有事情做（连～暇）：没有～工夫。引放着不使用：～房｜机器别～着。❷与正事无关的：～谈｜～人免进。【闲话】与正事无关的话，背后的批评：不要讲别人的～～。❸栅栏。❹防御：防～。“閒”又音 jiān，见第 70 页“间（閒）”字条；又音 jiàn，见第 268 页“间（閒）”字条。

娴（嫻）xián ❶熟练（连～熟）：技术～熟。❷文雅。

鹇（鷳）xián 【白鹇】鸟名，尾巴长，雄的背为白色，有黑纹，腹部黑蓝色，雌的全身棕绿色。

痫（癇）xián 【癫痫】俗叫“羊痫风”或“羊角风”，是一种时犯时愈的暂时性大脑机能紊乱的病症。病发时突然昏倒，口吐泡沫，手足痉挛。

莔 xián 草名。

瞯 xián 目偏合，偏盲。

瞯 xián 窥视。

殷 ㊀yān 黑红色：～红｜朱～。㊁yīn 真韵。

颜 yán ❶颜面、脸面：无～见人｜喜笑～开。❷颜色，色彩：～料｜五～六色。

噮 yán 【噮噮】相争貌。《韩非子·说权》：“一栖两雄，其斗～～。”

狠 yán 同“犴”，兽名。犬斗声。

孱 ㊀zhān ❶呻吟。“孱”是会意字，其结构是孬在尸下，故义为“呻吟”。❷窘蹙。❸软弱劣小。【孱陵】（zhān líng）县名，在湖北省公安县南。㊁chán 先韵。㊂càn 霰韵。

譠 zhān 【譠谩】（zhān mán）欺谩的话。

先 xiān ❶时间在前的，次序在前的：占～|首～|抢～一步|争～恐后。【先天】人或某些动物的胚胎时期：～～不足。【先生】1.老师。2.对一般人的敬称。3.称医生。❷祖先，上代。❸对死去的人的尊称：革命～烈。

仙（僊） xiān 神话中称有特殊能力，可以长生不死的人。

氙 xiān 一种化学元素，在通常条件下为气体，符号 Xe，无色、无臭、无味，不易跟其他元素化合。空气中只含有极少量的氙。把氙装入真空管中通电，能发蓝色的光。

籼（秈） xiān 【籼稻】水稻的一种，米粒细而长。

酰 xiān 酰基，通式可以用 R·CO—表示的原子团。

纤（纖） ㊀xiān 细小。【纤维】细长像丝的物质。一般分成两大类：天然纤维，如棉、麻、羊毛、石棉等；合成纤维是用高分子化合物制成的，如锦纶、维尼纶等。【纤尘】细小的灰尘：～～不染。㊁qiàn 艳韵。

跹（蹮） xiān 见第 75 页“蹁”字条“蹁跹”(piān xiān)。也作“翩跹”。

祆 xiān 【祆教】即拜火教，波斯人琐罗亚斯特创立，崇拜火，南北朝时传入我国。

鲜 ㊀xiān ❶新的，不干枯的（[连]新～）：～果|～花|～肉|～血。❷滋味美好：这汤真～。❸有光彩的：～红的旗帜|颜色十分～艳。❹新鲜的食物：尝～。【鲜卑】(xiān bēi)我国古代北方民族名。㊁xiǎn 铣韵。

褼 xiān 【褊褼】(pián xiān)衣裳旋转飘舞的样子。

硟 xiān 石次玉。

仚 xiān ❶人在山上。❷高举貌：鸟～鱼跃。

贤（賢） xián ❶有道德的，有才能的：～明|任人唯～。❷旧时敬辞，用于平辈或晚辈：～弟|～侄。

弦（絃） xián ❶弓上发箭的绳状物。❷月亮半圆：上～|下～。❸数学名词：1.直线与圆相交夹在圆周之内的部分。2.直角三角形中对着直角的边。❹(～儿)乐器上发声的线。【弦子】【三弦】乐器名。❺钟表等的发条：表～断了。

舷 xián 船的左右两侧。

涎 xián 唾沫，口水：流～|垂～三尺(喻羡慕，想得到)。

边（邊） biān ❶(～儿)物体周围的部分：纸～儿。[引]旁边，近旁，侧面：身～|马路旁～。❷国家或地区之间的交界处：～防|～境|～疆。❸方面。【(一)边……(一)边……】同时做两种动作：～干～学。❹表示地位、方向，用在“上”、“下”、“前”、“后”、“左”、“右”等字后：东～|外～。

笾（籩） biān 古代祭祀或宴会时盛果品等的竹器。

萹 biān 【萹蓄】又名“萹竹”，一年生草本植物，叶狭长，略似竹叶，夏季开小花，白色带红。全草可入药。〈又〉音 biǎn。

编 biān ❶用细条或带形的东西交叉组织起来：～草帽辫|～筐子。❷按一定的次序或条理来组织或排列：～号|～队|～组。【编辑】1.把材料加以适当的组织排列做成书报等。2.编辑书报的人。【编制】军队或机关中按照工作的需要规定的人员的配置。❸成本的书，书里因内容不同自成起讫的各部分：前～|后～|简～(缩写本)。❹创作：～歌|～剧。❺捏造，把没有的事情说成有：～了一套瞎话。

煸 biān 一种烹饪方法，熬、燉之前在热油里炒菜、肉等。

蝙 biān 【蝙蝠】(biān fú)哺乳动物，头和身体的样子像老鼠。前后肢和尾巴都有薄膜和身体连着，夜间在空中飞，捕食蚊、蛾等昆虫。

鳊 biān 【鳊鱼】身体侧扁，头尖、尾巴小，鳞细，生活在淡水中，肉可以吃。

鞭 biān ❶(～子)驱使牲畜的用具。❷用鞭子抽打：掘墓～尸。【鞭策】[喻]督促前进。❸一种旧式武器。❹编连成串的爆竹。

单（單） ㊂chán 【单于】(chán yú)古代匈奴的君主。㊀dān 寒韵。㊁shàn 霰韵。

婵（嬋）chán 【婵娟】（chán juān）1.（姿态）美好。2.旧时指美人。

禅（禪）㊀chán ❶梵语“禅那”的省称，佛教指静思：坐～。❷关于佛教的：～杖|～师。㊁shàn 霰韵。

蝉（蟬）chán 昆虫名，又叫“知了”，雄的腹面有发声器，鸣叫的声音很大。【蝉联】喻 持续不断。

铤 chán 铁把儿的短矛。

缠（纏）chán ❶绕，围绕（连 ～绕）：头上～着一块布。【缠绵】纠缠住不能解脱（多指感情或疾病）。❷搅扰：不要胡搅蛮～。

孱 ㊀chán 懦弱，弱小（连 ～弱）。㊁càn 霰韵。㊂zhān 删韵。

潺 chán 水流动的声音。【潺潺】象声词，形容溪水、泉水等流动的声音。【潺湲】（chán yuán）水慢慢流动的样子。

廛 chán 古代指一户平民所住的房屋。【市廛】集市。

瀍 chán 【瀍河】水名，在河南省。

躔 chán ❶兽的足迹。❷日月星辰的运行。

澶 chán 【澶渊】古代地名，在今河南省濮阳县西南。

蟾 chán 指蟾蜍：～宫（指月亮）。【蟾蜍】（chán chú）俗叫“癞蛤蟆”或“疥蛤蟆”。两栖动物，皮上有许多疙瘩，内有毒腺。【蟾酥】（chán sū）蟾蜍表皮腺体和耳后腺的分泌物，可入药。

川 chuān ❶河流：高山大～|～流不息。❷平地，平原：平～|米粮～。【川资】旅费。

氚 chuān 氢的同位素之一，符号 T，质量数 3，有放射性，应用于热核反应。

穿 chuān ❶破，通透：屋漏瓦～|用锥子～一个洞。❷放在动词后，表示通透或揭开：说～|看～。❸通过孔洞：～针|把这些铁环用绳子～起来。引 通过：从这个胡同～过去|横～马路。❹穿衣裳的“穿”。

传（傳）㊀chuán ❶递，转授（连 ～递）：～令|言～身教。【传统】世代相传，具有特点的风俗道德、思想作风等：发扬艰苦奋斗的革命～～。❷推广，散布：～单|宣～|胜利的消息～遍了全国。【传染】因接触或由其他媒介而感染疾病。❸叫来：～人|～呼电话。❹传导：～电|～热。㊁zhuàn 霰韵。

船（舩、舡）chuán 水上的主要交通工具，种类很多：帆～|轮～。

遄 chuán ❶往来频繁。❷快，迅速。

篅 ㊀chuán 一种盛粮食等的器物，类似囤。㊁duān 寒韵。

椽 chuán （～子）放在檩上架着屋顶的木条。

钏 ㊁chuān ❶手镯，妇女戴在手腕上的装饰品。❷姓。明代有钏国贤。㊀chuàn 霰韵。

滇 diān ❶滇池，湖名，在云南省。也叫“昆明湖”。❷云南省的别称。

颠 diān ❶头顶：华～（头顶上黑发白发相杂）。引 最高最上的部分：山～|塔～。❷始：～末。❸倒，跌（连 ～覆）：～扑不破（指理论正确不能推翻）。【颠倒】1.上下或前后的次序倒置：书放～～了|这两个字～～过来意思就不同了。2.错乱：～三～四|神魂～～。【颠沛】跌倒，栽跟头。引 人事挫折：旧社会人民过着～～流离的生活。❹颠簸，上下震动：山路不平，车～得厉害。

攧 diān 跌。

巅 diān 山顶。也作“颠”。

癫 diān 精神错乱、失常（连 ～狂|疯～）。

戋（戔）jiān 小（叠）。

浅（淺）㊁jiān 【浅浅】流水声。㊀qiǎn 铣韵。“濺”又音 jiàn，见第 271 页“濺”字条。

笺（箋、❷牋、椾）jiān ❶注释。❷小幅的纸：便～|信～。转 书信：华～。

坚（堅）jiān 结实，硬，不容易破坏（连 ～固）：～不可破|～壁清野。

引不动摇:~强|~决|~持|~守。【中坚】骨干:~~分子。

鲣(鰹) jiān 【鲣鱼】身体呈纺锤形,大部分无鳞,腹白,背苍黑。

肩 jiān ❶肩膀,脖子旁边胳膊上边的部分。❷担负:身~重任。

湔 jiān 洗。

煎 jiān ❶熬(áo):~药。❷把食物放在少量的热油里弄熟:~鱼|~豆腐。

鞯(韉) jiān 垫马鞍的东西:鞍~。

捐 juān ❶捐助或献出:~钱|~棉衣|~躯|~献。❷赋税的一种:房~|反动政府有许多苛~杂税。

涓 juān 细小的流水。【涓滴】极少量的水。喻极少的,极微的:~~归公。

娟 juān 秀丽,美好:~秀。

鹃 juān 见第165页"杜"字条"杜鹃"。

圈 ㊂ juān 用栅栏把家禽家畜围关起来:把小鸡~起来。㊀quān 元韵。㊁juàn 霰韵。

朘 juān 缩,减。

镌(鐫) juān 雕刻:~刻图章|~碑。

蠲 juān 免除:~免。

悁 juān 忧忿:~忧。

稍 juān 麦茎,麦茎光泽娟好。

蜎 ㊀juān 井中小赤虫,一名孑孓。【蜎蜎】(juān yuān)巧虫。【蜎蜎】蠕动的样子。【蜵蜎】深广。㊁yuān 先韵。

连 lián ❶相接(连~接):天~水,水~天|骨肉相~|把土地~成片|接~不断|~年。【连忙】急忙:~~让座。【连词】连接词、词组或句子的词,如"和"、"或者"、"但是"等。【连夜】夜间不休息:~~赶造。❷带,加上(连~带):~说带笑|~根拔。❸就是,即使(后边常用"都"、"也"跟它相应):他从前~字都不认得,现在会写信了|精耕细作,~荒地也能变成良田。❹军队编制单位,是"排"的上一级:~长|模范~。

莲 lián 多年生草本植物,生浅水中。叶子大而圆,叫荷叶。花有粉红、白色两种。种子叫莲子,包在倒圆锥形的花托内,合称莲蓬。地下茎叫藕。种子和地下茎都可以吃。也叫"荷"、"芙蕖"(fú qú)或"菡萏"(hàn dàn)。

涟 lián 水面被风吹起的波纹。

鲢 lián 【鲢鱼】头小鳞细,腹部色白,体侧扁,肉可以吃。

怜(憐) lián ❶可怜:我们决不~惜坏人。❷爱。

联(聯) lián ❶联结、结合:工农~盟|~席会议。【联络】接洽,彼此交接。【联合国】1945年10月24日成立的国际组织。中国是创始国之一。总部设在美国纽约。联合国宪章规定,其主要宗旨为维护国际和平与安全,发展国际友好关系,促进经济文化等方面的国际合作。❷(~儿)对联,对子:上~|下~|挽~|春~。

琏(璉) ㊀lián 古代宗庙盛黍稷的器皿。㊁liǎn 铣韵。

裢 lián 见第364页"褡"字条"褡裢"(dā lián)。

孪(孿) luán 双生,一胎两个:~生子。

挛(攣) luán 手脚蜷曲不能伸开:痉~。

眠 mián ❶睡觉(连睡~):安~|失~|长~(人死)。❷蚕在蜕皮时像睡眠那样不食不动:初~|蚕~三~了。【冬眠】蜗牛、蛇、蛙、蝙蝠等动物到冬季不食不动。也叫"入蛰"(zhé)。

绵(緜) mián ❶(~子)蚕丝结成的片或团,供絮衣被、装墨盒等用。也叫"丝绵"。❷性质像丝绵的:1.软弱,单薄:~薄。2.延续不断:~延。

棉 mián ❶草棉,一年生草本植物,叶掌状分裂,果实像桃。种子外有白色的

絮，就是供纺织及絮衣被用的棉花。种子可以榨油。❷棉花、草棉的棉絮：～衣|～线。❸【木棉】落叶乔木，生在热带、亚热带，叶是掌状复叶。种子上有白色软毛，可以装枕褥等。木材可造船。

蔫 niān　植物失去水分而萎缩：花～了|菜～了。引精神不振，不活泼。

年 nián　❶地球绕太阳一周的时间。现行历法规定平年三百六十五日，闰年三百六十六日。引 1.年节，一年的开始：过～|～画。2.时期：光绪～间|民国初～。【年头儿】1.一个全年的时间：看看已是三个～～。2.时代：旧社会那～～～穷人可真苦哇！3.庄稼的收成：今年～～～真好，比去年多收一倍。❷年纪，岁数（连～龄|～岁）：～老|～轻。引人一生所经年岁的分期：青～|壮～。❸年景，年成，收成：丰～。

扁 ㊀piān　扁舟，小船：一叶～舟。㊁biǎn 铣韵。

偏 piān　❶歪，不在中间：镜子挂～了|太阳～西了。引不全面，不正确：～于一端。【偏向】1.不公正，袒护。2.执行政策方针不正确，不全面：纠正～～。【偏差】工作上产生的过分或不及的差错：掌握政策不出～～。❷跟愿望、预料或一般情况不相同的（叠）：～～不凑巧。

犏 piān　【犏牛】牦牛和黄牛杂交生的牛。

篇 piān　❶首尾完整的文章，一部书可以分开的大段落：《孙子》十三～。❷（～儿）量词：1.指文章：一～论文。2.指纸张、书页（一篇是两页）。【篇幅】文章的长短，书籍报刊的总面积。

翩 piān　很快地飞。【翩翩】轻快地飞舞的样子。喻风流潇洒。

便 ㊀pián　【便便】肚子肥大的样子：大腹～～。【便宜】（pián·yi）物价较低：这些花布都很～～。引小利，私利：不要占～～。（另 biàn yí，见第 270 页“便”biàn）㊁biàn 霰韵。

骈 pián　两物并列成双的，对偶的（连～俪）：～句。【骈文】旧时的一种文体，文中用对偶的句子，跟散文不同。

胼 pián　【胼胝】（pián zhī）俗叫“膙（jiǎng）子”，手上脚上因为劳动或运动被摩擦变硬了的皮肤。

蹁 pián　【蹁跹】（～躚）（pián xiān）形容旋转舞蹈。也作“翩跹”。

楩 pián　木名。【楠楩】（nán pián）黄楩木。

緶 ㊀pián　〈方〉用针缝。㊁biàn 霰韵。

箯 pián　竹舆。

骿（骈） pián　【骿胁】（pián xié）肋骨合并。骿胁也叫并榦，即合胁骨。

千（❸韆） qiān　❶数目，十个一百。❷表示极多，常跟“万”、“百”连用：～言万语|～军万马|～锤百炼。【千万】务必：～～不要铺张浪费。❸见第 134 页“秋”字条“秋千”。

仟 qiān　“千”字的大写。

阡 qiān　❶田间的小路（连～陌 mò）。❷通往坟墓的道路。

芊 qiān　草木茂盛（叠）：郁郁～～。【芊绵】【芊眠】茂密繁盛。

扦 qiān　❶（～子|～儿）用金属或竹、木制成的像针的东西。❷〈方〉插，插进去：～花|用针～住。同“攓”、“攓”本训插，以扦探物，仍取插训。

迁（遷） qiān　❶机关、住所等另换地点（连～移）：～址|～居。【迁就】不坚持自己的意见，凑合别人：不能～～|～～应该是有原则的。【迁延】拖延：已经～～了一个多月了。❷变动、改变（连变～）：事过境～。

钎 qiān　（～子）一头尖的长钢棍，多用来在矿石上打洞。

岍 qiān　【岍山】山名，在陕西省。

汧 qiān　【汧阳】县名，在陕西省。今作“千阳”。

牵（牽） qiān　❶拉，引领向前：～着一条牛|～牲口|手～着手。❷连带，带累：不要～扯别的问题|受～累|～制敌人。【牵强】（qiān qiǎng）硬拉硬扯，勉

强，理由不足：这话太～～。

趼（趼） qiān ❶兽行的脚印，即蹄迹。❷又读 jiān，意为久行伤足。

铅 ㊀qiān ❶一种金属元素，符号 pb。青灰色，质地软，熔点低。可用来制煤气管等。【铅铁】指镀锌铁。【铅字】印刷用的铅、锑、锡等合金铸成的活字。❷石墨：～笔。㊁yán 先韵。

愆 qiān ❶罪过，过失。❷错过，耽误过去：～期。

骞 qiān 高举。多用于人名，如西汉有张骞。

搴 qiān ❶拔取：斩将～旗。❷同“褰”。

褰 qiān 把衣服提起来：～裳。

前 qián ❶跟“后”相反：1. 指空间，人脸所向的一面，房屋等正门所向的一面，家具等靠外的一面：天安门～|大楼～面|床～|向～走。2. 指时间，往日的，过去的：～天|史无～例。3. 指次序：～五名。❷向前行进：勇往直～|畏缩不～。

虔 qián 恭敬：～诚|～心。

钱（錢） qián ❶货币：铜～。引费用：车～|饭～。❷圆形像钱的东西：榆～。❸重量单位，一两的十分之一。

乾 ㊀qián ❶八卦之一，符号是☰，代表天。❷乾县，在陕西省。㊁gān 寒韵，见第 65 页“干（❼～⓫△乾）”字条。

掮 qián 用肩扛东西。【掮客】〈方〉旧社会里替买卖货物的双方介绍交易，从中取得佣钱，进行剥削的人。

悛 quān 改：怙（hù）恶不～。

权（權） quán ❶权力，权柄，职责范围内支配和指挥的力量：政～|有～处理这件事。❷权利：选举～。❸变通，不依常规：～且让他住下。❹衡量，估计：～其轻重。❺〈古〉秤锤。

全 quán ❶齐备，完整，不缺少（连齐～）：百货公司的货很～|这部书不～了。❷整个，遍：～国。【全面】顾到各方面的，不片面：～～规划。❸都：代表们～来了。❹保全，成全，使不受损伤：两～其美。

佺 quán 用于人名。【偓佺】古代传说中的仙人。

诠 quán ❶解释（连～释）。❷事物的理：真～。

荃 quán 古书上说的一种香草。

辁 quán ❶没有辐的车轮。❷浅薄：～才。

牷 quán 古指供祭祀用的纯色毛的或体壮的牛。

铨 quán ❶衡量轻重。❷旧日称量才授官，选拔官吏：～选。【铨叙】旧日称议定官吏的等级。

痊 quán 病好了，恢复健康（连～愈）。

筌 quán 捕鱼的竹器：得鱼忘～。

醛 quán 有机化合物的一类，通式 R—CHO。醛类中的乙醛（CH_3—CHO），省称“醛”。医药上用来作催眠、镇痛剂。旧读 qiè，屑韵。

泉 quán ❶从地下流出的水源（连～源）。【黄泉】【九泉】旧日称人死后所在的地方。❷古代一种钱币的名称。

鳈 quán 鱼名，深棕色，有斑纹，口小，生活在淡水中，肉可吃。

拳 quán ❶（～头）屈指卷握起来的手：双手握～。❷拳术，一种徒手的武术：打～|太极～。❸肢体弯曲：～起腿来。

惓 quán 【惓惓】恳挚，也作“拳拳”：～～之忱。

蜷（踡） quán 身体弯曲。【蜷局】（quán jú）拳曲不伸展。

鬈 quán ❶头发美好。❷头发卷曲。

颧 quán 【颧骨】眼睛下面、腮上面突出的部分。

駩 quán 马名，白马黑唇。

绻 quán 细布，葛越布。

然 rán ❶是，对：不以为～。❷这样，如此：当～|所以～|快走吧，不～就迟了。

【然后】如此以后，这样以后（表示承接）：先通知他，～～再去请他。【然则】这样就（表示推进一层）：～～如之何而后可？【然而】但是，可是（表示转折）：他虽然失败了多次，～～并不灰心。❸词尾，表示状态：突～|忽～|显～|欣～。〈古〉又同“燃”。

燃 rán ❶烧起火焰（连～烧）：～料|自～。❷引火点着（zháo）：～灯|～放花炮。

扇（❶搧） ㊀shān ❶摇动扇子或其他东西，使空气加速流动生风：用扇子～。❷鼓动别人去做不应该做的事：～动|～惑。㊁shàn 霰韵。

煽 shān 同“扇㊀❷”。

膻（羶） shān 膻气，像羊肉的气味。

拴 shuān 用绳子系（jì）上：～马|～车。

栓 shuān 器物上可以开关的机件：枪～|消火～。

天 tiān ❶在地面以上的高空。喻 1.在上的：～头（书页上部空白部分）|～桥（架在空中的高桥，火车可以从桥下通过）。2.最，极：～好，也只能是这样。【天文】日月星辰等天体在宇宙间分布、运行等现象。❷自然的，生成的：～生|～险|～然。❸日，一昼夜，或专指昼间：今～|一整～|白～黑夜地忙。引一日之内的时间：～不早了。❹气候：～冷|～热。【天气】1.冷、热、阴、晴等现象：～～好|～～要变。2.时间：～～不早了。❺季节，时节：春～|热～。❻迷信的人指神佛仙人或他们所住的地方：～堂|老～爷。【天子】〈古〉封建时代指皇帝。

田 tián ❶种植农作物的土地：为革命种～。引和农业有关的：～家。【田地】1.同“田”。2.地步，境遇（多指坏的）：怎么弄到这步～～了？【田赛】田径运动中各种跳跃、投掷项目比赛的总称。❷同“畋”。

佃 ㊀tián 佃作，耕种田地。㊁diàn 霰韵。

畋 tián 打猎。

畑 tián 日本的汉字，指旱地。日本人姓名用字。

钿 ㊀tián 〈方〉钱，硬币：铜～|洋～。㊁diàn 霰韵。

填 tián ❶把空缺的地方塞满或补满：～平洼地。❷填写，在空白表格上按照项目写：～志愿书|～表。

阗 tián 【和阗】县名，在新疆维吾尔自治区。今作“和田”。

宣 xuān 发表，公开说出：～誓|主席～布开会|董事会～告成立。【宣传】说明讲解，使大家行动起来：大力～～马克思列宁主义。

揎 xuān 捋（luō）起袖子露出胳膊：～拳捋袖。

瑄 xuān 古代祭天用的璧。

儇 xuān 轻薄而有点小聪明。

翾 xuān 飞翔。

禤 xuān 姓。

玄 xuán ❶深奥不容易理解的：～理|～妙。❷虚伪，不真实，不可靠：那话太～了，不能信。【玄虚】1.不真实。2.狡猾的手段：故弄～～。❸黑色：～狐|～青（深黑色）。

痃 xuán 【横痃】由下疳引起的腹股沟淋巴结肿胀、发炎的症状。

悬（懸） xuán ❶挂，吊在空中：～灯结彩。喻没有着落，没有结束：～案|那件事还～着呢。【悬念】1.挂念，惦念。2.文艺作品的一种创作手法。❷距离远：～隔|～殊。

漩 xuán （～儿）水流旋转的圆窝。

旋 ㊀xuán ❶旋转，转动：螺～|回～。❷回，归：～里|凯～。❸不久：～即离去。㊁xuàn 霰韵。

璇（璿） xuán 美玉。【璇玑】古代天文仪器。

铉 ㊀xuàn 横贯鼎耳以扛鼎的器具。㊁xuàn 铣韵。

咽 ㊀yān 咽头、食物和气体的共同通道，位于鼻腔、口腔和喉腔的后方，通常混称咽喉。㊁yàn 霰韵。㊂yè 屑韵。

胭（臙） yān 【胭脂】(yān·zhi)一种红色颜料，化妆用品。

烟（煙、❺❻菸） yān ❶(～儿)物质燃烧时所生的气体：冒～|～筒。【烟幕弹】放出大量烟雾的爆炸弹，供军事上作掩护用。[喻]掩饰自己或使人思想模糊的言论和行为。【烟火】1.道教指熟食：不食人间～～(现喻脱离现实)。2.在火药中掺上锶、钡等金属盐类制成的一种东西，燃烧时发出灿烂的火花或成为种种景物，供人观赏。❷(～子)烟气中间杂有碳素的微细颗粒，这些颗粒附着在其他物体上凝结成的黑灰：松～|锅～子。❸像烟的：过眼云～|～霞。❹烟气刺激(眼睛)：一屋子烟，～眼睛。❺烟草，一年生草本植物，叶大有茸毛，可以制香烟和农业上的杀虫剂等。❻烟草制成品：香～|旱～|请勿吸～。❼大烟，鸦片：～土。

焉 yān 〈古〉❶跟介词"于"加代词"是"相当：心不在～|善莫大～。❷乃，才：必知疾之所自起，～能攻之。❸疑问词，怎么，哪里：～能如此？|其子～往？❹助词：因以为号～|有厚望～。

鄢 yān 【鄢陵】县名，在河南省。

嫣 yān 笑得好看。

阏 yān 【阏氏】(yān zhī)汉代匈奴称君主的正妻。

湮 ㊀yān 埋没([连]～没)：有的古迹已经～没了。㊁yīn 真韵，见第54页"洇"字条。

燕 ㊁yān ❶周代诸侯国名，在今河北省北部和辽宁省南部。❷姓。㊀yàn 霰韵。

延 yán ❶引长：～长|～年|蔓～。❷展缓，推迟：～期|遇雨顺～|迟～。❸引进，请：～师|～聘|～医。

蜒 yán 见第130页"蚰"字条"蚰蜒"(yóu·yán)、第68页"蜿"字条"蜿蜒"(wān yán)。

筵 yán ❶竹席。❷酒席：喜～。

妍（姸） yán 美丽：百花争～。

研（硏） yán ❶细磨：～药|～墨。❷研究，深入地探求：钻～|～求。〈古〉又同"砚"(yàn)。

沿 ㊀yán ❶顺着，照着：～着社会主义道路前进。❷因袭相传：积习相～。【沿革】事物发展和变化的历程。❸(～儿)边([连]边～)：炕～儿|缸～儿。❹在衣服等物的边上再加一条边：～鞋口|～个边。㊁yàn 铣韵。

铅 ㊁yán 【铅山】县名，在江西省。㊀qiān 先韵。

鸢 yuān 老鹰，身体褐色，常捕食蛇、鼠、蜥蜴等。【纸鸢】风筝。

渊（淵） yuān 深水潭：鱼跃于～。[喻]深：～博。

蜎 ㊁yuān 古书上指孑孓。㊀juān 先韵。

员 ㊀yuán ❶指工作或学习的人：学～|演～。❷指团体组织中的分子：党～|团～|会～。❸量词，指武将：一～大将。❹周围：幅～(指疆域)。㊁yún 文韵。㊂yùn 问韵。

圆 yuán ❶圆形，从它的中心点到周边任何一点的距离都相等。❷完备，周全：结果很～满。[引]使之周全(多指掩饰矛盾)：自～其说|～谎。❸货币的单位。也作"元"。

缘 yuán ❶因由，因为([连]～故|～由)：无～无故|没有～由|～何到此？❷过去宿命论者指人与人的遇合或结成关系的原因：～分|有～相见。❸沿，顺着：～木求鱼(喻必然得不到)。❹边([连]边～)。

橼 yuán 见第167页"枸"字条"枸橼"(jǔ yuán)。

圜 ㊁yuán 同"圆"。㊀huán 删韵。

毡（氈、氊） zhān (～子)用兽毛砑成的片状物，可作防寒用品和工业上的垫衬材料：炕～|～靴|油毛～。

旃 zhān 〈古〉❶助词，等于“之焉”两字连用的意义：勉～。❷同“毡”。

邅 zhān 难走。

鹯 zhān 古书中说的一种猛禽，似鹞鹰。

鳣 zhān 古书上指鳇鱼。〈古〉又同“鳝”(shàn)。

专（專、耑）zhuān ❶单纯，独一，集中在一件事上：～心|～卖|～修科。【专家】学术技能有专长的人。❷独自掌握或享有：～权。【专政】掌握政权的阶级为实行一定的社会制度，对其敌对阶级的强力统治：巩固无产阶级～～。

肫（膞）zhuān 〈方〉鸟类的胃，肫：鸡～。

砖（甎、塼）zhuān ❶用土坯烧成的建筑材料。❷像砖的东西：茶～|冰～（一种冷食）。

颛 zhuān 【颛顼】(zhuān xū)传说中上古帝王名。

篿（篿）zhuān 【筳篿】(tíng zhuān)小折竹。

萧（蕭） xiāo 冷落、没有生气的样子：～然｜～瑟｜～索。【萧条】寂寞冷落。喻 不兴旺。【萧萧】象声词，马叫声，风声。

潇（瀟） xiāo 水清而深。【潇洒】（xiāo sǎ）行动举止自然大方，不呆板，不拘束。

蟏（蠨） xiāo 【蟏蛸】（xiāo shāo）蜘蛛的一种，就是蟢子。

箫（簫） xiāo 用竹管做成的一种管乐器。

翛 xiāo 【翛翛】羽毛败坏的样子。

枵 xiāo ❶空虚：～腹。❷布的丝缕稀而薄：～薄。

鸮 xiāo 见第11页“鸱”字条“鸱鸮”（chī xiāo）。

哓（曉） xiāo 【哓哓】因为害怕而乱嚷乱叫的声音。

骁（驍） xiāo ❶好马。❷勇健（连 ～勇）：～将。

肖 ㊀xiāo “萧”（姓）俗作“肖”。㊁xiào 啸韵。

削 ㊀xiāo 用刀平着或斜着切去外面的一层：～铅笔｜把梨皮～掉。㊁xuē 药韵。

消 xiāo ❶溶化，散失：冰～｜烟～云散。【消化】胃肠等器官把食物变成可以吸收的养料。喻 理解、吸收所学的知识。❷灭掉，除去（连 ～灭）：～毒｜～炎｜～灭敌人。【消费】为了满足生产、生活的需要而消耗物质财富。【消极】起反面作用的，不求进取的，跟“积极”相反：～～因素｜～～态度。【消息】音信、新闻。❸消遣，把时间度过去：～夜｜～夏。❹需要：不～说。

宵 xiāo 夜：通～。【元宵】1. 元宵节，夏历正月十五日晚上。2. 一种用糯米面做成的球形有馅食品，多在元宵节吃。

逍 xiāo 【逍遥】（xiāo yáo）自由自在，无拘无束：～～自在。

绡 xiāo 生丝。又指用生丝织的东西。

硝 xiāo ❶矿物名：1. 硝石，一种无色的晶体，成分是硝酸钾，可制火药。2. 芒硝（别名朴硝、皮硝），一种无色透明的晶体，成分是硫酸钠，并含有食盐、硝酸钾等杂质，可以鞣皮子。❷用朴硝或芒硝加黄米面等处理毛皮，使皮板儿柔软：～一块皮子。

销 xiāo ❶熔化金属。【销毁】毁灭，常指烧掉。❷去掉：～假｜报～｜撤～｜开～。❸出卖货物：一天～了不少的货｜供～合作社｜脱～。❹（～子）机器上像钉子的零件。【插销】1. 联通电路的一种装置：电灯～～。2. 关锁门窗的一种装置。❺把机器上的销子或门窗上的插销推上。

蛸 xiāo ㊀见第82页“螵”字条“螵蛸”（piāo xiāo）。㊁shāo 肴韵。

霄 xiāo ❶云（连 云～）。❷天空：重～｜九～｜～壤（喻 相去很远）。

魈 xiāo 【山魈】1. 猴的一种，尾巴很短，脸蓝色，鼻子红色，嘴上有白须，全身毛黑褐色，腹部白色。多群居，吃小鸟、野鼠等。2. 传说中山里的鬼怪。

枭（梟） xiāo ❶一种凶猛的鸟，羽毛棕褐色，有横纹，常在夜间飞出，捕食小动物。❷勇健（常有不驯顺的意思）：～将｜～雄。

标（標） biāo ❶树木的末端。引 表面的，非根本的：治～不如治本。❷记号：商～｜～点符号。【标榜】吹捧，夸耀：互相～～｜～～民主。【标的】目标。【标准】衡量事物的准则：实践是检验真理的唯一～～。【标语】用文字写出的有鼓动宣传作用的口号。【锦标】授给竞赛优胜者的锦旗、银杯等。【指标】计划中规定的必须达到的目标：数量～～｜质量～～。❸用文字或其他事物表明：～题｜～价｜～新立异。【标本】保存原样供学习研究参考的动物、植物、矿物。❹指旧社会中对一项工程或一批货物，依照一定的标准，提出价目，然后由业主选择，决定成交与否：投～｜招～。【标致】容貌美丽。

彪 biāo 1. 小老虎。2. 虎毛的斑纹，借指文采。【彪炳】是光彩焕发的意思。喻 躯干魁梧：～形大汉。3. 姓。

骠 ㊀biāo 【黄骠马】一种黄毛夹杂着白点子的马。㊁piào 啸韵。

膘（膔） biāo 肥肉（多指牲畜）：～满肉肥|上～（长肉）。

镖 biāo 旧时投掷用的武器，像长枪的头。

瘭 biāo 【瘭疽】手指头肚儿发炎化脓的病，症状是局部红肿，剧烈疼痛，发烧。

飙（飈、飊） biāo 暴风：狂～。

藨 biāo 【藨草】多年生草本植物，茎可做席、鞋、纸、人造纤维等。

镳 biāo ❶马嚼子：分道扬～（喻趋向不同）。❷同"镖"。

瀌 biāo 通"麃"。雨雪盛貌：雨雪～～。

怊 chāo 悲伤失意。

弨 chāo 弓解弦后弓背反过来。

超 chāo 越过，高出：～龄|～额|～声波。【超级大国】指到处对别国进行侵略、干涉、控制、掠夺和颠覆，谋求世界霸权的帝国主义国家。[引]在范围以外，不受限制：～阶级和～政治的论调是错误的。

晁（鼂） cháo 姓。

朝 ㊀cháo ❶向着，对着：～前|坐南～北|～着共产主义社会迈进。❷封建时代臣见君。[引]宗教徒参拜：～圣团。❸朝廷，皇帝接见官吏，发号施令的地方。【在朝】[转]当政。❹朝代，称一姓帝王世代继续的时代：唐～|革命不是改～换代。【朝鲜】朝鲜族，我国少数民族名。㊁zhāo 萧韵。

潮 cháo ❶海水因为受了日月的引力而定时涨落的现象。❷像潮水那样汹涌起伏的：思～|风～|革命高～。❸湿（程度比较浅）：～气|受～了|阴天返～。

刁 diāo 狡猾，无赖：～棍（恶人）|这个人真～。【刁难】故意难为人。

叼 diāo 用嘴衔住：猫～着老鼠。

汈 diāo 【汈汊】湖名，在湖北省。

凋 diāo 衰落（[连]～谢|～零）：《论语·子罕》："岁寒然后知松柏之后～也。"

碉 diāo 【碉堡】防守用的建筑物。

雕（❶鵰、❷❸❹彫、❷❸琱） diāo ❶老雕，又叫鹫（jiù），是一种很凶猛的鸟，羽毛褐色，上嘴钩曲，能捕食山羊、野兔等。❷刻竹、木、玉、石、金属：木～泥塑|浮～|～版。❸用彩画装饰：～弓|～墙。❹同"凋"。

鲷 diāo 【真鲷】俗称加吉鱼，身体红色，有蓝色斑点，是黄海、渤海重要的海产鱼之一，肉味鲜美。

貂 diāo 一种哺乳动物，嘴尖、尾巴长，毛皮黄黑色或带紫色，我国东北特产之一。

浇（澆） jiāo ❶灌溉：～地。❷淋：～了一身水。❸把液汁倒入模型：～版|～铅字。❹刻薄（[连]～薄）。

娇（嬌） jiāo ❶美好可爱：～娆。❷爱怜过甚，过分珍惜：～生惯养|小孩子别太～了。

骄（驕） jiāo ❶自满，自高自大：戒～戒躁|～兵必败。【骄傲】1.自高自大，看不起别人：～～自满是一定要失败的。2.自豪：这些伟大的成就是我们中国人民的光荣和～～。|光荣的历史传统是值得我们～～的。❷猛烈：～阳似火。

椒 jiāo 植物名：1.花椒，落叶灌木，果实红色，种子黑色，可供药用或调味。2.胡椒，常绿灌木，茎蔓生。种子红黑色，味辛香，可供药用或调味。3.辣椒，又名番椒、秦椒。一年生草本植物，开白花。果实味辣，可做菜吃或供调味用。

焦 jiāo ❶火候过大或火力过猛，使东西烧成炭样：饭烧～了|衣服烧～了|～头烂额（喻十分狼狈）。❷焦炭：煤～|炼～。❸酥，脆：麻花炸得真～。[转]极干：柴火晒得～干了。❹着急，烦躁：心～|～急|万分～灼。

僬 jiāo 【僬侥】（焦侥）（jiāo yáo）古代传说中的矮人。

蕉 jiāo 植物名：1.香蕉，又叫"甘蕉"，形状像芭蕉。果实长形，稍弯，果肉软而甜。2.见第98页"芭"字条"芭蕉"（bā jiāo）

鷦 jiāo 【鷦鷯】(jiāo liáo)鸟名，身体很小，头部浅棕色，有黄色眉纹，尾短，捕食小虫。也叫"巧妇鸟"。

礁 jiāo 在海里或江里的岩石：暗～。

撩 ㊀liāo ❶提，掀起：跑的时候要把长衣服～起来|把帘子～起来。❷用手洒水：先～上点水再扫。㊁liáo 萧韵。

蹽 liāo 〈方〉跑，走：他一气～了二十多里路。

辽(遼) liáo 远(连～远)：～阔。

聊 liáo ❶姑且，略：～胜一筹|～胜于无。❷依赖：反动统治时代，民不～生(无法生活)。【无聊】1.没有兴趣。2.没有意义。❸〈方〉聊天，闲谈：别～啦，赶快干吧！

僚 liáo ❶官。【官僚】指旧社会骑在人民头上剥削、压迫人民的反动官吏。现在把脱离人民群众，不深入实际工作的领导作风和工作作风称作"官僚主义"。❷旧时指在一起做官的人：同～。【僚机】空军编队中受长(zhǎng)机指挥作战的飞机。

撩 ㊁liáo 挑弄，引逗。㊀liāo 萧韵。

嘹 liáo 【嘹亮】【嘹喨】声音响亮。

獠 liáo 面貌凶恶：～面。【獠牙】露在嘴外面的长牙。

寮 liáo 小屋。

缭 liáo ❶缭绕，缠绕：～乱|炊烟～绕。❷用针线缝缀：～缝(fèng)|～贴边。

燎 ㊀liáo 延烧：星星之火，可以～原。㊁liǎo 筱韵。

鷯 liáo 见第81页"鷦"字条"鷦鷯"(jiāo liáo)。

寥 liáo 空虚，稀疏(叠)：～若晨星|～～无几。

飂(飉) ㊀liáo 【飂戾】1.风声。2.很快的样子。㊁liú 尤韵。

髎 liáo 针灸穴位名，同"窌"。

潦 ㊁liáo 【潦倒】颓丧，不得意。【潦草】草率，不精细：工作不能～～|字写得太～～。㊀lào 号韵。

瞭 liào 目精明。【瞭望】远远地望：你在远处～～着点儿。

喵 miāo 猫叫声。

苗 miáo ❶(～儿)一般指幼小的植株：麦～|树～。【苗条】人的身材细长、好看。❷(～儿)形状像苗的：笤帚～儿|火～儿。【矿苗】矿藏露出地面的部分。也叫"露头"。❸某些初生的饲养的动物：鱼～。❹疫苗，能使机体产生免疫力的微生物制剂：牛痘～。❺子孙后代(连～裔)。❻苗族，我国少数民族名。

描 miáo 依照原样摹画或重复地画(连～摹)：～花。【描写】依照事物的情状，用语文或线条颜色表现出来：他很会～～劳动人民。

瞄 miáo 把视力集中在一点上，注意看：枪～得准。【瞄准】对准目标，使射出或扔出的东西命中目标。

鹋 miáo 见第12页"鸸"字条"鸸鹋"(ér miáo)。

孬 nāo 〈方〉❶不好，坏：旧社会穷人吃的～，穿的～。❷怯懦，没有勇气：这人太～。

蛲(蟯) náo 【蛲虫】寄生在大肠里的一种动物，长约一厘米，白色线状，雌虫在夜里爬到肛门处产卵，多由手、水或食物传染。

漂 ㊀piāo 浮在液体上面不沉下去：树叶在水上～着。【漂泊】喻旧时为了生活职业而流浪奔走：～～在外。㊁piǎo 筱韵。㊂piào 啸韵。

飘(飄、飃) piāo 随风飞动：五星红旗迎风～扬|～雪花|～起了炊烟。【飘零】树叶零落。喻无依无靠。【飘摇】随风摆动：白杨在微风中～～。【飘渺】同"缥缈"，隐隐约约、若有若无的样子。

薸 piāo 【大薸】多年生水草，叶子可以做猪饲料。也叫"水浮莲"。

螵 piāo 【螵蛸】(piāo xiāo)螳螂的卵块。

嫖(闞) piáo 指玩弄妓女的腐化堕落行为。

瓢 piáo （～儿）舀(yǎo)水或取东西的用具，多用瓢葫芦或木头制成。

悄 ㊀qiāo 没有声音或声音很低(叠)：静～～|部队～～地出动。㊁qiǎo 筱韵。

跷（蹺、蹻） qiāo ❶脚向上抬：～脚|～腿。【高跷】踩着有踏脚装置的木棍表演的一种游艺。❷竖起大拇指：～起大拇指称赞。【蹊跷】(qī qiāo)奇怪，违反常理让人怀疑：这事有点～～。“跷”又 juē，见第 342 页“屩”字条。

锹（鍫） qiāo 挖土或铲其他东西的器具。

劁 qiāo 骟，割去牲畜的睾丸或卵巢：～猪|～羊。

橇 qiāo ❶古代在泥路上行走所乘的东西。❷在冰雪上滑行的工具。

缲（幧） ㊀qiāo 做衣服边儿或带子时藏着针脚的缝法：～一根带子|～边。㊁sāo 豪韵。见第 91 页“缫”字条。

乔（喬） qiáo ❶高。【乔木】树干和树枝有明显区别的大树，如松、柏、杨、柳等。【乔迁】旧日称人迁居的客气话。❷做假，装。【乔妆】【乔装】改变服装面貌，掩蔽身份。

侨（僑） qiáo ❶寄居在国外(从前也指寄居在外乡)：～居。❷寄居在祖国以外的人：华～。

荞（蕎） qiáo 【荞麦】一年生草本植物，茎紫红色，叶子三角形，开小白花。子实黑色，磨成面粉供食用。

峤（嶠） ㊀qiáo 山尖而高。㊁jiào 啸韵。

桥（橋） qiáo 架在水上(或空中)便于通行的建筑物：南京长江大～|天～|独木～。

硚（礄） qiáo 【硚头】地名，在四川省。

鞒（鞽） qiáo 马鞍拱起的地方。

荍 qiáo 古书上指锦葵，二年或多年生草本植物，夏季开花，花紫色或白色，可供观赏。

翘（翹） ㊀qiáo 举起，抬起，向上：～首|～望。【翘棱】(qiáo·leng)，板状物体因由湿变干而弯曲不平：桌面～～了。㊁qiào 啸韵。

谯 qiáo 【谯楼】古代城门上建筑的楼，可以瞭望。

憔（顦） qiáo 【憔悴】(顦顇)(qiáo cuì)黄瘦，脸色不好：面容～～。

樵 qiáo ❶〈方〉柴。❷打柴：～夫。

瞧 qiáo 看：～书|～得起|～不起。

幧 qiáo 【幧头】也叫“帩(qiào)头”、“络(lào)头”，敛鬓的意思。

鴂（鷮） qiáo 走而且鸣的长尾雉(zhì)鸡。雉之健者为鴂。尾长六尺，肉甚美。

荛（蕘） ráo 柴草。

饶（饒） ráo ❶富足，多：物产丰～|～舌。❷宽恕，免除处罚(连～恕)：～了他吧|不可～恕。❸〈方〉尽管：～这么检查还有漏洞呢。

娆（嬈） ㊀ráo 【妖娆】【娇娆】娇艳，美好。㊁rǎo 筱韵。

桡（橈） ráo 〈方〉桨。【桡骨】前臂大指一侧的骨头。

鞘 ㊀shāo 鞭鞘，拴在鞭子头上的细皮条。【乌鞘岭】在甘肃省。㊁qiào 啸韵。

烧（燒） shāo ❶使东西着火(连燃～)。❷用火或发热的东西使物品受热起变化：～水|～砖|～炭。❸烹饪法的一种：～茄子。❹发烧，体温增高：不～了。❺比正常体温高的体温：～退了。

苕 ㊀sháo 〈方〉红苕，就是甘薯。㊁tiáo 萧韵。

韶 sháo ❶古代的乐曲名。❷美：～光|～华(指青年时代)。【韶山】地名，在湖南省湘潭县。是毛泽东同志的故乡。韶山现有毛泽东同志故居陈列馆。

佻 tiāo 轻薄，不庄重。【佻㒓】(tiāo tà)轻佻。

挑 ㊀tiāo ❶用肩担着：～水|别人～一担，他～两担。❷(～子|～儿)挑、担的东西：挑着空～子。❸选，拣(连～选|～

拣)：～好的送给他|～错|～毛病。【挑剔】(tiāo·tī)严格地拣选，把不合规格的除去。[转]故意找错。㊁tiǎo 筱韵。

祧 tiāo 古代称远祖的庙。在封建宗法制度中指承继先代：承～。

条(條) tiáo ❶(～子|～儿)植物的细长枝：柳～儿|荆～。❷(～子|～儿)狭长的东西：面～儿|布～儿|纸～儿。❸项目，分项目的：宪法第一～|～例。【条件】1.双方规定应遵守的事项。2.事物产生或存在的因素：自然～～|有利～～|一切事物都依着～～、地点和时间起变化。【条约】国与国间关于权利、义务等约定的条文。❹条理，秩序，层次：井井有～|有～不紊。❺量词：1.称长形的：一～河|两～大街|三～绳|四～鱼。2.称分项目的：这一版上有五～新闻。

鲦(鰷) tiáo 鱼名，身体小，侧线紧贴腹部，银白色，生活在淡水中。

苕 ㊀tiáo ❶古书上指凌霄花，也叫"紫葳"，落叶藤本植物，开红花。❷苕子，一年生草本植物，花紫色。可以做绿肥。❸苇子的花。㊁sháo 萧韵。

岧 tiáo 【岧峣】(岧嶢)(tiáo yáo)山高。

迢 tiáo 远(叠)：千里～～。

笤 tiáo 【笤帚】扫除尘土的用具，用脱去子粒的高粱穗、黍子穗或棕等做成。也作"苕帚"。

龆 tiáo 儿童换牙：～年(童年)。

髫 tiáo 古时小孩子头上扎起来的下垂的短髫：垂～|～年(指幼年)。

调 ㊀tiáo ❶配合均匀：～色|～味|风～雨顺。[引]使和谐：～解|～整。【调停】使争端平息。【调剂】1.配药。2.调(diào)配，使均匀：组与组之间人力可以互相～～。❷挑拨，挑逗([连]～唆|～拨)：～笑|～戏。【调皮】好开玩笑，顽皮。㊁diào 啸韵。

莜 ㊀tiáo 芸田器。㊁yóu 尤韵。

蜩 tiáo 古书上指蝉。

蓨 tiáo 即羊蹄草。多年生草本植物，叶长椭圆形，初夏开花。根茎叶浸出的汁液，可防治棉蚜、红蜘蛛、菜青虫等。

幺(△么) yāo ❶〈方〉小，排行最末的：～叔|～妹|～儿。❷数目"一"的另一个说法(用于电话号码等)。"么"又音 me，见第 197 页"么"字条。又音 ma，见第 199 页"吗(△么)"字条。

吆(吆) yāo 【吆喝】喊叫，指叫卖东西，赶牲口，大声斥责人。

夭(❷殀) yāo ❶茂盛(叠)：桃之～～。❷未成年的人死去：～亡|～折。

妖 yāo ❶迷信的人称异于常态而害人的东西：～魔鬼怪。❷装束、神态不正派：～里～气。❸媚，艳丽：～娆。

约 ㊁yāo 用秤称：你～～有多重？㊀yuē 药韵。

要 ㊁yāo ❶求。【要求】提出具体事项，希望实现：～～大家认真学习|～～入党。❷强求，有所仗恃而强硬要求：～挟。❸〈古〉同"腰"。㊀yào 啸韵。

腰 yāo ❶胯上胁下的部分，在身体的中部。【腰子】肾脏。❷裤、裙等围在腰上的部分：裤～。❸事物的中段，中间：山～。❹中间狭小像腰部的地势：土～|海～。

邀 yāo ❶约请：～他来谈谈|特～代表。❷取得，求得：～赏|～准。❸阻留：中途～截。

尧(堯) yáo 传说中上古帝王名。

侥(僥) ㊁yáo 见第 81 页"僬"字条"僬侥"(jiāo yáo)。㊀jiǎo 筱韵。

峣(嶢) yáo 见第 84 页"岧"字条"岧峣"(tiáo yáo)。

垚 yáo 高。多用于人名。

轺 yáo 【轺车】古代的一种小马车。

姚 yáo 姓。

珧 yáo 【江珧】又叫"玉珧"，一种生活在海里的软体动物，壳三角形，肉柱叫江珧柱，干制后又称"干贝"，是珍贵的海味品。

铫 yáo ❶古代一种大锄。❷姓。

陶 ㊁yáo 【皋陶】传说中上古人名。㊀táo 豪韵。

窑（窰、窯）yáo ❶烧砖、瓦、陶器等物的建筑物。❷为采煤而凿的洞：煤～。❸窑洞，在土坡上特为住人挖成的洞。

谣 yáo ❶歌谣，随口唱出，没有伴奏的韵语：民～|童～。❷谣言，凭空捏造的不可信的话：造～|辟～。

摇 yáo 摆动（连～摆|～晃）：～头|～船。【摇曳】（yáo yè）摇摆动荡。【动摇】变动，不坚定：思想～～。

徭（△繇、傜）yáo 【徭役】古时反动统治者强制人民承担的无偿劳动。"繇"又音 yóu，见第 130 页"繇"字条。

遥 yáo 远（连～远）：～望|路～知马力|～～相对。

瑶 yáo ❶美玉。喻 美好：～函。❷瑶族，我国少数民族名。

颻 yáo 飘颻，见第 82 页"飘"字条"飘摇"。

鳐 yáo 鱼名，身体扁平，略呈圆形或菱形，有的种类有一对能发电的器官，生活在海中。

钊 zhāo 勉励。

招 zhāo ❶打手势叫人来：用手一～他就来了。【招待】迎接款待宾客。【招呼】1. 召唤：有人～～你。2. 扶助：～～老人。❷用公开的方式使人来：～集|～收学生|～之即来。引 1. 惹起：～事|～笑。2. 引来：～蚂蚁。❸承认自己的罪状：不打自～。❹同"着㊂❶"：花～儿。

昭 zhāo 明显，显著：罪恶～彰|～然若揭。【昭昭】1. 光明，明亮。2. 明辨事理：使人～～。

朝 ㊁zhāo 早晨：只争～夕|～思暮想。引 日，天：今～。【朝气】喻 向上发展的气概：～～蓬勃。㊀cháo 萧韵。

肴（餚） yáo（旧读 xiáo） 做熟的鱼肉等：佳～｜酒～。

爻 yáo（旧读 xiáo） 组成八卦中每一个卦的长短横道，如"—""--"。

凹 āo 洼下，跟"凸"相反：～透镜｜～凸不平。

聱 áo 话不顺耳。【聱牙】文句念着不顺口。

坳 áo 低洼的地方。

磝 áo 山，多小石。又读 qiāo。【碻磝】古津渡、城名。

包 bāo ❶用纸、布等把东西裹起来：把书～起来。❷（～儿）包好了的东西：茶叶～儿｜行李～。【包裹】1. 缠裹：把伤口～～起来。2. 指邮寄的包。❸装东西的袋：书～｜皮～。❹（～子｜～儿）一种带馅蒸熟的食物：糖～子｜肉～儿。❺肿起的疙瘩：腿上起个大～。❻容纳在内，总括在一起（连 ～含｜～括）：无所不～｜这几条都～括在第一项里。【包涵】宽容，原谅。❼总揽，负全责：～销｜～教。【包办】总负全责。转 专断，不依靠群众。❽保证：～在我身上｜～他完成任务。❾约定的，专用的：～饭｜～场。

苞 bāo ❶花苞，苞片，植物学上称花或花序下面像叶的小片：含～未放。❷茂盛：竹～松茂。

孢 ㊀bāo 【孢子】植物和某些低等动物在无性繁殖或有性生殖中所产生的生殖细胞。㊁bǎo 巧韵。㊂pǎo 巧韵。

胞 bāo ❶胞衣，包裹胎儿的膜和胎盘。【细胞】组成生物体的最小单位。❷同一父母所生的：～兄｜～妹｜～叔（父亲的同父母的弟弟）。【同胞】1. 同父母的兄弟姊妹。2. 同一祖国的人。

炮 ㊁bāo ❶把物品放在器物上烘烤或焙：把湿衣服搁在热炕上～干。❷烹调法，在旺火上急炒：～羊肉。㊀páo 肴韵。㊂pào 效韵。

龅 bāo 【龅牙】突出唇外的牙齿。

煲 bāo 〈方〉❶壁较陡直的锅：沙～｜瓦～｜铜～。❷用煲煮或熬：～粥｜～饭。

抄 chāo ❶誊写，照原文写：～文件｜～书。【抄袭】把别人的文章或作品抄来当自己的。❷搜查并没收：～家。❸走简捷的路：～小道走。❹同"绰㊁"。

吵 ㊁chāo 【吵吵】（chāo · chao）吵闹：乱～～。㊀chǎo 巧韵。

钞 chāo ❶同"抄❶"。❷钞票，纸币：外～。

剿（勦） ㊁chāo 因袭套用别人的语言文句作为自己的：～说。㊀jiǎo 筱韵。

巢 cháo 鸟搭的窝。也指蜂、蚁等动物的窝。

嘲（謿） ㊀cháo（旧读 zhāo） 讥笑，取笑（连 ～笑）：～弄｜冷～热讽。㊁zhāo 肴韵。

嚆 hāo 呼叫。【嚆矢】带响声的箭。喻 发生在先的事物，事物的开端。

艽 jiāo 【秦艽】叶阔而长，花紫色，根可入药。

交 jiāo ❶付托，付给：这事～给我办｜货已经～齐了。【交代】1. 负责办理事务的新旧两方面办转移手续：他正在办～～。2. 把事情或意见向有关的人说明：～～问题。❷相错，接合：～界｜目不～睫｜～叉。引 相交处：春夏之～。❸互相来往联系：～流经验｜～换意见｜公平～易｜打～道。【交通】1. 各种运输和邮电事业的总称：～～方便。2. 交通员。【交通员】抗日战争和解放战争时期指通信员。【交际】人事往来接触。【交涉】互相商量解决彼此间相关的问题：我去跟他～～一下儿｜那件事还没有～～好。❹一齐，同时：风雨～加｜饥寒～迫。❺同"跤"（jiāo）。

郊 jiāo 城外：西～｜～游。

茭 jiāo 【茭白】菰的嫩茎经黑穗菌寄生后膨大，可做蔬菜。

峧 jiāo 地名用字。

姣 jiāo 形容相貌美。

胶（膠） jiāo ❶黏性物质，有用动物的皮、角等熬制成的，也有植物分

泌的和人工合成的：鹿角～|鳔（biào）～|桃～|万能～。❷指橡胶：～鞋|～皮。❸有黏性像胶的：～泥。❹黏着，黏含：～着状态|～柱鼓瑟（喻拘泥不知变通）。

䴔 jiāo 【䴔䴖】（jiāo jīng）古书上说的一种水鸟，腿长，头上有红毛冠。

蛟 jiāo 【蛟龙】古代传说是发洪水的一种龙。

跤 jiāo 跟头，也写作“交”：跌了一～|摔～。

鲛 jiāo 就是“鲨鱼”。见第102页“鲨”（shā）字条。

教 ㊀jiāo 传授：～书|我～历史|我～给你做。㊁jiào 效韵。

窌 liáo 针灸穴位名。

猫（貓） ㊀māo 一种小动物，面呈圆形，脚有利爪，会捉老鼠。㊁máo 肴韵。

矛 máo 古代兵器，在长柄的一端装有金属枪头。【矛盾】喻 1. 言语或行为前后抵触，对立的事物互相排斥。2. 指事物内部各个对立面之间的互相依赖又互相排斥的关系。见第134页“矛”字条“矛盾”。

茅 máo 【茅草】多年生草本植物，有白茅、青茅等。可以覆盖屋顶或作绳。

蝥 máo 【斑蝥】一种昆虫，腿细长，鞘翅上有黄黑色斑纹。可入药。

蟊 máo 吃苗根的害虫。【蟊贼】喻对人民有害的人。

茆 máo 同“茅”。

猫（貓） ㊁máo 【猫腰】弯腰。㊀māo 肴韵。

锚 máo 铁制的停船器具，用铁链连在船上，抛到水底，可以使船停稳。

呶 náo 喧哗（叠）：～～不休。

挠（撓） náo ❶扰乱，搅：阻～。❷弯曲：不屈不～（喻不屈服）|百折不～（喻有毅力）。❸搔，抓：～～痒痒。

铙（鐃） náo ❶铜质圆形的打击乐器，比钹大。❷古代军中乐器，像铃铛，但没有中间的锤。

硇（硵、碙） náo 【硇砂】一种矿物，黄白色粉末或块状，味辛咸，是氯化铵的天然产物。工业上用来制干电池，焊接金属。医药上可作祛痰剂。【硇洲】岛名，在广东省湛江市附近海中。

抛（拋） pāo ❶扔，投：～球。【抛锚】把锚投入水底，使船停稳。转 1. 汽车等因发生毛病而中途停止。2. 进行中的事情因故停止。【抛售】商家为争夺市场牟取利润，压价出卖大批商品。❷舍弃（连～弃）。

泡 ㊀pāo ❶（～儿）鼓起而松软的东西：豆腐～儿。❷虚而松软，不坚硬：这块木料发～。❸量词，同“脬”。㊁pào 效韵。

脬 pāo ❶尿（suī）脬，膀胱。❷量词，用于屎尿：一～尿。

刨 ㊀páo ❶挖掘（像用镐的动作）：～花生|～坑。❷减，除去：～去他还有两人|十五天～去五天，只剩下十天了。㊁bào 效韵。

咆 páo 【咆哮】猛兽怒吼。喻江河奔腾轰鸣或人暴怒叫喊：黄河在～～|～～如雷。

狍（麅） páo （～子）鹿一类的动物，毛夏季栗红色，冬季棕褐色，雄的有分枝状的角。肉可吃。毛皮可做褥、垫或制革。

庖 pāo 庖厨，厨房：～人（古代称厨师）。【代庖】转替人处理或担任事情。

炮 ㊀páo 烧。【炮烙】（páo luò，旧读 páo gé）古代的一种酷刑。【炮制】用烘炒等方法把原料加工制成中药：如法～～（喻照样做）。㊁bāo 肴韵。㊂pào 效韵。

匏 páo 【匏瓜】俗叫“瓢葫芦”，葫芦的一种，果实比葫芦大，对半剖开可以作水瓢。

跑 ㊁páo 走兽用脚刨地：～槽（牲口刨槽根）|虎～泉（在杭州）。㊀pǎo 巧韵。

硗（磽） qiāo 地坚硬不肥沃（连～薄|～瘠|～确）：肥～。

敲 qiāo ❶打，击：～锣|～边鼓（比喻从旁帮人说话）。❷敲竹杠，讹诈财物或

抬高价格。

捎 shāo 捎带,顺便给别人带东西:～封信去。

梢 shāo (～儿)树枝的末端。引 末尾:眉～。

稍 ㊀shāo 略微(连 ～微):～有不同。㊁shào 效韵。

蛸 ㊁shāo 见第80页“蟏”字条“蟏蛸”(xiāo shāo)。㊀xiāo 萧韵。

筲 shāo ❶一种竹器。【筲箕】淘米用的竹器。❷桶:水～|一～水。

艄 shāo 船尾。【艄公】掌舵的人。引 管船的人。

哮 xiāo(俗读 xiào) 吼叫:咆～。【哮喘】呼吸急促困难的症状。

虓 xiāo 猛虎怒吼。

猇 xiāo 虎要吃人或其他动物时所发出的声音。

洨 xiáo 【洨河】水名,在河北省。

淆(殽) xiáo 【混淆】错杂,混乱:混～不清。

崤 xiáo 【崤山】山名,又叫“崤陵”,在河南省。

啁 ㊁zhāo 【啁哳】(zhāo zhā)形容声音杂乱细碎。㊀zhōu 尤韵。

嘲 ㊁zhāo 【嘲哳】(zhāo zhā)同“啁哳”。㊀cháo 肴韵。

聎 zhāo 耳鸣。

摷 zhāo ❶击,拘击。❷捞取。浮取叫做摷,沉取叫做捞。

豪 háo ❶具有杰出才能的人（连～杰）：文～|英雄～杰。【自豪】自己感到值得骄傲：我们以有这样的英勇战士而～～。❷气魄大，直爽痛快，没有拘束的：～放|～爽|～迈的事业。❸强横的，有特殊势力的：～门|土～劣绅|巧取～夺。

壕 háo 沟：战～。

嚎 háo 大声哭喊。【嚎咷】【嚎啕】【号咷】（háo táo）大声哭。

濠 háo ❶同“壕”。❷【濠水】水名，在安徽省。

毫 háo ❶长而尖锐的毛：狼～笔。❷秤或戥子上的提绳：头～|二～。❸单位名，十丝是一毫，十毫是一厘。❹〈方〉货币单位，角，毛。❺数量极少，一点儿：～无诚意|～不费力。

蚝（蠔） háo 牡蛎（lì）：～油（用牡蛎肉制成的油，供食用）。

嗥（嘷） háo 野兽吼叫：狼～。

号（號） ㊁ háo ❶呼喊（连呼～）。❷大声哭。㊀hào 号韵。

薅 hāo 拔，除去：～草。

蒿 hāo 香蒿，二年生草本植物，叶如丝状，有特殊的气味，花小，黄绿色，可入药。又名青蒿。

熬（爊、爈） ㊁āo 煮：～菜。㊀áo 豪韵。

敖 áo 姓。

嗷 áo 象声词，嘈杂声，愁叹声（叠）：～～待哺。

嶅 áo 【嶅阳镇】地名，在山东省新泰市。

廒（厫） áo 收藏粮食的仓房。

遨 áo 遨游，游逛。

獒 áo 一种凶猛的狗，比平常的狗大，善斗，能帮助人打猎。

熬 ㊀áo ❶久煮：～粥|～药。❷忍受，耐苦支持：～夜|～煎。㊁ āo 豪韵。

螯 áo 螃蟹等节肢动物变形的第一对脚，形状像钳子，能开合，用来取食、自卫。

謷 áo ❶诋毁：訾～。❷【謷謷】1.不考虑别人的话。2.悲叹声。

鳌（鼇） áo 传说中海里的大鳖。

翱（翺） áo 【翱翔】（áo xiáng）展开翅膀回旋地飞：雄鹰在天空～～。

鏖 áo 鏖战，激烈地战斗：赤壁～兵。

敖 áo 戟锋。

璈 áo 弹的乐器。

聱 áo 蟹钤。

骜（驁） áo 骏马，马不驯良亦称骜马。

褒（襃） bāo 赞扬，夸奖，跟“贬”相反（连～奖）。

操 cāo ❶拿，抓在手里：～刀|～戈。引掌握，控制：稳～胜券|～舟。【操纵】随着自己的意向来把持支配。❷拿出力量来做：～持家务|～劳。【操作】按照一定的程序和技术要求进行活动，也泛指劳动：田间～～。❸从事，做某种工作：～医生来。❹用某种语言或方音说话：～俄语|～南音。❺操练，体力的锻炼，军事的演习：体～|徒手～|下～。❻行为，品行：节～|～行。

糙 cāo（原读“cào”） ❶糙米，脱壳未去皮的米。❷不细致，粗（连粗～）：这活做得太～。

曹 cáo 等，辈：尔～|吾～。

嘈 cáo 杂乱（多指声音）：人声～杂。

漕 cáo 利用水道转运食粮：～运|～河（运粮河）。

槽 cáo ❶一种长方形或正方形较大的盛东西的器具：石～|水～。特指喂牲畜食料的器具：猪食～|马～。❷（～儿）东西上凹下像槽的部分：挖个～儿|河～。

螬 cáo 见第 37 页“蛴”字条“蛴螬”(qí cáo)。

艚 cáo (～子)载货的木船。

刀 dāo ❶(～子|～儿)用来切、割、斩、削、刺的工具:镰～|菜～|刺～|旋～|铅笔～儿。❷纸张单位,通常为一百张。❸古代的一种钱币。

叨 ㊁dāo 【叨叨】(dāo·dao)话多。【叨唠】(dāo lao)翻来覆去地说。㊀tāo 豪韵。

忉 dāo 【忉忉】忧愁,焦虑。

魛 dāo 魛鱼:1.我国北方也称带鱼为“刀鱼”,身体长而侧扁,银白色,无鳞,牙齿发达,肉可吃。2.就是“凤尾鱼”,头小,尾尖,身体灰色,牙齿细小,肉可吃,多用来制罐头。

氘 dāo 氢的同位素之一,符号 D,质量数 2,用于热核反应。

舠 dāo 小船。

裯 dāo 【祇裯】(zhǐ dāo)敝衣,襤褛。

鯛 dāo 小船。

皋(臯) gāo 水边的高地:汉～|江～。

槔(橰) gāo 见第 335 页“桔”字条“桔槔”(jié gāo)。

高 gāo ❶跟“低”相反:1.由下到上距离远的:～山|～楼大厦。2.等级在上的:～年级学生|～等学校。3.在一般标准或平均程度之上:质量～|～速度|～价。4.声音响亮:～声。【高低】1.高低的程度。2.优劣。3.深浅轻重(指说话或做事):不知～～。4.到底,终究:～～做好了。5.无论如何:再三请求,他～～不答应。【高山】高山族,我国少数民族名。❷敬辞:～见(高明的见解)|～寿(问老人的年纪)。

膏 ㊀gāo ❶肥或肥肉:～粱(肥肉细粮)。【膏腴】(gāo yú)土地肥沃。❷脂,油。❸很稠的,糊状的东西:梨～|牙～|～药。㊁gào 号韵。

篙 gāo 用竹竿或杉木等做成的撑船的器具。

羔 gāo (～子|～儿)羊羔,小羊:～儿皮,泛指动物的幼儿。

糕(餻) gāo 用米粉或面粉等掺和其他材料做成的食品:鸡蛋～|年～。

睾 gāo 【睾丸】雄性动物生殖器官的一部分,在阴囊内,能产生精子。也叫“精巢”或“外肾”。

鼛 gāo 大鼓,役事之车鼓。

尻 kāo 屁股。

捞(撈) lāo ❶从液体里面取东西:打～。❷用不正当的手段取得:～一把。

劳(勞) láo ❶劳动,人类创造物质或精神财富的活动:按～分配|体力～动|脑力～动。❷疲劳,辛苦,辛勤。【劳驾】请人帮助的客气话:～～开门。❸慰劳,用言语或实物慰问:～军。❹功勋:汗马之～。

崂(嶗) láo 【崂山】在山东省,古书上也写作“劳山”。

铹(鐒) láo 一种人造的放射性元素,符号 Lr。

痨(癆) láo 【痨病】中医指结核病,通常多指肺结核。

牢 láo ❶养牲畜的圈(juàn):亡羊补～(喻事后补救)。[转]古代称作祭品的牲畜:太～(牛)|少～(羊)。❷监禁犯人的地方([连]监～):坐～。❸结实,坚固,固定:～不可破|～记党的教导。【牢骚】烦闷不满:发～～。

醪 láo ❶浊酒。❷醇(chún)酒。

簩(簩) láo 【篠簩】(xǐ láo)竹名,生海畔,有毛,有毒,伤人则死。

蟧(蟧) láo 【蝭蟧】(tí láo)蟪蛄(huì gū)。【蛁蟧】(diāo láo)一种小蝉。

涝(澇) láo ❶【涝水】水名,出今陕西省西安市鄠县南山涝谷,至长安县入渭。❷读 lào，雨水过多，淹。

潦 láo ❶水名，即涝水。❷【潦草】（liáo cǎo）草率，不精细。

毛 máo ❶动植物的皮上所生的丝状物。❷像毛的东西：1. 指谷物或草等：不～（不长植物）之地。2. 衣物上长的霉菌：老没见太阳都长～了。❸粗糙，没有加工的：～坯。❹行动慌忙：～～腾腾｜～手～脚。❺不是纯净的：～重十斤｜～利。❻惊慌失措，主意乱了：把他吓～了。❼小：～孩子｜～～雨。❽货币贬值。❾角，一元钱的十分之一。【毛南】（máo nán）毛南族，我国少数民族名。

牦（氂） máo 【牦牛】身体两旁和四肢外侧有长毛，尾毛很长。我国西藏出产，当地人民用来拉犁和驮运货物。肉和乳都可供食用。

旄 máo 古代用牦牛尾装饰的旗子。〈古〉又同"耄"（mào）。

酕 máo 【酕醄】（máo táo）大醉的样子。

髦 máo 古代称幼儿垂在前额的短头发。【时髦】时兴的。

牦 máo 公车。

骓 máo 马长毛。

楙 máo 果木名，亦称冬桃、木瓜，木高二三丈。其干皮剥落如麟，叶作卵形而尖，背多微毛，春日开花五瓣色鲜红可爱，实似梨而长，秋末黄熟，嗅之香烈，涩不可食。

侬（憹） náo 【懊侬】痛悔。

峱（巎） náo 古山名，在今山东临淄附近。

猱 náo 古书上说的一种猴。

巙 náo 同"猱"。用于人名。

袍 páo （～子｜～儿）长衣：棉～儿｜～笏登场（登台演戏，比喻上台做官）。

搔 sāo 挠，用手指甲轻刮：～痒。

骚 sāo ❶扰乱，不安定（连～扰）：～动。❷同"臊㊀"。❸指屈原著的《离骚》。【骚人】诗人。【骚体】文体名，因模仿《离骚》的形式而得名。【风骚】1. 泛指才华、文采。2. 旧指妇女举止轻佻。

缫（△缲） sāo 把蚕茧浸在滚水里抽丝：～丝｜～车（缫丝用的器具）。〈又〉qiāo 萧韵。

臊 ㊀sāo 像尿或某种难闻的气味：尿～气｜狐～。㊁sào 号韵。

叨 ㊀tāo 承受：～光｜～教。【叨扰】谢人款待的话。㊁dāo 豪韵。

涛（濤） tāo 大波浪（连波～）。

焘（燾） ㊀tāo 多用于人名。㊁hào 号韵。

绦（縧、絛、縚） tāo （～子）用丝线编织成的花边或扁平的带子，可以装饰衣物。【绦虫】寄生在人或家畜肠子里的一种虫子，身体长而扁，像绦子。

掏（搯） tāo ❶挖：在墙上～一个大洞。❷伸进去取：把口袋里的钱～出来｜～麻雀。

滔 tāo 漫，充满：波浪～天｜罪恶～天。【滔滔】1. 大水漫流：海水～～。2. 连续不断：～～不绝｜议论～～。

韬（韜、弢） tāo ❶弓或剑的套子。【韬略】指《六韬》、《三略》，古代的兵书。转 战斗用兵的计谋。❷隐藏隐蔽。

饕 tāo 【饕餮】（tāo tiè）古代传说中的一种凶恶的兽，古代铜器上多刻它的头部形状作装饰。喻 1. 凶恶贪婪的人。2. 贪吃的人。

啕（咷） táo 见第 89 页"嚎"字条"嚎啕"（háo táo）。

洮 táo 【洮河】水名，在甘肃省。

逃（迯） táo ❶逃跑，逃走：追歼～敌。❷逃避，避开：～荒｜～难。

桃 táo ❶桃树，落叶乔木，春天开花，白色或红色。果实叫桃子或桃儿，可以吃。❷(～儿)形状像桃子的:棉花～儿。

秫 táo 【秫黍】〈方〉高粱。参看第 194 页“稻”(tǎo)字条“稻黍”。

陶 ㊀táo ❶用黏土烧制的器物。【陶土】烧制陶器的黏土。❷制造陶器。【陶冶】制陶器和炼金属。❸陶然,快乐的样子:～醉。㊁yáo 萧韵。

萄 táo 指葡萄:～糖。

醄 táo 【酕醄】(máo táo)大醉的样子。

淘 táo ❶洗去杂质:～米|～金。【淘汰】去坏的留好的,去不合适的留合适的:自然～～。❷消除泥沙、渣滓等,挖浚:～井|～缸。❸淘气,顽皮:这孩子真～。

梼(檮) táo 【梼杌】(táo wù)1. 古代传说中的恶兽,恶人。2. 春秋时楚史名。

鼗 táo 长柄的摇鼓,俗称“拨浪鼓”。

舠 táo 舟名。

裪 táo 【裪褔】(táo jué)衣袖。

謟 táo 疑惑,不信。

槄 táo 山槚(jiǎ),即楸树。

遭 zāo ❶遇见,碰到(连～遇):～难|～遇困难。❷(～儿)一周:用绳子多绕两～|我去转了一～。❸(～儿)次:一～生,两～熟。

糟 zāo ❶做酒剩下的渣子。【糟粕】喻无价值的东西:取其精华,去其～～。❷用酒或酒糟腌制食品:～鱼|～豆腐。❸腐烂,朽烂:木头～了|布～了。❹坏:事情～了。【糟蹋】【糟踏】(zāo·tà)作践,不爱惜:不许～～粮食。

歌 gē ❶(～儿)能唱的文辞:诗～|山～|唱～。❷唱(连～唱|～咏):高～|～咏队。【歌颂】颂扬:～～祖国。

哥 gē ❶兄,同父母或亲属中同辈而年龄比自己大的男子(叠):大～|表～。❷称呼年龄跟自己差不多的男子:张大～。

戈 gē 古代的一种兵器,横刃长柄。【戈壁】(蒙)沙漠地区。

波 bō ❶江、河、湖、海等因振荡而一起一伏的水面(连～浪|～涛|～澜)。【波动】喻事物起变化,不稳定。【波及】喻牵涉到,影响到。❷物理学上指振动在物质中的传播,是能量传递的一种形式:光～|声～|电～。

玻 bō 【玻璃】(玻瓈)1.一种质地硬而脆的透明物体,是用石英砂、石灰石、碳酸钠等混合起来,高温熔解,冷却后制成的。2.透明像玻璃的质料:～～牙刷|～～雨衣。

菠 bō 【菠菜】一年生或二年生草本植物,根红色,果实分无刺和有刺两种,茎叶可以吃。

番 bō ㊃bō 勇武貌。㊀pó 歌韵。㊁fān 元韵。㊂pān 寒韵。

播 bō ❶撒种:条～|点～|加宽～幅(把垄放宽)。❷传扬,传布:～音。【广播】利用电波播送新闻、文章、文艺节目等。

嶓 bō 【嶓冢】(bō zhǒng)古山名:1.在陕西省勉县西南。2.在甘肃省成县东北。

搓 cuō 两个手掌相对或一个手掌放在别的东西上反复揉擦:～绳|～手。

磋 cuō 把骨、角磨制成器物。【磋商】商量。

蹉 cuō 【蹉跎】(cuō tuó)把时光白耽误过去:岁月～～。

嵯 cuó 【嵯峨】山势高峻。

鹾(鹺) cuó ❶咸:～鱼。❷盐。

痤 cuó 【痤疮】一种皮肤病,多生在青年人的面部,通常是有黑头的小红疙瘩。俗称粉刺。

矬 cuó 矮:他长得太～。

鄼 cuó 【鄼阳】【鄼城】地名,都在河南省永城县。

醝 cuó 白酒。

瘥 cuó 疾愈。【瘵瘥】(jì cuó)疾病。【病瘥】亦称病瘳(chōu),病愈。

瑳 cuó 玉色鲜白。

多 duō 跟少相反,数目在二以上的:～年生草本植物。

哆 duō 【哆嗦】(duō·suō)发抖,战栗:冷得打～～。

阿 ㊁ē 迎合,偏袒:～附|～其所好|～谀逢迎。【阿胶】中药名,用驴皮加水熬成的胶,原产山东省东阿县。㊀ā 麻韵。

屙 ē 排泄大小便:～屎。

婀 ē 【婀娜】(ē nuó)柔美的样子。

讹(❶譌) é ❶错误:以～传～。❷敲诈,假借某种理由向人强迫索取财物或其他权利:～人|～诈。

囮 é 【囮子】捕鸟时用的圝(yóu)子。

俄 é 俄顷,短时间。【俄罗斯】1.国家名。2.俄罗斯族,我国少数民族名。

莪 é 【莪蒿】多年生草本植物,生在水边,开黄绿色小花,叶嫩时可吃。

哦 ㊂é 吟哦,低声地唱。㊀ó 歌韵。㊁ò 箇韵。

峨(峩) é 高(叠):～冠。【峨嵋】山名,在四川省。也作"峨眉"。

娥 é ❶美好(指女性姿态)。❷旧指美女。【娥眉】旧指美女的眉毛,也指美女。也作"蛾眉"。

锇 é 一种金属元素,符号 Os,青白色,很坚硬。工业上用来制电灯泡的灯丝、自来水笔的笔尖等。

鹅(鵞) é 一种家禽,比鸭子大,颈长,脚有蹼,头部有黄色或黑褐色的肉质突起,雄的突起较大。

蛾 é 【蛾子】【蛾儿】像蝴蝶的昆虫,静止时,翅左右平放:灯～|蚕～|飞～投火。〈古〉又同"蚁"(yǐ)。

睋 é 望视。

硪 é 石岩,筑铁路、修河堤时用来砸路基、砸堤土的工具。

过(過) ㊁guō ❶超越。【过福】过分享受。【过费】〈方〉1. 花费过多。2. 辜负。【过逾】过分:小心没~~。❷姓。㊀guò 箇韵。

埚(堝) guō 见第 142 页“坩”字条“坩埚”(gān guō)。

涡(渦) ㊁guō 【涡河】水名,发源于河南省,流经安徽省注入淮河。㊀wō 歌韵。

锅(鍋) guō ❶烹煮食物的器具。【锅炉】1. 一种供应热水的设备。2. 使水变成蒸汽以供应工业或取暖需要的设备。也叫“汽锅”。❷(~儿)像锅的:烟袋~。

啯(嘓) guō 【啯唆】(guō suō)小儿相应之声。

埚(緺) guō 紫青色的绶。

莴(萵) guō ❶草名。❷宽大貌。

涡(濄) guō ❶水名,源于河南省扶沟县,至安徽省怀远县入淮。❷通“涡”。

诃 hē 同“呵❶”。【诃子】(hē zǐ)也叫“藏(zàng)青果”,常绿乔木,叶子卵形。果实像橄榄,可以人药。

呵(❸嗬、❶△诃) ㊀hē ❶怒责(连~斥):~禁。❷呼气:~冻|~欠。【呵呵】象声词,形容笑:笑~~。❸叹词,表示惊讶:~,真不得了!㊁a 麻韵,见第 98 页“啊”字条。

禾 hé ❶谷类植物的统称。❷古代特指粟(谷子)。

和(龢) ㊀hé ❶相安,谐调:~睦。引平静,不猛烈:温~|心平气~|风~日暖。【和平】1. 没有战争的状态。2. 温和,不猛烈:药性~~。【和气】态度温和:他说话真~~。❷平息争端:讲~|~解。❸连带:~盘托出(完全说出来)|~衣而卧。❹连词,跟,同:我~他意见相同。❺对,向:你~孩子讲话要讲得通俗些。【和尚】佛教男性僧侣的通称。㊁hè 箇韵。㊂huó 歌韵。㊃huò 箇韵。㊄hú 虞韵。

盉 hé 古代用来调和酒的器皿。

荷 ㊀hé 莲。㊁hè 箇韵。

何 hé 疑问词:1. 什么:~人|~事|为~|有~困难。2. 为什么:~必如此。3. 哪样,怎样:~不|~如|如~。4. 怎么:他学习了好久,~至于一点进步都没有? 5. 哪里:欲~往?〈古〉又同“荷”(hè)。

河 hé ❶水道的通称:运~|淮~。【河汉】银河,又叫“天河”,天空密布如带的星群。❷常专指黄河,我国的第二大川,发源于青海省,流入渤海:~西|~套|江淮~汉。

菏 hé 【菏泽】市名,在山东省西南部。

和 ㊂huó 在粉状物中加水搅拌或揉弄使粘在一起:~面|~泥。㊀hé 歌韵。㊁hè 箇韵。㊃huò 箇韵。㊄hú 虞韵。

嗟 jiē(旧读 juē) 〈又〉文言叹词:~乎。

坷 ㊀kē 【坷垃】(kē·la)土块。㊁kě 哿韵。

苛 kē ❶苛刻,过分:~求|~责。❷苛细,繁重,使人难以忍受(指反动统治者加于人民的):~政|~捐杂税。

珂 kē 玉名。【珂罗版】(外)印刷上用的一种照相版,把要复制的字、画的底片晒制在涂过感光胶层的玻璃片上而成。

柯 kē(古读 gē) ❶斧子的柄。❷草木的枝茎。❸姓。【柯尔克孜】柯尔克孜族,我国少数民族名。

轲 kē 见于人名。

牁 kē 【牂牁】(zāng kē)1. 古水名。2. 古地名。

砢 kē 【砢碜】(kē·chen)〈方〉寒碜,难看。

钶 kē 化学元素铌(ní)的旧名。

疴 kē(旧读 ē) 病:沉~(重病)|染~。

匼 kē 【匼河】地名,在山西省芮城县。

科 kē ❶分门别类用的名称:1. 动植物的分类单位之一:狮子属于食肉类的猫~动物|槐树是豆~植物。2. 机关内部组织的划分:人事~|总务~。3. 学术或业务的

类别：文～|理～|内～|外～。【科举】从隋唐到清代的封建王朝为维护其统治而设的分科考选文武官吏后备人员的制度。【科学】1.反映自然、社会、思维的客观规律的分科的知识体系。2.合乎科学的：这种做法不～～。❷旧指判罪：～以徒刑|～以罚金。❸旧剧里称演员的动作表情：～白。

蝌 kē 【蝌蚪】(kē dǒu)蛙或蟾蜍的幼体，黑色，身体椭圆，有长尾。生出后脚、前脚，尾巴消失，最后变成蛙或蟾蜍。也写作"科斗"。

棵 kē 量词，指植物：一～树。【棵儿】植物的大小：这棵树～～很大。【青棵子】绿色庄稼、野草等。

稞 kē 【青稞】麦的一种，产在西藏、青海等地，是藏族人民的主要食品糌粑(zān·ba)的原料。

窠 kē 鸟兽的巢穴。【窠臼】[喻]文章或其他艺术作品所依据的老套子。

颗 kē 量词，指圆形或粒状的东西：一～珠子|一～心。

髁 kē 骨头上的突起，多长在骨头的两端。原称膝骨。

罗(囉) ㊂luō 【罗唆】【啰唆】(囉唆、囉嗦)(luō·suō)1.说话絮絮叨叨。2.办事使人感觉麻烦。㊀luó 歌韵。㊁luo 歌韵。

罗(羅、⁹囉、儸) ㊀luó ❶捕鸟的网([连]～网)：天～地网。❷张网捕捉：门可～雀。【罗致】招请(人才)。❸散布：星～棋布|～列事实。❹过滤流质或筛细粉末用的器具，用木或铁片做成圆框，蒙上粗绢或马尾网、铁丝网制成。❺用罗筛东西：～面。❻轻软有稀孔的丝织品：～衣|～扇。❼(外)量词，十二打叫一罗。❽同"脶"。❾啰唣(囉唕)(luó zào)，吵闹。【罗盘】测定方向的仪器。把磁针装置在圆盘中央，盘上刻着度数和方位。也叫"罗盘针"。是我国古代四大发明之一。【罗汉】梵语"阿罗汉"的省称，佛教对某种"得道者"的称呼。㊁luo 歌韵。㊂luō 歌韵。

萝(蘿) luó ❶莪蒿。通常指某些能爬蔓的植物：茑～|女～。❷萝卜(蘿蔔)(luó·bo)，二年生草本植物，种类很多，块根也叫萝卜，可吃，种子可入药。

猡(玀) luó 〈方〉猪猡，猪。

逻(邏) luó 巡逻，巡察。【逻辑】1.思维的规律：这几句话不合～～。2.研究思维的形式和规律的科学。也叫"伦理学"。3.有时也用作"规律"的同义语。

椤(欏) luó 见第96页"桫"字条"桫椤"(suō luó)。

锣(鑼) luó 一种乐器形状像铜盘，用槌子敲打，发出声音：～鼓喧天。

箩(籮) luó 用竹子编的底方上圆的器具。

觋(覼、覶) luó 【觋缕】(覼縷)(覶縷)(luó lǚ)逐条详尽地陈述。

脶(腡) luó 手指纹。

骡(驘) luó (～子)一种家畜，是由驴、马交配而生的。鬃短，尾巴略扁，寿命长，体壮，一般没有生育能力。可以驮(tuó)东西或拉车。

螺 luó ❶一种软体动物，有硬壳，壳上有旋纹：田～|海～。【螺蛳】(luó sī)"螺"的通称。【螺旋】1.根据斜面原理制成的一种简单机械。2.螺旋形的：～～桨。【螺丝】应用螺旋原理做成的使物体固定或把两个物体连接起来的东西，有螺丝钉和螺丝母。❷同"脶"。

蠃 ㊀luó "海贝"的一种。蚌属，小蠃叫"蝈"，大者如斗，生长在海中。可以为酒杯，也可作乐器。同"螺"。㊁luǒ 哿韵，见第197页"蜾"字条"蜾蠃"(guǒ luǒ)。

罗(囉、²儸) ㊁luo ❶助词，作用大致和"了(le)²"一样：你去就成～。❷见第133页"喽"字条"喽啰"(偻儸)(lóu·luó)。㊀luó 歌韵。㊂luō 歌韵。

馍(饝) mó 面制食品，通常指馒头(叠)。

麽 ㊀mó 【幺麽】(yāo mó)微小：～～小丑。㊁me 哿韵，见第197页"么"字条。

摩 ㊀mó ❶磨擦，蹭(cèng)：～拳擦掌。【摩挲】(mó suō)用手抚摩。❷抚摩，摸：～弄。❸研究切磋。【观摩】观察之后，加以研究，吸收别人的优点：～～教学。【摩托】(外)用汽油、柴油等发动的机器：～

～车|～～船|～～化部队。㊁mā 月韵。

磨 ㊀mó ❶磨擦:～刀|～墨。【磨练】【磨炼】锻炼,下工夫。❷阻碍,困难(连～难、折～):好事多～。引纠缠:小孩子～人。❸拖延,耗时间:～工夫。❹磨灭、消灭:百世不～|这是永不～灭的真理。【消磨】1.消灭。2.消耗:大好光阴不能白白～～掉。㊁mò 箇韵。

蘑 mó 蘑菇,食用蕈(xùn)类,如口蘑、松蘑。

魔 mó ❶迷信人指害人性命、迷惑人的恶鬼:妖～鬼怪|恶～。【入魔】嗜好成癖,入迷:他搞无线电入了～了。❷不平常,奇异的:～力|～术。

劘 mó 切削。

那 ㊂nā 姓。㊀nà 箇韵。㊁nèi 箇韵。

哪 ㊃né 【哪吒】(né·zhā)神话里的神名。㊀nǎ 哿韵。㊁něi 哿韵。㊂na 箇韵。

呢 ㊁ne 助词:1.表示疑问(句中含有疑问词):你到哪儿去～?|怎么办～?2.表示确定的语气:早着～|还没有来～。3.表示动作正在进行:他睡觉～。4.用在句中表示略停一下:喜欢～,就买下;不喜欢～,就不买。㊀ní 支韵。

挪 nuó 移动:把桌子～一～|～用款项。

娜 ㊁nuó 【袅娜】(niǎo nuó)草木柔软细长。㊀nà 箇韵。

傩(儺) nuó 旧指迎神赛会。

哦 ㊁ó 叹词,表示疑问、惊奇等:～,是这样的吗?|～,是那么一回事。㊀ò 箇韵。㊂é 歌韵。

陂 ㊂pō 【陂陀】(pō tuó)不平坦。㊀bēi 支韵。㊁pí 支韵。

坡 pō (～子|～儿)倾斜的地方:山～|高～|上～|下～。【坡度】斜面与地平面所成的角度。

颇 pō ❶偏,不正:偏～。❷很,相当地:～久|～不易。

婆 pó 年老的妇人(叠):老太～|苦口～心。引 1.丈夫的母亲(叠)。2.祖母(叠)。【老婆子】【老婆儿】年老的妇人。【老婆】(lǎo·po)妻子。【婆娑】(pó suō)盘旋舞蹈的样子:～～起舞。

鄱 ㊀pó 【鄱阳】1.湖名,在江西省。2.县名,在江西省。今作"波阳"。㊁pán 寒韵。

皤 pó(又读"bō") 形容白色:白发～然。【皤蒿】白色的艾。

繁 ㊁pó 姓。㊀fán 元韵。

番 ㊁pó 兽足:田在下像掌,采在上像爪,乃是合体象形字。姓。㊃bō 歌韵。㊀fān 元韵。㊂pān 寒韵。

磻 pó(又读 bō) 石名,可做"矢镞"(shǐ zú),系绳的矢镞石,射出又可收回,所以又叫"缆缴石"。

伽 qié 【伽南香】沉香。【伽蓝】梵语"僧伽蓝摩"的省称,指僧众所住的园林,后指佛寺。㊁jiā 麻韵。

茄 ㊁qié (～子)一年生草本植物,花紫色。果实也叫茄子,紫色,也有白色或绿色的,可以吃。【番茄】一年生草本植物,花黄色。果实也叫番茄,圆形,熟时红色或黄色,可以吃。也叫"西红柿"。㊀jiā 麻韵。

瘸 qué 腿脚有毛病,走路时身体不平衡:一～一拐|他是摔～的。

挼 ㊀ruó 揉搓:把纸条～成团。㊁ruá 麻韵。

莎 ㊀suō 莎草,多年生草本植物,茎三棱形,开黄褐色小花。地下的块茎叫香附子,可入药。㊁shā 麻韵。

娑 suō 见第 96 页"婆"字条"婆娑"(pó suō)。

桫 suō 【桫椤】蕨类植物,木本,茎高而直,叶片大,羽状分裂。茎含淀粉,可供食用。

挲(抄) ㊀suō 【摩挲】(mó suō)抚摸。㊂sā 麻韵。㊁shā 麻韵。

唆 suō 调唆,挑动别人去做坏事:～使|～讼|受人调～。

梭 suō (～子)织布牵引纬线(横线)的工具,两头尖,中间粗,像枣核形。

睃 suō 斜着眼睛看。

羧 suō 有机化合物中含碳、氧、氢(—COOH)的基叫"羧基"。

蓑(簑) suō 【蓑衣】用草或棕毛制成的雨衣。

趖 suō 走得很快。

他 tā(原读 tuō) ❶称你、我以外的第三人,一般指男性,有时泛指,不分性别。❷别的:～人|～乡。【其他】别的。

她 tā 称你、我以外的女性第三人。

它(牠) tā 他,专指事物。【其它】同"其他"。

铊 ㊀tā(原读 shé) 一种金属元素,符号 Tl,白色,质柔软。铊的盐类有毒。㊁she 麻韵。㊂tuó 歌韵。见本页"砣"字条。

拖(拕) tuō ❶牵引,拉,拽:～车|～泥带水(喻做事不爽利)|～拉机。❷拖延,拉长时间:这件事应赶快结束,不能再～。

驮 ㊀tuó 用背(多指牲口)负载人或物:那匹马～着两袋粮食。㊁duò 箇韵。

佗 tuó 负荷。【华佗】三国时名医。

陀 tuó 【陀螺】(tuó luó)一种儿童玩具,呈圆锥形,用绳绕上然后拉或用鞭抽打,可以在地上旋转。

坨 tuó ❶(～子|～儿)成块或成堆的:泥～子。❷露天盐堆。

沱 tuó 【沱江】长江的支流,在四川省。

驼 tuó ❶骆驼。❷身体向前曲,背脊突起像驼峰:～背。

柁 ㊀tuó 房柁、房架前后两个柱子之间的大横梁。㊁duò 哿韵。

砣(❶△铊) tuó ❶秤锤。❷碾砣,碾子上的碌碡(liù · zhóu)。"铊"又音 tā,歌韵。

鸵 tuó 【鸵鸟】也作"驼鸟"。现在鸟类中最大的鸟,颈长,翅膀小,不能飞,走得很快,生活在沙漠中。毛可做装饰品。

酡 tuó 喝了酒,脸上发红:～颜。

跎 tuó 见第 93 页"蹉"字条"蹉跎"(cuō tuó)。

鼧 tuó 【鼧鼥】(tuó bá)就是"旱獭",俗名"土拨鼠",毛灰黄色,耳短,爪能掘地,毛皮可以做皮衣。

鼍(鼉) tuó 【鼍龙】爬行动物,俗叫"猪婆龙"。是鳄鱼的一种,皮可以蒙鼓。

纥 tuó 量词:素丝五～。

牤 tuó 牛无角。

堶 tuó 飞塼(bǔ)戏。

诧 tuó 言辞不正,欺罔自夸。

鮀 tuó 鱼名:鲨～。【祝鮀】人名。《论语·雍也》:"不有～～之佞。"

挝(撾) ㊀wō 【老挝】国名,在印度支那半岛。㊁zhuā 麻韵。

莴(萵) wō 【莴苣】(wō · jù)一年或二年生草本植物,叶多长形,黄花,分叶用和茎用两种。叶用的叫莴苣菜或生菜,茎用的叫莴笋。

涡(渦) ㊀wō 旋涡(也作"漩涡"),水流旋转形成中间低洼的地方:卷入旋～(喻被牵入纠纷里)。㊁guō 歌韵。

窝(窩) wō ❶(～儿)禽兽或其他动物的巢穴:鸡～|马蜂～|狼～。❷藏匿犯法的人或东西:～贼|～赃|～藏。❸(～儿)洼陷的地方:酒～。❹弄弯,曲折:把铁丝～个圆圈。❺郁积不得发作或发挥:～火|～心。【窝工】因调配不好,工作人员没有充分发挥作用。

倭 wō 古代称日本。

踒 wō (手、脚等)猛折而筋骨受伤:手～着了。

靴(鞾) xuē (～子)有长筒的鞋:马～|皮～|雨～。

麻(❶蔴) má ❶草本植物,种类很多,有大麻、苧麻、苘(qǐng)麻、亚麻等等。茎皮纤维通常也叫麻,可以制绳索,织布。【麻烦】由于事物杂乱,感到费手续、难办:这事真~~。【芝麻】一种草本植物,茎秆略成方形。种子有白的和黑的两种,所榨的油就是平常吃的香油。❷像腿、臂被压后的那种不舒服的感觉:腿~了|手发~|。❸感觉不灵或全部丧失(连~木)。【麻痹】1.身体的一部因为神经系统的病变而发生知觉或运动的障碍。2.失去警惕性:~~大意。【麻醉】1.用药物或针刺使全身或局部暂时失去知觉。2.使人思想认识模糊,不能明辨是非。❹表面粗糙:这张纸一面光一面~。【麻子】(má·zi)1.出天花留下的瘢痕。2.脸上有麻子的人。【麻疹】一种急性传染病,由滤过性病毒引起,儿童容易感染。

痳 má 同"麻❸"。"麻痹"也作"痳痹"。

吗 ㊀má 〈方〉什么。㊁ma 马韵。㊂mǎ 马韵。

妈 mā ❶称呼母亲(叠)。❷对女性长辈的称呼:大~|姑~。

嬷 mā 【嬷嬷】(mó·mo,旧读 mā·ma)1.旧时称奶妈。2.称呼年老的妇女。

蚂 ㊀mā 【蚂螂】(mā·lang)〈方〉蜻蜓。形似蜻蜓而略小。㊁mǎ 马韵。㊂mà 祃韵。

嘛 mā 助词,表示很明显,事理就是如此(有时有提示意):有意见就提~|不会不要紧,边干边学~。【喇嘛】(lǎ mā)蒙藏佛教的僧侣。原义为"上人"。

蟆 má 见第 99 页"蛤"字条"蛤蟆"(há má)。

阿 ㊀ā 加在称呼上的词头:~姨|~大|~王。【阿昌】阿昌族。我国少数民族名。㊁ē 歌韵。

啊 ㊀ā 叹词,表示赞叹或惊异:~,这花多好哇|~,下雪了!㊁á 黠韵。㊂ǎ 马韵。㊃à 祃韵。㊄a 助词,用在句末,常因前面字音不同而发生变音,因而也随之变韵。

锕 ā(原读 ē) 一种放射性元素,符号 Ac。

腌 ㊀ā 【腌臜】(ā·zā)不干净。㊁yān 盐韵。

巴 bā ❶黏结着的东西:锅~。❷〈方〉黏贴,依附在别的东西上:饭~锅了|爬山虎~在墙上。❸贴近:前不~村,后不~店。【巴结】(bā·jie)奉承,谄媚。❹巴望,盼,期望:~不得马上返回战斗岗位。❺古代国名,在四川东部。因此,四川东部别称"巴"。❻(ba)词尾:1.在名词后:尾~。2.在动词后:眨~眼|试~试~。3.在形容词后(叠):干~|干~~。❼量词,压强(单位面积上所受的压力)单位。

芭 bā 【芭蕉】(bā jiāo)多年生草本植物,叶宽大,叶和茎的纤维可编绳索。果实也叫芭蕉,跟香蕉相似。

吧 ㊀bā 象声词:~嗒(dā)|~唧(jī)|~的一声。㊁ba 麻韵。

岜 bā (壮)石山。【岜关岭】地名,在广西壮族自治区扶绥县。

疤 bā ❶疤瘌(bā·la),伤口或疮平复以后留下的痕迹:疮~|好了伤~忘了疼(喻不重视经验教训)。❷器物上像疤的痕迹。

笆 bā 用竹子、柳条等编成的一种东西,用途和席箔差不多:~门|~斗。

粑 bā 饼类食物(叠)。

钯 ㊀bā 一种金属元素,符号 pd。银白色,富延展性,能吸收多量的氢。又可制催化剂。它的合金可制电器仪表等。它可用来提取纯粹的氢气。㊁pá 麻韵,见第101页"耙"字条。

吧 ㊁ba 助词,用在句末,也作"罢":1.表示可以、允许:好~,就这么办~。2.表示推测估量:今天不会下雨~。3.表示命令、请求:快出去~!|还是你去~!4.用于停顿处:说~,不好意思;不说~,问题又不能解决。㊀bā 麻韵。

罢 ㊁ba 同"吧㊁"。㊀bà 祃韵。

羓 bā 腊(xī)属,干肉类。通作"豝"。

豝 bā 牝豕,大猪,通"羓"。《新五代史·四夷附录一》:耶律德光卒,"契丹破其腹，实之以盐，载而北，晋人谓之‘帝羓’焉”。

差 ㊁chā ❶不同，不同之点（连～别|～异）。❷大致还可以：～强人意。❸错误：～错。❹差数，两数相减的余数。㊀chà 祃韵。㊂chāi 佳韵。㊃cī 支韵。

喳 ㊀chā 【喳喳】象声词：打～～（低声说话）。㊁zhā 麻韵。

馇 chā 拌煮猪、狗的食料。

叉 ㊁chá 挡住，堵塞住，互相卡住：车把路口～住了。㊀chā 佳韵。㊂chǎ 马韵。

靫 chá 见第237页“鞴”字条“鞴靫”（bù chá）。盛箭器。

垞 chá 小丘，多用于人名。

茬（△楂） chá ❶（～儿）庄稼收割后余留在地上的短根、茎：麦～儿|豆～儿。❷（～儿）在同一块土地上庄稼种植或收割的次数：换～|头～|二～。❸短而硬的头发、胡子。“楂”又音 zhā，麻韵。

茶 chá ❶茶树，常绿灌木，开白花。嫩叶经过加工，就是茶叶。❷用茶叶沏成的饮料。引某些饮料的名称：面～|杏仁～|奶～。

搽 chá 涂抹：～药|～粉。

嚓 chā 【麻嚓】欲睡眼将合的样子：醉眼～～。

查 ㊀chá 考察（连检～）：～账|～字典。㊁zhā 麻韵。

嵖 chá 【嵖岈山】（chá yá shān）在河南省遂平县。

碴 chá ❶（～儿）小碎块：冰～儿|玻璃～儿。❷（～儿）东西上的破口：碗上还有个破～儿。❸皮肉被碎片碰破：手让碎玻璃～破了。

槎 chá ❶木筏：乘～|浮～。❷同“茬”。

车（車） ㊀chē ❶陆地上有轮子的交通工具：火～|马～|轿～。❷用轮轴来转动的器具：纺～|水～|滑～。引指机器：开～|试～。【车间】工厂里在生产过程中能独立完成一个工作阶段的单位：翻砂～～|加工～～|装配～～。❸用旋床旋东西：～圆|～光。❹用水车打水：～水。㊁jū 鱼韵。

砗 chē 【砗磲】（chē qú）一种软体动物，比蛤蜊大，生活在热带海洋中。壳略呈三角形，甚厚，可作装饰品。

哆 chē 张口。

爹 ㊀diē ❶父亲（叠）。❷对老人或长者的尊称：老～。㊁diē 帮韵。

咖 ㊀gā 【咖喱】（gā lí）（外）用胡椒、姜黄等做的调味品。㊁kā 麻韵。

瓜 guā 蔓生植物，叶掌状，花大半是黄色，果实可吃，种类很多，有西瓜、南瓜、冬瓜、黄瓜等。【瓜分】像切瓜一样地分割。【瓜葛】喻亲友关系或相牵连的关系。

呱 ㊀guā 【呱哒】【呱嗒】（guā·dā）象声词。【呱哒板儿】【呱嗒板儿】1.唱莲花落等打拍子用的器具。2.木拖鞋。【呱呱】象声词。形容鸭子、青蛙等的响亮叫声。转形容好：～～叫|顶～～。㊁gū 虞韵。㊂guǎ 马韵。

胍 guā 有机化合物，分子式 CH_5N_3，无色结晶体，易潮解。是制药工业上的重要原料。

䯄（緺） guā 古代青紫色的绶带。

䯄（騧） guā 黑嘴的黄马。

哈（❷蝦） ㊀hā ❶张口呼气。【哈哈】笑声。❷哈腰，稍微弯腰，旧时表示礼貌。【哈喇】1.含油的食物日子久了起了变化的味道。2.杀死（元曲多用）。【哈尼】哈尼族，我国少数民族名。【哈萨克】1.我国少数民族名。2.哈萨克斯坦共和国，国名。㊁hǎ 马韵。㊂hà 洽韵。

蛤（蝦） ㊁há 【蛤蟆】（há·ma）青蛙和癞蛤蟆的统称。㊀gé 合韵。“蝦”又音 xiā，麻韵，见第102页“虾”字条。

华（華） ㊂huā 〈古〉同“花”。㊀huá 麻韵。㊁huà 祃韵。

哗(嘩) ㊁huā 象声词:水～～地流。㊀huá 麻韵。

花(❼△化) huā ❶(～儿)种子植物的有性生殖器官,有各种的形状和颜色,一般花谢后结成果实。[引]供观赏的植物。❷(～儿)样子或形状像花的:雪～儿|浪～|火～儿|葱～儿|印～。【天花】一种急性传染病,病原体是病毒,又叫"痘"或"痘疮",也省称"花"。结痂后留下的疤痕就是麻子。【挂花】战士在战斗中受了伤。❸错杂的颜色或花样:～布|头发～白|～边|那只猫是～的。【花哨】(huā·shao)颜色鲜艳,花样多,变化多:这块布真～～。❹混杂的,不单纯的:粗粮细粮～搭着吃。【花甲】天干地支配合用来纪年。从甲子起,六十年成一周,因称六十岁为花甲。❺虚伪的,用来迷惑人的:要～招|～言巧语。❻模糊不清:～眼|眼～了。❼用掉:～钱|～一年工夫。【花销】(huā xiāo)费用。"化"又音 huà,祃韵。

划(❶劃) ㊀huá ❶用刀或其他东西把别的东西分开或从上面擦过:把这个瓜用刀～开|～了一道口子|～火柴。❷用桨拨水使船行动:～船。【划子】(huá·zi)用桨拨水行驶的小船。❸合算,按利益情况计较相宜不相宜:～不来。㊁huà 陌韵。㊂huai 卦韵。

华(華) ㊀huá ❶美丽有光彩的([连]～丽):～灯|光～。❷敬辞:～诞(生日)|～函(书信)。❸指中华民族或中国:～夏|～侨|～北。㊁huà 祃韵。㊂huā 麻韵。

哗(嘩、譁) ㊀huá 人多声杂,乱吵([连]喧～):全体大～|～众取宠(在群众面前夸耀自己,骗取群众称赞)。㊁huā 麻韵。

骅(驊) huá 【骅骝】(huá liú)古代称赤色的骏马。

铧(鏵) huá 【犁铧】安装在犁上用来破土的铁片。

桦(樺) huá 【白桦树】做落叶乔木,树皮白色,容易剥离,木材致密,可做器具。

䴸(鷨) huá 山雉名。一名击谷,一名桑鸠。

蝆(蠸) huá 大蛇啖小蛇,但张口小蛇自入。

醡(醾) huá 【醇醡】酒名。

崋(嶪) huá 【峷崋】山名。

恽(憮) huá 心侈。

秤(稞) huá 禾苗旺盛。

加 jiā ❶增多,几种事物并起来([连]增～):～价|三个数相～|增～工资。【加工】把原料制成成品或使粗制物品精良。【加油儿】[喻]努力,加劲儿。❷施以某种动作:特～注意|不～思索|～以保护。❸把本来没有的添上去:～引号。

伽 ㊀jiā 【伽倻】(jiā yē)伽倻琴,朝鲜乐器名。【伽利略】意大利天文学、物理学家。㊁qié 歌韵。

茄 ㊀jiā 〈古〉荷茎。【雪茄】(外)一种较粗较长用烟叶卷成的卷烟。㊁qié 歌韵。

迦 jiā 译音用字。

珈 jiā 古代妇女的一种首饰。

枷 jiā 旧时套在脖子上的刑具。【枷锁】[喻]束缚:砸碎帝国主义套在被压迫人民头上的～～。

痂 jiā 伤口或疮口血液、淋巴液等凝结成的东西。

耞 jiā 见第 74 页"连"字条"连枷"(lián jiā)。

笳 jiā 【胡笳】我国古代北方民族的一种乐器,类似笛子。

袈 jiā 【袈裟】(jiā shā)和尚披在外面的一种法衣。

跏 jiā 【跏趺】(jiā fū)佛教徒的一种坐法。

嘉 jiā ❶美好:～宾。❷赞美:～许|精神可～。

家 ㊀jiā ❶家庭，人家：勤俭持～|张～有五口人。旧时谦辞，指亲属中比自己年纪大或辈分高的：～兄|～父。【家伙】（傢伙）（jiā·huo）1.一般的用具，工具。2.指武器。3.指牲畜或人（轻视或玩笑）。【家常】家庭日常生活：～～便饭|叙～～。【家畜】由人喂养的禽兽，如马、牛、羊、鸡、猪等。❷家庭的住所：回～|这儿就是我的～。❸旧指经营某种行业或有某种身份的人家：农～|酒～。❹掌握某种专门学识或有丰富实践经验以及从事某种专门活动的人：科学～|水稻专～|政治～。❺（jia）词尾，指一类的人（多按年龄或性别分）：姑娘～|孩子～。❻量词：一～人家|两～饭馆。㊁jie 祃韵。㊂gū 虞韵。

傢 jiā “家”字的异体，见第100页“家”字条“家伙”。

镓 jiā 一种金属元素，符号Ga，银白色晶体。质地柔软，可制合金。

葭 jiā 初生的芦苇。【葭莩】（jiā fú）苇子里的薄膜。[喻]关系疏远的亲戚。

豭 jiā 公猪。

麚 jiā 俗作“麍”，牡鹿。

幏 jiā 古代蛮夷赍布。

鴐（鸡） jiā 【鸡鹅】仓鸡雁。

蕸（葭） jiā 荷叶。荷、芙蕖的花、叶的茎都叫做茄，其叶叫做蕸。“蕸”字或作“葭”。

耞 jiā 耕，用犁松土而耕作。

瘕 jiā ❶女病，子门闭塞，气不能通：女子带下～聚|石～生于胞中。❷男子积血病也叫做瘕。

咖 ㊀kā 【咖啡】（kā fēi）（外）常绿灌木或小乔木，产在热带，花白色，果实红色，种子可制饮料。也指这种饮料。㊁gā 麻韵。

齁 kā 犬齧（niè）。

㛙 kā 【娅㛙】（yā kā）女做姿态。

㤉（愘） kā 【㤉㤉】（qiāo kā）伏态。

夸（誇） kuā ❶说大话：～口|不要～大成就|～～其谈。【夸张】说得不切实际，说得过火。❷夸奖，用话奖励，赞扬：人人都～他进步快。

侉（咵） ㊀kuā ❶同“夸”，当大讲。❷言戾乖舛。㊁kuǎ 麻韵。

姱 kuā 好。【信姱】实好，奢大，美貌。

荂 kuā 荂荣之貌。【皇荂】古歌曲名。

咩（哔） miē 羊叫的声音。

乜 ㊀miē 【乜斜】（miē·xie）1.眼睛因困倦而眯成一条缝：～～睡眼。2.眼睛略眯而斜着看，多指不满意或看不起的神情。㊁niě 马韵。㊂miě 马韵。

拿（拏） ná ❶用手取，握在手里：～笔|～枪|～张纸来|～着镰刀割麦子。❷掌握，把握：～主意|做好做不好，我可～不稳。【拿手】擅长，特长：～～好戏|做这样的事，他很～～。❸拿捏，挟（xiē）制：这样的事～不住人。❹侵蚀，侵害：这块木头让药水～白了。❺逮捕，捉（[连]捉～）：～获|猫～老鼠。❻把：我～你当同志看待。❼用：～这笔钱做身制服。

镎 ná 一种放射性元素，符号Np。

笯 ㊀ná 鸟笼。㊁nú 虞韵。

拏 ná 草，似芹可食，子大如麦，两两相合，有毛，俗名“鬼麦”。【藸拏】草名，亦作“藸蒘”。

趴 pā ❶肚子向下卧倒：～下放枪。❷身体向前靠在东西上：～在桌子上写字。

啪 pā 象声词。

葩 pā 花。

扒 ㊁pá ❶用耙搂，聚拢：～草|～土。❷搔，抓：～痒。❸燉烂，煨烂：～猪头。

㊁bā 麻韵。

蚆 pā 贝。

舥 pā 脚船，也称为“浮梁”。

耙（△钯）㊀pá （～子）聚拢谷物或平土地的用具。㊁bā 麻韵。

琶 pá 见第 16 页“琵”字条“琵琶”（pí pá）。

杷 pá 见第 15 页“枇”字条“枇杷”（pí pá）。

爬 pá ❶手和脚一齐着地走路，虫类行走：小孩子学～｜不要吃苍蝇～过的东西。【爬虫】爬行动物的旧称，行走时多用腹面贴地，如龟、鳖、蛇等。❷攀登：～山｜～树｜猴子～竿。

筢 pá 【筢子】搂柴草用的竹制器具。

潖 pá 【潖江口】地名，在广东省清远县。

掱 pá 【掱手】从别人身上窃取财物的小偷儿。也作“扒手”。

挼 ㊀ruá 皱缩：那张纸～了。㊁ruó 歌韵。

仨 sā 三个（本字后面不能再用“个”字或其他的量词）：他们哥儿～。

挲（抄）㊀sā 【摩挲】（mā·sā）用手轻轻按着一下一下地移动。㊁suō 歌韵。㊂shā 麻韵。

杉 ㊀shā 义同“杉㊁”，用于杉木、杉篙等。㊁shān 咸韵。

沙 ㊀shā ❶（～子）非常细碎的石粒：～土｜～滩。❷像沙子的：～糖｜豆～｜～瓤西瓜。❸声音不清脆、不响亮：～哑。㊁shà 祃韵。

莎 ㊀shā 多用于人名、地名。【莎车县】在新疆维吾尔自治区。㊁suō 歌韵。

痧 shā 中医病名，指霍乱、中暑、肠炎等急性病。

裟 shā 见第 100 页“袈”字条“袈裟”（jiā shā）。

鲨 shā 【鲨鱼】也作“沙鱼”，又叫“鲛”，生活在海洋中，种类很多，性凶猛，捕食其他鱼类。鳍叫鱼翅，是珍贵的食品。肝可制鱼肝油，皮可以制革。

纱 shā ❶用棉花、麻等纺成的细缕，用它可以捻成线或织成布。❷经纬线稀疏或有小孔的织品：羽～｜窗～。[引]像纱布的：铁～。

砂 shā 同“沙❶❷”：～石｜～糖｜～布。

挲（抄）㊂shā 见第 104 页“挓”字条“挓挲”（zhā·shā）。㊁suō 歌韵。㊀sā 麻韵。

畲 shē 同“畲”，多用于地名。

奢 shē ❶挥霍财物，过分享受（[连]～侈）：～华｜～侈品。❷过分的：～望。

赊 shē 买卖货物时延期付款或收款：～账｜～购。

畲 shē 【畲族】我国少数民族名。

畬 ㊀shē 焚烧田地里的草木，用草木灰作肥料耕种。㊁yú 鱼韵。

铊 shē 矛（古兵器名）。

铊 ㊀shé 短矛。㊁tā 歌韵。㊂tuó 歌韵。

佘 shé 姓。

蛇（虵）㊀shé 爬行动物，俗叫“长虫”，身体细长，有鳞，没有四肢，种类很多，有的有毒，捕食蛙等小动物。㊁yí 支韵。

阇 ㊀shé 城门台。【阇黎】高僧，泛指僧。【阇维】僧死。㊁dū 虞韵。

窊 wā 窊下，不满的样子。【窊隆】高下貌。

哇 ㊀wā 吐，小儿声，谄笑声。㊁wā 佳韵。

虾（蝦）xiā 节肢动物，身上有壳，腹部有很多环节。生活在水里，种类很多，可以吃。“蝦”又音 há，麻韵，见第 99 页“蛤”字条。

碬 xiā 砺石。【碣碬】高下。

谺 xiā 【谽谺】（hán xiā）1. 涧谷。2. 形容谷中大空的样子。

煆 xiā 火气猛烈。

遐 xiá ❶远：～迩（远近）|～方。❷长久：～龄。

瑕 xiá 玉上面的斑点。[喻]缺点（[连]～疵）：～瑜互见。

暇 xiá 空闲，没有事的时候：得～|无～|自顾不～（自己顾自己都顾不过来）。

霞 xiá 因受日光斜照而呈现红、橙、黄等颜色的云：朝～|晚～。

些 xiē ❶量词，表示不定的数量：有～工人|炉子里要添～煤|看～书|长～见识。❷跟“好”、“这么”连用表示很多：好～人|这么～天|制造出这么～个机器。❸用在形容词后表示比较的程度：病轻～了|学习认真～，了解就深刻～。【些微】略微。

邪 ㊀xié ❶不正当：歪风～气|改～归正|[引]奇怪，不正常：～门|一股～劲。❷中医指引起疾病的因素及病理的损害：风～|寒～。㊁yé 麻韵。

衺 xié 不正。同“邪”。

斜 xié 不正，跟平面或直线既不平行也不垂直的：～坡|纸裁～了|～对过。

携（擕、攜） ㊀xié 带（[连]～带）：～眷|～带武器。【携手】手拉着手。[喻]合作。㊁xī 齐韵。

丫（❶椏、❶桠、❶枒） yā ❶分杈的：～杈|树～巴。❷【丫头】（yā · tou）【丫鬟】（yā · huan）1. 女孩子。2. 旧社会受剥削阶级役使的女孩子。3.【髻丫】（jī yā）两髻（梳在头上的发结）。梳两个发结的就是丫鬟。

呀 ㊀yā ❶叹词，表示惊疑：～，这怎么办！❷象声词：门～的一声开了。㊁ya 麻韵。

鸦（鴉） yā 【乌鸦】鸟名，种类很多，身体黑色，嘴大，翼长：～雀无声（[喻]寂静）。【鸦片】俗称“大烟”，由罂粟的果实提制出来的一种毒品，内含吗啡等，能安痛安眠，医药上可作麻醉药。久用成瘾，危害很大。

哑（啞） ㊀yā 见第19页“咿”字条“咿哑”（yī yā）。㊁yǎ 马韵。

牙 yá ❶牙齿。❷（～子）像牙齿形状的东西：抽屉～子。❸旧社会介绍买卖从中取利的人（[连]～侩）：～行（háng）。

齖（齖） yá 【齇齖】（zhā yá）牙不正。【聱齖】（áo yá）与世乖忤。

伢 yá 〈方〉（～儿|～子）小孩子。

芽 yá ❶（～儿）植物的幼体，可以发育成茎、叶或花的那一部分：豆～儿|麦子发～儿了|～茶。【萌芽】[喻]事情的开端。❷像芽的东西：肉～|银～（银矿苗）。

岈 yá 见第99页“嵖”字条“嵖岈山”（chá yá shān）。

𫓧 yá 化学元素，镓的旧称。旧读 yé。【镆𫓧】（mò yé）古宝剑名，同“莫邪”。

蚜 yá 【蚜虫】俗叫“腻虫”，能分泌一种甜液，所以又叫“蜜虫”。多为绿色，也有棕色带紫红色的。生在豆类、棉花、菜类、稻、麦等的幼苗上，吸食嫩芽的汁液，害处很大。

涯 yá 水边。[引]边际，极限：天～海角|一望无～。

衙 yá 【衙门】旧时指官署：官～。

呀 ㊁ya 助词，“啊”受前一字韵母 a、e、i、o、ü 收音的影响而发生的变音：大家快来～！|你怎么不学一学～？|这个瓜～，甜得很！

耶 ㊀yē 用于译音，如耶路撒冷。㊁yé 麻韵。

倻 yē 见第100页“伽”字条“伽倻”（jiā yē）。

椰 yē 椰子树，常绿乔木，产在热带，树干很高，果实叫椰子，中有汁，可做饮料。果肉可以吃，也可榨油，果皮纤维可结网。树干可做建筑材料。【枣椰】也叫“海枣”，常绿乔木，果实叫“椰枣”，味甜。产于伊拉克等地。

邪（❶铘） ㊁yé ❶见第347页“莫”字条“莫邪”。❷〈古〉同疑问词“耶”。㊀xié 麻韵。

琊 yé ❶【琅琊】（láng yé）即琅邪，山名，在山东诸城县东南一百五十里，秦置琅邪郡以此取名。❷【琅琊台】在渤海间，有山嶕峣特起，状如高台，此即琅琊台。

耶 ㊀yé 〈古〉疑问词,吗,呢:是～非～?❷同“爷”。㊁yē 麻韵。

揶 yé 【揶揄】(yé yú)耍笑,嘲弄。

爷(爺) yé ❶父亲:～娘。❷祖父(叠):～～奶奶。❸对长辈或年长男子的敬称:张大～。❹旧时对官僚、财主等的称呼:老～|少～。❺迷信的人对神的称呼:土地～|财神～。

咱 ㊀zá 同“咱㊁”。【咱家】我(含有自高自大的口气)。㊁zán 感韵。

臜 za 【腌臜】(ā・zā)不干净。

吒 ㊀zhā 用于神话中人名。㊁zhà 祃韵,见第286页“咤(吒)”字条。

挓 zhā 【挓挲】(挓抄)(zhā・shā)张开:～～着手。

查(査) ㊁zhā ❶姓。❷同“楂”。㊀chá 麻韵。

摣(摣、叡) zhā ❶用手指撮东西。❷把手指伸张开。

喳 ㊀zhā 【喳喳】象声词:喜鹊～～叫。㊁chā 麻韵。

猹 zhā 獾类野兽,喜欢吃瓜。

渣 zhā (～子|～儿)提出精华或汁液后剩的东西(连～滓):豆腐～。引碎屑:干粮～儿。

齇(皻) zhā 鼻子上长的红色小疮,就是“酒糟鼻”上的红斑。

楂(樝) ㊀zhā 【山楂】落叶乔木,开白花,果实也叫山楂,红色有白点,味酸,可以吃,可入药。也作“山查”。㊁chá 麻韵,见第99页“茬”字条。

奓 ㊁zhā 【奓山】地名,在湖北省汉阳县。㊀zhà 祃韵。

樝 zhā 【樝果】似梨,但肉粗而味酸。

齟 zhā 【齟齬】(zhā yǔ)齿不正。

皻(皻) zhā 红稻。

蒩(蘆) zhā 楚葵。

瘥 zhā 疮痕。

郰 zhā 【郰阳亭】亭名,在陕西省郃(hé)阳县。

涾 zhā 棠枣汁。

遮 zhē 掩盖,掩蔽,挡:乌云～不住太阳的光辉|～挡不住。

抓 zhuā ❶用指或爪挠:～耳挠腮。❷用手或爪拿取:老鹰～小鸡|～一把米。引1.捉捕:～贼。2.把握住,不放过:～工夫|～紧时间。❸特别注意,加强领导:～农业|～工作|～重点。

挝(撾) ㊀zhuā 打,敲打。㊁wō 歌韵。

髽 zhuā 【髽髻】(zhuā・ji)【髽鬏】(zhuā・jiu)女孩子梳在头两旁的发结。

阳（陽） yáng ❶明亮。❷跟"阴"相对：1.阳性，男性的。2.太阳：～历|～光。3.带正电的：～电|～极。4.山的南面，水的北面（多用于地名）：衡～（县名，在湖南省衡山之南）|洛～（市名，在河南省洛河之北）。5.外露的，明显的：～沟|～奉阴违。6.凸出的：～文图章。7.关于活人的（迷信）：～间。❸男性生殖器。

扬（揚、敭、❷飏） yáng ❶高举，向上：～帆|～手|趾高气～（骄傲的样子）。【扬汤止沸】比喻办法不彻底。【扬弃】事物在发展过程中，一面把积极因素提升到更高阶段，一面把消极因素抛弃。【扬扬】得意的样子。❷在空中飘动：飘～|飞～。❸向上播散：～场。引 1.传布（连宣～）：～名。2.宣说：赞～|颂～。【扬长而去】大模大样地离去。

玚（瑒） yáng 古时祭祀用的一种圭。

杨（楊） yáng 【杨树】落叶乔木，有白杨、大叶杨、小叶杨等多种，木材可做器物。

旸（暘） yáng ❶太阳出来。❷晴天。

炀（煬） yáng ❶熔化金属。❷火旺。

钖（鍚） yáng 古代马额上的一种装饰。

疡（瘍） yáng ❶疮。❷溃烂：胃溃～。

羊 yáng 家畜名，有山羊、绵羊等。毛、皮、骨、角都可作工业上的原料，肉和乳供食用。〈古〉又同"祥"（xiáng）。

佯 yáng 假装：～攻|～作不知。古也作"阳"。

垟 yáng 〈方〉田地，多用于地名：翁～|上家～（都在浙江省）。

徉（△佯） yáng 见第106页"徜"字条"徜徉"（cháng yáng）。

洋 yáng ❶比海更大的水域：海～|太平～。❷广大，多（叠）：～溢|～～大观。❸外国的：～为中用。❹现代化的：土～结合。❺洋钱，银元。

烊 ㊀yáng 熔化金属。引〈方〉溶化：糖～了。㊁yàng 漾韵。

蛘 yáng 〈方〉生在米里的一种小黑甲虫。

央 yāng ❶中央，中心：水中～。❷恳求（连～求）：只好～人去找|～告了半天，他还是不去。❸尽，完了：夜未～。

泱 yāng 深广，弘大（叠）：河水～～|～～大国。

殃 yāng ❶祸害（连～）：遭～|城门失火，～及池鱼（喻牵连受害）。❷损害：祸国～民。

秧 yāng ❶（～儿）植物的幼苗：树～儿|茄子～。特指稻苗：插～。【秧歌】我国民间歌舞的一种。❷某些植物的茎：瓜～|豆～。❸（～子）某些初生的小动物：鱼～子|猪～子。❹栽植，畜养：～几棵树|他～了一池鱼。

鸯 yāng 见第59页"鸳"字条"鸳鸯"（yuān yāng）。

鞅 ㊀yāng 古代用马拉车时套在马颈上的皮子。㊁yàng 养韵。

肮（骯） āng 【肮脏】（骯髒）（āng·zāng）不干净。

昂 áng ❶仰，高抬：～首。❷高、贵：价～。❸情绪高（叠）：慷慨激～|气～～。

浜 bāng 〈方〉小河沟。

傍 ㊁bāng ❶靠：依山～水。❷临近（多指时间）：～亮|～晚。㊀bàng 漾韵。

仓（倉） cāng 收藏谷物的建筑物：米～|谷～。【仓库】储藏东西的房子。【仓猝】【仓促】（cāng cù）匆忙。

伧（傖） ㊀cāng 古代讥人粗俗、鄙贱：～俗。㊁chen 庚韵。㊂chéng 庚韵。

苍（蒼） cāng 颜色：1.青色：～天。2.草色，深绿色：～松。3.灰白：面色～白|两鬓～～。【苍老】1.容貌、声音老。2.书画笔力老练。

沧（滄） cāng ❶暗绿色（指水）：～海。❷寒，冷。

鸧（鶬） cāng 【鸧鹒】（cāng gēng）黄鹂。也作"仓庚"。

舱(艙) cāng 船或飞机的内部:货～|客～|底～。

玱 ㊀cāng 玉色。㊁qiāng 阳韵。

藏 ㊀cáng ❶隐蔽:埋～|他～在树后头。❷收存:～书处|储～室|把这些东西收～起来。㊁zāng 阳韵。㊂zàng 漾韵。

伥(倀) chāng 古时迷信传说被老虎咬死的人变成鬼又助虎伤人:为虎作～(喻帮恶人作恶)。

昌 chāng 兴盛:社会主义祖国繁荣～盛。

菖 chāng 【菖蒲】多年生草本植物,生在水边,地下有根茎,花穗像棍棒。根茎可作香料,也可入药。

阊 chāng 【阊阖】(chāng hé)1. 传说中的天门。2. 宫门。【阊门】苏州城门名。

猖 chāng 【猖狂】狂妄而放肆:打退了敌人的～～进攻。【猖獗】(chāng jué)放肆地横行,闹得很凶:～～一时。

娼 chāng 妓女。

鲳 chāng 【鲳鱼】身体短,没有腹鳍,背部青白色。肉细腻鲜美。也叫镜鱼、平鱼。

倡 ㊀chāng 【倡优】(chāng yōu)女乐名。㊁chàng 漾韵。

长(長) ㊀cháng ❶长度,两端的距离:这块布三尺～|那张桌子～三尺,宽二尺。❷长度大,跟"短"相反:1. 指空间:这条路很～|～篇大论。2. 指时间:天～夜短|～远利益。【长短】1. 长度。2. 意外的变故:万一有什么～～。❸长处,专精的技能、优点:特～|各有所～。❹对某事做得特别好:他～于写作。㊁zhǎng 养韵。

苌(萇) cháng 姓。

场(場、塲) ㊀cháng ❶平坦的空地,多半用来打庄稼:打～|～院里堆满了粮食。❷量词,常指一件事情的经过:经过一～激烈斗争|下了一～大雨。㊁chǎng 养韵。

肠(腸) cháng (～子)内脏之一,呈长管形,是消化和吸收的主要器官,分大肠、小肠等部:断～(喻非常悲痛)|牵～挂肚(喻挂念)。

尝(嘗、❶嚐) cháng ❶辨别滋味:～咸淡。[喻]经历:备～艰苦。【尝试】试,试验:～～一下。❷曾经:未～。

偿(償) cháng ❶归还,补还([连]赔～):赔～损失|得不～失。❷满足:如愿以～。

鲿(鱨) cháng 【毛鲿鱼】侧扁,体长一米余,头中大,眼小,产在海中。也叫"大鱼"。

徜(△倘) ㊀cháng 【徜徉】(倘佯)(cháng yáng)自由自在地来回地走:～～湖畔。㊁tǎng 养韵。

裳 ㊀cháng 遮蔽下体的衣裙。㊁shang 阳韵。

常 cháng ❶长久:～绿树|冬夏～青。❷经常,时时(叠):～和工人一起劳动。❸平常,普通的,一般的:～识|～态|习以为～|反～。

嫦 cháng 【嫦娥】神话中月宫里的仙女。

创(創) ㊀chuāng 伤([连]～伤):刀～|予以重～。㊁chuàng 漾韵。

疮(瘡) chuāng 皮肤上肿烂溃疡的病。

床(牀) chuáng ❶床铺。❷像床的东西:车～|河～(河身)|琴～。

当(當、❼噹、❼璫) ㊀dāng ❶充,担任:开会～主席|人民～了主人。[引]承担:担～。【当选】选举时被选上:他～～为人民代表。❷掌管,主持:～家|～权|～局。❸正在那时候或那地方:～学习的时候,不要做别的事|～街|～院|～中|～面(面对面)|～初。【当年】从前:想～～我离家的时候,这里还没有火车。【当即】立刻:～～散会。【当前】目前,眼下,现阶段:～～任务。【当下】马上,立刻:～～就去。❹相当,相称(chèn),相配:旗鼓相～。❺应当,应该:～办就办|不～问的不问。❻顶端,头:瓜～(瓜蒂)|瓦～(屋檐顶端的盖瓦头,俗叫"猫头")。❼象声词,撞击金属器物的声音:～的一声

|小锣敲得～～响。【当啷】(dāng lāng)象声词，摇铃或其他金属器物撞击的声音：～～～～，上课铃响了。【丁当】(丁噹|丁璫)见第123页“丁”字条“丁当”。【当心】留心，加小心。㊁dàng 漾韵。

珰(璫) dāng ❶妇女戴在耳垂上的装饰品。❷汉代武职宦官帽子上的装饰品。后来借指宦官。

铛(鐺) ㊀dāng 【锒铛】(láng dāng)铁锁链。因琅铛以铁为之，连牵而重，故俗以“困重不举”为琅铛。㊁chēng 庚韵。

裆(襠) dāng 裤裆，两裤腿相连的地方：横～|直～|开～裤。[引]两腿相连的地方。

筜(簹) dāng 【篔筜】(yún dāng)竹名，节长一丈，生水边长数丈，围一尺五六寸。

艡(艡) dāng 【舦艡】(dǐ dāng)船名，水战船。

方 fāng ❶四个角全是九十度的四边形或六个面全是方形的六面体：正～|长～|见～(长宽或长宽厚相等)|平～尺(长宽各一尺)|立～尺(长宽厚各一尺)。[引]乘方，一个数目自乘若干次的积数：平～(自乘两次，即本数×本数)|立～(自乘三次，即本数×本数×本数)。【方寸】[喻]心：～～已乱。【方圆】周围：这个城～～有四五十里。❷正直：～正。❸一边或一面：对～|前～|四～|四面八～。[引]一个区域的，一个地带的：～言|～志。【方向】1.东、西、南、北的区分：航行的～～。2.目标：做事情要认清～～。❹方法，法子：教导有～|千～百计。[引](～子|～儿)药方，配药的单子：偏～|秘～|开～子。【方式】说话、做事所采取的方法和形式。❺才：书到用时～恨少。❻量词：1.指平方米(用于墙、地板)。2.指立方米(用于土、沙、石、木材)。

邡 fāng 【什邡】县名，在四川省。

坊 ㊀fāng ❶里巷，多用于街巷的名称。[引]街市，市中店铺：～间。❷牌坊，旧时封建统治阶级为标榜“功德”、宣扬封建礼教而建造的建筑物：忠孝牌～。㊁fáng 阳韵。

芳 fāng 芳香，花草的香味。[喻]美好的德行或声名：流～百世。

妨 ㊀fāng 妨(fáng)害，迷信的人指某人或某物对人不利：～主|～家。㊁fáng 阳韵。

枋 fāng 方柱形木材。【枋子】棺材。

钫 fāng ❶一种放射性元素，符号Fr。❷古代一种酒壶，方口。

防 fáng ❶防备，戒备：～御|预～|军民联～|冷不～。【国防】为了保卫国家的领土、主权而部署的一切防务：～～军|～～要地。❷堤，挡水的建筑物。

坊 ㊁fáng 作(zuō)坊，某些小手工业的工作场所：染～|油～|粉～|磨～。㊀fāng 阳韵。

妨 ㊁fáng 妨害，阻碍([连]～碍)：这样做倒也无～|开会太多反而～害生产。【不妨】没有什么不可以：～～试试。【何妨】用反问语气表示“不妨”：你～～去看看。㊀fāng阳韵。

肪 fáng 厚的脂膏，特指动物腰部肥厚的油。([连]脂～)。

鲂 fáng 【鲂鱼】跟鳊鱼相似，银灰色，腹部隆起。

蚄 fáng 【虸蚄】(zǐ fáng)吃庄稼的害虫。

房 fáng ❶(～子)住人或放东西的建筑物([连]～屋)：楼～|瓦～|库～。❷形状像房间的：蜂～|莲～|心～。❸旧称家族的一支：大～|长(zhǎng)～。

冈(岡) gāng 山脊，也作“岗”：山～|景阳～|井～山。

刚(剛) gāng ❶坚强，跟“柔”相反([连]～强)：性情～正。❷正好，恰巧(叠)：～合适|～好一杯。❸才，刚才：～来就走|～说了一句话。

纲(綱) gāng ❶提网的总绳。[引]事物的关键部分：路线是个～|～举目张|大～|～目|～领。❷从唐朝起，转运大批货物所行的办法，把货物分批运行，每批的车辆、船只计数编号，叫做“一纲”：盐～|

茶～|花石～。

杩(棡) gāng 【青杩】又叫"槲栎"(hú lì),落叶乔木,叶椭圆形,木质坚实,供建筑用。

钢(鋼) ㊀gāng 经过精炼,不含磷、硫等杂质的铁,比熟铁更坚硬、更富于弹性,是工业上极重要的原料。【钢铁】喻 坚强,坚定不移:～～的意志。【钢精】【钢种】商业上指制造日用器具的铝。㊁gàng 绛韵。

扛(掆、摃) ㊁gāng ❶两手举东西:～鼎。❷〈方〉抬东西。㊀káng 江韵。

罡 gāng 【天罡星】就是北斗星。

堽 gāng 【堽城屯】地名,在山东省宁阳县。

㭎(堈) gāng ❶瓮。❷【大㭎路】地名,秦始皇东巡之驰道。位于今浙江省海盐县南。

光 guāng ❶能引起视觉感应的电磁波,如灯光、阳光等,此外还有看不见的电磁波,如红外线、激光等。【光明】亮。喻 襟怀坦白,没有私心。❷光荣,荣誉:为国增～|～荣之家。敬辞:～临|～顾。❸景物:春～|风～|观～。【光景】1. 同"光❸"。2. 生活的情况:～～一年好似一年。❹光滑,平滑:磨～|～溜。❺完了,一点不剩:把敌人消灭～。❻露着:～头|～膀子。❼单、只:大家都走了,～剩下他一个人了。

洸 guāng 见第 142 页"洽"字条"洽洸"(hán guāng)。

桄 ㊀guāng 【桄榔】(guāng láng)常绿乔木,大型羽状叶,生于茎顶。花序的汁可制糖,茎髓可制淀粉,叶柄的纤维可制绳。㊁guàng 漾韵。

胱 guāng 见第 111 页"膀"字条"膀胱"(páng guāng)。

夯(硃) ㊀hāng ❶砸地基的工具。❷用夯砸:～地。㊁hǎng 养韵。㊂bèn 阮韵。

行 ㊀háng ❶行列,排:单～|双～。❷职业:咱们是同～。【行家】精通某种事务的人。❸商店:车～|电料～。【行市】(háng·shi)市场上商品的一般价格。❹兄弟姊妹长幼的次第:排～|您～儿?我～三。㊁xíng 庚韵。

绗 ㊀háng 做棉衣、棉褥等,粗粗缝,使布和棉花连在一起。㊁xìng 敬韵。

吭 ㊀háng 喉咙,嗓子:引～(拉长了嗓音)高歌。㊁kēng 庚韵。

迒 háng ❶野兽、车辆经过的痕迹。❷道路。

杭 háng ❶渡。❷姓。❸杭州,市名,在浙江省。

颃 háng 见第 333 页"颉"字条"颉颃"(xié háng)。

航 háng 行船:～海。引 飞机等在空中飞行:～空。

肓 huāng 【膏肓】我国古代医学把心尖脂肪叫膏,心脏和膈膜之间叫肓,认为膏肓之间是药力达不到的地方:病入～～(指病重到无法医治)。

荒 huāng ❶庄稼没有收成或严重歉收:备～。引 严重缺乏:煤～|房～。❷长满野草或无人耕种(连 ～芜):～地|垦～|开～。引 1. 废弃:～废。2. 冷落,偏僻:～村|～郊。【荒疏】久未练习而生疏:学的功课还没～～。❸不实在的,不正确的:～谬|～诞。【荒唐】1. 浮夸,不实:这话真～～。2. 行为放荡。

塃 huāng 〈方〉开采出来的矿石。

慌 huāng ❶慌张,急忙,忙乱(连 ～忙):他做事太～|～里～张。❷恐惧、不安:心里发～|惊～。❸表示难忍受:累得～|闷得～。

皇 huáng ❶君主(连 ～帝)。❷大(叠):～～巨著。❸〈古〉同"遑"。❹〈古〉同"惶"。

凰 huáng ❶见第 222 页"凤"字条"凤凰"(fèng huáng)。❷传说中指雌凤。

隍 huáng 没有水的城壕。

喤 huáng 象声词(叠)。1. 钟鼓声。2. 小儿啼哭声。

徨 huáng 见第111页“彷”字条“彷徨”（páng huáng）。

惶 huáng 恐惧（连～恐）：人心～～|～恐不安。

湟 huáng 【湟水】水名，在青海省。

遑 huáng ❶闲暇：不～（没有工夫）。❷匆忙（叠）。

煌 huáng 光明（叠）：星火～～|灯火辉～。

锽 huáng 形容钟鼓声（叠）。

蝗 huáng 【蝗虫】一种吃庄稼的害虫，常常成群飞翔。又叫“蚂蚱”（mà·zha）。

篁 huáng 竹林。泛指竹子。

艎 huáng 见第26页“艅”字条“艅艎”（yú huáng）。

鳇 huáng 【鳇鱼】形状像鲟鱼，肉可以吃。

黄 huáng ❶像金子或向日葵花的颜色。【黄色】1.黄的颜色。2.腐朽堕落的，现特指色情的：～～小说。❷指黄河：引～工程。❸事情失败或计划不能实现：这件事～不了。

潢 huáng ❶积水池。❷染纸。【装潢】裱褙字画。引装饰货物的包装。

璜 huáng 半璧形的玉。

锁 ㊀huáng ❶大钟。❷钟声。同“锽”。㊁hóng 庚韵。

磺 huáng 【硫磺】今作“硫黄”，一种非金属元素。

癀 huáng 【癀病】牛马等家畜的炭疽（jū）病。

蟥 huáng 见第199页“蚂”字条“蚂蟥”（mǎ huáng）。

簧 huáng ❶乐器里用铜等制成发声的薄片：笙～|～乐器。❷器物里有弹力的机件：锁～|弹～。

鳇 huáng 鱼名。

馆（餭） huáng 【怅馆】（zhāng huáng）即干饴，饼饵。

将（將） ㊀jiāng ❶将要，快要：天～明。【将来】未来：我们的劳动是为更美好的～～。❷把：～革命进行到底。❸下象棋时攻击对方的“将”或“帅”：～军（也比喻使人为难）。❹用言语激动：别把他～急了。❺带，领，扶助：～雏|扶～。【将军】对高级军官的称呼。❻保养：～养|～息。❼〈方〉兽类生子：～驹|～小狗。❽助词，用在动词和“出来”、“起来”、“上去”等的中间：走～出来|叫～起来|赶～上去。【将就】（jiāng jiù）迁就，凑合：～～着用。㊁jiàng 漾韵。

浆（漿） ㊀jiāng ❶比较浓的液体：纸～|豆腐～|泥～。❷用米汤或粉浆等浸润纱、布、衣服等物：～衣裳。㊁jiàng 漾韵，见第289页“糨”（糡、△浆）字条。

姜（薑） jiāng 多年生草本植物，地下茎黄色，味辣，可供调味用，也可入药。

僵（❶殭） jiāng ❶直挺挺，不灵活：～尸|～蚕|手冻～了。❷双方相持不下，两种意见不能调和：闹～了|～局|～持不下。

缰（韁） jiāng 缰绳，拴牲口的绳子：信马由～。

礓（❷△姜） jiāng ❶【砂礓】一种不透水的矿石，块状或颗粒状，可以做建筑材料。❷【礓礤】（姜礤）（jiāng cā）台阶。

疆 jiāng 边界，境界：～土|～域|边～。引界限：万寿无～。【疆场】（jiāng chǎng）战场。【疆埸】（jiāng yì）边界。

康 kāng ❶安宁：身体健～|～乐。❷空，空虚：萝卜～了。【康庄】平坦通达的：～～大道。

慷（忼） kāng 【慷慨】（kāng kǎi）1.情绪激昂：～～陈词。2.待人热诚，肯用财物帮助人：他待人很～～。

槺 kāng 见第110页“榔”字条“榔槺”（láng·kāng）。

糠（穅） kāng 从稻、麦等子实上脱下来的皮或壳。

鱇 kāng 见第264页“鮟”字条“鮟鱇”（ān kāng）。

匡 kuāng ❶纠正：～谬（miù）|～正。❷救，帮助：～救|～助。

诓 kuāng 欺骗（连 ～骗）。

劻 kuāng 【劻勷】（kuāng ráng）急促不安。

哐 kuāng 象声词，撞击声：～啷（lāng）|～的一声脸盆掉在地上了。

洭 kuāng 【洭水】水名，在广东省。

框 ㊀（旧读）kuāng 【框框】（kuāng·kuang）周围的圈儿。喻 原有的范围，固有的格式。㊁kuàng 漾韵。

筐 kuāng （～子|～儿）竹子或柳条等编的盛东西的器具。

恇 kuāng 胆怯，恐怕。

狂 kuáng ❶疯癫，精神失常（连 疯～|癫～）：～人|发～。❷任情地做，不用理智克服感情：～放不拘|～言|～欢。【狂妄】极端自高自大。❸猛烈的，声势大的：～风暴雨|～澜（大浪头）|～飙（急骤的大风）。

诳 kuáng 欺骗，瞒哄：～语。

啷 lāng 见第106页“当”字条“当啷”（dāng lāng）。

郎 láng ❶旧时对年轻男子的称呼。❷旧时妻称夫。❸封建时代的官名：侍～。【郎中】1.〈方〉医生。2.古官名。

廊 láng ❶（～子）走廊，有顶的过道：游～|长～。❷（～子）廊檐，房屋前檐伸出的部分，可避风雨、遮太阳。

嫏 láng 【嫏嬛】（láng huán）神话中天帝藏书处。

榔 láng 【榔头】（láng·tou）锤子。【榔槺】（láng·kāng）长大、笨重，用起来不方便。

锒 【锒头】同“榔头”。

螂（蜋） láng 见第114页“螳”字条“螳螂”（táng láng），第112页“蜣”字条“蜣螂”（qiāng láng），第115页“蟑”字条“蟑螂”（zhāng láng），第98页“蚂”字条“蚂螂”（mā·lang）。

狼 láng 一种野兽，形状很像狗，耳直立，尾下垂，毛黄灰色，颊有白斑。性狡猾凶狠，昼伏夜出，能伤害人畜。【狼狈】1.倒霉或受窘的样子：～～不堪。2.联合起来共同做坏事：～～为奸。【狼烟】古代报警的烽火，据说用狼粪燃烧。喻 战乱。【狼藉】（láng jí）乱七八糟，也作“狼籍”：杯盘～～|声名～～。

琅（瑯） láng 【琅琅】象声词，金石相击的声音或响亮的读书声音：书声～～。【琅玕】（láng gān）像珠子的美石。

锒 láng 【锒铛】（láng dāng）1.铁锁链。2.形容金属的声音。

稂 láng 古书上指狼尾草。

桹 láng 高木。【桄桹】（guāng láng）木名，其木粉作饵可食。【桹桹】木相击声。

踉 láng 【踉蹡】（láng páng）将欲行的样子。【踉蹡】（láng qiāng）乍行乍止，行走不正。

筤 láng ❶【苍筤】（cāng láng）幼竹。❷【笋筤】（sǔn láng）山名。在大渡河西北五十余里，叫做前笋筤，又行数十里叫做后笋筤，山多笋，故名。❸扇类，曲柄绣盖。内臣马上在驾头之后执之叫做扇筤。

蒗 láng 药草名，《本草纲目》作“狼毒”。志曰：“狼毒，叶似商陆及大黄，茎叶上有毛根，皮黄肉白。”

硠 láng 石声、雷声。

蒗 láng 【宁蒗】彝族自治县，在云南省。

良 liáng ❶好（连 ～好|优～|善～）：～药|～田|品质优～|消化不～。❷很：～久|获益～多。

粮（糧） liáng ❶可吃的谷类、豆类等：食～|杂～。❷农业税：交公～。

踉 ㊀liáng 【跳踉】跳跃。㊁liàng 漾韵。

凉（涼） ㊀liáng 温度低（若指天气，比“冷”的程度浅）：饭～了|立秋之后天气～了。喻 灰心或失望：听到这消息，我心里就～了。【凉快】1.清凉爽快。2.乘凉：到外头～～～～去。㊁liàng

漾韵。

椋 liáng 【椋子木】树名,叶似柿叶,果实细圆形,生时青色,熟时黑色。木质坚硬。

梁(❶樑) liáng ❶房梁,架在墙上或柱子上支撑房顶的横木:上~。❷桥(连桥~):石~|开山挑土架桥~。❸(~子|~儿)器物上面便于提携的弓形物:茶壶~儿|篮子的提~儿坏了。❹(~子|~儿)中间高起的部分:山~|鼻~。❺朝代名:1.南朝朝代之一,萧衍建立(公元502~557年)。2.五代之一,朱温建立(公元907~923年)。

粱 liáng 粟的优良品种的统称。【高粱】一年生草本植物,茎高。子实可供食用,又可以酿酒。

量 ㊀liáng ❶用器物计算东西的多少或长短:用斗~米|用尺~布。❷估量:思~|打~。㊁liàng 漾韵。

醇 liáng 酱,浆水,醴醇。

牤(犆) māng 〈方〉牤牛,公牛。

邙 máng 【北邙】山名,在河南省洛阳市北。

芒 ㊀máng ❶禾本科植物子实壳上的细刺。❷像芒的东西:光~。❸多年生草本植物,秋天开花,黄褐色。叶细长有尖,可以造纸、编鞋。㊁wáng 阳韵。

忙 máng ❶事情多,没空闲:白天黑夜工作~|~~碌碌。❷急迫,急速地做:大家都~生产。

杧 máng 【杧果】(máng guǒ)也作"芒果",常绿乔木,果实形状像腰子,果肉及种子可吃。

氓(甿) ㊀máng 【流氓】❶指不务正业、为非作歹的人。❷指刁赖、调戏猥亵等恶劣行径。㊁méng 庚韵。

盲 máng 瞎,看不见东西。喻 对某种事物不能辨认的:文~|色~|扫~运动。【盲目】喻 对事情认识不清楚:~~的行动是不会有好结果的。【盲从】喻 自己没有原则,没有见地,随着别人。

茫 máng 对事理全无所知,找不到头绪:~然无知|~无头绪。【茫茫】面积大,看不清边沿:大海~~|雾气~~。

硭 máng 【硭硝】一种化合物,成分是硫酸钠,白色晶体。医药上用作泻剂,工业上供制玻璃、造纸等,也作"芒硝"。

铓 máng 锋铓,刃的尖锐部分。也作"芒"。

鬤 máng 【鬤砀】(máng dàng)山名。

汒 máng 【汒谷】谷名,在陕西省周至县东南。

囊 ㊀nāng 【囊膪】(nāng chuài)猪的乳部肥而松软的肉。㊁阳韵 náng。

囔 nāng 【囔囔】(nāng·nang)小声说话。

囊 ㊀náng 口袋:探~取物(喻极容易)。【囊括】全体包罗:~~四海。㊁nāng 阳韵。

馕 ㊀náng (维)一种烤制成的面饼。㊁nǎng 养韵。

娘(孃) niáng ❶对年轻女子的称呼:渔~|新~。【姑娘】未婚女子的通称。【娘子】1.旧日对少女的通称。2.旧称妻。❷母亲。❸称长一辈或年长的已婚妇女:大~|婶~。

乓 pāng 象声词:~的一声。

雱 pāng 雪下得很大。

滂 pāng 水涌出的样子。【滂湃】(pāng pài)水势盛大。【滂沱】(pāng tuó)雨下得很大:大雨~~。喻 泪流得很多:涕泗~~。

膀(胮) ㊀pāng 浮肿:他肾脏有病,脸有点~。㊁bǎng 养韵。㊂páng 阳韵。

彷(徬) ㊀páng 【彷徨】游移不定,不知道往哪里走。也作"旁皇"。㊁fǎng 养韵,见第202页"仿"字条。

旁 páng ❶旁边,左右两侧:两~都是大楼|站在两~|~观|~若无人。❷其他,另外:~人|~的话。〈古〉又同"傍"(bàng)。

蒡 ㊀páng 【蒡葧】古书上指茼蒿。㊁bàng 养韵。

膀 ㊂páng 【膀胱】俗叫"尿脬"(suī pāo),是暂存尿液的囊状体,在骨盆腔的前方。㊁bǎng 养韵。㊂pāng 阳韵。

磅 ㊀páng 【磅礴】(páng bó)1.广大无边际：大气～～。2.扩展，充满：唯独共产主义的思想体系和社会制度，正以排山倒海之势，雷霆万钧之力，～～于全世界，而葆其美妙之青春|热情～～。㊁bàng 漾韵。

鳑 páng 【鳑鲏】(páng pí)鱼名，形状像鲫鱼，体长二三寸，生活在淡水中，卵产在蚌壳里。

螃 páng 见第172页"蟹"字条"螃蟹"(páng xiè)。

羌 qiāng ❶羌族，我国少数民族名。❷我国古代西部的民族。

蜣 qiāng 【蜣螂】(qiāng láng)俗叫"屎壳郎"，一种昆虫，全身黑色，有光泽，会飞，吃粪、尿或动物的尸体。

抢（搶）㊀qiāng 同"戗(qiāng)❶"。㊁qiǎng 养韵。

呛（嗆）㊀qiāng ❶水或食物进入气管而引起不适或咳嗽：喝水～着了|吃饭吃～了。❷〈方〉咳嗽。㊁qiàng 漾韵。

玱（瑲）㊀qiāng 玉相击声。㊁cāng 阳韵。

枪（槍、鎗）qiāng ❶刺击用的长矛：长～。❷发射子弹的武器：手～|机关～。[喻]武装力量：我们的原则是党指挥～，而决不容许～指挥党。

戗（戧）㊀qiāng ❶逆，反方向：～风|～水。❷(言语)冲突：说～了。㊁qiàng 漾韵。

戕 qiāng 杀害：自～。【戕贼】伤害，损害。

斨 qiāng 古代一种斧子。

锖 qiāng 【锖色】某些矿物表面因氧化作用而形成的薄膜所呈现的色彩，常常不同于矿物固有的颜色。

锵（鏘）qiāng 象声词(叠)。

镪 ㊀qiāng 【镪水】就是强酸：硝～～。㊁qiǎng 养韵。

强（強、彊）㊀qiáng ❶健壮，有力，跟"弱"相反([连]～壮|～健)：身～力壮|～大。[引]有余：四分之一～。【强调】[喻]特别着重某种事或某项任务，用坚决的口气提出。【强梁】强横不讲理。❷程度高：责任心很～。❸好：要～|庄稼很～|他写的字比你的～。㊁qiǎng 养韵。㊂jiàng 漾韵。

墙（墻、牆）qiáng 用砖石等砌成承架房顶或隔开内外的建筑物：砖～|城～。

爿 ㊀qiáng 见第67页"爿"(pán)字条。㊁pán 寒韵。

蔷（薔）qiáng 【蔷薇】落叶灌木，茎上多刺，夏初开花，有红、黄、白等色，可制香料，也可入药。

嫱（嬙）qiáng 古时宫廷里的女官名，地位在妃之下。

樯（檣、艢）qiáng 帆船上挂风帆的桅杆。

嚷 ㊀rāng 【嚷嚷】1.吵闹：闹～～的许多人|大家乱～～。2.声张：别～～出去。㊁rǎng 养韵。

勷 ráng 见第110页"劻"字条"劻勷"(kuāng ráng)。

蘘 ráng 【蘘荷】多年生草本植物，花白色或淡黄色，结蒴果，根可入药。

禳 ráng 迷信的人祈祷消除灾殃。

穰 ráng ❶禾茎，庄稼杆。❷丰盛(叠)：五谷蕃熟，～～满家。❸同"瓤"。

襄 ráng 衣服脏。

瓤 ráng (～子|～儿)瓜、桔等内部包着种子的肉、瓣：西瓜～儿|橘子～儿。[引]东西的内部：秫秸～儿|信～儿。

丧（喪、䘮）㊀sāng 跟死了人有关的事：～事|～服|治～委员会。㊁sàng 漾韵。

桑 sāng 落叶乔木，开黄绿色小花，叶子可以喂蚕。果实叫桑葚，味甜可吃。木材可以制器具。皮可以造纸。

伤（傷）shāng ❶身体受损坏的地方：腿上有一块枪～|轻～不下火线。❷损害：～了筋骨|～脑筋(费思索)。❸因某种致病因素而得病：～风|～寒。❹因过度而感到厌烦：吃糖吃～了。❺妨碍：无～

大体。❻悲哀（连 悲～）：～感｜～心。❼得罪：～众｜开口～人。

殇（殤） shāng 还没到成年就死了。

觞（觴） shāng 古代喝酒用的器物：举～称贺。

商 shāng ❶商量，两个以上的人在一起计划，讨论：有要事相～｜面～。❷生意、买卖：～业｜通～｜经～。【商品】为出卖而生产的产品。❸旧指做买卖的人：～人｜布～｜富～。❹商朝，成汤建立（约公元前16世纪～约公元前1066年）。从盘庚起，又称殷朝（约公元前1324～约公元前1066年）。❺古代五音"宫、商、角、徵（zhǐ）、羽"之一。❻二十八宿之一，就是心宿。

墒（𡒄） shāng 田地里土壤的湿度：验～｜抢～｜保～｜～情。

熵 shāng 为了衡量热力体系中不能利用的热能，用温度除热能所得的商。

裳 ㊀shang 【衣裳】衣服。㊁cháng 阳韵。

霜 shuāng ❶附着在地面或靠近地面的物体上的微细冰粒，是接近地面的水蒸气冷至摄氏零度以下凝结而成的。喻 白色：～鬓。❷像霜的东西：柿～。

孀 shuāng 【孀妇】死了丈夫的妇人。

骦 shuāng 见第311页"骕"字条"骕骦"（sù shuāng）。

礵 shuāng 【北礵】岛名，在福建省霞浦县。

鹴 shuāng 见第311页"鹔"字条"鹔鹴"（sù shuāng）。

汤（湯） tāng ❶热水：赴～蹈火。❷煮东西的汁液：米～｜～药。❸烹调后汁特别多的副食：白菜～。

铴（鐋） tāng 【铴锣】小铜锣。

嘡 tāng 象声词：～的一声，锣响了。

镗 ㊀tāng 象声词，钟鼓的声音或敲锣的声音。㊁táng 阳韵。

蹚（❷趟） tāng ❶从有水草的地方走过去：他～着水过去了。❷用犁、锄等把土翻开，把草锄去：～地。

羰 tāng 【羰基】有机化合物中含碳和氧的基（=CO），也叫"碳氧基"。

鄌 táng 【鄌郚】（táng wú）地名，在山东省昌乐县。

唐 táng 朝代名：1.李渊建立（公元618～907年）。2.五代之一，李存勖建立（公元923～936年）。【唐突】冲撞，冒犯。

塘 táng ❶堤岸，堤防：河～｜海～。❷水池（连 池～）：荷～｜苇～。

搪 táng ❶挡，抵拒：～饥。❷支吾：～差事（敷衍了事）。【搪塞】（táng sè）敷衍塞（sè）责：做事情要认真，不要～～。❸用泥土或涂料抹上或涂上：～炉子。【搪瓷】是用石英、长石等制成的一种像釉子的物质涂在金属器物上，经过烧制而形成的薄层，既可防锈又可作装饰。❹加工切削机器零件的钻孔：～床。

溏 táng 泥浆。引 不凝结半流动的：～心鸡蛋。

瑭 táng 古书上指一种玉。

螗 táng 古书上指蝉。

糖（❷醣） táng ❶从甘蔗、甜菜、米、麦等提制出来的甜的东西。❷碳水化合物。

赯 táng 赤色（指人的脸）：紫～脸。

棠 táng 【棠棣】（táng dì）山樱桃。

傏 táng 通作"搪"，不训，唐突。

磄 táng 【磄厗】（táng tí）石名。【磄礴】（táng tí）怪石。

饧（餹） táng 软饧，饴。【饧饼】（táng tí）黍膏，饼饵。

堂 táng ❶正房，高大的屋子：～屋｜课～｜礼～。【令堂】旧时尊称别人的母亲。❷过去官吏审案办事的地方：大～｜过～。❸表示同祖父的亲属关系：～兄弟｜～姐妹。【堂堂】仪容端正，有威严：相貌～～。【堂皇】盛大，大方：冠冕～～｜富丽～～。

樘 táng ❶门框或窗框：门～|窗～。❷量词，指一套门(窗)框和门(窗)扇：一～玻璃门。

膛 táng ❶体腔：胸～|开～。❷(～儿)器物中空的部分：炉～|枪～。

镗 ⊖táng 同"搪❸"。⊜tāng 阳韵。

螳 táng 【螳螂】俗叫"刀郎"，是一种食虫性昆虫。前脚很发达，好像镰刀，头为三角形，触角呈丝状：～臂当(dāng)车(喻做事不自量力必然失败)。

棠 táng 植物名：1.棠梨树，就是"杜树"。2.海棠树，落叶小乔木，春天开花。果实叫海棠，可以吃。

汪 wāng ❶深广：～洋大海。❷液体聚集在一个地方：地上～着水。【汪汪】1.眼里充满眼泪的样子：泪～～。2.狗叫声。❸量词：一～水。

尪(尫) wāng 跛(bǒ)，跛脚。

亡 ⊖wáng ❶逃(连逃～)：～命|流～。引失去：～羊补牢(喻事后补救)。❷死(连死～)：伤～很少。引死去的：～弟。❸灭(连灭～)：～国|唇～齿寒(喻利害相关)。⊜wú 虞韵。

芒 ⊜wáng 同"芒⊖❶"，用于一些口语词，如麦芒等。⊖máng 阳韵。

王 ⊖wáng ❶古代指帝王或最高的爵位。❷一族或一类中的首领：兽～|蜂～|花中之～。❸大：～父(祖父)|～母(祖母)。⊜wàng 漾韵。

乡(鄉) xiāng ❶城市外的区域：他下～了|城～交流。❷自己生长的地方或祖籍：故～|还～|同～。【老乡】生长在同一地方的人。❸农村的基层行政区划。

芗(薌) xiāng ❶古书上指用以调味的香草。❷同"香"。

相 ⊖xiāng ❶交互，动作由双方来(连互～)：～助|～亲～爱|言行～符。引动作由一方来而有一定对象的，常加在动词前面：～信|～烦。【相当】1.对等，等于：年纪～～。2.大体上够得上：这首诗写得～～好。【相对】跟"绝对"相对，依靠一定条件而存在，随着一定条件而变化的。❷看：～中|左～右看。⊜xiàng 漾韵。

厢(廂) xiāng ❶厢房，在正房前面两旁的房屋：东～房|西～。引边，方面：这～|两～。❷靠近城的地区：城～|关～。❸包厢，旧时戏院里特设单间座位。❹车厢，车里容纳人或东西的地方。

湘 xiāng ❶湘江，源出广西壮族自治区，经过湖南省，流入洞庭湖。❷湖南省的别称。

缃 xiāng 浅黄色。

箱 xiāng ❶(～子)收藏衣物的方形器具，通常是上面有盖扣住。❷像箱子的东西：信～|风～。❸同"厢❹"。

香 xiāng ❶气味好闻，跟"臭"相反：～花|饭～。喻1.舒服：睡得～|吃得真～。2.受欢迎：这种货物在农村～得很。❷称一些天然有香味的东西：檀～。特指用香料做成的细条：线～|蚊～。

襄 xiāng 帮助：～办|～理。

骧 xiāng 马昂着头快跑。

瓖 xiāng 同"镶"。

镶 xiāng 把东西嵌进去或在外围加边：～牙|在衣服上～一道红边|金～玉嵌。

详 xiáng ❶细密，完备(连～细)：～谈|～解|不知～情。❷清楚地知道：内容不～。❸说明，细说：内～。

庠 xiáng 庠序，古代乡学的名称。

祥 xiáng ❶吉利的(连吉～)。❷指吉凶的预兆(迷信)。

翔 xiáng 盘旋地飞而不扇动翅膀：滑～。【翔实】【详实】详细而确实。

赃(贓) zāng 赃物，贪污受贿或偷盗所得的财物：追～|退～。

脏(髒) ⊖zāng 不干净：衣服～了|把～东西清除出去。⊜zàng 漾韵。

牂 zāng 母羊。

臧 zāng 善，好。【臧否】(zāng pǐ)褒贬，评论，说好说坏：～～人物。

藏 ㊁zāng 草名，似莞(wǎn)而叶大，即莨尾草。【藏藏】茂盛，同"牂牂"。《诗·陈风·东门之杨》："东门之杨，其叶～～。"㊀cáng 阳韵。㊂zàng 漾韵。

张(張) zhāng ❶展开，开：纲举目～|～嘴|～牙舞爪。引 1. 扩大，夸大：虚～声势|～大其词。2. 放纵，无拘束：乖～|嚣～。【张罗】(zhāng·luo)各方面照料，四处想办法：～～事。【张皇】1. 扩大。2. 慌忙失措。【开张】开始营业。❷看，望：东～西望。❸量词：一～弓|两～纸。

璋 zhāng 一种玉器，形状像半个圭。

章 zhāng ❶诗歌文辞的段落：乐～|篇～结构|第一～。❷章程，法规：简～|党～|规～制度。引 1. 条理：杂乱无～。2. 条目：约法三～。❸戳记：图～|盖～。❹佩戴在身上的标志：袖～。

彰 zhāng ❶明显，显著：欲盖弥～|相得益～。❷表彰，显扬：～善瘅恶。❸姓。

獐(麞) zhāng 也叫"牙獐"。是一种哺乳动物，头上无角，雄的犬齿发达，形成獠牙，露出嘴外。皮可制革。

漳 zhāng ❶【漳河】发源于山西省，流至河北省，入卫河。❷【漳江】在福建省。

嫜 zhāng 〈书〉丈夫的父亲。【姑嫜】古时女子称丈夫的母亲和父亲。

樟 zhāng 樟树，常绿乔木。木质坚固细致，有香气，做成箱柜可以防蠹虫。【樟脑】把樟树的根、茎、枝叶蒸馏，制成的白色结晶体，可做防腐驱虫剂，也可用来制造炸药等。

蟑 zhāng 【蟑螂】一种有害的昆虫，黑褐色，有光泽，常在夜里偷吃食物，能发臭气。也叫"蜚(fěi)蠊"。

鄣 zhāng 【纪鄣】邑名，在江苏省赣榆县境内。

障 zhàng ❶隔，界：屏～。❷防卫：保～。

慞 zhāng 慞惶，惊惧。

鱆 zhāng 鱼名。小型的叫做"望潮鱆"。

蔁 zhāng 【蔁柳】当陆的别名，一名蓫(zhāng)汎，又名常蓼，是自生的宿根草。茎高三四尺，叶如牛舌而长，茎粗青赤色，很柔脆。夏日开花，生自茎梢，叶腋多花，环生一轴。有梗无萼，相集成穗。花白色，结实紫黑，累聚如玉米，根巨大如莱菔，有毒植物之一。

獐 zhāng 【獐徨】行遽，急促。

暲 zhāng ❶光明，日光。❷上进。

墇 zhāng 壅塞，堵隔。

騿 zhāng 马名。

鷾 【鷾渠】就是水鸡。

庄(莊) zhuāng ❶村落，田舍(连 村～)。❷商店的一种名称：布～|饭～|茶～。❸严肃，端重(连 ～严|～重)：～严的五星红旗。

妆(妝、粧) zhuāng 修饰，打扮。特指妇女的装饰。

装(裝) zhuāng ❶穿着的衣物(连 服～)：军～|春～。特指演员演出时的打扮：上～|卸～。【行装】出行时带的东西。❷打扮，用服饰使人改变原来的外貌(连 ～扮)。【装饰】1. 同"装❷"。2. 事物的修饰点缀。【化装】改变装束。❸故意做作，假作：～听不见|～模作样。❹安置，安放，通常指放到器物里面去：～电灯|～车|～箱。引 把零件或部件安在一起构成整体：～配|～了一架机器。【装备】生产上或军事上必需的东西：工业～～|军事～～。❺对书籍、字画加以修整或修整成的式样：～订|精～|线～书。

庚 gēng ❶天干的第七位,用作顺序的第七。❷年龄:同～。

赓 gēng ❶继续(连 ～续)。〈古〉又同"续"(xù)。❷姓。

鹒 gēng 见第105页"鸧"字条"鸧鹒"(cāng gēng)。

耕 gēng 用犁把土翻松:深～细作。

羹 gēng 煮或蒸成的汁状、糊状、冻状的食品:鸡蛋～|肉～|豆腐～|橘子～。【调羹】(tiáo gēng)喝汤用的小勺子。也叫"羹匙"(gēng chí)。

更 ㊀gēng ❶改变,改换(连 ～改|～换|变～):～动|万象～新|～番(轮流调换)|～正错误。❷经历:～事。❸旧时一夜分五更:三～半夜|打～(打梆敲锣报时巡夜)。㊁gèng 敬韵。

伻 bēng 〈古〉使,使者。

祊(鬃) bēng ❶古代宗庙门内设祭之处。因以为祭名。❷【祊河】水名,在山东省。

绷(繃) ㊀bēng ❶张紧,拉紧:衣服紧～在身上|～紧绳子。【绷带】包扎伤口用的纱布条。【绷子】(bēng·zi)刺绣用的架子,把绸布等材料张紧在上面,免得皱缩。❷粗粗地缝上或用针别上:～被头。㊁běng 董韵。

抨 ㊀bēng 遣,使。《汉书·扬雄传》:"～雄鸡以作媒兮。"㊁pēng 庚韵。

甭 béng 〈方〉不用:你～说|～惦记他。

并 ㊀bīng 山西省太原市的别称。㊁bìng 敬韵。

栟 ㊀bīng 【栟榈】(bīng lǘ)旧指棕榈。㊁bēn 元韵。

兵 bīng 武器:～器|短～相接。❷战士,军队:官～一致|～民是胜利之本。❸与军事或战争有关的:纸上谈～。

槟(檳、梹) ㊀bīng 【槟榔】(bīng·lang)常绿乔木,生长在热带、亚热带。果实也叫槟榔,可入药。㊁bīn 真韵。

伧 ㊁chen 同"碜❷"。【寒伧】【寒碜】(hán·chen)1. 丑,难看。2. 使人没有面子:你说这话真～～人。

柽(檉) chēng 【柽柳】也叫"三春柳"或"红柳",落叶小乔木,老枝红色,花淡红色,性耐碱抗旱,适于盐碱地区造林防沙。枝叶可入药。

蛏(蟶) chēng (～子)一种软体动物,贝壳长方形,淡褐色,生活在沿海泥中,肉味鲜美。

琤(琤) chēng 象声词,玉石声、琴声或流水声(叠)。

铛(鐺) ㊀chēng 烙饼或做菜用的平底浅锅。㊁dāng 阳韵。

锃 ㊀chēng 擦,磨。㊁zèng 敬韵。

赪 chēng 红色。

撑(撐) chēng ❶抵住,支持:～竿跳|～腰。❷用篙使船前进。❸充满到容不下的程度:少吃些,别～着|口袋装得太满,都～圆了。❹使张开:～伞|把口袋～开。

瞠 chēng 直看,瞪着眼:～目结舌|～乎其后(喻赶不上)。

伧(傖) ㊀chéng 鄙贱的称谓。古代吴人称谓中州人为伧人。又总称谓江淮间杂楚为伧人(或称伧父)。㊁cāng 阳韵。㊂chen 庚韵。

成 chéng ❶做好了,办好了(连 完～):～事|大功告～|完～任务。❷事物生长发展到一定的形态或状况:～虫|～人|五谷～熟。❸成为,变为:他～了赤脚医生|雪化～水。❹够,达到一定的数量:～千上万|～车的慰问品。❺已定的,定型的:～规|～见。❻十分之一:八～|提出一～作公益金。

诚 chéng ❶真心(连 ～实):～心～意|～恳。❷实在,的确:～然|～有此事。

城 chéng ❶城墙:万里长～。❷城市,都市:～乡互助。

宬 chéng 皇帝的藏书室:皇史～(明清两代保藏皇室史料的处所,在北京)。

盛 ㊀chéng ❶把东西放进去：～饭。❷容纳：这礼堂能～几千人。㊁shèng 敬韵。

铖 chéng 用于人名。

呈 chéng ❶显出，露出：～现一片新气象。❷恭敬地送上去：送～|谨～。❸旧时称下级报告上级的文件：～文。

埕 chéng ❶蛏（chēng）埕，福建、广东沿海一带饲养蛏类的田。❷〈方〉酒瓮。

程 chéng ❶里程，道路的段落（连路～）：起～|登～|送他一～。【过程】事物变化、发展的经过。❷进度，限度：日～|～序。❸法式（连～式）：操作规～。❹计量，计算：计日～功。

裎 chéng 脱衣露体。

酲 chéng 喝醉了神志不清：忧心如～。

枨（棖） chéng 用东西触动：～触（感触）。

觥 gōng 古代的一种饮酒器皿。

亨 hēng 通达，顺利（连～通）：万事～通。〈古〉又同“烹”（pēng）。

哼 ㊀hēng ❶表示痛苦的声音：他病很重，却从不～一声。❷轻声随口地唱：他一面走一面～着歌。㊁hng 庚韵。

脝 hēng 【膨脝】（péng hēng）肚子胀的样子。

啈 hēng 叹词，表示禁止的意思。

珩 héng 佩玉上面的横玉。

桁 héng 就是檩（lǐn）。

鸻 héng 鸟名，身体小，嘴短而直，只有前趾，没有后趾。多群居在海滨。

衡 héng ❶称东西轻重的器具。❷称量：～其轻重。【衡量】1. 称轻重。2. 评定高低好坏：测验只是～～学习成绩的一种办法。

蘅 héng 【杜蘅】多年生草本植物，开暗紫色的花。全草可入药。

横 ㊀héng ❶跟地面平行的，跟“竖”、“直”相对：～额|～梁。❷地理上指东西向的，跟“纵”相对：～渡太平洋。❸从左到右或从右到左的，跟“竖”、“直”、“纵”相对：～写。❹跟物体的长的一边垂直的，跟“竖”、“直”、“纵”相对：～剖面|人行～道。❺使物体成横向：把扁担～过来。❻不顺情理的：～加阻拦。❼汉字由左到右的笔画（一）：“王”字是三～一竖。【横竖】反正，无论如何：～～我也要去。㊁hèng 敬韵。

哼 ㊁hng （h跟单纯的舌根鼻音拼合的音）表示不满意或不信任的声音：～，你信他的！㊀hēng 庚韵。

吽 hōng 佛教咒语用字。

轰（轟、❸揈） hōng ❶象声词，指雷鸣、炮击等发出的巨大声音。【轰动】引起多数人的注意：～～全国。【轰轰烈烈】形容气魄雄伟，声势浩大：职工们展开了～～～～的劳动竞赛。❷用火炮或炸弹破坏（连～击）：～炸|炮～。❸驱逐，赶走：把猫～出去。

訇 hōng 大声。

輷（軥） hōng 群车声。

薨 hōng 古代称诸侯或有爵位的大官死去。

泓 hóng 水深而广。

闳 hóng ❶里巷门。❷宏大。

宏 hóng 广大：要建立一支～大的马克思主义理论队伍。

纮 hóng 古代礼帽（冠冕）上的系带。

竑 hóng 广大。

黉（黌） hóng 古代称学校。

飔（䫺） hóng 暴风。

锽 ㊀hóng ❶大钟。❷钟声。㊁huáng 阳韵。

纮 hóng 网纲。

浤 hóng 海水腾涌的样子。

猄 jīng 【黄猄】鹿的一种。

茎(莖) jīng ❶常指植物的主干。它起支撑作用,又是养料和水分运输的通道。有些植物有地下茎,并且发生各种变态,作用是储藏养料和进行无性繁殖。❷量词,指长条形的东西:数~小草|数~白发。

京 jīng ❶京城,国家的首都。特指我国首都北京:~广铁路|~剧。❷数目,古代指一千万。❸京族,我国少数民族名。

惊(驚) jīng ❶骡、马等因为害怕而狂奔起来不受控制:马~了。❷害怕,精神受了刺激突然不安:受~|吃~|~心动魄|十分~慌。【惊风】有痉挛症状的小儿病,经常分急性、慢性两种。也省称"惊"。【惊动】扰乱影响他人。

鲸 jīng 生长在海里的哺乳类动物,形状像鱼,胎生,用肺呼吸,身体很大。肉可食,脂肪可以做油。俗称鲸鱼。【鲸吞】吞并,常指强国对弱国的侵略行为。

荆 jīng ❶落叶灌木,叶子有长柄,掌状分裂,花小,蓝紫色,枝条可用来编筐篮等。古时用荆条做打人的刑具:负~请罪(向人认错)。【荆棘】(jīng jí)泛指丛生多刺的灌木。喻障碍和困难。❷姓。春秋时楚国也称荆。

菁 jīng (叠)草木茂盛。【菁华】最精美的部分。

睛 jīng 眼珠,眼球:目不转~|画龙点~。

鶄 jīng 见第87页"鵁"字条"鵁鶄"(jiāo jīng)。

精 jīng ❶细密的,跟"粗"相反:~制|~选|~打细算。❷聪明,思想周密:这孩子真~|他是个~明强干的人。❸精华,物质中最纯粹的部分,提炼出来的东西:这是其中的~华|麦~|酒~|炭~。【精神】1.即主观世界,包括思想作风等,是客观世界的反映:物质可以变成~~,~~也可以变成物质|发扬艰苦奋斗的革命~~。2.内容实质:文件~~。3.指人表现出来的活力:他的~~很好。❹精液,雄性动物体内的生殖物质。❺专一,深入:博而不~。❻很,极:~湿|~光|~瘦。

旌 jīng ❶古代用羽毛装饰的旗子。又指普通的旗子。❷表扬。【旌表】封建社会统治阶级对遵守封建礼教的人的表扬。

晶 jīng 形容光亮(叠):~莹|亮~~的。【结晶】1.由液体或气体变成许多有一定形状的小颗粒的现象。2.由结晶现象生成的小颗粒。喻成果:这部著作是他多年研究的~~。【水晶】矿物名,坚硬透明,种类很多,可制光学仪器等。

粳(秔、稉) jīng 【粳稻】稻的一种,米有黏和不黏两种。

鶁 jīng 【羌鶁】鸟名,南方的鸟,黄头赤目。

腈 jíng 有机化合物的一类,通式R—CN,无色的液体或固体,有特殊的气味,遇酸或碱就分解。

坑(阬) kēng ❶(~子|~儿)凹下去的地方:水~|泥~。❷把人活埋:~杀。❸坑害,设计使人受到损失:~人。❹地洞,地道:~道|矿~。

吭 ㊀kēng 出声,发言:问他什么他也不~声|一声也不~。㊁háng 阳韵。

硁(硜、磌) kēng 敲打石头发出的声音。

铿(鏗) kēng 象声词。【铿锵】声音响亮好听:~~悦耳。

氓(甿) ㊀méng 〈古〉民(特指外来的)。也作"萌"。㊁máng 阳韵。

虻(蝱) méng 昆虫名,种类很多,身体灰黑色,翅透明。生活在野草丛里,雄的吸植物的汁液,雌的吸人、畜的血。

萌 méng ❶植物的芽。❷萌芽,植物生芽。引开始发生:知者(有见识的人)见于未~|故态复~(多用于贬义)。〈古〉又通"氓㊀"(méng)。

盟 ㊀méng ❶旧时指宣誓缔约,现代指阶级和阶级或国家和国家的联合:工农联~|缔结友好同~互助条约。❷内蒙古自治区的行政单位。㊁míng 庚韵。

甍 méng 屋脊。

名 míng ❶(～儿)名字,人或事物的称谓:您给他起个～儿吧。【名词】表示人、地、事、物的名称的词,如学生、北京、戏剧、桌子等。❷叫出,说出:无以～之|莫～其妙。❸名誉,声誉:有～|出～|不为～利。引有声誉的,大家都知道的:～医|～将|～胜|～言|～产。❹量词,指人:学生四～。

洺 míng 【洺河】水名,在河北省。

明 míng ❶亮:天～了|～晃晃的刺刀。❷明白,清楚:说～|表～|黑白分～|情况不～|～～是他搞的。转懂得,了解:深～大义。❸公开,不秘密,不隐蔽,跟"暗"相反:有话～说|～码售货|～讲。❹次(专指日或年):～日|～年。❺视觉,眼力:失～。❻能够看清事物:眼～手快|英～|聪～|精～。❼朝代名,由朱元璋建立(公元1368～1644年)。

盟 ㊀míng 发(誓):～个誓。㊁méng 庚韵。

鸣 míng ❶鸟兽或昆虫叫:鸟～|马～|蝉～。❷发出声音,使发出声音:自～钟|孤掌难～|～炮。❸表达,发表(情感、意见、主张):～谢|大～大放。

鹏 míng 【鹪鹏】(jiāo míng)就是凤。传说中的鸟王。

苧(薴) ㊀níng 有机化合物,分子式为$C_{10}H_{16}$,是一种有香味的液体。存在柑橘类的果皮中,供制香料。㊁zhù 语韵,见第164页"苎(△苧)"字条。

拧(擰) ㊀níng 握住物体的两端向相反的方向用力:～手巾|～绳子。㊁nǐng 梗韵。㊂nìng 敬韵。

狞(獰) níng 见第122页"狰"字条"狰狞"(zhēng níng)。

柠(檸) níng 【柠檬】(níng méng)常绿小乔木,产在热带、亚热带。果实也叫柠檬,椭圆形,两端尖,淡黄色,味酸,可制饮料。

抨 ㊀pēng 抨击,攻击对方的短处。㊁bēng 庚韵。

怦 pēng 形容心跳。

砰 pēng 象声词(叠)。

烹 pēng ❶煮:～调。❷一种做菜的方法,用热油略炒之后,再加入液体调味品,迅速搅拌:～对虾。

澎 ㊀pēng 溅:～了一身水。【澎湃】(pēng pài)大浪相激。㊁péng 庚韵。

硼 péng 一种非金属元素,符号B。有结晶与非结晶两种形态。结晶的硼是透明立方体,有光泽,很坚硬。非结晶的硼是绿棕色的粉末。用于制合金钢,也可用作原子反应堆的材料。硼酸可以作消毒防腐剂。硼砂是制造珐琅、釉药和玻璃的原料。

彭 péng 姓。

澎 ㊁péng 【澎湖】(péng hú)我国岛屿。在台湾省和福建省之间,附近共有64个岛,称为澎湖列岛。㊀pēng 庚韵。

膨 péng 【膨脝】(péng hēng)胀大。【膨胀】(péng zhàng)物体的体积或长度增大:空气遇热～～。引数量增加:通货～～。

蟛 péng 【蟛蜞】(péng qí)形似螃蟹,身体小,生长在水边,对农作物有害。

搒 ㊀péng 用棍子或竹板子打。㊁bàng 漾韵。

平 píng ❶不倾斜,无凹凸,像静止的水面那样:～地|像水面一样～。引均等:～分|公～合理。【平行】1.两个平面或在一个平面内的两条直线永远不相交:～～线|～～面。2.地位相等,互不隶属:～～机关。【天平】一种精确度高的称重量的器具。❷安定,安静:～心静气|风～浪静。❸使平:～乱|把地～一～。❹经常的,一般的:～日|～淡无奇。

评 píng 议论或评判(连～论|～议):时～|～语|～理|～比。【评价】对事物估定价值:予以新的～～。【批评】1.指出工作、思想、作风上的错误或缺点:～～与自我～～|～～了保守思想。2.评论:文学～～。【评介】评论介绍。【评判】判定胜负或优劣。【评阅】阅览并评定(试卷、作品)。

坪 píng 平坦的场地：草～。

苹（△蘋） píng 【苹果】落叶乔木，叶椭圆形，有锯齿，开白花。果实也叫苹果，球形，红色或黄色，味甜。"蘋"又音pín，真韵。

枰 píng 棋盘。

鲆 píng 鱼名，体形侧扁，两眼都在身体的左侧，有眼的一侧灰褐色或深褐色，无眼的一侧白色。常见的有牙鲆、斑鲆等。

羟 ㊀qīng 羊名。㊁qiǎng 养韵。

清 qīng ❶纯净透明，没有混杂的东西，跟"浊"相反：～水｜天朗气～。引 1. 单纯地：～唱。2. 安静（连～静）：～夜。❷明白，不混乱：～楚｜说不～。❸一点不留，净尽：～除。❹公正廉明：～官。❺朝代名（公元1644～1911年）。1616年，女真族爱新觉罗·努尔哈赤建立后金。1636年国号改为清。1644年定都北京，统一全国。

轻（輕） qīng ❶分量小，跟"重"相反：这块木头很～。❷程度浅：口～（味淡）｜～伤不下火线。❸数量少：年纪～｜他的工作很～。❹用力小：注意～放｜手～一点儿。❺认为没价值，不以为重要：～视｜～敌｜人皆～之。❻随便，不庄重：～薄｜～率｜～举妄动。【轻易】（qīng·yì）随便：他不～～下结论。

氢（氫） qīng 一种化学元素，在通常条件下为气体，符号H。是现在所知道的元素中最轻的，无色、无味、无臭，跟氧化合成水。工业上用途很广。

倾 qīng ❶歪，斜（连～斜）：身体稍向前～。❷倾向，趋向：～心（一心向往，爱慕）。【左倾】思想进步的，倾向革命的。【"左"倾】超越革命发展的阶段，离开了当前大多数人的实践，离开了当前的现实性，在斗争中表现为冒险和盲动。【右倾】思想保守的，向反动势力妥协投降的。❸倒塌：～颓。【倾轧】（qīng yà）互相排挤。❹使器物反转或歪斜，倒出里面的东西：～盆大雨｜～箱倒箧。引 尽数拿出，毫无保留：～家荡产｜～吐。【倾销】指大资本家为了垄断市场，把商品减价大量出售。

卿 qīng ❶古时高级官名：上～｜三公九～。❷古代用做称呼，君称臣、夫称妻或夫妻对称。

勍 qíng 强：～敌。

黥（剠） qíng 古代在犯人脸上刺刻涂墨的刑罚。也叫"墨刑"。

情 qíng ❶感情，情绪，外界事物所引起的爱、憎、愉快、不愉快、惧怕等心理状态。❷爱情。❸情面，情分：说～｜求～。❹状况：实～｜真～｜军～。【情报】关于各种情况的报告。【情况】事情在进行中的状况：报告大会～～。【情形】事物的情况和形势：根据实际～～逐步解决。

晴 qíng 跟"阴"相反：天～了｜～天。

腈 qíng 承受财产等（连～受）。

氰 qíng 一种碳与氮的化合物，分子式$(CN)_2$，无色的气体，有杏仁味。性很毒，燃烧时发红紫色火焰。

檠（橄） qíng ❶灯架。也指灯。❷矫正弓弩的器具。

擎 qíng 向上托，举：众～易举｜～天柱。

茕（惸、㷀） qióng 没有弟兄，孤独。

琼（瓊） qióng 美玉。喻 美好，精美：～浆（美酒）。

荣（榮） róng ❶草木茂盛：欣欣向～。引 兴盛。❷光荣，受人敬重：～誉｜～军。

嵘（嶸） róng 见第122页"峥"字条"峥嵘"（zhēng róng）。

蝾（蠑） róng 【蝾螈】（róng yuán）一种两栖动物，形状像蜥蜴。

生 shēng ❶出生，诞生：～辰｜马克思～于公元1818年5月5日。❷可以发育的物质在一定的条件下发展长大：种子～芽｜～根。引 1. 增加，造出：～事。2. 发生：～病｜～疮。【生产】1. 人们使用工具来创造各种生产资料和生活资料。2. 生小孩儿。❸活着：～擒｜～龙活虎。❹使柴、煤等燃烧起来：～火｜～炉子。❺没有经过烧煮的或烧煮没有熟的：～饭｜～肉｜不可以喝～水。❻植物果实没有成长到熟的程度：～瓜。❼不常见的，不熟悉的（连～疏）：陌～｜～人｜～字。❽不熟练：～手。❾没有经过炼制的：～皮子｜～药。❿生硬，硬，强：～拉硬拽｜～不承认。⓫表示程度深：～疼｜～怕。⓬词尾：好～｜怎～是好？⓭指正在学习的人：学～｜练习～。旧时又指读书的人：书～。⓮旧戏曲里扮演男子的一种角色：老～｜小～。

牲 shēng 通常指牛、马、驴、骡等家畜。古代特指供宴飨祭祀用的牛、羊、猪。

胜 ㊀shēng 一种有机化合物，由氨基酸脱水而成，含有羧基和氨基，是一种两性化合物。也叫“肽”。㊁shèng 径韵。

笙 shēng 管乐器名，用若干根长短不同的簧管制成，用口吹奏。

甥 shēng 【外甥】姊妹的儿子。

声（聲） shēng ❶声音，物体振动时所产生的能引起听觉的波：～如洪钟｜大～说话。【声气】消息：不通～～。❷声母，字音开头的辅音，如“报（bào）告（gào）”、“丰（fēng）收（shōu）”里的 b、g、f、sh 都是声母。❸声调，参看“调㊁❸”。❹说出来使人知道，扬言：～明｜～讨｜～张｜～东击西。❺名誉：～望。

骍 xīng 赤色的马或牛。

行 ㊀xíng ❶走：日～千里｜步～。引出外时用的：～装｜～箧。【一行】一组（指同行的人）。【行头】（xíng·tou）演旧戏时穿戴的衣物。【行李】（xíng·li）出外时所带的包裹、箱子等。❷流通，传递：～销｜通～全国｜发～报刊、书籍。❸实际地做：～礼｜举～｜实～。❹（旧读 xìng）足以表明品质的举止行动：言～｜品～｜罪～。❺可以：不学习不～。❻能干：你真～。❼将要：～将毕业。❽古代乐曲的一种。㊁háng 阳韵。

饧（餳） xíng ❶糖稀。❷糖块、面剂子等变软：糖～了。❸精神不振，眼睛半睁半闭：眼睛发～。

兄 xiōng 哥哥：～嫂。敬辞：老～｜仁～｜某某～。【兄弟】1.（xiōng·di）弟弟。2.（xiōng dì）兄和弟的统称。引有亲密关系的：～～国家。

英 yīng ❶花：落～。❷才能出众：～俊。又指才能出众的人：群～大会。【英明】有远见卓识。【英雄】1. 为人民利益英勇斗争而有功绩的人。2. 旧指英武过人的人。

瑛 yīng ❶似玉的美石。❷玉的光彩。

莺（鶯、鸎） yīng 鸟名，身体小，褐色，嘴短而尖，鸣叫的声音清脆。吃昆虫，是益鸟。【黄莺】即黄鹂。

婴 yīng ❶婴儿，才生下来的小孩儿。❷触，缠绕：～疾（得病）。

撄 yīng 接触，触犯：～其锋｜～怒。

嘤 yīng 鸟叫的声音（叠）。

缨 yīng ❶（～子｜～儿）东西上用线、绳等做的装饰品：帽～子｜红～枪。❷（～子｜～儿）像缨的东西：萝卜～子｜芥菜～儿。❸带子、绳子：长～。

璎 yīng 【璎珞】（yīng luò）古代一种用珠玉穿成串，戴在颈项上的装饰品。

樱 yīng 【樱花】落叶乔木，开鲜艳的淡红花。木材坚硬致密，可做器具。【樱桃】樱桃树，樱的变种，开淡红或白色的小花。果实也叫樱桃，成熟时红色，可以吃。

鹦 yīng 【鹦鹉】（yīng wǔ）鸟名，也叫鹦哥，羽毛颜色美丽，嘴弯似鹰，舌圆而柔软，能模仿人说话的声音，产在热带、亚热带。

罂（甖） yīng 大腹小口的瓶子。【罂粟】二年生草本植物，花有红、紫、白等色。果实球形，未成熟时，果实中有白浆，是制造鸦片的原料。

迎 yíng ❶迎接，接：欢～。【迎合】为了讨好，使自己的言行符合别人的心意。❷向着：～面｜～头赶上。

茔（塋） yíng 坟墓，坟地：～地。

莹（瑩） yíng ❶光洁像玉的石头。❷光洁，透明：晶～。

营（營） yíng ❶军队驻扎的地方：军～|安～扎寨|露～。❷军队的编制单位，是连的上一级。❸筹划管理（连经～）：～业|～造防风林。【营养】1.生物由食物内吸取养料或通过光合作用制造养料供养身体。2.养分，养料：番茄、豆腐富于～～。❹谋求：～生|～救。

萦（縈） yíng 缠绕：～怀（挂心）。

滢（瀠） yíng 【滢湾】地名，在湖南省长沙市。

滢（瀅） yíng 清澈。

瑩（瑩） yíng 人名用字。

潆（瀠） yíng 【潆洄】水流回旋。

盈 yíng ❶充满：恶贯满～|热泪～眶。❷多余（连～余）：～利。

楹 yíng 房屋的柱子。

嬴 yíng 姓。

瀛 yíng 海：～寰（五洲四海）。

籝（籯） yíng ❶箱笼之类的器具。❷筷笼子。

赢 yíng ❶余利，赚钱（连～余）。❷胜：那个篮球队～了|～了三个球。引因成功获得：～得全场欢呼喝彩。

贞 zhēn（旧读 zhēng） ❶坚定，有节操：忠～|坚～不屈。❷旧礼教中束缚、残害女子的一种道德观念，如女子不改嫁等：～女。❸占，卜，问卦：～卜（迷信）。

侦 zhēn（旧读 zhēng） 探听，暗中察看：～探|～查案件|～察机。

浈 zhēn（旧读 zhēng） 【浈水】水名，在广东省。

桢 zhēn（旧读 zhēng） ❶坚硬的木头。❷古代打土墙时所立的木柱。【桢干】（zhēn gàn）喻能胜任重任的人才。

祯 zhēn（旧读 zhēng） 吉祥。

丁 ㊀zhēng 【丁丁】伐木声。㊁dīng 青韵。

正 ㊁zhēng 正月，夏历一年的第一个月：新～。㊀zhèng 敬韵。

征（❸～❻△徵） zhēng ❶远行：～帆（远行的船）|踏上～途。❷用武力制裁：出～|～讨。【征服】用力制服：～～自然。❸由国家召集或收用：应～入伍|～税。❹寻求（连～求）：～稿|～求群众意见。❺证明，证验：有实物可～。❻现象，迹象：特～|～兆。"徵"又音 zhǐ，纸韵。

怔 zhēng 【怔忡】（zhēng chōng）中医所称的一种虚弱病，患者感到心脏跳动得很厉害。【怔忪】（zhēng zhōng）惊惧。

钲 ㊀zhēng 古代的一种打击乐器，用铜做成，在行军时敲打。㊁zhèng 敬韵。

争（爭） zhēng ❶力求获得，互不相让：～夺|～先恐后|～论。❷〈方〉差，欠。❸怎么，如何（多用在古诗词曲中）：～不|～知|～奈。

挣 ㊀zhēng 【挣扎】（zhēng zhá）尽力支撑或摆脱：敌人作垂死～～。㊁zhèng 敬韵。

峥 zhēng 【峥嵘】（zhēng róng）1.高峻，突出：山势～～。2.不平常：～～岁月|偶尔露～～。

狰 zhēng 【狰狞】（zhēng níng）样子凶恶：面目～～。

睁 zhēng 张开眼睛。

铮 zhēng 【铮铮】象声词，多指金属相击的声音。【铮鏦】象声词，金属撞击声。

筝 zhēng 古代弦乐器。【风筝】（fēng zhēng）玩具的一种，用竹篾作架，糊上纸，牵线放在空中，可以飞得很高。装上弓弦或哨子，迎着风能发声。

鬇 zhēng 【鬇鬡】（zhēng níng）发乱。

埩 zhēng 治土，鲁城北门池。

玎 ㊀zhēng 玉声。㊁dīng 青韵。

饤（飣） zhēng 煮鱼煎肉。

鲭（鯖） ㊀zhēng 煮鱼煎肉。㊁qīng 庚韵。

青 qīng ❶颜色：1.绿色：～草。2.蓝色：～天。3.黑色：～布|～线。❷绿色的东西（多指绿苗叶的庄稼、花草等）：看～|～黄不接（陈粮已经吃完，新庄稼还没有成熟）。❸青年：共～团|老中～相结合。

圊 qīng 厕所：～土|～肥。

蜻 qīng 【蜻蜓】（qīng tíng）昆虫名，俗叫"蚂螂"（mā·lang），胸部有翅两对，腹部细长，常在水边捕食蚊子等小飞虫，是益虫。

鲭 ㊀qīng 鱼类的一科，身体呈梭形，头尖口大。如鲐（tái）鱼就属于鲭科。㊁zhēng 庚韵。

丁（❺△玎、❺△叮） ㊀dīng ❶天干的第四位，常用作顺序的第四。❷成年男人：壮～。[引] 1.旧指人口：人～|～口（男女的合称）。2.指从事某种劳动的人：园～。❸当，遭逢：～兹盛世|～忧（旧指遭遇父母丧）。❹（～儿）小方块：肉～儿|咸菜～儿。【丁点儿】少得很的，极小的：一～～～毛病都没有。❺【丁当】（玎璫、叮噹）象声词，多指金属撞击的声音。【丁宁】同"叮咛"。㊁zhēng 庚韵。

仃 dīng 【伶仃】（líng dīng）孤独：孤苦～～。

叮 dīng ❶叮嘱，再三嘱咐。【叮咛】再三嘱咐。也作"丁宁"。❷蚊子等用针形口器吸食：被蚊子～了一口。❸追问：～问。

玎 ㊀dīng 【玎玲】（dīng líng）象声词，多指玉石撞击的声音。㊁zhēng 庚韵。

盯 dīng 注视，集中视力看：大家眼睛直～着他。

町 ㊀dīng 见第180页"畹"字条"畹町"（wǎn dīng）。㊁tǐng 迥韵。

钉 ㊀dīng ❶（～子|～儿）竹木、金属制成的条形的可以打入他物的东西：螺丝～儿|碰～子（喻受打击或被拒绝）。❷紧跟着不放松：～住对方的前锋。❸督促，催问。㊁dìng 径韵。

疔 dīng 疔毒、疔疮，一种毒疮。

耵 ㊀dīng 【耵聍】（dīng níng）耳垢，耳屎，皮脂腺分泌的蜡状物质。㊁tīng 青韵。

酊 ㊀dīng （外）医药上用酒精和药配成的液剂：碘～。㊁dǐng 迥韵。

靪 dīng 补鞋底。

泾（涇） jīng 泾水，发源于甘肃省，流入陕西省，跟渭水合。【泾渭分明】泾水清，渭水浊，两水会流处清浊不混，比喻两件事显然不同。

经（經） jīng ❶经线，织布时拴在机上的竖纱，编织物的纵线。❷地理学上假定通过南北极与赤道呈直角的线，以英国格林威治天文台为起点，在此以东称"东经"，以西称"西经"。❸作为思想行动标准的书：～典著作。❹宗教中称讲教义的书：佛～|圣～|古兰～。❺治理，管理：～商。【经理】1.经营：他很会～～事业。2.企业的主管人。【经济】1.通常指一个国家的国民经济或国民经济的某一部门，例如工业、农业、商业、财政、金融等。2.指经济基础，即一定历史时期的社会生产关系。它是政治和意识形态等上层建筑的基础。3.指国家或个人的收支状况：～～富裕。4.节约：这样做不～～。【经纪】1.旧时管理买卖的：买卖～～。2.经纪人，为买卖双方撮合，从中取得佣金的人。【经营】计划，调度，管理。❻经受，禁（jīn）受：～风雨，见世面。❼经过，通过：～过他一说我才明白|久～考验|道～上海。【经验】由实践得来的知识或技能。❽中医称人体内的脉络：～络。❾月经，妇女每月由阴部排出血液：～期|停～。

坰 jiōng 离城市很远的郊野。

扃 jiōng 从外面关门的闩、钩等。[转] 1.门。2.上闩，关门。

冏 ㊀jiōng ❶光。❷明亮。㊁jiǒng 迥韵。

駉（駉） jiōng 牧养马的地方。

拎 līng （方）提：～着一篮子菜。

伶 líng 伶人，旧社会称以唱戏为职业的人（连优～）：坤（女的）～。【伶仃】（líng dīng）孤独：孤苦～～。【伶俐】（líng lì）聪明，灵活：很～～的孩子｜～牙～齿（能说会道）。【伶俜】（líng pīng）形容孤独。

苓 líng ❶指茯苓（fú líng）。❷古书上说的一种植物。

呤 líng 见第 275 页“嘌”字条“嘌呤”（piào líng）。

囹 líng 【囹圄】（囹圉）（líng yǔ）古代称监狱。

泠 líng 清凉：～风。【泠泠】1. 形容清凉。2. 声音清越。

玲 líng 形容玉碰击的声音（叠）：～～盈耳。【玲珑】（líng lóng）1. 金玉声。2. 器物细致精巧。3. 灵活敏捷：～～活泼。

瓴 líng 古代一种盛水的瓶子：高屋建～（从房顶上往下泻水，喻居高临下的形势）。

鸰 líng 见第 350 页“鹡”字条“鹡鸰”（jí líng）。

铃 líng （～儿）铃铛，用金属做成的，振动小锤发声的响器：摇～上班｜车～儿｜电～儿。

聆 líng 听：～教。

蛉 líng 【白蛉子】比蚊子小，吸人、畜的血，能传染黑热病。

笭 líng 【笭箵】（líng xīng）打鱼时盛鱼的竹器。

羚 líng 【羚羊】种类繁多，体形一般轻捷，四肢细长，蹄小而尖。有的羚羊角可入药。

翎 líng 鸟翅和尾上的长羽毛：雁～｜野鸡～。

零 líng ❶落：1. 植物凋谢（连～落｜凋～）。2. 液体降落：感激涕～。❷零头，放在整数后表示有零头：～数｜一千挂～儿｜一年～三天。❸部分的、细碎的，跟“整”相反（连～碎）：～件｜～钱｜～用｜～活（零碎工作）。【零丁】同“伶仃”。❹数学上把数字符号“0”读作零。引没有，无：一减一得～｜他的计划等于～。❺温度表上的零度：～下五度。

龄 líng ❶岁数（连年～）：高～。❷年数：工～｜党～。

灵（靈） líng ❶有效验（连～验）：这种药吃下去很～。❷聪明，机敏（连～敏）：这个孩子心很～｜心～手巧｜耳朵很～。❸敏捷的心理活动：～机。引活动迅速：这架机器最～。❹旧时称神或关于神仙的。❺属于死人的：～柩｜～床。转装着死人的棺材：移～。

棂（欞、櫺） líng 窗棂（子），窗子上构成窗格子的木条或铁条。

酃 líng 【酃县】在湖南省。

醽 líng 【醽醁】（líng lù）古代的一种美酒。

铭 míng ❶刻在器物上记述生平、事迹或警惕自己的文字：墓志～｜座右～。❷在器物上刻字：～诸肺腑（喻永记）。

冥 míng ❶昏暗。引愚昧：～顽不灵。❷深奥，深沉：～思苦想。❸迷信的人称人死以后进入的世界。

蓂 míng 【蓂荚】（míng jiá）传说中尧时的一种瑞草。

溟 míng ❶海：北～有鱼。❷【溟濛】形容烟雾弥漫。

暝 míng ❶日落，天黑。❷黄昏。

瞑 míng 闭眼：～目。

螟 míng 【螟虫】螟蛾的幼虫，有许多种，如三化螟、二化螟、大螟、玉米螟等。危害农作物。【螟蛉】（míng líng）一种绿色小虫。转义子，抱养的孩子。也叫“螟蛉子”。参看第 196 页“蜾”字条“蜾蠃”（guǒ luǒ）。

宁（寧、甯） ㊀níng ❶安宁。【归宁】旧时女子出嫁后回娘家看望父母。❷南京市的别称。㊁nìng 径韵。

咛（嚀） níng 见第 123 页“叮”字条“叮咛”。

聍（聹） níng 见第 123 页“耵”字条“耵聍”（dīng níng）。

乒 pīng ❶象声词。❷指乒乓球：～坛。【乒乓】(pīng pāng)1.象声词。2.指乒乓球。

俜 pīng 【伶俜】(líng pīng)形容孤独。

娉 pīng 【娉婷】(pīng tíng)旧时形容女性的姿态美。

萍 píng 【浮萍】在水面浮生的草，茎扁平像叶子，根垂在水里，有青萍、紫萍等：～踪（喻行踪不定）｜～水相逢（喻偶然遇见）。

帲 píng 【帲幪】(píng méng)古代称覆盖用的东西，指帐幕等。

洴 píng 【洴澼】(píng pì)漂洗（丝绵）。

屏 ㊀píng ❶遮挡：～风（挡风用的家具）。【屏障】像屏风那样遮挡着的东西（多指山岭、岛屿）。❷字画的条幅，通常以四幅或八幅为一组：四扇～。㊁bǐng 梗韵。

㻂 píng 同"屏"(píng)。

瓶(缾) píng （～子｜～儿）口小腹大的器皿，多为瓷或玻璃做成，通常用来盛液体：酒～子｜花～儿｜一～子油。

厅(廳) tīng ❶聚会或招待客人用的大房间：客～｜餐～。❷政府机关的办事单位：办公～。

汀 tīng 水边平地，小洲。【汀线】海岸被海水侵蚀而成的线状的痕迹。

耵 ㊀tīng 见第123页"耵"(dīng)字条"耵聍"。㊁dīng 青韵。

听(聽) tīng ❶用耳朵接受声音：～广播｜你～～外面有什么响声。❷顺从，接受意见：行动～指挥｜我告诉他了，他不～。❸(旧读 tìng)任凭，随：～其自然｜～便｜～凭你怎么办。❹治理，判断：～政（指封建帝王临朝处理政事）。❺(外)马口铁筒：一～烟｜一～煤油｜一～饼干。

桯 tīng 锥子等中间的杆子：锥～子。

鞓 tīng 皮革制的腰带。

廷 tíng 朝廷，封建时代君主受朝问政的地方。【宫廷】1.帝王的住所。2.由帝王及其大臣构成的统治集团。

莛 tíng （～儿）草本植物的茎：麦～儿｜油菜～儿。

庭 tíng ❶院子：前～。【家庭】以婚姻和血统关系为基础的社会单位，包括父母、子女和其他共同生活的亲属在内。❷法庭，审判案件的处所或机构：开～（审理案件）｜～长。

蜓 tíng 见第123页"蜻"字条"蜻蜓"(qīng tíng)、第181页"蝘"字条"蝘蜓"(yǎn tíng)。

霆 tíng 霹雷，霹雳。

亭 tíng ❶（～子）有顶无墙，供休息用的建筑物，多建筑在路旁或花园里。[引]建筑得比较简单的小房子：书～｜邮～。❷适中，均匀：调配得很～匀。【亭当】同"停当"。【亭午】正午，中午。

停 tíng ❶止住，中止不动（[连]～顿｜～止）：一辆汽车～在门口｜钟～了。❷（～儿）总数分成几份，其中一份叫一停儿：三～儿的两～儿｜十～儿有九～儿是好的。【停当】妥帖，也作"亭当"。

葶 tíng 【葶苈】(tíng lì)二年生草本植物，开黄色小花，种子黑褐色，可入药。

渟 tíng 水停止不动：渊～。

婷 tíng （叠）美好：～～玉立。

馨 xīn 散布很远的香气。

星 xīng ❶天空中发光的或反射光的天体，如太阳、地球、北斗星等。通常指夜间天空中闪烁发光的天体：人造地球卫～｜～罗棋布｜月明～稀。❷（～子｜～儿）细碎或细小的东西：～火燎原｜火～儿｜唾沫～子。

猩 xīng 猩猩，猿类，形状略似人，毛赤褐色，前肢长，无尾。吃野果。产于苏门答腊等地。【猩红热】一种急性传染病，病原体是一种溶血性链球菌，症状是头痛、寒热、发红疹、口部周围苍白，舌如草莓。小儿容易感染。

惺 xīng 醒悟。【惺惺】1.聪明，机警。2.聪明的人。【假惺惺】1.假充聪明。

2. 假装和善。【惺忪】1. 清醒。2. 刚睡醒尚未清醒。

腥 xīng ❶腥气，像鱼虾的气味：血～|～膻(shān)。❷鱼、肉一类的食品：荤～|他不吃～。

箵 xīng 见第124页“笭”字条“笭箵”(líng xīng)。

刑 xíng ❶刑罚，对犯人各种处罚的总称：死～|徒～|缓～。❷反动统治阶级的刑法(fa)，如拷打、折磨等：受～|动～。

邢 xíng 姓。

形 xíng ❶样子：三角～|地～|～式|～象。【形成】逐渐发展成为某种事物：爱护公物～～一种风气。【形势】1. 地理上指地势的高低，山、水的样子。2. 事物发展的状况：国际～～。❷体，实体：～影不离。❸表现：喜怒不～于色。【形容】1. 面容：～～枯槁。2. 对事物的样子、性质加以描述。【形容词】表示事物的特征、性质、状态的词，如大、小、好、坏等。❹对照，比较：相～之下|相～见绌。

型 xíng ❶铸造器物用的模子。❷样式：小～汽车|新～。

钘 xíng 古代盛酒器。又用于人名。

硎 xíng 磨刀石。

铏 xíng 古代盛羹的器具。

陉（陘） xíng 山脉中断的地方。

荥（滎） ㊀xíng 【荥阳】县名，在河南省。㊁yíng 青韵。

荥（滎） ㊁yíng 【荥经】县名，在四川省。㊀xíng 青韵。

荧（熒） yíng 微弱的光亮。【荧光】物理学上称某些物质受光或其他射线照射时所发出的可见光。【荧惑】迷惑。

萤（螢） yíng 【萤火虫】一种能发光的昆虫，黄褐色，尾部有发光器。

蓥（鎣） yíng 【华蓥】山名，在四川省。

峃（嵤） yíng 【嶺峃】山深的样子。

蒸 zhēng ❶热气上升：～发｜～气。【蒸蒸】像气一样向上升：～～日上。❷利用水蒸气的热力使物品加热：～馒头。

烝 zhēng ❶众多。❷美。❸同“蒸”。

玎 ㊀zhēng 象声词。多指玉石撞击的声音。㊁dīng 青韵。

症（癥） ㊀zhēng 【症结】腹内结块的病。喻事情难解决的关键所在。㊁zhèng 径韵。

崩 bēng ❶倒塌：山～地裂。【崩溃】垮台，彻底失败：敌军～～。❷破裂：把气球吹～了。❸被弹（tán）射出来的东西突然打中：放爆竹～了手。❹崩症，一种妇女病，也叫“血崩”。❺封建时代称帝王死。【崩龙】崩龙族，我国少数民族名。

嘣 bēng 象声词。东西跳动或爆裂声。

冰（氷） bīng ❶水因冷凝结成的固体。❷使人感到寒冷：河里的水有点～手。❸用冰贴近东西使变凉：把汽水～上。

噌 cēng 象声词：～的一声，火柴划着了。

层（層） céng ❶重（chóng）：二～楼｜三～院子｜絮上两～棉花｜还有一～意思。【层次】事物的次序：～～分明。❷重复地：～出不穷。

曾 ㊀céng 曾经，尝，表示从前经历过：未～｜何～｜他～去过北京两次｜～几何时（表示时间没有过去多久）？㊁zēng 蒸韵。

嶒 céng 见第 128 页“崚”字条“崚嶒”（líng céng）。

称（稱） ㊀chēng ❶量轻重：把这包米～一～。❷叫，叫做：自～｜～得起英雄。❸名号：简～｜别～。❹说：拍手～快｜～病｜连声～好。❺赞扬：～许｜～道。❻举：～兵。㊁chèn 震韵。㊂chèng 径韵。

丞 chéng ❶帮助，辅佐。【丞相】封建社会帮助皇帝进行统治的最高一级官吏。❷封建时代帮助主要官员做事的官吏：县～｜府～。

承 chéng ❶在下面接受，托着：～尘（天花板）。❷承担，担当：～应｜这工程由建筑公司～包｜责任由我～当。引蒙，受到，接受（别人的好意）：～情｜～教｜～大家热心招待。【承认】1. 表示肯定、同意、认可：～～错误｜他～～有这么回事。2. 国际上指肯定新国家、新政权的法律地位。3. 继续，接连着：～上启下｜继～｜～接。

惩（懲） chéng 处罚，警戒：严～｜～前毖（bì）后。

乘 ㊀chéng ❶骑，坐：～马｜～车｜～飞机。❷趁，就着：～便｜～机｜～势。❸算术中指一个数使另一个数变成若干倍：五～二等于十。㊁shèng 径韵。

塍 chéng 田间的土埂子。

澄 ㊀chéng 水清。【澄清】清澈，清亮。喻搞清楚，搞明白：把问题～～一下。㊁dèng 径韵。

澂 chéng 水清，亦作“澄”。【澂江】府名，明置，属云南省。今改为县。

橙 ㊀chéng ❶常绿乔木，果实叫橙子（旧读 chén·zi），品种很多，可以吃，果皮可入药。❷红和黄合成的颜色。㊁chén 侵韵。

灯（燈） dēng 照明或利用光线达到某种目的的器具：电～｜路～｜探照～。

登 dēng ❶上，升：～山｜～高｜～峰造极。❷刊载，记载：～报｜把这几项～在簿子上。【登记】为了特定的目的，向主管机关按表填写事项：～～买票。❸（谷物）成熟：五谷丰～。【登时】即时，立刻。

噔 dēng 象声词，重东西落地或撞击物体的响声。

簦 dēng 古代有柄的笠，类似现在的雨伞。

蹬 dēng 踩，践，踏：～在凳子上。引脚向下用力：～三轮车｜～水车。

鞥 ēng 马缰。

肱 gōng 胳膊由肘到肩的部分，泛指胳膊：曲～。【股肱】喻旧指得力的助手。

恒（恆） héng ❶持久：～心｜行之有～。❷经常的，普通的：～言。

姮 héng 【姮娥】嫦娥。

弘 hóng 大：～愿｜～旨。

兢 jīng 【兢兢】小心，谨慎：战战～～｜～～业业。

塄 léng 田地边上的坡子。也叫“地塄”。

楞 léng 同“棱”。

棱（稜） ㊀léng （～子｜～儿）❶物体上不同方向的两个平面接连的部分：见～见角。❷物体表面上的条状突起：瓦～｜搓板的～儿。㊁líng 蒸韵。

睖 lèng 【睖睁】（lèng · zheng）眼睛发直，发愣。

凌 líng ❶冰：河里的～都化了｜滴水成～。❷欺凌，侵犯，欺压：～辱｜盛气～人。❸升，高出：～云｜～空而过。❹迫近：～晨。

陵 líng ❶火土山（连丘～）。【陵谷】高低地势的变动。喻世事变迁。❷高大的坟墓：黄帝～｜中山～。

菱 líng 一年生草本植物，生在池沼中，叶略呈三角形，叶柄有气囊，夏天开花，白色。果实有硬壳，有角，叫菱或菱角，可吃。【菱形】四边相等四个角都不是九十度的平行四边形。

崚 líng 【崚嶒】（líng céng）形容山高。

淩 líng 同“凌❷❸”。

绫 líng （一子）一种很薄的丝织品，一面光，像缎子：～罗绸缎。

棱（稜） ㊁líng 【穆棱】县名，在黑龙江省。㊀léng 蒸韵。

鲮 líng 【鲮鱼】也叫土鲮鱼，属鲤科鱼类，是我国华南淡水主要养殖对象之一，性怕冷。【鲮鲤】哺乳动物的一种，就是“穿山甲”，全身有角质的鳞片，吃蚂蚁。鳞片可入药。

能 néng ❶能力，才干，本事：各尽其～｜他很有～力。【能耐】技～｜～力。❷有才干的：～人｜～者多劳｜～手。❸能够，胜任：他～耕地｜～完成任务。❹会（表示可能性）：他还～不去吗？❺应，该：你不～这样不负责任。❻物理学上称能够做功的叫“能”：电～｜原子～。

凝 níng ❶凝结，液体遇冷变成固体，气体因温度降低或压力增加变成液体：油还没有～住。❷聚集，集中：～神｜～视｜独坐～思。

朋 péng 彼此友好的人（连～友）：要认识清楚谁是敌人，谁是～友。

堋 péng 我国战国时代科学家李冰在修建都江堰时所创造的一种分水堤。

棚 péng （～子｜～儿）把席、布等搭架支张起来遮蔽风雨或日光的东西：天～｜凉～｜牲口～｜窝～。

鹏 péng 传说中最大的鸟。【鹏程】喻远大的前途。

鬅 péng 头发松散。

凭（憑、凴） píng ❶靠在东西上：～栏｜～几。❷依靠，仗恃：劳动人民～着双手创造世界。❸根据：～票入场｜～大家的意见作出决定。❹证据（连～证｜～据）：真～实据。

扔 rēng ❶抛，投掷：～球｜～砖。❷丢弃，舍弃：把这些破烂东西～了吧。

仍 réng 仍然，依然，还，照旧：～须努力｜他虽然有病，～不肯放下工作。

礽 réng 福。

僧 sēng 梵语“僧伽”的省称，佛教指出家修行的男人。

胜 ㊀shēng 任，能举：能克就是～。㊁shèng 径韵。

升（❸❹昇、❹陞） shēng ❶容量单位，市用制跟公制相同，容积等于一立方分米：十～是一斗。❷量粮食的器具。❸向上，高起：～旗｜东方红，太阳～。❹提高：～级。

渑（澠） ㊀shéng 古水名，在今山东省临淄附近。㊁miǎn 铣韵。

绳（繩） shéng （～子）用两股以上的棉、麻纤维或棕、草等拧成的条状物。【绳墨】木工取直用的器具。喻规矩，法度。

鼟 tēng 象声词，敲鼓声。

疼 téng ❶人、动物因病、刺激或创伤而起的难受的感觉（连～痛）：肚子～|腿摔～了。❷喜爱，爱惜：他奶奶最～他。

腾 téng ❶奔跑，跳跃（连奔～）：万马奔～|万众欢～。❷上升：～空|～云驾雾。【腾腾】气势旺盛：雾气～～|热气～～。❸空出来，挪移：～出两间房来。❹（·teng）词尾（在动词后，表示动作的反复连续）：倒～|翻～|折～|闹～。

誊（謄） téng 转录，抄写：～清|这稿子太乱，要～一遍。

滕 téng 周代诸侯国名，在今山东省滕州市。

螣 téng 【螣蛇】古书上说的一种能飞的蛇。

縢 téng ❶封闭。❷约束。

鰧 téng 【鰧鱼】身体青灰色，有褐色网状斑纹，头大眼小，下颌突出，有一或两个背鳍。常栖息在海底。可食。

藤（籐） téng ❶植物名：1.紫藤，俗叫“藤萝”，藤本植物，花紫色。2.白藤，常绿木本植物。茎细长，柔软而坚韧，俗叫“藤子”，可以编篮、椅、箱等用具。3.藤黄，常绿乔木，果实圆形。树脂可作黄色颜料，但有毒，不能染食品。❷蔓：葡萄～|顺～摸瓜。

兴（興） ㊀xīng ❶举办，发动：～工|～利除弊|～修水利。❷起来：夙～夜寐（早起晚睡）|闻风～起。❸旺盛（连～盛|～旺）。【兴奋】精神振作或激动的状态。❹流行，盛行：时～。❺准许：不～胡闹。❻〈方〉或许：他～许来，～许不来。㊁xìng 径韵。

应（應） ㊀yīng ❶该，当（连～当|～该）：～有尽有。❷答应，允许（连～许|～允）：～他十天之内完工。❸姓。㊁yìng 径韵。

譍 yīng 答言。如苏轼《望海楼诗》：“隔岸人家唤欲～。”

膺 yīng ❶胸：义愤填～。❷承受，当：～选|荣～劳动英雄称号。❸伐，打击：～惩。

鹰 yīng 鸟名，嘴弯曲而锐，四趾有钩爪。性猛，食肉。种类很多，常见的有苍鹰、鸢鹰等。

蠅 yīng 寒蜩，似蝉而小。

蝇（蠅） yíng （～子）苍蝇，产卵在肮脏腐臭的东西上，幼虫叫蛆。能传播痢疾等疾病，害处很大。

曾 ㊀zēng ❶重（chóng），用来指与自己中间隔着两代的亲属：～祖|～孙。❷〈古〉同“增”。❸姓。㊁céng 蒸韵。

增 zēng 加多：～添（连～加）：为国～光|～产节约。【增殖】繁殖：～～耕牛。引大量地增添：～～财富。

憎 zēng 厌恶（wù），嫌，跟“爱”相反（连～恶）：爱～分明。

缯 ㊀zēng 古代丝织品的总称。㊁zèng 径韵。

罾 zēng 一种用竹竿或木棍做支架的方形鱼网。

矰 zēng 古代射鸟用的一种拴着丝绳的箭。

罾 zēng 高貌。

翻 zēng 举，飞，鸟飞。

驓 zēng 马的四胫皆白。

鄫 zēng ❶古代姒姓国，在东海。❷古代郑地，在今河南省睢县一带。

尤（尤） yóu ❶特异的，突出的：拔其～。❷尤其，更，格外：～其好。❸过失：勿效～（不要学着做坏事）。❹怨恨，归咎：怨天～人。

犹（猶） yóu ❶如同：虽死～生｜战士的意志～如钢铁。❷还（hái）：记忆～新｜话～未了。【犹豫】（yóu yù）迟疑不决。

疣（肬） yóu 一种皮肤病，俗叫"瘊子"，病原体是一种病毒，症状是皮肤上出现黄褐色的小疙瘩，不痛也不痒。【赘疣】喻多余而无用的东西。

莸（蕕） yóu ❶古书上说的一种有臭味的草：薰～同器（喻善的跟恶的在一起）。❷落叶小灌木，花蓝色，供观赏。

鱿 yóu 【鱿鱼】又叫"柔鱼"，生活在海洋中的一种软体动物，头像乌贼，尾端呈菱形，体白色，有淡褐色斑点，肉可吃。

由 yóu ❶自，从：～哪儿来？｜～上到下。[引]经过：必～之路｜观其所～。❷原因（[连]原～）：情～｜理～。【由于】连词，表示原因，在句子的前面或后面，一定要说出结果来：～～全厂工人干劲冲天，生产任务很快就完成了。❸顺随，听从：～着性子｜不～得自己。[引]归属：此事应～你处办理。

邮（郵） yóu ❶邮递，由国家专设的机构传递信件：～信。❷有关邮务的：～票｜～费｜～包。

油 yóu ❶动植物体内所含的脂肪物质：猪～｜花生～。❷各种碳氢化合物的混合物，一般不溶于水，容易燃烧：煤～｜汽～。❸用油涂抹：用桐～一～就好了。❹狡猾（[连]～滑）：～腔滑调｜这个人太～滑。【油然】充盛地：天～～作云，沛然下雨。

柚 ㊀yóu 【柚木】落叶乔木，叶大，对生，花白色或蓝色。木材坚硬耐久，可用来造船、车等。㊁yòu 宥韵。

铀 yóu 一种放射性元素，符号 U，银白色，质地坚硬，能蜕变。把铀熔合在钢中做成铀钢，非常坚硬，可以制造机器。铀是生产原子能的重要元素。

蚰 yóu 【蚰蜒】（yóu · yán）像蜈蚣，比蜈蚣略小，体短而稍扁，足细长，触角长，多栖息阴湿处。

游（❹遊） yóu ❶动物在水里行动（[连]～泳）：～水｜～鱼可数。❷不固定：～资｜～牧｜～击战。【游移】主意不定。❸河流的一段：上～｜下～。❹闲逛，从容地行走：～历｜～玩。❺同"圝"（yóu）。

莜 ㊀yóu 【莜麦】也作"油麦"，一年生草本植物，花绿色，叶细长。茎叶可作牧草，种子可以吃。同"莜"。㊁tiáo 萧韵。

蝣 yóu 见第 131 页"蜉"字条"蜉蝣"（fú yóu）。

猷 yóu 计谋，打算：鸿～（宏伟的计划）。

輶 yóu ❶古代一种轻便的车。❷轻。

蝤 ㊀yóu 【蝤蛑】（yóu móu）生活在海里的一种螃蟹，也叫"梭子蟹"，甲壳略呈菱形，肉味鲜美。㊁qiú 尤韵。

繇 ㊀yóu 古书里同"由"。㊁yáo 萧韵，见第 85 页"徭（△繇、傜）"字条。

圝 yóu （～子）捕鸟时用来引诱同类鸟的鸟，也作"游"：鸟～子。

优（優） yōu ❶美好的：～等｜品质～良｜生活～裕。❷古代指演剧的人（[连]俳～｜～伶）。【优柔】1. 从容。2. 犹豫不决：～～寡断。

忧（憂） yōu ❶发愁（[连]～愁）：杞人～天（喻过虑）。❷可忧愁的事：～患。

攸 yōu 所：责有～归｜性命～关。

悠 yōu ❶长久（[连]～久）：历史～久。❷闲适，闲散：～闲｜～然。❸在空中摆动：站在秋千上来回～。❹稳住，控制：～着点劲。【悠悠】1. 闲适，自由自在：白云～～。2. 忧郁：～～我思。

呦 yōu 叹词，表示惊异：～，你怎么也来了？｜～，碗怎么破了！【呦呦】鹿叫声：～～鹿鸣。

幽 yōu ❶形容地方很僻静，光线暗：～谷｜～林｜～室。[引]隐藏，不公开的：～居｜～会。❷使人感觉沉静、安闲的：～香｜～

美|～雅。❸幽禁，把人关起来不让跟外人接触。❹迷信的人指所谓阴间：～灵。❺古地区名，相当于今河北省北部和辽宁省南部：～燕(yān)。【幽默】(外)有趣或可笑而意味深长的。

麀 yōu 母鹿。

耰 yōu ❶古代弄碎土块使田地平坦的农具。❷用耰使土覆盖种子。

抽 chōu ❶从事物中提出一部分：～签|～调干部|～空儿。【抽象】1. 从各种事物中抽取共同的本质特点成为概念。2. 笼统，概括：问题这样提太～～了，最好举一个具体的例子。❷长出：谷子～穗。❸吸：～水|～烟。❹减缩：这布一洗～了一寸。【抽风】手足痉挛、口眼歪斜的症象。❺用细长的、软的东西打：他不再用鞭子～牲口了。

紬 ㊀chōu 引出，缀辑。【紬绎】【抽绎】引出头绪。㊁chóu 尤韵。

瘳 chōu 病愈。

仇(△雠、讐) chóu 深切的怨恨：～人|报～|恩将～报|～视侵略者。

绸 ㊁chóu 同"绸"。㊀chōu 尤韵。

俦(儔) chóu 同伴，伴侣。

帱(幬) ㊀chóu ❶帐子。❷车帷。㊁dào 号韵。

畴(疇) chóu ❶田地。❷类：范～。【畴昔】过去，以前。

筹(籌) chóu ❶计数的用具，多用竹子制成。❷谋划：～款|～备|统～|一～莫展。

踌(躊) chóu ❶【踌躇】犹豫，拿不定主意：他～～了半天才答应了。❷自得的样子：～～满志。

惆 chóu 【惆怅】(chóu chàng)失意，伤感。

绸 chóu (～子)一种薄而软的丝织品。

稠 chóu ❶密(连～密)：人烟～密|棉花棵很～。❷浓：这粥太～了。

酬(酧、醻) chóu ❶向客人敬酒。【酬酢】(chóu zuò)主客互相敬酒。泛指交际往来。【应酬】1. 交际往来。2. 表面应付。❷用财物报答：～劳。❸报酬：同工同～。

愁 chóu 忧虑(连忧～)：不～吃，不～穿|发～。

雠(讐) chóu ❶校对文字(连校～)。❷同"仇㊀"。

丢 diū ❶失去，遗落：～了一枝钢笔|～脸(失面子)|～三落(là)四。❷放下，抛开：这件事可以～开不管。

铥 diū 一种金属元素，符号 Tm。

兜 dōu ❶(～子|～儿)作用和口袋相同的东西。❷做成兜形把东西拢住：用手巾～着|船帆～风。引兜揽，招揽：～售。❸环绕，围绕：～抄|～圈子。

蔸 dōu (方)❶指某些植物的根和靠近根的茎：禾～|树～脑(树墩儿)。【坐蔸】稻子的幼苗发黄，长不快。❷量词，相当于"丛"或"棵"：一～草|一～白菜。

篼 dōu ❶(～子)走山路坐的竹轿。❷竹、藤、柳条等做成的盛东西的器物。

浮 fú(古音 fóu，尤韵) ❶漂，跟"沉"相反(连漂～)：～力|～桥|～在水面上。❷表面的：～面|～皮|～土。【浮雕】雕塑的一种，在平面上雕出凸起的形象。❸暂时的：～记|～支。❹不沉静，不沉着(zhuó)：心粗气～|心～气躁。❺空虚，不切实：～名|～华|～泛。❻超过，多余：人～于事|～额。【浮屠】【浮图】1. 佛教徒称释迦牟尼。2. 古时称和尚。3. 塔：七级～～。

蜉 fú 【蜉蝣】(fú yóu)昆虫名，幼虫生在水中，成虫褐绿色，有翅两对，在水面飞行。成虫生存期极短，交尾产卵后即死。

勾 ㊀gōu ❶用笔画出符号，表示删除或截取：～了这笔账|一笔～销|把精彩的文句～出来。❷描画，用线条画出形象的

边缘:~图样。转用灰涂抹建筑物上砖、瓦或石块之间的缝:~墙缝|用灰~抹房顶。❸招引,引(连~引):~结|~通|~搭|这一问~起他的话来了。❹我国古代称不等腰直角三角形中构成直角的较短的边。❺【勾留】停留:在那里~~几天。㊁gòu 宥韵。

沟(溝) gōu ❶流水道:阴~|阳~。【沟通】使两方通达:~~文化。❷像沟的东西:车~|瓦沟。

钩(鉤) gōu ❶(~子|~儿)悬挂或探取东西用的器具,形状弯曲,头端尖锐:秤~儿|钓鱼~儿|挂~儿|火~儿。❷(~子|~儿)形状像钩子的:蝎子的~子。❸(~儿)汉字的一种笔形(乛㇂乚等)。❹用钩状物探取:把床底下那本书~出来。❺同"勾㊀❷"。❻一种缝纫法,多指缝合衣边:~贴边。

句 ㊀gōu 同"勾"。【高句丽】古国名。【句践】春秋时越王名。㊁jù 遇韵。

佝 ㊂gōu 【佝偻】(gōu·lóu)佝偻病,俗称小儿软骨病。由于食物中缺少钙、磷和丁种维生素并缺乏日光照射而引起的骨骼发育不良。㊀hǒu 有韵。㊁kòu 宥韵。

枸 ㊀gōu 【枸橘】(gōu jú)就是"枳"(zhǐ)。㊁gǒu 有韵。㊂jǔ 麌韵。

缑 gōu 刀剑等柄上所缠的绳。

鞲(韝) gōu 古代的套袖。

篝 gōu 笼。【篝火】原指用笼子罩着的火,现指在野外或空旷的地方燃烧的火堆。

鞴 gōu 【鞴鞴】(gōu bèi)活塞,即蒸汽机、内燃机的气缸里往复运动的机件。

芶 gōu 菜名。

苟 ㊀gōu 【苟吻】(gōu wěn)草名,俗称"断肠草"。蔓生,叶如罗勒,光而厚,五六月开花成穗,有剧毒。此外,有叶似芹的叫芹叶苟吻,是草本;有叶似黄精的叫黄精叶苟吻,是木本。㊁gǒu 有韵。

齁 hōu ❶鼻息声。❷很,非常(多表示不满意):~咸|~苦。

侯 ㊀hóu 我国古代五等爵位的第二等:封~。㊁hòu 宥韵。

喉 hóu 喉头、颈的前部和气管相通的部分,通常把咽喉混称为"嗓子"或"喉咙"。【白喉】一种急性传染病,病原体是白喉杆菌。症状是发热,喉痛,并生一层白色假膜。

猴 hóu (~子|~儿)哺乳动物,种类很多。毛灰色或褐色,颜面和耳朵无毛,有尾巴,两颊有储存食物的颊囊。

瘊 hóu (~子)皮肤上长的无痛痒的小疙瘩。

篌 hóu 见第3页"箜"字条"箜篌"(kōng hóu)。

糇(餱) hóu 〈古〉糇粮,干粮。

骺 hóu 【骨骺】长形骨的两端。

鸠 jiū ❶鸽子一类的鸟,常见的有斑鸠、山鸠等。❷聚集:~合(纠合)。

阄(鬮) jiū (~儿)为了赌胜负或决定事情而抓取的东西:抓~儿。

揪 jiū 用手抓住或拉住:赶快~住他|~断了绳子|~下一块面。【揪心】心里紧张,担忧。

啾 jiū 【啾啾】象声词,常指动物的细小的叫声。

鬏 jiū 头发盘成的结。

芤 kōu ❶古时葱的别名。❷芤脉,中医称按起来中空无力的脉象,好像按葱管的感觉。

抠(摳) kōu ❶用手指或细小的东西挖:~了个小洞|把掉在砖缝里的豆粒给~出来。引向狭窄的方面深求:~字眼儿|死~书本。❷雕刻(花纹)。❸〈方〉吝啬,小气。

眍(瞘) kōu 【眍瞜】(kōu·lou)眼睛深陷:~~眼|他病了一场,眼睛都~~了。

溜 ㊀liū ❶滑行:~冰|从滑梯上~下来。引滑溜,平滑,无阻碍:这块石头很滑~。❷溜走,趁人不见走开:一眼不见他就~

了。❸同“熘”。㊁liù 宥韵。

熘 liū 一种烹调法，跟炒相似，作(zuó)料里掺淀粉，也作“溜”：～肉片。

刘(劉) liú 姓。

浏(瀏) liú 清亮。【浏览】泛泛地阅览。

留 liú ❶停止在某一个地方(连停～)：他～在天津了|～学(住在外国求学)。引注意力放在上面：～心|～神。【留连】【流连】在一个地方玩得很高兴，不想走。❷不让别人离开：慰～|他一定要走，我～不住他|～难(故意和人为难)。❸接受，收容(连收～)：把礼物～下。❹保留：～余地|～胡子|今天请给我～饭。

馏 ㊀liú 蒸馏，加热使液体化成蒸气后再凝成纯净的液体。㊁liù 宥韵。

骝 liú 古书上指黑鬣黑尾巴的红马。

榴 liú 【石榴】落叶灌木，一般开红花，果实球状，肉有很多种子，种子上的肉可吃。根、皮可入药。

飗 liú 【飗飗】微风吹动的样子。

镏 ㊀liú 我国特有的镀金法，所镏的金层经久不退。㊁liù 宥韵。

瘤 liú (～子)生物体的组织增殖生成的疙瘩，多由刺激或微生物寄生而起。

流 liú ❶液体移动：水往低处～|～水不腐|～汗|～血。【流浪】漂泊不定。【流利】灵活，顺溜：他的钢笔字写得很～～|他说一口～～的普通话。【流线型】前端圆，后端尖，略似水滴的形状，因空气或水等对流线型的阻力小，所以常用作汽车、汽艇等交通工具的外形。❷像水那样的流动：货币～通|空气的对～现象。引 1.移动不定：～星。2.运转不停：～光|～年。3.不知来路，意外地射来的：～矢|～弹。4.传播或相沿下来：～行|～传。【流产】孕妇怀孕未满二十八周就产出胎儿，胎儿大多不能成活。❸流动的东西：河～|电～|寒～|气～。❹趋向坏的方面：开会不要～于形式。❺品类：1.派别：九～。2.等级：第一～产品。❻旧时刑法的一种，把犯人送到荒凉边远的地方去：～放。

琉 liú 【琉璃】(瑠瓈)(liú·lí)一种用铝和钠的硅酸化合物烧制成的釉料：～～瓦。

硫 liú 一种非金属元素，符号 S，普通叫“硫黄”，淡黄色质硬而脆，不易传热和电。工业上纯硫可制火柴、火药、硫化橡胶等。医药上用来治皮肤病。

旒 liú ❶旗子上面的飘带。❷古代皇帝礼帽前后的玉串。

鎏 liú ❶成色好的金子。❷同“镏”。

镠 liú 成色好的黄金。

遛(蹓) ㊀liú 逗留，不进。㊁liù 宥韵。

飂 ㊀liú 西风。㊁liáo 萧韵。

鹨 liú 鸟名，身体小，嘴细长，吃害虫，是益鸟。

搂(摟) ㊀lōu ❶用手或工具把东西聚集起来：～柴火。喻搜刮：反动政府的官吏专会～钱。❷弯着手指往怀里拨：～枪机。㊁lǒu 有韵。

䁖(瞜) lōu 〈方〉看：让我～一～。

剅(㓐) lóu 〈方〉水口，水道：～口|～嘴。

偻(僂) ㊀lóu 见第 132 页“佝”字条“佝偻”(gōu·lóu)。㊁lǚ 麌韵。

娄(婁) lóu 姓。

蒌(蔞) lóu 【蒌蒿】多年生草本植物，花淡黄色，茎可以吃。

喽(嘍、僂) ㊀lóu 【喽啰】(嘍囉、僂儸)(lóu·luó)旧时称盗贼的部下，现在多比喻反动派的仆从。㊁lou 尤韵。

溇(漊) lóu 【溇水】水名，在湖南省。

楼(樓、[3]蔞) lóu ❶两层以上的房屋：～房|大～。❷楼房的一层：一～|三～。❸见第 329 页“栝”字条“栝楼”(guā lóu)。

耧(耬) lóu 播种用的农具。

蝼(螻) lóu 指蝼蛄(lóu gū),也叫"喇喇蛄"、"土狗子",是一种对农作物有害的昆虫,褐色,有翅,前脚很强,能掘地,咬农作物的根。

髅(髏) lóu 见第32页"骷"字条"骷髅"(kū lóu),第308页"髑"字条"髑髅"(dú lóu)。

喽 ㊀lou 语助词,相当于"了"。㊁lóu 尤韵。

哞 mōu 牛叫的声音。

牟 ㊀móu 取:旧社会投机商哄抬物价,~取暴利。㊁mù 宥韵。

侔 móu 相等,齐。

眸 móu (~子)眼中瞳人,泛指眼睛:凝~远望。

蛑 móu 见第130页"蝤"字条"蝤蛑"(yóu móu)。

谋 móu ❶计划,计策,主意(连~略|计~):有勇无~。❷设法寻求:为人民~幸福。❸商议:不~而合。

缪 ㊀móu 【绸缪】(chóu móu)1. 修缮:未雨~~(喻事先做好准备)。2. 缠绵。㊁miào 啸韵。㊂miù 宥韵。

鍪 móu 古代的一种锅。【兜鍪】古代打仗时戴的盔。

矛 máo 一种长杆的戟:酋~|长~|戈~。【矛盾】言不相符。另见第87页"矛"字条。

妞 ㊀niū 【妞妞】女孩儿。㊁niǔ 有韵。

牛 niú 家畜名,我国产的以黄牛、水牛为主。力量很大,能耕田、拉车。肉和奶可吃。角、皮、骨可作器物。

区(區) ㊀ōu 姓。㊁qū 虞韵。

讴(謳) ōu 歌唱。【讴歌】歌颂,赞美。

沤(漚) ㊀ōu 水泡:浮~。㊁òu 宥韵。

欧(歐) ōu ❶姓。❷(外)指欧洲,世界七大洲之一。

瓯(甌) ōu ❶小盆。❷杯:茶~|酒~。❸【瓯江】水名,在浙江省。

殴(毆) ōu 打人(连~打):~伤。

鸥(鷗) ōu 水鸟名,羽毛多为白色,生活在湖海上,捕食鱼螺等。

呕(嘔) ㊀ōu 【呕哑】小儿说话声。【呕喻】和悦、快乐的样子。㊁ǒu 有韵。

钷(鏂) ōu 【锫钷】(fù ōu)1. 钉名,大钉。2. 镜匣的装饰。

抔 póu 用手捧东西。

裒 póu ❶聚。❷减少:~多益寡(减有余补不足)。

掊 ㊀póu 聚敛的意思。㊁pǒu 有韵。

邱 qiū 姓。古也作"丘"。

丘(❸坵、❶△邱) qiū ❶土山:土~|~陵地带。❷坟墓(连~墓)。❸〈方〉量词(指用田塍隔开的水田):一~五亩大的稻田。❹用砖石封闭有尸体的棺材、浮厝(cuò)。

蚯 qiū 【蚯蚓】(qiū yǐn)一种生长在土里的虫子,身体由许多环节构成。它能翻松土壤,对农作物有益。也省称"蚓"。

龟(龜) ㊂qiū 【龟兹】(qiū cí)汉代西域国名,在今新疆维吾尔自治区库车县一带。㊀guī 支韵。㊁jūn 文韵。

秋(烁、❺鞦) qiū ❶四季中的第三季。【三秋】1. 指秋收、秋耕、秋播。2. 指三年。❷庄稼成熟的时期:麦~。❸年:千~万代。❹指某个时期(多指不好的):多事之~。❺【秋千】(鞦韆)(qiū qiān)运动和游戏用具。架子上系(jì)两根长绳,绳端拴一块板,人在板上前后摆动。

萩 qiū 古书上说的一种蒿类植物。

湫 ㊀qiū 水池。【大龙湫】瀑布名,在浙江省北雁荡山。㊁jiǎo 筱韵。

楸 qiū 落叶乔木,干高叶大,夏天开花,木材质地致密,耐湿,可造船,也可做器具。

鹙 qiū 【秃鹙】古书上说的一种水鸟,头颈上没有毛,性贪暴,好吃蛇。

鳅(鰌) qiū 【泥鳅】一种鱼,口小,有须,体圆,尾侧扁,背青黑色,皮上有黏液,常钻在泥里。肉可吃。

鞧(鞦) qiū 【后鞧】套车时拴在驾辕牲口屁股上的皮带子。

仇 ㊁qiú 姓。㊀chóu 尤韵。

犰 qiú 【犰狳】(qiú yú)一种哺乳动物,头尾及胸部都有鳞片,腹部有毛,穴居土中,吃杂食,产于拉丁美洲等地,肉可吃,鳞甲可制提篮等。

訄 qiú 逼迫。

囚 qiú ❶拘禁。❷被拘禁的人。

泅 qiú 浮水,游泳。

求 qiú ❶设法得到:不~名|不~利|供~相应|~学|~出百分比。❷恳请,乞助:~教|~人。

俅 qiú ❶恭顺的样子(叠)。❷俅人,我国少数民族"独龙族"的旧称。

逑 qiú 匹配,配偶。

赇 qiú 贿赂。

裘 qiú 皮衣:集腋成~(比喻积少成多)。

球(❷毬) qiú (~儿)❶圆形的立体物。❷指某些球形的体育用品:足~|乒乓~儿。❸指地球,也泛指星体:全~|北半~|星~|月~。

虬(虯) qiú 【虬龙】传说中的一种龙。

酋 qiú ❶酋长,部落的首领。❷(盗匪、侵略者的)头子:匪~|敌~。

遒 qiú 健,有力(连~劲|~健)。

蝤 ㊀qiú 【蝤蛴】(蝤蠐)(qiú qí)金龟子的幼虫,身长足短,白色。㊁yóu 尤韵。

巯(巰) qiú 有机化合物中含硫和氢的基,通式为—SH。

璆 qiú 美玉。

柔 róu ❶软,不硬(连~软):~枝|~软体操。❷柔和,跟"刚"相反:性情温~|刚~相济。

揉 róu 回旋地按、抚摩:~一~腿|沙子掉到眼里可别~|~面。

輮 róu ❶车轮的外周。❷使弯曲。

煣 róu 用火烤木材使弯曲。

糅 róu 混杂:~合|真伪杂~。

蹂 róu 【蹂躏】(róu lìn)践踏,踩。喻用暴力欺压、侮辱、侵害:帝国主义非常残暴地~~殖民地人民。

鞣 róu 制造皮革时,用栲胶、鱼油等使兽皮柔软:~皮子|这皮子~得不够熟。

收(収) shōu ❶接到,接受:~发|~信|~到|~条|接~物资|招~新生|~账(收款记账)。❷藏或放置妥当:这是重要东西,要~好了。❸割取成熟的农作物:秋~|~麦子。❹招回:~兵。❺聚,合拢:疮~口了。❻结束:~尾|~工|~场。

郰 sōu 【郰瞒】春秋时小国,也称"长狄",在今山东省济南市北。一说在今山东省高青县。

搜(❶蒐) sōu ❶寻求,寻找:~集|~罗。❷搜索检查:~身。

馊 sōu 食物等因受潮热引起质变而发出酸臭味:饭~了。

溲 sōu ❶大小便。特指小便。❷浸,泡。

飕 sōu ❶风吹(使变干或变冷):洗的衣服被风~干了。❷同"嗖"。

锼 sōu 用钢丝锯挖刻木头:椅背的花纹是~出来的。

螋 sōu 见第 34 页"蠼"字条"蠼螋"(qú sōu)。

艘 sōu 量词,指船只:大船五~|军舰十~。

偷（❸婨） tōu ❶窃取，趁人不知道拿人东西。【小偷（儿）】偷东西的人。❷行动瞒着人（叠）：～看｜～～地走了｜～懒（趁人不知道少做事）。❸苟且：～安｜～生。❹抽出时间：～空（kòng）｜～闲。

鍮 tōu 黄铜。

头（頭） tóu ❶脑袋，人身体的最上部分或动物身体的最前的部分（连～颅）。转头发：他不想留～了。【头脑】1. 脑筋，思想：他～～清楚｜不要被胜利冲昏～～。2. 要领、门路：这事我摸不着～～。❷（～儿）事物的起点或尖顶：山～｜笔～｜从～儿说起｜提个～儿。转（～儿）物品的残余部分：烟卷～儿｜蜡～儿｜布～的。【头绪】条理，处理事物的门径：我找不出～～来。❸以前，在前面的：～两年｜我在～里走。❹次序在前，第一：～等｜～号｜～班。❺（～子｜～儿）首领（多指坏的）：反动～子｜特务～子｜流氓～子。❻（～儿）方面：他们两个是一～儿的。❼量词：1. 指牛驴等牲畜：一～牛｜两～驴。2. 指像头的物体：两～蒜。❽表示约计、不定数量的词：三～五百｜十～八块。❾（tou）名词词尾：1. 放在名词词根后：木～｜石～｜拳～。2. 放在形容词词根后：甜～儿｜苦～儿。3. 放在动词词根后：有听～儿｜没个看～儿。❿（tou）方位词词尾：前～｜上～｜外～。

投 tóu ❶抛，掷，扔（多指有目标的）：～石｜～入江中。引跳进去：～河｜～井｜～火。【投票】选举或表决的一种方法。把自己的意见写在票上，投进票箱。【投资】把资金应用在生产等事业上。❷投射：影子～在窗户上。❸走向，进入：～宿｜弃暗～明｜～入新战斗。【投奔】（tóu bèn）归向，走去依靠：～～解放区｜～～祖国。❹寄，递送（连～递）：～书寄信｜～稿。❺合：1. 相合：情～意合。2. 迎合：～其所好。【投机】1. 意见相合：他俩一见就很～～。2. 利用时机，求取利益名位：～～取巧｜～～分子。

骰 tóu 【骰子】一般叫"色（shǎi）子"，一种赌具。

休 xiū ❶歇息：～假｜～养。❷停止：～业｜～学｜～会｜争论不～。引完结（多指失败或死亡）。❸旧社会丈夫把妻子赶回母家，断绝夫妻关系。这是压迫妇女的封建夫权的一种表现。❹不要，别：～想｜～要这样性急。❺吉庆，美善：～咎（吉凶）｜～戚（喜和忧）相关。

咻 xiū 吵，乱说话。

庥 xiū 庇荫，保护。

鸺 xiū 见第11页"鸱"字条"鸱鸺"（chī xiū）。

貅 xiū 见第16页"貔"字条"貔貅"（pí xiū）。

髹（髤） xiū 把漆涂在器物上。

脩 xiū ❶干肉。【束脩】一束干肉。转旧时指送给老师的薪金。❷同"修"。

修（脩） xiū ❶使完美或恢复完美：～饰｜～理｜～辞｜～车。❷建造：～铁路｜～桥。❸著作，撰写：～书｜～史。❹钻研学习：研究：～业｜自～。❺长（cháng）：茂林～竹。❻修正主义的简称：反～｜防～。【修正主义】国际共产主义运动和无产阶级政党中披着马克思主义外衣的资产阶级反动思潮。它否定马克思主义的基本原则，否定马克思主义的普遍真理。

羞 xiū ❶感到耻辱（连～耻）：～与为伍。❷难为情，害臊：害～｜～得脸通红。引使难为情：你别～我。❸通"馐"，珍馐，美味的食物。

馐 xiū 美味的食品：珍～。

滫 ㊀xiū 米泔，久了就有酢气，饮食的酢气即是滫。㊁xiǔ 有韵。

舟 zhōu 船。

侜（譸） zhōu 【侜张】作伪，欺骗：～～为幻。

辀 zhōu 车辕。

鸼 zhōu 【鹘鸼】（gǔ zhōu）古书上说的一种鸟，羽毛青黑色，尾巴短。

州 zhōu ❶旧时的一种行政区划。多用于地名，如杭州、柳州。❷一种民族自治行政区划。

盩 zhōu 【盩厔】（zhōu zhì）县名，在陕西省。今改作“周至”。

洲 zhōu ❶水中的陆地：沙～。❷大陆：亚～|七大～。

诌（謅） zhōu 随口编：胡～|瞎～。

周（❶～❹週） zhōu ❶周围，圈子：圆～|环绕地球一～|学校四～都种着树。❷环绕，绕一圈：～而复始。【周旋】1.打交道。2.交际，应酬：与客人～～。❸普遍，全面：众所～知|～身。❹时期的一轮。特指一个星期。❺完备：～到|计划很～密。❻给，接济：～济|～急。❼朝代名：1.姬发（武王）建立（约公元前1066～公元前256年）。2.五代之一，郭威建立（公元951～960年）。

啁 ㊀zhōu 【啁啾】（zhōu jiū）形容鸟叫的声音。㊁zhāo 看韵。

赒 zhōu 同“周❻”：～济。

邹（鄒） zōu 周代诸侯国名，在今山东省邹城市东南。

驺（騶） zōu 封建时代贵族官僚出门时所带的骑马的侍从。

诹 zōu 在一起商量事情：～吉（商订好日子）|咨～（询问政事）。

陬 zōu 隅，角落。

缬 zōu 青赤色。

鲰 zōu 小鱼。【鲰生】古代称小子、小人。

鄹（郰） zōu 古地名，在今山东省曲阜市东南。

侵 qīn ❶侵犯，夺取别人的权利：～害｜～吞。【侵略】侵犯别国领土、主权，掠夺别国财富，奴役别国人民，以及干涉别国内政等行为：帝国主义的本性就是～～。❷渐近：～晨。

骎 qīn 【骎骎】马跑得很快的样子。喻进行得快：～～日上。

钦 qīn ❶恭敬：～佩｜～仰。❷封建时代指有关皇帝的：～定｜～赐｜～差大臣。

嵚 qīn 【嵚崟】（嵚崯）（qīn yín）山高的样子。

衾 qīn 被子：～枕。

芩 qín 植物名：1. 古书上指芦苇一类的植物。2. 黄芩，多年生草本植物，开淡紫色花，根可入药。

琴 qín ❶古琴，一种弦乐器，用梧桐等木料做成，有五根弦，后来增加为七根。❷某些乐器的统称，如风琴、钢琴、胡琴等。

覃 ㊀qín 姓。㊁tán 覃韵。㊂qǐn 寝韵。㊃shěn 寝韵。

禽 qín ❶鸟类的总称：家～｜飞～。❷〈古〉鸟兽的总称。

擒 qín 捕捉：～贼先～王。

噙 qín 含在里面：嘴里～了一口水｜眼里～着眼泪。

檎 qín 见本页“林”字条“林檎”。

梫 ㊀qín 古书上指肉桂，参看第 243 页“桂”字条。㊁qǐn 寝韵。

参（參） ㊂cēn 【参差】（cēn cī）长短不齐：～～不齐。㊀cān 覃韵。㊁shēn 侵韵。

岑 cén 小而高的山。

涔 cén 连续下雨，积水成涝。【涔涔】1. 雨多的样子。2. 流泪的样子。

郴 chēn 【郴州】市名，在湖南省。

琛 chēn 珍宝。

忱 chén ❶真实的心情：热～｜谢～。❷诚恳：～挚。

沉（△沈） chén ❶没（mò）入水中，跟“浮”相反：船～了。引落下，陷入：地基下～。【沉淀】1. 液体中不溶解的物质往下沉。2. 沉在液体底层的物质。❷重，分量大：～重｜铁比木头～。【沉着】（chén zhuó）镇静，不慌张：～～应战。❸深入，程度深：～思｜～醉｜天阴得很～。“沈”又音 shěn，寝韵。

谌 chén ❶相信。❷的确，诚然。

橙 ㊁〈古〉chén 橙子，橙（chéng）树的果实。㊀chéng 蒸韵。

今 jīn 现在：～天｜～年｜～昔｜从～以后。

衿 jīn ❶襟：青～（旧时念书人穿的衣服）。❷系（jì）衣裳的带子。

禁 ㊁jīn ❶禁受，受得住，耐（用）：～得起考验｜这种布～穿。❷忍耐：他不～（忍不住）笑起来。㊀jìn 沁韵。

襟 jīn 衣服胸前的部分：大～｜小～｜底～｜对～。【连襟】姐妹的丈夫间的关系，也省作“襟”：～兄｜～弟。【襟怀】胸怀。

金 jīn ❶一种金属元素，符号 Au，通称“金子”，黄赤色，质软，是一种贵重的金属。❷金属，指金、银、铜、铁等，具有光泽、延展性，容易传热和导电：五～｜合～。❸钱：现～｜奖～｜基～。

浸 ㊀jīn 泡，使渗透：～透｜～入｜把种子放在水里～一～。㊁jìn 沁韵。

祲 ㊀jīn 迷信的人称不祥之气。㊁jìn 沁韵。

林 lín 长在一片土地上的许多树木或竹子：树～｜竹～｜防护～｜～立（像树林一样地排列）。喻聚集在一起同类的人或事物：民族之～｜著作之～。【林檎】（lín qín）落叶小乔木，花粉红色，果实像苹果而小，可以吃。也叫“花红”。

啉 lín ㊁见第 38 页“喹”字条“喹啉”（kuí lín）。㊀lán 覃韵。

淋 lín ❶浇：花蔫了，～上点水吧。【淋巴】（外）人身体里的一种无色透明液体，起血液和细胞之间的物质交换作用。【淋漓】（lín lí）沾湿：墨迹～～｜大汗～～。转畅达：～～尽致｜痛快～～。❷lìn 沁韵。

琳 lín　美玉。【琳琅】1.珠玉一类的东西：～～满目（喻优美的东西很多）。2.玉的声音。

霖 lín　久下不停的雨。【甘霖】对农作物有益的雨。转恩泽。

临（臨）lín　❶到，来：喜事～门｜身～其境。引遭遇，碰到：～渴掘井。【临时】1.到时候，当时：事先有准备，～～就不会忙乱。2.暂时，非经常的：你先～～代理一下｜～～会议。❷挨着，靠近：1.指地点，多指较高的靠近较低的：～河｜～街。2.指时间：～走｜～别。【临盆】旧时称孕妇生小孩儿。【临床】医学上称医生给人诊治疾病。❸封建时代帝王上朝：～朝｜～政。❹照着字、画摹仿：～帖｜～画。

綝 lín　❶【綝缡】（lín lí）盛装的样子。亦作"綝缡"。❷缮修的意思。

您 nín　"你"的敬称。

壬 rén　天干的第九位，用作顺序的第九。

任 ㊀rén　❶姓。❷【任县】在河北省。【任丘】市名，在河北省。㊁rèn 沁韵。

讧 ㊀rén　信实，恶言，多言。㊁rèn 沁韵。

妊（姙）㊀rén　【妊娠】（rén shēn）怀孕：～妇。㊁rèn 沁韵。

纴（紝）㊀rén　〈古〉❶织布帛的丝缕。❷纺织。㊁rèn 沁韵。

鵀 rén　【戴鵀】鸟名，即今之"楼楼谷"。小于鹁鸠，黄白斑纹，头上毛冠，如戴华胜，所以又名"戴胜"。

森 sēn　树木众多：～林（大片生长的树木）。【森森】众多，深密：林木～～。喻气氛寂静可怕：阴～～的。【森严】整齐严肃：戒备～～。

参（參、❷蓡、蔘）㊀shēn　❶二十八宿之一。【参商】喻1.分离不得相见。2.不和睦。❷人参，多年生草本植物。根肥大，略像人形，可入药。㊁cān 覃韵。㊂cēn 侵韵。

糁（糝、粈）㊀shēn　（～儿）谷类制成的小渣：玉米～儿。㊁sǎn 感韵。㊂sān 覃韵。

深 shēn　❶从表面到底或从外面到里面距离大的，跟"浅"相反：～水｜这条河很～｜～山｜这个院子很～。【深浅】1.深度。2.说话的分寸：他说话不知道～～。❷从表面到底的距离：这口井两丈～。❸久，时间长：～夜｜～更半夜｜年～日久。❹程度高的：～信｜～知｜～谋远虑｜革命情宜～｜这本书太～｜讲理论应该～入浅出。❺颜色重：～红｜颜色太～。

燊 shēn　旺盛。

心 xīn　❶心脏，人和高等动物体内主管血液循环的器官。【心腹】喻1.最要紧的：～～之患。2.亲信的人。【心胸】喻气量：～～宽大。❷习惯上把思想的器官和思想情况、感情等都称作心：～思｜～得｜用～｜～情｜开～（快乐）｜伤～｜谈～｜全～全意。【心理】1.思想、感情、感觉等活动过程的总称。2.想法，思想情况：这是一般人的～～。【小心】谨慎：～～火烛（谨慎防火）。❸中央，在中间的地位或部分：掌～｜江～｜圆～。【中心】1."心❸"。2.主要部分：政治～～｜文化～～｜～～任务｜～～环节。❹二十八宿之一，也叫"商"。

芯 ㊀xīn　去皮的灯心草：灯～。㊁xìn 沁韵。

歆 xīn　喜爱，羡慕：～羡。

鑫 xīn　商店字号、人名常用的字，取兴盛的意思。

寻（尋）㊁xín　同"寻㊀❶"，用于口语。【寻思】（xín·si）想，考虑。【寻死】自杀或企图自杀。㊀xún 侵韵。

窨 ㊀xūn　同"熏"，用于窨茶叶。把茉莉花等放在茶叶中，使茶叶染上花的香味。㊁yìn 沁韵。

寻（尋）㊀xún　❶找，搜求（连～找｜～觅）：～人｜～求真理。❷古代的长度单位，八尺为一寻。【寻常】转平常，素常：这不是～～的事情。㊁xín 侵韵。

浔（潯） xún ❶水涯：江～。❷江西省九江市的别称。

㖊（噚） xún 英美制计量水深的单位，一㖊是六英尺，合1.828米。现写作“英寻”。

鲟（鱘、鱏） xún 【鲟鱼】身体呈纺锤形，背部和腹部有大片硬鳞，其余各部无鳞，肉可以吃。

阴（陰、隂） yīn ❶黑暗。❷云彩遮住太阳或月、星：天～了。❸跟“阳”相对：1. 阴性，女性的。2. 太阴，月亮：～历。3. 带负电的：～电｜～极。4. 水的南面，山的北面（多用于地名）：蒙～（县名，在山东省蒙山之北）｜江～（市名，在江苏省长江之南）。5. 暗，不露出来的：～沟。6. 凹下的：～文图章。7. 关于鬼的（迷信）：～宅｜～间。❹（～儿）光线被东西遮住所成的影：树～儿｜背～。❺诡诈、不光明：～谋诡计。【阴险】险诈，狡诈。❻生殖器，特指女性的。

荫（蔭） ㊀yīn 树荫，树木遮住日光所成的阴影：浓～蔽日。㊁yìn 沁韵。

音 yīn ❶声（连 声～）：口～｜扩～器。❷消息：佳～｜～信。

喑（❶瘖） yīn ❶哑，不能说话。❷缄默，不说话。

愔 yīn 【愔愔】1. 形容安静和悦。2. 形容沉默寡言。

禋 yīn ❶古祭祀名，指祭天。❷泛指祭祀。

吟（唫） yín ❶唱，声调抑扬地念：～诗。❷诗歌的一种：梁甫～。

崟（崯） yín 见第138页“嵚”字条“嵚崟”（qīn yín）。

淫（❷婬） yín ❶过多，过甚：～威｜～雨。❷在男女关系上态度或行为不正当的：～乱。❸放纵：骄奢～逸。❹迷惑：富贵不能～。

霪 yín 【霪雨】下得过久的雨。

蟫 yín 古书上指衣鱼，也叫“蠹鱼”，一种咬衣服、书籍的小虫。

针（鍼） zhēn ❶缝织衣物引线用的一种细长的工具。【针对】对准：～～着工作中的缺点，提出改进的办法。❷细长像针形的东西：大头～｜松～｜秧～｜钟表上有时～、分～和秒～。❸用针扎治病：～灸。❹西医注射用的器具：～头。

砧（碪） zhēn 捶、砸或切东西的时候，垫在底下的器具：铁～｜～板。

椹 ㊀zhēn 同“砧”。㊁shèn 沁韵。

斟 zhēn 往杯子里倒（酒或茶）：～酒｜～茶。【斟酌】转 度（duó）量，考虑：请你～～办理。

箴 zhēn ❶同“针❶”。❷劝告，劝诫：～言。❸一种文体，以告诫、规劝为主。

覃 ㊀tán ❶深：～思。❷姓。㊁qín 侵韵。㊂qǐn 寝韵。㊃shěn 寝韵。

谭 tán ❶同“谈❶❷”。❷姓。

潭 tán 深水坑：泥～。引深：～渊。

檀 tán 〈方〉坑，水塘。多用作地名。

澹 tán 【澹台】复姓。

坛（罎、罈） tán （～子）一种口小肚大的陶器。

昙（曇） tán 云彩密布，多云。【昙花】常绿灌木，叶退化呈针状，花大，白色，开的时间很短。后常用“昙花一现”比喻事物一出现很快就消失。

谈 tán ❶说，对话：面～｜请你来～一～｜～天（闲谈）。❷言论：无稽之～。

郯 tán 【郯城】县名，在山东省。

锬 tán 长矛。

痰 tán 气管或支气管黏膜分泌的黏液。

坍 tān 崖岸、建筑物或堆起的东西倒塌，从基部崩坏：墙～了。

怹 tān 〈方〉“他”的敬称。

贪 tān 贪图，求多，不知足：～玩｜～便（pián）宜｜～得无厌。【贪污】利用职权非法取得财物。

探 ㊀tān ❶寻求，探测，远取之：～源。❷侦探，窥探：～案子｜～听消息。❸试探：“见不善如～汤。”（《论语·季氏》）❹穷究：深～。㊁tàn 勘韵。

舑 tān 吐舌的样子。韩愈诗：“交惊舌牙～（䑙）。”

嗿 tān 【䆲嗿】（lán tān）1. 薄而大。2. 不平。3. 深穴。

馋（餤） tān 以薄饼卷肉切而啖之。

驔 tán 骊（lí）马黄脊。

惔 tán 【惔燎】热气很盛：如～如焚。

镡 tán 剑鼻。

蕈 tán 【蕈草】就是水苔，也叫石衣，又名石发，生水底，可食。

倓 tán 安恬，平静，安然不疑。

橝 tán 木名，木质最硬，梓人谓之筋木。木人染绛用，叶可酿酒。

䜖 tán 走起来的样子。

醰 tán 厚味甜美。

庵（菴） ān ❶圆形草屋。❷小庙（多指尼姑居住的）：～堂。

鹌 ān 【鹌鹑】（ān chún）鸟名，头小尾短，羽毛赤褐色，杂有暗黄色条纹，雄的好斗。肉、卵可以吃。

谙 ān 熟悉：～练。

广 ㊀ān 同“庵”，多用于人名。㊁guǎng 养韵。㊂yǎn 琰韵。

盦 ān ❶古代一种器皿。❷同“庵”（多用于人名）。

参（參） ㊀cān ❶参加，加入：～加革命｜～军｜～战。【参半】占半数：疑信～～。【参天】高入云霄：古木～～。【参观】实地观察（事业、设施、名胜等）。【参考】用有关的材料帮助研究某事物。❷旧指进见：～谒｜～见。❸封建时代指向皇帝告发官员的罪状。㊁shēn 侵韵。㊂cēn 侵韵。

骖（驂） cān 古代驾在车前两侧的马。

蚕（蠶） cán 家蚕，又叫“桑蚕”，吃桑叶长大。蜕（tuì）皮时不食不动，俗叫“眠”。蚕通常经过四眠就吐丝做茧，蚕在茧里变成蛹，蛹变成蚕蛾。蚕吐的丝可织绸缎。另有“柞（zuò）蚕”，也叫“野蚕”，吃柞树的叶子。柞蚕的丝可织茧绸。

惭（慚） cán 羞愧（连～愧）：自～。

篸（篸） cán 〈方〉一种簸箕。

掺（摻） chān 同“搀❷”。

聃 dān 人名用字。老子，姓李，名耳，字伯阳，谥号聃，春秋时代哲学家。

眈 dān 看，视。【眈眈】注视的样子：虎视～～（凶狠贪婪地看着）。

耽（❶躭） dān ❶迟延。【耽搁】（dān·ge）迟延，停止没进行：这件事～～了好久，今天才弄完。【耽误】因耽搁而误事或错过时机：不能～～生产。❷沉溺，入迷：～乐。

儋 dān 【儋县】在广东省。

酖 ㊀dān 同"耽❷"。㊁zhèn 沁韵，见第303页"鸩"字条。

妉（媅） dān 乐意。

甔 dān 坛子一类的陶器。

瓬 dān 同"甔"，小罂。

酐 gān 【酸酐】是含氧的无机或有机酸缩水而成的氧化物，如二氧化硫、醋酸酐。

甘 gān ❶甜，味道好：～苦｜～泉｜苦尽～来。[喻]美好：～雨。❷甘心，自愿，乐意：～心情愿｜不～失败。

坩 gān 土器。【坩埚】（gān guō）用来熔化金属或其他物质的器皿，多用陶土或白金制成，能耐高热。

苷 gān 甙（dài）的别名。

泔 gān 泔水，洗过米的水。[引]洗碗洗菜用过的脏水。

柑 gān 常绿灌木或小乔木，初夏开花，白色。果实圆形，比橘子大，赤黄色，味甜。种类很多。

疳 gān 病名：1. 疳积，中医称小儿的肠胃病。2. 马牙疳，又叫"走马疳"，牙床和颊部急性溃疡，流脓和血，小儿容易患这种病。3. 下疳，性病的一种。

蚶 hān （～子）俗称"瓦垄子"，又叫"魁蛤"，软体动物，贝壳厚，有突起的纵线像瓦垄。生活在浅海泥沙中。肉味鲜美。

酣 hān 酒喝得很畅快：～饮。[引]尽量，痛快：～睡｜～战（长时间紧张地战斗）。

憨 hān 傻，痴呆：～笑｜～态。【憨厚】朴实，厚道。

含 hán ❶嘴里放着东西，不吐出来也不吞下去：嘴里～着块糖。[引]藏在眼眶里：～着泪。❷带有某种意思、感情等，不完全表露出来：～怒｜～羞｜～笑。❸里面存在着：～水分｜～养分。【含糊】【含胡】（hán·hu）1. 不明确，不清晰。2. 怯懦，畏缩，常跟"不"连用：真不～～。

浛 hán 【浛洸】（hán guāng）地名，在广东省英德县。

晗 hán 天将明。

焓 hán 单位质量的物质所含的全部热能。

函（亟） hán ❶匣，套子：石～｜镜～｜全书共四～。[转]信件（古代寄信用木函）：～件｜来～｜公～｜～授。❷包容，包含。

涵 hán 包容，包含（[连]包～）：海～｜～义｜～养。

颔 ㊀hán（今读 hàn） ❶与"颐"义同。❷下巴颏。❸颔首，点头：～之而已。㊁hǎn 感韵。

勘 ㊀kān ❶校对，复看核定（[连]校～）：～误｜～正。❷细查，审查：～探｜～验｜～测｜推～｜实地～查。❸能。㊁kàn 勘韵。

堪 kān ❶可以，能，足以：～以告慰｜不～设想。❷忍受，能支持：难～｜狼狈不～。

戡 kān 平定叛乱。

龛（龕） kān 迷信的人供奉佛像、神位等的小阁子。

岚 lán 山中的水蒸气。

婪 lán 贪爱财物（[连]贪～）：资产阶级贪～成性。

蓝（藍） ㊀lán ❶蓼（liǎo）蓝，一年生草本植物，秋季开花，花落后结三棱形小果。从叶子提制的靛青可做染料，叶可入药。❷用靛青染成的颜色，像晴天天空那样的颜色。【蓝本】著作所根据的原本。㊁la 合韵。

襤（襤）lán 【襤褛】（襤褸）（lán lǚ）衣服破烂。也作“蓝缕”。

篮（籃）lán （～子|～儿）用藤、竹、柳条等编的盛东西的器具，上面有提梁：菜～|网～。

啉 ㊀lán ❶酒巡匝，即给全座斟完了一遍酒。❷饮毕，喝完酒。❸通“婪”，贪婪。㊁lín 侵韵。

男 nán ❶男子，男人：～女平等|～学生。❷儿子：长～。❸我国古代五等爵位的第五等。

南 nán 方向，早晨面对太阳右手的一边，跟“北”相对：～方|～风|指～针。

喃 nán 【喃喃】小声叨唠：～～自语。

楠（枏、柟）nán 【楠木】常绿乔木，木材坚固，是贵重的建筑材料。又可做船只、器物等。

諵（諵、詀）nán ❶话语声。❷【諵謏】（nán nòu）怒言，私詈（lì），谤斥。

蚺 rán 【蚺蛇】即大蛇，大者长十余尺，围七八尺，尾圆无鳞，身有斑纹，其肉可食，胆可疗疾。

三 sān ❶数目字。❷再三，多次：～令五申|～番五次。

叁（弎）sān “三”字的大写。

毵（毿）sān 【毵毵】形容毛发细长。

糁（糝）㊂sān 凡羹以米和之叫做糁、糜，以菜和之叫做糣。㊀shēn 侵韵。㊁sǎn 感韵。

盐（鹽） yán ❶食盐，又叫“咸盐”，化学成分是氯化钠，有海盐、池盐、井盐、岩盐等。❷盐类，化学上指酸类中的氢根被金属元素置换而成的化合物。

阎（閆） yán 姓。

檐（簷） yán ❶（～儿）房顶伸出的边沿：房～儿|前～。❷（～儿）覆盖物的边沿或伸出部分：帽～儿。

阽 yán （又）见第305页“阽（diàn）”字条。临近（危险）。

炎 yán ❶热：～夏|～暑|～凉。❷炎症，身体的某部位发生红、肿、热、痛、痒的现象：发～|脑～|皮～。

严（△❶嚴） yán ❶紧密，没有空隙：把罐子盖～了|房上的草都长～了。❷认真，不放松：规矩～|～厉|～格|～办。转旧日是指父亲：家～。【严肃】郑重，庄重：态度很～～。❸厉害的，高度的：～冬|～寒。【严重】紧急，极其重大：事态～～|～～的错误。

懕 yán 心里安可，心满意足。

俺 yán 【俺俭】（yán qiān）生气的样子。

猒 yán 饱，满足：味～。

襜 yán 衣蔽前，屏障。

恹（懨） yān 【恹恹】有病的样子。

崦 yān 【崦嵫】（yān zī）山名，在甘肃省。

阉 yān ❶阉割，割去生殖腺：～鸡|～猪。❷封建时代的宦官、太监。

淹（❶渰、❶△渰） yān ❶浸没（mò）：被水～了。❷皮肤被汗液浸渍。❸广：～博。“渰”又 yǎn。

簷 yán 旌（yì）射者蔽身的器具。

腌（醃） ㊀yān 用盐等浸渍食品：～肉|～咸菜。㊁ā 麻韵。

砭 biān 古代用石针扎皮肉治病。【针砭】喻指出人的过错，劝人改正。

觇 chān（俗读 zhān） 看，窥视。【觇标】一种测量标志。标架用几米到几十米的木料或金属制成，架在被观测点上作为观测目标。

襜 chān 古称衣裳前襟为襜。

幨 chān 车帏帐，山东叫做裳帏：～帷|锦～|绛～。

敁 diān 【敁敠】（diān·duo）同“掂掇”，见本页“掂”（diān）字条。

掂 diān 用手托着东西估量轻重：～～轻重。【掂掇】1. 斟酌。2. 估量。

尖 jiān ❶（～儿）物体锐利的末端或细小的部分：笔～|刀～儿|针～儿|塔～儿。【尖锐】1. 刺耳的：～～的声音。2. 锋利的，深刻的：～～的批评。3. 激烈：～～的阶级斗争|矛盾～～化。【打尖】1. 掐去棉花等植物的尖。2. 旅途中休息饮食。❷末端极细小：把铅笔削～了。❸感觉敏锐：眼～|耳朵～。

歼（殲） jiān（俗读 qiān） 消灭（连～灭）：围～|全～入侵之敌。

兼 jiān ❶加倍，把两份并在一起：～旬（二十天）|～程（加倍速度赶路）。【兼并】并吞。❷所涉及的或所具有的不只一方面：～任|德才～备。

蒹 jiān 没长穗的芦苇。

搛 jiān 夹：用筷子～菜。

缣 jiān 细绢。

鹣 jiān 【鹣鹣】比翼鸟，古代传说中的一种鸟。

鲽 jiān 【鲽鱼】又名比目鱼。一般两只眼都在身体的左侧或右侧，有眼的一面黄褐色，主要产在我国南海地区，肉供食用。

渐 ㊁jiān ❶浸：～染。❷流入：东～于海。㊀jiàn 艳韵。

櫼 jiān 木楔子（xiē·zi）。

瀐 jiān 【瀐洳】渐湿，浸渍。

荮 jiān 麦秀，麦芒，麦秀苞。

奁（奩、匳、匲） lián 女子梳妆用的镜匣。【妆奁】嫁妆。

帘（❷簾） lián ❶旧时商店做标志的旗帜。❷用布、竹、苇等做的遮蔽门窗的东西。

磏 lián 赤砺石。

廉 lián ❶不贪污：～洁、朴素的工作作风。❷便宜，价钱低（连 低～）：～价。

濂 lián 【濂江】水名，在江西省南部。

臁 lián 小腿的两侧：～骨|～疮。

镰（鐮、鎌） lián 【镰刀】收割谷物和割草的农具。

蠊 lián 见第160页“蜚”字条“蜚蠊”（fěi lián）。

裣（襝） lián 【裣衽】（lián rèn）旧时指妇女行礼。

薕 lián 薑。【三薕】草名，似箭羽，长三四寸，以蜜藏之，味甘酸，可食。

鬑 lián 鬋（jiǎn）。剔治须发。

拈 niān 用手指搓捏或拿东西：～须|～花|～阄（抓阄儿）。

粘 ㊀nián 同“黏”。㊁zhān 盐韵。

黏 nián 像胶或糨糊的性质：～液|这江米很～。

鲇（鯰） nián 【鲇鱼】头大，口宽，尾侧扁，皮有黏质，无鳞，可吃。

饴（飴） nián 挑取，相谒食麦。

唸（噞） nián 【唸喁】（nián yóng）鱼口向上，露出水面。【鱼唸】水浊则鱼唸（鱼短气出口喘息）。

䶬 nián 牙齿参差不齐。

佥（僉） qiān 〈古〉全，都。

签（簽、❸～❺籤、韱） qiān ❶亲自写姓名或画上符号：～名|请你～个字。❷简要地写出（意见）：～注。❸（～子|～儿）用竹木等物做成的细棍或片状物：牙～儿|竹～儿。❹（～儿）书册里作标志的纸片或其他物件上作标志的东西：书～|标～|浮～。❺粗粗地缝合起来。

谦 qiān 虚心，不自高自大：～虚|～让|～辞。

荨（蕁、蕶） qián（俗读 xún） 【荨麻】多年生草本植物，茎叶生细毛，皮肤接触时会引起刺痛。茎皮纤维可以做纺织原料。

钤 qián 盖印章：～印|～章。【钤记】旧时印的一种。

黔 qián ❶黑色：～首（古称老百姓）。❷贵州省的别称。

钳（箝、❶拑） qián ❶用东西夹住。【钳制】用强力限制。❷（～子）夹东西的用具：老虎～。

潜（濳） qián ❶隐在水面下活动：～水艇|鱼～鸟飞。❷隐藏的：～伏，挖掘潜在力量。【潜心】心静而专：～～研究。❸秘密地，不声张：～行|～逃。

灊 qián ❶【灊水】水名，在四川省。❷【灊山】山名，即皖山。

鬵 qián 甑（zèng）。

燂 qián 火灭。

燖（爓） qián 于汤中瀹（yuè）肉。

憸（憸） qián 奸邪，奸佞。

撍 qián 手摘。

掔 qián 摘物，取。

杴 qián 泄水器。

蚺 rán 【蚺蛇】就是蟒蛇。

髯 rán 两颊上的胡子。泛指胡子。

䑙 rán 吐舌的样子。

苫 ㊀shān 草帘子，草垫子。㊁shàn 艳韵。

痁 shān 〈古〉疟疾。

添 tiān 增加(连增～)：再～几台机器|锦上～花。

䣶 tiān 【䣶鹿】鹿的一种，角的上部扁平或呈掌状，尾略长，性温顺。

恬 tián 安静(连～静)。引安然，坦然：～不知耻|～不为怪。

甜 tián 像糖或蜜的滋味，跟“苦”相反。喻使人感觉舒服的：～言蜜语|睡得真～。

湉 tián 【湉湉】形容水面平静。

菾 tián 【菾菜】也作“甜菜”，二年生草本植物，开黄绿色花。叶可吃，根可制糖。

忺 xiān 心意所欲，内心所好。

掀 xiān 揭起，打开：～锅盖|～帘子。引发动，兴起：～起革命高潮。

锨(杴、枚) xiān 铲东西用的一种工具。

杴 xiān 火杴草，即豨莶草。

莶(薟) xiān 见第25页“豨”字条“豨莶”(xī xiān)。

铦 xiān ❶古代一种兵器。❷锋利。

暹 xiān 【暹罗】泰国的旧称。

挦(撏) xián 摘取物。扯，拔(毛发)：～鸡毛|～扯。

嫌 xián ❶嫌疑，可疑之点：避～。❷厌恶，不满意：讨人～。这种布很结实，就是～太厚。

占 ㊀zhān 旧时迷信的人用铜钱或牙牌等判断吉凶：～卦|～课。㊁zhàn 艳韵。

沾(❶霑) zhān ❶浸湿：～衣|汗出～背。❷因接触而附着(zhuó)上：～水。引1.染上：～染了不良作风。2.凭借某种关系而得到好处：～光。【沾沾自喜】形容自己觉得很好而得意的样子。

粘 ㊀zhān ❶黏的东西互相联结或附着在别的东西上：几块糖都～在一起了|糖～牙。❷用胶或糨糊等把一种东西胶合在另一种东西上：～贴标语。㊁nián 盐韵。

詹 zhān 姓。

谵 zhān 多说话。特指病中说胡话。

瞻 zhān 往上或往前看：～仰|高～远瞩。

蟾 zhān 虫名，即“蚵蚾(hé bō)虫”，也就是地鳖。

噡 zhān 胡言乱说。

诂 ㊀zhān 多言，转告。㊁zhán 咸韵。

咸 xián ❶全，都：少长～集｜～知其不可。❷像盐的味道，含盐分多的，跟“淡”相反。（此❷义项的原字是“鹹”）

衔（❷啣） xián ❶马嚼子。❷用嘴含，用嘴叼：燕子～泥。引 1. 含，怀在心里：～恨。2. 奉，接受：～命。【衔接】互相连接。❸（～儿）职务和级别的名号：职～｜军～。

嵰 ㊀xián 【嵰嵒】（xián yán）深谷。㊁qián 咸韵。

瑊（玪） ㊀xián 【瑊玏】（xián lè）美石次玉。㊁jiān 咸韵。

稴 ㊀xián 稻不黏的。㊁liàn 艳韵。

诚（諴） xián 诚实，和气。

蝛 xián 【蝛蜐】（xián jìn）又名蝛蛤，生东海，似蛤而扁，有毛。

醎（醶） xián 卤味。

㰹 xián 气盛，贪欲。

葴 xián 马蓝，即大叶冬蓝。

妗 ㊀xián 女轻薄的样子。㊁jín 沁韵。

欦 xián 含笑。

魿 xián 小头，出头的样子。

羬 xián 【羬羊】兽名，其形状如羊而马尾。

麙 xián 大的山羊，细角。

搀（攙） chān 用手轻轻架住对方的手或胳膊（连～扶）：你～着那个老大爷吧。

谗（讒） chán 在别人面前说陷害某人的坏话：～言。

巉 chán 【巉岩】（chán yán）山势险峻。

馋（饞） chán ❶贪吃，专爱吃好的：嘴～｜～涎欲滴。❷贪，羡慕：眼～。

镵 chán ❶古代铁制的一种刨土工具。❷刺。

獑（獑） chán 【獑猢】兽名，似猿。

儳 chán 进退上下无列次，不整齐。

磛 chán 岩石。

嶃 chán 高峻的样子。

獑 chán 犬声。

欃 chán ❶欃枪，彗星的别名。❷锐。❸檀木的别名。

帆（颿） ㊀fān 利用风力使船前进的布篷：一～风顺。㊁fàn 陷韵。

凡（凣） fán ❶平常的，不出奇的：～人｜在平～的工作中，做出惊人的成绩。❷凡是，所有的：～事要跟群众商量。❸大概要略：大～。【凡例】书前面说明内容和体例的文字。❹旧时乐谱记音符号之一，相当于简谱的“4”。

汎（渢） fán 中庸的水声。

尴（尷、尲） gān 【尴尬】（gān gà）处境窘困，不易处理。

监（監） ㊀jiān ❶督察：～察。❷牢，狱（连～牢｜～狱）：收～｜坐～。【监禁】把犯罪的人收监，限制他的自由。㊁jiàn 陷韵。

缄 jiān 封，闭：～口。【缄默】闭口不言。

瑊 ㊀jiān 【瑊石】一种像玉的美石。㊁xián 咸韵。

黬 jiān 黑色。

椷 jiān 箱箧（xiāng qiè）。

囡（囝） nān 〈方〉❶小孩儿。❷〈方〉儿女。“囝“又音 jiǎn，铣韵，参见第186页“囝”字条。

喃 nián 【呢喃】（ní nián）象声词，燕子的叫声。

淰 nián ❶水浊。❷水流动的样子。

鹐 qiān 尖嘴的家禽或鸟啄东西:乌鸦把瓜~了。

肷(膁) qiān 身体两旁肋骨和胯骨之间的部分(多指兽类的):~窝。

嵌 ㊀qián ❶山深的样子。【嵌岩】山险。❷把东西卡在空隙里:镶~|~入|匣子上~着象牙雕的花。㊁xián 韵。

嵰 qián 山高峻的样子。

嵚 qián 山势险峻。

歉 qián 心意不满。

嵁 qián 【嵁岩】深谷,峭壁。

芟 shān 割草。引除去。

杉 ㊀shān 常绿乔木,树干高而直,叶子细小,呈针状,果实球形,木材供建筑和制器具用。【水杉】落叶乔木,叶披针形。我国特产,是世界现存的稀有植物之一。木材轻软。㊁shā 麻韵。

钐 ㊀shān 一种金属元素,符号 Sm,灰白色,有放射性。钐的氧化物是原子反应堆上陶瓷保护层的重要成分。㊁shàn 陷韵。

衫 shān 上衣,单褂:长~|衬~。

狻(獑) shān 狗从狭窄处钻过去。【獵狻】(jiān shān)犬声。

穇(穇) shān 【穲穇】(liàn shān)禾穗不实。

縿(縿) shān 旌旗的游行属列。

攕 shān 手动起来又好又快的样子。

黏 shān 木名,柀子,柀黏,一名玉山果。以信州玉山为佳,当地人呼为野杉。其木有雄雌,雄者花而雌者实。冬月开黄圆花,结实如枣,去皮壳可生食。

岩(巖) yán 岩石,构成地壳的石头:水成~|火成~。

嵒 yán 高峻的山崖。

羬 yán 牝羊。

涊 yán 没入水中。

猏 yán 犬吠声。

礹 yán 石山。

詀 zhán ❶话多。❷【詀諵】(zhán nán)说话的声音。

䩇 zhán 小头。

董 dǒng 监督管理。【董事】旧指某些企业、学校等资产所有者推举出来代表自己监督和主持业务的人，也省称“董”：～～会。

懂 dǒng 了解，明白：一看就～｜～得一点儿医学。

硐 ㊀dǒng 磨。㊁dòng 送韵。

挏 dǒng 推使向前。

绷（綳） ㊂běng ❶板着：～着个脸。❷强忍住：他～不住笑了。㊀bēng 庚韵。

琫 běng 古代佩刀鞘上近口处的装饰。

菶 běng 草茂盛。【菶菶】梧桐茂盛。

唪 ㊀běng 大笑。㊁fěng 肿韵。

埲 běng 尘土飞起。

玤 běng 石的次玉。小璧，系带间的佩物。

葑 fěng ❶草芽始生。❷野草旺盛。

汞（銾） gǒng 一种金属元素，符号 Hg，普通叫“水银”。汞是银白色的液体，能溶解金、银、锡、钾、钠等。汞可用来制镜子、温度表、气压计、水银灯等。汞溴(xiù)红（俗叫“220”或“红药水”）是敷伤口的杀菌剂。

烘 gǒng 火的气焰。

澒 gǒng 大水貌。【澒濛】(gǒng méng)大气迷茫。

嗊 hǒng 【啰嗊】(luó hǒng)歌曲。

哄 ㊂hǒng ❶说假话骗人（连～骗）：你不要～我。❷用语言或行动使人欢喜：他很会～小孩儿。㊀hōng 东韵。㊂hòng 送韵。

孔 kǒng ❶小洞，窟窿：鼻～｜针～。❷很：需款～急。❸通达：交通～道。

倥 kǒng 【倥偬】（倥傯）(kǒng zǒng)1.事情迫促。2.穷困。

昽（曨） lǒng 见第 3 页“蒙”（❹△濛、❺矇）字条“矇昽”(méng lóng)。

拢（攏） lǒng ❶凑起，总合：～共｜～总。❷靠近，船只靠岸（连靠～）：靠～组织｜～岸｜拉～｜他们俩总谈不～。❸收束使不松散：～紧｜用绳子把柴火～住。❹梳，用梳子整理头发：～一～头发。

笼（籠、❸儱） ㊁lǒng ❶遮盖，罩住：黑云～罩着天空。❷比较大的箱子。❸【笼统】（儱侗）(lǒng tǒng)概括而不分明，不具体：话太～～了，不能表明确切的意思。㊀lóng 东韵。

懞 ㊁měng 茂盛的样子。㊀méng 东韵。

蒙 ㊂měng 【蒙古】蒙古族，我国少数民族名。【内蒙古】我国少数民族自治区，1947年5月建立。㊀méng 东韵。㊁mēng 东韵。

矇 méng 见第 150 页“瞈”字条“瞈矇”(wěng méng)。

蠓 měng 【蠓虫】昆虫名，比蚊子小，褐色或黑色，雌的吸人、畜的血，能传染疾病。

懵（瞢） měng 【懵懂】（瞢懂）(měng dǒng)糊涂，不明白事理。

垌 ㊂tǒng ❶姓。❷瓦器。㊀dòng 送韵。㊁tóng 东韵。

侗 tǒng ❶痛。❷呻吟，也作“呻恫”。❸形容无知。

统（❸△侗） tǒng ❶总括，总起来：～率｜～一｜～筹。❷事物的连续关系（连系～）：血～｜传～。见本页“笼”字条“笼统”(lǒng tǒng)。“侗”又音 dòng，送韵。又音 tóng，东韵。

捅（搪） tǒng 用棍棒、刀、枪等戳刺：把窗户～破了｜～马蜂窝（喻惹祸）。喻揭露：把问题全～出来了。

桶 tǒng 盛水或其他东西的器具，深度较大：水～｜煤油～。【皮桶子】做皮衣用的成件的毛皮。

筒（筩） ㊁tǒng 粗大的竹管。引 1.较粗的中空而高的器物：烟～｜邮

～|笔～。2.(～儿)衣服等的筒状部分：袖～|袜～|靴～。㊁tóng 东韵。

蓊 wěng 形容草木茂盛：～郁|～茸。

滃 wěng ❶形容水盛。❷川谷吐气的样子。❸形容云气盛起。

嵡 wěng 形容山势。

瞈 wěng 【瞈矇】(wěng méng)目不明。

螉 wěng ❶叮牛马皮的虫。❷【蠮螉】细腰蜂。

嗡 wěng ❶虫声。❷音蜩声。

塕 wěng 【塕然】形容风尘飞扬。

总(總、総) zǒng ❶聚合，聚焦在一起：～在一起算|～共三万|～起来说。【总结】把一段工作过程中的经验教训分析、研究、归纳出指导性的结论：要认真～～经验。❷概括全部的、主要的、为首的：～纲|～司令。❸经常，一直：为什么～是来晚？|～不肯听。❹一定，无论如何：～是要办的|明天他～该回来了。

偬(傯) ㊀zǒng 见第149页"倥"字条"倥偬"(kǒng zǒng)。㊁zǒng 送韵。

鬉(鬆、鬃) zǒng ❶鬉角。❷马鬉。

愡 zǒng 【愡恫】形容不得意的样子。

翪 zōng 形容鸟竦(sǒng)翅起飞。

鬷 zōng ❶釜的一种。❷通"奏"，进。

岺(嵸) zǒng 山高峻的样子。

嵏(嵕) zōng 【九嵏山】山名，在陕西省醴泉县东北。

稯 zǒng 聚拢禾稼。

肿（腫）zhǒng　皮肉浮胀：他的手冻～了。

种（種）㊀zhǒng　❶（～子|～儿）植物果实中能长成新植物的部分：选～|撒～。泛指生物传代的东西：配～|优良品～。【有种】有胆量或有骨气。❷类别，式样：各～东西。特指人种：黄～|白～|～族。㊁zhòng 宋韵。㊂chóng 东韵。

冢（塚）zhǒng　坟墓：衣冠～。

踵　zhǒng　❶脚后跟：接～而至|摩肩接～。❷走到：～门相告|～谢。❸追随，继续：～至。

瘇　zhǒng　【胫气瘇】即脚气病。

湩　zhǒng　水浑浊不清。

煄　zhǒng　火燃烧起来。

鍾（鮦）zhǒng　【鍾鱼】头有七星的鱼。俗名乌鲤。

媑　zhǒng　女字，即女子许嫁。

憧　zhǒng　心迟钝，反应慢。

尰（瘴）zhǒng　脚肿。

溕　zhǒng　偃水，即仰仆的水。

宠（寵）chǒng　偏爱，过分地爱。

翀　chǒng　羽翼。

唪　㊀fěng　佛教徒、道教徒高声念经。㊁běng 董韵。

覂　fěng　覆盖的意思。

倖　㊀fěng　【併倖】（bìng fěng）形容小的样子。㊁fèng 送韵。

巩（鞏）gǒng　巩固，结实，使牢固：～固无产阶级专政|要把学习成果～固起来。

拱　gǒng　❶拱手，两手向上相合表示敬意。❷两手合围：～抱|～木。[引]环绕：～卫。❸肩膀向上耸：～肩膀。❹建筑物上呈弧形的结构，大多中间高两侧低：～门|～桥|连～坝。❺顶动，向上或向前推：～芽|虫子～土|猪用嘴～地。

珙　gǒng　【珙县】在四川省。

栱　gǒng　【枓栱】就是“斗拱”，见第211页“斗㊀”。

蛬　gǒng　蟋蟀。

拲　gǒng　两手同械。两手共一木（两手同戴一刑具）。

供　gǒng　战栗。

輁（輁）gǒng　❶輁轴，就是载柩的车。輁，状如长床，穿桯（tíng）前后。❷通“拱”：夷床～轴。

蛩　gǒng　虫名，蛐蜒。

鮏　gǒng　鱼子（未孵的鱼卵）。

拲　gǒng　❶拥抱护持。❷画法的一种：凡画山水人物，皆于纸上用指甲及细针～出，而后设色。

恐　㊀kǒng　❶害怕，心里慌张不安（[连]～惧|～怖）：唯～完成不了任务。【恐吓】（kǒng hè）吓唬，威吓（hè）。【恐慌】1.慌张害怕。2.危机，使人发生不安的现象：经济～～。❷恐怕，表示疑虑不定，有“或者”、“大概”的意思：～不可信。㊁kòng 宋韵。

陇（隴）lǒng　甘肃省的别称：～海铁路。

垄（壟、壠）lǒng　❶田地分界的埂子。【垄断】操纵市场，把持权柄，独占利益。❷农作物的行（háng）或行与行间的空地：宽～密植。❸像垄的东西：瓦～。

捧　pěng　❶两手托着：～着一个坛子|一～花生。【捧腹】指大笑：令人～～。❷奉承或代人吹嘘：用好话～他|～场。

冗（宂）rǒng　❶闲散的，多余无用的：文辞～长|～员。❷忙，繁忙的事：拨～。

毧（氄） rǒng 鸟兽细软的毛。

㲰（𩬊） rǒng 【傝㲰】（tà rǒng）下材，不肖之人。

搣 rǒng 推搑，抗拒。

䡥（輤） rǒng ❶反推车，谓不顺。❷轻车。❸辅。

毴 rǒng 【毾毴】（tà rǒng）1. 猥杂的样子。2. 不肖。

傛 rǒng 聚众。

扨（摗） sǒng ❶挺立。❷〈方〉推。

怂（慫） sǒng 惊惧。【怂恿】（慫慂）（sǒng yǒng）鼓动别人去做。

耸（聳） sǒng ❶高起，直立：高～｜～立。❷耸动，惊动：～人听闻。

悚 sǒng 害怕，恐惧。

竦 sǒng ❶伸长脖子、提起脚跟站立：～立。❷恭敬，肃敬。❸通"悚"，惧怕。❹通"耸"，往上跳：～身。❺通"怂"：～恿。

駷 sǒng ❶马摇衔走。❷同"骋"（chěng）：1. 直驰。2. 极走。3. 奔放。

㞞（嵸） sǒng 山峰。

㳇（漎） sǒng 水盛的样子。

恟 xiǒng 恐惧。

汹 xiǒng 涌冒出来。【汹涌】鼓动的水声。

㦷 yǒng ❶发怒。❷心喜。

甬 yǒng 宁波市的别称。【甬道】1. 院落中用砖石砌成的路，也叫"甬路"。2. 走廊，过道。

俑 ㊀yǒng 古时殉葬用的木制的或陶制的偶人。㊁yòng 宋韵。

勇 yǒng 有胆量，敢干（gàn）：～敢｜英～｜很有～气｜奋～前进。引不畏避，不推诿：～于承认错误。

涌（湧） yǒng ❶水由下向上冒出来：～泉。❷像水涌出一样：许多人从里面～出来。

恿（慂） yǒng 见本页"怂"字条"怂恿"（sǒng yǒng）。

蛹 yǒng 昆虫从幼虫过渡到成虫时的一种形态。在此期间，昆虫不食不动，外皮变厚，身体缩短：蚕～。即茧虫，成茧之后，化蛾之前则谓之蛹。

踊（踴） yǒng 跳，跳跃。【踊跃】争先恐后：～～参军｜～～发言。

饔（饔） yǒng 凡食物味变，其质腐败的就叫普饔。

傛 yǒng ❶不安的样子。❷傛华，妇官。

嵱 yǒng 【嵱㞞】（yǒng sǒng）形容山峰的险势。

拥（擁、攤） ㊁yǒng ❶抱（连～抱）。❷围着：～被而眠｜前呼后～。❸群众拥护：一致～戴｜～军优属。【拥护】忠诚爱戴，竭力支持：～～社会主义。❹聚到一块：～挤｜一～而入。❺持有：～有。㊀yōng 冬韵。

澭 yǒng 水聚起。

讲（講） jiǎng ❶说，谈：～话｜他对你～了没有？❷解释（连～解）：～书｜这话没～。【讲究】1.推求，研究。2.（jiǎng·jiu）精美：这房子盖得真～～。3.（～儿）一定的方法或道理。惯例：写春联有写春联的～～儿。【讲义】教师为讲课编写的教材。多指印成的活页。【讲演】【演讲】把学术道理或意见对大众说明。❸谋求，顾到：～卫生。

耩 jiǎng 用耧播种：～地｜～棉花。

傋 jiǎng 【傋傀】（jiǎng mǎng）不媚。

慃 jiǎng 【慃慃】（wǎng jiǎng）狠戾。

蚌（蜯） ㊀bàng 生活在淡水里的一种软体动物，贝壳长圆形，黑褐色，壳内有珍珠层，有的可以产出珍珠。㊁běng 梗韵。

棒 bǎng ❶（～儿）棍子。【棒子】（bàng·zi）1.棍子。2.玉米的俗名。❷〈方〉体力强，能力高，成绩好等：这小伙子真～｜画得～。

稖 bǎng 〈方〉稖头，也作"棒头"，玉米。

耪 bǎng 耕器，耜的入土器。

玤 bǎng ❶石的次玉。❷小璧系带间悬左右的佩物。

怦 bǎng 【怦慃】（bǎng wǎng）很暴戾。

岗（崗） ㊀gǎng ❶（～子｜～儿）高起的土坡：黄土～儿。❷（～子｜～儿）平面上凸起的一长道：肉～子。❸守卫的位置：站～｜门～｜布～。【岗位】守卫、值勤的地方，也泛指职位：工作～～。㊁gāng 见第107页"冈"字条。

港 gǎng ❶江河的支流。❷可以停泊大船的江海口岸：军～｜塘沽新～能容万吨轮船出入。❸指香港：～澳（香港和澳门）同胞。

傀 mǎng 【傀傋】（mǎng jiǎng）不媚。

朚 mǎng 丰肉。

慃 wǎng 【慃憊】（wǎng bài）狠戾。

䵨 wǎng 色深恶貌。

项 xiǎng ❶颈的后部。❷事物的种类或条目：三大纪律八～注意｜事～｜～目。转钱，经费（连款～）：用～｜进～｜欠～。

缿 xiǎng 〈古〉受钱器。

纸（帋） zhǐ 纸张，多用植物纤维制成。造纸术是我国四大发明之一，起源很早，东汉时蔡伦曾加以改进。

黹 zhǐ 【针黹】针线活。

徵 ㊀zhǐ 古代五音"宫、商、角、徵、羽"之一。㊁zhēng 庚韵，见第122页"征"字条。

抵 zhǐ 侧手击。【抵掌】击掌（表示高兴）：～～而谈。（"抵"与"抵"（dǐ），形、音、义都不同。）

酯 zhǐ 有机化合物的一类，通式R—COO—R′。脂肪的主要成分就是几种高级的酯。

只（衹、△祇） ㊀zhǐ 仅仅，唯一：～有社会主义能够救中国。【只是】1.但是：我很想看戏，～～没时间。2.就是：人家问他，他～～不开口。3.仅仅是：对抗～～矛盾斗争的一种形式。㊁zhī 陌韵。"祇"又音qí，支韵。

枳 zhǐ 通称枸橘，落叶灌木或小乔木，小枝多硬刺，叶为三小叶的复叶，果实球形，果实及叶可入药。【枳壳】中药上指枳、香橼等成熟的果实。【枳实】中药上指枳、香橼等幼小的果实。

轵 zhǐ 古代指车轴的末端。

咫 zhǐ 周代指八寸。【咫尺】喻 距离很近：远在天边，近在～～。

疻 zhǐ 殴伤。

旨（❶恉） zhǐ ❶意思，目的（连 意～）：要～｜～趣（目的和意义）｜主～明确｜执行党和人民的意～。❷封建时代称帝王的命令。❸美味：～酒。

指 ㊀zhǐ ❶手指（zhí）头。❷一个手指头的宽度叫一指。❸用尖端对着：用手一～｜时针～着十二点。❹点明，告知：～导｜～出他的错误。【指示】上级对下级作有关原则和方法的说明。❺仰仗，依靠：不应～着别人生活｜单～着一个人是不能把事情做好的。❻直立起来：令人发～。㊁zhī 支韵。㊂zhí 支韵。

止 zhǐ ❶停住不动（连 停～）：～步｜学无～境。❷拦阻，使停住：制～｜～痛。❸仅，只：不～一回。

址（阯） zhǐ 地址，地基，地点：旧～｜住～。

芷 zhǐ 【白芷】多年生草本植物，夏天开花，白色。根可入药。

沚 zhǐ 水中的小块陆地。

祉 zhǐ 福。

趾 zhǐ ❶脚：～高气扬（得意忘形的样子）。❷脚指头：～骨｜鸭的脚～中间有蹼。

豸 zhì 古书上指没有脚的虫子。【虫豸】旧时对虫子的通称。

峙 ㊀zhì 直立，耸立：两峰相～。㊁shì 寘韵。

痔 zhì 【痔疮】一种肛管疾病。因直肠静脉曲张、瘀血而形成。

坻 zhǐ 场。

匕 bǐ 古代指饭勺。【匕首】短剑。

比 bǐ ❶比较：～干劲｜～大小｜生活一天～一天好。【比赛】用一定的方式比较谁胜谁负。❷表示比赛双方胜负的对比：三～二。❸比方，摹拟，做譬喻（连 ～喻）：用手～了一个圆形｜～拟不伦。【比画】（bǐ·hua）用手做样子：他一边说一边～～。【比照】大致依照：你～～着这个做一个。❹（旧读bì）靠近，挨着：～邻｜～肩。【比比】一个挨一个：～～皆是。【比及】等到：～～敌人发觉，我们已经冲过火线了。【朋比】互相依附，互相勾结：～～为奸。

沘 bǐ 【沘源】河南省唐河县的旧称。

妣 bǐ 旧称已经死去的母亲：先～。

秕（粃） bǐ 子实不饱满。【秕子】不饱满的子实。

彼 bǐ ❶那，那个：～岸｜～处｜顾此失～。❷他，对方：知己知～。【彼此】那个和这个。特指人和我两方面：～～有深切的了解｜～～互助。

俾 bǐ 使：～便考查。

鄙 bǐ ❶品质低劣（连卑～）。谦辞：～人|～意|～见。❷轻蔑：可～|～视。❸边远的地方：边～。

婢 bǐ 旧社会被迫受剥削阶级役使的女孩子。

髀 bǐ 大腿。荠韵通。

齿（齒） chǐ ❶牙齿，人和动物嘴里咀嚼食物的器官。【挂齿】谈及，提及（只用在否定的句子里）：不足～～|何足～～。❷（～儿）排列像牙齿形状的东西：锯～|梳子～儿|～轮。❸年龄：马～徒增（旧时自谦年长无能）。【不齿】转不认为是同类的人，表示鄙弃。

侈 chǐ ❶浪费，用财物过度（连奢～）：生活奢～。❷夸大：～谈。

耻（恥） chǐ 羞愧，羞辱（连羞～）：雪～|浪费可～。

褫 chǐ 剥夺：～职|～夺政治权利。

揣 ㊀chuǎi 估量，忖度：我～测他不来|不～浅陋。【揣摩】1.研究，仔细琢磨：仔细～～写作的方法。2.估量，推测：我～～你也能做。㊁chuāi 支韵。㊂chuài 霰韵。

此 cǐ ❶这，这个：彼～|～人|特～布告。❷这儿，这里：由～往西|到～为止。

泚 cǐ ❶清，鲜明。❷用笔蘸墨：～笔作书。荠韵通。

跐 ㊀cǐ 踩：脚～两只船。㊁cī 支韵。

尔（爾） ěr ❶你，你的：～辈|～父|出～反～（喻无信用）。【尔汝】你我相称，关系亲密：相为～～|～～交。❷如此（叠）：果～|偶～|不过～～。❸那，其（指时间）：～时|～日|～后。❹语助词，同"耳❸"。❺词尾，相当于"地"字、"然"字：卓～|率～。

迩（邇） ěr 近：遐～闻名|～来（近来）。

耳 ěr ❶耳朵，听觉器官：～聋|～熟（听惯的）|～语（嘴贴近别人耳朵小声说话）。❷像耳朵的：1.指形状：木～|银～。2.指位置在两旁的：～房。❸表示"罢了"的意思，而已：前言戏之～。

饵 ěr ❶糕饼：香～|果～。❷钓鱼用的鱼食：鱼～。❸引诱：以此～敌。

洱 ěr 【洱海】湖名，在云南省。

珥 ěr 用珠子或玉石做的耳环。

氿 guǐ 【氿泉】从侧面喷出的泉。

宄 guǐ 坏人：奸～。

轨 guǐ ❶车辙。❷轨道，一定的路线：火车～道。特指铺设轨道的钢条：钢～|铁～|铺～。喻应遵循的规则：步入正～|～外行动。

匦 guǐ 箱子，匣子：票～。

庋 guǐ ❶放东西的架子。❷搁置：～藏。

诡 guǐ ❶欺诈，奸猾：～辩（无理强辩）|～计多端。❷怪异，出乎寻常：～秘。

姽 guǐ 【姽婳】（guǐ huà）旧时形容女子娴静美好。

癸 guǐ 天干的第十位，用作顺序的第十。

晷 guǐ 日影。转时间：日无暇～。【日晷】按照日影测定时刻的仪器。也叫"日规"。

簋 guǐ 古代盛食物的器具，圆口，两耳。

跪 guì 屈膝，使膝盖着地：～下射击。

毁（❶燬、❹譭） huǐ ❶烧掉：烧～。❷破坏，损害：这把椅子谁～的？旧社会不知～了多少好人。【毁灭】彻底地消灭：给敌人以～～性的打击。❸〈方〉把成件的旧东西改造成别的东西：这两个小凳是一张旧桌子～的。❹诽谤，说别人的坏话（连诋～|～谤）。

麂 jǐ （～子）兽名，像鹿，比鹿小，毛黄黑色，雄的有很短的角。皮可做鞋面、手套等,肉可以吃。

己 jǐ ❶自己,对人称本身:舍~为人|反求诸~。❷天干的第六位,用作顺序的第六。

纪 ㊀jǐ(俗读 jì) 姓。㊁jì 寘韵。

掎 jǐ 拖住,牵制。

跽 jǐ 长跪,挺着上身两腿跪着。

伎 jì ❶技巧,才能。【伎俩】手段,花招。❷古代称以歌舞为业的女子。

妓 jì 妓女,旧社会里被迫卖淫的女人。是剥削制度的产物。

揆 kuǐ ❶揆度(duó),揣测:~情度理。❷道理,准则。❸事务:百~(各样政务)。引旧称总揽政务的人,如宰相、内阁总理等:阁~。

跬 kuǐ 〈古〉半步:~步不离。

诔 lěi 旧指叙述死者生平,表示哀悼的文章。

垒(壘) lěi ❶古代军中作防守用的墙壁:两军对~|深沟高~。❷把砖、石等重叠砌起来:~墙|把井口~高一些。

累 ㊀lěi ❶重叠,堆积:危如~卵|积年~月。【累累】1.屡屡。2.形容累积:罪行~~。【累进】照原数目多少而递增,如2、4、8、16等,原数越大,增加的数也越大:~~率|~~税。❷连累:~及|受~|~你操心。㊁lèi 寘韵。㊂léi 支韵。

李 lǐ 【李(子)树】落叶乔木,春天开花,花白色。果实叫李子,熟时黄色或紫红色,可吃。

哩 ㊁lǐ 也读作 yīng lǐ。英美长度单位,一哩等于5280呎,合1609公里。现写作"英里"。㊀li 寘韵。㊂lì 寘韵。

里(❹❺裏、裡) lǐ ❶长度单位,市制一里为一百五十丈,合公制五百米,即二分之一公里。❷居住的地方:故~|返~|同~(现在指同乡)。❸街坊(古代五家为邻,五邻为里):邻~|~弄。❹(~子|~儿)衣物的内层,跟"表"、"面"相反:衣裳~儿。❺里面,内部,跟"外"相反:屋子~|手~|碗~|箱子~面。引一定范围以内:夜~|这~|哪~。【里手】1.(~儿)靠里的一边,靠左边。2.〈方〉内行。

俚 lǐ 民间的,通俗的:~歌|~语。

浬 lǐ 也读作 hǎi lǐ。海程长度单位,一浬合1852米。现写作"海里"。

娌 lǐ 见第312页"妯"字条"妯娌"(zhóu·lǐ)。

理 lǐ ❶物质组织条纹:肌~|木~。❷道理,事物的规律:讲~|合~。特指自然科学:~科|~学院。【理论】1.人们关于自然界和人类社会的规律性的系统的认识,只有从实践概括出来又在实践中证明了的理论才是真正的理论。2.据理争论。【理性】把握了事物内在联系的认识阶段,也指判断和推理的能力。❸管理,办:~家|管~工厂。引整理,使整齐:~发|把书~一~。❹对别人的言语行动表示态度:答~|~睬|置之不~。【理会】注意:这两天只顾开会,也没~~这件事。

锂 lǐ 一种金属元素,符号Li,银白色,质软,是金属中比重最轻的,可制合金。

鲤 lǐ 【鲤鱼】生活在淡水中,体侧扁。嘴边有长短触须各一对,肉可吃。

逦(邐) lǐ 见第159页"迤"字条"迤逦"(yǐ lǐ)。

履 lǚ ❶鞋:革~|削足适~(喻迁就得极无道理)。❷践,踩在上面,走过:如~薄冰。引履行,实行:~约|~行合同。【履历】1.个人的经历。2.记载履历的文件。

美 měi ❶好,善:~德|~意|尽善尽~|~貌|~景|物~价廉。❷〈方〉得意,高兴:~滋滋的。❸赞美,称赞,以为好。

镁 měi 一种金属元素,符号Mg,银白色,略有延展性,燃烧时能发强光。镁与铝的合金可制飞机、飞船。硫酸镁可作泻药,俗称泻盐。

敉 mǐ 安抚,安定。

芈 mǐ 姓。

弭 mǐ 止，息：水患消～。

你 nǐ 称谈话的对方。

拟（擬） nǐ ❶打算：～往上海。❷初步设计编制：～订计划|～稿|这是一个～议。❸仿照：～作。

旎 nǐ 【旖旎】（yǐ nǐ）柔和美丽。

庀 pǐ 具备，治理。

圮 pǐ 塌坏，倒塌。

仳 pǐ 【仳离】夫妻离散。

否 ㊀pǐ 恶，坏：臧～人物（评论人的好坏）。㊀fǒu 有韵。

痞 pǐ ❶痞块，痞积，肚子里可以摸得到的硬块，这是因为脾脏肿大的缘故。伤寒病、败血病、慢性疟疾、黑热病等都会产生这种症状。❷流氓：地～|～棍。

嚭（噽） pǐ 大。

玘 qǐ 古代佩戴的玉。

杞 qǐ ❶植物名：1. 枸（gǒu）杞。2. 杞柳，落叶灌木，生在水边，枝条可以编箱、笼、筐、篮等物。❷周代诸侯国名，在今河南省杞县：～人忧天（喻不必要的忧虑）。

企 ㊀qǐ 踮着脚看，希望，盼望：～望|～待|～盼。【企图】图谋。【企业】从事生产、运输等经济活动的部门，如工厂、矿山、铁路等。企业的规模一般都比较大。㊁qì 寘韵。

起 qǐ ❶由躺而坐或由坐而立等：～床|～立致敬。引 离开原来的位置：1. 移开，搬开：～身|～运。2. 拔出，取出：～钉子|～货。❷由下向上升，由小往大里涨：一～一落|～劲|面～了。【起色】好转的形势，转机：病有～～。❸开始：～笔|～点。❹发生：～疑|～意|～火|～风。❺拟定：～草。❻批，群：一～人走了，又来一～。❼件，宗：三～案件|两～事故。❽在动词后，表示动作的趋向：抱～|拿～|扛～大旗|提～精神|引～大家注意|想不～在什么地方见过他。❾在动词后，跟"来"连用，表示动作开始：大声念～来|唱～歌来。

绮 qǐ ❶有花纹或图案的丝织品：～罗。❷美丽：～丽|～思。

蕊（蕋、橤） ruǐ 【花蕊】种子植物有性生殖器官的一部分。分雄蕊和雌蕊两种。

史 shǐ ❶历史、自然或社会以往发展的进程。也指记载历史的文字和研究历史的学科。❷古代掌管记载史事的官。

驶 shǐ ❶车马快跑。❷驾驶，开动交通工具（多指有发动机的），使行动：驾～拖拉机|轮船～入港口。

矢 shǐ ❶箭：有的（dì）放～。❷发誓：～口抵赖。❸古代用作"屎"：遗～。

豕 shǐ 猪。

使 shǐ ❶用：～劲|～用拖拉机耕种|这枝笔很好～。❷派，差（chāi）遣：支～|～人前往。❸让，令，叫：～人高兴|迫～敌人放下武器。❹假若，假使。❺驻外国的外交长官：大～|公～。【使命】奉命去完成的某种任务。泛指重大的任务：工人阶级肩负着创造新世界的～～。

始 shǐ ❶开始，起头，最初：开～报告|自～至终|～祖|原～社会。【未始】未尝，本来没有：～～不可。❷才：游行至下午五时～毕。

屎 shǐ 大便，粪。引 眼、耳所分泌的东西：眼～|耳～。

士 shì ❶古代统治阶级中次于卿大夫的一个阶层。❷旧时指读书人：学～|～农工商。❸未婚的男子，泛指男子：～女。❹对人的好称呼：志～|壮～|烈～。❺军人的一级，在尉以下，也泛指军人：上～|中～|～气。❻称某些专业人员：护～|助产～。

仕 shì 旧称做官：出～|～途。

舐 shì 舔：老牛～犊（旧时喻人爱惜儿女）。

氏 ㊀shì ❶古代姓和氏有区别，氏从姓分出，后来姓和氏不分了，姓、氏可以混用。【氏族】原始社会中由血统关系联系起来的人的集体，集体占有生产资料，集体生产，

集体消费。❷旧时对已婚的妇女,书面上常在她母家的姓后边加“氏”字称呼她:王~|张~。❸后世对有影响的人的称呼:神农~|太史~|摄~表。㊁zhī 支韵。

市 shì ❶做买卖或买卖的地方:开~|菜~|牲口~。❷人口密集的行政中心或工商业、文化发达的地方:城~|都~。❸一种行政区划,有直辖市和省(或自治区)辖市等:北京~|唐山~。❹属于我国度量衡市用制的:~尺|~升|~斤。

柿 shì 落叶乔木,开黄白色花。果实叫柿子,可以吃。木材可制器具。

铈 shì 一种金属元素,符号Ce,灰色结晶,质地软,有延展性,能导热,不易导电,可用来制造合金。

是 shì ❶表示解释和分类:他~工人|这朵花~红的。❷表示存在:满身~汗。❸表示承认所说的,再转入正意:东西旧~旧,可是还能用。❹表示适合:来的~时候|放的~地方。❺表示凡是、任何:~活儿他都肯干|~毒草就必须进行批判。❻用于问句:你~坐轮船还~坐火车? ❼对,跟“非”相反:懂得~非|他说的~。❽这,此:如~|~日天气晴朗。

甩 shuǎi ❶抡,扔:~袖子|~手榴弹。❷抛开,抛弃:~车。

水 shuǐ ❶一种无色无臭透明的液体,一个水分子的化学成分是氢二氧一。❷河流:湘~|汉~。❸江、河、湖、海的通称:~陆交通|~旱码头。【水平】1.静水的平面。2.一般的标准:文化~~。❹汁液:药~|橘子~。❺水族,我国少数民族名。

死 sǐ ❶生物失去生命,跟“活”相反(连~亡)。引 1.不顾性命,坚决:~守|~战。2.在形容词后表示达到极点:乐~了。❷不活动,不灵活:~心眼|~水|把门钉~了。转不通的:~胡同|把洞堵~了。

巳(巳) sì ❶地支的第六位。❷巳时,指上午九点到十一点。

汜 sì 【汜水】水名,在河南省。

祀(禩) sì ❶祭祀。❷〈古〉殷代人指年:十有三~。

兕 sì 古书上指雌的犀牛。

俟(竢) ㊀sì 等待:~机|~该书出版后即寄去。㊁qí 支韵。

涘 sì 水边。

耜(枱) sì 古代称犁上的铧。

髓 suí ❶骨髓,骨头里的像脂肪样的东西:敲骨吸~(喻刻毒的剥削)。【精髓】事物精要的部分。❷像髓的东西。

委 ㊀wěi ❶任,派,把事交给人办(连~任):~以重任。❷抛弃,舍弃(连~弃):~之于地。❸推托,卸:~过于人。❹曲折,弯转:话说得很~婉。【委屈】(wěi·qu)含冤受屈或心里苦闷:心里有~~,又不肯说。❺末,尾:原~。【委靡】【萎靡】(wěi mǐ)颓丧,不振作:精神~~。㊁wēi 支韵。

诿 wěi 同“委❸”:互相推~。

萎 ㊀wěi (植物)变干枯:枯~|~谢。【萎缩】1.体积缩小,表面变皱。2.衰退:资本主义经济日渐~~。㊁wēi 支韵。

洧 wěi 【洧川】地名,在河南省尉氏县。

痏 wěi 瘢痕。

鲔 wěi 古书上指鲟(xún)鱼。

唯 ㊀wěi 答应的声音(叠):~~诺诺|~~否否。㊁wéi 支韵。

枲 xǐ 大麻的雄株,只开花,不结果实。

玺(璽) xǐ 印,自秦朝以后专指皇帝的印。

徙 xǐ 迁移(连迁~)。

蓰 xǐ 五倍:倍~(数倍)。

屣 xǐ 鞋。

喜 xǐ ❶高兴,快乐(连~欢、欢~):~出望外。❷可庆贺的,特指关于结婚的:要节约办~事。❸妇女怀孕:她有~了。❹爱好:~闻乐见。

蟢 xǐ (~子)又叫“喜蛛”或“蟏蛸”,一种长腿的小蜘蛛。也作“喜子”。

葸 xǐ 害怕，畏惧：畏～不前。

已 yǐ ❶止，罢了：学不可以～|如此而～。❷已经，已然，表过去：时间～过。❸后来，过了一些时候，不多时：～忽不见。❹太，过：其细～甚。❺〈古〉同"以❻"：～上|～下|自汉～后。

以 yǐ ❶用，拿，把，捋：～少胜多|晓之～利害|～身作则|～劳动为光荣。❷依，顺，按照：众人～次就座|～时启闭。❸因，因为：不～失败自馁，不～成功自满。❹目的在于：遵守安全制度，～免发生危险。❺文言连词，跟"而"用法相同：其责己也重～周，其待人也轻～约。❻用于位置词前表明时间、方向或数量的界限：唐代～前|秦岭～南|七天～内。

苡 yǐ 见第232页"薏"字条"薏苡"（yì yǐ）。

矣 yǐ 文言助词：1. 直陈语气，与"了㊁❷"相当：险阻艰难，备尝之～。2. 感叹语气：大～哉。3. 命令语气：往～，毋多言！

苢 yǐ 见第31页"芣"字条"芣苢"（fú yǐ）。

迤（迆） ㊀yǐ ❶地势斜着延长。❷延伸，向（专指方向地位）：天安门～东（向东一带）。【迤逦】（yǐ lǐ）曲折连绵：沿着蜿蜒的山势～～而行。㊁yí 支韵。

蚁（蟻、螘） yǐ 【蚂蚁】昆虫名，多在地下做窝成群住着，种类很多。

舣（艤、檥） yǐ 停船靠岸。

倚 yǐ ❶靠着：～门。❷仗恃：～势欺人。❸偏：不偏不～。

椅 ㊀yǐ （～子）有靠背的坐具。㊁yī 支韵。

旖 yǐ 【旖旎】（yǐ nǐ）柔和美丽。

踦 yǐ 抵住。

扆 yǐ 古代一种屏风。

尾 ㊁yǐ （～儿）❶马尾（wěi）上的毛：马～罗。❷蟋蟀等尾部的针状物：三～儿（雌蟋蟀）。㊀wěi 尾韵。

子 zǐ ❶古代指儿女，现在专指儿子。【子弟】后辈人，年轻人。❷对人的称呼：1. 普通一般的人：男～|女～。2. 旧称某种行业的人：士～|舟～。3. 古代指著书立说，代表一个流派的人：荀～|诸～百家。4. 古代对对方的敬称：～试为之。5. 古代称老师：～墨子。❸（～儿）植物的种子：菜～|莲～|桐～|结～。❹（～儿）动物的卵：鱼～|蚕～|下～。❺子时，称夜里十一时到一时。【子夜】深夜。

仔 ㊀zǐ 【仔细】【子细】1. 周密，细致：～～研究|～～考虑。2. 俭省：日子过得～～。3. 当心，注意：路很滑，～～点儿。㊁zǎi 贿韵。见第175页"崽"（△仔）字条。㊂zī 支韵。

耔 zǐ 培土。

籽 zǐ 同"子❸"。

姊 zǐ 姐姐。【姊妹】（zǐ·mei）1. 姐姐和妹妹：他们一共～～三个。2. 同辈女朋友亲热的称呼。

秭 zǐ 【秭归】县名，在湖北省。

笫 zǐ 竹子编的床席：床～。

茈 ㊀zǐ 【茈草】即"紫草"。多年生草本植物。叶椭圆形或长卵形，开白色小花，根皮紫色。根可入药，又可作紫色染料。㊁cí 支韵。

紫 zǐ 蓝、红合成的颜色。

訾 ㊀zǐ 说别人的坏话，诋毁：不苟～议。㊁zī 支韵。

梓 zǐ ❶梓树，落叶乔木，开浅黄色花，木材可供建筑及制造器物之用。【梓里】【桑梓】故乡。❷雕版，把木头刻成印书的版：付～|～行。

滓 zǐ 渣子，沉淀物。

咀 ㊁zuǐ "嘴"俗作"咀"。㊀jǔ 语韵。

觜 ㊁zuǐ 同"嘴"。㊀zī 支韵。

嘴 zuǐ ❶口，动物吃东西、发声音的器官。❷（～子|～儿）形状或作用像嘴的东西：山～|壶～儿。

尾 ㊀wěi ❶(～巴)鸟、兽、虫、鱼等身体末端突出的部分:猪～巴。【交尾】鸟兽等性交。❷末端:排～。❸尾随,在后面跟:～其后。❹量词,指鱼。㊁yǐ 纸韵。

娓 wěi 【娓娓】谈论不倦:～～动听。

韪(韙) wěi 是,对(常和否定词连用):冒天下之大不～。

伟(偉) wěi 大(连～大):身体魁～|～大的祖国|～人(对人民有大功绩的人)。

苇(葦) wěi (～子)见第 33 页"芦"字条"芦苇"。

纬(緯) wěi ❶纬线,织布时用梭穿织的横纱,编织物的横线。❷地理学上假定跟赤道平行的线,以赤道为中点,向北称"北纬",向南称"南纬",到南北极各九十度。

玮(瑋) wěi 玉名。

炜(煒) wěi 光明。

韡(韡) wěi (叠)盛,光明。

晴(暐) wěi 日光旺盛。

颹(颹) wěi 大风。

艉 wěi 赤色。

亹 wěi 草名,赤梁。

浘 wěi 水流。

匪 fěi ❶强盗,抢劫财物的坏人:惯～|土～。❷不,不是:获益～浅|～夷所思(不是常人的想法)。

菲 ㊀fěi ❶微,薄(连～薄):～礼|～材。❷古书上说的一种像芜菁的菜,花紫红色。㊁fēi 微韵。

诽 fěi 说别人的坏话(连～谤):腹～心谤。

悱 fěi 想说可是不能够恰当地说出来。

棐 fěi 辅助。〈古〉又同"榧"、"篚"。

斐 fěi 【斐然】有文采的样子:～～成章|成绩～～。

榧 fěi 常绿乔木,种子叫榧子,种仁可以吃,可以榨油,也可入药。木材供建筑用。

蜚 ㊀fěi 【蜚蠊】(fěi lián)"蟑(zhāng)螂"的别称。㊁fēi 微韵。

篚 fěi 古代盛东西的竹器。

蜰 ㊀fěi 一名负蟠,俗呼臭虫。"蟠",一作"盘"。㊁féi 微韵。

朏 fěi 【朏明】月将明,月未盛之明。

�醜 guǐ 彩帛。

鬼 guǐ ❶迷信的人以为人死之后有灵魂,叫鬼:妖魔～怪。❷阴险,不光明:～话|～胎(喻不可告人之事)。❸机灵(多指小孩子):这孩子真～。❹对小孩儿的爱称:小～。❺对人蔑称或憎称:酒～|吸血～。

虺 ㊀huǐ 古书上说的一种毒蛇。【虺虺】〈古〉打雷的声音。㊁huí 灰韵。

荁(藼) huǐ 草名。

卉 huì 草的总名:花～。

几(幾) ㊀jǐ ❶询问数量多少的疑问词:～个人?|来～天了?【几何】1. 多少。2. 几何学,研究点、线、面、体的性质、关系和计算方法的学科。❷表示不定的数目:他才十～岁|所剩无～。㊁jī 微韵。

虮(蟣) jǐ (～子)虱子的卵。

儡 lěi 【傀儡】(kuí lěi)木偶戏里的木头人。又读 wěi,心意不安貌。

芑(萱) qǐ 一种植物,似蕨,生水中。

岂(豈) qǐ 助词,表示反诘:1. 哪里,如何,怎么:～敢!|～有此理? 2. 难道:～有意乎?〈古〉又同"恺"、"凯"(kǎi)贿韵。

唏 ㊀xǐ 笑声。㊁xī 微韵。

䜾（𩆜） xǐ 见下条"叆䜾"（yǐ xǐ）。

叆（靉） yǐ 【叆䜾】（yǐ xǐ）云盛而不明。

扆 yǐ 掩蔽。

㑊 yǐ 哭而余声从容。

顗（顗） yǐ 静，靖，谨庄貌。

语 ㊀yǔ ❶话（[连]～言）：成～|～文|外国～。❷谚语或古语：～云。❸代替语言的动作：手～|旗～。❹说：不言不～。㊁yù 御韵。

圄（△圉） yǔ 见第124页“囹”字条“囹圄”（líng yǔ）。

龉 yǔ 见本页“龃”字条“龃龉”（jǔ yǔ）。

敔 yǔ 古代一种打击乐器，用于雅乐结束时。

圉 yǔ 养马的地方。

屿（嶼） yǔ（旧读 xù） 小岛（[连]岛～）。

予 ㊀yǔ 给予：授～奖状|～以协助|～以处分。㊁yú 鱼韵。

与（與） ㊀yǔ ❶和，跟：批评～自我批评。❷给：赠～|交～本人|～人方便。❸交往：此人易～|相～|～国（相交好的国家）。❹赞助：～人为善。【与其】比较连词，常跟“宁”、“宁可”、“不如”、“不若”等连用：～～坐车，不如坐船。㊁yù 御韵。㊂yú 鱼韵。

峿 yǔ ❶【岨峿】（zǔ yǔ）山形。❷不安的样子。

踽 yǔ ❶趋步，谓疾而舒，威仪适中之貌。❷恭敬。

萭（薁） yǔ ❶美貌。❷苗盛。

籞 yǔ 翳，捕鸟掩体用的屏障。

处（處、虙、処） ㊁chǔ ❶居住：穴居野～。【处女】没有性经历的女子。❷存在，置身：设身～地|～在任何环境，他都能坚持原则。❸跟别人一起生活，交往：他们相～得很好。❹决定，决断。【处分】（chǔ fèn）对犯错误或有罪过的人给予相当的惩戒。【处理】办理，解决：这事情难～～。㊀chù 御韵。

杵 chǔ ❶舂米或捶衣用的木棒。❷用长形的东西戳或捅：用手指头～他一下。

础（礎） chǔ 柱脚石：基～。

楮 chǔ 就是榖树，参看第309页“榖”（gǔ）字条。[转]纸。

褚 chǔ 姓。

储 chǔ（旧读 chú） ❶储蓄，积蓄：～存|～藏|～备。❷姓。

楚 chǔ ❶牡荆，落叶灌木，开青色或紫色的穗状小花，鲜叶可入药。❷周代诸侯国名，它的疆域在今湖北省，后来扩展到湖南省北部、河南省南部及江西、安徽、江苏、浙江等省。❸痛苦（[连]苦～）。【楚楚】鲜明，整洁：衣冠～～（现多用于贬义）。

澨 chǔ 水名，大水溢出。

齼 chǔ 或字“龺”（suǒ），齿伤醋。齿伤酸，则不敢食物。[喻]怕其事而不敢为。

黸 chǔ 五彩鲜明。

咀 ㊀jǔ 含在嘴里细细玩味：含英～华（喻读书吸取精华）。【咀嚼】（jǔ jué）细嚼。[喻]体味。㊁zuǐ 纸韵。

沮 ㊀jǔ ❶阻止。❷坏，败坏。【沮丧】（jǔ sàng）失意，懊丧。㊁jù 御韵。㊂jū 鱼韵。

龃 jǔ 【龃龉】（jǔ yǔ）牙齿上下对不上。[喻]意见不合。

莒 jǔ 周代诸侯国名，在今山东省莒县一带。

筥（篆） jǔ 圆形的竹筐。

举（舉、擧） jǔ ❶向上抬，向上托：～手|高～红旗。[引] 1. 动作行为：～止|一～一动。2. 发起，兴起：～义|～事|～办工农业余学校。❷提出：～例说明|～出一件事实来。❸推选，推荐：大家～他做代表。❹全：～国|～世闻名。

榉（欅） jǔ ❶榉，落叶乔木，和榆相近，木材耐水，可造船。❷山毛榉，落叶乔木，春天开花，淡黄绿色。树皮有粗纹，像鳞片，木材很坚硬，可做枕木、家具等。

柜 ㊁jù 【柜柳】即榉柳，落叶乔木，羽状复叶。榉树皮似檀槐，叶似栎槲（lì hú）。多生溪间水侧，或谓之鬼柳。鬼、柜声相转，又转为杞柳。㊁guì 未韵。

巨（鉅） jù 大：～人｜～型飞机｜～款。

拒 jù 抵挡，抵抗（连抗～）：～敌｜～捕｜～腐蚀，永不沾。【拒绝】不接受。

苣 ㊀jù 见第97页“莴”字条“莴苣”（wō·jù）。㊁qǔ 语韵。

炬 jù 火把。

距 jù ❶离开，距离：相～数里｜～今已数年。❷雄鸡爪后面突出像脚趾的部分。

岠 jù ❶大山。❷至。❸去。

怚 jù ❶慢。❷通“钜”，骄矜貌。❸恐。

秬 jù 黑黍。

讵 jù 岂，何：公～能入乎（你岂能进呢）？

跙 jù 【四马跙跙】四马行而不进。

粔 jù 【粔籹】（jù nǚ）古代一种煎炸的面食。

虡 jù 钟鼓之柎。

吕 lǚ 我国音乐十二律中的阴律，有六种，总称“六吕”。

侣 lǚ 同伴（连伴～）。

稆（穞） lǚ 谷物等不种自生的：～生。也作“旅”。

旅 lǚ ❶出行的，在外作客的：～行｜～馆｜～途｜～居｜～客。❷过去军队的一种编制单位。❸军队：军～｜强兵劲～。❹共同：～进～退。❺同“稆”：～生｜～葵。

膂 lǚ 脊梁骨。【膂力】体力：～～过人。

儢 lǚ ❶不欲为。❷不勉强的意思。

篆 lǚ 盛饭器。

女 nǚ ❶女子，女人，妇女：～士｜～工｜男～平等。❷女儿：一儿一～。〈古〉又同“汝”（rǔ）。

钕 nǚ 一种金属元素，符号Nd，色微黄。

籹 nǚ 蜜饵。

苣 ㊁qǔ 【苣荬菜】（qǔ·mǎi cài）多年生草本植物，花黄色。茎叶嫩时可以吃。㊀jù 语韵。

汝 rǔ 你：～等｜～将何往？

抒 shū 抒发，尽量表达：～情诗｜各～已见。

暑 shǔ 热：中～｜～天。

黍 shǔ 一年生草本植物，子实叫黍子，碾成米叫黄米，性黏，可酿酒。【蜀黍】高粱。【玉蜀黍】也叫“玉米”、“棒子”或“包谷”，叶长而大，子实可作食粮。

鼠 shǔ 老鼠，俗叫“耗子”。【鼠疫】一种急性传染病，又叫“黑死病”，病原体是鼠疫杆菌。消灭老鼠和预防注射是主要的预防方法。

癙 shǔ 【癙病】心忧惫之病。

蠋 shǔ 【蝼蠋】（wěi shǔ）地鳖虫。

羜 shǔ 五个月生羔，即不足月的羊羔，未成羊。

所（㪽） suǒ ❶处，地方：住～｜各得其～。❷机关或其他办事的地方：研究～｜派出～｜诊疗～。❸量词，指房屋：两～房子。❹放在动词前，代表接受动作的事物：1.动词后不再用表事物的词：耳～闻，目～见｜我们对人民要有～贡献｜各尽～能，按劳分配。2.动词后再用“者”或“的”字代表事物：视吾家～寡有者｜这是我们～反对的。3.动词后再用表事物的词：他～提的意见。

许 xǔ ❶应允，认可（连允～｜准～）：特～。引承认其优点：赞～｜推～｜～为佳作。❷预先答应给予：我～给他一本书｜以身～国。❸或者，可能：也～｜或～｜他下午～来。❹处，地方：先生不知何～人也。❺表示约略估计的词：几～｜少～｜年三十

～(三十岁左右)。❻这样:如～。【许多】1.这样多,这么多。2.很多。【许久】1.时间这么长。2.时间很长。

浒 ㊁ xǔ 【浒墅关】【浒浦】【浒湾】地名,都在江苏省。㊀hǔ 麌韵。

湑 ㊀xǔ ❶滤过的酒。引 清。❷茂盛。㊁xū 鱼韵。

糈 xǔ ❶粮食。❷古代祭神用的精米。

醑 xǔ ❶美酒。❷醑剂(挥发性药物的醇溶液)的简称:樟脑～|氯仿～。

稰 xǔ ❶晚稻。❷食。❸同"糈",祭神用的精米。

序 xù ❶次第(连 次～):顺～|工～|前后有～。❷排列次第:～齿(按年龄排次序)。❸在正式内容之前的:～文|～曲|～幕。特指序文:写一篇～。❹庠序,古代的学校。

叙(敘、敍) xù ❶述说(连 ～述):把事情经过～清楚|～家常。❷同"序❶❷❸"。

溆 xù 水边。【溆浦】县名,在湖南省。

绪 xù ❶丝的头。喻 开端:千头万～。【绪论】著书或讲学开头叙述内容要点的部分。❷事业:续未竟之～。❸指心情、思想等:思～|情～。❹残余。

鱮(鱮) xù 鱼名,即鲢。似鲂厚而头大。

渚 zhǔ 水中间的小块陆地。

煮(煑) zhǔ 把东西放在水里,用火把水烧开:～面|～饭。

伫(佇、竚) zhù 长时间站着:～候。

苎(△苧) zhù 【苎麻】多年生草本植物,茎皮含纤维质很多,劈成细丝,可以做绳子,又可织夏布。"苧"又音níng,庚韵。

纻(紵) zhù ❶同"苎"。❷苎麻织成的布。

贮(貯) zhù 储存(连 ～存|～藏)。

诅 zǔ 迷信的人求神加祸于别人。【诅咒】咒骂,说希望人不顺利的话。

阻 zǔ 拦挡(连 ～挡):～止|通行无～|山川险～。

俎 zǔ ❶古代祭祀时放祭品的器物。❷切肉或菜时垫在下面的砧(zhēn)板:刀～。

麌（麌） yǔ　一种动物，即雌獐。【麌麌】鹿群聚集的样子。

伛（傴） yǔ　驼背：～人｜～偻（lǚ）。

俣 yǔ　大。【俣俣】身材高大。

宇 yǔ　❶屋檐。引房屋：庙～。【眉宇】转仪表，风度。❷上下四方，所有的空间：～内。【宇宙】1.同"宇❷"。2.指所有的空间和时间。

羽 yǔ　❶羽毛，鸟的毛：～翼。❷古代五音"宫、商、角、徵（zhǐ）、羽"之一。

雨 ㊀yǔ　空气中的水蒸气上升到天空中遇冷凝成云，再遇冷聚集成大水点落下来就是雨。㊁yù 遇韵。

禹 yǔ　传说是夏朝的第一个王，他曾经治理洪水。

瑀 yǔ　像玉的石头。

庾 yǔ　【大庾岭】山名，在江西、广东两省交界的地方。

窳 yǔ　恶劣，坏：～劣｜～败（败坏）。

貐 yǔ　见第 333 页"猰"字条"猰貐"（yà yǔ）。

愈（❸瘉、癒） yù　❶更，越：～来～好｜～甚。❷贤，好：孰～（哪个好）？❸病好了（连痊～）：病～。

簿 bù　（～子）本子：账～｜发文～。【簿记】根据会计学原理记账的技术。

补（補） bǔ　❶把残破的东西加上材料修理完整：缝～｜～锅。❷把缺少的充实起来或添上（连～充｜贴～）：～空子｜～习｜滋～。【补白】书报上填补空白的文字。❸益处：无小～。

堡 ㊁bǔ　堡子，有城墙的村镇。又多用于地名：吴～县（在陕西省）｜柴沟～（在河北省）。㊀bǎo 皓韵。㊂pù 遇韵。

部 bù　❶部分，全体中的一份：内～｜南～。【部位】位置。❷机关企业按业务范围分设的单位：外交～｜编辑～｜门市～。【部队】军队。【部首】按字形体偏旁所分的门类，如"山"部、"火"部等。❸量词：1.指书籍：一～小说｜两～字典。2.指车辆或机器：一～机器｜三～汽车。

篰 bù　〈方〉竹篓。

肚 ㊀dǔ　（～子｜～儿）动物的胃：猪～子｜羊～子。㊁dù 遇韵。

堵 dǔ　❶阻塞（sè），挡：水沟～住了｜～老鼠洞。喻心中不畅快：心里～得慌。❷墙：观者如～。【安堵】安定，不受骚扰。

赌 dǔ　赌博，一种用财物作注争输赢的恶习：～钱　。引争输赢：打～｜～输赢。【赌气】因不服气而任性做事：不要～～｜他～～走了。

睹（覩） dǔ　看见：耳闻目～｜熟视无～。

芏 dù　见第 9 页"茳"字条"茳芏"（jiāng dù）。

杜（❷敷） dù　❶杜树，落叶乔木，果实圆而小，味涩可食，俗叫杜梨。木材可做扁担或刻图章等。❷阻塞（sè），堵塞：以～流弊。【杜绝】堵死了，彻底防止：～～漏洞｜保证生产安全，～～事故发生。【杜鹃】1.鸟名，一般多指大杜鹃（又名布谷、杜宇），上体黑灰色。胸腹常有横斑点，吃害虫，是益鸟。2.植物名，也叫"映山红"。常绿或落叶灌木，春天开花，红色或粉色，供观赏。【杜撰】虚构，凭自己的意思编造。

父 ㊁fǔ　❶老年人：田～｜渔～。❷同"甫❶"。㊀fù 遇韵。

斧 fǔ　❶（～子｜～头）砍东西用的工具。❷一种旧式武器。

釜（鬴） fǔ　❶古代的一种锅：～底抽薪（喻从根本上解决）｜破～沉舟（喻下决心）。❷古代量器名，也是容量单位。

滏 fǔ　【滏阳河】水名，在河北省。

甫 fǔ　❶古代在男子名字下加的美称，也作"父"。【台甫】旧时询问别人名号的用语。❷刚：才：～入门｜年～十岁。

辅 fǔ　帮助，佐助（连～助）：～导｜相～而行。【辅音】发音的时候，从肺里出来的气，经过口腔或鼻腔受到障碍所成的音。也叫“子音”。拼音字母 b、d、g 等都是辅音。

脯 ㊀fǔ ❶肉干：鹿～。❷果蜜，水果加糖或蜜制成后晾干的：桃～｜杏～。㊁pú 虞韵。

蜅 fǔ 【螟蜅鲞】(míng fǔ xiǎng)墨鱼干。

簠 fǔ 古代祭祀时盛稻、粱的器具。

黼 fǔ 古代礼服上绣的半黑半白的花纹。

抚（撫） fǔ ❶慰问：～恤｜～慰。❷扶持，保护：～养成人｜～育孤儿。❸轻轻地按着：～摩。❹同“拊”。

拊 fǔ 拍，也作“抚”：～掌大笑。

俯（頫、俛） fǔ 向下，低头，跟“仰”相反：～视山下｜～仰之间（很短的时间）。

府 fǔ ❶储藏文书或财物的地方（[连]～库）：～库充实｜天～（喻物产富饶的地方）。❷旧时贵族或高级官员办公或居住的地方：王～｜公～｜相～。【府上】对别人的籍贯、住所的敬称。❸旧时行政区域名，等级在县和省之间。

腑 fǔ 脏腑，中医对人体胸、腹内部器官的总称。心、肝、脾、肺、肾叫“脏”，胃、胆、大肠、小肠、膀胱等叫“腑”。

腐 fǔ 烂，变质（[连]～烂｜～朽）：流水不～｜鱼～肉败｜这块木头已经～朽不堪了。[引]腐败，思想陈旧，行为堕落：他的思想陈～。【腐蚀】通过化学作用使物体逐渐消损或毁坏：～～剂。[喻]剥削阶级思想、作风的侵袭，使人逐渐变质堕落。【豆腐】用豆子制成的一种食品，也省称“腐”：～～皮｜～乳。

估 ㊀gū（旧读 gǔ） 揣测，大致地推算：～计｜～量｜～价｜不要低～了群众的力量｜你～一～他能来不？㊁gù 遇韵。

咕 gū 象声词：布谷鸟～～地叫。【咕咚】(gū dōng)象声词，重东西落下声。【咕嘟】(gū dū)1. 象声词，形容水响。2. 大煮，煮得滚滚的：东西～～烂了吃，容易消化。3. 鼓起：他气得把嘴～～起来。【咕唧】(gū jī)小声说话。【咕噜】(gū lū)象声词，形容反复作响。【咕哝】(gū·nong)小声说话。

古 gǔ 时代久远的，过去的，跟“今”相反（[连]～老）：～书｜～板（守旧固执）｜～为今用。【古怪】奇怪，罕见，不合常情。【古董】古代留传下来的器物。[喻]顽固守旧的人。

诂 gǔ 用通行的话解释古代语言文字或方言字义：训～｜解～｜字～。

牯 gǔ 公牛。俗指阉割后的公牛。也泛指牛。

罟 gǔ 〈古〉网。

钴 gǔ 一种金属元素，符号 CO，灰白色，微带红色。有延展性，熔点高，可以磁化，是制造超硬耐热合金和磁性合金的重要原料。钴的放射性同位素钴^{60}在机械、化工、冶金等方面都有广泛的应用，在医疗上可以代替镭治疗癌症。【钴鉧】（钴鉧）(gǔ mǔ)熨斗。

嘏 ㊀gǔ 福。㊁jiǎ 马韵。

盬 gǔ （～子）烹饪用具，周围陡直的深锅：瓷～子｜沙～子。

股 gǔ ❶大腿，自胯至膝盖的部分。❷事物的一部分：1. 股份，旧指集合资金的一份：～东｜～票。2. 机关团体中的一个部门：总务～｜卫生～。3. 合成绳线等的部分：合～线｜三～绳。❸指不等腰直角三角形中构成直角的长边。❹量词：1. 指成条的：一～道（路）｜一～线｜一～泉水。2. 指气味、力气：一～香味｜一～劲。3. 批，部分（多指匪徒或敌军）：一～残匪。

羖（羚） gǔ 公羊。

贾 ㊀gǔ ❶商人（[连]商～）。古时特指坐商。❷卖：余勇可～（喻还有多余的力量可以使出）。㊁jiǎ 马韵。

蛊（蠱） gǔ 把许多毒虫放在器皿里，使互相吞食，最后剩下不死的毒虫叫蛊，旧时传说可用来毒害人。【蛊惑】使人心意迷惑。

鼓 gǔ ❶乐器名，多为圆柱形，中空，两头蒙皮，有军鼓、腰鼓、拨浪鼓等多种。

【大鼓】【大鼓书】【鼓儿词】曲艺的一种。一人打着鼓说唱故事，另一人弹弦子伴奏。❷敲鼓：一～作气。引 1.击，拍，弹：～掌|～琴。2.发动，使振作起来：～足干劲|～励|～动|～舞。【鼓吹】1.打击乐和管乐合奏。2.传播，宣扬（现多用于贬义）。3.凸出，高起（叠）：口袋装得～～的。

臌 gǔ 膨胀，肚子胀起的病，通常有水臌、气臌两种。也作"鼓"。

瞽 gǔ 眼睛瞎：～者。

虎 hǔ ❶老虎，野兽名，毛黄褐色有条纹。性凶猛，能吃人和兽类。喻 威武、勇猛：一员～将。【虎口】1.喻 危险境地：～～余生。2.手上拇指和食指相交的地方。❷同"唬"。

唬 ㊀hǔ 威吓（hè）或蒙混：你别～人了。㊁xià 祃韵。

琥 hǔ 【琥珀】（hǔ pò）矿物名，黄褐色透明体，是古代松柏树脂落入地下所成的化石。可做香料及装饰品。

浒 ㊀hǔ 水边。㊁hǔ 语韵。

户 hù ❶一扇门。引 门：夜不闭～。❷人家：千家万～。【户口】住户和人口：报～～|～～簿。

沪（滬） hù ❶沪渎，松江的下流，在今上海。❷上海的别称：～杭铁路。

戽 hù ❶戽斗，灌田汲水用的旧式农具。❷用戽斗汲水。

扈 hù 随从（连 ～从）。

祜 hù 福。

鄠 hù 【鄠县】在陕西省，今作"户县"。

矩（榘） jǔ ❶画方形的工具：～尺（曲尺）|没有规～，不成方圆。❷法则，规则：循规蹈～。

枸 ㊂jǔ 【枸橼】（jǔ yuán）也叫"香橼"，常绿乔木，初夏开花，白色，果实有香气，味很酸。㊀gōu 尤韵。㊁gǒu 有韵。

蒟 jǔ 植物名：1.蒟蒻（jǔ ruò），多年生草本植物，开淡黄色花，外有紫色苞片。地下茎像球，有毒，可入药。也叫魔芋。2.蒟酱，用蒌叶的果实制成的酱。

踽 jǔ 【踽踽】形容独自走路孤零的样子：～～独行。

苦 kǔ ❶像胆汁或黄连的滋味，跟"甜"、"甘"相反：～胆|良药～口利于病。【苦水】味道不好的水，含硫酸钠、硫酸镁的水：～井。喻 藏在心里的苦楚，多指在旧社会所受的痛苦：吐～～。❷感觉难受的：～境|～日子过去了|吃～耐劳。【苦主】被害人的家属。❸为某种事物所苦：～雨|～旱|～夏|从前他～于不识字。❹有耐心地，尽力地：～劝|～学|～战|～求。

噜 lǔ 【噜苏】（噜囌）（lǔ·sū）义同"罗唆"（luō·suō），见第95页"罗㊁"字条"罗唆"。

卤（鹵、滷） lǔ ❶制盐时剩下的黑色汁液，是氯化镁、硫酸镁、溴化镁及氯化钠的混合物，味苦有毒，供制豆腐用。也叫"苦汁"或"盐卤"。【卤素】化学中统称氟、氯、溴、碘四种元素。❷浓汁：茶～|打～面。❸用浓汁制作食品：～鸡|～煮豆腐。

硇（磠） lǔ 【硇砂】矿物名，化学成分为NH_4Cl。常为皮壳状或粉块状结晶，无色或白色，间带红褐色，玻璃光泽。在工业、农业和医药上都有广泛的用途。

虏（虜） lǔ ❶俘获（连 俘～）：～获甚众|俘～敌军十万人。❷打仗时捉住的敌人（连 俘～）：解放军优待俘～。

掳（擄） lǔ 抢取，也作"虏"（连 ～掠）：烧杀～掠。

鲁 lǔ ❶愚钝，蠢笨：粗～。【鲁莽】不仔细考虑事理，冒失，也作"卤莽"。❷周代诸侯国名，在今山东省南部一带。❸山东省的别称。

镥 lǔ 一种金属元素，符号Lu。

橹（樐、艣、艪） lǔ 拨水使船前进的器具：摇～。

偻（僂） ㊀lǚ ❶脊背弯曲：伛～（yǔ lǚ）。❷迅速：不能～指（不能迅速指出来）。㊁lóu 尤韵。

缕（縷） lǚ ❶线：一丝一～。❷一条一条地：～述｜～析。❸量词，一股：一～炊烟｜一～线。

褛（褸） lǚ 见第143页“褴”字条“褴褛”（lán lǚ）。

呒（嘸） ḿ 〈方〉没有。

姆 mǔ 【保姆】负责照管儿童或料理家务的女工。

牳 mǔ 牛名。

姥 ㊀mǔ 年老的妇人。㊁lǎo 皓韵。

嗯（呒） ㊁ň。㊂ňg 麌韵。㊂ǹ 遇韵。

嗯（呒） ㊀ňg （又）叹词，表示不以为然或出乎意外：～！我看不一定是那么回事｜～！你怎么还没去？㊀ńg 虞韵。㊂ǹg 遇韵。

努（❷㧅） nǔ ❶尽量地使出（力量）：～力。❷突出：～嘴。❸因用力太过，身体内部受伤：箱子太重，你别扛，看～着。

弩 nǔ 一种利用机械力量射箭的弓。

胬 nǔ 【胬肉】一种眼病，中医指由于眼球结膜增生而突起的肉状物。

埔 ㊀pǔ 地名用字。【黄埔】地名，在广东省广州市。㊁bù 遇韵。

圃 pǔ 种植菜蔬、花草、瓜果的园子：花～。

浦 pǔ 水边或河流入海的地区。常用作地名。

溥 pǔ ❶广大。❷普遍。

普 pǔ 普遍，全，全面：～天同庆｜～查。【普通】通常，寻常：～～读物。【普及】传布和推广到各方面：～～教育。【普米】普米族，我国少数民族名。

谱 pǔ ❶依照事物的类别、系统编制的表册：年～｜家～（封建家族记载本族世系的表册）｜食～。❷记录音乐、棋局等的符号或图形：歌～｜乐（yuè）～｜棋～。❸编写歌谱：～曲。❹（～儿）大致的准则，把握：他做事有～儿。

氆 pǔ 【氆氇】（pǔ·lu）（藏）藏族地区出产的一种毛织品。“氆”原读 bǎng，养韵。“氇”原读 luó，歌韵。

镨 pǔ 一种金属元素，符号 Pr，黄绿色。它的化合物多呈绿色，可作陶器的颜料。

曲 ㊁qǔ （～子｜～儿）❶歌，能唱的文词（连歌～）：唱～儿｜戏～｜小～儿。❷歌的乐调：这支歌是他作的～。㊀qū 沃韵。

娶 qǔ 把女子接过来成亲：～妻。

取 qǔ ❶拿：～书｜到银行～款。【取消】废除，撤销。❷从中拿出合乎需要的：1. 挑选：录～｜～道天津。2. 寻求：～暖｜～笑（开玩笑）。3. 接受，采用：听～群众的意见｜吸～经验。❸依照一定的根据或条件做：～决｜～齐。

龋 qǔ 【龋齿】因口腔不清洁，食物渣滓发酵产生酸类，侵蚀牙齿的釉质而形成空洞。这样的牙齿叫做龋齿。俗叫“虫牙”或“虫蚀牙”。

乳 rǔ ❶乳房，分泌奶汁的器官。❷乳房中分泌出来的白色奶汁。❸像乳的东西：1. 像乳汁的：豆～。2. 像乳头的：钟～（钟上可敲打的突出物）。❹生，生殖：孳～。❺初生的，幼小的：～燕｜～鸭。

擩 rǔ 〈方〉插，塞：把棍子～在草堆里。

数（數） ㊁shǔ ❶一个一个地计算：～一～。引比较起来最突出：就～他有本领。❷责备，列举过错：～落（shǔ·luo）｜～说。㊀shù 遇韵。㊂shuò 觉韵。

土 tǔ ❶地面上的沙、泥等的混合物（连～壤）：沙～｜黏～｜～山。❷土地：园～｜领～。❸本地的：～产｜～话。❹指民间生产的，出自民间的：～专家｜～布。❺土族，我国少数民族名。❻【土家】土家族，我国少数民族名。

吐 ㊀tǔ 使东西从嘴里出来：不要随地～痰。引 1. 说出：～露实情｜拒不～实。2. 露出，放出：高粱～穗了｜蚕～丝。㊁tù 遇韵。

钍 tǔ 一种放射性元素,符号 Th,银灰色,质地柔软,可作为原子能工业的核燃料。

五 wǔ ❶数目字。❷旧时乐谱记音符号之一,相当于简谱的"6"。

伍 wǔ ❶古代军队最小的编制单位,五个人为一伍。引军队:入～。❷一伙:相与为～。❸"五"字的大写。

午 wǔ ❶地支的第七位。❷午时,称白天十一点到一点:～饭。特指白天十二点:～前|下～一点开会。【午夜】半夜。

仵 wǔ ❶【仵作】旧时官署检验死伤的人员。❷姓。

庑(廡) wǔ 古代正房周围的小屋子。

怃(憮) wǔ 【怃然】失意的样子。

沅(潕、潕) wǔ 【沅水】水名,发源于贵州省,流入湖南省。

妩(嫵、娬) wǔ 【妩媚】姿态美好。

武 wǔ ❶关于军事或技击的:～装|～器|～术。❷勇猛:英～。【武断】只凭主观判断:你这种看法太～～。❸半步:行不数～。

鹉 wǔ 见第121页"鹦"字条"鹦鹉"(yīng wǔ)。

侮 wǔ 欺负,轻慢(连～辱|欺～):中国人民是不可～的|抵御外～。

舞 wǔ ❶按一定的节奏转动身体表演各种姿势:手～足蹈|～剑|秧歌～。【鼓舞】使人奋发:～～群众的热情。❷耍弄:～弊|～文弄墨。

诩 xǔ 说大话,夸耀:自～。

栩 xǔ 【栩栩】形容生动的样子:～～如生。

姁 xǔ (叠)安乐,和悦。

煦(昫) ㊀xǔ 温暖:春风和～。㊁xù 遇韵。

主 zhǔ ❶主人:1.权力或财物的所有者:人民是国家的～人|物～。2.接待客人的人,跟"宾客"相对:宾～。3.事件中的当事人:事～|失～。【主观】1.属于自我意识方面的,跟"客观"相反:人类意识属于～～,物质世界属于客观。2.不依据客观事物,单凭自己的偏见的:他的意见太～～了。3.属于自身方面的:～～努力。【主权】一个国家的独立自主的权力。❷主张,决定:～见|婚姻自～。【主张】对事物的意见或认为应当如何处理:我们～～组织专门小组来研究这个问题|心里有～～。❸最主要的,最基本的:～力|以预防为～,治疗为辅。【主顾】商店称买货的人。❹主持,负主要责任:～办|～讲。❺预示:早霞～雨,晚霞～晴。

拄 zhǔ 用手扶着杖或棍支持身体的平衡:～拐棍。

麈 zhǔ 古书上指鹿一类的动物,其尾巴可以作拂尘。

砫 zhǔ 【石砫】县名,在四川省。今作"石柱"。

组 zǔ ❶结合,构成:～成一队|改～。【组织】1.有目的、有系统、有秩序地结合起来:～～群众。2.按照一定的政治目的、任务和系统建立起来的集体:党团～～。3.有机体中由形状、性质和作用相同的若干细胞结合而成的单位:神经～～|～～疗法。❷由若干人员结合成的单位:学习小～。

祖 zǔ ❶父亲的上一辈:～父。引先代:～宗|始～。【祖国】对自己的国家敬爱的称呼。❷对跟祖父同辈的人的称呼:外～父|外～母|伯～。

荠(薺) ㊀jì 【荠苨】(jì nǐ)药草名,桔梗别名。㊁jì 霁韵。㊂qí 霁韵。

挤(擠) ㊀jǐ ❶用压力使排出:~牛奶|~牙膏。❷互相推、拥:人多~不过去|~进会场。❸许多人、物很紧地挨着,不容易动转:一间屋子住十来个人,太~了。㊁jì 齐韵。

济(濟) ㊀jǐ 古水名,发源于河南省,流经山东省入渤海。【济南】【济宁】市名,都在山东省。㊁jì 霁韵。

瘠(癠) jǐ ❶生而不长的病。❷短、小。江湘间俗称小为瘠。

鲚 jǐ 刀鱼。

陛 bì 宫殿的台阶。【陛下】对国王或皇帝的敬称。

狴 bì 【狴犴】(bì'àn)传说中的兽名。古代牢狱门上绘其形状,因此又用为牢狱的代称。

髀 bì 大腿。纸韵通。

泚 cǐ ❶清,鲜明。❷用笔蘸墨:~笔作书。纸韵通。

玼 cǐ ❶玉色鲜。❷鲜盛的样子。纸韵通。

氐 ㊀dǐ 根本。㊁dī 齐韵。

诋 dǐ 毁谤(连~毁):丑~(辱骂)。

邸 dǐ 旧指高级官员的住所。现用于外交场合。

坻 dǐ 【宝坻】县名,在天津市。

抵(❷牴、觝) dǐ ❶挡,拒,用力对撑着(连~挡):~挡一阵|~住门别让风刮开。【抵制】抵抗,阻止,不让侵入。❷牛、羊等有角的兽用角顶、触。【抵触】发生冲突:他的话前后~~。❸顶,相当,代替:~债|~押。【抵偿】用价值相等的事物作为赔偿或补偿。❹到达:~京。【大抵】大略,大概:~~是这样,详细情况我说不清。

底 ㊀dǐ ❶(~子|~儿)最下面的部分:锅~|鞋~儿|海~。引末了:月~|年~。❷(~子|~儿)根基,基础,留作根据的:~稿|~账|刨(páo)根问~|那文件要留个~儿。【底细】内情,详情,事件的根底。❸(~儿)图案的底子:白~儿红花碗。❹达到:终~于成。❺何,什么:~事|~处。❻姓。㊁de 职韵。

茋 dǐ 【茋苨】草名,亦名荠苨,根茎都似人参,根似桔梗。

柢 dǐ 树木的根(连根~):根深~固。

砥 dǐ(旧又读 zhǐ) 细的磨刀石。【砥砺】磨练:~~志气。

骶 dǐ 腰部下面尾骨上面的部分。

媞 dǐ 妇人安详的样子。

礼(禮) lǐ ❶由一定阶级的道德观念和风俗习惯形成的仪节:典~|婚~。❷特指周礼,是西周奴隶制社会等级制度的产物,是为奴隶主利益服务的。❸表示尊敬的态度或动作:敬~|有~貌。❹礼物,用来表示庆贺或敬意:"五一"献~|一份~。

澧 lǐ 【澧水】在湖南省北部,流入洞庭湖。

醴 lǐ 甜酒。

鳢 lǐ 鱼名,也叫"黑鱼"。身体圆筒形,头扁,背鳍和臀鳍很长,生活在淡水底层,可以养殖,但性凶猛,对其他鱼类有危害。

蠡 ㊀lǐ 【蠡县】在河北省。㊁lí 支韵。

榧(欐) lì 梁,栋:梁~。

祢(禰) mí(旧读 nǐ) 姓。

米 mǐ ❶谷类或其他植物子实去了壳的名称:小~|花生~。特指去了壳的稻实:买十斤~。【虾米】去了壳的干虾肉,也指虾。❷(外)公制长度的主单位(旧名公尺),一米合市制三尺。

眯(瞇) ㊀mí 尘土入眼,不能睁开看东西。㊁mī 支韵。

靡 ㊀mí ❶无,没有:~日不思。❷倒下:望风披~。㊁mī 支韵。

脒 mǐ　有机化合物的一类，是含有 $HC(=NH)NH_2$ 的化合物。

铌 ní　一种金属元素，符号 Nb，有光泽，主要用于制造耐高温的合金钢和电子管。旧名"钶"(kē)。

苨 nǐ　茂盛。【荠苨】山草，又名莀苨。桔梗别名。

薿 nǐ　❶草根露。❷露浓。

荠(薺) qí　见第 324 页"荸"字条"荸荠"(bí·qí)。

启(啟、啓) qǐ　❶打开：～封|～门。[引]开导：～蒙。【启发】阐明事例，使对方因联想而领悟：～～教育|～～他的政治觉悟。【启示】对人加以指点使认识到某些事物。❷开始：～用。❸陈述：敬～者|某某～(书信用语)。【启事】向群众说明事件的文字，现在多登在报纸上。❹书信：书～|小～。

棨 qǐ　古时用木头做的一种通行证，略如戟形。【棨戟】古时官吏出行的一种仪仗，用木头做成，状如戟。

腎 qǐ　〈古〉腓肠肌(小腿肚子)。

綮 qǐ　细帛，通"棨"，戟衣。

稽 ㊀qǐ　【稽首】古代的一种叩头礼。㊁jī　齐韵。

叶 ㊀qǐ　卜问。㊁bǔ　屋韵。

体(體) ㊀tǐ　❶人、动物的全身([连]身～)：～重|～温(身体的温度)。[引]身体的一部分：四～|上～|肢～。【体面】1.身份。2.光彩，光荣。3.好看。【体育】指锻炼身体增强体质的教育。❷事物的本身或全部：物～|全～|个～|～积。❸形式，规格：文～|字～|得～(合宜)。❹亲身的，设身处地的：～谅|～验|～味。【体贴】为别人设想：～～入微。【体会】领会，个人的理解：我～～到你的意思了|对这个文件，我的～～还很肤浅。㊁tī　齐韵。

徯 ㊀xǐ(旧读 xí)　❶等待。❷邪径。❸【鸟徯】鸟名。㊁xī　齐韵。

洗 ㊀xǐ　❶用水去掉污垢([连]～涤)：～衣服|～脸。❷清除干净：清～。❸冲洗，照相的显影定影：～胶卷|～相片。❹反动统治阶级或侵略者把攻下来的地方的居民全部杀光：～城。【洗礼】1.基督教接受人入教时所举行的一种仪式。2.指在一个时期内经受锻炼：战斗的～～。㊁xiǎn　铣韵。

铣 ㊀xǐ　用一种能旋转的多刃刀具切削金属工件：～床|～刀|～汽缸。㊁xiǎn　铣韵。

浉 xǐ　水名。澧水东流，注于浉水。

蟹（蠏） xiě 【螃蟹】节肢动物，种类很多，水陆两栖，全身有甲壳。前面的一对脚长成钳状，叫螯。横着走。腹部分节，俗叫脐，雄的尖脐，雌的团脐。

澥 xiě ❶糊状物或胶状物由稠变稀：糨糊～了。❷加水使糊状物或胶状物变稀：粥太稠，加点儿水～一～。❸【渤澥】（bó xiě）〈古〉海的别称。也指渤海。

薢 xiě 【薢茩】（xiě hòu）菱。

獬 xiě 【獬豸（zhì）】传说中的异兽名。

騃 ái 傻：痴～。

矮 ǎi 人的身材短：他比他哥哥～。引 1. 高度小的：几棵小～树。2. 等级，地位低：～一级。

㾢 ǎi 呆痴，不明事理。

捭 bǎi 分开：纵横～阖（分化或拉拢）。

摆（擺、❹襬） bǎi ❶陈列，安放：把东西～整齐。转故意显示：～阔｜～架子。【摆布】任意支配：受人～～。❷陈述，列举：～事实，讲道理。❸摇动的东西：钟～。❹衣裙的下边：下～。

拐（❹枴） guǎi ❶转折：～过去就是大街｜～弯抹角｜～角。❷骗走人或财物。❸腿脚有毛病，失去平衡，走路不稳：走道一瘸（qué）一～。❹走路时帮助支持身体的棍子：～杖｜～棍。

骇 ㊀hài 惊惧：惊涛～浪（可怕的大浪）｜～人听闻。㊁xiě 蟹韵。

骇 ㊀hǎi 骇击，改百姓的视听，奇怪的意思：～异。㊁xiě 蟹韵。

解（觧） ㊀jiě ❶剖开，分开（连分～）：尸体～剖｜难～难分｜瓦～。❷把束缚着、系（jì）着的东西打开：～扣｜～衣服。❸除去：1. 消除：～恨｜～渴。2. 废除，停止：～职｜～约。❹讲明白，分析说明（连～释｜注～）：～答｜～劝。❺懂，明白：令人不～｜通俗易～。❻解手儿，大小便：大～｜小～。㊁jiè 卦韵。㊂xiè 卦韵。

檞 jiě 树名，松樠木，木质像松树。

莰 kǎi 有机化合物，分子式 $C_{10}H_{18}$，天然的莰尚未发现。莰的重要衍生物莰酮，气味像樟脑。

楷 ㊀kǎi ❶法式，模范（连～模）。❷楷书，现在通行的一种汉字字体，是由隶书演变而来的：小～｜正～。㊁jiē 佳韵。

锴 kǎi 白铁，好铁。

㧟（擓） kuǎi ❶搔，轻抓：～痒。❷用胳膊挎着：～着篮子。

买（買） mǎi 拿钱换东西，跟"卖"相反（连购～）：～戏票｜～了一头牛。引贿赂：～通。【买卖】（mǎi · mai）❶做生意，经商：做～～。❷指商店、店铺。

荬（蕒） mai 见第163页"苣"字条"苣荬菜"（qǔ · mǎi cài）。

艿 nǎi 【芋艿】也作"芋奶"，就是芋头。原读"仍"（réng），蒸韵。《广韵》云："陈根草不芟（shān），新草又生相因～。"

奶（嬭） nǎi ❶乳房，哺乳的器官。❷乳汁：牛～｜～油｜～粉。❸用自己的乳汁喂孩子：～孩子。【奶奶】1. 祖母。2. 对老年妇人的尊称：老～～。

疓 nǎi 病。

氖 nǎi 一种化学元素，在通常条件下为气体，符号 Ne，无色无臭，不易与其他元素化合。真空管中放入少量的氖气，通过电流，能发出红色的光，可做霓虹灯。

迫（廹） ㊀pǎi 【迫击炮】从炮口装弹，以曲射为主的火炮。㊁pò 陌韵。

排 ㊀pǎi 【排子车】〈方〉用人拉的搬运东西的一种车。㊁pái 佳韵。

色 ㊀shǎi （～儿）同"色㊁"，用于一些口语词，如落色儿。㊁sè 职韵。

洒（灑） ㊀shǎi ❶把水挥洒在地上：扫地先～些水。❷同"洗"：巢父～耳。㊁sǎ 马韵。

躧 shǎi 草履，履不着跟，就是没有鞋后帮的拖鞋。

鉙 zhǎi （～儿）器物残缺损坏的痕迹，水果伤损的痕迹：碗上有块～儿|苹果没～儿。

廌（**廌**） zhǎi 【解廌】兽名，似山牛，一角，毛青又像熊。

豸 zhǎi 矛。

跩 zhuǎi 走路像鸭子似的摇摆：走路一～一～的。

贿 huì ❶财物（现指用来买通别人的财物）。❷贿赂，用财物买通别人。

悔 huǐ 后悔，懊恼过去做得不对：～过｜～之已晚。

毐 ǎi 见于人名。

欸 ㊄ǎi 【欸乃】（ǎi nǎi）象声词，指摇橹声：～～一声山水绿。㊀ê 曷韵。㊁éi 曷韵。㊂ě ěi 贿韵。㊃è èi 卦韵。

嗳（嗳） ㊀ǎi 叹词，表示否定或不同意：～，别那么说｜～，不是这样放。㊁ài 泰韵。㊂āi 灰韵，见第44页"哎（△嗳）"字条。

蔼 ǎi 和蔼，和气，和善：对人很和～｜～然可亲。

霭 ǎi 云气：云～｜暮～。

蓓 bèi 【蓓蕾】（bèi lěi）花骨朵儿，还没开的花。

碚 bèi 【北碚】地名，在四川省重庆市。

琲 bèi 珠子串儿。

倍 bèi ❶跟原数相同的数，某数的几倍就是用几乘某数：二的五～是十｜精神百～（精神旺盛）。❷加一倍：事半功～。

采（❶❷採） ㊀cǎi ❶摘取：～莲｜～茶。❷选取：～用｜～矿。【采访】搜集寻访，多指记者调查研究，搜集材料的活动。【采纳】接受意见：～～群众的意见。❸神采，神色，精神：兴高～烈。❹同"彩"。㊁cài 队韵。

彩（❷綵） cǎi ❶各种颜色：～色影片｜～排（化装排演）。【挂彩】[喻]在战斗中受伤。❷五色的绸子：悬灯结～。❸过去指赌博或某种竞赛中赢得的东西：得～｜～金。

踩（跴） ㊀cǎi 用脚登在上面，踏：～了一脚泥。㊁liè 屑韵。

睬（倸） cǎi 理会，答理：不理不～｜～也不～。

茝 chǎi 古书上说的一种香草，即"白芷"。

璀 cuǐ 【璀璨】（cuǐ càn）形容玉石的光泽。

漼 cuǐ ❶深，鲜。【漼溰】（cuǐ yí）霜雪洁白，茫茫无边。❷涕泪齐下的样子。❸同"摧"，毁坏。

歹 dǎi 坏，恶：～人｜～意｜为非作～。【好歹】1.好和坏：不知～～。2.无论如何：～～你得（děi）去一趟。

逮 ㊀dǎi 捉，捕：～老鼠｜～蝗虫。㊁dài 队韵。

傣 dǎi 傣族，我国少数民族名。

迨 dài 等到，达到。

绐 dài 欺哄。

殆 dài ❶几乎，差不多：敌人伤亡～尽。❷危险：危～｜知彼知己，百战不～。

怠 dài 懒惰，松懈（[连]～惰｜懒～｜懈～）。

篙 dài 竹笋。笋是掘之于地中的，今称冬笋。篙是已抽出地面的，今称春笋。

待 ㊀dài ❶等，等候（[连]等～）：～机出击敌人｜尚～研究。❷对待，招待：～人接物｜大家～我太好了。【待遇】对待人的情形：政治～～｜物质～～。特指工资、食宿等：调整～～。❸将，要（古典戏曲小说和现代某些方言的用法）：正～出门，有人来了。㊁dāi 灰韵。

欸（誒） ㊂ě ěi （又）叹词，表示不以为然：～，你这话可不对呀！㊀ê 曷韵。㊁é 曷韵。㊃è 卦韵。㊄ǎi 贿韵。

欸（誒） ㊂ěi （又）同ě。

改 gǎi ❶变更，更换（[连]～革｜～变｜更～）：～天换地。❷修改：～文章｜～衣服。❸改正：知过必～。

胲 hǎi 有机化合物的一类，通式 R—NH—OH，是 NH_2OH 的烃基衍生物的统称。

海 hǎi ❶靠近大陆比洋小的水域：黄～｜渤～｜～岸。❷用于湖泊名称：青～｜洱～。❸容量大的器皿：墨～。❹比喻数量

多的人或事物：人～|文～。❺巨大的：～碗|～量|夸下～口。【海报】文艺、体育演出的招贴。

醢 hǎi 〈古〉❶肉酱。❷古代的一种酷刑。把人杀死后剁成肉酱。

夥 ㊀hǎi 众。㊁huǒ 哿韵。

颏 ㊀hǎi 颐下，颔。㊁hái 灰韵。㊂kē 合韵。

亥 hài ❶地支的末一位。❷亥时，指晚上九点到十一点。

氦 hài 一种化学元素，在通常条件下为气体，符号 He，无色无臭，不易跟其他元素化合。很轻，可用来充入气球或电灯泡等。

剀（剴） kǎi 【剀切】（kǎi qiè）1. 符合事理：～～中理。2. 切实：～～教导。

凯（凱） kǎi 凯歌，军队得胜回来奏的乐曲：奏～|～旋（得胜回还）。

垲（塏） kǎi 地势高而干燥。

恺（愷） kǎi 快乐，和乐。

闿（闓） kǎi 开启。

铠（鎧） kǎi 铠甲，古代的战衣，上面缀有金属薄片，可以保护身体。

傀 kuǐ 【傀儡】（kuǐ lěi）木偶戏里的木头人。喻 徒有虚名，甘心受人操纵的人或组织：～～政府。

耒 lěi 古代称犁上的木把。【耒耜】（lěi sì）古代指耕地用的农具。

磊 lěi 石头多。【磊落】心地光明坦白。

蕾 lěi 花骨朵，含苞未放的花：蓓～|花～。

儡 lěi 见本页"傀"字条"傀儡"（kuǐ lěi）。

癗 lěi 【痱癗】（fèi lěi）皮外小肿，皮肤表面生出来的小红疹。

櫑 lěi 长櫑，古木剑。

礧 lěi 同"礌"。推石自高向下击。

每 měi ❶指全体中的任何一个或一组：～人|～回|～次|～三天|～一分钱。❷指反复的动作中的任何一次或一组：～战必胜|～逢十五日出版。【每每】常常。

浼 měi ❶污染。❷恳托。

乃（迺、廼） nǎi ❶你，你的：～父|～兄。❷才：吾求之久矣，今～得之。❸竟：～至如此。❹是，为：失败～成功之母。

馁 něi ❶饥饿：冻～。喻 没有勇气：气～|胜不骄，败不～。❷古称鱼腐烂为馁。

腿 tuǐ ❶人和动物用来支撑身体和行走的部分：大～|前～|后～。【火腿】用盐腌的猪腿。❷（～儿）器物上像腿的部分：桌子～儿|凳子～儿。

踒 wǎi （脚）扭伤。

痿 wěi 身体某部分萎缩或丧失机能的病。

隗 ㊀wěi 姓。 ㊁kuí 灰韵。

頠 wěi 安静。

猥 wěi ❶鄙陋，下流。【猥亵】（wěi xiè）指淫秽的：～～语|～～行为。❷杂，多。

碨（磑） wěi 〈方〉磨（mò）。又音"恺"（kǎi），亦是贿韵。

磈 wěi 石头众多的样子。

载 ㊀zǎi ❶年：一年半～。❷记在书报上（连 记～）：历史记～|登～|刊～|转～。㊁zài 队韵。

宰 zǎi ❶杀牲畜（连 ～杀|屠～）：～猪。❷主管，主持：主～|～制。❸古代官名：太～。【宰相】古代掌管国家大事的最高的官。

崽（△仔） zǎi ❶〈方〉小孩子。❷（～子）幼小的动物。又音 zǐ，纸韵。又音 zī，支韵。

罪（辠） zuì ❶犯法的行为：犯～。引 过失：不应该归～于人。❷刑罚：判～|死～。❸苦难，痛苦：受～。❹把罪过归到某人身上：～己。

轸 zhěn ❶古代车后的横木。❷伤痛：～悼｜～怀（痛念）｜～恤（怜悯）。

畛 zhěn 田地间的小路。[引]界限：不分～域。

疹 zhěn 病人皮肤上起的小颗粒，通常是红色，小的像针尖，大的像豆粒，多由皮肤表层发炎浸润而起：湿～。【疹子】麻疹。

袗 zhěn ❶单衣。❷华美：～衣。

缜 zhěn 致密（[连]～密）：～密的思考。

稹 zhěn ❶草木丛生。❷通"缜"。

鬒（黰） zhěn 头发稠密而乌黑：～发。

紖 zhěn 〈方〉拴牛、马等的绳索。

诊 zhěn 医生为断定病症而察看病人身体内部外部的情况：～断｜～脉｜门～｜出～。

胗 zhěn 鸟类的胃：鸡～。

纼 zhěn ❶扭转，弯曲。❷转化。

眕 zhěn 安重。《左传·隐公三年》："憾而能～者鲜矣。"

軫 zhěn 引轴。

膑（臏） ㊀bǐn 同"髌"。㊁bìn 震韵。

髌（髕） ㊀bǐn 膝盖骨。㊁bìn 震韵。

蠢（惷） chǔn ❶愚笨，笨拙（[连]愚～）：～才。❷虫子爬动。【蠢动】[喻]坏人的扰乱活动。"惷"又音 zhuàng，绛韵。

尽（侭、儘） ㊀jǐn ❶极，最：～底下｜～里头｜～先录用。❷有多少用多少：～量｜～着力气做。【尽管】1. 纵然，即使：～～他不接受这个意见，我还是要向他提。2. 只管，不必顾虑：有话～～说吧！❸放在最先：座位先～着请来的客人坐｜先～着旧衣服穿。㊁jìn 震韵。

紧（緊） jǐn ❶密切合拢，跟"松"相反：捆～。[引]靠得极近：～邻｜～靠着。❷物体受到几方面的拉力以后所呈现的紧张状态：鼓面绷得非常～。【紧张】不松弛，不缓和：精神～～｜工作～～。❸使紧：把弦～一～｜～一～腰带。❹事情密切接连着，时间急促没有空隙：功课很～｜抓～时间。[引]因时间短促而加快：～走｜手～点就能多出活。❺形势严重或关系重要：～要关头｜事情～急。

窘 ㊀jǔn ❶穷困：解放前人民生活很～。❷难住，使为难：你一言，我一语，～得他满脸通红。㊁jiǒng 迥韵。

菌 ㊀jǔn 特指能使人生病的病原细菌。㊁jùn 震韵。㊂jūn 真韵。

闵 mǐn ❶忧患（多指疾病死丧）。❷姓。

闽 mǐn 福建省的别称。

悯 mǐn ❶哀怜（[连]怜～）：其情可～。❷忧愁。也作"愍"。

皿 ㊀mǐn 器皿，盘、盂一类的东西。㊁mǐng 迥韵。

泯 mǐn 消灭（[连]～灭）。

湣 mǐn 古代谥号用字。

愍（惽） mǐn 同"悯❷"。

黾（黽） mǐn 【黾勉】（mǐn miǎn）努力，勉力。

敏 mǐn 迅速，灵活（[连]～捷｜灵～）：～感｜～锐｜感觉灵～｜敬谢不～（婉转表示不愿意做）。

鳘 mǐn 鳘鱼，就是"鮸鱼"。

牝 pìn 雌性的鸟兽，跟"牡"相对：～马｜～鸡。

忍 rěn ❶耐，把感情按住不让表现（[连]～耐）：～痛｜～受｜实在不能容～。【忍俊不禁】忍不住笑。❷狠心，残酷（[连]残～）：～心。

哂 shěn 微笑：～存｜～纳｜聊博一～。

矧 shěn 况，况且。

肾（腎） shèn 肾脏，俗叫“腰子”，是滤出尿液的主要器官。

蜃 shèn 蛤蜊。【蜃景】由于不同密度的大气层对于光线的折射作用，把远处景物反映在天空或地面而形成的幻景，在沿海或沙漠地带有时能看到。也叫“海市蜃楼”。古人误认为是大蜃吐气而成。

吮 shǔn 聚拢嘴唇来吸：～乳。

楯 ㊀shǔn 阑干。㊁dùn 震韵。

笋（筍） sǔn 竹子初从土里长出的嫩芽，可以做菜吃。

隼 sǔn 一种凶猛的鸟，又叫“鹘”（hú），上嘴钩曲，背青黑色，尾尖白色，腹部黄色。饲养驯熟后，可以帮助打猎。

榫 sǔn （～子|～儿|～头）器物两部分利用凹凸相接的凸出的部分。

尹 yǐn 旧时官名：府～|道～。

引 yǐn ❶领，招来（连～导）：～路|～火。引古时文体名，跟“序”差不多。【引子】1. 乐曲、戏剧开始的一段。2. 中医称主药以外的副药：这剂药用姜做～～。❷拉，伸：～弓|～领（伸脖子）。【引申】字、词由原义产生他义。❸用来作证据、凭借或理由：～书|～证|～以为荣。❹退却：～退|～避。❺旧长度单位，一引等于十丈。❻古代柩车的绳索：发～（出殡）。

吲 yǐn 【吲哚】（yǐn duǒ）有机化合物，分子式 C_8H_7N，无色或淡黄色，片状结晶，溶于热水、醇、醚。供制香料和化学试剂。

蚓 yǐn 指蚯蚓。见第 134 页“蚯”字条“蚯蚓”（qiū yǐn）。

允 yǔn ❶答应，认可（连～许）：没得到～许|不～。❷公平得当：公～。

狁 yǔn 见第 220 页“猃”字条“猃狁”（xiǎn yǔn）。

陨 yǔn 坠落：～石。

殒 yǔn 死亡：～命。

准（❸～❼準） zhǔn ❶允许，许可：批～|不～他来。❷依照，依据：～此。❸定平直的东西：水～|～绳。❹标准，法则，可以作为依据的：～则|以此为～。❺同“埻”，箭靶上的中心。❻正确（连～确）：瞄～。❼定，确实：我～来|～能完成任务。❽鼻子：隆～（高鼻子）。❾（～儿）把握：心里没～儿。

埻 zhǔn 箭靶上的中心。

吻(脗) wěn ❶嘴唇:接～。【吻合】相合。❷用嘴唇接触表示喜爱。

刎 wěn 割脖子:自～。

抆 wěn 擦:～泪。

龀 ㊀chěn 小孩儿换牙的过程(乳齿脱落长出恒齿)。㊁chèn 震韵。

粉 fěn ❶细末儿:药～|藕～|漂白～。特指化妆用的粉末:涂脂抹～。❷粉刷,用涂料抹刷墙壁:这墙是才～的。【粉饰】喻装饰表面:～～太平(指反动统治阶级制造太平假象,以掩盖社会矛盾)。❸使破碎,成为粉末:～身碎骨。❹白色的或带粉末的:～蝶|～墙。❺用豆粉或别的粉做成的食品:～条|凉～|米～。

忿 ㊀fěn 生气,恨(连～怒)(叠):～～不平。【不忿】不服气,不平。【气不忿儿】看到不平的事,心中不服气。㊁fèn 问韵。

愤 ㊀fěn 因为不满意而感情激动(叠):气～|～～不平。【发愤】自己感觉不满足,努力地做:～～图强,也作"发奋"。㊁fèn 问韵。

仅(僅、廑) ㊀jǐn 只(叠):他不～识字,还能写文章了|这些意见～供参考。㊁jìn 震韵。

卺 jǐn 瓢,古代结婚时用作酒器。【合卺】旧时夫妇成婚的一种仪式。

堇 jǐn ❶堇菜,今多指紫花地丁,犁头草。多年生草本植物,春夏开紫花,果实椭圆形,全草可入药。❷紫堇,草本植物,夏天开淡紫红色花。全草味苦,可入药。

谨 jǐn ❶慎重,小心(连～慎):～守规程。❷郑重,恭敬:～启|～向您表示祝贺。

瑾 jǐn 美玉。

槿 jǐn 【木槿】落叶灌木,花有红、白、紫等颜色,茎的纤维可造纸,树皮和花可入药。

抿 mǐn ❶刷,抹:～头发。❷收敛:～着嘴笑|水鸟一～翅,往水里一扎。引收敛嘴唇,少量蘸取:他真不喝酒,连～都不～。

蟥(蠨) xǐn 蚯蚓。

隐(隱) yǐn 藏匿,不显露(连～藏):～痛|～患。

瘾(癮) yǐn 特别深的嗜好(hào):烟～|看书看上～啦。

绳 yǐn 〈方〉绗:～棉袄|中间～一行。

恽 ㊀yǔn 重厚。㊁yùn 问韵。

韫(韞) ㊀yǔn 收藏。㊁yùn 问韵。

蕴 ㊀yǔn 含着,藏着(连～藏):我国石油～藏量很大。㊁yùn 问韵。

阮 ruǎn 姓。

朊 ruǎn 蛋白质。

反 fǎn ❶翻转，颠倒：～败为胜｜～守为攻｜易如～掌。[引]翻转的，颠倒的，跟“正”相对：这纸看不出～面正面｜～穿皮袄｜放～了｜图章上刻的字是～的。【反复】1.翻来覆去：～～无常。2.重复：～～练习。【反正】1.指平定混乱局面，恢复原来秩序：拨乱～～。2.敌方的军队或人员投到己方。3.无论如何，不管怎么样：～～我要去，你不去也行。❷和原来的不同，和预想的不同：～常｜画虎不成～类犬｜我一劝，他～而更生气了。【反倒】正相反，常指和预期相反：希望他走，他～～坐下了。❸反对，反抗：～帝｜～修｜～封建｜～法西斯。【反对】不赞成，抵制：坚决～～贪污、盗窃。❹回，还：～攻｜～求诸己。【反省】(fǎn xǐng)对自己的思想行为加以检查。

返 fǎn 回，归：往～｜一去不复～。【返工】工作没有做好再重做。

本 běn ❶草木的根，跟“末”相反：无～之木。[引]事物的根源：翻身不忘～。【本末】头尾，始终，事情整个的过程：不知～～｜纪事～～(史书的一种体裁)。【根本】1.事物的根源或主要的部分。[转]彻底：～～解决。2.本质上：～～不同。【基本】主要的部分：～～建设｜～～上已经得到胜利。❷草的茎或树的干：草～植物｜木～植物。❸中心的，主要的：校～部。❹自己这方面的：～国｜～厂。❺现今的：～年｜～月。❻(～儿)本钱，旧时用来做生意，生利息的资财：老～儿｜够～儿。❼(～儿｜～子)册子：日记～｜笔记～。❽量词：一～书。

苯 běn 一种有机化合物，分子式 C_6H_6，无色液体，有特殊的气味，工业上可用来制染料，是多种化学工业的原料和溶剂。

畚 běn 畚箕，用竹、木、铁片等做的撮土器具。

夯 ㊁bèn 同“笨”(多见于《西游记》、《红楼梦》等书)。㊀hāng 阳韵。㊂hǎng 养韵。

笨 bèn ❶不聪明([连]愚～)。❷不灵巧：嘴～｜～手～脚。❸粗重，费力气的：箱子太～｜～活。

忖 cǔn 揣度(duó)，思量：～度(duó)。

刌 cǔn 切断，割。

庉 dǔn 楼墙，舍，居。

遁 dùn 逃，避，去。

盾 ㊀dùn 古代打仗时防护身体，挡住敌人刀、箭等的牌。【后盾】指后方护卫、支援的力量。㊁shǔn 轸韵。

囤 ㊀dùn 用竹篾、荆条等编成的或用席箔等围成的盛粮食等的器物：大～满，小～流。㊁tún 元韵。

沌 dùn 见第180页“混”字条“混沌”(hùn dùn)。

炖(燉) dùn ❶火盛的样子。❷煨煮食品使熟烂：清～鸡｜～肉。

艮 ㊁gěn 〈方〉食物坚韧不脆：～萝卜不好吃。㊀gèn 愿韵。

衮(袞) gǔn 古代君王的礼服：～服。

滚(滾) gǔn ❶水流翻腾(叠)：白浪翻～｜大江～～东去。[引]水煮开：水～了。❷旋转着移动：小球～来～去｜～铁环｜打～。❸走，离开(含斥责意)：～出去！❹极，特：～烫｜～圆。

磙(碾) gǔn (～子)用石头做的圆柱形的滚轧用的器具。

绲 gǔn ❶织成的带子。❷绳。

辊 gǔn 机器上圆筒状能旋转的东西：皮～花｜～轴。

鲧(鮌) gǔn ❶古书上说的一种大鱼。❷古人名，夏禹的父亲。

棍 gùn ❶(～子｜～儿)棒。❷称坏人：赌～｜恶～。❸同“混”。

鲆 gǔn 鲆鱼。

很 hěn 非常，表示程度加深：～好｜好得～。

狠 hěn ❶凶恶，残忍：心～|～毒。[转]勉强地抑制住难过的心情：～着心把泪止住。❷严厉地（叠）：～～地打击敌人。【狠命】拼命，用尽全力：～～地跑。❸全力：～抓科学研究。❹同“很”。

缓 huǎn ❶慢，跟“急”相反：轻重～急|～步而行|～不济急。❷延迟：～兵之计|～刑|～两天再办。❸苏醒，恢复：病人昏过去又～过来|下过雨，花都～过来了|～～气再往前走。

混 ㊀hùn ❶掺杂在一起：～合物|～入|～充|～为一谈。❷苟且度过：～日子。【混沌】（hùn dùn）1.古人想象的世界开辟前的状态。2.糊涂，不清楚。㊁hún 元韵。

焜 hùn 煌，火光：～黄|～黄华叶衰。

蹇 jiǎn ❶行走困难。❷迟钝，不顺利：～涩|～滞。❸指驽马，也指驴。

揵 jiǎn 竖举。

锩 juǎn 刀剑卷刃。

垦（墾） kěn ❶用力翻土。❷开垦，开辟荒地：～荒|～殖|～区。

恳（懇） kěn 诚恳，真诚：～求|～托。

啃（△齦） ㊁kěn 把东西一点一点地咬下来：～老玉米|老鼠把抽屉～坏了。㊀sè 缉韵。“齦”又音 yín，文韵。

捆（綑） kǔn ❶用绳等缠紧，打结，扎起来：把行李～上。❷（～子|～儿）量词，指捆在一起的东西：一～儿柴火|一～儿竹竿|一～报纸。

阃 kǔn 旧时指妇女居住的地方。

悃 kǔn 诚实，诚心。

梱 kǔn 门限，两门中间的方木桩。

壸（壼） kǔn 宫里面的路。

绻 quǎn 见第188页“缱”字条“缱绻”（qiǎn quǎn）。

蟺 shǎn 【蜿蟺】（yuǎn shǎn）蚯蚓。

损 sǔn ❶减少：～益|增～。【损失】丧失财物、名誉等：避免意外～～。❷使蒙受害处：～人利己是剥削阶级思想。❸用刻薄话挖苦人：别～人啦！❹刻薄，毒辣：说话不要太～|这法子真～。

豚 tún 小猪，也泛指猪。

氽 tǔn 〈方〉❶漂浮：木头在水上～。❷用油炸：油～花生米。

宛 wǎn ❶曲折。【宛转】1.辗转。2.同“婉转”。❷宛然，仿佛：音容～在。

菀 wǎn ❶紫菀，多年生草本植物，叶子椭圆状披针形，花蓝紫色。根和根茎可入药。❷茂盛的样子。

婉 wǎn ❶和顺，温和：～言|委～。【婉转】【宛转】说话温和而曲折，但不失本意：措词～～。❷美好。

琬 wǎn 【琬圭】没有棱角的圭。

蜿 wǎn 曲折而行。【蜿蜒】1.蛇类曲折爬行的样子。2.曲折延伸。【蜿蟺】（wǎn shǎn）蚯蚓的别名。[引]屈曲盘旋。

畹 wǎn 古代称三十亩为一畹。【畹町】（wǎn dīng）镇名，在云南省。

踠 wǎn 曲脚（qú jiǎo）。

晼 wǎn 日在西方，景昳（dié），即日昃、日阴。

娩 ㊀wǎn 【婉娩】柔顺。【娩泽】容光焕发。㊁miǎn 铣韵。

挽（❸輓） wǎn ❶拉：～弓|手～着手。❷设法使局势好转或恢复原状：～救|力～狂澜。❸追悼死人：～歌|～联。❹同“绾”。

晚 wǎn ❶太阳落了的时候：从早到～|吃～饭。[引]夜间：昨天～上没睡好。❷一个时期的后段，在一定时间以后：来～了|时间～了|赶快努力还不～|～年（老年）|～秋。❸后来的：～辈。

稳（穩） wěn ❶稳当，安定，固定：站～立场|～步前进。[喻]沉着，不轻

浮：～重。❷准确，可靠：十拿九～。

幰（幰） xiǎn 车幔，布帛张车上为幰。

晅 xuǎn ❶日光。❷光明。❸晒干。

烜 xuǎn（又读 xuān） ❶火盛。❷光明。【烜赫】声势盛大。❸晒干。

偃 yǎn ❶仰面倒下，放倒：～卧｜～旗息鼓。❷停止。

郾 yǎn 【郾城】县名，在河南省。

蝘 yǎn 古书上指蝉一类的昆虫。【蝘蜓】（yǎn tíng）古书上指壁虎。

鰋 yǎn 鮀（tuó），即鲇（nián）鱼。

巘 yǎn 高险。

甗 yǎn 古代蒸煮用的炊具，陶制或青铜制。

鼹（鼴） yǎn 【鼹鼠】俗叫"地排（pǎi）子"，一种哺乳动物，毛黑褐色，眼小，趾有钩爪，善掘土，生活在土中。

远（遠） yuǎn ❶跟"近"相反：1. 距离长：路～｜住得～。2.时间长（连永～｜长～）：作长～打算。❷不亲密，不接近：～亲｜敬而～之。❸（差别）大：差得～。❹深远：言近旨～。

鳟 zūn 赤目鱼。

撙 zǔn 撙节，从全部财物里节省下一部分。

僔 zǔn 恭敬，谦退。

噂 zǔn 相对谈话：～～沓沓。【噂沓】【噂沓】议论纷纭。

旱 hǎn ❶长时间不下雨，缺雨，跟“涝”相反：防～|天～。❷陆地，没有水的：～路|～田|～稻。

罕 hǎn 稀少（连 稀～）：～见|～闻|～物。

疸 dǎn ❶黄疸，病人的皮肤、黏膜和眼球的巩膜等都呈黄色，是由胆红素大量出现在血液中所引起的，是多种病（肝脏病、胆囊病、血液病等）的症状。❷植物病名：1. 黄疸病，又叫“黄锈病”，大麦、小麦和其他禾本科植物都能感染。先起黄色条斑，逐渐膨大，成熟后破裂，散出黄色粉末。2. 黑疸病，又叫“黑穗病”，小麦、燕麦等都能感染，受病的子实里面都是黑色的粉末。

掸（撣、担、撢） ㊀dǎn 拂，打击尘土：～桌子|～衣服。㊁shàn 翰韵。

亶 dǎn 实在，诚然。

诞 dàn ❶欺诈，狂妄：荒～不经。❷诞生，人出生：～辰（生日）。

蛋 dàn ❶鸟、龟、蛇等生的带有硬壳的卵，受过精的可以孵出小动物：鸡～|鸭～|蛇～。❷（～子|～儿）形状像蛋的：山药～|驴粪～儿。

短 duǎn ❶长度小，跟“长”相反：1. 空间：～距离|～裤|～视（看不远）。2. 时间，天长夜～|～工（指旧社会短期出卖劳动力的工人、农民）。❷缺少，欠（连 ～少）：别人都来了，就～他一个人了。❸短处，缺点：不应该护～|取长补～。

杆（桿） ㊁gǎn ❶（～子|～儿）较小的圆木条或像木条的东西（指作为器物的把儿的）：笔～儿|枪～儿|烟袋～儿。❷量词，用于有杆的器物：一～枪|一～笔。㊀gān 寒韵。

秆（稈） gǎn （～子|～儿）稻麦等植物的茎：高粱～儿|高～作物。

赶（趕） gǎn ❶追，尽早或及时到达：～集|～火车|学先进，～先进。引 从速，快做：～写文章|～任务|～活。❷驱使，驱逐：～羊|～马车|～帝国主义势力已经被～出中国大陆。❸等到（某个时候）：～明儿再说|～年下再回家。❹遇到（某种情形）：正～上他没在家。

擀 gǎn 用棍棒碾轧（yà）：～面条|～毡（制毡）。【擀面杖】擀面用的木棍。

馆（舘） guǎn ❶招待宾客或旅客食宿的房舍：宾～|旅～。❷外交使节办公的处所：大使～|领事～。❸某些服务性商店的名称：照相～|理发～|饭～儿。❹一些文化工作场所：文化～|体育～|图书～|博物～。❺旧时指教学的地方：家～|蒙～。

琯 guǎn 玉管，古代管乐器。

管（筦） guǎn ❶吹奏的乐器：丝竹～弦|～乐器。❷（～子|～儿）圆筒形的东西：竹～儿|无缝钢～|～见（喻所见狭小）|～道。❸负责，经理：～家|～账|～伙食。引 1. 干预，过问：革命工作大家～|这事我们不能不～。2. 负责供给：～吃～住|生活用品都～。❹管教，治理：～山山低头。【管制】1. 监督，管理：～～灯火。2. 刑事处分的一种，对某些有罪行的人，由政府和群众监督教育，使能改过自新。【不管】转 跟“无论”义相近：～～多大困难，我们都能克服。❺保证：～用|不好～换|～保来回。❻把（与动词“叫”连用）：有的地区～玉米叫苞谷。

侃 kǎn 【侃侃】理直气壮、从容不迫的样子：～～而谈。

款（欵） kuǎn ❶法令规定条文里分的项目：第几条第几～。❷（～子）经费，钱财（连 ～项）：存～|拨～。❸器物上刻的字：钟鼎～识（zhì）。引（～儿）书画、信件头尾上的名字：上～|下～|落～（题写名字）。【款式】格式，样子。❹诚恳：～待|～留。❺敲打。叩：～门|～关而入。❻缓，慢：～步|点水蜻蜓～～飞。

窾 kuǎn 空。

懒（嬾） lǎn 怠惰，不喜欢工作（连 ～惰）：好吃～做要不得|～汉。【懒得】（lǎn·de）不愿意，厌烦：我都～～说了。

卵 luǎn 动植物的雌性生殖细胞，特指动物的蛋：鸟～|鸡～|～生。

满（滿） mǎn ❶全部充实，没有余地：会场里人都～了|～地都是绿油油的庄稼。【满足】1.觉得够了：他并不～～于现有的成绩。2.使人觉得不缺什么了：～～人民的需要。【满意】愿望满足或符合自己的意见：这样办，他很～～。【自满】不虚心，骄傲。❷到了一定限度：假期已～|～了一年。❸十分，全：～不在乎|～口答应。❹满族，我国少数民族名。

螨（蟎） mǎn 蛛形动物的一种，体形微小，多数为圆形或卵形，头胸腹无明显分界，有足四对，下唇隐藏，无齿。有的危害人畜，传染疾病，并危害农作物。

暖（煖） nuǎn 暖和（nuǎn·huo），温和，不冷（连温～）：风和日～。引使温和：～一～手。

伞（傘❶繖） sǎn ❶挡雨或遮太阳的用具，可张可收：雨～。❷像伞的东西：降落～。

散 ㊀sǎn ❶没有约束，松开：披～着头发|绳子～了。引分散（sàn）：～居|把队伍～开。【散漫】随随便便，不守纪律：自由～～|生活～～。【散文】文体的名称，对"韵文"而言，不用韵，字句不求整齐。❷零碎的：～装。❸药末：丸～|健胃～。㊁sàn 翰韵。

馓 sǎn 【馓子】一种油炸的食品。

坦 tǎn ❶平坦，宽而平：～途。❷心地平静：～然。【坦白】1.直爽，没有私隐：襟怀～～。2.如实地说出（自己的错误或罪行）。【坦克】（外）一种装有履带的战车，用内燃机发动，外包钢甲，内装武器，有进攻和防御的作用。

钽（鉭） tǎn 一种金属元素，符号Ta，银白色，可做电子管的电极，还可以做电解电容。碳化钽熔点高，极坚硬，可制切削刀具和钻头等。

袒 tǎn 脱去上衣，露出身体的一部分：～胸露臂。【袒护】转不公正地维护一方面。

疃 tuǎn ❶禽兽践踏的地方。❷村庄，屯，多用于地名。

脘 wǎn 【胃脘】中医指胃的内部。

莞 ㊀wǎn 【莞尔】微笑的样子。㊁guǎn 翰韵。

碗（盌、椀） wǎn ❶盛饮食的器皿。❷像碗的东西（～子|～儿）：橡～子|轴～儿。

拶 ㊀zǎn 【拶子】旧时夹手指的刑具。【拶指】旧时用拶子夹手指的酷刑。㊁zá 曷韵。

攒（儹） ㊀zǎn 积聚，积蓄（连积～）：～粪|～钱。㊁cuán 寒韵。

趱 zǎn ❶赶，快走：～路|紧～了一程。❷催促，催逼：～马向往。

缵 zuǎn 继承。

纂 zuǎn ❶编纂，搜集材料编书。❷〈方〉（～儿）妇女梳在头后边的发髻。

潸（潸）shǎn（今读 shān） 流泪的样子：～然泪下。

濳 shǎn 雨貌。

阪 bǎn ❶同“坂”。❷崎岖硗确的地方：～田。

坂（△阪、岅）bǎn 山坡，斜坡：～上走丸（喻迅速）。

板（❹闆）bǎn ❶（～子｜～儿）成片的较硬的物体：铁～｜玻璃～｜黑～。❷演奏民族音乐或戏曲时打节拍的乐器，又指歌唱的节奏：一～三眼｜离腔走～。【板眼】民族音乐或戏曲中的节拍。喻做事的条理。【快板儿】曲艺的一种，词句合辙押韵，说时用竹板打拍子。❸不灵活，少变化：表情太～｜～起面孔。❹【老板】1.旧指资本家、小业主。2.过去对戏剧演员的尊称。

版 bǎn ❶上面有文字或图形，用木板或金属等制成供印刷用的东西：木～书｜活字～。引底版，相片的底片：修～。❷印刷物排印的次数：第一～｜再～。【版权】著作者或出版者享有的出版的合法权利。【出版】书刊等编印发行。❸报纸的一面叫一版。❹打土墙用的夹板：～筑。❺户籍。【版图】户籍和地图。转国家的疆域。

钣 bǎn 金属板：铅～｜钢～。

舨 bǎn 【舢舨】（shān bǎn）一种小船，也作“舢板”。

蝂 bǎn 【蝜蝂】（fù bǎn）虫名，一种善负重的小虫。

产（產）chǎn ❶人或动物生子：～子｜母鸡～卵。【产生】生。引由团体中推出：每个小组～～一个代表。❷有关生孩子的：～科｜助～师。❸制造、种植或自然生长：沿海盛～鱼虾｜我国～稻、麦的地方很多｜增～大量工业品和粮食。❹制造、种植或自然生长的东西：增～节约｜土特～。❺财产：房～｜地～｜遗～。【产业】1.家产。2.生产事业，特指工业生产：～～革命｜～～工人。

浐（滻）chǎn 【浐河】水名，在陕西省。

铲（鏟、剷、❷△刬）chǎn ❶（～子｜～儿）削平东西或把东西取上来的器具：铁～｜饭～儿。❷用锹（qiāo）或铲子削平或取上来：把地～平｜～土｜～菜。【铲除】去掉。“刬”又音 chàn，谏韵。

骣 chǎn 骑马不加鞍辔：～骑。

睆 huǎn ❶明亮。❷美好。

拣（揀）jiǎn ❶挑选（连挑～）：～好的交纳公粮。❷同“捡”。

柬 jiǎn 信件、名片、帖子等的泛称：请～（请客的帖子）。

锏 ㊁jiǎn 古代的一种兵器，像鞭，四棱。㊀jiàn 谏韵。

裥 jiǎn 衣服上打的褶子。

简 jiǎn ❶古时用来写字的竹板。转书信。❷简单，简化：～写｜删繁就～｜精兵～政。【简直】实在是，完全是：你若不提这件事，我～～想不起来了。❸简选，选择人才：～拔。

䁪（矕）mǎn 目美，视。

赧 nǎn 因羞惭而脸红。

眅 pǎn 目多白。

皖 wǎn 安徽省的别称。

绾 wǎn ❶把长条形的东西盘绕起来打成结：～结｜～个扣｜把头发～起来。❷卷：～起袖子。

睕 wǎn 大目，明星。

憪 xiàn ❶不安貌。❷愤激貌。❸宽大貌。

僩 xiàn ❶胸襟开阔貌。❷武猛威严貌。

眼 yǎn ❶眼睛，视觉器官。【眼光】见识，对事物的看法：把～～放远点。❷（～

儿）孔洞，窟窿：炮～｜耳朵～儿｜针～儿。❸（～儿）关节，要点：节骨～儿｜字～。❹戏曲中的节拍：一板三～。

盏（盞）zhǎn ❶小杯子：酒～｜茶～。❷量词，指灯：一～灯。

辗 zhàn 载柩车，卧车。

岾 zhàn 高险的山岩。通“巉”。

栈 zhàn 兵车，卧车。

铣 ❶xiǎn 有光泽的金属。【铣铁】铸铁，生铁，质脆，适于铸造器物。❷xǐ 荠韵。

狝(獮) xiǎn 古代指秋天打猎。

冼 xiǎn 姓。

洗 ❶xiǎn 同"冼"。❷xǐ 荠韵。

筅(箲) xiǎn 〈方〉筅帚，炊帚，用竹子等做成的刷锅、碗的用具。

跣 xiǎn 跣足，光着脚。

显(顯) xiǎn ❶露在外面容易看出来：～而易见|这个道理是很～然的。❷表现，露出：～示|～微镜|没有高山，不～平地。❸旧日称统治集团中有权势的：～宦。❹敬辞(称先人)：～考|～妣。

蚬 xiǎn ❶一种软体动物，介壳形状像心脏，有环状纹。生在淡水软泥里。肉可吃，壳可入药。❷蝶类的幼虫。❸【蚬木】亦称"栲木"，一种珍贵的树种。

鲜(尠、尟) ❶xiǎn 少：～见|～有。❷xiān 先韵。

藓 xiǎn 隐花植物的一类，茎叶很小，没有真根，生在阴湿的地方。

燹 xiǎn 火，野火：兵～。

櫶 xiǎn 常绿乔木，叶呈椭圆卵形，花白色，果实椭圆形。木材坚实细致，可用于建筑、造船等。是我国珍贵的树种。又称"蚬木"。

扁 ❶biǎn 物体平而薄：鸭子嘴～。❷piān 先韵。

匾 biǎn 匾额，题字的横牌，挂在门、墙的上部：金字红～|光荣～。

碥 biǎn 在水旁斜着伸出来的山石。

褊 biǎn 狭小，狭隘(ài)。

萹 biǎn 【萹豆】就是扁豆，一年生草本植物，爬蔓，开白色或紫色的花，种子和嫩荚可以吃。

阐(闡) chǎn 说明，表明：～述|～明。【阐发】深入说明事理。

蒇 chǎn 完成，解决：～事(把事情办完)。

冁(囅、辴) chǎn 笑的样子：～然而笑。

舛 chuǎn ❶舛错，错误，错乱。❷违背。

喘 chuǎn 急促地呼吸：～息|累得直～|苟延残～。【喘气】呼吸。

踳 chuǎn 同"舛"。【踳驳】舛谬杂乱。

典 diǎn ❶可以作为标准、典范的书籍：～籍|词～|字～|引经据～。[引]标准、法则：～范|～章|据为～要。【典礼】郑重举行的仪式：开学～～|开幕～～。【典型】1.有概括性或代表性的人或事物。2.文艺作品中，用典型化的方法创造出来的能够反映一定社会本质，表现人的阶级性而具有鲜明个性的艺术形象。❷典故，诗文里引用的古书中的故事或词句：用～。❸旧指主持，主管：～试|～狱。❹活买活卖，到期可以赎：～当。

碘 diǎn 一种非金属元素，符号Ⅰ。黑紫色，鳞片状，有金属光泽，供制医药染料等用。人体中缺少碘能引起甲状腺肿。

缳 huán ❶绳套：投～(自缢)。❷绞杀：～首。

囝 ❶jiǎn 〈方〉儿子。❷nān 咸韵。见第147页"囡(囝)"字条。

枧 jiǎn ❶同"笕"。❷〈方〉肥皂：香～。

笕 jiǎn 横安在屋檐或田间引水的长竹管。

茧(繭、❶絸) jiǎn ❶(～子|～儿)某些昆虫的幼虫在变成蛹之前吐丝做成的壳。家蚕的茧是抽丝的原料。❷同"趼"。

趼 jiǎn 手、脚上因摩擦而生的硬皮，也作"茧"：老～。

剪 jiǎn ❶(～子)剪刀，一种铰东西的用具。❷像剪子的：火～|夹～。❸用剪子铰：～断|～开。【剪影】按人影的轮廓剪成的人像。[喻]事物的一部分或概况。❹除掉：～灭|～除。

谫（譾） jiǎn 浅薄：学识～陋。

翦 jiǎn ❶同“剪”。❷姓。

戬 jiǎn ❶剪除，剪灭。❷福。

蹇 jiǎn ❶跛，行走困难。❷迟钝，不流利：～涩|～滞。❸指驽马，也指驴。

謇 jiǎn ❶口吃，言辞不流利。❷正直。

瀽 jiǎn 泼（水），倾倒（液体）。

欝 jiǎn 同“剪”，割断。

件 jiàn ❶量词：一～事|两～衣服|～数。❷（～儿）指可以一一计算的事物：1. 配搭的东西：零～儿。2. 指文书等：文～|来～。

卷（捲） ㊀juǎn ❶把东西弯转裹成圆筒形：～行李|～帘子。❷一种大的力量把东西撮（cuō）起或裹住：风～着雨点劈面打来|～入旋涡（喻被牵涉到事件中）。❸（～儿）弯转裹成筒形的东西：烟～儿|行李～儿|纸～儿。㊁juàn 霰韵。

隽（雋） ㊀juàn 肥肉。【隽永】言论、文章意味深长。㊁jùn 震韵。

琏（璉） ㊀liǎn 古代宗庙盛黍稷的器皿。㊁lián 先韵。

丏 miǎn 遮蔽，看不见。

沔 miǎn 【沔水】在陕西省，是汉水的上流。

免 miǎn ❶去掉，除掉：～冠|～职|～费|～税。❷不被某种事物所涉及：～疫|事前做好准备，以～临时抓瞎。❸勿，不可：闲人～进。

勉 miǎn ❶勉力，力量不够还尽力做：～为其难。【勉强】1. 尽力：～～支持下去。2. 刚刚地够，不充足：这种说法很～～（理由不充足）|～～及格。3. 不是心甘情愿的：～～答应。4. 强迫人做不愿去做的事：不要～～他。❷勉励，使人努力：互～|有则改之，无则加～。

娩 ㊀miǎn 分娩，妇女生孩子。㊁wǎn 阮韵。

冕 miǎn 古代地位在大夫以上的官戴的礼帽。后代专指帝王的礼帽：加～。

鮸 miǎn 【鮸鱼】也叫“鳘（mǐn）鱼”，身体长形而侧扁，棕褐色，生活在海中，肉可以吃。

勔 miǎn 勉力。

湎 miǎn 沉迷（多指喝酒）。

缅 miǎn 遥远：～怀|～想。

腼（△靦） miǎn 【腼腆】（靦覥）（miǎn·tian）害羞，不敢见生人：这孩子太～～。“靦”又音 tiǎn，铣韵。

殑 miǎn 生子，产子。

渑（澠） ㊀miǎn 【渑池】县名，在河南省。㊁shéng 蒸韵。

眄 miàn 斜着眼睛看：顾～。

捻（撚） niǎn ❶用手指搓转（zhuàn）：～线|～麻绳。❷（～子|～儿）用纸、布条等搓成的像绳样的东西：纸～儿|药～儿|灯～儿。

辇 niǎn（旧读 liǎn） 古时用人拉着走的车子，后来多指王室坐的车子。

撵 niǎn ❶驱逐，赶走：～出去。❷追赶：他～不上我。

碾 niǎn ❶（～子）把东西轧碎或压平的器具：石～|汽～。❷轧：～米|～药。

蹍 niǎn 〈方〉踩。

膵 ㊀niǎn 【膵腝】（niǎn ruǎn）无力。㊁lǐn 震韵。

谝 piǎn 显示，夸耀：～能。

浅（淺） qiǎn ❶从表面到底或从外面到里面距离小的，跟“深”相反：这条河很～|这个院子太～。❷不久，时间短：年代～|相处的日子还～。❸程度不深的：这篇文章很～|～近的理论|～见|阅历～|功夫～|交情～。❹颜色淡薄：～红|～绿。㊁jiān 先韵。

遣 qiǎn ❶派，差（chāi），打发（[连]派～）：特～|～送。❷排解，发泄：～闷|消～。

缱 qiǎn 【缱绻】（qiǎn quǎn）旧时形容情意缠绵，感情好得离不开。

犬 quǎn 狗。【犬齿】指人的门齿两旁的牙，上下各有两枚。

畎 quǎn 田地中间的沟。【畎亩】田间。

软（輭） ruǎn ❶柔，跟"硬"相反（[连]柔～）：绸子比布～。❷懦弱（[连]～弱）：～弱无能|不要欺～怕硬。[引] 1. 容易被感动或动摇：心～|耳朵～。2. 不用强硬的手段进行：～磨|～求。❸没有气力：两腿发～。❹质量差的，不高明的：功夫～。

单（單） ㊀shàn ❶姓。❷单县，在山东省。㊁dān 寒韵。㊂chán 先韵。

墠（壇） shàn 古代祭祀用的平地。

墡 shàn 白色黏土。

鳝（鱓） shàn 【鳝鱼】通常指"黄鳝"，形状像蛇，身体黄色有黑斑，肉可以吃。

蟮 shǎn 【曲蟮】（qū shǎn）蚯蚓。

殄 tiǎn 尽，绝：暴～天物（任意糟蹋东西）。

惧 tiǎn 惭愧。

觍 tiǎn ❶表现惭愧：～颜。❷厚着脸皮：～着脸（不知羞）。

腆（❸△觍） tiǎn ❶丰厚。❷胸部或腹部挺起：～胸脯|～着个大肚子。❸见第 187 页"腼"字条"腼腆"（miǎn · tian）。

靦 ㊀tiǎn ❶同"觍"。❷〈古〉形容人脸的样子：～然人面。㊁miǎn 铣韵。见第 187 页"腼"字条。

选（選） xuǎn ❶挑拣，择（[连]挑～|～择）：～种。【选举】多数人推举认为合适的人担任代表或负责人：～～代表。❷被选中了的（人或物）：人～|入～。

癣 xuǎn 感染霉菌而引起的皮肤病，有白癣、黄癣多种，患处常发痒。

泫 xuàn 水珠下滴：～然流涕。

铉 ㊀xuàn 横贯鼎耳以扛鼎的器具。㊁xuān 先韵。

兖 yǎn 【兖州】市名，在山东省。

衍 yǎn ❶延长，开展：推～。❷多余的（指文字）：～文（书籍中因缮写、刻版、排版错误而多出来的字句）。

演 yǎn ❶把技艺当众表现出来：～剧|～奏|～唱。❷根据一件事理推广、发挥：～说|～义。【演绎】由一般原理推断特殊事实。❸演习，依照一定程式练习：～武|～算习题。❹不断变化：～变|～进|～化。

缜 yǎn 延长。

沿 ㊀yàn （～儿）水边，岸：河～儿|井～儿。㊁yán 先韵。

展 zhǎn ❶张开，舒张开：～翅|～望未来|～开激烈斗争。【展览】把物品陈列起来让人参观。❷放宽：～期|～限。

搌 zhǎn 轻轻地擦抹：～布|用药棉花～一～。

辗 zhǎn 【辗转】也作"展转"，翻来覆去地来回转动：～～反侧。[喻]经过曲折，间接：～～传说。

转（轉） ㊀zhuǎn ❶旋动，改换方向或情势：～身|向左～|～眼之间|情况好～。❷不直接地，中间再经过别人或别的地方：～送|～达。㊁zhuàn 霰韵。

篆 ㊀zhuàn 篆字，古代的一种字体，有大篆，有小篆。㊁zhuàn 霰韵。

筱（篠）xiǎo ❶小竹子。❷同"小"，多用于人名。

小 xiǎo ❶跟"大"相反：1.面积少的，体积占空间少的，容量少的：～山｜地方～。2.数量少的：数目～｜一～半。3.程度浅的：学问～｜～学。4.声音低：～声说话。5.年幼，排行最末的：他比你～｜他是我的～弟弟。谦辞：～弟。【小看】轻视，看不起：别～～人。【小说】描写人物故事的一种文学作品。❷时间短：～坐｜～住。

晓（曉）xiǎo ❶天明：～行夜宿｜鸡鸣报～。❷晓得，知道，懂得：家喻户～。❸使人知道清楚：～以利害。

表（❺錶）biǎo ❶外部，跟"里"相反：1.在外的：～面｜～皮。2.外面，外貌：外～｜～里如一｜虚有其～。❷表示，显示：略～心意。【表白】说明自己的心意对人进行解释，分清责任。【表决】会议上用通过举手或投票等方式作出决定：这个议案已经～～通过了。【表现】1.显露：中国人民志愿军的行动充分～～了国际主义的精神。2.所显露的行为、作风：他在工作中的～～还不错。【表扬】对群众或个人，用语言、文字公开表示赞美夸奖：～～好人好事。❸中医指用药物把感受的风寒发散出来。❹分类分项记录事物的东西：历史年～｜时间～｜统计～。❺计时间的器具，通常比钟小，可以带在身边：手～｜怀～。❻计量某种量的器具：温度～｜电～｜水～。❼树立的标志。【表率】榜样：他是新中国青年的～～。【华表】古代宫殿、陵墓等大建筑物前面作装饰用的巨大石柱。❽称呼父亲或祖父的姊妹、母亲或祖母的兄弟姊妹生的子女，用来表示亲属关系：～兄弟｜～叔｜～姑。❾封建时代称臣子给君主的奏章。

婊 biǎo 【婊子】旧指妓女，是剥削制度的产物。

裱 biǎo 用纸、布或丝织物把书、画等衬托粘糊起来：双～纸｜揭～字画。【裱糊】用纸或其他材料糊屋子的墙壁或顶棚：把这屋子～～一下。

鳔 biào ❶鱼体内可以胀缩的气囊，通称"鱼泡"。气囊胀时鱼上浮，缩时鱼下沉。有的鱼类的鳔有辅助听觉或呼吸等作用。❷鳔胶，用鳔熬成的胶，性很黏。❸用鳔胶粘上：把桌子腿～一～。

侥（僥、儌、△徼）㊀jiǎo【侥幸】（儌倖、徼倖）（jiǎo xìng）1.希望得到不应该得的：存着～～心理。2.获得意外的利益或意外地免去不幸的事。㊁yáo 萧韵。

皎 jiǎo 洁白，明亮（叠）：～～白驹｜～洁的月亮。

挢（撟）jiǎo ❶举，翘：舌～不下（形容惊讶得说不出话来）。❷纠正：～邪防非。

矫（矯）jiǎo ❶纠正，把弯曲的弄直：～正｜～枉过正｜～揉造作（喻故意做作）。【矫情】故意违反常情，表示与众不同。❷假托：～命。❸强，勇武（连～健）：～捷。

湫 ㊀jiǎo 低洼。【湫隘】低湿狭小。㊁qiū 尤韵。

敫 jiǎo 姓。

徼 ㊀jiǎo ❶求。❷同"侥幸"的"侥"。㊁jiào 啸韵。

缴 ㊀jiǎo ❶交纳，交付：～公粮｜～款。❷迫使交付：～敌人的械。㊁zhuó 药韵。

剿（勦）㊀jiǎo 讨伐，消灭：～匪｜围～。㊁chāo 肴韵。

藠 jiào （～子｜～头）就是薤（xiè），多年生草本植物。

了（❶瞭）㊀liǎo ❶明白：明～｜一目～然｜不甚～～。【了解】弄明白，懂得很清楚：～～情况。❷完了，结束：事情已经～了（le）｜话犹未～｜以不～～之｜说起话来没完没～｜不能敷衍～事。【了当】爽快：直截～～。❸在动词后，跟"不"、"得"连用，表示可能：这本书我看不～｜这事你办得～。【了不得】（liǎo·bu·dé）表示不平常、严重：他的本事真～～～｜～～～了，着了火了！｜疼得～～～。【了得】（liǎo·de）1.有"能办、可以"的意思，多用于反诘语句中，表示不平常、严重：这还～～！2.能干，厉害：真～～。㊁le 职韵。"瞭"又音 liào，啸韵。

钌 ❶liǎo 一种金属元素，符号 Ru，银灰色，质坚而脆。纯钌可以做装饰品，三氯化钌可以做防腐剂、催化剂。❷liào 啸韵。

蓼 liǎo 一年生或多年生草本植物，花小，白色或浅红色，生长在水边。

燎 ❶liǎo 挨近了火而烧焦：把头发～了。❷liáo 萧韵。

杪 miǎo 树枝的细梢。[引]末尾：岁～|月～。

眇 miǎo ❶瞎了一只眼睛。后也泛指瞎了眼睛。❷细小。

秒 miǎo ❶谷物种子壳上的芒。❷单位：1. 圆周的一分的六十分之一。2. 经纬度的一分的六十分之一。3. 时间的一分钟的六十分之一。

渺（❷淼） miǎo ❶微小：～小。❷水势辽远：浩～。【渺茫】离得太远看不清楚。[喻]看不见前途的或没有把握的：这件事～～得很。

缈 miǎo 见本页“缥”字条“缥缈”（piāo miǎo）。

藐 ❶miǎo 小（[连]～小）：～视。❷miǎo 觉韵。

鸟（鳥） niǎo 脊椎动物的一类，温血卵生，用肺呼吸，全身有羽毛，后肢能行走，一般前肢变为翅能飞。

茑 niǎo 古书上说的一种小灌木，茎能攀缘其他树木。【茑萝】一年生蔓草，开红色小花。

袅（嫋、嬝） niǎo 【袅袅】1. 烟气缭绕上腾的样子：炊烟～～。2. 细长柔软的东西随风摆动的样子：垂杨～～。3. 声音绵延不绝：余音～～。【袅娜】（niǎo nuó）1. 形容草木柔软、细长。2. 形容女子姿态优美。

嬲 niǎo 戏弄，纠缠。

莩 ❶piǎo 同“殍”。❷fú 虞韵。

殍 piǎo 饿死的人。也作“莩”。

漂 ❶piǎo ❶用水加药品使东西褪去颜色或变白：～白。❷用水淘去杂质：用水～一～|～朱砂。❷piāo 萧韵。❸piào 啸韵。

缥 ❶piǎo 青白色，淡青。❷piāo 萧韵。（“缥”字原无平声）【缥缈】形容隐隐约约，若有若无。亦作“飘渺”。

瞟 piǎo 斜着眼看：～了他一眼。

悄 ❶qiǎo ❶忧愁。❷寂静无声：低声～语|～然无声。❷qiāo 萧韵。

愀 qiǎo 脸色改变：～然作色。

扰（擾） rǎo 扰乱，打搅（[连]搅～）。

娆（嬈） ❶rǎo 烦扰，扰乱。❷ráo 萧韵。

绕（繞） ❶rǎo 同“绕❷”，用于围绕、缠绕、缭绕等。❷rào 啸韵。

少 ❶shǎo ❶跟“多”相反：1. 数量小的：～数服从多数。2. 缺（[连]缺～）：～头无尾|文娱活动～不了他。3. 不够：～一半。4. 不经常的：～有|～见多怪。❷短时间：～等|～待。❸丢，遗失：屋里～了东西。❷shào 啸韵。

挑 ❶tiǎo ❶用竿子把东西举起或支起：～起帘子来|把旗子～起来。❷用条状物或有尖的东西拨开或弄出来：～了～灯芯|～刺。❸拨弄，引动（[连]～拨）：～衅|～拨是非。【挑战】1. 激怒敌人出来打仗。2. 刺激对方和自己较量。3. 鼓动对方和自己竞赛：两个生产队互相～～。❹汉字由下斜着向上的一种笔形（㇀）。❷tiāo 萧韵。

朓 tiǎo 古代称夏历月底月亮在西方出现。多用于人名。

窕 tiǎo 见本页“窈”字条“窈窕”（yǎo tiǎo）。

杳 yǎo 无影无声：～无音信|音容已～。

舀 yǎo 用瓢、勺等取东西（多指流质）：～水|～汤。【舀子】（yǎo·zi）舀东西的器具。

窈 yǎo 【窈窕】（yǎo tiǎo）1. 旧时形容女子文静而美好。2.（宫室、山水）深远曲折。

窅 yǎo 眼睛眍进去。[喻]深远。

沼 zhǎo　池子（连池～）。【沼气】植物在地下或水底受霉菌分解而产生的气体，可以燃烧。多产生于池沼，也产生煤矿井、石油井中。主要成分是甲烷。【沼泽】因湖泊淤浅等而形成的水草茂密的泥泞地带。

兆 zhào　❶古代占验吉凶时灼龟甲所成的裂纹（迷信）。❷预兆：征～|佳～。❸预先显示：瑞雪～丰年。❹数目：1. 百万。2. 古代指万亿。

赵（趙） zhào　战国国名，在今河北省南部和山西省中部、北部一带。

肇（肈） zhào　开始：～端|～祸（闯祸）。

巧 qiǎo ❶技巧，技术。❷灵巧，灵敏，手的技能好：心灵手～|他很～。❸虚浮不实(指话)：花言～语。❹恰好，正遇在某种机会上：凑～|碰～。

拗(抝) ㊀ǎo 〈方〉弯曲使断，折：竹竿～断了。㊁ào 效韵。㊂niù 屋韵。

孢 ㊁bǎo 孢子，植物和某些低等动物在无性繁殖或有性生殖中所产生的生殖细胞。㊀bāo 肴韵。㊂pǎo 巧韵。

饱 bǎo 吃足了。引足，充分：～学|～经风霜。【饱满】充实，充足：精神～～|谷粒长得很～～。【饱和】在一定的温度和压力下，溶液内所含被溶解物质的量已达到最大限度，不能再溶解。引事物发展到最高限度。

鲍 ㊀bào 【鲍鱼】1.盐腌的干鱼。2.“鳆(fù)鱼”的俗称。㊁bào 效韵。

吵 ㊀chǎo ❶声音杂乱搅扰人：～得慌|把他～醒了。❷打嘴架，发生口角：～架|争～。㊁chāo 肴韵。

炒 chǎo 把东西放在锅里搅拌着弄熟：～鸡蛋|～菜|～栗子。

佼 jiǎo 美好。

狡 jiǎo 狡猾，诡诈。

绞 jiǎo ❶拧，扭紧。❷用绳子把人勒死的一种酷刑。❸量词，用于纱、毛线等：一～毛线。

铰 jiǎo ❶用剪刀剪：把绳子～开。❷机械工业上的一种切削法：～孔|～刀。

筊 jiǎo 竹索。

搅(攪) jiǎo ❶扰乱(连～扰)：～乱|他睡着了，不要～他。❷拌：把锅～一～|～匀了。

卯 mǎo ❶地支的第四位。❷卯时，称早晨五点到七点。❸(～子|～儿)器物接榫(sǔn)的地方凹入的部分：～榫|～眼|凿个～儿。

峁 mǎo 〈方〉小山顶：下了一道坡，又上一道～。

泖 mǎo 水面平静的小湖。【泖湖】古湖名，在今上海市松江县西部。【泖桥】地名，属上海市。

昴 mǎo 昴宿，二十八宿之一。

茆 mǎo 好。纤细美好的状貌。本作“媌”。

媌 mǎo 闽人谓妓女为媌。

孢 ㊂pǎo 孕。㊀bāo 肴韵。㊁bǎo 巧韵。

跑 ㊀pǎo ❶奔，两脚交互向前跃进：赛～|～步。引很快地移动：汽车在公路上飞～。❷逃跑，逃走：鸟儿关在笼里～不了。喻漏出：～电|～油。❸为某种事务而奔走：～外的。㊁páo 肴韵。

龩 xiǎo 啮骨。

皛 xiǎo ❶水声。❷【皛溔】(xiǎo qiāo)众相交错的形状。

咬(齩、龩) yǎo ❶上下牙对住，压碎或夹住东西：～了一口馒头。❷罪犯拉扯上不相关的人：不许乱～好人。❸狗叫：鸡叫狗～。❹读字音：这个字我～不准。

硗 yǎo 石不平。

狕 yǎo 兽名，其状如豹而纹首。

爪 ㊀zhǎo ❶指甲或趾甲：手～。❷鸟兽的脚趾：鹰～。【爪牙】喻党羽，狗腿子。㊁zhuǎ 马韵。

瑵(璪) zhǎo 【玉瑵】就是用玉装饰：车盖玉～。

找 zhǎo ❶寻求，想要得到：～东西|～事做|丢了不好～|～麻烦。❷退回，补还：～钱|～零。

皓(皜、暠) hào 洁白，明亮：～齿｜～首(白发，指老人)｜～月当空。又读 gǎo。

好 ㊀hǎo ❶优点多的或使人满意的，跟"坏"相反：～人｜～汉｜～马｜～东西｜～事。引指生活幸福、身体健康或疾病消失：您～哇！｜他的病完全～了。【好手】技术高的。❷友爱，和睦：相～｜我跟他～｜友～。❸易于，便于：这件事情～办｜请你闪开点，我～过去。❹完，完成：我们的计划已经订～了｜我穿～衣服就去｜预备～了没有？❺很，甚：～冷｜～快｜～大的风。【好不】很：～～高兴。❻表示赞许、应允或结束等口气的词：～，你真不愧是劳动英雄｜～，就照你的意见做吧｜～，不要再讨论了！㊁hào 号韵。

郝 ㊀hǎo 姓。㊁hè 药韵。

镐 ㊀hǎo 西周的国都，在今陕西省长安县西北。㊁gǎo 皓韵。

皡 hào 明亮。

颢 hào 白而发光貌。

灏 hǎo 同"浩"，水势大。

浩 hào 广大(叠)(连～大)：声势～大｜大队人马～～荡荡。

昊 hào 形容天的广大。也指天。

袄(襖) ǎo 有衬里的上衣：夹～｜棉～｜皮～。

媪 ǎo 年老的妇人。

宝(寶、寳) bǎo ❶珍贵的：～刀｜～石。敬辞：～地。❷珍贵的东西：珠～｜国～｜粮食是～中之～。【宝贝】1.珍贵的东西。2.(～儿)对小孩儿亲爱的称呼。【元宝】一种金、银锭。

保 bǎo ❶看守住，护着不让受损害或丧失(连～卫｜～护)：～家卫国｜～健。【保障】1.维护：婚姻法～～了男女双方和下一代的利益。2.作为卫护的力量：强大的中国人民解放军是祖国安全的～～。【保持】维持，使持久：～～艰苦奋斗的作风。❷负责，保证：～荐｜我敢～他一定做得好。【保险】靠得住：这样做～～不会错。【保证】切实负责：～～完成任务。【保安】保安族，我国少数民族名。

葆 bǎo ❶草木繁盛。❷保持。❸姓。

堡 ㊀bǎo ❶堡垒：桥头～。【堡垒】军事上防守用的建筑物：打下敌人最坚固的～～。喻难以攻破的事物或不易接受进步思想影响的人：科学～～｜顽固～～(极顽固的人)。❷小城。㊁bǔ 麌韵。㊂pù 遇韵。

褓(緥) bǎo 见第 204 页"襁"字条"襁褓"(qiǎng bǎo)。

鸨 bǎo 大鸨，一种鸟，比雁略大，背上有黄褐色和黑色斑纹，不善于飞，而善于走。

草(艸、❺騲) cǎo ❶普通对高等植物中除了树木、庄稼、蔬菜以外茎干柔软的植物的统称。【草本植物】茎比较柔软的植物，如小麦、豌豆等。❷草率，不细致(叠)：～～了(liǎo)事｜～率从事。【草书】汉字形体的一种，汉代初期就已经流行，笔画牵连曲折。❸草稿，文稿：起～。引还没有确定的文件：～约｜～案。❹打底稿：～拟｜～檄。【草创】开始创办或创立。❺雌性(指某些家畜)：～鸡｜～驴。

捯 dǎo 两手不住倒换着拉回线、绳子等：把风筝～下来。引追溯，追究原因：这件事到今天还没～出个头绪来呢。

岛(島) dǎo 海洋或湖泊里四面被水围着的陆地叫岛。三面被水围着的陆地叫半岛。

捣(擣、擣) dǎo ❶砸，舂：～蒜｜～米。引冲，攻打：直～敌巢。❷捶打：～衣。❸搅扰：～乱｜～鬼。

倒 ㊀dǎo ❶竖立的东西躺下来：墙～了｜摔～。引旧时工商业因亏损而关门：～闭。【倒霉】【倒楣】事情不顺利，受挫折。❷对调，转移，更换，改换：～手｜～车｜～换。㊁dào 号韵。

祷(禱) dǎo 教徒或迷信的人向天、神求助：祈～。敬辞(书信用语)：为

～|盼～。

稻 dào (～子)一种谷类植物,有水稻、旱稻之分,通常指水稻。子实椭圆形,有硬壳,经碾制就是大米。

杲 gǎo 明亮:～～出日。

缟 gǎo 一种白色的丝织品:～衣。【缟素】旧时丧服。

槁(槀) gǎo 枯干(连枯～):～木。

镐 ㊀gǎo 刨土的工具。㊁hào 皓韵。

藁 gǎo 【藁城】县名,在河北省。

稿(稾) gǎo ❶谷类植物的茎秆:～荐(稻草编的垫子)。❷(～子|～儿)文字、图画的草底儿:文～儿|打～儿。喻事先考虑的计划:做事没有准～子不成。

考(❶～❸攷) kǎo ❶试验,测验(连～试):期～|～语文。❷检查(连～察|查～):～勤|～绩。【考验】通过具体行动、困难环境等来检验(是否坚定、正确)。【考语】旧称考查成绩的评语。❸推求,研究:～古|～证。【考虑】斟酌,思索:～～一下再决定|～～问题。❹老,年纪大(连寿～)。❺旧称已死的父亲:～妣(死去的父母)。

拷 kǎo 打(连～打):～问。【拷贝】(外)用拍摄成的电影底片洗印出来的胶片。

栲 kǎo 【栲树】常绿乔木,木材坚硬,可做船橹、轮轴等。树皮含鞣酸,可制栲胶,也可制染料。【栲栳】(kǎo lǎo)一种用竹子或柳条编的盛东西的器具。

老 lǎo ❶年岁大,时间长:1.跟“少”、“幼”相反:～人。敬辞:吴～|范～。2.陈旧的:～房子。3.经历长,有经验:～手|～干部。4.跟“嫩”相反:～笋|菠菜～了。5.长久:～没见面了。6.经常,总是:人家怎么～能提前完成任务呢?❷极,很:～早|～远。❸排行(háng)在末了的:～儿子|～妹子。❹词头:1.加在称呼上:～弟|～师|～张。2.加在兄弟姊妹次序上:～大|～二。3.加在某些动物名字上:～虎|～鼠|～鹰。

佬 lǎo 成年的人(含轻视意)。

荖 lǎo 【荖浓溪】水名,在台湾省。

姥 ㊀lǎo 【姥姥】【老老】1.外祖母。2.旧时接生的妇人。㊁mǔ 麌韵。

栳 lǎo 见本页“栲”字条“栲栳”(kǎo lǎo)。

铑 lǎo 一种金属元素,符号Rh,银白色,质很坚硬,不受酸的侵蚀,用于制催化剂。铂铑合金可制热电偶。

垴 nǎo 地名用字。

脑(腦) nǎo ❶(～子)人和高等动物神经系统的主要部分,在颅腔里,分大脑、小脑、中脑、间脑、延髓等部分,主管感觉和运动。人的脑子又是主管思想、记忆等心理活动的器官。【脑筋】【脑子】转指思考、记忆等能力:开动～～。❷(～儿)形状或颜色像脑子的东西:豆腐～儿。

瑙 nǎo 见第199页“玛”字条“玛瑙”(mǎ nǎo),马韵。

恼(惱) nǎo ❶发怒,愤恨:～羞成怒|你别～我。❷烦闷,苦闷(连烦～|苦～)。

扫(掃) ㊀sǎo ❶拿笤帚等除去尘土:～地。❷像扫一样的动作或作用:1.消除:～兴|～除文盲。2.动作达到各方面:～射|眼睛四下里一～。3.归拢在一起,全部:～数归还。㊁sào 号韵。

嫂 sǎo (～子)哥的妻子(叠)。

讨 tǎo ❶查究,处治。转征伐,发动攻击:南征北～。【声讨】宣布罪行而加以抨击。❷研究,推求:仔细研～。❸索取:向敌人～还血债。❹求,请求:～饶|～教。❺惹:～厌|～人喜欢。

䵚 tǎo 【䵚黍】〈方〉高粱。参见第92页“䄻”(táo)字条“䄻黍”。

早 zǎo ❶太阳出来的时候(连～晨):一大～就开会去了|～饭|～操。❷时间靠前,在一定时间以前:～起～睡身体好|那

是很～的事了|我～就预备好了|开车还～着呢。

枣(棗) zǎo 【枣树】落叶亚乔木，枝有刺，开小黄花，果实叫枣子或枣儿，椭圆形，熟时红色，可以吃。【黑枣(儿)】黑枣树，落叶乔木，跟柿树同属一科，果实叫黑枣儿，可以吃。

蚤 zǎo ❶【虼蚤】(gè・zao)跳蚤，昆虫名，赤褐色，善跳跃，寄生在人畜的身体上，吸血液，能传播鼠疫等疾病。❷〈古〉同"早"。

澡 zǎo 洗澡，沐浴，洗全身：～盆|～堂。

璪 zǎo ❶古代刻在玉上或画在衣裳上的水藻花纹。❷古代垂在冕上穿玉的五彩丝绦。

藻 zǎo ❶隐花植物的一大类，没有真正的根、茎、叶的分化，有叶绿素可以自己制造养料，种类很多，海水和淡水里都有。❷文采：～饰|辞～。【藻井】我国民族形式的建筑物天花板上一方一方的彩画。

皂(皁) zào ❶黑色：不分～白(喻不问是非)。❷【皂角】【皂荚】落叶乔木，枝上有刺，结的长荚叫"皂角"或"皂荚"，可供洗衣去污用。【肥皂】俗称胰子，用碱和油脂等制成的洗涤用品。

唣(唕) zào 【啰唣】吵闹寻事。

哿 gě 可嘉，善美。

个(個) ㊀gě 【自个儿】同“自各儿”，自己。㊁gè 箇韵。

舸 gě 大船。

笴 gě 【箭笴】矢干。

箇 gě 笋俎。

跛 bǒ 腿或脚有毛病，走路身体不平衡：一颠一～|～脚。

簸 ㊀bǒ ❶用簸(bò)箕颠动米粮，扬去糠秕和灰尘。❷颠动得像米粮在簸箕里簸起来一样：船在海浪中颠～起伏。㊁bò 箇韵。

脞 cuǒ 小，琐细。【丛脞】细碎，烦琐。

瑳 cuǒ 玉色鲜白。

爹 ㊀diē ❶父亲(叠)。❷对老人或长者的尊称：老～。㊁diē 麻韵。

陊 duǒ 落脱，坏崩。

垛 duǒ 小崖。

埵 duǒ ❶聚土，土埵。《论衡·说日》：“泰山之高，参天入云。去之百里，不见～块。”❷坚硬的土。

鬌 duǒ 毛发脱落，发堕。

揣 ㊃duǒ 摇捎：～扰(duǒ yǎn)。㊀chuǎi 纸韵。㊁chuāi 支韵。㊂chuài 霰韵。

朵(朶) duǒ ❶花朵，植物的花或苞。❷量词，指花或成团的东西：三～花|两～云彩。

垛(垜) ㊀duǒ (～子)用泥土、砖石等建筑成的掩蔽物：门～子|城墙～口。㊁duò 箇韵。

哚(哚) duǒ 见第177页“吲”字条“吲哚”(yǐn duǒ)。

躲(躱) duǒ 隐藏，避开(连～藏|～避)：～雨|他～在哪里？|明枪易～，暗箭难防。

痑 duǒ 马疲劳。

亸(嚲、軃) duǒ 下垂。

跺(跥) duò 行貌，顿足：～脚。

沲 duǒ 【淡沲】荡漾。

柁 ㊀duò 同“舵”。㊁tuó 歌韵。

舵 duò 控制行船方向的设备，多装在船尾：掌～|～手。引飞机等交通工具上控制方向的装置。

惰 ㊀duò 懒，懈怠，不恭，跟“勤”相反(连懒～|怠～)。㊁duò 箇韵。

堕(隋) duò 掉下来，坠落：～地。【堕落】喻思想行为向坏的方向发展：～～分子。

果(❶菓) guǒ ❶(～子)果实，某些植物花落后含有种子的部分：水～|干～(如花生、栗子等)。❷结果，事情的结局或成效：成～|恶～|前因后～|结～圆满。❸果断，坚决(连～决)：～敢|他处理事情很～断。❹果然，确定，真的：～不出所料|他～真来了吗？

馃 guǒ (～子)一种油炸的面食。

蜾 guǒ 【蜾蠃】(guǒ luǒ)蜂类的一种，常用泥土在墙上或树枝上做窝，捕捉螟蛉等小虫存在窝里，留做将来幼虫的食物。旧时误认蜾蠃养螟蛉为己子，所以有把抱养的孩子称为“螟蛉子”的说法。

裹 guǒ 包，缠：～伤口|用纸～上|～足不前(喻停止不进行)。喻掺杂在里头。

火 huǒ ❶东西燃烧时所发的光和焰。喻紧急：～速|～急。❷枪炮弹药：军～|～器|开～。【火药】炸药的一类，主要用作燃药或发射药。是我国古代四大发明之一。【火线】两军交战枪炮子弹交接的地带。❸红色的：～狐|～鸡。❹古代军队的组织，十个人为一“火”。【火伴】同“伙伴”见本页“伙”字条。❺中医指引起发炎、红

肿、烦躁等症状的病因：上～|败～。❻（～儿）怒气：好大的～儿！❼（～儿）发怒：他～儿了。

钬 huǒ　一种金属元素，符号 Ho。

伙（夥） huǒ　❶（～儿）伙计，同伴，一同做事的人：同～儿。【伙伴】【火伴】同伴，伴侣。❷旧指店员：店～。❸合伙，结伴，联合起来：～办|～同。

夥 huǒ　❶多：获益甚～。❷同“伙”。

祸（禍） huò　❶灾殃，苦难，跟“福”相反：大～临头|闯～。❷损害，使受灾殃：～国殃民。

可 ㊀kě　❶是，对，表示准许：许～|认～|不加～否。【可以】1.表示允许：～～，你去吧！2.适宜，能：现在～～穿棉衣了|马铃薯～～当饭吃。3.过甚，够程度：这几天冷得真～～。4.还好，差不多：这篇文章还～～。【小可】1.寻常：非同～～。2.旧时自称谦辞。❷能够：牢不～破的友谊|～大～小。【可能】能够，有实现的条件：这个计划～～提前实现。❸值得，够得上（用在动词前）：～怜|～爱|～恶（wù）。❹适合：～心|这碗茶正～口（冷热适中）。[引]尽（jǐn），就某种范围不加增减：～着钱花|～着脑袋做帽子。❺可是，但，却：大家很累，～都很愉快。㊁kè 陌韵。

坷 ㊁kě　见第 218 页“坎”字条“坎坷”（kǎn kě），感韵。㊀kē 歌韵。

岢 kě　【岢岚】（kě lán）县名，在山西省。

砢 kě　石次玉。

闁 kě　❶开口貌。❷【闁砢】树木重叠累积，盘结倾欹的样子。

咧 ㊀liě　嘴向旁边斜着张开：～嘴|～着嘴笑。㊁lié 屑韵。㊂lie 屑韵。

裂 ㊁liě　〈方〉东西的两部分向两旁分开：衣服没扣好，～着怀。㊀liè 屑韵。

倮 luǒ　同“裸”。

砢 ㊀luǒ　【磊砢】1.众多貌。2.壮大貌。㊁kě 哿韵。

裸（臝） luǒ　光着身子：～体|赤～～的。[引]没有东西包着的：～线（没有外皮的电线）|～子植物。

蓏 luǒ　古书上指瓜类植物的果实。在木曰瓜，在地曰蓏，若瓜瓠之属。

瘰 luǒ　【瘰疬】（luǒ lì）结核菌侵入淋巴结，产生核块，多在颈部。

蠃 ㊀luǒ　见第 196 页“蜾”字条“蜾蠃”（guǒ luǒ）。㊁luó 歌韵。

嬷 ㊀mǒ　俗呼母为嬷。㊁mā 麻韵。

么（△麽） ㊀me　❶词尾：怎～|那～|多～|这～|什～。❷助词，表有含蓄的语气，用在前半句末了：不让你去～，你非要去。㊁mó 歌韵。㊂yāo 萧韵。

哪 ㊀nǎ　疑问词，后面跟量词或数量词，表示要求在所问范围中有所确定：你喜欢读～种书？【哪儿】【哪里】什么地方：你在～～住？|～～有困难，就到～～去。[转]用于反问句：我～～知道？（我不知道）|他～～笨啊（他不笨）？|这项工作一个人～～能做好（一个人做不好）？㊁něi 哿韵。㊂na 箇韵。㊃né 歌韵。

哪 ㊁něi　“哪”（nǎ）和“一”的合音，但指数量时不限于一：～个|～些|～年|～几年。㊀nǎ 哿韵。㊂na 箇韵。㊃né 歌韵。

叵 pǒ　不可：～耐|居心～测。

钷 pǒ　一种人造的放射性元素，符号 Pm。

笸 pǒ　【笸箩】（笸籮）（pǒ·luo）盛谷物的一种器具，用柳条或篾条编成。

唢 suǒ　【唢呐】（suǒ·nà）管乐器名，形状像喇叭。

琐 suǒ　细小，零碎（[连]～碎）：～事|繁～|这些事很～碎。

锁 suǒ　❶加在门、箱等上面使人不能随便开的器具：门上上～。❷用锁关住：把门～上|拿锁～上箱子。❸链子：枷～|～镣。❹一种缝纫法，多用在衣物边沿上，针脚很密，线斜交或勾连：～扣眼|～边。

妥 tuǒ 适当,合适(连~当):已经商量~了|~为保存|这样做不~当。【妥协】在发生争执或斗争时,一方让步或彼此让步(有时也指屈服):在原则性问题上绝不~~。

椭(橢) tuǒ 椭圆,长圆形。把一个圆柱形或正圆锥形斜着用一个平面截开,所成的截口就是椭圆形。

媠(嫷) ❶tuǒ 美,好。❷duò 通"惰"。

陏(隋) tuǒ ❶山势狭长。❷山高。

我 wǒ 自称,自己:~国|自~批评|忘~精神。

硪 ❶wǒ 【硪硪】(jí wǒ)山高。❷wó 歌韵。

骙 wǒ 【駊騀】(pǒ wǒ)1. 马摇头。2. 马恶行。

婐 wǒ ❶"婀"的异体字。【婉婐】(ě wǒ)同"婀娜",柔弱美好。❷侍女。

灺(炧) xiè 灯烛灰。蜡烛烧剩下的部分。

锗 zhě 一种金属元素,符号 Ge,灰白色结晶,质脆,有光泽。是重要的半导体,主要用来制造半导体晶体管。原读 duǒ,亦哿韵。

左 zuǒ ❶面向南时靠东的一边,跟"右"相对:~手。转东方(以面向南为准):山~|江~。【左证】证据。也作"佐证"。【左右】1. 上下:三十岁~~。2. 横竖,反正:~~是要去的,你还是早点去吧。3. 跟从的人。4. 支配,操纵。❷政治思想上属于进步的:~派|~翼。❸斜,偏,差错:越说越~|你想~了|旁门~道|意见相~。

佐 zuǒ(旧读 zuò) ❶辅佐,帮助:~理。❷辅助别人的人:僚~。

尪 zuǒ 【尥尪】(bǒ zuǒ)腿脚有毛病,行不正,走路一颠一跛的。

马（馬） mǎ 一种家畜，颈上有鬃，尾有长毛，供人骑或拉东西等。【马力】功率单位，1马力等于每秒钟把75公斤重的物体提高到1米所做的功。【马脚】破绽（zhàn），漏洞：露出～～来了。【马上】立刻：我～～就到。【马达】（外）用电力或汽油发动的机器，有时特指电动机。【马虎】不认真：这事可不能～～。

吗 ㊀mǎ 【吗啡】（mǎ fēi）（外）用鸦片制成的有机化合物，白色粉末，味很苦。医药上用作镇痛剂。㊁ma 马韵。㊂má 麻韵。

玛 mǎ 【玛瑙】（mǎ nǎo）矿物名，主要成分是氧化硅，颜色美丽，质硬耐磨，可做轴承、研钵、装饰品等。

码 mǎ ❶（～子|～儿）代表数目的符号：苏州～子（〡、〢、〣、〤、〨等）|明～儿售货（在商品上标明价码）。❷（～子）计算数目的用具，如砝码、筹码等。❸指一件事或一类的事：这是两～事。❹（外）英美长度单位，一码合0.914米。❺〈方〉摞起，垒起：～砖头|小孩儿～积木。【码头】水边专供停船的地方。引 临海、临河的城市。

蚂 ㊀mǎ 【蚂蟥】（mǎ huáng）我国常见的为宽体蚂蟥，体呈纺锤形、扁平，背面暗绿色，有五条黑色间杂淡黄的纵行条纹。能刺伤皮肤，但不吸血。【蚂蚁】（mǎ yǐ）蚁。参看第159页“蚁”字条。㊁mā 麻韵。㊂mà 祃韵。

吗（△么） ㊀ma 助词：1.表疑问，用在一般直陈句子末了：你听明白了～？2.表有含蓄的语气，用在前半句末了：天要下雨～，我就坐车去。㊁má 麻韵。㊂mǎ 马韵。“么”又音 me，哿韵。又音 yāo，萧韵。

啊 ㊂ǎ 叹词，表示疑惑：～，这是怎么回事啊？㊀ā 麻韵。㊁á 黠韵。㊃à 祃韵。㊄a 助词，用在句末，常因前字字音不同而发生变调，因而也随之变韵。

把 ㊀bǎ ❶拿，抓住。❷控制，掌握：～舵|～犁。【把持】专权，一手独揽，不让他人参与。【把握】1.掌握，控制，有效地处理：～～时机。2.事情成功的可靠性：这次试验，他很有～～。❸把守，看守：～门|～风（守候，以防有人来）。❹手推车、自行车等的柄：车～。❺（～儿）可以用手拿的小捆：草～儿。❻介词，和“将”相当：～一生献给党|～更多的工业品供应给农民。❼量词：1.有柄的：一～刀|一～扇子。2.可以一手抓的：一～粮食|一～汗。3.指某些抽象的事物：努～力。❽放在量词或“百、千、万”等数词的后面，表示约略估计：丈～高的树|个～月以前|有百～人。㊁bà 祃韵。

钯 ㊀bǎ 一种金属元素，符号pb，银白色，富延展性，能吸收多量的氢，可用来提取纯粹的氢气，也可制催化剂。它的合金可制电器仪表等。㊁pá 麻韵。

叉 ㊂chǎ 分开，张开：～腿。㊀chā 佳韵。㊁chá 麻韵。

衩 ㊀chǎ 【裤衩】短裤：三角～～。㊁chà 祃韵。

蹅 chǎ 踩，在泥水里走：～雨|鞋都～湿了。

扯（撦） chě ❶拉：～住他不放。❷不拘形式、不拘内容地谈：闲～|不要把问题～远了。❸撕破：他把信～了。

打 dǎ ❶击：～铁|～门|～鼓|～靶|～夯|～垮。引 放射：～枪|～闪。【打击】使受到挫折：～～侵略者。❷表示各种动作，代替许多有具体意义的动词：1.除去：～虫|～沫（把液体上面的沫去掉）|～食（服药帮助消化）。2.毁坏，损伤：衣服被虫～了。3.取，收：～鱼|～粮食|～柴|～水。4.购买：～酒。5.举：～伞|～灯笼|～旗子。6.揭开，破开：～帐子|～西瓜|～鸡蛋。7.建造：～井|～墙。8.制，做：～镰刀|～桌椅|～毛衣。9.捆扎：～铺盖卷|～裹腿。10.涂抹：～蜡|～桐油。11.玩耍，玩弄：～秋千。12.通，发：～一个电报去|～电话。13.计算：精～细算。14.立，定：～下基础|～主意|～草稿。15.从事或担任某些工作：～杂儿|～前站。16.表示身体上的某些动作：～手势|～冷战|～哈欠|～滚儿。❸与某些动词结合为一个动词：～扮|～扫|～搅|～扰。❹从，自：～去年起|～哪里来？〈古〉又音 dǐng，梗韵。

嗲 diǎ 〈方〉❶形容撒娇的声音或态度：～声～气。❷好，优异：味道～。

呱 ㊁guǎ 【拉呱儿】(lá guǎr)〈方〉聊天。㊀guā 麻韵。㊂gū 虞韵。

剐(剮) guǎ ❶被尖锐的东西划破:把手~破了|裤子上~了个口子。❷封建时代一种残酷的死刑,把人的身体割成许多块。

寡 guǎ ❶少,缺少:~言|优柔~断|多~不等。【寡人】古代君主的自称。❷妇女死了丈夫:~妇。

哈 ㊁hǎ 姓。【哈达】(藏)一种薄绢,藏族、蒙古族用以表示敬意或祝贺。【哈巴狗】(hǎ·ba gǒu)一种个儿小腿短的狗,也叫狮子狗、巴儿狗。常用来比喻反动统治阶级所豢养的温顺的奴才。㊀hā 麻韵。㊂hà 洽韵。

髁 huǎ 俗称"螺丝骨"或称"孤拐",即脚腕两旁凸起的部分。今读 huái,佳韵。

贾 ㊀jiǎ ❶姓。❷古多用于人名。〈古〉又同"价(價)"(jià)。㊁gǔ 麌韵。

檟 jiǎ ❶楸树的别名。❷茶树的古名。

假(叚) ㊀jiǎ ❶不真实的,不是本来的,跟"真"相反:~头发|~话。【假如】【假使】如果。❷借用,利用(连~借):~手于人|~公济私。㊁jià 祃韵。

嘏 ㊀jiǎ ❶福。❷大,远,长。㊁gǔ 麌韵。

瘕 jiǎ 肚子里结块的病。

斝 jiǎ 古代一种盛酒的器皿,圆口,三足。

姐 jiě ❶称同父母比自己年纪大的女子(叠)。❷对比自己年纪大的同辈女性的称呼:表~。【小姐】旧时对上层社会未结婚的女子的称呼。

毑 jiě 见第44页"娭"字条"娭毑"(āi jiě),灰韵。

卡 ㊀kǎ ❶卡车,载重的大汽车:十轮~。❷卡片,小的纸片(一般是比较硬的纸):资料~|图书~片。❸(外)卡路里,热量单位,就是使一克纯水的温度升高一摄氏度所需的热量。㊁qiǎ 马韵。㊂kǎ 祃韵。

咔 kǎ 【咔叽】(kǎ jī)(外)一种很厚的斜纹布。

佧 kǎ 【佧佤族】(kǎ wǎ zú)佤族的旧称。

胩 kǎ 有机化合物的一类,通式 R—Nc,无色液体,有恶臭,溶于酒精和乙醚,容易被酸分解。

咯 ㊀kǎ 用力使东西从食道或气管里出来:把鱼刺~出来|~血|~痰。㊁lo 药韵。㊂gē 药韵。

垮 kuǎ 倒塌,坍塌:房子~了。喻事物败坏:这件事让他搞~了。

踝 kuǎ 今读 huái,佳韵。

乜 ㊁miě 【乜斜】(miě·xie)1.眼睛因困倦而眯成一条缝:~~睡眼。2.眼睛略眯而斜着看,多指不满意或看不起的神情。㊀niě 马韵。㊂miē 麻韵。

乜 ㊀niě 姓。㊁miē 麻韵。㊂miě 马韵。

卡 ㊁qiǎ ❶(~子)在交通要道设置的检查或收税的地方:关~。❷(~子)夹东西的器具:头发~子。❸夹在中间,堵塞:鱼刺~在嗓子里|~在里边拿不出来了。㊀kǎ 马韵。㊂kǎ 祃韵。

且 ㊀qiě ❶表示进一层:既高~大。❷表示暂时:~慢|~住。❸且……且……,表示一面这样,一面那样:~走~说|~行~想。❹【且……呢】表示经久:这双鞋~穿~。㊁jū 鱼韵。

喏 ㊁rě 古代表示敬意的呼喊:唱~(旧小说中常用,对人作揖,同时出声致敬)。㊀nuò 药韵。

惹 rě 招引,挑逗:~事|~人注意。

洒(灑) ㊀sǎ ❶把水散布在地上:扫地先~些水。❷东西散落:~了一地粮食。【洒家】指我(宋元时方言)。【洒脱】(sǎ·tuo)举止自然,不拘束:这个人很~~。㊁shǎi 蟹韵。

傻(儍) shǎ 愚蠢:说~话|吓~了。

舍(捨) ㊀shě ❶放弃,不要了:~己为人|~近求远|四~五入。❷施舍。㊁shè 祃韵。

社 shě ❶古代指祭祀土地神的地方。【社火】旧时在节日扮演的各种杂戏。❷指某些团体或机构：合作～|通讯～|集会结～。【社会】1.生产关系的总和。生产关系总合起来就构成社会关系，构成社会，构成一个处于一定发展阶段上的社会，具有独特特征的社会：封建～～|社会主义～～。2.旧时指同阶级或同阶层的人群：贵族～～|上层～～。

耍 shuǎ ❶玩(连玩～)：孩子们在院子里～。❷玩弄：～猴|～大刀。❸戏弄：别～人。❹弄，施展：～手艺|～手腕(喻使用不正当的方法)。

瓦 ㊀wǎ ❶用陶土烧成的：～盆|～器。❷用陶土烧成的覆盖房顶的东西：～房。【瓦解】喻溃散：土崩～～。❸(外)瓦特，电的功率单位。㊁wà 祃韵。

佤 wǎ 【佤族】我国少数民族名。

写(寫) xiě ❶用笔在纸上或其他东西上做字。❷描摹，叙述：～生|～实。

哑(啞) yǎ ❶不能说话：聋～|～口无言(喻无话可说)。❷嗓子干涩发音困难或不清楚：嗓子喊～了。【哑巴】(yǎ·ba)1.同"哑❶"。2.不能说话的人。❸无声的：～剧|～铃(一种运动器械)。❹(旧读 è)笑声：～然失笑(不由自主地笑出声来)。㊁yā 麻韵。

痖(瘂) yǎ 同"哑"(yǎ)。

雅 yǎ ❶旧时所谓正规的、标准的：～声(指诗歌)|～言。❷文雅，美好，大方：～致|～观。❸旧时敬辞：～鉴|～教。❹平素，素来：～善鼓琴。❺极，甚：～以为美|～不欲为。❻解释词义的书的名称，如《尔雅》、《广雅》等。

也 yě ❶副词，表示同样、并行等意义：你去，我～去|～好，～不好|～不知道是谁拿走了。❷跟"再"、"一点"、"连"等连用表示语气的加强(多用在否定句里)：再～不敢闹了|这话一点～不错|连一个人影～没找到。❸文言助词：1.用在句末，表示判断的语气：故封建非圣人意～，势～。2.表示疑问或感叹：何～？|何为不去～？|是何言～？3.用在句中，表示停顿：向～不怒而今～怒，何～？

冶 yě ❶熔炼金属：～炼|～金。❷过分装饰，不正派的打扮：～容|妖～。

野(埜) yě ❶郊外，村外：～营|～地。【野战军】适应广大区域机动作战的正规军。【分野】划分的范围界限。❷旧时指不当政的地位(和"朝"相对)：下～|在～。❸不讲情理，没有礼貌，蛮横：撒～|粗～。❹不驯顺，野蛮：狼子～心(狂妄狠毒的用心)。❺不是人所驯养或培植的(动物或植物)：～兽|～草。

苲 zhǎ 【苲草】指金鱼藻等水生植物。

拃 zhǎ ❶张开大拇指和中指量东西。❷张开大拇指和中指两端的距离：两～宽。

砟 zhǎ (～子)某些坚硬成块的东西：煤～子|炉灰～子。

鲊 zhǎ ❶一种用盐和红曲(调制食品的材料)腌的鱼。❷用米粉、面粉等加盐和其他作料做成的碎状菜。

鲝 zhǎ ❶同"鲊"。❷同"苲"。【鲝草滩】地名，在四川省。

柞 ㊁zhà 【柞水】县名，在陕西省。㊀zuò 药韵。

痄 zhà 【痄腮】(zhà·sai)一种传染病，又叫"流行性腮腺炎"，耳朵下面肿胀疼痛，病原体是一种滤过性病毒。

砖 zhà 【大水砖】地名，在甘肃省。

者 zhě ❶代词，多指人：有好事～船载以人。❷相当于"的㊀❷"，使形容词、动词成为指人或事物的名词：学～|读～|作～。❸助词，表示语气停顿：陈胜～，阳城人也。❹这，此(多用在古诗词中)：～回|～番|～边走。

赭 zhě 红褐色：～石(矿物名，可做颜料)。

爪 ㊁zhuǎ ❶(～子|～儿)禽兽的脚(多指有尖甲的)：鸡～子|狗～儿。❷(～儿)像爪的东西：这个锅有三个～儿。㊀zhǎo 巧韵。

养（養） yǎng ❶抚育，供给生活品（连 ～育）：～家｜抚～子女。❷饲养动物，培植花草：～鸡｜～鱼｜～花。❸生育，生小孩儿。❹使身心得到滋补和休息：～精神｜～精蓄锐｜～病｜休～。引 保护，修补：～路。❺培养：他～成了劳动习惯。

氧 yǎng 一种化学元素，在通常条件下为气体，符号O，无色、无味、无臭，比空气重。能帮助燃烧，是动植物呼吸所必需的气体。

痒（癢） yǎng 皮肤或黏膜受刺激需要抓挠的一种感觉（叠）：蚊子咬得身上直～～｜痛～难忍。【技痒】极想把自己的技能显出来。

瀁 yǎng 见第203页“滉”字条“滉瀁”（huàng yǎng）。

怏 yǎng 不服气，不满意：～～不乐｜～然不悦。〈又〉yàng 漾韵。

仰 yǎng ❶脸向上，跟“俯”相反：～起头来｜～天大笑｜人～马翻。❷敬慕：久～｜信～｜敬～。❸依赖（连 ～赖）：～人鼻息（喻依赖人，看人的脸色行事）。

鞅 ㊀yàng 【牛鞅】牛拉东西时架在脖子上的器具。㊁yāng 阳韵。

样（樣） yàng ❶（～子｜～儿）形状：模～｜这～｜不像～儿。❷（～儿）种类：一～儿｜两～儿｜～～儿都行。❸（～子｜～儿）做标准的东西：～品｜货～｜～本。〈又〉yàng 漾韵。

盎 ㊀áng ❶古代的一种盆，腹大口小。❷盛：兴趣～然。㊁àng 漾韵。

绑 bǎng 捆，缚：把两根棍子～在一起。

榜 bǎng 张贴出来的文告或名单：红～｜光荣～。【榜样】样子，行动的模范：雷锋是我们学习的～～。

膀 ㊀bǎng （～子）胳膊的上部靠肩的部分：他的两～真有劲。㊁pāng 阳韵。㊂páng 阳韵。

蒡 ㊀bàng 【牛蒡】多年生草本植物，叶子是心脏形，很大，夏季开紫红色小花，密集成头状。果实瘦小，果、根、叶可入药。㊁páng 阳韵。

敞 chǎng ❶没有遮蔽：～亮｜这房子很宽～。❷打开：～开大门。

氅 chǎng 【大氅】大衣。

惝 chǎng（又音 tǎng） 二音一字同义：失意。【惝怳】1.失意，不高兴。2.迷迷糊糊，不清楚。

昶 chǎng 白天时间长。

场（場、塲） ㊀chǎng ❶（～子｜～儿）处所，许多人聚集的地方：会～｜市～｜天安门广～。【场合】某时某地或某种情况。❷戏剧的一节：三幕五～。㊁cháng 阳韵。

厂（廠、厰） ㊀chǎng ❶工厂：机械～｜造纸～｜纱～。❷有空地可以存货或进行加工的场所：木～｜煤～。❸跟棚子类似的房屋。㊁ān 覃韵。

闯（闖） ㊀chuǎng ❶猛冲：往里～｜刀山火海也敢～。【闯祸】惹祸，招乱子。❷历练，经历：～练。㊁chuàng 漾韵。原读 chěn，沁韵。

挡（擋、攩） ㊀dǎng ❶阻拦，遮蔽（连 阻～｜拦～）：水来土～｜把风～住｜拿芭蕉扇～着太阳。❷（～子｜～儿）用来遮蔽的东西：炉～｜窗户～儿。㊁dàng 漾韵。

党（黨） dǎng ❶政党，代表阶级利益的政治组织。在我国特指中国共产党。❷为了私人名利而结合起来：结～营私。【党羽】附从的人（指帮同作恶的）。❸旧时指亲族：父～｜母～｜妻～。

谠（讜） dǎng 正直的（言论）：～言｜～论。

仿（倣、❸彷、❸髣） fǎng ❶效法，照样做（连 ～效）：～造｜～制。❷依照范本写的字：写了一张～。❸【仿佛】（彷彿、髣髴）（fǎng fú）1.好像：这个字我～～在哪里见过。2.类似：弟兄俩长得相～～。“彷”又 páng，阳韵。

访 fǎng ❶向人询问调查：～查｜～贫问苦｜采～新闻。❷探问，看望：～友｜～古（古迹）。【访问】有目的地看望，探问：～

～劳动模范|出国～～。

纺 fǎng ❶把丝、棉、麻、毛或人造纤维等做成纱：～纱|～棉花。❷纺绸，一种绸子：杭（杭州）～。

昉 fǎng ❶明亮。❷起始。

广（廣） ㊀guǎng ❶宽度：长五丈，～三丈。【广袤】（guǎng mào）东西叫广，南北叫袤，指土地的面积。❷宽，大：天安门～场|地～人多。【广泛】范围大，普遍：～～宣传|意义～～。❸多：大庭～众。❹扩大，扩充：～播|推～先进经验。㊁ān 覃韵。㊂yǎn 琰韵。

犷（獷） guǎng 粗野：粗～|～悍。

邝（鄺） ㊀guǎng 姓。㊁kuàng 养韵。

夯（硶） ㊀hǎng ❶砸地基的工具。❷用夯砸：～地。㊁hāng 阳韵。㊂bèn 阮韵。

恍（怳） huǎng ❶恍然，忽然：～然大悟。❷仿佛：～若置身其境。【恍惚】（huǎng hū）不清晰：1. 神志不清，精神不集中：精神～～。2. 看得、听得、记得不真切：我～～看见他了。

晃 ㊀huǎng ❶明亮（叠）：明～～的刺刀。❷照耀：～眼（光线强烈刺激眼睛）。❸形影很快地闪过：窗户上有个人影，一～就不见了。㊁huàng 漾韵。

幌 huǎng 帐幔，帘帷。【幌子】（huǎng·zi）商店门外的招牌或标志物。喻为了进行某种活动所假借的名义。

谎 huǎng 谎话，不真实的话：撒～。引商人要的虚价：要～。

滉 huǎng 水深而广。【滉瀁】（huàng yǎng）形容水广大无边。

皝 huǎng 用于人名。

奖（獎） jiǎng ❶劝勉，勉励：～励。❷称赞，表扬（连夸～|褒～）：有功者～。❸为了鼓励或表扬而给予的荣誉或财物等：～状|发～。❹旧指彩金：～券|中～。

桨（槳） jiǎng 划船的用具。常装置在船的两旁。

膙 jiǎng （～子）手、脚上因摩擦而生的硬皮，就是趼（jiǎn）。

蒋（蔣） jiǎng 姓。

夼 kuǎng （方）洼地。多用于地名。大夼、刘家夼、马草夼都在山东省。

邝（鄺） ㊁kuàng 姓。㊀guǎng 养韵。

朗 lǎng ❶明朗，明亮，光线充足：晴～|豁（huò）然开～|天～气清。❷声音清楚、响亮：～诵|～读。

塱（塱） lǎng 【元塱】地名，在广东省。今作“元朗”。

㮾 lǎng 【㮾梨】地名，在湖南省长沙市。

烺 lǎng 明朗。

莨 làng 【莨山】地名，在湖南省新宁县。

两（兩） liǎng ❶数目，一般用于量词和“半、千、万、亿”前：～本书|～匹马|～个月|～半|～万。[“两”和“二”用法不完全相同。读数目字只能用“二”不能用“两”，如“一、二、三”，“二、四、六”。小数和分数只能用“二”不用“两”，如“零点二（0.2），三分之二”。序数也只能用“二”，如“第二，二哥”。在一般量词前，用“两”字不用“二”。如：“两个人用两种方法。”“两条路通两个地方。”在传统的度量衡单位前，“两”和“二”一般都可用，用“二”为多（“二两”不能说“两两”）。新的度量衡单位前一般用“两”，如“两吨、两公里”。在多位数中，百、十、个位用“二”不用“两”，如“二百二十二”。“千、万、亿”的前面，“两”和“二”一般都可用，但如“三万二千”、“两亿二千万”、“千”在“万、亿”后，以用“二”为常。]❷双方：～便|～可|～全|～厢情愿。❸表示不定的数目（十以内的）：过～天再说吧|他真有～下子。❹重量单位，一斤是十两（旧制一斤十六两）。

俩（倆） ㊀liǎng 【伎俩】（jì liǎng）手段，花招。㊁liǎ 洽韵。

唡（啢） liǎng（也读作 yīng liǎng） 英美制重量单位。一唡是一磅的十六分之一。也作“英两”、“盎司”。现只用“盎司”。

緉（緉） liǎng 一双，古时计算鞋的单位。

魉（魎） liǎng 见第205页“魍”字条“魍魉”（wǎng liǎng）。

辆（輛） liàng 量词，指车：一～汽车。

莽 mǎng ❶密生的草：草～。❷粗鲁，冒失：这人太～｜～汉。

漭 mǎng 【漭漭】形容水广阔无边。

蟒 mǎng 一种无毒的大蛇，背有黄褐色斑纹，腹白色，常生在近水的森林里，捕食小禽兽。

曩 nǎng 从前的，过去的：～日｜～者（从前）。

攮 nǎng 用刀刺：一刺刀～死了敌人。【攮子】（nǎng·zi）短而尖的刀。

馕 ㊀nǎng 拼命地往嘴里塞食物。㊁náng 阳韵。

嗙 pǎng 〈方〉夸大，吹牛，信口开河：你别听他瞎～｜他一向是好胡吹海～的。

耪 pǎng 用锄翻松地，锄：～地。

抢（搶） ㊀qiǎng ❶夺，硬拿（连～夺）：～球｜～劫｜他把我的信～去了。❷赶快，赶紧，争先：～着把活做了｜～修河堤。❸刮，擦（去掉表面的一层）：磨剪子，～菜刀｜跌了一跤，把肉皮～去一大块。㊁qiāng 阳韵。

羟（羥） ㊀qiǎng 羟基，就是氢氧基（—OH）。㊁qīng 庚韵。

强（強、彊） ㊀qiǎng 勉强，硬要，迫使：～词夺理｜不能～人所难。㊁qiáng 阳韵。㊂jiàng 漾韵。

镪 ㊀qiǎng 〈古〉钱贯。【白镪】银子。㊁qiāng 阳韵。

襁（繈） qiǎng 【襁褓】（缀緥）（qiǎng bǎo）包婴儿的被、毯等：在～～中。

壤 rǎng ❶松软的土。【土壤】农学上或地质学上指泥土。❷地：天～之别。

攘 rǎng ❶侵夺（连～夺）。❷推，排斥：～除。❸窃取。【攘攘】纷乱。

嚷 ㊀rǎng 大声喊叫：大～大叫｜你别～了，大家都睡觉了。㊁rāng 阳韵。

搡 sǎng 用力推：用力一～，把他～了一个跟头。

嗓 sǎng ❶（～子）喉咙。❷（～儿）发音器官的声带及发出的声音：哑～儿。

磉 sǎng 柱下石。

颡 sǎng 额，脑门子。

上 ㊀shǎng 上声，汉语四声之一。㊁shàng 漾韵。

垧 shǎng 量词，计算地亩的单位，各地不同。在东北一般合十五亩。

晌 shǎng ❶一天内的一段时间，一会儿：工作了半～｜停了一～。❷晌午（shǎng·wu），正午：睡～觉｜歇～。

赏 shǎng ❶旧时指在上的人给在下的人财物（连～赐）：～给他一匹马。旧时敬辞：～光。❷奖赏：～罚分明。❸玩赏，因爱好某种东西而观看：欣～｜鉴～。【赏识】认识到人的才能或作品的价值而予以重视或赞扬。

爽 shuǎng ❶明朗，清亮：～目。❷轻松，利落：清～｜凉～｜秋高气～。❸痛快，率真：豪～｜直～｜这人很～快。【爽性】索性，干脆：既然晚了，～～不去吧。❹不合，违背：～约｜毫厘不～。

帑 tǎng 古时指收藏钱财的府库和府库里的钱财。〈古〉又同“孥”（nú）。

倘（儻） ㊀tǎng 假设，如果：～若努力，定能成功。㊁cháng 阳韵。

惝 tǎng（又音 chǎng） 失意。

淌 tǎng 流：～眼泪｜汗珠直往下～。

耥 tǎng 用耥耙弄平田地，清除杂草。【耥耙】（tǎng bà）清除杂草弄平田地的农具。

躺 tǎng 身体横倒：～在床上。

傥（儻） tǎng ❶同"倘⊖"。❷见第356页"倜"字条"倜傥"。

镋（钂） tǎng 古代一种兵器，跟叉相似。

罔 wǎng ❶蒙蔽，诬：欺～。❷无，没有：置若～闻。

网（網） wǎng ❶用绳线等结成的捕鱼捉鸟的器具：渔～。【网罗】搜求，设法招致：～～人才。❷像网的东西：～兜儿｜铁丝～。❸像网样的组织或系统：通信～｜宣传～。

枉 wǎng ❶曲，不正直：矫～过正。❷使歪曲：～法。❸受屈，冤屈（连冤～｜屈～）。❹徒然，空，白：～然｜～费心机。

惘 wǎng 不得意（连怅～）：～然。

辋 wǎng 车轮周围的框子。

魍 wǎng 【魍魉】（wǎng liǎng）传说山林中的一种怪物。也作"蝄蜽"。

往 ⊖wǎng ❶去，到：～返｜～北京开会｜此车开～上海。❷过去（连～昔）：～年｜～事。【往往】常常：这些小事情～～被人忽略了。⊜wàng 漾韵。

享 xiǎng 享受，受用：～福｜每个公民都～有选举权。

响（響） xiǎng ❶（～儿）声音：听不见～儿了。❷发出声音：大炮～了｜钟～了｜一声不～。❸响亮，声音高，声音大：这个铃真～｜声音～亮。❹回声：如～斯应（喻反应迅速）。【响应】（xiǎng yìng）回声相应。喻用言语行动表示赞同：～～祖国的号召。

饷（饟） xiǎng ❶过去指军警的薪给（jǐ）：领～｜关～。❷同"飨❶"。

蚃（蠁） xiǎng 知声虫，也叫"地蛹"。

飨（饗） xiǎng ❶用酒食款待人，也指请人享受：以～读者（喻满足读者的需要）。❷同"享"。

想 xiǎng ❶动脑筋思索：我～出一个办法来了。引 1.推测，认为：我～他不来了｜我～这么做才好。2.希望，打算：他～去学习｜要～学习好，就得努力。❷怀念，惦记：时常～看前方的战士。

鲞（鯗） xiǎng 剖开晾干的鱼。

驵 zǎng 好马，壮马。【驵侩】（zǎng kuài）马侩，旧社会中说和牲畜交易以从中获利的人，也泛指牙商。

长（長） ⊖zhǎng ❶生，发育：庄稼～得很旺｜～疮。❷增加：～见识｜在斗争实践中增～才干。❸排行第一的：～兄｜～孙。【长子】1.排行第一的儿子。2.县名，在山西省。❹辈分高或年纪大的：师～｜～者｜～辈。旧时敬辞：学～。❺主持人，机关、团体等单位的负责人：部～｜校～。⊜cháng 阳韵。

涨（漲） ⊖zhǎng ❶水量增加，水面高起来：水～船高｜河里～水了。❷价格提高：～钱｜～价。⊜zhàng 漾韵。

仉 zhǎng 姓。

掌 zhǎng ❶巴掌，手心，手的里面：易如反～｜鼓～。引 脚的底面：脚～子｜熊～。❷用巴掌打：～嘴。❸把握，主持，主管：～印｜～舵｜～管档案｜～权。【掌故】关于古代人物、典章、制度等等的故事。【掌握】把握，拿稳：～～政策｜～～原则。❹（～儿）鞋底前后打的补丁：钉两块～儿。❺马蹄铁，钉在马、驴、骡子等蹄子底下的铁：马～。❻同"礃"。

礃 zhǎng 【礃子】（zhǎng·zi）煤矿里掘进和采煤的工作面。也作"掌子"。

丈 zhàng ❶长度单位，十尺。【丈夫】1.（zhàng fū）成年男子的通称。2.（zhàng·fu）妇女的配偶，跟"妻"相对。❷丈量（土地）：清～｜～地。❸对老年男子的尊称：老～。【丈人】1.（zhàng·rén）旧称老年男子。2.（zhàng·ren）称妻子的父亲。

仗 ⊖zhàng ❶兵器：仪～。转 战争：胜～｜败仗。【打仗】交战，发生战事。❷凭借，依靠（连倚～｜～恃）：～着大家的力量。❸拿着（兵器）：～剑。⊜zhàng 漾韵。

奘 ⊖zhuǎng 粗大。⊜zàng 漾韵。

梗 gěng ❶（～子|～儿）植物的枝或茎：花～|荷～|高粱～。【梗概】大略的情节。❷直，挺立：～着脖子。【梗直】【鲠直】【耿直】直爽，正直。❸阻塞，妨碍（连～塞）：从中作～。

鲠（骾） gěng ❶鱼骨。❷骨头卡在嗓子里。【骨鲠】正直。

耿 gěng ❶光明。❷正直：～介|～直。【耿耿】心老想着不能忘怀：忠心～～|～～于怀。

埂 gěng ❶（～子|～儿）田间稍稍高起的小路：田～儿|地～子。❷地势高起的地方。

哽 gěng 声气阻塞：～咽（yè）。

绠 gěng 汲水用的绳子：～短汲深（喻才力不能胜任）。

蚌 ㊀bèng 【蚌埠】（bèng bù）市名，在安徽省。㊁bǎng 讲韵。

丙 bǐng ❶天干的第三位，用作顺序的第三：～等。❷指火：付～（烧掉）。

邴 bǐng 姓。

柄 ㊀bǐng （又）❶器物的把（bà）儿：刀～。【把柄】可被人作为要挟或攻击的事情。【笑柄】被人当作取笑的资料：传为～～。❷植物的花、叶或果实跟枝或茎连着的部分：花～|叶～|果～。❸执掌：～国|～政。❹权：国～。㊁bìng 敬韵。

炳 bǐng 光明，显著。

秉 bǐng ❶拿着，持：～烛|～笔。引掌握，主持：～公处理。❷古量名，合十六斛（hú）。

饼 bǐng ❶圆形薄片或扁圆形的面制食品。❷像饼的东西：铁～|豆～。

屏 ㊀bǐng ❶除去，排除（连～除）：～弃不用|～退左右。❷抑止（呼吸）：～气|～息。㊁píng 青韵。

禀（稟） bǐng ❶承受，生成的（连～受）：～性。❷旧时下对上报告：～明一切。

逞 chěng ❶炫耀，卖弄：～能|～强。❷施展，实现：决不让敌人阴谋得～。

骋 chěng 奔跑（连驰～）：汽车在公路上驰～。引放任，尽量展开：～目|～望。

井 jǐng ❶人工挖成能取出水的深洞，洞壁多砌上砖石。❷形式跟井相像的：天～|盐～|矿～。❸整齐，有秩序：～～有条|秩序～然。

阱（穽） jǐng 【陷阱】捕野兽用的陷坑。

肼 jǐng 有机化合物的一类，通式 R－NH－NH_2，是 NH_2－NH_2 烃基衍生物的统称。

颈（頸） jǐng 脖子，头和躯干相连接的部分。

景 jǐng ❶风景：良辰美～|～致真好|风～美丽。❷景象，情况：盛～|晚～|幸福生活的远～。❸景仰，佩服，敬慕：～慕。〈古〉又同"影"（yǐng）。

憬 jǐng 觉悟。

璟 jǐng 玉的光彩。

儆 jǐng 使人警醒，不犯过错：～戒|惩（chéng）一～百。

警 jǐng ❶注意可能发生的危险：～戒|～备|～告（提醒人注意）。【警察】国家维持社会治安和秩序的武装力量，是阶级专政的重要工具之一，也省称"警"：人民～～。❷需要戒备的危险事件或消息：火～|告～|～报。❸感觉敏锐：～觉|～醒。

痉（痙） jìng 【痉挛】（jìng luán）俗叫"抽筋"，肌肉收缩，手脚抽搐（chù）的现象，小孩子发高烧时常有这种症状。

境 jìng ❶疆界（连边～）：国～|入～。❷地方，处所：如入无人之～。引 1. 品行学业的程度：学有进～。2. 遭遇到的情况：处～不同。

炅 jiǒng ❶火。❷日光。

冷 lěng ❶温度低，跟"热"相反。（连寒～）：昨天下了雪，今天真～。❷寂静，不热闹：～～清清|～落。❸生僻，少见的

（连～僻）：～字｜～货（不流行或不畅销的货物）。❹不热情，不温和：～脸子｜～言～语｜～酷无情。【冷静】不感情用事：头脑应该～～。❺突然，意料之外的：～不防｜～枪。

令 ㊀lǐng （外）原张的纸五百张为一令。㊁lìng 敬韵。

岭（嶺） lǐng 山脉：五～｜秦～｜翻山越～。

领 lǐng ❶颈，脖子：引～而望。❷（～子｜～儿）衣服围绕脖子的部分。引事物的纲要：不得要～。【领袖】转国家、政治团体、群众组织等的高级领导人。❸带，引，率（连带～｜率～）：～队｜～头。❹治理的，管辖的：～海｜～空。【领土】一个国家所领有的陆地、领水（包括领海、河流、湖泊等）和领空。❺接受，取得：～教｜～款。❻了解，明白：～会｜～悟。❼量词：1. 用于衣服：一～青衫。2. 用于席、箔等：一～席｜一～箔。

勐 měng ❶勇敢。❷傣族语言称小块的平地，多用作地名。

猛 měng ❶气势壮，力量大：～将｜～虎｜用力过～｜药力～｜火力～。❷忽然，突然：～然惊醒｜突飞～进。

锰 měng 一种金属元素，符号 Mn，灰赤色，有光泽，质硬而脆，在湿空气中氧化。锰与铁的合金叫锰钢，可做火车的车轮。二氧化锰可供瓷器和玻璃着色用。高锰酸钾可做杀菌剂。

蜢 měng 见第 286 页“蚱”字条“蚱蜢”（zhà měng）。

艋 měng 见第 352 页“舴”字条“舴艋”（zé měng）。

皿 ㊀mǐng 器皿、盘、盂一类的东西。㊁mǐn 轸韵。

拧（擰） ㊀nǐng 〈方〉相反，不顺：我弄～了｜别让他俩闹～了。㊁níng 庚韵。㊂nìng 敬韵。

苘（檾、萆） qǐng 【苘麻】一年生草本植物，茎直立，开黄花，茎皮的纤维可以做绳子。

顷 qǐng ❶田地一百亩叫一顷。❷短时间：有～｜俄～即去｜～刻之间大雨倾盆。引刚才，不久以前：～闻｜～接来信。〈古〉又同“倾”（qīng），庚韵。

庼（高） qǐng 小厅堂。

请 qǐng ❶求（连～求）：～假｜～示。敬辞（放在动词前面）：～坐｜～教｜～问｜～进来。❷延聘，邀，约人来：～专家作报告｜～医生。

省 ㊀shěng ❶全国第一级地方行政区域。❷节约，不费：～钱｜～工夫｜～事。❸简略（连～略）：～称｜～写。㊁xǐng 梗韵。

眚 shěng 过错。

烃（烴） tīng 有机化学上碳氢化合物的总称。

省 ㊁xǐng ❶检查自己：反～。❷知觉：不～人事。❸省悟，觉悟：猛～前非。❹看望父母、尊亲：～亲。㊀shěng 梗韵。

擤（揞） xǐng 捏住鼻子，用气排出鼻涕：～鼻涕。

杏 xìng 【杏树】落叶乔木，春天开化，白色或淡红色。果实叫杏儿或杏子，酸甜，可吃。核中的仁叫杏仁，甜的可吃，苦的供药用。

幸（❺倖） xìng ❶意外地得到成功或免去灾害：～免于难。【幸亏】【幸而】多亏：～～你来了。❷幸福。❸高兴：庆～｜欣～。❹希望：～勿推却。❺旧指宠爱：宠～｜得～。❻〈古〉指封建帝王到达某地。这是美化封建帝王的词语：巡～。

悻 xìng 怨恨，怒（叠）：～～而去。

婞 xìng 刚愎（bì）。

荇（莕） xìng 【荇菜】水生植物，叶浮在水面上，夏天开花，黄色，根茎可吃。

郢 yǐng 郢都，楚国的都城，即今湖北省江陵县北纪南城。

颍 yǐng 【颍河】发源于河南省登封县，流至安徽省注入淮河。

颖 yǐng ❶禾的末端。植物学上指某些禾本科植物小穗基部的苞片。❷东西末端的尖锐部分：短～羊毫笔｜锥处囊中，～脱而出。[喻]才能出众：聪～｜～悟。【新颖】新奇，与一般的不同：花样～～。

影 yǐng ❶（～子｜～儿）物体挡住光线时所形成的四周有光中间无光的形象。[喻]不真切的形象或印象：这件事在我脑子里没有一点～子了。【影壁】门内或门外作为遮挡视线或装饰用的短墙。【影响】一件事物对其他事物所发生的作用。❷描摹：～宋本。❸形象：摄～｜留～｜剪～。【影印】用照相方法制版印刷。❹指电影：～评。

瘿 yǐng 生在脖子上的一种囊状的瘤子。多指甲状腺肿。

永 yǒng ❶水长（cháng）：江之～矣。❷长久，久远（[连]～久｜～远）：～不掉队｜～远跟着共产党走。

怎 zěn 疑问词，如何：～样？｜～办？【怎么】疑问词，询问性质、状态、方式、原因等：你～～也知道了？｜这是～～回事？｜“难”字～～写？

整 zhěng ❶整齐，有秩序，不乱：～洁｜书放得很～齐。❷不残缺，完全的（[连]完～）：完～无缺｜～套的书。【整数】算术上指不带分数、小数的数或不是分数、小数的数。一般指没有零头的数目。❸整理，整顿：～队｜～风。[引]治理，搞，弄：桌子坏了～一～｜～旧如新。❹使吃苦头：不要随便～人。

迥 jiǒng 远：～异（相差很远）。【迥然】显然，清清楚楚地：～～不同。

泂 jiǒng ❶远。❷水深而阔。

絅（褧） jiǒng 古代称罩在外面的单衣。

炯 jiǒng 光明，明亮（叠）：目光～～。

炅 ㊀jiǒng 日光，火光。㊁guì 未韵。

冋 jiǒng 光，明亮。

餇 jiǒng 饱。

颎 jiǒng 火光。

窘 ㊀jiǒng ❶穷困：解放前人民生活很～。❷难住，使为难：你一言，我一语，～得他满脸通红。㊁jǔn 轸韵。

鞞 bǐng 刀剑的鞘。

等 děng ❶数量一般大，地位或程度一般高：相～｜一加二～于三｜男女权利平～。【等闲】平常。喻 轻易地，不在乎地：且莫作～～看！❷级位，程度的分别（连 ～级）：立了一～功｜特～英雄｜何～快乐？❸类，群：1. 表示多数：我～｜你～｜彼～。2. 列举后煞尾：北京、天津、武汉、上海、广州～五大城市。3. 表示列举未完：张同志、王同志～五人｜煤、铁～～都很丰富。❹待，候（连 ～待｜～候）：～一下再说｜～不得。❺同"戥"。

戥（△等） děng ❶（～子）一种小型的秤，用来称金、银、药品等分量小的东西。❷用戥子称：把这包药～一～。

顶 dǐng ❶（～儿）最高最上的部分：头～｜山～。❷用头支撑：用头～东西｜～天立地（喻英雄气概）。引 1. 用东西支撑：用门杠把门～上。2. 冒：～着雨走了。❸顶撞：～了他两句。❹相逆，对面迎着：～风。❺最，极：～好｜～会想办法。❻代替（连 ～替）：～名｜冒名～替。❼相当，等于：一个人～两个人工作。❽直到：昨天～十二点才到家。❾量词：两～帽子。

酊 ㊀dǐng 见本页"酩"字条"酩酊"（mǐng dǐng）。㊁dīng 青韵。

鼎 dǐng ❶古代烹煮用的器物，一般是三足两耳。喻 1. 三方并立：三国～立｜～峙。2. 大（叠）：～力｜～～大名。❷〈方〉锅：～间（厨房）。❸正当，正在：～盛。

刭（剄） jǐng 用刀割脖子。

肯 kěn ❶许可，愿意：他不～来｜只要你～做就能成功｜首～（点头答应）。【肯定】1. 正面承认：～～成绩，指出缺点。2. 语气坚定不移：我们的计划～～能超额完成。❷骨头上附着的肉。【肯綮】（kěn qǐng）筋骨结合的地方。【中肯】（zhòng kěn）喻 得当，扼要：说话～～。

茗 mǐng ❶茶树的嫩芽。❷茶：香～｜品～。

酩 mǐng 【酩酊】（mǐng dǐng）醉得迷迷糊糊的：～～大醉。

謦 qǐng 咳嗽。【謦欬】（qǐng kài）指谈笑：亲聆～～。

町 ㊀tǐng 〈古〉田界。㊁dīng 青韵。

侹 tǐng 平直。

挺 tǐng ❶笔直：笔～｜～进（勇往直前）｜直～～地躺着不动。【挺拔】1. 直立而高耸。2. 坚强有力：笔力～～。❷撑直：～起腰来｜～身而出。转 勉强支撑：他虽然受了伤，硬～着不下火线。❸很：～好｜～和气｜～爱学习｜这花～香。❹量词，指机枪：一～机关枪。

珽 tǐng 玉笏。

梃 ㊀tǐng 棍棒。㊁tíng 青韵。【梃城】地名，位于山东省莱阳市南。

铤 tǐng 快走的样了：～而走险（指走投无路而采取冒险行动）。

颋 tǐng 直。

艇 tǐng 轻便的小船：游～｜汽～。【潜水艇】可以在水下潜行的战船。

脡 tǐng 直而长的干肉。

莛 tǐng 茎，麦秫连穗的茎。

娗 tǐng ❶长而美。❷欺慢。❸妇科病名，子宫脱出。

醒 xǐng ❶睡完或还没睡着（zháo）。❷头脑由迷糊而清楚（连～悟）：清～｜惊～。【醒目】鲜明，清楚，引人注意的：这一行字印得很～～。❸酒醉之后恢复常态：水果可以～酒。

涬 xìng ❶【涬溟】自然之气。❷大水混茫的样子。❸姓。

婞 xǐng 倔强固执：～直。

拯 zhěng 援救，救助（连～救）：～救被压迫的人民。

有 ㊀yǒu ❶跟“无”相反：1.表所属：他～一本书|我没～时间。2.表存在：那里～十来个人|～困难|～意见。3.表示发生或出现：～病了|形势～了新的发展。4.表示估量或比较：水～一丈多深|他～他哥哥那么高了。5.表示大，多：～学问|～经验。【有的是】有很多，多得很。❷用在某些动词前面表示客气：～劳|～请。❸跟“某”相近：～一天晚上|～人不赞成。❹古汉语词头：～夏|～周。㊁yòu 宥韵。〈古〉同“又❹”。

铕 yǒu 一种金属元素，符号 Eu。

友 yǒu ❶朋友：好～|战～。[引]有友好关系的：～军|～邦。❷相好，互相亲爱：～爱|～好往来。

酉 yǒu ❶地支的第十位。❷酉时，称下午五点到七点。

卣 yǒu 古代一种盛酒的器皿。

羑 yǒu 【羑里】古地名，在今河南省汤阴县。

莠 yǒu （～子）狗尾草，一年生草本植物，样子很像谷子。[喻]品质坏的，不好的人：良～不齐。

牖 yǒu 窗户。

黝 yǒu 黑色：一张～黑的脸。

蚴 yòu 绦虫、血吸虫等的幼体：毛～|尾～。[引]诱，使用手段引人：～敌|利～。【蚴蟉】（yòu liǔ）龙行貌。

瓿 bù（旧读 pǒu） 小瓮。

丑（❹❺醜） chǒu ❶地支的第二位。❷丑时，指夜里一点到三点。❸（～儿）旧戏曲里的滑稽角色。❹相貌难看：长得～。❺可厌恶的，可耻的，不光荣的：～态|～名|出～。

瞅（矁） chǒu 看：我没～见他。

哣 dǒu 斥责声，多见于旧小说或戏曲中。

斗 ㊀dǒu ❶容量单位，一斗是十升。❷量粮食的器具。[喻]1.形容小东西的大：～胆。2.形容大东西的小：～室|～城。❸像斗的东西：漏～|熨～。【斗拱】（枓栱）（dǒu gǒng）拱是建筑上弧形承重结构，斗是垫拱的方木块，合称斗拱。❹旋转成圆形的指纹。㊁dòu 宥韵。

抖 dǒu ❶使振动：～床单|～空竹|～～身上的雪。【抖搂】（dǒu·lou） 1.同“抖❶”：～～衣服上的土。2.任意挥霍：别把钱～～光了。3.揭露。【抖擞】（dǒu sǒu）振作，振奋：～～精神|精神～～。❷哆嗦，战栗：冷得发～。❸讽刺说人突然得势或生活水平突然提高：～起来了。

枓 dǒu 【枓栱】就是“斗拱”，见“斗㊀❸”。

钭 dǒu 姓。

蚪 dǒu 见第 95 页“蝌”字条“蝌蚪”（kē dǒu）。

陡（阧） dǒu ❶斜度很大，近于垂直：这个山坡太～。❷突然：气候～变。

缶 fǒu 瓦器，大肚子小口。

否 ㊀fǒu ❶不：1.用在表示疑问的词句里：是～？|可～？|能～？2.用在答话里，表示不同意对方的意思：～，此非吾意。【否定】不承认，作出相反的判断。【否决】对问题作不承认、不同意的决定。【否认】不承认。❷不如此，不然：必须确定计划，～则无法施工。㊁pǐ 纸韵。

负 fù ❶背：～米|如释重～。[引]担任：～责。【负担】1.担当。2.责任，所担当的事务：减轻～～。[喻]感到痛苦的不容易解决的思想问题。❷仗恃，倚靠：～险固守|～嵎顽抗。【负气】赌气。【自负】自以为了不起。❸遭受：～伤|～屈。❹具有：～有名望|素～盛名。❺欠（钱）：～债。❻小于零的：～数。❼指相对的两方面中反的一面，跟“正”相对：～极|～电。❽违背，背弃：～盟|望恩～义|不～人民的希望。❾败，跟“胜”相反：不分胜～。

妇（婦） fù ❶已经结婚的女子。[引]女性的通称：～科|～女。❷妻，跟“夫”相对：新婚夫～。❸儿媳：长～|媳～。

阜 fù ❶土山。❷盛，多：物～民丰。

苟 ㊀gǒu ❶苟且：1. 姑且，暂且：～安｜～延残喘。2. 不合正义的：～且之事。3. 马虎，随便：一丝不～。❷假如：～非其人。㊁gōu 尤韵。

岣 gǒu 【岣嵝】（gǒu lǒu）山名，即衡山，在湖南省。

狗 gǒu 一种家畜，听觉、嗅觉都很灵敏，善于看守门户。【狗腿子】喻 帮助作恶的人。

枸 ㊀gǒu 【枸杞】（gǒu qǐ）落叶灌木，夏天开淡紫色花。果实红色，叫枸杞子，可入药。㊁gōu 尤韵。㊂jǔ 麌韵。

笱 gǒu 竹制的捕鱼器具。

吼 hǒu 兽大声叫：牛～｜狮子～。也指人因愤怒而呼喊：怒～。（旧读 hōu，尤韵）

垕 hòu 【神垕】地名，在河南省禹县。

茩 hòu 见第172页“薢”字条“薢茩”（xiě hòu）。

厚 hòu ❶扁平物体上下两个面的距离：长宽～｜五分～的木板｜下了二寸～的雪。❷扁平物体上下两个面的距离较大的，跟“薄”相反：～纸｜～棉袄。❸深，重，浓，大：～望｜～礼｜～情｜～味｜深～的友谊。❹不刻薄，待人好：～道。❺重视，注重：～今薄古。

纠 jiū ❶缠绕（连 ～缠）：～缠不清。【纠纷】牵连不清的争执。❷矫正：～偏求弊。【纠正】把有偏向的事情改正：～～工作中的偏向。【纠察】在群众活动中维持秩序。❸集合：～合众人（含贬义）。

赳 jiū 【赳赳】健壮威武的样子：雄～～。

九 jiǔ ❶数目字。【数九】（shǔ jiǔ）从冬至起，每九天作一个“九”，从一“九”数到九“九”。❷表示多次或多数：～死一生｜～霄。

久 jiǔ 时间长：年深日～｜很～没有见面了。

玖 jiǔ ❶玉名。❷“九”字的大写。

灸 jiǔ 烧，多指用艾叶等烧灼或熏烤身体某一部分的治疗方法：针～。

韭（韮） jiǔ 【韭菜】多年生草本植物，丛生，叶细长而扁，开小白花。叶和花嫩时可以吃。

酒 jiǔ 用高粱、米、麦或葡萄等发酵制成的含乙醇的饮料，有刺激性，多喝对身体害处很大。

旧（舊） jiù ❶跟“新”相反：1. 过去的，过时的：守～｜～社会。2. 因经过长时间而变了样子：衣服～了。❷旧指交情，有交情的人：有～｜故～。

臼 jiù ❶舂米的器具，一般用石头制成，样子像盆。❷像臼的：～齿。

桕 jiù 【乌桕】落叶乔木，夏日开花，黄色。种子外面包着一层白色脂肪叫桕脂，可以制造蜡烛和肥皂。种子可以榨油。是我国特产植物的一种。

舅 jiù ❶母亲的弟兄（叠）。❷（～子）妻的弟兄：妻～｜小～子。❸古代称丈夫的父亲：～姑（公婆）。

咎 jiù ❶过失，罪：～由自取。❷怪罪，处分：既往不～。❸凶：〈书〉休～（吉凶）。

口 kǒu ❶嘴，人和动物吃东西的器官。有的也是发声器官的一部分。【口舌】1. 因谈话引起的纠纷。2. 劝说、交涉或搬弄是非时说的话。【口吻】从语气间表现出来的意思。❷（～儿）出入通过的地方：门～｜胡同～儿｜河～｜海～｜关～。特指长城的某些关口：～北｜～蘑。❸（～子｜～儿）破裂的地方：衣服撕了个～儿｜伤～｜决～。❹锋刃：刀还没有开～。❺骡马等的年龄（骡马等的年龄可以由牙齿的多少和磨损的程度看出来）：这匹马～还轻｜六岁～。❻量词：1. 指人：一家五～。2. 指器物：一～锅｜一～钟｜一～瓮。

柳 liǔ 【柳树】落叶乔木，枝细长下垂，叶狭长，春天开花，黄绿色。种子上有白色毛状物，成熟后随风飞散，叫柳絮。另有一种河柳，枝不下垂。

绺 liǔ （～儿）一束（理顺了的丝、线、须、发等）：两～儿线｜五～儿须｜一～儿头发。

锍 liǔ 有色金属冶炼过程中生产出的各种金属硫化物的互熔体。

蟉 liǔ 见第211页“蚴”字条“蚴蟉”（yòu liǔ）。

搂（摟） ㊀lǒu 两臂合抱，用手臂拢着（连～抱）：把孩子～在怀里。㊁lōu 尤韵。

嵝（嶁） lǒu 见第212页“岣”字条“岣嵝”（gǒu lǒu）。

篓（簍） lǒu （～子｜～儿）盛东西的器具，用竹、荆条等编成：字纸～儿｜油～。

喽（嘍） ㊀lou 助词，意思相当于“啦”：够～，别说～！㊁lóu 尤韵。

冇 mǎo 〈方〉没有。

铆 mǎo 用钉子把金属物连在一起：～钉｜～眼｜～接｜～工。

某 mǒu 代替不明确指出的人、地、事、物等用的词：～人｜～国｜～天｜张～｜～～学校。

母 mǔ ❶母亲，妈妈，娘：～系｜～性。❷对女性长辈的称呼：姑～｜舅～｜姨～。❸雌性的：～鸡｜这口猪是～的。

拇 mǔ 【拇指】手脚的大指。

牳 mǔ 牛名。

牡 mǔ 雄性的鸟、兽跟“牝”相对。又指植物的雄株：～麻。

亩（畝） mǔ 我国的土地面积单位，一般以六十平方丈为一亩。

妞 ㊀niǔ （～儿）女孩子。㊁niū 尤韵。

忸 niǔ 【忸怩】形容不大方或不好意思的样子。

扭 niǔ 转动一部分：～过脸来｜～转身子。引 1.走路时身体摇摆转动：～秧歌｜一～一～地走。2.拧伤筋骨：～了筋｜～了腰。3.扳转，转变情势：～转局面。

狃 niǔ 因袭，拘泥：～于习俗｜～于成见。

纽 niǔ ❶器物上可以提起或系挂的部分：秤～｜印～。❷（～子）纽扣，可以扣合衣物的球状物或片状物。❸枢纽：～带。

钮 niǔ ❶同“纽❷”。❷姓。

呕（嘔） ㊀ǒu 吐（连～吐）：～血。【作呕】（zuò · ǒu）恶心，比喻非常厌恶（wù）。㊁ōu 尤韵。

偶 ǒu ❶偶像，用木头或泥土等制成的人形。❷双，对，成双或成对，跟“奇”（jī）相反：～数｜无独有～。【对偶】文学作品中音调谐和、意义相对、字数相等的语句，骈体文的基本形式。❸偶然：～发事件。【偶然】不经常，不是必然的：～～去一次｜这些成就的取得绝不是～～的。

耦 ǒu ❶两个人在一起耕地。❷同“偶❷”。

藕 ǒu 莲的地下茎，肥大有节，中间有许多管状小孔，可以吃。【藕荷】淡紫色。

剖 pōu ❶破开（连解～）：把瓜～开。【剖面】东西切开后现出的平面：横～～｜纵～～。❷分析，分辨：～析｜～明事理。

掊 ㊁pǒu 掊击，抨击。㊀póu 尤韵。

糗 qiǔ ❶干粮，炒米粉或炒面。❷饭或面食粘连成块状或糊状。

煣 rǒu 用火烤木材使弯曲。

手 shǒu ❶人体上肢前端拿东西的部分。【手足】喻 兄弟。❷拿着：人～一册。❸（～儿）技能，本领：有两～儿。❹做某种事情或擅长某种技能的人：选～｜生产能～｜水～｜神枪～。【手段】处理事情所用的方法。

守 shǒu ❶保持，卫护：～城｜坚～阵地。【墨守】转 依照老法子不肯改进：～～成规。❷看守：～门｜～着病人。❸遵守，依照：反对因循～旧｜～时间｜爱国～法。❹靠近，依傍：～着水的地方，要多种稻子。

首 shǒu ❶头，脑袋：昂～｜～饰。【首领】喻 某些团体等的主脑人物。❷领导的人，带头的：～长。❸最先，最早：～次｜～创。❹量词：一～诗。

廋 sōu 隐藏，藏匿。

叟 sǒu 老头。

瞍 sǒu 眼睛没有瞳人，看不见东西。

嗾 sǒu ❶指使狗的声音。❷【嗾使】教唆，指使。

薮（藪） sǒu ❶生长着很多草的湖泽。❷人或物聚集的地方：渊～。

擞（擻） ㊁sǒu 【抖擞】（dǒu sǒu）振作，振奋：～～精神。㊀sòu 宥韵。

敨 tǒu 〈方〉❶把包着或卷着的东西打开。❷抖搂（尘土等）。

朽 xiǔ ❶腐烂，多指木头（连 腐～）：～木。【不朽】精神、功业等不磨灭：永垂～～。❷衰老：老～。

滫 ㊁xiǔ 泔水。㊀xiū 尤韵。

肘 zhǒu 上臂与前臂相接处向外凸起的部分。【肘子】作为食品的猪腿的上半部。

帚（箒） zhǒu 扫除尘土、垃圾的用具。

走 zǒu ❶走路，步行：～得快｜小孩子会～路了。引。1. 往来：～亲戚。2. 移动，挪动：～棋｜钟不～了。3. 往来运送：～信｜～货。❷离去：他刚～｜我明天要～了。❸透漏出，越过范围：～漏消息｜～气｜说话～了嘴。❹失去原样：衣服～样子了。❺古代指"跑"（连 奔～）：～马看花。【走狗】善跑的猎狗。喻 受人豢养而帮助作恶的人。

纣 zhòu ❶牲口的后鞧（qiū）：～棍（系在驴马等尾下的横木）。❷古人名，殷朝末代君主。

葤 zhòu ❶用草包裹。❷量词，碗、碟等用草绳束为一捆叫一葤。

寝(寢) qǐn ❶睡觉：废～忘食。❷睡觉的地方：就～|寿终正～。❸停止进行：事～。❹面貌难看：貌～。

梫 ㊀qǐn 古书上指肉桂，见第243页霁韵“桂”字条。㊁侵韵。

锓 qǐn 雕刻：～版。

㑴 qǐn 貌丑，体陋，丑恶。

谌 chén ❶诚实不欺。❷愤怒呵斥。

碜(磣、硶) chěn ❶东西里夹杂着沙子。【牙碜】(yá·chen)食物中夹杂着沙子，嚼起来牙不舒服：面条有些～～。❷丑，难看。【寒碜】【寒伧】(hán·chen) 1.丑，难看。2.使人没面子：说起来怪～～人。

锦 jǐn ❶有彩色花纹的丝织品：～旗|～标|～绣河山|～上添花。❷鲜明美丽：～霞|～鸡。

廞 jǐn 盛怒貌。

懔 ㊀jìn ❶心懔貌。❷勤。㊁同“憏”。

澿 qìn 寒极，寒颤貌。

噤 jìn ❶闭口不做声：～若寒蝉。❷因寒冷而发生的哆嗦：寒～。

顩 jìn 切齿怒貌。

凛(凜) lǐn ❶寒冷(连～冽)：北风～冽。❷严肃，严厉(叠)：威风～～|～遵(严格地遵照)|大义～然。

廪(廩) lǐn 米仓(连仓～)。

懔(懍) lǐn 畏惧。

檩(檁) lǐn 屋上托住椽子的横木。

禀 ㊀lǐn 赐谷、禄。《周礼》所谓“凡赐谷曰禀，受赐亦曰禀”，引申之，凡上所赋、下所受皆曰禀。㊁bǐng 梗韵。

恁 ㊀něn 〈方〉❶那么：～大|～高|要不了～些。❷那：～时|～时节。㊁nèn 沁韵。

品 pǐn ❶物品，物件：～名|商～|非卖～|赠～。❷等级，种类：上～|下～。❸性质：人～|～质。❹体察出来好坏、优劣等：～茶|我～出他的为人来了。

榀 pǐn 量词，房架一个叫一榀。

覃 ㊂qǐn 深：～思。㊁qín 侵韵。㊀tán 覃韵。㊃shěn 寝韵。

荏 rěn ❶就是“白苏”，一年生草本植物，叶有锯齿，开白色小花。种子可以榨油。❷软弱：色厉内～(外貌刚强，内心懦弱)。

稔 rěn ❶庄稼成熟。转年：凡五～。❷熟悉：～知|素～。

饪(餁) rèn 烹饪，煮熟食物。

沈(❷瀋) ㊀shěn ❶姓。❷【沈阳】市名，在辽宁省。❸汁：墨～未干。㊁chén 侵韵。见第138页“沉”字条。

审(審) shěn ❶详细，周密：～慎|精～。引仔细思考，反复分析、推究：～查|～核|这份稿子～完了。【审定】对文学著作、艺术创造、学术发明等详细考究、评定。❷审问，讯问案件：～案|～判|公～。❸知道，也作“谉”、“谂”：不～近况何如？❹一定地，果然：～如其言。

谉(讅) shěn 同“审❸”。

婶(嬸) shěn (～子|～儿)叔叔的妻子(叠)。

谂 shěn ❶同“审❸”，知道。❷劝告。

覃 ㊃shěn 利。㊀tán 覃韵。㊁qín 侵韵。㊂qǐn 寝韵。

瞫 shěn 深视，窃见。

瘆(瘮) shèn 使人害怕：～人|～得慌。

饮 ㊀yǐn ❶喝：～水思源。❷可喝的东西：冷～。❸含忍：～恨。㊁yìn 沁韵。

枕 zhěn ❶枕头，躺着时垫在头下的东西。【枕木】铁路上承受铁轨的横木。❷zhèn 躺着的时候把头放在枕头或器物上：～着枕头。

烦 zhěn ❶项枕。❷垂头的样子。

朕 zhèn ❶我，我的，由秦始皇时起专用作皇帝自称。❷预兆。

瓞 zhèn 青皮瓜名。

感 gǎn ❶感觉，觉到：～想|～到很温暖。【感冒】一种传染病，病原体是一种滤过性病毒，症状是鼻塞、喉痛、发烧、头痛、咳嗽、打喷嚏等。【感觉】1. 客观事物的个别性质作用于人的感官（眼、耳、鼻、舌、身）所引起的直接反应。2. 觉得：我～～事情还顺手。【感性】指感觉和印象，是认识的初级阶段：～～认识。❷使在意识情绪上起反应：志愿军的英勇～动得他落了泪|用事实～化他。❸情感，感情，因受刺激而引起的心理上的变化：百～交集|自豪～。❹感谢，对人家的好意表示谢意。

敢 gǎn ❶有勇气，有胆量：～于斗争|～负责任。谦辞：～问|～请。❷莫非：～是哥哥回来了？【敢情】（gǎn·qing）【敢自】（gǎn·zi）1. 原来：～～是你？2. 自然，当然：那～～好了|～～你不冷了，穿上了新棉袄。

澉 gǎn 【澉浦】地名，在浙江省海盐县。

橄 gǎn 【橄榄】（gǎn lǎn）1. 橄榄树，常绿乔木，花白色。果实绿色，长圆形，也叫青果，可以吃。种子可榨油，树脂供药用。2. 油橄榄，也叫“齐墩果”，常绿小乔木，花白色，果实黑色。现多用它的枝叶作为和平的象征。

礛 gǎn 石篋（qiè）。

赣（贑、灨） ㊀gàn ❶【赣江】水名，在江西省。❷江西省的别称。㊁gàn 勘韵。㊂gòng 送韵。

垵 ǎn 同“埯”。

铵 ǎn 铵根，化学中一种阳性复根，以 NH_4^+ 表示，在化合物中地位相当于金属离子，如化肥硫铵和碳酸铵的分子中，都含有它。

唵 ěn 佛教咒语的发声词。

揞 ǎn 用手指把药粉等按在伤口上。

埯 ǎn ❶点播种子挖的小坑。❷挖小坑点种：～瓜|～豆。❸（～儿）量词，指点种的植物：一～儿花生。

黯 àn 深黑，黮（tǎn）黯不明。

晻 àn 同“暗”，不明。

穇（穇） ㊁cǎn 穇子，一种谷类植物，子实可以吃，也可以做饲料。㊀shān 咸韵。

惨（慘） cǎn ❶凶恶，狠毒：～无人道。❷使人悲伤难受（连凄～|悲～）：解放前天灾人祸，工农的生活太～了。【惨淡】1. 暗淡无光。2. 指辛苦：～～经营（现多用于贬义）。❸程度严重：敌人～败。

胆（膽） dǎn ❶胆囊，俗叫“苦胆”，是一个梨状的袋子，在肝脏右叶的下部，内储黄绿色的汁液，叫胆汁，味很苦，有帮助消化、杀菌、防腐等作用。❷（～子|～儿）胆量：～大心细|～怯|～子小。❸某些器物的内层：球～|暖瓶～。

赕 dǎn （傣）奉献：～佛。

礵 dǎn 石礵，药石。

憺 dàn 安定。

衴 dǎn 缘，被缘。

黕 dǎn ❶黑：云～布幕。❷滓垢，污浊。

紞 dǎn 冕前垂以塞耳。

萏 dàn 见第218页“菡”字条“菡萏”（hàn dàn）。

啖（啗、噉） dàn ❶吃或给人吃。❷拿利益引诱人：～以私利。

淡 dàn ❶含的盐分少，跟“咸”相反：菜太～|～水湖。❷含某种成分少，稀薄，跟“浓”相反：～绿|～酒|云～风轻。❸不热心：态度冷～|他～～地说了一句话。❹营业不旺盛：～月|～季。

氮 dàn 一种化学元素，在通常条件下为气体，符号N，无色、无臭、无味，化学性质不活泼。可制氮肥。

喊 hǎn 大声叫，呼：～口号|～他一声。

阚 ㊀hǎn 虎声。㊁kàn 陷韵。

噉 hǎn 同"阚㊀"。

菡 hàn 【菡萏】(hàn dàn)荷花的别称。

颔 ㊀hàn ❶下巴颏。❷颔首,点头:～之而已。㊁hán 覃韵。

撼 hàn 摇动:震～天地。

淊 hàn 缲丝汤。

凼(氹) ㊀hàn 塘:水～|～肥。㊁dàng 漾韵。

欿 kǎn ❶欲得。❷贪婪。

坎 kǎn ❶低陷不平的地方,坑穴。❷八卦之一,符号是"☵",代表水。❸同"槛㊁"。【坎坷】(kǎn kě)1. 道路不平貌。2. 不得志。

砍 kǎn 用刀斧等猛剁,用力劈:～柴|把树枝～下来。

莰 kǎn 有机化合物,分子式 $C_{10}H_{18}$,白色晶体,有樟脑的香味。

顑 kǎn 【顑颔】(kǎn hàn)面黄肌瘦。

轗 kǎn 【轗轲】(kǎn lǎn)车行不平。喻不得志。【轗轲】(kǎn kě)同"坎坷":1. 道路不平貌。2. 不得志。

览(覽) lǎn 看,阅(连阅～):游～|书报阅～室|一～表。

揽(攬、擥) lǎn ❶把持:大权独～。❷拉到自己这方面或自己身上来:包～|推功～过。❸搂,捆:母亲～着孩子睡觉|用绳子把柴火～上点儿。

榄(欖) lǎn 见第 217 页"橄"字条"橄榄"(gǎn lǎn)。

罱 lǎn ❶捕鱼或捞水草、河泥的工具。❷用罱捞:～河泥肥田。

漤(灠) lǎn ❶把柿子放在热水或石灰水里泡几天,去掉涩味。❷用盐腌(菜),除去生味。

壈 lǎn 【坎壈】(kǎn lǎn)困顿,不得志。

燣 lǎn 焦黄。

腩 nǎn 〈方〉牛肚子上的肥肉。

蝻 nǎn (～子|～儿)仅有翅芽还没生成翅膀的蝗虫。

糁(糝) ㊀sǎn 〈方〉米粒(指煮熟的)。㊁shēn 侵韵。㊂sān 覃韵。

菼 tǎn 草名,芦苇的一类。

禫 tǎn 祭名,除丧服时候的祭祀。

毯 tǎn (～子)厚实有毛绒的织品:地～|毛～。

黮 tǎn 深黑色,云色黑暗不明。

忐 tǎn 【忐忑】(tǎn tè)心神不定:～～不安。

赕 tǎn ❶买物先给钱,随后取货。❷【锦赕】书卷首贴绫叫赕,或叫锦赕。

嘾 tǎn ❶含深。❷贪,爱。

緂 tǎn ❶毳(ruì)衣。❷帛骓色,在青白之间的色,即今人所染麦绿色。

醓 tǎn 肉汁,肉酱。【醓醢】(tǎn hǎi)肉酱。

髧 tǎn 发下垂的样子。

咱(喒、偺) ㊀zán ❶我:～不懂他的话。❷咱们:～穷人都翻身了。【咱们】"我"的多数,跟"我们"不同,包括听话的人在内:同志,你别客气,～～军民是一家嘛! ㊁zá 麻韵。

昝 zǎn 姓。

噆 zǎn ❶叼,衔。❷咬。

錾 zǎn(今读 zàn) ❶(～子)凿石头的小凿子。❷在金石上雕刻:～花|～字。

寁 zǎn 速。

桊 zàn 【牍楪】未书的书版。古时削竹为牍叫桊,镂字的书版叫桊。

琰 yǎn 美玉。

扊 yǎn 【扊扅】(yǎn yí)门闩。

黡(黶) yǎn 黑痣，皮肤上生的黑色斑点。

奄 yǎn ❶覆盖。❷忽然，突然：～忽。【奄奄】气息微弱：～～一息(快断气了)。〈古〉又同"阉"(yān)。

掩(揜) yǎn ❶遮蔽，遮盖(连～盖｜遮～)：～鼻｜不～饰自己的错误。【掩护】1.用炮火等压住敌方火力，或利用自然条件的掩蔽，以便进行军事上的活动。2.采取某种方式暗中保护。❷关，合：把门～上｜～卷。❸门窗箱柜等关闭时夹住东西：关门～住手了。

罨 yǎn ❶覆盖，掩盖：冷～法｜热～法(医疗的方法)。❷捕鱼或捕鸟的网。

龑(龑) yǎn 用于人名。

俨(儼) yǎn ❶恭敬，庄严。转很像真的，活像：～如白昼。【俨然】1.庄严：望之～～。2.整齐：屋舍～～。3.很像真的：～～是个大人。❷形貌矜持庄重：硕大且～。

弇 yǎn 覆盖，遮蔽。

渰 ㊀yǎn 云兴起的样子。㊁yān 盐韵。见第144页"淹"字条。

剡 ㊀yǎn 〈古〉❶尖，锐利。❷削，刮。㊁shàn 翰韵。

厣(厴) yǎn 螺类介壳口圆片状的盖。蟹腹下面的薄壳也称"厣"。

魇(魘) yǎn 梦中惊叫，或觉得有什么东西压住不能动弹。

崦(崦) yǎn 〈书〉覆盖，遮蔽。【崦陋】见识浅陋。【崦嵫】山名，日没所入的山。

广 ㊂yǎn 高屋。㊀guǎng 养韵。㊁ān 覃韵。

檿(檿) yǎn 山桑：蚕食～。

祆(禳) yǎn 禳，祀除厉殃。

隒 yǎn 崖，高边叫做崖，也叫山岸(水岸叫漘 chún)。

嬐 yǎn 女子有内心。【嬐婴】不决。

燄 yǎn(今读 yàn，艳韵) 火初着，火从吐苗到腾起。参见第305页"焰(燄)"字条。

俺 ǎn 〈方〉我，我们：～村｜～们｜～那里出棉花。

埯 ǎn ❶点播种子挖的小坑。❷挖小坑点种：～瓜｜～豆。❸(～儿)量词，指点种的植物：一～花生。

贬 biǎn ❶给予不好的评价，跟"褒"相反：一字之～。【褒贬】1.评论好坏。2.(biāo biǎn)指出缺点。❷减低，降低：～价｜～值｜～职。

窆 biǎn 埋葬。

谄 chǎn 巴结，奉承：～媚｜不骄不～。

点(點) diǎn ❶(～子｜～儿)细小的痕迹或物体：墨～儿｜雨～儿｜斑～。引少量：一～小事｜吃～儿东西。❷几何学中指只有位置而没有长、宽、厚的。❸一定的处所或限度：起～｜终～｜据～｜焦～｜沸～。❹(～儿)汉字的一种笔形(丶)：三～水。❺加上点子：～句｜评～｜画龙～睛。【点缀】(diǎn zhuì)在事物上略加装饰：～～风景。❻一落一起地动作：～头｜蜻蜓～水。❼使一点一滴地落下：～眼药｜～种牛痘｜～播种子。❽引火，燃火：～灯｜～火。❾现在称一天的二十四分之一的时间为一点钟。引钟点，规定的时间：上班的钟～｜保证火车不误～。❿点心：糕～｜早～。

踮(跕) diǎn(旧读 dié，叶韵) 也作"点"。❶跛足人走路用脚尖点地：～脚。❷提起脚跟，用脚尖着地：～着脚向前看。

俭(儉) jiǎn 节省，不浪费：～朴｜省吃～用｜勤～治家。

捡(撿) jiǎn 拾取：～柴｜把笔～起来｜～了一张画片。

检(檢) jiǎn 查(连～查)：～字｜～验｜～阅。【检点】1.仔细检查。

2.注意约束(言行):失于～～。【检讨】严格地自我批评,对自己的思想、工作、生活等深入检查和总结。【检举】告发坏人、坏事。【检察】审查检举犯罪事实。

睑(瞼) jiǎn 眼睑,眼皮。

敛(斂) liǎn 收拢,聚集(连收～):～足(收住脚步,不往前进)|～钱。

蔹(蘞) liǎn 多年生蔓生草本植物,叶子多而细,有白蔹、赤蔹等。

裣(襝) liǎn 衣蔽前膝。

嗛 qiǎn 就是颊囊,猴嘴里两腮上暂时贮存食物的地方。〈古〉又同"谦"(qiān)、"歉"(qiàn)。

芡 qiàn ❶一年生水草,茎叶都有刺,开紫花。果实叫芡实,外皮有刺。种子的仁可以吃,也可以制淀粉。也叫"鸡头"。❷烹饪时用淀粉调成的浓汁:勾～|汤里加点～。

椠 qiàn ❶古代记事用的木板。❷书的版本:古～|宋～。

慊 ㊀qiàn 不满,恨(叠)。㊁qiè 叶韵。

歉 qiàn ❶觉得对不住人:抱～|道～|深致～意。❷收成不好:～收|～年。

冉(冄) rǎn 姓。【冉冉】慢慢地:红旗～～上升。

苒 rǎn 【荏苒】(rěn rǎn)时间不知不觉地过去:光阴～～。

染 rǎn ❶把东西放在颜料里使着色:～布。❷患病或沾上坏习惯:传～|～病|一尘不～。【染指】喻从中分取非分的利益。

闪 shǎn ❶天空的电光:打～。❷光亮突然显现:灯光一～。

陕(陝) shǎn 陕西省。

睒(睒) shǎn 眨巴眼,眼睛很快地开闭:那飞机飞得很快,一～眼就不见了。

忝 tiǎn 辱。旧时谦辞。

舔 tiǎn 用舌头接触东西或取东西。

猃(獫、玁) xiǎn 【猃狁】(xiǎn yǔn)我国古代北方的民族,战国后称"匈奴"。

飐 zhǎn 风吹物体使颤动。

黵 zhǎn 弄脏,染上污点:墨水把纸～了|这种布颜色暗,禁(jīn)～(脏了不容易看出来)。

𧄼 xiǎn 豆半生，饼中豆。

险(險) xiǎn ❶可能遭受的灾难(连危～)：冒～|保～|脱～。❷可能发生灾难的：～症|～境|好～。❸要隘，不易通过的地方：天～。❹存心狠毒：阴～|～诈。❺几乎，差一点儿：～遭不幸|～些掉进河里。

獫 xiǎn 虎声。恶犬吠而不止。

獮 xiǎn 两犬争斗，犬吠不止。

黤 ǎn 浅青黑色。阴暗。

黯 àn 昏黑。【黯然】昏暗的样子。喻心神沮丧。

犯 fàn ❶抵触，违反：～法|～规。❷犯罪的人：战～|要～|贪污～。❸侵犯，进攻：人不～我，我不～人；人若～我，我必～人。❹触发，发作：～病|～脾气。【犯不着】不值得：你～～～和他生气。❺做出错误的事：～了官僚主义|不再～同样的错误。

范(範) fàn ❶模子：钱～。【范畴】1. 概括性最高的基本概念，如化合、分解是化学的范畴；矛盾、质和量等是哲学的范畴。2. 类型，范围。【范围】一定的界限：责任的～～|活动～～。❷模范，榜样：示～|师～|～例。

笵 fàn "范(範)"字的本字。❶法，竹简书。古法有竹刑，法具于简书，故笵从竹。❷楷式：规模日～。

蠭 fàn 蜂。

减(減) jiǎn ❶由全体中去掉一部分：三～二是一|～价。【减法】从一数去掉另一数的算法。❷降低程度，衰退：～色。

碱(堿、硷、鹼、鹻、鰜) jiǎn ❶含在土里的一种物质，化学成分是碳酸钠，性滑，味涩，可洗衣服。❷化学上称能在水溶液中电离而生氢氧离子(OH^-)的物质。❸被碱质侵蚀：好好的罐子，怎么～了？|那堵墙全～了。

舰(艦) jiàn 军舰，战船：～队|巡洋～。

槛(檻) jiàn ❶栏杆，栏板。❷圈(juān)，兽类的栅栏。【槛车】1. 运兽用的有栏杆的车。2. 古代押运囚犯的车。

轞(轞) jiàn ❶车声。❷网车。

脸(臉) liǎn (～儿)面孔，头的前部，从额到下巴。引 1. 物体的前部：鞋～儿|门～儿。2. 体面，面子，颜面(连～面)：有错改正就好，不怕丢～。

慊 qiǎn 心意不安。

㺌(㺌) shǎn 犬啮的样子。【獫㺌】(xiǎn shǎn)犬声。

掺(摻) ㊀shǎn 持，握：～手。㊁chān 覃韵。

撍 shàn ❶芟除。引攻取。❷阻水。

嘾 tiǎn 丰厚的样子。

黭 yǎn 果实坏而黑。

斩 zhǎn 砍断：～首|～草除根|～钉截铁。

崭 zhǎn 高峻，高出：～露头角|～新(簇新)。

㫮 zhǎn 〈方〉眼皮开闭，眨眼。

瀺 zhǎn 【瀺灂】1. 水声。2. 出没的样子。

送 sòng ❶把东西从甲地运到乙地：～信｜～公粮。❷赠给：他～了我一支钢笔。❸送行，陪伴人到某一地点：～孩子上学去｜把客人～到门口｜开欢～会。

淞 ㊀sòng ❶【雾淞】雾滴在树枝上冻结成的冰花。❷【冻洛】冰冻的形状。寒气结水如珠。㊁sōng 冬韵。

动（動） dòng ❶从原来位置上离开，改变原来的位置或姿态，跟"静"相反：站住别～｜风吹草～。[引] 1. 能动的：～物。2. 可以变动的：～产。【动弹】(dòng·tan)身体动。❷行动，动作，行为：一举一～。【动静】(dòng·jing)动作或情况：没有～～｜侦查敌人的～～。【动词】表示动作、行为、变化的词，如走、来、去、打、吃、爱等。❸使动，使有动作：～手｜～脑筋。【动员】1. 战争要发生时，把国家的武装力量由和平状态转入战时状态，把所有的经济部门转入供应战争需要的工作。2. 发动群众，号召大家做某种工作，或说服别人做某种工作。❹感动，情感起反应：～心｜～人。❺开始做：～工｜～身(起行)。❻放在动词后，表示效果：拿得～｜搬不～。

冻（凍） dòng ❶液体或含水分的东西遇冷凝结：河里～冰了｜天寒地～。❷(～子｜～儿)凝结了的汤汁：肉～儿｜鱼～儿｜果子～儿。❸感到寒冷或受到寒冷：外面很冷，真～得慌｜小心别～着。

栋（棟） dòng ❶古代指房屋的脊檩。【栋梁】[喻]担负国家重任的人。❷量词：一～房子。

胨（腖） dòng 蛋白胨，有机化合物，医学上用作细菌的培养基，又可以治疗消化道疾病。

侗 ㊀dòng 【侗族】我国少数民族名。㊁tóng 东韵。㊂tǒng 董韵。见第149页"统(㊂△侗)"。

垌 ㊀dòng ❶田地：田～。❷广东、广西地名用字：良～｜中～。㊁tóng 东韵。㊂tǒng 董韵。

恫 dòng 【恫吓】(恫嚇)(dòng hè)吓(xià)唬。

峒 ㊀dòng 山洞，石洞。㊁tóng 东韵。

洞 dòng ❶洞穴，窟窿：山～｜老鼠～｜衣服破了一个～。❷透彻地、清楚地：～察一切｜～若观火。❸说数字时用来代替零。

胴 dòng ❶体腔，整个身体除去头部四肢和内脏余下的部分。❷大肠。

硐 ㊁dòng 山洞、窑洞或矿坑。㊀dǒng 董韵。㊂tóng 东韵。

涷（涷） dòng ❶暴雨。❷【泷冻】露的形状。❸【颗冻】药草名。

湩 dòng ❶乳汁。❷马酪。

讽（諷） ㊀(旧读)fèng ❶不看着书本念，背书([连]～诵)。❷用含蓄的话劝告或讥刺([连]讥～)：～刺｜冷嘲热～。㊁fěng 东韵。

凤（鳳） fèng 【凤凰】传说中的鸟王；又说雄的叫"凤"，雌的叫"凰"(古作"皇")，通常单称作"凤"：～毛麟角(喻罕见而珍贵的东西)。

奉 fèng ❶恭敬地用手捧着。[引]尊重，遵守：～公守法｜～行。敬语：～陪｜～劝｜～送｜～还。【奉承】恭维，谄媚。❷献给：双手～上。❸接受：～命｜昨～手书。❹信奉，信仰。❺供仰，伺候([连]～养｜供～｜侍～)。

俸 ㊀fèng 旧时称官员等所得的薪金：～禄｜薪～。㊁běng 肿韵。

甮 fèng 〈方〉不用。

贡 gòng ❶古代指无偿交东西给奴隶主或皇帝。【贡献】1. 拿出力量或物资来给国家和人民：～～出自己的一切。2. 对人民、人类社会所做的有益的事：马克思、恩格斯创立无产阶级专政的学说，是对人类的伟大～～。❷贡品。

唝 gòng 【唝吥】(gòng bù)地名，在柬埔寨。今译作"贡布"。

灨 ㊂gòng 水名，或作"赣"，在江西省赣县北部。㊀gàn 感韵。㊁gàn 勘韵。

陡（阧） gòng 【从陡】山名，在云南省文山县西，此山出铜。

渍 gòng 同"赣"，水名，在江西省。

玒 gòng 至。

蕻 ㊀hòng ❶茂盛。❷〈方〉某些蔬菜的长茎：菜～。㊁hóng 东韵。

讧 ㊀hòng 乱，溃败：内～。㊁hòng 东韵。

澒 hòng 【澒洞】弥漫无际。

哄（鬨） ㊂hòng 吵闹，搅扰：一～而散|起～（故意吵闹扰乱）。㊀hōng 冬韵。㊁hǒng 董韵。

空 ㊁kòng ❶使空，腾出来：～一个格|～出一间房子|想法～出一些时间来。❷闲着，没被利用的：～房|～地。【空子】（kòng·zi）1.空着的地方。2.可乘的机会：钻～～。❸（～儿）没被占用的时间，闲暇：有～儿再来|利用假期的～隙（xì）。❹亏空，亏欠。㊀kōng 东韵。

控 kòng ❶告状，告发罪恶（连～告）。【控诉】1.向法院起诉。2.当众诉说（坏人罪恶）。❷节制，驾驭。【控制】支配，掌握，节制，调节。

鞚 kòng 带嚼子的马笼头。

弄（衖） ㊁lòng 〈方〉弄堂，小巷，小胡同。㊀nòng 送韵。

㟖 lòng （壮）石山间平地。

砻（礱） lòng 小磨。

梦（夢） mèng 睡眠时体内体外各种刺激或残留在大脑里的外界刺激引起的影像活动。

霿（雺） mèng ❶天气昏暗。❷【井霿】鄙吝。❸【区霿】无知的样子。

幪 mèng ❶盖衣。❷盖巾。

瞢 mèng 【瞢瞍】（mèng zòng）目视的样子。

瞢 mèng 【云瞢】泽名。

弄 ㊀nòng（旧读 lòng） ❶拿着玩，戏耍（连玩～|戏～）：不要～火。❷搞，做：～好|～点水喝|～饭。㊁lòng 送韵。

哢 nòng 鸟吟。

同（衕） ㊁tòng 【胡同】（衚衕）巷。㊀tóng东韵。

恸（慟） tòng 极悲哀（指痛哭）。

通 ㊁tòng 量词：打了三～鼓|说了一～。㊀tōng 东韵。

痛 tòng ❶疼（连疼～）：头～|不～不痒|～定思～。【痛苦】身体或精神感到非常难受。❷悲伤（连悲～|哀～）：～心。❸极，尽情地，深切地，彻底地：～恨|～惜|～改前非。【痛快】1.爽快，爽利：他是个～～人。2.尽情，舒畅，高兴。

瓮（甕） wèng 一种盛水、酒等的陶器。【瓮城】围绕在城门外的小城。

齆 wèng 鼻子堵塞不通气。

中 ㊁zhòng ❶正对上，恰好合上：～的（dì）|～肯|切～要害。❷感受，受到：～毒|～暑|～弹。㊀zhōng 东韵。

仲 zhòng ❶兄弟排行常用伯、仲、叔、季为次序，仲是老二：～兄。❷在当中的：～冬（冬季第二月）|～裁（居间调停，裁判）。

众（衆） zhòng ❶许多：～人|～志成城（喻团结力量大）|寡不敌～。❷多数的人：从群～中来，到群～中去|大～|观～。

重 ㊀zhòng ❶分量较大，跟"轻"相反：铁很～|举～|～于泰山。❷程度深：色～|～病|～伤。❸价格高：～价收买。❹数量多：眉毛～|工作很～。❺主要，要紧：～镇|军事～地|～任。❻认为重要：～视|～男轻女是错误的。引敬重，尊重，尊敬：人皆～之。❼言行不轻率：慎～。㊁chóng 冬韵。

偬（傯） ㊀zǒng 【倥偬】（kǒng zǒng）1.困苦。2.多事，事情紧迫，不暇给。㊁zǒng 董韵。

粽（糉） zòng 粽子，用箬（ruò，竹）叶或苇叶（因北方无箬故用苇叶）裹糯米或大米和枣做成的多角形的食品。又叫“糉”。于端阳节和夏至这天食用。

豵 zòng 〈方〉公猪。

睃 zòng ❶伺视。❷见第 223 页“矇”字条“矇睃”(mèng zòng)。

缪 zòng ❶缕：八十～。❷【缪罟】渔网。

翪 zòng 鸟飞敛足。

宋 sòng ❶周代诸侯国名，在今河南省商丘市一带。❷朝代名：1. 南朝朝代之一，刘裕建立（公元 420～479 年）。2. 赵匡胤建立（公元 960～1279 年）。

讼 sòng ❶在法庭争辩是非曲直，打官司：～事|成～。❷争辩是非：聚～纷纭。

颂 sòng ❶颂扬，赞扬别人的好处：歌～。❷以颂扬为内容的文章或诗歌。

诵 sòng ❶用有高低抑扬的腔调念：朗～|～诗。❷称述，述说。

冲（衝）㊀chòng ❶对着，向：～南的大门|～着这树看。❷猛烈：这小伙子有股～劲儿|水来得真～|大蒜气味～。❸凭，根据：～他这股子钻劲儿，一定能完成这项技术革新任务。㊁chōng 东韵。

铳 chòng ❶旧时指枪一类的火器。❷（～子）用金属做成的一种打眼器具。❸猛烈，同"冲㊀❷"。

憃 chòng 1. 愚。2. 蔽于气质：～愚冥顽。

葑 ㊀fèng 古书上指菰的根，即茭白根。㊁fēng 冬韵。

赗 fèng 古时指用财物帮助人办丧事：赙（fù）～。

缝 ㊀fèng ❶（～子|～儿）缝隙，裂开或自然露出的窄长口子：裂～|墙～。❷（～儿）接合处的痕迹：这道～儿不直。㊁féng 冬韵。

共 gòng ❶同，一齐（连～同）：和平～处五项原则|干部和战士同甘～苦。❷总，合计（连～总）：一～二十人|～计。〈古〉又同"恭"（gōng）。〈古〉又同"供"（gōng）。

供 ㊀gòng ❶受审判者陈述案情。❷口供。㊁gōng 冬韵。

恐 ㊀kòng 疑虑不定，有"或者"、"大概"的意思：～不可信。㊁kǒng 肿韵。

蕹 wèng 【蕹菜】俗称"空心菜"，一年生草本植物，茎中空，叶心脏形，叶柄长，花 白色，漏斗状。嫩茎叶可做菜吃。

用 yòng ❶使用，使人、物发挥其功能：～电|～拖拉机耕田|不同的矛盾要～不同的方法来解决|公～电话|～笔写字。❷进饭食：～茶|～饭。❸费用，花费的钱财：家～|零～。❹物质使用的效果（连功～|效～）：有～之材。❺需要（多为否定）：不～说|还～你操心吗？❻因：～此|～特函达。

佣 ㊀yòng 佣金，佣钱，旧时买卖东西时，给介绍人的钱。㊁yōng 冬韵。

壅 ㊀yòng 塞，障隔。㊁yōng 冬韵。

雍 ㊀yòng ❶〈古〉九州之一，在今陕西、甘肃境。❷〈古〉国名：～国（在今河南修武县西）|～城。❸姓。㊁yōng 冬韵。

综 ㊀zèng 织布机上使经线交错着上下分开以便梭子通过的装置。㊁zōng 冬韵。

种（種）㊀zhòng 种植，把种子或幼苗等埋在泥土里使生长：～庄稼|～瓜得瓜，～豆得豆。㊁zhǒng 肿韵。㊂chóng 东韵。

琮 zòng 瑞玉，大八寸。

纵（縱）zòng ❶放：～虎归山。❷放任不加拘束：～目四望|～情歌唱。❸身体猛然向前或向上：～身一跳|一～身就过去了。❹即使：～有千山万水，也拦不住英勇的勘探队员。❺（旧读 zōng，冬韵）竖，直，南北的方向，跟"横"相反：～线|排成～队|～横各十里。❻起皱纹：这张纸都～了，怎么用来写字|衣服压～了。

疭（瘲）zòng 【瘛疭】（chì zòng）手脚痉挛、口眼歪斜的症状，也叫"抽风"。旧时叫小儿惊风病。

绛 jiàng　赤色，大红。

降 ㊀jiàng　❶下落，落下（连～落）：～雨｜温度下～｜～落伞。❷使下落：～级｜～格｜～低物价。㊁xiáng 江韵。

虹 ㊀jiàng　义同"虹"(hóng)，限于单用。㊁hóng 东韵。

洚 jiàng　水乱流不遵道。

糉 chuàng　不耕而种谓之糉。

覩 ㊀chuàng　直视。㊁zhuàng 绛韵。

杠（槓） gàng　（～子）较粗的棍子：铁～｜木～｜双～（一种运动器具）。【杠杆】一种助力器械，如剪刀、辘轳、秤，都是利用杠杆的原理制造的。

钢（鋼） ㊁gàng　把刀在布、皮、石或缸沿上用力磨砺几下使它更快些：这把刀钝了，要～一～。㊀gāng 阳韵。

筻 gàng　【筻口】地名，在湖南省岳阳市。

戆 ㊁gàng　〈方〉鲁莽：～头～脑。㊀zhuàng 绛韵。

巷 ㊁hàng　同"巷㊀"。【巷道】采矿或探矿时挖的坑道。㊀xiàng 绛韵。

港 ㊁xiàng　水势。㊀gǎng 讲韵。

巷 ㊀xiàng　胡同，里弄：大街小～。㊁hàng 绛韵。

潒 xiàng　水所冲。

舼 xiàng　捍船木。

覩 ㊁zhuàng　视不明。㊀chuàng 绛韵。

惷 ㊀zhuàng　乱，动扰。㊁chǔn 轸韵。

轊 zhuàng　陷阵车。

艟 ㊁zhuàng　短船。㊀chōng 冬韵。

憧 zhuàng　愚憧，莽撞：～直。

僮 ㊁zhuàng　我国少数民族壮族的"壮"字旧作"僮"。㊀tóng 东韵。

撞 zhuàng　❶击打：～钟。❷碰：别让汽车～了。引无意中遇到：让我～见了。❸莽撞地行动，闯：横冲直～。

幢 ㊁zhuàng　〈方〉量词，指房子：一～楼。㊀chuáng 江韵。

戆 ㊀zhuàng　刚直：性情～直。㊁gàng 绛韵。

眷 zhuàng　直视。

寘 zhì 〈书〉放置。

置 zhì ❶放，搁，摆：~于桌上|~之不理。❷设立，设备：装~电话。❸购买：~了一些家具|~了一身衣裳。

滍 zhì 【滍阳】地名，在河南省宝丰县南。

雉 zhì 通称"野鸡"。雄的羽毛很美，尾长。雌的淡黄褐色，尾较短。善走，不能久飞。肉可食，羽毛可做装饰品。

稚（穉） zhì 幼小：~子|~气。

疐（疐） zhì 跌倒：跋前~后（比喻进退两难）。

觯（觶） zhì 古时饮酒用的器皿。

畤 zhì 古时祭天、地、五帝的固定处所。

贽（贄） zhì 古时初次拜见人时所送的礼物。

挚（摯） zhì 亲密，诚恳（连 真~）：~友。

鸷（鷙） zhì 鸷鸟，凶猛如鹰、雕等。

智（△知） zhì 聪明，智慧，见识：不经一事，不长（zhǎng）一~。"知"又音 zhī，支韵。

至 zhì ❶到：由南~北|~今未忘。【至于】1.表示可能达到某种程度：他还不~~不知道。2.连词，表示另提一件：~~个人得失，他根本不考虑。【以至】一直到：自城市~~农村，爱国卫生运动普遍展开。❷极，最：~诚|~少。

轾 zhì 见第63页"轩"字条"轩轾"（xuān zhì）。

致（❹緻） zhì ❶给予，送给：~函|~敬。❷招引，使达到：~病|学以~用。❸意态，情况：兴~|景~|别~|风~。❹细密，精细（连 细~）：他做事很细~|这东西做得真精~。

志（❷❸誌） zhì ❶意向，要有所作为的决心：立~|~同道合|有~者事竟成。【意志】为了达到既定目标而自觉地努力的心理过程。❷记在心里：永~不忘。引 表示不忘：~喜|~哀。❸记载的文字：杂~|地理~。❹称轻重、量长短多少：用秤~~|拿碗~~。

梽 zhì 【梽木山】地名，在湖南省邵阳市。

痣 zhì 皮肤上生的斑痕，有青、红、褐等色，也有凸起的。

忮 zhì 害，嫉妒。

识（識） ㊁zhì ❶记住。❷标志，记号。㊀shí 职韵。

帜（幟） zhì 旗子（连 旗~）：胜利的旗~。

治 zhì ❶管理，处理（连 ~理）：~国|~丧|自~。【统治】1.一个阶级压迫另一个阶级。2.占绝对优势，支配别的事物。❷整理，修水利：~山|~水|~淮工程。❸惩办（连 惩~）：~罪|处~。❹医疗：~病|不~之症。引 消灭农作物的病虫害：~蝗|~蚜虫。❺从事研究：~学。❻社会治理有序，与"乱"相对：~世|天下大~。【治安】社会的秩序。❼旧称地方政府所在地：府~|州~。

牸 zì 雌性的牲畜：~牛。

恣 zì 放纵，无拘束：~意|~情。

眦（眥） zì 上下眼睑的接合处，靠近鼻子的叫内眦，靠近两鬓的叫外眦。

胔 zì 带腐肉的尸骨。

渍 zì ❶浸，沤：~麻。❷油、泥等积在上面难以除去：烟袋里~了很多油子|手表的轮子~住了。

胾 zì 切成大块的肉。

字 zì ❶文字，用来记录语言的符号：汉~|~眼|~体|常用~。❷字音：咬~清楚|~正腔圆。❸字据，合同，契约。

自 zì ❶自己，己身，本人。❷从，由。

备(備、偹) bèi ❶应有的都有了:求全责～|爱护～至。❷预备,防备:～战、～荒为人民|～课|准～。❸设备:装～|军～。

被 bèi ❶(～子)睡觉时覆盖身体的东西。❷盖,遮覆。❸介词,介绍主动的人物并使动词含有受动的意义:工人～资本家剥削。❹放在动词前,表示受动:～批评。

鞁 bèi ❶古时套车用的器具。❷同"鞴"。

鐾 bèi 在布、皮、石头等物上把刀反复摩擦几下,使锋利:～刀|～刀布。

呗 bèi 〈方〉助词:1.表示"罢了,不过如此"的意思:这就行了～。2.表示同意、命令等语气,跟"吧"相近:好～|你去～。

臂 ㊁bei 见第348页"胳"字条"胳臂"(gē·bei)。㊀bì 寘韵。

庳 ㊀bì ❶【有庳】国名。❷通"鼻"。㊁bēi 支韵。

鼻 ㊁bì 通"庳"。㊀bí 月韵。

闭 bì ❶闭门,关闭。❷闭塞。

毖 bì 谨慎小心:惩前～后。

秘(祕) ㊁bì 【秘鲁】国名,在南美洲。㊀mì 质韵。

庇 bì 遮蔽,掩护(连～护):包～。

诐 bì 偏颇,邪僻。

畀 bì 给予。

痹(痺) bì 中医指由风寒湿等引起的肢体疼痛或麻木的病。

贲 ㊁bì 文饰、装饰得很好:～临(贵宾盛装来临)。㊀bēn 元韵。

赑 bì 【赑屃】(bì xì)1.用力的样子。2.驮碑的大石龟。

避 bì 躲,设法躲开(连躲～):～暑|～雨|不～艰险。

嬖 bì 宠幸:～爱|～人(旧指被封建统治者宠幸的人)。

臂 ㊀bì 胳膊,从肩到腕的部分。【臂助】1.帮助。2.助手。㊁bei 陌韵。见第348页"胳"字条"胳臂"(gē·bei)。

濞 bì 【漾濞】县名,在云南省。

翅(翄) chì ❶翅膀,鸟和昆虫等用来飞行的器官。❷鱼翅,指鲨鱼的鳍,是珍贵的食品。〈古〉又同"啻"(chì)。

炽(熾) chì 盛:～热。

啻 chì 但,只。【不啻】1.不只,不止:～～如此。2.无异于:～～兄弟。

次 cì ❶第二:～日|～子。❷质量较差的:～货|～品。❸等第,顺序(连～序):依～前进。❹回:～数|第一～来北京。❺出外远行所居止之处所:舟～|旅～。

佽 cì 帮助:～助。

伺 ㊁cì 【伺候】(cì·hou)1.旧指侍奉或受役使。2.照料。㊀sì 寘韵。

刺 ㊀cì ❶用有尖的东西穿进或杀伤:～绣|～杀。【刺激】1.光、声、热等引起生物体活动或变化的作用。引一切使事物起变化的作用。2.精神上受到挫折、打击:这件事对他～～很大。❷暗杀:～客|被～。❸刺探,侦探。❹用尖刻的话指责、嘲笑别人的缺点、错误:讽～。❺尖锐得像针的东西:鱼～|～猬。❻名刺,名片。【刺刺】说话没完没了:～～不休。㊁cī 锡韵。

赐 cì ❶给,旧时指上级给下级或长辈给小辈(连赏～):恩～。敬辞:～教|希～回音。❷赏给的东西,给予的好处:皆受其～|受～良多。

萃 cuì 草丛生。引聚在一起的人或物:出类拔～(人才特出)。

悴(顇) cuì 见第83页"憔"字条"憔悴"(qiáo cuì)。

膵(脺) cuì 膵脏,胰腺的旧称。

瘁 cuì 过度劳累:鞠躬尽～|心力交～。

粹 cuì ❶不杂:纯～。❷精华(连精～):国～(本指一国文化的精华,后多指孔孟之道）。

翠 cuì ❶翠鸟，又叫“鱼狗”，羽毛青绿色，尾短，捕食小鱼。❷同“翡翠”，见第 233 页“翡”字条“翡翠”。❸绿色：～绿｜～竹。

地 ㊀dì ❶地球，太阳系九大行星的一个，人类生长活动的所在：天～｜～心｜～层。❷表示思想行动的情况，常作为达到某种阶段的意思：见～｜境～｜心～。❸底子（[连]质～）：蓝～白花布。㊁de 职韵。

铒 ěr 一种金属元素，符号 Er。

二 èr ❶数目字：十～个｜两文～尺。[“二”与“两”用法不同，见养韵“两”字注。]❷第二次的：～等货｜～把刀（指技术不高）。❸两样：不要三心～意。

贰 èr “二”字的大写。

佴 ㊀èr 置，停留。㊁nài 队韵。

恚 huì 怨恨，愤怒。

硊 huì 【石硊】地名，在安徽省芜湖市。又读 guì，寘韵。

记 jì ❶记忆，把印象保留在脑子里：牢～。❷把事物写下来：～录｜～账。❸记载事物的书册或文字：游～｜日～｜大事～。❹记号，标志：以红色为～｜戳～。

纪 ㊀jì ❶记载：～事。【纪念】用事物或行动对人或事表示怀念。【纪元】纪年的开始。❷古时把十二年算作一纪。【世纪】一百年叫“一世纪”。❸法度：军～｜违法乱～。【纪律】集体生活里必须共同遵守的规则：遵守劳动～～。㊁jǐ 纸韵。

忌 jì ❶嫉妒，憎恨：猜～｜～才。❷怕，畏惧：肆无～惮。【顾忌】有所畏惧，不敢大胆地说话或行动：有话尽管说，不要有什么～～。❸禁戒：～酒｜～口｜～食生冷。

芰 jì 古书上指菱。

技 jì 才能，手艺（[连]～艺｜～能）：～巧｜口～｜～师｜一～之长。【技术】1. 进行物质资料生产所凭借的方法或能力：大搞～～革新。2. 专门的技能：他打球的～～很高明。

季 jì ❶兄弟排行，有时用伯、仲、叔、季作次序，季是最小的：～弟｜～父（小叔叔）。[引]末了：～世｜～春（春季末一月）。❷三个月为一季：一年分春、夏、秋、冬四～。[引]（～子｜～儿）一段时间：瓜～儿｜这一～子很忙。

悸 jì 因害怕而心跳：～栗（心惊肉跳）｜惊～｜犹有余～。

鲚（鱭） jì 鱼名，身体侧扁，长约三四寸，无侧线，头小而尖，尾尖而细。生活在海洋中。俗称“凤尾鱼”。

垍 jì 坚土。

洎 jì 到，及：自古～今。

觊（覬） jì 【觊觎】（jì yú）非分的希望或企图。

继（繼） jì 连续，接着（[连]～续）：～任｜～往开来｜前仆后～。【继承】1. 接受遗产。2. 继续前人的事业。

徛 ㊀jì 石杠。〈方〉站立。㊁qí 支韵。

寄 jì ❶托付：～放。❷依靠，依附：～居｜～生｜～宿。❸托人传送。特指由邮局传递：～信｜～钱｜～包裹。

惎 jì ❶毒害。❷忌恨。

冀 jì ❶希望。❷河北省的别称。

骥 jì 好马。比喻贤能之士。

匮 kuì 缺乏（[连]～乏）。〈古〉又同“柜”（guì）。

蒉 kuì 古时用草编的筐子。

馈（餽） kuì 馈赠，赠送。

襀 kuì 〈方〉❶（～儿）用绳子、带子等拴成的结：活～儿｜死～儿。❷拴，系（jì）：一个～儿｜把牲口～上。

愧（媿） kuì 羞惭（[连]惭～）：问心无～｜他真不～是劳动模范。

泪(淚) lèi 眼泪。

累 ㊀lèi 疲乏,过劳:我今天~了! ㊁lěi 纸韵。㊂léi 支韵。

哩 ㊂lì 【哩哩啦啦】形容零零散散或断断续续地下去:瓶子漏了,~~~~地洒了一地|雨~~~~下了一天。㊀li 寘韵。㊁lǐ 纸韵。

荔(茘) lì 【荔枝】常绿乔木,果实外壳有疙瘩,果肉色白多汁,味甜美。

吏 lì 旧时代的官员:贪官污~。

利 lì ❶好处,跟"害"、"弊"相反(连~益):这件事对人民有~|个人~益服从集体~益。❷使得到好处:毫不~己,专门~人。❸顺利与主观的愿望相合:敌军屡战不~。❹利息,贷款或储蓄所得的子金:本~两清|放高~贷是违法的行为。❺利润。❻刀口快,针尖锐:~刃|~剑|~口(喻善辩)。【利索】(lì·suo)1.爽快:他做事很~~。2.整齐:东西收拾~~了。

俐 lì 见第124页"伶"字条"伶俐"(líng lì)。

莉 lì 人名用字。

猁 lì 见第285页"猞"字条"猞猁"(shè lì)。

痢(❷鬁) lì ❶痢疾,传染病名,按病原体的不同,主要分成杆菌痢疾和变形虫痢疾。通常把粪便带血的叫"赤痢",带脓或黏液的叫"白痢"。❷见第330页"瘌"字条"瘌痢"(là·lì)。

詈 lì 骂。

哩 ㊀li 助词,同"呢㊀"(见歌韵)。㊁lǐ 纸韵。㊂lì 寘韵。

寐 mèi 睡,睡着:夜不能~|夙兴夜~|根治黄河是我国人民多年来梦~以求的事情。

魅(鬽) mèi 所谓鬼怪:鬼~。【魅力】很能吸引人的力量。【魑魅】(chī mèi)传说中山林里能害人的怪物。

媚 mèi ❶谄媚,逢迎。❷美好,可爱:春光明~。

腻 nì ❶食物油脂过多:油~|肥~。【细腻】1.光滑。2.细致。❷腻烦,因过多而厌烦:玩~了|听~了。❸积污,污垢。

帔 pèi 古代披在肩背上的服饰。

辔(轡) pèi 驾驭牲口的嚼子和缰绳,亦称辔头:鞍~。

屁 pì 从肛门排出的臭气。

淠 pì 【淠河】水名,在安徽省。

譬 pì 打比方(连~喻):~如游泳,不是光看看讲游泳术的书就会的。

媲 pì 并,比:~美。

企 ㊀qǐ 踮着脚看,希望,盼望:~望|~待|~盼。【企图】图谋。【企业】从事生产、运输等经济活动的部门,如工厂、矿山、铁路等。企业的规模一般都比较大。㊁qǐ 纸韵。

弃(棄) qì 舍(shě)去,扔掉:抛~|遗~|~权|~置不顾。

亟 ㊀qì 屡次:~来问讯。㊁jí 职韵。

跂 ㊀qì 踮着脚站着:~望。㊁qí 支韵。

器(噐) qì ❶用具的总称:武~|容~。【器官】生物体中具有某种独立生理机能的部分,如耳、眼、花、叶等,也省称"器":消化~|生殖~。❷人的度量、才干:~量|成~。❸器重,看重,看得起。

瑞 ruì 吉祥,好预兆:~雪兆丰年。

示 shì 表明,把事物拿出来或指出来使别人知道:~众|~威|表~意见|~范作用|以目~意。【暗示】不正面说出自己的意见,用神气、手势等提示,或用不直接相关的语言表示。

䏡 shì 有机化合物,溶于水,遇热不凝固,是食物蛋白和蛋白胨的中间产物。

试 shì ❶按照预定的想法非正式地做:~用|~一~看。❷考,测验(连考~):~题|口~。

弑 shì 古时候称臣杀君、子杀父母等行为：～君|～父。

似 ㊀shì 【似的】跟某种事物或情况相似：雪～～那么白|瓢泼～～大雨。㊁sì 寘韵。

傑 shì 不诚恳。

事 shì ❶（～儿）事情，自然界和社会中的一切现象和活动。【事变】突然发生的重大政治、军事性事件：七七～～。【事态】形势或局面：～～严重。❷职业：他现在做什么～？❸关系或责任：你回去吧，没有你的～了|这件案子里还有他的～呢。❹变故：出～|平安无～。❺做，治：改造不～生产的二流子。❻旧指侍奉。

侍 shì 服侍，伺候，在旁边陪着：～立|服～病人。

恃 shì 依赖，仗着：有～无恐。

峙 ㊀shì 【繁峙】县名，在山西省。㊁zhǐ 纸韵。

视（眎） shì ❶看：近～眼|～而不见。❷视察，观察：巡～一周|监～。❸看待：重～|～死如归。

莳（蒔） shì 移栽植物：～秧。

谥（謚） shì 我国古代在最高统治者或其他有地位的人死后，给他另起一个称号，如武帝、哀公之类。也叫"谥号"。

嗜 shì 喜爱，爱好：～学。【嗜好】对于某种东西特别爱好，爱好成癖。

殖 ㊀shi 【骨殖】（gǔ·shi）尸骨。㊁zhí 职韵。

率 ㊀shuài ❶带领，统领（连～领）：～队|～师。❷轻易地，不细想，不慎重（连轻～|草～）：不要轻～地处理问题。❸爽直坦白（连直～）。❹大概，大略：～皆如此。㊁lǜ 质韵。

睡 shuì 闭目安息，大脑皮质处于休息状态（连～眠）：～着（zháo）了|～午觉。

四 sì ❶数目字。❷旧时乐谱记音符号的一个，相当于简谱的低音的"6̣"。

泗 sì 鼻涕：涕～（眼泪和鼻涕）。【泗河】水名，在山东省。

驷 sì 古代同驾一辆车的四匹马，或者套着四匹马的车：一言既出，～马难追（喻话说出来之后无法再收回）。

寺 sì ❶古代官署名：太常～。❷【寺院】佛教出家人居住的地方。【清真寺】伊斯兰教徒礼拜的地方。

似 ㊀sì ❶像，相类（连类～）：相～|～是而非。❷似乎，好像，表示不确定：～应再行研究|这个建议～乎有理。❸表示比较，有超过的意思：一个高～一个|人民生活一天好～一天。㊁shì 寘韵。

姒 sì 古代称丈夫的嫂子：娣～（妯娌）。

伺 ㊀sì 侦候，观察：～敌|～隙进击敌人。㊁cì 寘韵。

饲 sì 喂养：～鸡|～蚕。

覗 sì 窥视。

笥 sì 盛饭或衣物的方形竹器。

嗣 sì ❶接续，继承。❷子孙：后～。

食 ㊀sì 拿东西给人吃。㊁shí 职韵。

肆 sì ❶不顾一切，任意去做：～无忌惮|～意妄为。❷旧时指铺子、商店：茶坊酒～。❸"四"字的大写。

厕 ㊀si 【茅厕】（máo·si）厕所。㊁cè 职韵。

谇 suì ❶责骂。❷问。❸直言规劝。

祟 suì 迷信说法，指鬼神带给人的灾祸。【鬼祟】行动不光明，常说"鬼鬼祟祟"：行动～～。【作祟】暗中捣鬼：从中～～。

遂 ㊀suì ❶顺，如意：～心|～愿。❷于是，就：服药后腹痛～止。❸成功，实现：未～。㊁suí 支韵。

隧 suì 【隧道】凿通山石或在地下挖沟所成的通路。

燧 suì ❶上古取火的器具。❷古代告警的烽火。

邃 suì 深远：1. 指空间（[连]深～）。2. 指时间：～古。3. 指程度：精～。

襚 suì 古代指赠死者的衣被，也指赠生者的衣物。

穗（❷繐） suì ❶（～儿）谷类植物聚生在一起的花或实：高粱～儿｜麦～儿。❷（～子｜～儿）用丝线、布条或纸条等结扎成的装饰品：大红旗上满挂着金黄的～子。❸广州市的别称。

伪（僞、偽） wěi ❶假，不真实：去～存真｜～造｜～装。❷不合法的：～政府。

诿 ㊀wěi 推卸（责任、过错等）：互相推～。㊁wēi 支韵。

为（為、爲） ㊀wèi ❶替，给：～人民服务。❷表目的（可以和"了"连用）：～实现中国特色社会主义而奋斗｜～了解放全人类而奋斗。❸对，向：且～诸君言之。❹帮助，卫护。㊁wéi 支韵。

位 wèi ❶位置，所在的地方：座～。❷职位，地位。❸量词，表人数：诸～同志｜三～客人。

餧 wèi ❶同"馁"。❷同"喂❷"。

遗 ㊀wèi 赠与：～之以书。㊁yí 支韵。

戏（戲） ㊀xì ❶玩耍：集体游～｜不要当做儿～。❷嘲弄，开玩笑：～言。❸戏剧，也指杂技：看～｜唱～｜听～｜马～｜皮影～。㊁hū 虞韵。

屃（屭） xì 见第 228 页"赑"字条"赑屃"（bì xì）。

义（義） yì ❶公正合宜的道理或举动。（[连]正～）：见～勇为｜～不容辞。[引]旧指合乎正义或公益的：～举。【义务】1. 应尽的责任。2. 不受报酬的：～～劳动。❷感情的联系：朋友的情～。❸意义，意思，人对事物认识到的内容：定～｜字～｜歧～。❹旧指认作亲属的：～父｜～子。又 yì，队韵。

议（議） yì ❶表明意见的言论（[连]～论）：提～｜建～｜无异～。❷商议，讨论：会～｜～定。

异（異） yì ❶不同的：没有～议｜～口同声。❷分开：离～｜分居～爨(cuàn)。❸另外的，别的：～日｜～地。❹特别的：～味｜奇才～能。❺奇怪：惊～｜深以为～。

谊 yì 交情：友～｜深情厚～。

意 yì ❶意思，心思：同～。【意见】见解，对事物的看法。❷心愿，愿望：中～｜任～｜好～。❸料想：～外｜出其不～。

薏 yì 【薏苡】(yì yǐ)多年生草本植物，茎叶略似高粱，果实椭圆形，坚硬而光滑，种仁白色，叫薏仁米，可以吃，也可入药。

镱 yì 一种金属元素，符号 Yb。

肄 yì 学习：～业。

廙 yì 恭敬。

懿 yì 美，好(多指德行)：～行｜～德。

劓 yì 古代的一种割掉鼻子的酷刑。

坠（墜） zhuì ❶落，掉下：～马｜摇摇欲～。❷往下沉：船锚往下～。❸（～儿）系在器物上垂着的东西：扇～｜表～。【坠子】1. 耳朵上的一种装饰，也叫"耳坠子"、"耳坠儿"。2. 流行于河南、山东的一种曲艺。

惴 zhuì 忧愁，恐惧：～～不安。

缒 zhuì 用绳子拴住人、物从上往下送：工人们从楼顶上把空桶～下来。

膇 zhuì 脚肿。

醉 zuì ❶喝酒过多，精神昏迷：他喝～了。❷沉迷，过分地爱好：～心文艺。❸用酒泡制(食品)：～蟹｜～虾｜～枣。

未 wèi ❶地支的第八位。❷未时，称午后一点到三点。❸否定词：1.不：～知可否。2.没有，不曾：此人～来。3.放在句末，表示疑问：君知其意～？

味 wèi ❶(～儿)味道，滋味，舌头尝东西所得到的感觉：五～|带甜～儿。【口味】喻 对事物的喜好：这件事正合他的～～。❷(～儿)气味，鼻子闻东西所得到的感觉：香～儿|臭～儿。❸(～儿)意味，情趣：趣～|意～深长。❹体会，研究：细～其言|必须细细体～，才能懂得其中的道理。❺量词，指药的种类：这个方子一共七～药。

畏 wèi ❶怕(连～惧)：大无～的精神|～首～尾。❷敬佩：后生可～。

喂(❷餵、❷餧) wèi ❶叹词，打招呼时用：～，是谁？|～，快来呀。❷把食物送进人嘴里：～小孩儿。❸给动物东西吃：～牲口。转 畜(xù)养：～鸡|～猪。"餧"又音 wèi，寘韵。

胃 wèi 胃脏，人和某些动物消化器官的一部分，能分泌胃液，消化食物。

谓 wèi ❶告诉：人～予曰。❷称，叫做：称～|何～人工呼吸法？【所谓】所说。【无谓】没意义，说不出道理：这句话太～～了。

猬(蝟) wèi 【刺猬】哺乳动物，身上长着硬刺，嘴很尖，昼伏夜出，捕食昆虫和小动物等。

渭 wèi 【渭河】发源于甘肃省，流入陕西省，会泾水入黄河。

尉 ㊀wèi ❶古官名：太～。❷军衔名：上～。❸【尉氏】县名，在河南省。㊁yù 物韵。

蔚 ㊀wèi ❶草木茂盛。引 盛大：～为大观。【蔚蓝】晴天天空的颜色：～～的天空。❷文采华美：云蒸霞～。㊁yù 物韵。

慰 wèi ❶安慰，使别人心里安适：～问伤员|～劳前方战士。❷心安：欣～|甚～。

魏 wèi ❶古国名：1.战国国名，在今河南省北部、山西省南部一带。2.三国之一，曹丕建立(公元220～265年)，在今黄河流域甘肃省以下各省和湖北、安徽、江苏三省北部及辽宁省南部。❷北朝朝代之一，拓跋珪建立(公元386～534年)。

罻 wèi 捕鸟网。

㥜 wèi 心不安。

翡 fěi 【翡翠】(fěi cuì)1.翡翠鸟，嘴长而直，有蓝色和绿色的羽毛，捕食鱼和昆虫，羽毛可做装饰品。2.绿色的硬玉，半透明，有光泽，很珍贵。

芾 ㊀fèi 小树干及小树叶。㊁fú 物韵。

狒 fèi 【狒狒】猿一类的动物，面形似狗，面部肉色，光滑无毛，体毛褐色，食果实及鸟卵等。多产在非洲。

怫 fèi 忧郁或愤怒的样子。又音 fú，物韵。

沸 fèi 开，滚，液体受热到一定温度时，内部汽化形成气泡，冲出液体表面的现象：在标准大气压下，水的～点是摄氏一百度|热血～腾。

费 fèi ❶花费，消耗：～力|～心|～神|～事|～工夫|反对浪～|这孩子穿鞋太～。❷费用，为某种需要用的款项：学～|办公～。❸【费县】在山东省。

镄 fèi 一种人造的放射性元素，符号 Fm。

曊 fèi 目不明。

痱(疿) fèi 由于暑天出汗过多，引起汗腺发炎，皮肤表面生出来的小红疹。俗以触热肤疹如沸者，曰痱子，很痒。

䨽(靅) fèi 云盛。【叆䨽】云布状。

屝 fèi 草履。

剕 fèi 古代一种把脚砍掉的酷刑。

跸 fèi 同"剕"。

贵 guì ❶价钱高：这本书不～|钢比铁～。❷旧社会指地位高：～族|达官～人。敬辞：～姓|～处|～宾。❸特别好，价值高(连宝～|～重)：珍～的产品|宝～的意见。❹重视：～精不～多|这种见义勇为的

精神是可～的。

炅 ㊀guì 姓。❶烟出貌。❷火光。㊁jiǒng 迥韵。

柜(櫃) ㊀guì (～子)一种收藏东西用的家具,通常作长方形,有盖或有门:衣～。㊁jǔ 麌韵。

卉 huì 草的总称:花～。

讳(諱) huì ❶避忌,有顾忌不敢说或不愿说:～疾忌医|直言不～|忌～。❷封建时代称死去的皇帝或尊长的名字。

浒 huì ❶水的波纹。❷【濊浒】(huò huì)众波之声。

既 jì ❶动作已经完了:霜露～降|～往不咎|保持～有的荣誉。【既而】后来,经过一段时间以后:起初以为困难很多,～～看出这些困难都是可以克服的。【食既】指日食、月食的食尽。❷既然,已经(引起下文),后面常与"就"、"则"相应:～说就做|～来之则安之。❸常跟"且"、"又"连用,表示两者并列:～高且大|～快又好。

暨 jì 与,及,和。

蔇 jì ❶草多。❷古时鲁地名,在今山东省。

穊 jì 禾苗,野草稠多。

旡 jì 饮食气逆。

气(氣) qì ❶没有一定的形状、体积,能自由散布的物体:煤～|蒸～。特指空气:～压|给自行车打～。❷(～儿)气息,呼吸:没～了|上～不接下～。❸自然界寒、暖、阴、晴等等现象:天～|节～。❹(～儿)鼻子闻到的味:香～|臭～|烟～。❺人的精神状态:勇～|朝～。【气势】力量和形势。❻怒或使人发怒:他生～了|不要～我了。❼欺压:受～。❽中医指能使人体器官正常发挥机能的原动力:～血|～虚|元～。❾中医指某种症象:湿～|脚～|痰～。

汽 qì 蒸气,液体或固体变成的气体。特指水蒸气:～船。

炁 qì 同"气"。

饩(餼) xì ❶古代祭祀或馈赠用的牲畜。❷赠送(谷物、饲料、牲畜等)。

咥 ㊀xì 大笑。㊁dié 屑韵。

黖 xì ❶黑。❷不明。❸绝远:万物蠢生,芒芒～～。

塈 xì 器名。【居塈】(jū xì)兽名,似蛸而毛赤。

塈 xì(又读 jì) ❶涂饰。❷休息。❸取:《诗·召南·摽有梅》:"顷筐～之。"

摡 xì 取,拭。

忾(愾) ㊀xì 叹息,慨叹。㊁kài 队韵。

炾(熂) xì ❶燎其旁草。❷芟草烧掉。

豨(豷) xì 豕息。

怎 xì 痴傻的样子。

气(霼) xì 气升高空成云的样子。

衣 ㊀yì 穿:～布衣|解衣～我。㊁yī 微韵。

毅 yì 果决,志向坚定而不动摇:刚～|～力|～然决然。

御（❸禦） yù ❶驾驶车马：～车｜～者（赶车的人）。❷旧时称与皇帝有关的：～用。❸抵挡：防～｜～敌｜～寒。

语 ㊁yù 告诉：不以～人。㊀yǔ 语韵。

愈（瘉） yù 病好了（连痊～）：病～。

预 yù ❶预先，事前：～备｜～见｜～防｜～约。❷加入到里面去：不必干～。

蓣 yù 见本页"薯"字条"薯蓣"（shǔ yù）。

滪 yù 见第305页"滟"字条"滟滪堆"（yàn yù duī）。

豫 yù ❶欢喜，快乐：面有不～之色。❷同"预❶"。❸河南省的别称。

饫 yù 饱。

驭 yù 同"御❶"。

与（與） ㊁yù 参与，参加：～会｜～闻此事。㊀yǔ 语韵。㊂yú 鱼韵。

誉（譽） ㊀yù ❶名誉，名声：荣～。特指好的名声：～满中外。❷称赞（连称～）：～不绝口。㊁yú 鱼韵。

处（處、處、処） ㊀chù ❶地方：住～｜各～。引部分，点：长～｜好～｜益～。❷机关，或机关团体里的部门：办事～｜总务～。㊁chǔ 语韵。

憷 chù 害怕，畏缩：他遇到任何难事，从不发～。

狙 jū ❶猕猴。❷【狙击】暗中埋伏，乘机袭击。

讵 jù 岂，怎：～料｜～知。

沮 ㊁jù 【沮洳】（jù rù）低湿的地带。㊀jǔ 语韵。㊂jū（水名）鱼韵。

怚 jù 骄矜，小人得志。

跙 jù 行进不前貌，行走不正。

倨 jù 傲慢：前～后恭。

据（據） ㊀jù ❶凭依，倚仗：～理力争｜～说是这样。❷占（连占～）：盘～｜～为己有。【据点】军队据以作战的地点。❸可以用做证明的事物，凭证（连凭～｜证～）：收～｜字～｜票～｜真凭实～｜无凭无～。㊁jū 鱼韵。

锯 ㊀jù ❶用薄钢片制成有尖齿可以拉（lá）开木、石等的器具：拉～｜手～｜电～。❷用锯拉（lá）：～木头｜～树。㊁jū 虞韵，见第32页"锔（锯）"字条。

遽 jù 急，仓促：不敢～下断语。

踞 jù 蹲或坐：龙盘虎～（形容地势险要）｜箕～（古人席地坐着把两腿像八字形分开）。

窭（窶） jù 贫穷。

醵 jù ❶凑钱喝酒。❷聚集，凑（指钱）：～资。

铝 lǚ 一种金属元素，符号Al，银白色，有光泽，质地坚韧而轻，有延展性。做日用器皿的铝通常叫钢精。

虑（慮） lǜ ❶思考，寻思：深思远～。❷担忧。【顾虑】有些顾忌，担心，不肯或不敢行动。

滤（濾） lǜ 使液体、气体经过纱、布、纸等物，除去其中所含的泥沙、杂质、渣滓、毒气而变清。

去 qù ❶离开所在的地方到别处，由自己一方到另一方，跟"来"相反：我要～工厂｜马上就～｜给他～封信。❷距离，差别：相～不远。❸已过的。特指刚过去的一年：～年。❹除掉，减掉：～皮｜～病｜太长了，～一段。❺在动词后，表示趋向：上～｜进～。❻在动词后，表示持续：信步走～｜让他说～。

洳 rù 【沮洳】（jù rù）低湿的地带。

署 shǔ ❶办公的处所。❷布置：部～。❸签名，题字：签～｜～名。❹暂代：～理。

薯（藷） shǔ 植物名：1. 甘薯，又叫"白薯"、"红薯"或"番薯"，草本植物，茎细长，块根可以吃。【薯蓣】（shù yù）又叫"山药",草本植物,开白花,块根可以吃,也可入药。2. 马铃薯,又叫"土豆"或"地蛋",草本植物,块茎可以吃。

曙 shǔ 天刚亮:~色|~光。

恕 shù 宽恕,原谅:饶~。

庶 shù ❶众多:~民(旧指老百姓)|富~。❷庶几(jī),将近,差不多:~乎可行。

絮 xù ❶棉絮,棉花的纤维:被~|吐~。❷像棉絮的东西:柳~|芦~。❸在衣物里铺棉花:~被子|~棉袄。❹连续重复,惹人厌烦:~烦。【絮叨】(xù·dāo)说话啰唆。

杼 zhù 织布机上的筘(kòu)。古代也指梭。

助 zhù 帮(连帮~):互~|~理|请你多帮~我。【助词】不能独立使用,只能依附在别的词、词组或句子上表示一定语法意义的词,如"的"、"了"、"吗"等。

著 ㊀zhù ❶显明,显出(连显~|昭~):~名|颇~成效。❷写文章,写书:~书立说。❸著作,写出来的文章或书:名~|大~|鲁迅先生的~作。【土著】1. 世代居住在一定的地方。2. 世居本地的人。㊁zhuó 药韵,见第345页"着(△著)"字条。

箸(筯) zhù 筷子。

翥 zhù 鸟飞。

麈 zhù 麈子。

遇 yù ❶相逢，会面，碰到：～雨｜百年不～｜不期而～。❷机会：巧～｜佳～。❸对待，款待：可善～之。

寓（庽） yù ❶居住：～所｜暂～友人家。❷住的地方：张～｜公～。❸寄托，含蓄在内：～言｜～意深刻。【寓目】过眼，看。

谕 yù ❶告诉，使人知道（旧指上级对下级或长辈对晚辈）。❷〈古〉同“喻”。

喻 yù ❶比方（连比～）：我给你打个比～。❷明白，了解：不言而～｜家～户晓。❸说明，使人了解：～之以理。

芋 yù 【芋头】多年生草本植物，叶子略呈戟形，地下茎可以吃。也叫甘薯、地瓜。

吁（籲） ㊀yù 为某种要求而呼喊：～请｜大声呼～。㊁xū 虞韵。

裕 yù 丰富，宽绰：生活富～｜家里很宽～｜时间不充～。【裕固】裕固族，我国少数民族名。

妪（嫗） yù 年老的女人。

雨 ㊀yù 落下：～雪。 ㊁yǔ 麌韵。

鞴 bèi 把鞍辔等套在马身上：～马。【鞴靫】箭室，箭袋。

捕 bǔ 捉，逮：～获｜～风捉影（喻毫无事实根据）。

哺 bǔ ❶喂不会取食的幼儿：～养｜～育｜～乳。❷嘴里含着的食物。

布（❷❸佈） bù ❶用棉纱、麻纱等织成的、可以做衣服或其物件的材料。【布匹】布的总称。❷宣布，宣告，对众陈述：发～｜开诚～公。【布告】张贴出来通知群众的文件。❸散布，分布：阴云密～｜星罗棋～。❹布置：～防｜～局。【布置】安排。❺古代的一种钱币。

埔 bù 【茶埔】(chá bù)地名，在福建省建阳县。

怖 bù 惧怕（连恐～）：情景可～｜白色恐～（反动统治者迫害人民造成的情势）。

埔 ㊀bù 【大埔】县名，在广东省。㊁pǔ 麌韵。

步 bù ❶脚步，行走时两脚之间的距离：稳～前进。【步伐】队伍行进时的脚步：～～整齐。❷事情进行的程序：～骤。❸行，走：～其后尘（追随在人家后面）。【步兵】陆军里步行作战的兵种。❹旧时长度单位，一步等于五尺。❺地步，境地，表示程度：他不注意改造思想才堕落到这一～。❻〈古〉同“埠”。

酺 bù 发布。后汉天子布恩于天下，春秋祭酺会饮，岁二酺，故后之里社聚饮者亦谓之酺。

艄 bù 艇船。

捬 bù 扪持，按摸头：～首。

埠 bù 【埠头】停船的码头，靠近水的地方。古也作“步”。

豉 chǐ 【豆豉】一种用豆子制成的食品。

酢 ㊀cù 同“醋”。【酢浆草】多年生草本植物，匍匐茎，掌状复叶，开黄色小花，结蒴果，圆柱形。全草可入药。㊁zuò 药韵。

醋 cù 一种调味用的液体，味酸，用酒或酒糟发酵制成，也可用米、麦、高粱等直接酿制。

芏 dù 见第9页“茳”字条“茳芏”(jiāng dù)。

肚 ㊀dù ❶（～子）腹部，胸下腿上的部分。引（～儿）器物下面的中心部分：炉～儿。❷（～子｜～儿）圆而凸起像肚子的：腿～子｜手指头～儿。㊁dǔ 麌韵。

妒（妬） dù 因为别人好而忌恨：嫉～。

度 ㊀dù ❶计算长短的器具或单位：～量衡。❷依照计算的标准划分的单位：温～｜湿～｜经～｜用了二十～电。❸程度，事物所达到的境界：高～的爱国热情。❹法则，应遵行的标准（连制～｜法～）。❺度量，能容受的量：气～｜适～｜过～｜～量大｜置之～外（不放在心上）。❻过，度过，由此到彼：～日。❼次：一～｜再～｜前～。㊁duó 药韵。

渡 dù ❶横过水面：～河｜～江。引过，由此到彼（连过～）：～过难关｜过～时期。❷渡口，渡头，过河的地方。

镀 dù 用电解或其他化学方法使一种金属附着在别的金属或物体的表面上：～金｜电～。

蠹（蝫、螙） dù ❶蛀蚀器物的虫子：木～｜书～｜～鱼。❷蛀蚀，侵害，祸害：户枢不～。

父 ㊀fù ❶父亲，爸爸。❷对男性长辈的称呼：叔～｜姨～｜师～｜～老。㊁fǔ 麌韵。

讣 fù 报丧，也指报丧的通知：～闻｜～告。

赴 fù 往，去：～北京｜～宴｜～汤蹈火（喻不避艰险）。

付 fù ❶交，给：～款｜～印｜～表决｜～诸实施｜～出了辛勤的劳动。❷量词，指中药，同"服㊁"。

附（坿） fù ❶另外加上，随带着：～录｜～设｜～注｜信里面～着一张相片。【附和】（fù hè）盲目地同意别人的主张：不要随声～～。【附会】把不相关联的事拉到一起，也作"傅会"：牵强～～。❷靠近：～近｜～耳交谈。

驸 fù 几匹马共同拉车，在旁边的马叫"驸"。【驸马】驸马都尉，汉代官名。后来帝王的女婿常做这个官，因此驸马专指公主的丈夫。

鲋 fù 在我国古代文学中指鲫鱼：涸（hé）辙之～（喻处在困难中亟待援助的人）。

赋 fù ❶旧指田地税：田～。【赋税】旧指田赋和各种捐税的总称。❷我国古典文学中的一种文体。❸念诗或作诗：登高～诗。❹赋予，给予：完成党～予的任务。

傅 fù ❶辅助，教导。❷师傅，教导人的人。❸附着，使附着：～粉。

赙 fù 旧时拿钱财帮人办理丧事：～金｜～仪。

蚹 fù ❶蛇腹下可行的横鳞。❷蛇皮。

仆 ㊂fù 头向前下方跌倒：前～后继。㊀pú 屋韵。㊁pū 屋韵。

估 ㊁gù 【估衣】旧指出售的旧衣服。㊀gǔ 麌韵。

故 gù ❶意外的事情：变～｜事～。【故障】机器发生毛病。❷缘故，原因：不知何～｜无缘无～。❸故意，有心，存心：明知～犯｜～意为难。❹老，旧，过去的：～书｜～人（老朋友）｜～宫。❺本来，原来的：～乡（老家）。❻死（指人）：～去｜病～。【物故】指人死。❼所以：他有坚强的意志，～能克服困难。

固 gù ❶结实，牢靠（[连]坚～）：稳～。❷坚定，不变动：～守阵地｜～体。❸本，原来：～有。【固然】连词，表示先承认原来的意思，后面还要否定那个意思或者转到另一方面去：这项工作～～有困难，但是一定能完成。

堌 gù 堤。多用于地名。如河南省有牛王堌，山东省有青堌集。

崮 gù 四周陡峭，上端较平的山。多用于地名，如山东省有孟良崮、抱犊崮。

锢 gù ❶把金属熔化开浇灌堵塞空隙。❷禁锢，禁闭起来不许跟人接触。

痼 gù 痼疾，积久不易治的病。[引]长期养成不易克服的：～习｜～癖。

顾（顧） gù ❶回头看，泛指看：回～｜环～。❷照管，注意：～全大局｜奋不～身。[转]商店称来买货物：惠～｜～客｜主～。【照顾】1. 照管，特别关心：～～群众的生活。2. 旧时商店称顾客来买货。❸文言连词，但，但看。

雇（僱） gù ❶剥削者购买劳动力从事劳动生产，进行剥削的一种方式：～工｜～佣劳动。❷请人帮忙，付给一定报酬。❸租赁交通运输工具：～车｜～牲口。

护（護） hù 保卫（[连]保～）：爱～｜～路。[引]掩蔽，包庇：～短｜不要一味地～着他。【护照】1. 外交主管机关发给本国公民进入另一国停留时用以证明身份的执照。2. 旧时旅行或运货时所带的政府机关证明文件。【护士】医院里担任护理工作的人员。

戽 hù ❶戽斗，灌田汲水用的旧式农具。❷用戽斗汲水。

互 hù 彼此：～助。【互生】植物每节长出一个叶子，相间地各生在一边，叫"互生"。

沍（冱） hù ❶寒冷凝结。❷闭塞。

糊 ㊁hù 像粥一样的食物：辣椒～。【糊弄】(hù·nong)1.敷衍，不认真做：做事～～是不负责的态度。2.蒙混：你不要～～人。㊀hú 虞韵。㊂hū 虞韵。

瓠 hù （～子）一年生草本植物，爬蔓，夏天开白花，果实长圆形，嫩时可以吃。

枑 hù 交互其木以为遮栏，互为行马所障互，禁止人行。【梐枑】(bì hù)古代官署前拦住行人的东西，亦谓牢狱。

嫭 hù 美好，美女。

謼 hù 姓，同"呼"。

句 ㊀jù （～子）由词组成的能表示出一个完全意思的话。㊂gōu 尤韵。

具 jù ❶器具，器物：工～|家～|文～|农～。❷备，备有：～备|～有|略～规模。【具体】1.明确，不抽象，不笼统：这个计划订得很～～。2.特定的：～～的人|～～的工作。

惧（懼） jù 害怕（连恐～）：临危不～。

犋 jù 畜力单位，能拉动一辆车、一张犁、一张耙等的一头或几头牲口叫一犋，多指两头。

飓 jù 【飓风】发生在大西洋西部和西印度群岛一带热带海洋上的风暴，风力常达十级以上，同时伴有暴雨。

聚 jù 会合，集合（连～集）：大家～在一起谈话|～少成多|欢～。

屦（屨） jù 古代的一种鞋。

澽 jù 【澽水】水名，在陕西省。

库 kù 贮存东西的房屋或地方（连仓～）：入～|水～。

裤（褲、袴、絝） kù 裤子。

胯 ㊁kù 股。㊀kuà 祃韵。

辂 lù ❶古代车前面的横木。❷古代的大车。

赂 lù ❶贿赂，用财物买通别人。❷财物。

路 lù ❶道，往来通行的地方（连～途|～径|道～）：公～|津浦～。引思想或行动的方向、途径：走社会主义道～|思～|生～。【路线】1.人们在认识世界、改造世界中采取的基本准则。在有阶级的社会里，路线有鲜明的阶级性。2.从一地到另一地所经过的道路。❷方面，地区：南～货|外～货。❸种类：两～货。

蕗 lù 甘草的别名。

潞 lù ❶潞水，水名，在山西省。❷潞江，水名，即怒江。❸潞河，水名，即北京通州以下的白河。❹【潞西】县名，在云南省。

璐 lù 美玉。

鹭 lù 水鸟名，翼大尾短，颈和腿很长，常见的有白鹭、苍鹭、绿鹭等。【鹭鸶】(lù sī)就是"白鹭"，羽毛纯白色，顶有细长的白羽，捕食小鱼。

簬 lù 【箘簬】(jǔn lù)美竹，其质甚劲，可以为矢。

露 ㊀lù ❶露水，靠近地面的水蒸气夜间遇冷凝结成的小水珠。引露天，没有遮蔽，在屋外的：风餐～宿|～营。❷用药料、果汁等制成的饮料：枇杷～|果子～|玫瑰～。❸显出来，现出来（连显～）：暴～思想|揭～敌人丑恶的面貌|不～面。㊁lòu 宥韵。

屡（屢） lǚ 屡次，接连着，不止一次：～见不鲜|～战～胜。

募 mù 广泛征求：～捐|～了一笔款。

墓 mù 埋死人的地方（连坟～）：公～|烈士～。

暮 mù ❶傍晚，日落时分：朝(zhāo)～。【暮气】喻精神衰颓，不振作。❷晚，将尽：～春|～年|天寒岁～。

慕 mù ❶羡慕，仰慕：～名。❷思念。

幕 mù ❶帐：1.覆盖在上面的（连帐～）。2.垂挂着的：银～|开～。【内幕】内部的实际情形（多指隐秘的事）。【黑幕】暗中

作弊捣鬼的事情。❷话剧或歌剧的较完整的段落:独~剧。〈古〉又同“沙漠”的“漠”(mò),药韵。

嗯(叽) ㊁ǹg (又)叹词,表示答应:~,就这么办吧。㊀ńg 虞韵。㊂ňg 麌韵。

怒 nù ❶生气,气愤:发~|~发冲冠(形容盛怒)|~容满面。❷气势盛:~涛|~潮|草木~生。❸怒族,我国少数民族名。

铺(鋪) ㊁pù ❶(~子|~儿)商店:饭~|杂货~。❷床(连 床~):临时搭~。❸旧时的驿站,现在用于地名:三十里~。㊀pū 虞韵。

堡 ㊂pù 地名用字:十里~。㊀bǎo 皓韵。㊁bǔ 麌韵。

趣 qù ❶趋向:旨~|志~。❷兴味,使人感到愉快:有~|~味|~事|自讨没~(自寻不愉快)。〈古〉同“促”(cù),沃韵。

觑(覻、覷) qù 看,窥探:偷~|面面相~。【小觑】小看,轻视。

孺 ㊀rù 孺子,小孩子,幼儿:妇~。㊁rú 虞韵。

戍 shù 军队防守:卫~|~边。

树(樹) shù ❶木本植物的总称。❷种植,栽培。❸立,建立(连 ~立):~雄心,立壮志。

竖(竪、豎) shù ❶直立:把棍子~起来。❷上下的或前后的方向:~着写|~着挖道沟。❸直,汉字自上往下写的笔形(丨):十字是一横一~。❹竖子,古时对人的一种蔑称。

裋 shù 古代仆役穿的一种粗陋的短衣。

腧(△俞) shù 腧穴,人体上的穴道:肺~|胃~。“俞”又音 yú,虞韵。

数(數) ㊀shù ❶数目,划分或计算出来的量:基~|序~|岁~|次~|人~太多,坐不下。【数词】表示数目的词,如一、九、千、万等。❷几,几个:~次|~日|~人。㊁shǔ 麌韵。㊂shuò 觉韵。

墅 shù 别墅,住宅以外供游玩休养的园林房屋。

澍 shù 及时的雨。

诉(愬) sù ❶叙说:告~|~苦。❷控告(连 ~讼):起~|上~|控~。

素 sù ❶本色,白色:~服|~丝。引 颜色单纯,不艳丽:这块布很~净。❷本来的:~质|~性。引 事物的基本成分:色~|毒~|因~。❸蔬菜类的食品(对荤菜而言):~食|吃~。❹平素,向来:~日|~不相识。❺古代称洁白的生绢:尺~(用绸子写的信)。

嗉(❶膆) sù ❶(~子)嗉囊,鸟类喉咙下装食物的地方:鸡~子。❷(~子)装酒的小壶。

愫 sù 情愫,真实的心情。

塑 sù(俗读 suò) 用泥土等做成人物的形象:~像|泥~木雕。【塑料】具有可塑性的高分子化合物的统称,种类很多,用途很广。

溯(泝、遡) sù 逆着水流的方向走:~河而上。引 追求根源:推本~源|不~既往。

吐 ㊁tù 消化道或呼吸道里的东西从嘴里涌出(连 呕~):上~下泻|~血。㊀tǔ 麌韵。

兔(兎) tù (~子|~儿)哺乳动物,耳长,尾短,上唇中间裂开,后腿较长,跑得快。

堍 tù 桥两头靠近平地的地方:桥~。

菟 ㊀tù 植物名:1.菟丝子,寄生的蔓草,茎细长,常缠绕在别的植物上,对农作物有害。秋初开小花,子实可入药。2.菟葵,多年生草本植物,花淡紫红色,多生在山地树丛里。㊁tú 虞韵。

捂(摀) wǔ 严密地遮盖住或封闭起来:用手~着嘴|放在罐子里~起来,免得走了味。

牾 wǔ 抵牾,抵触,冲突。

忤 wǔ 逆,不顺从。

迕 wù ❶相遇。❷逆，违背：违～。

务（務） wù ❶事情（连事～）：任～|公～|医～工作者。❷从事，致力：～农。❸务必，必须，一定：～请准时出席|你～必去一趟。❹姓。

雾（霧） wù ❶接近地面的水蒸气遇冷凝结后飘浮在空气中的小水点。❷像雾的东西：喷～器。

坞（塢、隖） wù ❶小障蔽物，防卫用的小堡。❷四面高中间凹下的地方：山～|花～。【船坞】在水边建筑的停船或修造船只的地方。

误（悮） wù ❶错（连错～）：～解|笔～。❷耽误，耽搁：～事|火车～点|生产学习两不～。❸因自己做错而使人受害：～人子弟。

恶（惡） ㊁wù 讨厌，憎恨：可～|深～痛绝。㊀è 药韵。㊂ě 药韵。㊃wū 虞韵。

悟 wù 理解，明白，觉醒（连醒～）：～出这个道理来|恍然大～。【觉悟】1.由迷惑而明白。2.指政治认识：阶级～～|共产主义～～。

焐 wù 用热的东西接触凉的东西，使它变暖：用热水袋～|～手。

晤 wù 遇，见面：～面|～谈|会～。

痦（瘑） wù 【痦子】突起的痣。

寤 wù 睡醒。

婺 wù 【婺水】水名，在江西省。

骛 wù ❶纵横奔驰。❷追求：好高～远。

鹜 wù 鸭子：趋之若～（像鸭子一样成群地跑过去，比喻很多人争着去，含贬义）。

酗 xù 撒酒疯：～酒。

煦（昫） ㊀xù 温暖：春风和～。㊁xǔ 麌韵。

住 zhù ❶长期居留或暂时歇息：～了一夜|他家在这里～了好几代|我家～在城外。❷停，止，歇下：～手|雨～了。❸用作动词的补语：1.表示稳当或牢固：站～|把～方向盘。2.表示停顿或静止：把他问～了。3.表示力量够得上（跟“得”或“不”连用）：禁得～|支持不～。

驻 zhù 停留在一个地方：～军|～外使节。

炷 zhù ❶灯芯。❷量词，指线香：一～香。

注（❸～❺註） zhù ❶灌进去：～入|～射|大雨如～。❷集中在一点：～视|～意|引人～目|全神贯～。❸用文字来解释词句：下边～了两行小注|～解一篇文章。❹解释词、句所用的文字：加～|附～。❺记载，登记：～册|～销。❻赌博时所下的钱：下～|孤～一掷（喻拿出所有的力量希望最后侥幸成功）。

柱 zhù ❶（～子）支撑屋顶的构件，多用木、石等制成。❷像柱子的东西：水～|花～|水银～。

疰 zhù 【疰夏】1.中医指夏季长期发烧的病，患者多为小儿，多由排汗机能发生障碍引起。2.〈方〉苦夏。

蛀 zhù ❶蛀虫，咬木器或衣物的小虫。❷虫子咬坏：这木头被虫～了。

铸（鑄） zhù 把金属熔化后倒在模子里制成器物：～一口铁锅|～成大错（喻造成大错误）。【铸铁】生铁，又叫“铣（xiǎn）铁”，是由铁矿砂最初炼出来的铁。含碳在千分之十七以上，质脆，易熔化，多用来铸造器物。

阼 zuò 大堂前东面的台阶。

胙 zuò 古代祭祀时所用的肉。

祚 zuò 福。

霁(霽) jì ❶雨、雪停止,天放晴:雪初～。❷怒气消除:色～。

济(濟) ㊀jì ❶对困苦的人加以帮助:救～金|～困扶危。❷补益:无～于事。❸渡,过河:同舟共～。㊁jǐ荠韵。

荠(薺) ㊀jì 荠菜,二年生草本植物,花白色。茎叶嫩时可以吃。㊁jǐ荠韵。㊂qí霁韵。

偈 ㊀jì 佛经里的唱词。㊁jié屑韵。

祭 jì ❶对死者表示追悼、敬意的仪式(连～奠):公～烈士。❷供奉鬼神(迷信):～祖|～天。

穄 jì (～子)也叫"糜(méi)子",跟黍子相似但不黏。

蓟 jì ❶多年生草本植物,茎叶多刺,春天出芽,花紫色,可入药。❷姓。

髻 jì 梳在头顶上的发结:高～。

罽 jì 用毛做成的毡子一类的东西。

檵 jì 【檵木】常绿灌木或小乔木,叶子椭圆形或卵圆形,花淡黄色,结蒴果,褐色。枝条和叶子可以提制栲胶,种子可以榨油。叶可入药。

系(繫) ㊁jì 结,扣:把鞋带～上。㊀xì霁韵。

际(際) jì ❶交界或靠边的地方:林～|水～|天～|春夏之～。❷彼此之间:国～|厂～竞赛。❸时候:当祖国进行社会主义建设之～。❹当,适逢其时:～此盛会。

剂(劑) jì ❶配制的药:药～|清凉～。【调剂】1.配制药物。2.适当调整。❷量词:一～药。

计 jì ❶核算(连～算):不～其数。❷测量或计算度数、时间等的仪器:～时器|体温～。❸主意,策略(连～策):妙～|百年大～。❹计划,谋划,打算:咱们先～划一下|为工作方便～。【计较】(jì jiào)1.打算,商量:来,咱们～～一下。2.争论,较量:大家都没有和他～～。

痣 jì 皮肤上生来就有的深色斑。

懠(懠) jì 怒。

币(幣) bì 钱币,交换各种商品的媒介:银～|纸～|人民～。

闭 bì ❶关,合:～上嘴|～门造车(喻脱离实际)。引结束,停止:～会。❷塞,不通:～气。【闭塞】(bì sè)堵住不通。引不开通,交通不便,消息不灵通:这个地方很～～。

毙(斃) bì 死:～命|枪～。

萆 bì 掩盖,蔽隐。【萆荔】(bì lì)香草,似乌韭,生于石上,亦缘木而生。

箅 bì (～子)有空隙而能起间隔作用的片状器物:竹～子|铁～子|纱～子|炉～子。

敝 bì 破,坏:～衣。谦辞:～姓|～处。

蔽 bì ❶遮,挡(连遮～|掩～):旌旗～日。❷概括:一言以～之。

弊 bì ❶欺蒙人的坏事:作～|营私舞～。❷弊病,害处,跟"利"相反:兴利除～|流～。

睥 bì 【睥睨】(bì nì)眼睛斜着向旁边看。引看不起:～～一切。

傺 chì 【侘傺】(chà chì)形容失意。

瘈 ㊀chì 同"瘛"。㊁zhì霁韵。

瘛 chì 【瘛疭】(chì zòng)手脚痉挛、口眼歪斜的症状,也叫"抽风"。

啜 ㊁chuài 姓。㊀chuò屑韵。

脆 cuì ❶容易断、容易碎的:～枣|这纸太～。【脆弱】懦弱,不坚强。❷声音清爽(高音):嗓音挺～。❸干脆,说话做事爽利痛快:办事很～。

毳 cuì 鸟兽的细毛。【毳毛】就是"寒毛",人体表面生的细毛。

磾(磾) dī ❶染缯黑石,出琅琊山。❷人名,西汉金日磾,本匈奴休屠王子。

弟 dì ❶同父母的比自己年纪小的男子（叠）。【弟兄】（dì·xiong）1.包括所有的兄和弟（口语里跟“兄弟”有分别，“兄弟”专指弟弟）：我们～～三个。2.同辈共事的朋友亲热的称呼。❷称同辈比自己年纪小的男性：小～～|师～。【弟子】旧时学生对师自称或别人指称。〈古〉又同“悌”（tì）。〈古〉又同“第❶❷❹”。

递（遞） dì ❶传送，传达（连传～）：投～|你把书～给我|～眼色（以目示意）。❷顺着次序：～补|～加|～进。

娣 dì 古代称丈夫的弟妇：～姒（sì）（妯娌）。

睇 dì 斜着眼看。

第 dì ❶次序（连等～|次～）。❷表次序的词头：～一|～二。引科举时代称考中叫及第，没考中叫落第。❸封建社会官僚贵族的大宅子（连宅～|～宅）：府～。❹但：运动有益于健康，～不宜过于剧烈。

帝 dì 古代指天神，又称最高统治者：上～|～王。【帝国主义】资本主义发展的最高阶段。

谛 dì ❶仔细：～听|～视。❷意义，道理：妙～|真～。

蒂（蔕） dì 花或瓜果跟枝茎相连的部分：瓜熟～落。【芥蒂】心里对人或对事想不开的疙瘩：毫无～～。

缔 dì 结合（连～结）：～交|～约。【缔造】创立，组织。【取缔】禁止。

禘 dì 古代的一种祭祀。

碲 dì 一种非金属元素，符号Te，对热和电传导不良。用于炼铁工业。碲的化合物有毒，可作杀虫剂。

棣 dì ❶植物名：1.唐棣，也作“棠棣”，古书上说的一种植物。2.棣棠，落叶灌木，叶子略呈卵形，花黄色，果实黑色。❷同“弟”，旧多用于书信：贤～。

刿（劌） guì 刺伤。

桂 guì ❶植物名：1.桂皮树，常绿乔木，花黄色，果实黑色，树皮可入药，又可调味。2.肉桂，常绿乔木，花白色，树皮有香气，可入药，也可做香料。3.月桂树，常绿乔木，花黄色，叶可做香料。4.桂花树，又叫“木樨”，常绿小乔木或灌木，花白色或黄色，有特殊香气，供观赏，也可做香料。❷广西壮族自治区的别称。

鳜 guì 【鳜鱼】体侧扁，尾鳍呈扇形，口大鳞细，体青黄色，有黑色斑点，肉味鲜美，是淡水鱼类之一。也作“桂鱼”。

彗（篲） huì（旧读 suì） 【彗星】俗叫“扫帚星”，拖有长光像扫帚。

蔧 huì（旧读 suì） 【王蔧】就是地肤，俗叫“扫帚菜”。一年生草本植物，夏天开花，黄绿色。嫩苗可以吃。老了可以做扫帚。

槥 huì 〈古〉一种小棺材。

慧 huì 聪明，有才智（连智～）：发挥工人的智～。

僡 huì 同“惠”。

惠 huì 好处，给人财物：根据互～的原则，建立贸易关系。敬辞：～赠|～临。

蕙 huì 【蕙兰】多年生草本植物，开淡黄绿色花，气味很香。

憓 huì 同“惠”。

蟪 huì 【蟪蛄】（huì gū）一种蝉，比较小，青紫色。也叫“伏天儿”。

喙 huì 嘴，特指鸟兽的嘴：毋庸置～（不要插嘴）。

厉（厲） lì ❶严格，切实：～行节约|～禁。❷严厉，严肃：正言～色。❸凶猛。【厉害】【利害】（lì·hai）1.凶猛：老虎很～～。2.过甚，很：疼得～～|闹得～～。〈古〉又同“砺”。〈古〉又同“癞”（lài）

励（勵） lì 劝勉，奋勉：～志|奖～。

砺（礪） lì ❶粗磨刀石。❷磨（mó）。

蛎（蠣） lì 【牡蛎】（mǔ lì）一种软体动物，身体长卵圆形，有两面壳，生活在浅海泥沙中，肉味鲜美。壳烧成灰，可入药。也叫“蚝”（háo）。

粝（糲） lì 粗糙的米。

丽（麗） ㊀lì ❶好看，漂亮：美～｜秀～｜壮～｜富～｜风和日～。❷附着（连附～）。㊁lí 齐韵。

俪（儷） lì 相并，对偶：～词｜～句（对偶的文辞）。引指属于夫妇的。

例 lì ❶（～子）可以作依据的事物：举一个～子｜史无前～。❷规定，体例：条～｜发凡起～。【例外】不按规定的，和一般情况不同的：全体参加，没有一个～～｜遇到～～的事就得机动处理。❸按条例规定的，照成规进行的：～会｜～行公事。

疠（癘） lì ❶瘟疫。❷恶疮。〈古〉又同"癞"。

戾 lì ❶罪过。❷凶残，乖张：暴～。

唳 lì 鸟鸣：鹤～。

隶（隸、隷） lì ❶附属，属于（连～属）：直～中央。❷封建时代的衙役：～卒。❸隶书，汉字的一种字体，相传是秦朝程邈所创。

袂 mèi 衣袖：联～（结伴）赴津。【分袂】离别。

泥 ㊁nì ❶涂抹：～墙｜～炉子。❷固执，死板（连拘～）。㊀ní 齐韵。

睨 nì 【睥睨】（bì nì）眼睛斜着向旁边看。

妻 ㊁qì 〈古〉以女嫁人。㊀qī 齐韵。

契（栔） ㊀qì ❶契约，旧社会证明买卖、抵押、租赁等关系的合同、文书、字据：地～｜房～｜卖身～。❷相合，情意相投：默～｜相～｜～友。❸用力雕刻。❹刻的文字：书～。㊁xiè 屑韵。

砌 qì 建筑时垒（lěi）砖石，用泥灰黏合：～墙｜～炕。

憩（憇） qì 休息：小～。

荠（薺） qí 见第324页"荸"字条"荸荠"（bí·qí）

芮 ruì ❶周代诸侯国名，在今陕西省大荔县东南。❷姓。

汭 ruì ❶河流会合的地方，河流弯曲的地方。❷古水名，在今陕西省。

枘 ruì 〈古〉榫。【枘凿】（ruì zuò）方枘圆凿，比喻意见不合。

蚋 ruì 蚊子一类的昆虫，头小，色黑，胸背隆起，吸人畜的血液，能传播疾病。

锐 ruì ❶快或尖（指刀枪的锋刃），跟"钝"相反（连～利｜尖～）：其锋甚～。❷感觉灵敏：感觉敏～｜眼光～利。❸锐气，勇往直前的气势：养精蓄～。

睿（叡） ruì 通达，看得深远：聪明～智。

世（卋） shì ❶一个时代：近～。❷一辈一辈相传的：～袭｜～医。❸世界，宇宙，全球：～上｜～人。

贳 shì ❶出赁，出借。❷赊欠。❸宽纵，赦免。

势（勢） shì ❶势力，权力，威力：倚～欺人。❷表现出来的情况、样子：1.属于自然界的：地～｜山～险峻。2.属于动作的：姿～｜手～。3.属于政治、军事或其他方面的：时～｜大～所趋｜乘～追击。❸雄性生殖器：去～。

逝 shì ❶过去：光阴易～。❷死，多用于表示对死者的敬意：不幸病～。

誓 shì ❶当众或共同表示决心，依照说的话实行：～为共产主义奋斗终生。❷表示决心的话：宣～。

筮 shì 古代用蓍草占卦（迷信）。

噬 shì 咬：吞～｜～脐莫及（喻后悔不及）。

帨 shuì 古代的佩巾，像现在的毛巾。

说 ㊁shuì 用话劝说别人，使他听从自己的意见：游～。㊀shuō 屑韵。㊂yuè 屑韵。

税 shuì 国家向企业、集体或个人征收的货币或实物。社会制度不同，税的性质和作用也不同：纳～｜营业～。

岁（歲、嵗、歳） suì ❶计算年龄的单位，一年为一岁：三～

的孩子。❷年：去～|～月。❸年成：歉～|富～。

屉（屜） tì 器物中可以随意拿出的盛放东西的部分，常常是匣形或是分层的格架：抽～|笼～。

剃（鬀、△薙） tì 用刀刮去毛发：～头|～光。

悌 tì 儒家宣扬的伦理道德之一，指弟弟无条件顺从哥哥。

鬄 ㊀tì 剃发。㊁dí 锡韵。

涕 tì ❶眼泪。❷鼻涕，鼻子里分泌的液体。

绨 ㊁tì 比绸子厚实、粗糙的纺织品，用丝作经，棉线作纬。㊀tí 齐韵。

裼 ㊁tì 婴儿的包被。㊀xī 锡韵。

替 tì ❶代，代理（连～代|代～）：我～你洗衣服|～班。❷为，给：大家都～他高兴。❸衰废：兴～|隆～。

殢（殢） tì ❶困扰，纠缠不清。❷滞留。

薙 tì 除去野草。

嚏 tì 【嚏喷】（tì·pen）鼻黏膜受到刺激而起的一种猛烈带声的喷气现象。也叫"喷嚏"（pēn tì）。

蜕 tuì ❶蛇、蝉等脱下来的皮。❷蛇、蝉等动物脱皮。【蜕化】转变质，腐化堕落。

卫（衛、衞） wèi ❶保护，防护（连保～）：保家～国|自～。【卫生】保护身体的健康，预防疾病：个人～～|环境～～。❷周代诸侯国名，在今河南省北部和河北省南部一带。

系（❸❺係、❸❹❻繫） ㊀xì ❶有连属关系的：～统|一～列的事实|水～|世～。❷高等学校中按学科分的教学单位：中文～|化学～。❸关联：干～。❹联结，拴：～马。引牵挂：～念。【联系】联络，接头：时常和他～～。❺是：确～实情。❻把人或东西捆住往上提或向下送：从房上把东西～下来。㊁jì 霁韵。

细 xì ❶跟"粗"相反：1.颗粒小的：～沙|～末。2.长条状东西直径小的：～竹竿|～铅丝。3.工料精致的：江西～瓷|这块布真～。4.声音小：嗓音～。5.周密：胆大心～|精打～算|深耕～作。❷俭朴（不作修饰语）：他过日子很～。❸细小的，具体的：～节。

盻 xì 怒视。

禊 xì 古代春秋两季在水边举行的除去所谓不祥的祭祀。

婿（壻） xù ❶夫婿，丈夫。❷女婿，女儿的丈夫。

曳（抴、△拽） ㊀yì 拉，拖，牵引：～光弹|弃甲～兵。㊁yè 屑韵。

艺（藝） yì 才能，技能（连技～）：工～。【艺术】1.用形象来反映现实但比现实更有典型性的社会意识形态，包括音乐、舞蹈、美术、雕塑、文学、曲艺、戏剧、电影等。2.指富有创造性的方式、方法：领导～～。

呓（囈、讛） yì 梦话：梦～|～语。

裔 yì ❶后裔，后代子孙。❷边，边远的地方：四～。

诣 yì 到。旧时特指到尊长那里去：～前请教。【造诣】学问或技术所达到的程度：他对于医学～～很深。

猐 yì 【林猐】就是猞猁（shē lì）。

羿 yì 后羿，传说是夏代有穷国的君主，善于射箭。

翳 yì ❶遮盖：树林荫～。❷（～子）眼角膜上所生障蔽视线的白斑。

缢 yì 用绳子勒死：～杀|自～。

勚 yì ❶劳苦。❷器物逐渐磨损，失去棱角、锋芒等：螺丝扣～了。

埶 yì 种植：树～五谷|～菊。

瘗（瘞） yì 掩埋，埋葬。

殪 yì ❶死。❷杀死。

制（❹製） zhì ❶规定，订立：～订计划。❷限定，约束，管束：～止｜～裁｜限～。❸制度，法度，法则：民主集中～｜全民所有～。【制服】依照规定样式做的衣服。❹造，作（连～造）：猪皮～革｜～版｜～图表。

滞（滯） zhì 凝积，积留，不流通：停～｜～销（销路不畅）｜沾～（拘泥）。

彘 zhì 〈古〉猪。

瘈 ㊀zhì 疯狂（特指狗）。㊁chì 霁韵。

瘛 zhì 手足抽搐，小儿急慢惊风。

瘌 zhì 癞瘌病。

掣 zhì 制，牵搐。

猘 zhì 狗发疯。

鮆 zhì 鱼名，可做鮆酱，鱼至肥，炙食甘美。

淛 zhì 【淛山】山名，一名望淛峰。在福建省政和县西。同“浙”。

蹛 zhì 储蓄，积藏。

晢 zhì 星光。

璏 zhì 剑鼻玉。

缀 zhuì ❶缝：把这个扣子～上｜补～。❷联结：～字成文。❸装饰：点～。

醊 zhuì 祭奠。

畷 zhuì 两陌间的道。【畛畷】（zhěn zhuì）地广道多，地界。

赘 zhuì 多余的，多而无用的：～述｜～疣。

攋 zhuì 裂。

泰 tài ❶平安，安定：～然处之。❷极：～西（旧指欧洲）。【泰山】1. 五岳中的东岳，在山东省。2. [转]旧时称岳父。

太 tài ❶过于：～长｜～热。❷极端，最：～好｜～古（最古的时代）｜人民的事业～伟大了。【太平】平安无事。【太阳】1. 日头。2. 人头上眉梢后低凹的部分，也叫"太阳穴"。❸对大两辈的尊长的称呼所加的字：～老伯。

汰 tài 淘汰，除去没有用的成分。

肽 tài 有机化合物。也叫胜（shēng）。

钛 tài 一种金属元素，符号 Ti，熔点高。纯钛和以钛为主的合金是新型的结构材料，主要用于飞机工业和航海工业。

酞 tài 有机化合物的一类，是由一个分子的邻苯二酸酐与两个分子的酚经缩合作用而生成的产物。酚酞就属于酞类。

艾 ㊀ài ❶多年生草本植物，开黄色小花，叶制成艾绒，可供灸病用。❷止，绝：方兴未～。㊁yì 队韵。

砹 ài 一种放射性元素，符号 At。

嗳（嗳） ㊁ài 叹词，表示懊恼、悔恨：～，早知道是这样，我就不来了。㊀ǎi 贿韵。㊂ āi 灰韵，见第 44 页"哎（△嗳）"字条。

贝（貝） bèi ❶古代称水中有贝壳的动物，现在称软体动物中蛤蜊、珠母、刀蚌、纹蛤等为贝类。❷古代用贝壳做的货币。

狈 bèi 传说中的一种兽：狼～为奸。

钡 bèi 一种金属元素，符号 Ba，颜色银白，燃烧时发黄绿色火焰。

蔡 cài ❶周代诸侯国名，在今河南省上蔡县、新蔡县一带。❷〈古〉大龟：蓍（shī）～（迷信占卜用的东西）。

大 ㊀dà ❶跟"小"相反：1. 占的空间较多，面积较广，容量较大：～山｜这间房比那间～。2. 数量较多：～众｜～量。3. 程度深，范围广：～干社会主义｜～快人心。4. 声音较响：～声说话。5. 年长，排行第一：～哥｜～妈｜老～。6. 敬辞：～作｜尊姓～名。❷时间更远：～前年｜～后天。❸不很详细，不很准确：～略｜～概｜～约。〈古〉又同"太"、"泰"（tài），如"太子"、"泰山"等。㊁dài 泰韵。

大 ㊁ dài 【大城】县名，在河北省。【大夫】（dài · fu）医生。【大黄】也叫"川军"，夏季多数开黄白色小花，根及根状茎粗壮，黄色，可入药。【大王】（dài · wang）旧戏曲中对国王或大帮强盗首领的称呼。㊀dà 泰韵。

轪 dài 包在车毂端的铜皮、铁皮。

带（帶） dài ❶（～子｜～儿）用皮、布或纱线等物做成的长条：皮～｜腰～｜鞋～儿。[引]轮胎：外～｜里～。❷地带，区域：温～｜寒～｜沿海一～。❸携带：腰里～着盒子枪｜～着行李。❹有：面～笑容｜～色的。❺领，率领（[连]～领）：～路｜～兵｜起～头作用。

兑 duì ❶交换（[连]～换）：～款｜汇～｜～现。❷八卦之一，符号为☱，代表沼泽。

丐 gài ❶乞求。❷乞丐，以乞讨为生的人。

钙 gài 一种金属元素，符号 Ca，银白色的晶体。动物的骨骼、蛤壳、蛋壳都含有碳酸钙和磷酸钙。它的化合物在工业、建筑工程和医药上用途很大。

盖（蓋） ㊀gài ❶（～子｜～儿）有遮蔽作用的器物：锅～｜瓶～。❷伞：华～（古代车上像伞的篷子）。❸由上向下覆（[连]覆～）：～上锅｜～被。[转]1. 压倒：～世无双。2. 用印，打上：～章｜～印。❹建筑：～楼｜～房子。❺文言虚词：1. 发语词：～闻｜～有年矣。2.表不能确信，大概如此：～近之矣。3.连词，表原因：有所不知，～未学也。〈古〉又同"盍"（hé）。㊁gě 合韵。

戤 gài 旧指冒牌图利。

桧（檜） ㊀guì 常绿乔木，叶子有两种，一种针状，一种鳞片状，果实球形，木材桃红色，有香气，可供建筑及制造铅笔杆等。㊁huì 泰韵。

刽（劊） guì 砍断。【刽子手】旧时称处决死刑罪犯的人。引杀害人民的人。

害 hài ❶有损的：～虫｜～鸟。❷祸害，坏处：为民除～｜喝酒过多对身体有～。❸灾害，灾患：虫～。❹使受损伤：～人不浅｜危～国家。❺发生疾病：～病｜～眼。❻心理上发生不安的情绪：～羞｜～臊｜～怕。〈古〉又同"曷"（hé），曷韵。

嗐 hài 叹词：～！想不到他病得这样重。

会（會） ㊀huì ❶聚合，合拢，合在一起：在哪儿～合？｜就在这里～齐吧｜～审｜～话（对面说话）。【会师】从不同地方前进的军队，在某一个地方聚合在一起。❷多数人的集合：1.在一定时间内为一定目的的集会：纪念～｜群众大～｜开个～。2.在长时间内为共同目的进行工作而组成的团体：工～｜学生～。❸彼此见面：～客｜～一～面｜你～过他没有？❹（～儿）一小段时间：一～儿｜这～儿｜那～儿｜多～儿｜用不了多大～儿。㊁kuài 泰韵。

荟（薈） huì 草木繁多。【荟萃】聚集：人才～～。

绘（繪） huì 画，描画：～图｜～形｜～声。

桧（檜） ㊁huì 人名用字。【秦桧】南宋奸臣。㊀guì 泰韵。

烩（燴） huì 加浓汁或多种食物混在一起烧：～豆腐｜～饭｜杂～。

会（會） ㊁kuài 总计。【会计】1.管理和计算财务的工作。2.管理和计算财务的人。㊀huì 泰韵。

侩（儈） kuài 旧社会中以拉拢买卖，从中取利为职业的人。【市侩】唯利是图、庸俗可厌的人。

郐（鄶） kuài 周代诸侯国名，在今河南省密县东北：～风｜自～以下（喻其余比较差劲的部分）。

哙（噲） kuài 咽下去。

狯（獪） kuài 狡狯，狡猾。

浍（澮） kuài 田间水沟。

脍（膾） kuài 细切的肉：～炙人口（喻诗文等受人欢迎）。

鲙（鱠） kuài 鲙鱼，即鳓鱼。

块（塊） kuài ❶（～儿）成疙瘩成团的东西：糖～儿｜土～｜～根｜～茎。【一块儿】一起：我们天天～～～工作。❷量词。1.用于块状或某些片状的东西：一～地｜一～布｜一～肥皂。2.用于银币或纸币，等于"圆"：五～钱。

赖 lài ❶依赖，仗恃，倚靠：不要存着依～的心理｜任务的提前完成有～于共同努力。❷抵赖，不承认以前的事：事实俱在，～是～不掉的。❸诬赖，硬说别人有过错：自己做错了，不能～别人。❹怪罪，责备：学习不进步只能～自己不努力。❺不好，劣，坏：今年庄稼长得真不～。

濑 lài 流得很急的水。

癞 lài ❶癞病，即"麻风"。❷像生了癞的：1.因生癣疥等皮肤病而毛发脱落的：～狗。2.表皮凸凹不平或有斑点的：～蛤蟆｜～瓜。

籁 lài 古代的一种箫。引孔穴里发出的声音，泛指声音：万～无声。

奈 nài　奈何,怎样,如何:无～|怎～。

柰 nài　(～子)落叶小乔木,花白色,果小。

萘 nài　一种有机化合物,无色晶体,有特殊气味。分子式 $C_{10}H_8$,常用的卫生球(又叫臭球儿、樟脑丸)就是萘制成的。

沛 pèi　盛(shèng),大:精力充～。

旆 pèi　旗子上镶的边。泛指旌旗。

霈 pèi　❶大雨。❷雨多的样子。

外 wài　❶跟"内"、"里"相反:国～|～伤。【外行】(wài háng)对某种业务不通晓,缺乏经验。❷不是自己这方面的:～国|～乡|～人。❸指外国:对～贸易|古今中～|～宾。❹称母亲、姐妹或女儿方面的亲戚:～祖母|～甥|～孙。❺旧戏曲角色名,多演老年男子(柳子戏里叫做"老外")。

最 zuì　极,无比的:～大|～好|～要紧|以此为～。

蕞 zuì　小的样子:～尔。

卦 guà 八卦，中国古代用来占卜的象征各种自然现象的八种符号，相传是伏羲氏所创。【变卦】喻已定的事情又改变（含贬义）。

诖 guà 失误。【诖误】1.旧指牵连人罪：为人～～。2.旧时也指撤职、失官。

挂（掛、❷罣） guà ❶悬（连悬～）：红灯高～｜～图。❷牵连着（连牵～）：～念｜～虑｜记～。❸登记：～号｜～失。❹量词，多指成串的东西：一～鞭｜一～珠子。

褂 guà （～子｜～儿）上身的衣服：大～儿（长衫）｜小～儿。

餲 ㊀ài 食物经久而变味。㊁hé 曷韵。

隘 ài ❶险要的地方：要～。❷狭小（连狭～）：气量狭～。

嗌 ㊀ài 噎，食物塞住嗓子。㊁yì 陌韵。

败 bài ❶输，失利，跟"胜"相反：敌军～了｜一～涂地。❷打败，使失败：甲球队大～乙球队。❸失败，不成功：胜不骄，～不馁｜失～是成功之母。❹败坏，毁坏：～血症｜～坏名誉。❺解除，消散：～火｜～毒。❻衰落：花开～了｜～兴（情绪低落）。

拜 bài ❶过去表示敬意的礼节。转恭敬地：～托｜～访｜～望｜～请。【礼拜】信仰宗教者对神敬礼或祷告。转周、星期的名称。❷旧称行礼祝贺。❸旧时用一定的礼节授予某种名义或结成某种关系：～将｜～把子。

稗 bài （～子）一年生草本植物，长在稻田里或低湿的地方，形状似稻，但叶片毛涩，颜色较浅，主脉清楚。在稻田里夺取稻子的养料。喻微小的，非正式的：～史（记载逸闻琐事的书）。

韛（鞴） bài 〈方〉风箱：风～｜～拐子（风箱的拉手）。

呗 bài 助词，同"呗"（bei）。

惫（憊） bèi 疲惫，极度疲乏。

虿（蠆） chài 古书上说的蝎子一类的毒虫。

瘥 chài 病愈：久病初～。

欸（誒） ㊃ễ（又 èi） 叹词，表示应声或同意：～，我这就来！｜～，就这么办！㊀ē 曷韵。㊁é 曷韵。㊂ě 贿韵。㊄ǎi 贿韵。

芥 ㊁gài 芥菜，也作"盖菜"，芥（jiè）菜的变种。叶子大，表面多皱纹，是普通蔬菜。【芥蓝菜】一种不结球的甘蓝，叶柄长，叶片短而宽，花白色或黄色。嫩叶和菜苔是普通蔬菜。㊀jiè 卦韵。

怪（恠） guài ❶奇异，不平常（连奇～）：～事｜～模～样。引惊奇：大惊小～。❷怪物，神话传说中的妖魔之类（连妖～）。❸很，非常：～好的天气。❹怨，责备：这不能～他｜你没有告诉他，难～他不知道。

画（畫） huà ❶（～儿）图（连图～）：一张～儿｜年～儿｜～报。❷描画或写：～画儿｜～个圈｜～十字｜～押。❸汉字的一笔叫一画："人"字是两～｜"天"字是四～。❹同"划㊀"，陌韵。

划（劃） ㊂huai 见第347页"刮"字条"刮划"（bāi·huai）。㊀huà 陌韵。㊁huá 麻韵。

坏（壞） ㊀huài ❶跟"好"相反：坚决与～人～事作斗争。❷东西受了损伤，被毁（连破～）：自行车～了。❸放在动词后，表示程度深：真把我忙～了｜气～了。㊁pī，支韵，见第15页"坯（△坏）"字条。

介 jiè ❶在两者中间：～乎两者之间。【介绍】使两方发生关系：～～人｜～～工作。【介词】表示地点、时间、方向、方式等等关系的词，如"从、向、在、以、对于"等。❷放在心里：不必～意。❸甲：1.古代军人穿的护身衣服。2.动物身上的甲壳：～虫。

❹个（用于人）：一～书生。❺旧戏曲脚本里表示情态动作的词：打～|饮酒～。

价 ㊁jiè　旧时称派遣传送东西或传达事情的人。㊀jià 祃韵。㊂jie 祃韵。

芥 ㊀jiè　芥菜，二年生草本植物，开黄花，茎叶及块根可吃。种子味辛辣，研成细末可调味。㊁gài 卦韵。

玠 jiè　古代的一种礼器，即“大圭”。

界 jiè　❶相交的地方：边～|～碑|国～|省～。❷范围：眼～|管～。特指按职业工作或性别等所划的范围：教育～|科学～|妇女～。

疥 jiè　疥疮，因疥虫寄生而引起的一种皮肤病，非常刺痒。

蚧 jiè　见第 364 页“蛤”字条“蛤蚧”（gé jiè）

戒 jiè　❶防备：～心|～备森严。【戒严】非常时期在全国或一地所采取的增设警戒、限制交通等措施。❷警惕着不要做或不要犯：～骄～躁。❸革除嗜好：～酒|～烟。❹佛教约束教徒的条规：五～|清规～律。

诫 jiè　警告，劝人警惕：告～。

届（屆） jiè　❶到：～时|～期。❷次，期：第一～|上～。【应届】指本期的，用于毕业生。

解（觧） ㊁jiè　指押送财物或犯人：～款|起～。【解元】明、清两代称乡试考取第一名的人。㊀jiě 蟹韵。㊂xiè 卦韵。

犗 jiè　阉割过的牛。

蒯 kuǎi　❶蒯草，多年生草本植物，丛生在水边，可织席。❷姓。

快 kuài　❶速度大，跟“慢”相反：～车|进步很～。❷赶紧，从速：～上学吧！|～回去吧！❸将，就要，接近：天～亮了|她～毕业了。❹锐利：刀不～了，该磨一磨。❺爽快，直截了当：～人～语|这人真爽～。❻高兴，身体舒服：～乐|～活|大～人心。

筷 kuài　（～子）夹饭菜或其他东西用的细棍儿。

聩 kuì　耳聋：昏～（比喻不明事理）。

篑 kuì　古时盛土的筐子：功亏一～。

喟 kuì　叹气的样子：～然长叹。

劢（勱） mài　努力。

迈（邁） mài　❶抬起腿来跨步：～过去|～了一大步|向前～进。❷老（连老～）：年～。

卖（賣） mài　❶拿东西换钱，跟“买”相反。引出卖：～国贼。❷尽量使出（力气）：～力|～劲儿。❸卖弄，显示自己，表现自己：～功|～乖|～弄才能。

哌 pài　【哌嗪】（pài qín）有机化合物，分子式 $NHCH_2CH_2NHCH_2CH_2$（环状），白色结晶，易溶于水。有溶解尿盐酸、驱除蛔虫等药理作用。

派 pài　❶水的支流。❷一个系统的分支（连～系）：流～|～生。❸派别，派系：各党各～。❹作风，风度：正～|官僚～|气～。❺分配，指定：～人去办|～定工作。

蒎 pài　有机化合物，分子式 $C_{10}H_{18}$，化学性质稳定，不易被无机酸和氧化剂分解。

湃 pài　【澎湃】（pēng pài）大浪相激。【滂湃】水势浩大。

晒（曬） shài　把东西放在太阳光下使它干燥，人或物在阳光下吸收光和热：～衣服|～太阳。

瀣 xiè　【沆瀣】（hàng xiè）夜间的水气。

械 xiè　❶器物，家伙。❷武器：缴敌人的～|～斗。❸刑具。

解 ㊂xiè　❶明白，懂得：～不开这个理。❷姓。❸解县，旧县名，在山西省。今与安邑县合并为运城县。㊀jiě 蟹韵。㊁jiè 卦韵。

廨 xiè 古代通称官署。

懈 xiè 松懈，不紧张（[连]～怠）：始终不～。

邂 xiè 【邂逅】(xiè hòu)没约会而遇到：～～相遇。

薤 xiè 多年生草本植物，叶细长，开紫色小花。鳞茎和嫩叶可以吃。也叫"藠头(jiào·tou)"。

债 zhài 欠别人的钱财：还～|公～。

寨(砦) zhài ❶防守用的栅栏。【鹿寨】(鹿砦)军事上常用的一种障碍物，古代多用削尖的竹木，现多用铁蒺藜等做成。❷旧时军营：安营扎～。❸村子：村村～～。

搩 zhài 缝纫方法，把衣服上附加的物件缝上：～纽扣儿|～花边。

瘵 zhài 病，多指痨病。

拽 ㊀zhuài 拉，拖，牵引：把门～上。㊁zhuāi 佳韵。㊂yè 屑韵。

嘬 zuò 聚缩嘴唇而吸取：小孩～奶。

队（隊） duì 有组织的群众团体或排成的行列：乐～|生产～|排～。【队伍】(duì·wu)1.军队。2.有组织的群众行列：游行～～过来了。

对（對） duì ❶对答，问答：无言以～|～答如流。❷向着：面～太阳。❸对面的：～门|～岸。❹跟，和：可以～他说明白。❺互相：～调|～流。❻对待，看待，对付：他～我很客气|刀～刀，枪～枪。【对得起】【对得住】不亏负。❼照着样检查：～笔迹|校～。❽正确：这话很～。引用作答语，表示同意：～，你说得不错！❾双，成双的：～联|配～。引 1.(～子|～儿)联语：喜～。2.平分，一半：～开|～成。❿掺入(多指液体)：～水。

怼（懟） duì 怨恨。

敦 ㊁duì 古时盛黍稷的器具。㊀dūn 元韵。

镦 duì 古代矛戟柄末的金属箍。

憝 duì ❶怨恨。❷坏，恶：元凶大～。

碓 duì 捣米的器具，用木、石制成。

唉 ㊁ài 叹词，表示伤感或惋惜：～，病了两个月，把工作都耽搁了。㊀āi 灰韵。

爱（愛） ài ❶喜爱，对人或事物有深挚的感情：～祖国|～人民|～劳动。❷喜好：～游泳|～干净。❸容易：铁～生锈。

嫒（嬡） ài 【令嫒】【令爱】旧时对别人女儿的尊称。

瑷（璦） ài 【瑷珲】(ài huī)县名，在黑龙江省。今作“爱辉”。

叆（靉） ài 【叆叇】(ài dài)云彩很厚的样子。

暧（曖） ài 日光昏暗(叠)。【暧昧】1.态度不明朗。2.行为不光明。

碍（礙） ài 妨害，阻碍：～事不～事？|～手～脚。

邶 bèi 周代诸侯国名，在今河南省汤阴县东南。

背 ㊀bèi ❶背脊，脊梁，自肩至后腰的部分。【背后】【背地】不当人面：不要当面不说，～～乱说。【背景】1.舞台上的布景。2.图画上或摄影时衬托主体事物的景物。3.喻对人物、事件起作用的环境或关系：政治～～|历史～～。【背心】没有袖子的短上衣。❷物体的反面或后面：～面|手～|刀～。❸用背部对着，跟“向”相反：～水一战|～光|～灯。引 1.向相反的方向：～道而驰|～地性(植物向上生长的性质)。2.避：～着他说话。3.离开：离乡～井。❹凭记忆读出：～诵|～书。❺违背，违反：～约|～信弃义。❻不顺：～时。❼偏僻，冷淡：这条胡同太～。❽听觉不灵：耳朵有点儿～。㊁bēi 支韵。

褙 bèi 把布或纸一层一层地粘在一起。

孛 bèi 古书上指彗星。

悖 bèi 混乱，违反：并行不～。

焙 bèi 把东西放在器皿里，用微火在下面烘烤：～干研成细末。

辈 bèi ❶代，辈分：革命前～|长～|晚～。【辈子】(bèi·zi)人活着的时间：活了半～～了。❷类(指人)：无能之～。引表示多数(指人)：彼～|我～。

菜 cài ❶蔬菜，供作副食品的植物。❷主食以外的食品。

采（埰、寀） ㊁cài 采地，采邑，古代卿大夫的封地。㊀cǎi 贿韵。

啐 cuì 用力从嘴里吐出来：～一口痰。

淬（焠） cuì 淬火，金属和玻璃的一种热处理工艺，把合金制品或玻璃加热到一定温度，随即在水、油或空气中急速冷却，一般用以提高合金的硬度和强度，通称“蘸火”。【淬砺】喻刻苦锻炼，努力提高。

代 dài ❶替(连～替|替～)：～理|～办|～耕。【代表】1.受委托或被选举出来替别人或大家办事：我～～他去|他～～一

个单位。2.被选派的人：工会～～|全权～～。【代价】获得某种东西所付出的价钱。引为达到某种目的所花费的精力和物质。❷历史上划分的时期(连世～|时～)：古～|近～|现～|清～。【年代】1.泛指时间：～～久远。2.十年的时期(前面须有确定的世纪)：20 世纪 50 ～～(1950～1959)。❸世系的辈分：第二～|下一～。

岱 dài 岱宗，岱岳，指泰山，五岳中的东岳，在山东省。

玳(瑇) dài 【玳瑁】(dài mào，旧读 dài mèi)一种爬行动物，跟龟相似。甲壳黄褐色，有黑斑，很光滑，可做装饰品，也可入药。

贷 dài ❶借贷，借入或借出(簿记学上专指借出)：～款|农～。❷推卸给旁人：责无旁～。❸宽恕，饶恕：严惩不～。

袋 dài (～子|～儿)口袋衣兜或用布、皮等做成的盛东西的器物：布～|衣～|面口～。【烟袋】抽旱烟或水烟的用具：水～～|～～锅。

黛 dài 青黑色的颜料，古代女子用来画眉：～眉|粉～。

甙 dài 有机化合物的一类，多存在于植物体中，中药车前、甘草、陈皮等都是含甙的药物，又称"苷"(gān)。

埭 dài 土坝。

逮 ㊀dài ❶到，及：～乎清季(到了清代末年)|力有未～。❷逮捕，捉拿。㊁dǎi 贿韵。

叇(靆) dài 见第 253 页"叆"字条"叆叇"(ài dài)。

戴 dài ❶加在头、面、颈、手等处：～帽子|～眼镜|～红领巾|～笼头|披星～月(喻夜里赶路或在外劳动)。❷尊奉，推崇：推～|拥～|爱～。

襶 dài 见第 255 页"褦"字条"褦襶"(nài dài)。

废(廢) fèi 停止，放弃：～除不平等条约|半途而～|～寝忘食。引失去效用的，没有用的：～纸|～物利用。

肺 fèi 肺脏，人和某些高等动物体内管呼吸的器官。【肺腑】喻内心：～～之言。

吠 fèi 狗叫：狂～|蜀犬～日(喻少见多怪)。

溉 gài 浇灌(连灌～)。

概 gài ❶大略，总括：～论|大～|不能一～而论。【概念】人们在反复的实践和认识过程中，将事物共同的本质特点抽出来，加以概括，从感性认识飞跃到理性认识，就成为概念。❷概况，情况，景象：胜～。❸气度：气～。

戤 gài 旧指冒牌图利。

汇(滙、匯、❸彙) huì ❶由甲地把款项寄到乙地：～款|～兑。❷河流会合在一起。❸以类相聚、聚合：字～|～集。【汇报】汇集情况向上级或群众报告。

诲 huì 教导，劝说(连教～)：～人不倦。

晦 huì ❶昏暗不明。【晦气】不顺利，倒霉。❷夜晚：风雨如～。❸夏历每月最末一天。

秽(穢) huì 肮脏：～土。喻丑恶的：～行。

翙(翽) huì 【翙翙】鸟飞的声音。

阓 huì 见第 70 页"阛"字条"阛阓"(huán huì)。

缋 huì 同"绘"(huì)。

殨(△溃) huì 疮溃烂：～脓。"溃"又音 kuì，队韵。

慨(❷嘅) kǎi ❶愤激：慷～激昂。❷概叹，叹息，叹气：感～。❸慷慨，豪爽，不吝啬：～允|～然相赠。

忾(愾) ㊀kài 愤怒，恨：同仇敌～(大家一致痛恨敌人)。㊁xì 未韵。

欬 kài 咳嗽。

愦 kuì 昏乱，糊涂(连昏～)。

溃 ㊀kuì ❶溃决，大水冲开堤岸。❷散乱，垮台：～散|敌军～败|～不成军|经济崩～。【溃围】突破包围。❸身体的一部分因腐烂而破了口：～烂。【溃疡】(kuì yáng)黏膜或表皮坏死而形成的缺损。㊁huì 队韵，见第254页“殨(△溃)”字条。

赉(賚) lài 赐，给。

睐(睞) lài ❶瞳人不正。❷看，向旁边看：青～(旧称对人的重视)。

类(類) lèi ❶种，好多相似事物的综合(连种～)：分～|～型|以此～推。❷类似，好像：画虎～犬。

擂 ㊀lèi 打：～鼓|自吹自～(喻自我吹嘘)。【擂台】古时候比武的台子：摆～～。㊁léi 灰韵。㊂lēi 灰韵。

酹 lèi 把酒洒在地上表示祭奠。

妹 mèi ❶(～子)称同父母比自己年纪小的女子(叠)。❷对比自己年纪小的同辈女性的称呼：表～。

昧 mèi ❶昏，糊涂，不明白：愚～|蒙～|冒～。❷隐藏，隐瞒：拾金不～。

瑁 mèi 见第254页“玳”字条“玳瑁”。

佴 ㊁nài 姓。㊀èr 寘韵。

耐 nài 受得住，禁(jīn)得起：～劳|～用|～火砖。【耐心】不急躁，不厌烦：～～说服。

鼐 nài 大鼎。

褦 nài 【褦襶】(nài dài)不晓事，不懂事。

内 nèi ❶里面，跟“外”相反：～室|～衣|～科|～情|国～|党～。❷称妻子家的亲属：～兄～侄。〈古〉又同“纳”(nà)，合韵。

佩(❸珮) pèi ❶佩带，挂：腰间～着一支手枪|～戴勋章。❷佩服，心悦诚服：这种精神十分可～|劳动模范人人～服。❸古代衣带上佩戴的玉饰。

配 pèi ❶两性结合：1.男女结婚：婚～。2.使牲畜交合：～种|～猪。【配偶】指夫或妻。❷用适当的标准加以调和：～颜色|～药。❸有计划地分派，安排：分～|～备人力。❹把缺少的补足：～零件|～把钥匙。【配套】把若干相关的事物组合成一整套。❺衬托，陪衬：红花～绿叶|～角。❻够得上：他～称为先进工作者。

塞 ㊂sài 边界上的险要地方：要～|～外。㊀sāi 灰韵。㊁sè 职韵。

赛 sài ❶比较好坏、强弱：～跑|田径～。❷胜似：一个～一个。转比得上：～真的。

态(態) tài 形状，样子(连形～|状～|姿～)：丑～|变～。引情况：事～扩大。【态度】1.指人的举止动作：～～大方。2.对于事理采取的立场或看法：～～鲜明|表明～～。

退 tuì 向后移动，跟“进”相反：敌人已经～了。

乂 yì 治理，安定。

刈 yì 割(草或谷类)：～除杂草。

义(義) yì ❶公正合宜的道理或举动(连正～)：见～勇为|～不容辞。引旧指合乎正义或公益的：～举。【义务】1.应尽的责任。2.不受报酬的：～～劳动。❷感情的联系：朋友的情～。❸意义，意思，人对事物认识到的内容：定～|字～|歧～。❹旧指认作亲属的：～父|～子。引人工制造的(人体的部分)：～齿(镶上的牙)|～肢(配上的上肢或下肢)。又yì，寘韵。

艾 yì ㊁治理。【自怨自艾】本义是悔恨自己的错误，自己改正。现在只指悔恨。㊀ài 泰韵。

再 zài ❶表示又一次(有时专指第二次)：一而～，～而三|一～表示|～版。【再三】不止一次地，一次又一次地：～～考虑。❷表示事情或行为重复，继续，多指未

然(与“又”不同):明天～来|雨要～下,就太多了。❸连接两个动词,表示先后的关系:吃完饭～去学习|把材料整理好了～动笔写。❹更,更加:～好没有了|～大一点就好了。

在 zài 存在:革命者青春常～|人～阵地～。介词,表示事情的时间、地点、情形、范围等:～晚上读书|～礼堂开会|～这种条件之下。

载 ㊀zài ❶用交通工具装:～货|～重汽车|满～而归。❷充满:怨声～道。❸乃,于是(古文里常用来表示同时做两个动作):～歌～舞。㊁zǎi 贿韵。

晬 zuì 婴儿周岁。

震 zhèn　❶迅速或剧烈地颤动：地～|～耳。❷惊恐或情绪过分激动：～惊|～怒。❸八卦之一，符号是☳，代表雷。

振 zhèn　❶摇动，挥动：～笔直书|～铃|～臂高呼。❷奋起，举起：～兴|精神一～。

赈 zhèn　赈济，救济：～灾|以工代～。也作“振”。

瑱 zhèn　古时戴在耳垂上的玉。

镇 zhèn　❶压：～尺。❷镇压：～反。❸安定：～静|～定。❹较大的集市：城～|村～。❺把饮料等同冰或冷水放在一起使凉：冰～汽水。

圳（甽） zhèn　〈方〉田边水沟。多用于地名，如深圳、圳口，都在广东省。

阵 zhèn　❶军队作战时布置的局势：～线|严～以待|一字长蛇～。[引]战场：～亡。【阵营】两军交战对立的阵势。[喻]统一战线或集团：革命～～。❷量词，表示事情或动作经过的段落：刮了一～风。[转]（～子）时间：这一～子工作正忙。

摈（擯） bìn　排除，遗弃：～斥异己。

殡（殯） bìn　停放灵柩或把灵柩送到墓地去：出～|～仪馆（代人办理丧事的场所）。

膑（臏） ㊀bìn　同“髌”。㊁bǐn 轸韵。

髌（髕） ㊀bìn　膝盖骨。㊁bǐn 轸韵。

鬓（鬢） bìn　脸旁边靠近耳朵的头发。

衬（襯） chèn　❶在里面再托上一层：～绒|～上一张纸。❷搭配上别的东西：这朵红花～着绿叶，真好看。

疢 chèn　热病，也泛指病。

龀 ㊀chèn　小孩儿换牙的过程（乳齿脱落长出恒齿）。㊁chěn 吻韵。

称（稱） ㊀chèn　适合：～心|～职|相～。【对称】两边相等或相当。㊁chēng 蒸韵。㊂chèng 径韵。

趁 chèn　利用机会：～热打铁|～着没下雨打场（cháng）。[引]顺便搭乘：～车。

榇（櫬） chèn　棺材。

盹 dǔn　（～儿）很短时间的睡眠：打～儿（打瞌睡）。

楯 ㊀dùn　同“盾”。㊁shǔn 轸韵。

馑 jǐn　荒年（[连]饥～）。

仅（僅） ㊀jìn　将近，几乎（多见于唐人诗文）：山城～百层|士卒～万人。㊁jǐn 吻韵。

尽（盡） ㊀jìn　❶完毕：用～力气|说不～的好处。[引]达到极端：～善～美|～头。【自尽】自杀。❷全部用出：～心|～力|仁至义～。[引]竭力做到：～职。❸都，全：到会的～是战斗英雄。㊁jǐn 轸韵。

荩（藎） jìn　❶【荩草】一年生草本植物，茎很细，花灰绿色或带紫色，茎和叶可做黄色染料，纤维可做造纸原料。❷忠。

浕（濜） jìn　【浕水】水名，在湖北省。

赆（贐） jìn　临离别时赠的礼物：～仪。

烬（燼） jìn　物体燃烧后剩下的东西（[连]灰～）：化为灰～|烛～。

进（進） jìn　❶向前、向上移动，跟“退”相反：前～|～军|更～一层。❷收入或买入：～款|～项|～货。❸入，往里面去：～工厂|～学校。❹旧式建筑房院前后的层次：这房子是两～院子。

晋（晉） jìn　❶进，向前：～见|～级。❷周代诸侯国名，在今山西省和河北省南部，河南省北部，陕西省东部。❸山西省的别称。❹朝代名：1. 司马炎建立（公元265～420年）。2. 五代之一，石敬瑭建立（公元936～946年）。

搢（搢） jìn　插。【搢绅】同“缙绅”。

缙（縉） jìn 赤色的帛。【缙绅】旧指官僚，也作“搢绅”。

殣 jìn ❶掩埋。❷饿死。

觐 jìn 朝见君主或朝拜圣地。亦读 jǐn，吻韵。

俊 jùn ❶才智过人的：～杰｜～士。❷容貌美丽：那个小姑娘真～。

峻 jùn 山高而陡：高山～岭。喻 严厉苛刻：严刑～法。

馂 jùn 吃剩下的食物。

浚（濬） ㊀jùn 疏通，挖深：～井｜～河。㊁xùn 震韵。

骏 jùn 骏马，好马。

焌 ㊀jùn 用火烧。㊁qū 质韵。

畯 jùn 指西周管奴隶耕种的官。

竣 jùn 事情完毕：～事｜大工告～。

隽（雋） ㊀jùn 同“俊❶”。㊁juàn 铣韵。

菌 ㊀jùn 就是“蕈”（xùn）。㊁jūn 真韵。㊂jǔn 轸韵。

吝（恡） lìn 当用的财物舍不得用，过分爱惜（连 ～啬）：～惜｜他一点儿也不～啬。

蔺 lìn 【马蔺】多年生草本植物，根茎粗，叶线形，花蓝紫色。叶坚韧，可系物，也可造纸。根可制刷子。有的地区叫“马兰”。

躏 lìn 见第 135 页“蹂”字条“蹂躏”（róu lìn）。

遴 ㊀lìn 谨慎选择（连 ～选）：～选人才。㊁lín 真韵。

膦 ㊀lìn 磷化氢（PH_3）分子中的氢原子，部分或全部被烃基取代而形成的有机化合物的总称。㊁niǎn 铣韵。

刃（刄） rèn ❶（～儿）刀枪等锋利部分：这刀～儿有缺口了。❷刀：手持利～｜白～战。

仞 rèn 古时以八尺或七尺为一仞。

纫 rèn ❶引线穿针：～针。❷缝缀：缝～。

韧（韌、靭） rèn 既柔软又结实，不易折断：～性｜坚～。

轫 rèn 支住车轮不让它旋转的木头。【发轫】喻 事业开始：根治黄河的伟大事业已经～～。

牣 rèn 充满（连 充～）。

认（認） rèn ❶分辨，识别（连 ～识）：～字｜～明｜～不出。【认真】实事求是，不苟且。❷承认，表示同意：～可｜～错｜公～｜否～。

闰 rùn 地球公转一周的时间为 365 天 5 时 48 分 46 秒。阳历把一年定为 365 天，所余时间约每四年积累成一天，加在二月里；夏历把一年定为 354 天或 355 天，所余的时间约每三年积累成一个月，加在某一年里。这样的办法在历法上叫做闰。

润 rùn ❶不干枯，湿燥适中：湿～｜～泽。❷加油或水，使不干枯：～肠｜～～嗓子。❸细腻光滑：他脸上很光～。❹使有光泽，修饰（连 ～饰）：～色。❺利益：分～｜利～。

慎 shèn 小心，加小心（连 谨～）：不～｜办事要～重｜谦虚谨～。

顺 shùn ❶趋向同一个方向，跟“逆”相反：～风｜～水｜通～。❷沿，循：～河边走。引 依次往下：遇雨～延。❸随，趁便：～手关门｜～口说出来。❹整理，理顺：～一～头发｜文章太乱，得～一～。❺服从，不违背：～从。❻适合，不别扭：～心｜～眼。

瞤 shùn ❶眼皮跳动。❷肌肉掣动。

舜 shùn 传说中上古帝王名。

瞬 shùn 一眨眼，转眼：～息万变（喻极短时间内变化极多）｜转～即逝。

囟（顖） xìn 囟门，囟脑门，又叫“顶门”，婴儿头顶骨未合缝的地方。

芯（△信）㊁xìn ❶（～子）装在器物中心的捻子一类的东西，如蜡烛的捻子、爆竹的引线等。❷（～子）蛇的舌头。㊀xīn 侵韵。

信 xìn ❶诚实，不欺骗：～用｜失～。❷信任，不怀疑，认为可靠：～赖｜这话我不～。[转]信仰，崇奉：～徒。❸消息（[连]～儿）报～｜喜～儿。【信号】传达消息、命令、报告等的记号：放～～枪。❹函件（[连]书～）：给他写封～。❺随便：～步｜～口开河。❻信石，砒霜。❼同"芯㊁"。〈古〉又同"伸"（shēn）。

衅（舋）xìn ❶古代用牲畜的血涂器物的缝隙：～钟｜～鼓。❷缝隙，争端：挑～｜寻～。

讯 xùn ❶问，特指法庭中的审问：审～。❷消息，音信：通～｜新华社～。

汛 xùn 定期的涨水：防～｜秋～｜桃花～。

迅 xùn 快（[连]～速）：～雷不及掩耳｜光阴～速。

徇（狥）xùn ❶从，屈从：绝不～私舞弊。❷同"殉❶"。

殉 xùn ❶为达到某种目的牺牲自己的性命：～国（为国捐躯）｜～难。❷古代反动统治阶级逼迫活人陪着死人埋葬，也指用偶人或器物随葬：～葬。

浚（濬）㊁xùn 浚县，在河南省。㊀jùn 震韵。

印 yìn ❶图章，戳记：盖～｜钤（qián）～｜～信｜～把子（也比喻政权）。❷（～子｜～儿）痕迹：脚～儿｜烙～。❸留下痕迹：～书｜翻～｜排～。【印刷】把文字图画等制成版，加油墨，印在纸上，可以连续印出很多的复制品。印刷术是我国古代四大发明之一。❹合：～证｜心心相～。【印证】互相证明。

茚 yìn 有机化合物，一种稠环芳香烃。分子式 $C_6H_4CH_2CH{:}CH$，无色液体，容易产生聚合反应。是制造合成树脂的原料。

䲟 yìn 【䲟鱼】身体细长，圆柱形，头小，前半身扁平，背上有吸盘，可以吸在大鱼或船底上。生活在海洋中，肉可以吃。

胤 yìn 后代。

慭（憖）yìn ❶宁愿。❷损伤。【慭慭】谨慎的样子。

问 wèn ❶有不知道或不明白的请人解答：到～事处去～一～。❷慰问：～候。❸审讯，追究：～口供。引问罪，惩办：胁从不～。

紊 wèn(今读 wěn) 乱(连～乱)：有条不～。

汶 wèn 【汶河】水名，在山东省。

纹 ㊀wèn 同"璺"。㊁wén 文韵。

璺 wèn 器物上的裂痕：这个碗有一道～|打破砂锅～到底。

揾 èn 用手按压：～电铃。

分 ㊀fèn ❶名位、职责、权利的限度：～所当然|身～|本～。❷成分：水～|糖～。❸同"份"。【分子】(fèn zǐ)属于一定阶层、集团或具有某种特征的人：积极～～。(另 fēn zǐ，见第56页"分"字条。)㊁fēn 文韵。

份(△分) fèn ❶整体分成几部分，每一部分叫一份：分成三～|每人一～。❷量词，指成组成伴的：一～报。〈古〉又同"彬"(bīn)，真韵。"分"又音 fēn，文韵。

忿 ㊀fèn 生气，恨(叠)：～～不平。【不忿】不服气，不平。【气不忿儿】看到不平的事，心中不服气。㊁fěn 吻韵。

奋(奮) fèn 振作，鼓劲：～翅|～斗|兴～|～不顾身|～发图强。

偾 fèn 败坏，破坏：～事|～军之将。

愤 ㊀fèn 因为不满意而感情激动(叠)：气～|～～不平。【发愤】自己感觉不满足，努力地做：～～(也作"发奋")图强。㊁fěn 吻韵。

粪(糞) fèn ❶屎，粪便，可做肥料。❷施肥，往田地里加肥料：～地|～田。

近 jìn ❶跟"远"相对：1.距离短：路很～|天津离北京很～。2.距现在之前不久的时间：～几天|～来。❷亲密，关系密切：亲～。❸接近，差别小，差不多：相～|～似|年～五十。

靳 jìn 吝惜，不肯给予。

郡 jùn 古代行政区域，秦以前比县小，从秦朝起比县大。

捃 jùn 拾取：～摭(zhí)(搜集)。

珺 jùn 一种美玉。

训 xùn ❶教导，教诲：接受教～|～练。❷可以作为法则的话：遗～|不足为～。❸解释词的意义：～诂。

熏 ㊀xùn 〈方〉(煤气)使人窒息中毒：炉子安上烟囱，就不至于～着了。㊁xūn 文韵。

蕈 xùn 生长在树林里或草地上的某些高等菌类植物，形状略像伞，种类很多，有许多是可以吃的：松～|香～。

孕 yùn 胎，怀胎：有～|～妇。〈古〉yìng 径韵。

运(運) yùn ❶旋转，循序移动：日月～行。【运动】1.物理学上指物体的位置继续不断地变易的现象。2.哲学上指物质的存在形式和根本属性。3.各种锻炼身体的活动，如体操、游泳等。❷搬送(连～输)：～货|客～|陆～。❸指人的遭遇。特指迷信的人所说的命中注定的遭遇：幸～|走好～。

酝(醖) yùn 【酝酿】(醖釀)(yùn niàng)造酒材料加工后的发酵过程。喻事前考虑或磋商使条件成熟：大会前要有～～工作。

员 ㊂yùn 姓。㊀yuán 先韵。㊁yún 文韵。

郓 yùn 【郓城】县名，在山东省。

恽 ㊀yùn 姓。㊁yǔn 吻韵。

晕 ㊀yùn ❶日光或月光通过云层时因折射作用而在太阳或月亮周围形成的光圈：日～|月～而风。❷头发昏：一坐船就～。㊁yūn 文韵。

愠 yùn 怒，怨恨：～色。

缊 yùn 新旧混合的丝绵：～袍。

韫（韞）㊀yùn 收藏。㊁yǔn 吻韵。

蕴 ㊀yùn 含着，藏着（连～藏）：我国石油～藏量很大。㊁yǔn 吻韵。

韵（韻）yùn ❶语音名词：1. 就是韵母，字音中声母以外部分，包括介音在内，如“堂（táng）”的韵母是 áng，“皇（huáng）”的韵母是 uáng。2. 字音中声母、介音以外的部分，如“堂（táng）皇（huáng）”都是áng 韵，又如 an、ian、uan、üan 是四个韵母，同是 an 韵：～类｜～文｜押～｜叶（xié）～。❷有节奏的声音：琴～悠扬。❸风致，情趣：风～。

熨 ㊀yùn 用烙铁、熨斗把衣服等烫平。【熨斗】烧热后用来烫平衣服的金属器具。㊁yù 物韵。

愿（願）（❶～❸）yuàn ❶乐意，想要：甘心情～｜自觉自～。❷希望（连～望）：平生之～｜如～以偿。❸迷信的人对神佛许下的酬谢：许～｜还～。❹恭谨。

瑗 yuàn 大孔的璧。

媛 ㊀yuàn 美女。㊁yuān 元韵。

怨 yuàn ❶仇恨（连～恨）。❷不满意，责备：各无～言｜任劳任～｜别～他，这是我的错。【怨不得】怪不得。

苑 yuàn 养禽兽植林木的地方，旧时多指帝王的花园。

坌 bèn ❶灰尘。❷聚集。❸粗劣。

奔（逩）㊁bèn ❶直往，投向：投～。❷为某事奔（bēn）忙：～戏票。❸年纪按近较高的整数年段：快～五十了。㊀bēn 元韵。

寸 cùn 长度单位，一尺的十分之一。喻短小：～阴｜～步｜手无～铁｜鼠目～光。

吋 cùn(也读作 yīng cùn) 英美制长度单位，一呎的十二分之一。现写作“英寸”。

扽（撴）dèn 用力拉：把绳子～一～｜～线。

趸（躉）dǔn ❶整，整数：～批｜～卖。❷整批地买进：～货｜～菜｜现～现卖。

遁（遯）dùn 逃避：～去｜夜～。【遁辞】【遁词】理屈词穷时所说的应付话。

砘 dùn ❶（～子）耩（jiǎng）完地之后用来轧地的石磙子。❷用砘子轧地。

钝 dùn ❶不锋利，不快：这把刀真～｜镰刀～了，磨一磨吧。❷笨，不灵活：脑筋迟～｜拙嘴～舌。

顿 ㊀dùn ❶很短时间的停止（连停～）：抑扬～挫｜念到这个地方应该～一下。❷忽然，立刻，一下子：～时紧张起来。❸叩，碰：～首。转跺：～足。❹处理，放置：各项事情都整～好了｜把人员安～好了。❺次：一天三～饭｜说了他一～。㊁dú 月韵。

饭 fàn ❶煮熟的谷类食品。多指大米饭。❷每日定时分次吃的食物：午～｜开～｜～厅。

贩 fàn ❶旧指买货出卖：～货｜～了一群羊来。❷（～子）旧时的行商或小商人：菜～子｜摊～。

畈 fàn 〈方〉田地，多用于村镇名。

茛 gèn 植物名，毛茛，多年生草本植物，喜生在水边湿地，夏天开五瓣黄花，果实集合成球状。全草有毒，可作外用药。

艮 ㊀gèn 八卦之一，符号为☶，代表山。㊁gěn 阮韵。

恨 hèn ❶怨，仇视（连怨～）：～入骨髓。❷懊悔，令人懊悔或怨恨的事：遗～。

诨 hùn 开玩笑的话：打～｜～名（外号）。

溷（圂）hùn ❶肮脏（连～浊）。❷厕所。❸猪圈。

建 jiàn 立，设立，成立（连～立）：八一～军节｜～都｜～筑铁路。【建设】创立新事业或增加新的设施：经济～～｜文化～～。【建议】提出有具体办法的意见。

楗 jiàn 竖插在门闩上使门拨不开的木棍。

健 jiàn ❶强壮，身体好（连～康｜强～）：～儿｜保～｜身体～康。2.善于，对于某种事情精力旺盛：～步｜～谈。

腱 jiàn 肌腱，连接肌肉和骨骼的一种组织，白色，质地坚韧。【腱子】人身上或牛、羊等小腿上特别发达的肌肉。

键 jiàn ❶安在车轴头上管住车轮不脱离轴的铁棍。又叫“辖”。【关键】喻事物的紧要部分，对于情势有转变作用的部分。❷插在门上关锁门户的金属棍子。❸琴或机器上使用时按动的部分：～盘。

困（❸❹睏）kùn ❶陷在艰难痛苦里面：为病所～。引包围住：把敌人～在城里。❷穷苦，艰难：～难｜～境。❸疲乏：孩子～了，该睡觉了。❹〈方〉睡：～觉。

论（論） ㊀lùn ❶分析、判断事物的道理（连评～|议～）：不能一概而～|大家讨～一下吧！❷分析、阐明事物道理的文章、理论和言论：实践～|辩证唯物～|历史唯物～|舆～。❸按照：～件|～天。㊁lún 真韵。

闷 ㊀mèn ❶心烦，不痛快：～得慌|～～不乐。❷密闭，不透气：～子车。㊁mēn 元韵。

焖 mèn 盖紧锅盖，用微火把饭菜煮熟：～饭。

懑（懣） mèn 烦闷。

们 men 词尾，表人的复数：你～|咱～|他～的|学生～。

嫩 nèn ❶初生而柔弱、娇嫩，跟"老"相反：～芽|肉皮～。引经火力烧制的时间短：鸡蛋煮得～。❷淡，浅：～黄|～绿。

喷 ㊀pèn ❶香气扑鼻：～鼻儿香。❷（～儿）蔬菜、鱼虾、瓜果等上市正盛的时期：西瓜～儿|对虾正在～儿上。❸（～儿）开花结实的次数或成熟收割的次数：麦子开头～花儿了|绿豆结二～角了|头～棉花。㊁pēn 元韵。

劝（勸） quàn ❶劝解，劝说，说服，讲明事理使人听从：～他不要喝酒。❷勉励（连～勉）：～勉一番。

券 ㊀quàn 票据或作凭证的纸片：公债～|入场～。㊁xuàn 愿韵。

褪 ㊀tuì 【褪色】颜色变淡或消失。㊁tùn 愿韵。

褪 ㊀tùn 使穿着、套着的东西脱离：把袖子～下来|狗～了套跑了。引向内移动而藏起来：把手～在袖子里|袖子里～着一封信。㊁tuì 愿韵。

万（萬） ㊀wàn ❶数目，十个一千。喻多：～物|气象～千|～能铣床。【万一】转意外，意外地：以防～～|～～失败。❷极，很，绝对：～难|～全|～不能行。㊁mò 职韵。

腕 wàn 胳膊下端跟手掌相连的部分。（同"翰"韵）

蔓 ㊀wàn （～儿）细长能缠绕的茎：瓜～儿|扁豆爬～儿了。㊁màn 翰韵。㊂mán 寒韵。

揾 wèn ❶擦：～泪。❷用手指按。

限 xiàn ❶指定的范围：给你三天～。❷指定范围：～三天完工|作文不～字数。【限制】规定范围，不许超过。

宪（憲） xiàn ❶法令：～章。❷指宪法：立～。【宪法】1. 国家的根本法，反映一个国家中公民的权利、义务等，确定符合统治阶级利益的社会、经济制度，国家机关活动的原则。2. 也指某一方面的根本方针、原则、方法：八字～～。

献（獻） xiàn 恭敬庄严地送给：～花|～礼|把青春～给祖国。引表现出来：～技|～殷勤。

券 ㊀xuàn 拱券，门窗、桥梁等建成弧形的部分。㊁quàn 愿韵。

逊（遜） xùn ❶退避，退让。❷谦让，恭顺：出言不～。❸次，差：稍～一等。

巽 xùn 八卦之一，符号是☴，代表风。

噀（潠） xùn 喷水。

鳟 zūn 【鳟鱼】体银白色，背略带黑色，肉可以吃。

翰 hàn 长而坚硬的羽毛,古代用来写字。[转] 1.毛笔:~墨|染~。2.诗文,书信:文~|华~|瑶~。

瀚 hàn 广大众多:浩~。

汗 ㊀hàn 由身体的毛孔里排泄出来的液体。㊁hán 寒韵。

闬 hàn ❶里巷门。❷墙。

捍(扞) hàn 保卫,抵御:~卫祖国|~海堰(挡海潮的堤)。【捍格】相抵触:~~不入。

悍(猂) hàn ❶勇敢:强~|短小精~。❷凶暴([连]凶~):~然不顾。

焊(銲、釬) hàn 将金属或玻璃等局部加热、熔化或用熔点较低的金属、玻璃等填充接缝,使相互连接:电~|铜~。

汉(漢) hàn ❶汉水,上流在陕西南部,下流到汉口入长江。【银汉】天河。❷朝代名:1.刘邦建立(公元前206~公元220年)。2.五代之一,刘知远建立(公元947~950年)。❸(~子)男人,男子:老~|好~|英雄~。❹汉族,我国人数最多的民族。

桉 ㊀ān 【桉树】常绿乔木,树干高而直,木质坚韧,供建筑用,树皮和叶都可入药,叶还可提桉油,树皮又可提鞣料。也叫"有加利树",原产澳洲,今移植云南省。㊁ān 寒韵。

鮟 ān 【鮟鱇】(ān kāng)鱼名,生在深海里,体前半部平扁,圆盘形,尾部细小,头大,口宽,全身无鳞,能发出像老人咳嗽样的声音,俗称"老头儿鱼"。

犴 ㊀àn 见第170页"狴"字条"狴犴"(bì àn)。㊁hān 寒韵。

岸 àn ❶江、河、湖、海等水边的地:河~。❷高大:傲~。

按 àn ❶用手压或摁(èn):~脉|~电铃。【按摩】一种医术,帮助病人血液循环,也叫"推拿"。❷止住,压住:~兵不动|~下此事先不表。❸依照:~理说你应该去|~部就班(依照程序办事)|~图索骥(本喻拘泥,转为照样去做)。❹经过考核研究后下论断,也作"案":~语|编者~。

案 àn ❶长形的桌子。❷机关或团体中记事的文件:备~|有~可查。❸提出计划、办法等的文件:提~|议~。❹事件:五卅惨~。特指涉及法律问题的事件:~情|犯~|破~。❺古时候端饭用的木盘。❻同"按❹"。

半 bàn ❶二分之一:十个的一~是五个|分给他一~。❷在中间:~夜|~路上|~途而废。❸不完全的:~透明|~脱产。

伴 bàn ❶(~儿)同在一起而能互助的人([连]~侣):找个~儿学习。❷陪着,伴随:~游|~奏。

拌 bàn 搅和:~种子|~草喂牛。

绊 bàn 行走时被别的东西挡住或缠住:~马索|走路不留神被石头~倒了。【羁绊】束缚:不受~~。

柈 bàn (~子)大块的木柴。

靽 bàn 驾车时套在牲口后部的皮带。

灿(燦) càn 【灿烂】鲜明,耀眼:阳光~~。

粲 càn ❶鲜明的样子。❷【粲然】笑的样子:以博一~。

璨 càn ❶美玉。❷同"粲❶"。

镩(鑹) cuàn 冰镩,一种铁制的凿冰器具。

窜(竄) cuàn ❶逃走,乱跑:东跑西~|打得侵略军抱头鼠~。❷放逐,驱逐。❸修改文字:~改|点~。

爨 cuàn ❶烧火做饭:分~(旧时指分家)|同居各~。❷灶。

石 ㊀dàn 容量单位,一石是十斗(此义在古书中读 shí,如"二千石")。㊁shí 陌韵。

旦 dàn ❶早晨:~暮|枕戈待~。[引]天,日:元~|一~发现问题,立刻想法解决。【旦夕】1.早晨和晚上。2.在很短的时间之内:危在~~。❷旧戏曲里扮演妇女

的角色。

但 dàn ❶只，仅，只要：我们不～保证完成任务，还要提高质量。【但凡】只要：～～我有工夫，我就去看他。❷但是，不过，可是：我们热爱和平，～也不怕战争。

担（擔）㊀dàn ❶扁担，挑东西的用具，多用竹、木做成。❷（～子）一挑东西：货郎～。喻担负的责任：重～｜不怕～子重。❸量词，多指一百斤。㊁dān 寒韵。㊂dǎn 旱韵，见第182页"撣"字条。

疍 dàn 【疍民】过去广东、广西、福建内河和沿海一带的水上居民。因受反动派迫害，多以船为家，从事渔业、运输业。

惮（憚） dàn 怕，畏惧：不～烦｜肆无忌～。

弹（彈）㊀dàn ❶可以用弹（tán）力发射出去的小丸：～丸。❷装有爆炸物可以击毁人、物的东西：炮～｜炸～｜手榴～。㊁tán 寒韵。

瘅（癉） dàn ❶因劳累造成的病。❷憎恨：彰善～恶。

段 duàn ❶事物、时间的一节，截：一～话｜一～时间｜一～木头。【段落】语言、文章、事情等根据内容划分成的部分：工作告一～～｜这篇文章可以分两个～～。❷工矿企业中的行政单位：工～｜机务～。

踹 ㊀shuàn ❶足跟。❷跳脚，顿足。㊁chuài 霰韵。

塅 duàn 〈方〉指面积较大的平坦地区，常用作地名：田心～（在湖南省株洲市北）。

缎 duàn （～子）质地厚密，一面光滑的丝织品，是我国的特产之一。

椴 duàn 【椴树】落叶乔木，像白杨，华北和东北出产。木材细致，可以制造蒸笼、铅笔和火柴。

煅 duàn ❶同"锻"。❷放在火里烧，减少药石的烈性（中药的一种制法）：～石膏。

锻 duàn 把金属加热，然后锤打：～件｜～工。【锻铁】用生铁精炼而成的含碳量在万分之十五以下的铁。也叫"熟铁"。【锻炼】通过体育活动，增强体质：～～身体，保卫祖国。

断（斷） duàn ❶长形的东西从中间截开：棍子～了｜风筝线～了｜把绳子剪～了。❷断绝，不继续：～奶｜～了关系。引戒去：～酒｜～烟。【断送】丧失：如果"四人帮"篡夺了党和国家的领导权，革命成果就会被～～。❸判断，决定，判定：诊～｜～案｜当机立～｜下～语。❹一定，绝对：～无此理｜～然做不得。

簖（籪） duàn 插在水里捕鱼、蟹用的竹栅栏。

干（幹、❶榦）㊀gàn ❶事物的主体，重要的部分：树～｜躯～｜～线。❷做，搞：你在～什么？转有才能的，善于办事的：～才｜～员。【干练】对办事很有经验。❸〈方〉坏，糟：事情要～。㊁gān 寒韵。

旰 gàn 晚：～食（因心忧事繁而晚食）。

骭 gàn ❶小腿骨。❷肋骨。

莞 ㊀guǎn 东莞市，在广东省。㊁wǎn 旱韵。

观（觀）㊁guàn 道教的庙宇。㊀guān 寒韵。

贯 guàn ❶连贯，穿通：全神～注｜一直～串下去｜融会～通。【一贯】向来如此，始终一致：艰苦朴素是他的～～作风。❷旧时把方孔钱穿在绳子上，每一千个叫一贯。❸原籍，出生地：籍～。

冠 ㊁guàn ❶把帽子戴在头上。❷超出众人，居第一位：勇～三军。【冠军】转比赛的第一名。㊀guān 寒韵。

盥 guàn 洗手：～洗室。

灌 guàn 浇，灌注：引水～田｜～一瓶水。【灌木】主茎不发达，丛生而矮小的树木，如茶树、酸枣树等。

瓘 guàn 古玉器名。

鹳 guàn 鸟名，羽毛灰色、白色或黑色，嘴长而直，外形像鹤。住在江、湖、池、沼的近旁，捕食鱼、虾等。

罐（鑵、鑵） guàn （～子｜～儿）盛东西或汲水用的瓦器。泛指各种圆筒形的盛物器：铁～儿。【罐头】(guàn·tou)指罐头食品，加工后装在密封罐子里的食品。

奂（奐） huàn ❶盛，多。❷文采鲜明。

换 huàn ❶给人东西的同时从他那里取得别的东西：互～|交～条件。❷变换，更改：～衣服|～汤不～药。

唤 huàn 呼叫，喊：～鸡|～狗。

涣 huàn 散开：士气～散|～然冰释。【涣涣】水势盛大。

痪 huàn 见第67页"瘫"字条"瘫痪"。

焕 huàn 光明：～然一新。【焕发】光彩外现的样子：精神～～。

逭 huàn 逃，避。

看 ㊀kàn ❶瞧，瞅：～书|～电影。❷观察（连察～）：～脉|～透。引诊治：～病|大夫把我的病～好了。❸访问，拜望（连～望）：到医院里去～病人。❹看待，照应，对待：另眼相～|～重。❺想，以为：我～应该这么办。❻先试试以观察它的结果：问一声～|做做～。❼提防，小心：别跑，～摔着。㊁kān 寒韵。

衎 kàn ❶快乐。❷刚直。

镧 làn 一种金属元素，符号La，灰白色，有延展性，在空气中燃烧发光。可制合金，又可做催化剂。

烂（爛） làn ❶因过熟而变得松软：稀粥～饭|蚕豆煮得真～。引程度极深的：台词背得～熟。❷东西腐坏（连腐～）：桃和葡萄容易～。喻崩溃，败坏：敌人一天天～下去，我们一天天好起来。❸破碎（连破～）：破铜～铁|～纸|衣服穿～了。【烂漫】【烂熳】【烂缦】1.色彩鲜明美丽：山花～～。2.坦率、自然，毫不做作：天真～～。

乱（亂） luàn ❶没有秩序（连纷～）：不要～说|这篇稿子写得太～。❷战争，武装骚扰：叛～|兵～|避～。❸混淆(xiáo)：以假～真。❹任意，随便：～吃|～跑。

曼 ㊀màn ❶延长：～声而歌。❷柔美：～舞。㊁mán 寒韵。

谩 ㊀màn 轻慢，没有礼貌：～骂。㊁mán 寒韵。

墁 màn 用砖或石块铺地面：花砖～地。

蔓 ㊁màn 同"蔓㊀"，用于一些书面语词，如蔓草、蔓延等。【蔓延】形容像蔓草一样地不断扩展滋生。㊀wàn 愿韵。㊂mán 寒韵。

幔 màn （～子）挂在屋内的帐幕。

漫 màn ❶水过满，漾出来：河水～出来了。转淹没：水不深，只～到脚面|大水～过房子了。❷满，遍：～山遍野|大雾～天。❸没有限制，没有约束：～谈|～不经心|～无边际。

镘 màn 抹(mò)墙用的工具。

难（難） ㊁nàn ❶灾患，困苦（连灾～|患～）：～民|遭～|逃～。❷诘责：非～|责～。㊀nán 寒韵。

判 pàn ❶分辨，断定（连～断）：～别是非。【批判】分析、批驳错误的或反动的思想、观点和行为：～～修正主义。❷分开。转截然不同：～若两人。❸判决，司法机关对案件的决定：～案|～处徒刑。

泮 pàn ❶散，解。❷泮池，旧时学宫前的水池。

叛 pàn 背叛，违背本阶级或集团的利益投到敌对方面去：～国分子。

畔 pàn 田地的界限。引边：河～|篱～。〈古〉又同"叛"。

袢 pàn 同"襻"。无色的内衣，因可以揩摩身上的汗渍，故叫做亵袢。

拚 ㊀pàn 舍弃不顾：～命。㊁pīn 文韵。

散 ㊀sàn ❶分开，由聚集而分离：～会|云彩～了。❷分布，分给：～传单|撒种～粪。❸排遣：～心|～闷。㊁sǎn 旱韵。

掸（撣）㊁shàn ❶我国史书上对傣族的一种称呼。❷掸族，缅甸民族之一，大部分居住在掸邦。【掸邦】缅甸自治邦之一。㊀dǎn 旱韵。

剡 ㊁shàn 【剡溪】水名，在浙江省。㊀yǎn 琰韵。

蒜 suàn 【大蒜】多年生草本植物，开白花。地下茎通常分瓣，味辣，可供调味用。

筭 suàn ❶计算时所用的筹码。❷同"算"。

算（祘）suàn ❶核计，计数：～～多少钱|～账。❷打算，计划：失～。引推测：我～着他今天该来。❸作为，当作：这个～我的。引作数，承认：不能说了不～。

叹（嘆、歎）tàn ❶因忧闷悲痛而呼出长气：～了一口气|唉声～气。❷因高兴而发出长声：欢喜赞～。【叹词】表示喜、怒、哀、乐各种情感的词，如"喔"、"唷"、"哎呀"等。

炭（炭）tàn ❶木炭，把木材和空气隔绝，加高热烧成的一种黑色燃料。大部分是碳素。❷像炭的东西：山楂～。❸煤炭，石炭，煤：阳泉大～。

碳 tàn 一种非金属元素，符号C，无臭无味的固体。无定形碳有焦炭、木炭等，晶体碳有金刚石和石墨。碳是构成有机物的主要成分。炼铁需要焦炭。在工业上和医药上，碳和它的化合物用途极广。【碳水化合物】有机化学中，分子式可以用 $Cm(H_2O)n$ 表示的一类化合物，像糖类和淀粉等都是，旧名"醣"。

彖 tuàn 彖辞，《易经》中总括一卦含义的言辞。

玩（❸～❺翫）wàn（❶～❷读 wán）❶（～儿）游戏，做某种游戏（连～耍）：出去～|～皮球。❷（～儿）耍弄，使用：～儿手腕。❸观赏：游～|～物丧志。❹可供观赏、把玩的东西：古～。❺轻视，拿着不严肃的态度来对待（连～忽）：～世不恭|～视。

惋 wǎn 惊叹：～惜。

腕 wàn 胳膊下端跟手掌相连的部分。（同"愿"韵）

垸 yuàn 〈方〉（～子）湖南省、湖北省在湖泊地带挡水用的堤圩（wéi）。

赞（賛、❷❸讚）zàn ❶帮助：～助。【赞成】1. 表示同意：大家都～～他的意见。2. 助人成功。❷夸奖，称扬（连～许|～扬|称～）：～不绝口。❸旧时文体的一种：像～|小～。

瓒 zàn 古代祭祀时用的一种像勺的玉器。

钻（鑽）㊁zuàn （～子）穿孔洞的用具：电～|风～。【钻石】金刚石，硬度很高，也省称"钻"：十七～的手表。㊀zuān 寒韵。

攥 zuàn 用手握住：手里～着一把斧子。

谏 jiàn 旧时称规劝君主、尊长,使改正错误。

间(閒) ㊀jiàn ❶(～儿)空隙:当～儿|团结无～。❷不连接,隔开:～断|～隔|黑白相～|晴～多云。【间接】通过第三者发生关系的(跟"直接"相对):～～经验。㊁jiān 删韵。"閒"又音 xián,见第71页"闲(閑、閒)"字条。

涧 jiàn 夹在两山间的水沟。

锏 ㊀jiàn 嵌在车轴上的铁,可以保护车轴并减少摩擦力。㊁jiǎn 潸韵。

办(辦) bàn ❶处理:～公|～事|好,就这么～。[引]处分,惩治:首恶者必～,胁从者不问,立功者受奖。❷创设:大～民兵师|校～工厂。❸置备:～货。

扮 bàn 化装([连]装～):～老头儿|～演(化装成某种人物出场表演)。【打扮】1.化装。2.装束穿戴。

瓣 bàn ❶(～儿)花瓣,组成花冠的各片:梅花五～。❷(～儿)植物的种子、果实或球茎可以分开的片状物:豆～儿|橘子～儿|蒜儿～。

刬(剗) ㊀chàn〈方〉【刬刬】全部,一律:～～新|～～都是平川。㊁chǎn 见第184页"铲"字条。

羼 chàn 掺杂:～入。

串 chuàn ❶许多个连贯成一行(háng)的:～珠。❷串通,互相勾结、勾通:～供|～骗。❸由这里到那里走动:～亲戚|～联|～门儿。❹旧指演戏剧、杂耍等:客～|反～。

篡 cuàn ❶封建时代指臣子夺取君位。❷用阴谋手段夺取地位或权力。

掼 guàn 〈方〉掷,扔:往地下一～。

惯 guàn ❶习以为常的,积久成性的:～技|～例|穿～了短装。【惯性】物体没有受外力时长久地保持原有的状态,这种性质叫"惯性",也叫"惰性"。❷纵容,放任:～坏了脾气|娇生～养。

幻 huàn ❶空虚的,不真实的:～境|打消一切～想。【幻灭】幻想或不真实的事受到现实的打击而破灭。❷变化([连]变～)。

宦 huàn 官([连]官～|仕～)。【宦官】封建时代经过阉割在皇宫里伺候皇帝及其家族的男人。也叫"太监"。

浣(澣) huàn ❶洗:～衣|～纱。❷旧称每月的上、中、下旬为上、中、下浣。

鲩(鯇) huàn 【鲩鱼】身体微绿色,鳍微黑色,生活在淡水中,是我国特产的重要鱼类之一,也叫草鱼。(旧读huǎn,旱韵)

患 huàn ❶灾祸([连]～难|灾～|祸～):有备无～|防～未然|免除水～|～难之交。❷忧虑:不要～得～失。❸害病:～病|～脚气。

漶 huàn 【漫漶】文字图像等磨灭、模糊。

豢 huàn 喂养牲畜([连]～养)。

擐 huàn 穿:～甲执兵。

轘 ㊀huàn 古代用车分裂人体的一种酷刑。㊁huán 删韵。

慢 màn ❶迟缓,速度小,跟"快"相反:～车|～～地走|我的表～五分钟。【慢条斯理】迟缓,不急忙。❷态度冷淡,不热情:怠～|傲～。

嫚 màn 侮辱,怠慢。

缦 màn 没有彩色花纹的丝织品。

熳 màn 【烂熳】同"烂漫"。

漫 màn 通"慢"。又与翰韵通。

盼 pàn ❶盼望,想望。❷看([连]顾～):左顾右～。

鋬 pàn 〈古〉器物上的提梁。

襻(△袢) pàn ❶(～儿)扣襻,扣住纽扣的套。❷(～儿)功用形状像襻的东西:鞋～儿。❸扣住,使分开的东西连在一起：～上几针（缝住）。

讪（㊀❷赸） ㊀shàn ❶讥笑：～笑。❷【搭讪】（搭赸）（dā·shàn）难为情，说话时不好意思的样子：他～～着问道。㊁shán 删韵。

汕 shàn 【汕头】市名，在广东省。

疝 shàn 【疝气】病名，种类很多，通常指阴囊胀大的病。也叫“小肠串气”。

涮 shuàn ❶摇动着冲刷，略微洗洗：～～手|把衣服～一～。❷把肉片等在滚水里放一下就取出来（蘸作料吃）：～锅子|～羊肉。

晏 yàn ❶迟：～起。❷同“宴❸”。

鴳（鷃） yàn 【鴳雀】古书中的小鸟。

雁（鴈） yàn 【大雁】多指“鸿雁”，候鸟，羽毛褐色，腹部白色，嘴扁平，腿短，群居在水边，飞时排列成行。

赝（贗） yàn 假的，伪造的：～品。

绽 zhàn 裂开：鞋开～了|破～。

栈（棧） zhàn 储存货物或供旅客住宿的房屋：货～|客～。

霰 xiàn 水蒸气在高空中遇到冷空气凝结成的小冰粒，在下雪花以前往往先下霰。古名稷雪，俗谓米雪，或谓粒雪。皆因形而名。

綫 xiàn ❶同"线"。❷姓。

腺 xiàn 生物体内由腺细胞组成的能分泌某些化学物质的组织：汗～|泪～。

锒 xiàn 金属线。

羡（羨） xiàn 羡慕，因喜爱而希望得到。

见（見） ㊁xiàn 同"现❶❷"。㊀jiàn 霰韵。

苋 xiàn 【苋菜】一年生草本植物，开绿白色小花，茎叶都可以吃。

岘 xiàn 【岘山】在湖北省。

现 xiàn ❶显露：出～|～了原形。【现象】事物的表面状态。【实现】成为事实或使成为事实：又一个五年计划～～了。❷现在，目前：～况|～代化工业。引当时：～趸|～卖|～成的。❸实有的，当时就有的：～金|～钱买～货。

县（縣） xiàn 省级以下的一种行政区划。〈古〉又同"悬"(xuán)。

线（綫） xiàn ❶用丝、金属、棉或麻等制成的细长的东西：棉～|电～|毛～。喻细小的：一～希望。❷像线的：光～|紫外～|航～|京广～|战～|生命～。

卞 biàn ❶急躁(连～急)。❷姓。

苄 biàn 【苄基】结构为 (苯环)—CH_2— 的有机化合物的基。

抃 biàn 鼓掌。

忭 biàn 高兴，喜欢。

汴 biàn 河南省开封市的别称。

弁 biàn ❶古代的一种帽子。【弁言】书籍或长篇文章的序文，引言。❷旧日称低级武官。

昪 biàn ❶日光明亮。❷欢乐。

变（變） biàn 性质、状态或情形和以前不同，更改(连～更|～化)：天气～了|他的思想～了。引事变，突然发生的非常事件：政～。【变通】改变原定的办法，以适应新情况的需要。【变卦】喻已定的事忽然改变。

便 ㊀biàn ❶方便，顺利，没有困难或阻碍(连～利)：行人称～|～于携带。❷简单的，非正式的：家常～饭|～衣|～条。【便宜】(biàn yí)适当地，看事实需要而主动地：～～行事。(另 pián・yi，见第75页"便"pián)【随便】不勉强，不拘束。❸便利的时候：～中请来信|得～就送去。❹就：没有一个人民的军队，～没有人民的一切。❺屎尿或排泄屎尿：粪～|小～。㊁pián 先韵。

缏 ㊀biàn 【缏子】用麦秆等编成的辫状窄带子。㊁pián 先韵。

遍（徧） biàn ❶全面，到处：我们的朋友～天下|满山～野。❷次，回：念一～|教一～。

辨 biàn 分别，分析(连～别|分～)：明～是非。

辩 biàn 说明是非或真假，争论(连～论)：～驳|～护。

辫（❷緶） biàn ❶(～子)把头发分股编成的带状物。❷(～子|～儿)像辫子的东西：草帽～儿|蒜～子。

孱 ㊂càn 【孱头】〈方〉软弱无能的人。㊀chán 先韵。㊁zhān 删韵。

颤 ㊀chàn 物体振动：这条扁担(biǎn・dan)担上五六十斤就～了|～动。㊁zhàn 霰韵。

闼 chuài 见第294页"闸"字条"闸闼"(zhèng chuài)。

啜 ㊁chuài 姓。㊀chuò 屑韵。

揣 ㊂chuài 【挣揣】挣扎。㊀chuǎi 纸韵。㊁chuāi 支韵。

踹 ㊀chuài 践踏，用脚底踢：一脚把门～开。㊁shuàn 翰韵。

膗 chuài　囊（nāng）膗，猪的乳部肥而松软的肉。

钏 ㊀chuàn　（～子）用珠子或玉石等穿起来做成的镯子。㊁chuān 先韵。

电（電） diàn　❶物质中存在的一种能，人利用它来使电灯发光、机械转动等。❷阴雨天气空中云层放电时发出的光，俗叫“闪”（shǎn）。❸电流打击，触电：电门有毛病，～了我一下。❹指电报：急～|通～。

佃 ㊀diàn　一般指旧社会无地或少地的农民，被迫向地主、富农租地耕种，受残酷剥削：～户|～农。㊁tián 先韵。

甸 diàn　古时称郊外的地方。【甸子】【草甸子】〈方〉放牧的草地。

钿 ㊀diàn　❶把金属、宝石等镶嵌在器物上作装饰：宝～|螺～（一种手工艺，把贝壳镶嵌在器物上）。❷古代一种嵌金花的首饰。㊁tián 先韵。

淀（❷澱） diàn　❶浅的湖泊：白洋～。❷渣滓，液体里沉下的东西。【淀粉】一种不溶于水、很微小的颗粒，米、麦、甘薯、马铃薯等含量很多。

靛 diàn　❶靛青、蓝靛，用蓼蓝叶泡水调和石灰沉淀所得的蓝色染料。❷蓝色和紫色混合而成的一种颜色。

奠 diàn　❶对死者陈设祭品致敬（连祭～）：～酒|～仪。❷奠定，稳稳地安置：～基|～都|～定共产主义的基础。

殿 diàn　❶高大的房屋，旧称封建帝王进行统治发号施令的地方，或宗教徒供奉神佛的地方。❷在最后：～后。【殿军】1.行军时走在最后的部队。2.体育、游艺竞赛中的最末一名，也指入选的最末一名。

癜 diàn　皮肤病名，常见的是白癜，俗叫“白癜风”，皮肤生斑点后变白色。

见（見） ㊀jiàn　❶看到：眼～是实。引接触，遇到：～风|这种药怕～光。【见习】学得专业知识的人初到工作岗位在现场中实习：～～技术员。❷看得出，显出：病已～好|～分晓|～效。❸（文字等）出现在某处，可参考：～上|～下|～《史记·陈涉世家》。❹会见，会面：接～|看望多年未～的老战友。❺见解，对于事物的看法（连～识）：～地|远～|不能固执己～。❻助词：1.用在动词前面表示被动：～笑|～怪。2.用在动词前面表示对我怎么样：～谅|～告|～教。❼用在动词“听”、“看”、“闻”等字后，表效果：看～|听不～。㊁xiàn 霰韵。

荐 jiàn　❶斜着支撑：打～拨正（房屋倾斜，用柱子支起弄正）。❷用土石挡水。

饯（餞） jiàn　饯行，饯别，用酒食送行。【蜜饯】用蜜、糖浸渍果品。又指用蜜、糖浸渍的果品。

贱（賤） jiàn　❶价钱低：这布真～。❷旧时指地位卑下（连卑～）：贫～。旧谦辞：～姓|～恙。❸轻视。

践（踐） jiàn　❶踩，踏（连～踏）。【作践】（zuò·jian，口语多读zuō·jian）糟蹋毁坏，浪费：～～东西|～～钱。❷履行，实行：～约|～言|实～。

溅（濺） ㊀jiàn　液体受冲激向四处飞射：～了一脸水|水花四～。㊁jiān 先韵。

毽 jiàn　（～子|～儿）一种用脚踢的玩具。

荐（薦） jiàn　❶推举，介绍（连举～|推～）：～人。❷草。又指草席。

箭 jiàn　用弓发射到远处的兵器，用金属做箭头。

卷 ㊀juàn　❶（～儿）可以舒卷（juǎn）的书画：手～|长～。❷书籍的册本或篇章：第一～|上～|～二。❸考试用的纸：试～。㊁juǎn 铣韵。

倦 juàn　疲乏，懈怠（连疲～）：诲人不～|厌～。

圈 ㊀juàn　养家畜等的栅栏：猪～|羊～。㊁quān 元韵。㊂juān 先韵。

狷（獧） juàn　❶胸襟狭窄，急躁：～急。❷耿直。

绢 juàn　一种薄的丝织物。【手绢】手帕。

罥 juàn　挂。

桊 juàn 穿在牛鼻上的小铁环或小木棍儿:牛鼻~儿。

眷(❶睠) juàn ❶顾念,爱恋:一点儿也不~恋过去。❷亲属:家~。

鄄 juàn 【鄄城】县名,在山东省。

练(練) liàn ❶白绢:江平如~。❷把生丝煮熟,使柔软洁白。❸练习,反复学习,多次地操作:~兵|~本领。❹经验多,精熟:~达|老~|熟~。

炼(煉、鍊) liàn ❶用火烧制:~钢|~焦。❷用心琢磨使精练:~字|~句。

恋(戀) liàn 想念不忘,不忍舍弃,不想分开:留~|~~不舍。【恋栈】指马舍不得离开马棚。旧时喻贪恋禄位。【恋爱】男女相爱。

楝 liàn 落叶乔木,花淡紫色,果实椭圆形,种子、树皮都可入药。

面(靣、麪、麵) miàn ❶面孔,脸、头的前部(连 脸~|颜~):~前|~带笑容。【面子】(miàn·zi) 1.体面:爱~~|丢~~。2.情面:大公无私,不讲~~。❷用脸对着,向着:背山~水。❸当面,直接接头的:~谈|~议。❹量词:一~旗|一~镜子|一~锣。❺粮食磨成的粉:麦子~|小米~。特指小麦磨成的粉。❻(~子、~儿)粉末:药~儿|粉笔~儿。❼食物含纤维少而柔软:这种瓜很~。

眄 miàn(又音 miǎn) 斜着眼睛看:顾~。

片 ㊀piàn ❶(~子|~儿)平而薄的物体:明信~|铁~子。❷切削成薄片:~肉片。❸少,零星:~言(几句话)|~纸只字|~刻(短时间)。【片面】不全面,一方面:不要~~看问题。❹量词,指面积、范围或成片的东西:一大~绿油油的庄稼|一~草地|两~儿药。㊁piān 先韵。

骗 piàn ❶欺蒙(连 欺~):~人。❷用欺蒙的手段谋得(连 诓~):~钱|~局。【骗子】骗取财物的人。❸跨过去,跳跃上去:一~腿上了车。

谴 qiǎn 责备(连 ~责)。

茜(蒨) ㊀qiàn 茜草,多年生蔓草,茎有刺毛,初秋开花,黄色。根红色,可做染料,也可入药。㊁xī 齐韵。

倩 qiàn ❶美好。❷请人代做:~人代笔。

禅(禪) ㊁shàn 禅让,指古代帝王让位给旁人,如尧让位给舜,舜让位给禹。㊀chán 先韵。

单(單) ㊁shàn ❶姓。❷单县,在山东省。㊀dān 寒韵。㊂chán 先韵。

扇 ㊀shàn ❶(~子)摇动生风取凉的用具:折~|蒲~。❷量词:一~门|两~窗子。㊁shān 先韵。

骟 shàn 割掉牲畜的睾丸或卵巢:~马|~猪。

善 shàn ❶善良,品质或言行好。❷交好,和好:友~|相~。引 熟悉:面~。❸高明的,良好的:~策。❹长于,能做好:勇敢~战|~辞令(长于讲话)。引 好好地:~为说辞。❺爱,容易:~变。

鄯 shàn 【鄯善】1.古代西域国名。2.县名,在新疆维吾尔自治区。

墡 shàn 白色黏土。

缮 shàn ❶修补,整治:修~。❷抄写:~写。

膳(饍) shàn 饭食:晚~|~费。

擅 shàn ❶超越职权,独断专行:~自处理。❷专长某种学术或技能:~长数学。

嬗 shàn 更替,变迁。

泫 xuàn 水珠下滴:~然流涕。

炫(❷衒) xuàn ❶光明照耀:~目。❷夸耀。【炫耀】1.照耀。2.夸耀。

眩 xuàn ❶眼睛昏花看不清楚:头晕目~。❷迷惑,迷乱:~于名利。

绚 xuàn 有彩纹的,色彩华丽的:~烂|~丽。

旋（❸❹鏇）㊁xuàn ❶打转转(zhuàn)的:～风|他的头发有两个～。❷临时(做):～吃～做。❸(～子)温酒的器具。❹用车床或刀子转(zhuàn)着圈地削:用车床～零件。【旋床】把金属或木料切削成圆形或球形的机器。也叫“车床”。㊀xuán 先韵。

碹（礦）xuàn ❶拱券、门窗、桥梁等建筑成弧形的部分。❷用砖、石等筑成弧形。

渲 xuàn 中国画的一种画法,把水墨淋在纸上再擦得浓淡适宜。【渲染】用水墨或淡的色彩涂抹画面。[喻]夸大的形容。

楦（楥）xuàn ❶(～子|～头)做鞋用的模型。❷拿东西把物体中空的部分填满使物体鼓起来:用鞋楦～鞋|把这个猫皮～起来。

砚 yàn 砚台,写毛笔字研墨用的文具。

咽（嚥）㊁yàn 使嘴里的食物通过咽喉到食道里去:细嚼烂～|狼吞虎～。【咽气】人死时断气。㊀yān 先韵。㊂yè 屑韵。

唁 yàn 吊丧,对遭遇丧事的表示慰问([连]吊～):～电(吊丧的电报)。

彦 yàn 旧指有才德的人。

谚 yàn 谚语,社会上流传的固定语句,用简单的话反映出某种经验和道理。

宴（❷讌、醼）yàn ❶拿酒饭招待客人:～客。❷聚会在一起吃酒饭:～会。❸酒席:设～。❹安,乐:～安鸩毒(贪图享受等于喝毒酒自杀)。

堰 yàn 挡水的堤坝。

谳（讞）yàn 审判定罪:定～。

燕（鷰）㊀yàn ❶(～子)候鸟名,翅膀很长,尾巴像张开的剪刀,背部黑色,肚皮白色,常在人家屋内或屋檐下用泥做巢居住,捕食昆虫。❷古书里有时用作“宴”:～居|～好|～乐。㊁yān 先韵。

院 yuàn ❶(～子|～儿)围墙里房屋四周的空地。❷某些机关和公共场所的名称:法～|医～|戏～。

掾 yuàn 古代官署属员的通称。

战（戰）zhàn ❶战争,通常指打仗([连]～斗):宣～|～时|百～百胜。❷发抖:～栗(害怕得发抖)|打冷～|寒～。

颤 ㊁zhàn 同“战❷”。㊀chàn 霰韵。

传（傳）㊁zhuàn ❶旧时一般指解说儒家经典的文字。❷记载,有时特指记载某人一生事迹的文字:小～|别～|外～。㊀chuán 先韵。

转（轉）㊁zhuàn 绕着圈儿动,围绕着中心运动:轮子～得很快。㊀zhuǎn 铣韵。

啭（囀）zhuàn 鸟婉转地叫:莺啼鸟～。

撰（譔）zhuàn 写文章,著书。

馔 zhuàn 饮食,吃喝。

篆 ㊁zhuàn 【篆字】古代的一种字体,有大篆,有小篆。㊀zhuàn 铣韵。

啸（嘯） xiào ❶撮口作声，打口哨：长～一声，山鸣谷应。❷动物拉长声音叫：虎～|猿～。

肖 ㊀xiào 像，相似：子～其父。【肖像】画像，相片。㊁xiāo 萧韵。

笑（咲） xiào ❶露出愉快的表情，发出欢喜的声音：逗～|眉开眼～|啼～皆非。【笑话】（xiào·hua）1.能使人发笑的话或事。2.轻视，讥讽：别～～人。❷讥笑，嘲笑：见～|耻～|别嘲～人。

俵 biào 〈方〉俵分，把东西按份儿分给人。

摽 biào 紧紧地捆在器物上：把口袋～在车架子上。

鳔 biào ❶鱼体内可以胀缩的气囊，通称"鱼泡"。气囊胀时鱼上浮，缩时鱼下沉。有的鱼类的鳔有辅助听觉或呼吸等作用。❷【鳔胶】用鳔熬成的胶，性很黏。❸用鳔胶粘上：把桌子腿～上。

吊（弔） diào ❶祭奠死者或对遭到丧事的人家、团体给予慰问：～丧|～唁。引慰问遭遇不幸的人。❷悬挂：房梁上～着四盏光彩夺目的大红灯。❸把毛皮缀在衣面上：～皮袄。❹提取，收回：～卷|～销执照。❺量词，旧时一千个制钱或值一千个制钱的铜币数量叫一吊。

铞 diào 见本页"钌"字条"钌铞儿"（liào diàor）。

钓 diào 用饵诱鱼上钩：～鱼。喻施用手段取得：沽名～誉。

蓧（蓧） diào 古代除草用的农具。

窎 diào 深远（连～远）。

调 ㊀diào ❶调动，安排：～职|～兵遣将。❷（～子）曲调：音乐上高、低、长、短配合和谐的一组音（连腔～）：这个～子很好听。❸语言中字音的声调。【声调】1.字音高低升降的腔调。古汉语的声调是平、上、去、入四声。普通话的声调是阴平、阳平、上声、去声、轻声。2.读书、说话、朗诵的腔调。【调查】深入实际了解：没有～～就没有发言权。㊁tiáo 萧韵。

掉 diào ❶落：～眼泪|～在水里。❷减损，消失：～色。❸〈方〉遗失：东西～了。❹回转：～头|～过来。❺摇摆：尾大不～（喻指挥不灵）。❻对换：～一个个儿。❼在动词后表示动作的完成：丢～|卖～|改～坏习惯。

铫 ㊀diào （～子|～儿）煮开水熬东西用的器具：药～儿|沙～。㊁yáo 萧韵。

叫（呌） jiào ❶呼喊：大～一声。❷动物发出声音：鸡～。❸称呼，称为：他～什么名字？|这～机关枪。❹召唤：～他明天来|请你把他～来。❺使，令：这件事应该～他知道。❻被（后面必须说出主动者）：敌人～我们打得落花流水。

峤（嶠） ㊀jiào 山道。㊁qiáo 萧韵。

轿（轎） jiào （～子）旧式交通工具，由人抬着走。

滘 jiào 分支的河道，多用于地名，如双滘、沙滘，都在广东省。（效韵同）

嘦 jiào 〈方〉只要。（效韵同）

噍 jiào 嚼，吃东西。【噍类】尚生存的人。（效韵同）

醮 jiào ❶古代婚娶时用酒祭神的礼。❷道士设坛祭神（迷信）。

徼 ㊁jiào ❶边界。❷巡察。㊀jiǎo 筱韵。

嚼 ㊂jiào 【倒嚼】反刍。㊀jiáo 药韵。㊁jué 药韵。

爝 jiào 火把。又音 jué，药韵。

疗（療） liào 医治（连医～|治～）：～病|诊～。喻解除痛苦或困难：～饥|～贫。

瞭 ㊁liào 瞭望，远远地望：你在远处～着点儿|～望台。㊀liǎo 筱韵。

钌 ㊁liào 【钌铞儿】（liào diàor）钉在门窗上可以把门窗扣住的东西：门～～。㊀liǎo 筱韵。

尥 liào 【尥蹶子】（liào juě·zi）骡马等跳起来用后腿向后踢。

料 liào ❶料想，估计，猜想：预～|不出所～。❷（～子|～儿）材料，可供制造其

他东西的物质：原～|木～|衣裳～子|肥～|燃～。❸喂牲口用的谷物：～豆儿|草～。❹烧料，一种熔点较低的玻璃，用来制造器皿或手工艺品。【料理】办理，处理：～～家务|～～丧事。【照料】照顾：病人需要～～。

撂 liào 放下：把碗～在桌子上。

廖 liào ❶姓。❷远望的意思，如瞭望。

镣 liào 脚镣，套在脚腕上，使不能快跑的刑具。又音 liáo，萧韵。

妙（玅） miào ❶美，好：～品|～不可言。❷奇巧，神奇（连 巧～）：～计|～诀|～用。

庙（廟） miào ❶旧时为进行族权统治而建造的供奉祖先的房屋：家～。❷迷信的人供神佛的地方：龙王～。❸庙会。

缪 ㊀miào 姓。㊁móu 尤韵。㊂miù 宥韵。

尿 ㊀niào ❶小便，从肾脏滤出由尿道排泄出来的液体。❷排泄小便。㊁suī 支韵。

脲 niào 尿素，有机化合物，分子式 $CO(NH_2)_2$，无色晶体。广泛用在塑料、药剂和农业等生产中。

溺 ㊁niào 同"尿"。㊀nì 锡韵。

漂 ㊂piào 【漂亮】1. 美好。2. 出色。㊀piāo 萧韵。㊁piǎo 筱韵。

剽（❷慓） piāo ❶抢劫，掠夺（连 ～掠）。【剽窃】喻 抄袭他人著作。❷动作轻捷：性情～悍。

票 piào ❶（～子|～儿）钞票，纸币，通货。❷印的或写的凭证：车～|股～|选～。❸旧称非职业的演戏：～友|玩～。

嘌 piào 【嘌呤】有机化合物，分子式 $C_5H_4N_4$，无色结晶，易溶于水，在人体内嘌呤氧化而变成尿酸。

骠 ㊀piào ❶骁勇：～勇。❷马快跑的样子。【骠骑】古代将军的名号。㊁biāo 萧韵。

俏 qiào ❶漂亮，相貌美好：俊～。❷货物的销路好：～货。❸〈方〉烹调时为增加滋味、色泽，加上少量的青蒜、香菜、木耳之类。

诮 qiào 责备：讥～。

峭（陗） qiào 山又高又陡：～壁。喻 严峻：～直。

鞘 ㊀qiào 装刀、剑的套子：刀～。㊁shāo 萧韵。

窍（竅） qiào ❶窟窿，孔洞：七～（耳、目、口、鼻）|一～不通（喻 一点儿也不懂）。❷（～儿）事情的主要关键：诀～儿|～门儿。

翘（翹、蹺） ㊁qiào 一头向上仰起：板凳～起来了。【翘尾巴】比喻傲慢或自鸣得意。㊀qiáo 萧韵。

撬 qiào 用棍、棒等拨、挑东西：把门～开。

绕（繞、❷❸遶） ㊀rào ❶缠：～线。引 纠缠，弄迷糊：这句话一下子把他～住了。❷走弯曲、迂回的路：～到敌人后方|～远|～了一个大圈子。❸围着转：鸟～着树飞|运动员～场一周。㊁rǎo 筱韵。

少 ㊁shào 年纪轻，跟"老"相反：～年|～女|男女老～。㊀shǎo 筱韵。

召 ㊁shào 姓。㊀zhào 啸韵。

邵 shào 姓。

劭（❷卲） shào ❶劝勉。❷美好。

绍 shào 接续，继续。

哨 shào ❶巡逻，警戒防守的岗位：放～|～兵|前～。❷（～子|～儿）一种小笛：吹～集合。【呼哨】【唿哨】用手指放在嘴里吹出的高尖音：打～～。❸鸟叫。

眺 tiào 眺望，往远处看：登高远～。

跳 tiào ❶蹦，跃，两脚离地全身向上或向前的动作（连 ～跃）：～高|～远|～

绳。引越过:这一课书～过去不学。❷一起一伏地动:心～|眼～。

粜(糶) tiào 卖粮食。

要 ㊀yào ❶索取,希望得到:我～这本书。引作为己有,保留:这东西他还～呢。【要强】好胜心强,不愿落后。❷重大,值得重视的:～事|～点。❸应该,必须:～努力学习。❹将要,将:我们～去学习了。❺要是,若,如果:明天～下雨,我就不去了|他～来了,你就交给他。㊁yāo 萧韵。

鹞 yào (～子)鹞鹰,一种凶猛的鸟,样子像鹰,比鹰小,背灰褐色,捕食小鸟。【纸鹞】风筝。

曜 yào ❶照耀。❷日、月、星都称"曜",一个星期的七天用日、月、火、水、木、金、土七个星名排列,因此星期几也叫什么"曜日",如"日曜日"是星期日,"土曜日"是星期六。

耀(燿) yào ❶光线照射(连照～):～眼。❷显扬,显示出来:～武扬威。

召 ㊀zhào(俗读 zhāo) ❶呼唤,招呼:号～|～见|～唤|～集|～开会议。❷傣族姓。㊁shào 啸韵。

诏 zhào ❶告诉。❷旧称皇帝所发的命令。

照(❶炤) zhào ❶光线射在物体上:拿灯～一～|阳光普～。❷对着镜子或其他反光的东西看自己或其他人物的影像:～镜子。❸照相,摄影:天安门前～张相。❹照管,看顾:请你～应一下。❺按着,依着(连依～|按～):～例|～样|依～他的意思。❻凭证:护～|牌～。❼知晓(连知～):心～不宣。【照会】外交上用以表明立场、达成协议或通知事项的公文。❽对着,向着:～敌人开枪|～着这个方向走。❾查对:对～。

曌 zhào 唐代女皇帝武则天为自己名字造的字。

效（❶傚、❸効） xiào ❶模仿（[连]～法|仿～）：上行下～。❷效验，功用，成果：这药吃了很见～|～果良好|无～。【效率】1.物理学上指有用功在总功中所占的百分比。2.指单位时间内所完成的工作量的大小：生产～～|工作～～。❸尽，致：～力|～劳。

校 ㊀xiào ❶学校。❷军衔名，在“尉”和“将”之间。㊁jiào 效韵。

敩（斆） xiào 教导，使觉悟。

孝 xiào ❶儒家宣扬的封建礼教，指对父母无条件地顺从。❷旧指居丧的事。❸丧服：戴～。

坳 ào 地名用字：黄～。

坳（坳） ào 山间的平地。

拗（抝） ㊀ào 不顺，不顺从：～口|违～。【拗口令】用声、韵、调相近的字编成的话，说快了容易错，也叫“绕口令”。㊁ǎo 巧韵。㊂niù 屋韵。

刨（鉋、鑤） ㊀bào ❶（～子）推刮木料等使平滑的工具。【刨床】推刮金属制品使平滑的机器。❷用刨子或刨床推刮：～得不光|～平。㊁páo 肴韵。

鲍 ㊀bào 姓。㊁bào 巧韵。

趵 bào 跳：～突泉（在山东省济南市）。

豹 bào 像虎而比虎小的一种野兽，毛黄褐或赤褐色，多有黑色斑点，善跳跃，能上树，常捕食鹿、羊、猿猴等。

爆 bào 猛然炸裂（[连]～炸）：豆荚熟得都～了。【爆发】突然发生：火山～～。【爆竹】纸卷火药，燃点引线爆裂发声的东西。

耖 chào ❶在耕、耙（bà）地以后用的一种把土弄得更细的农具。❷用耖弄细土块，使地平整。

饺 jiǎo （～子|～儿）包成半圆形的有馅的面食。

觉（覺） ㊁jiào 睡眠。㊀jué 觉韵。

校 ㊁jiào ❶比较：～场。❷订正：～订|～稿子。㊀xiào 效韵。

较 jiào ❶比（[连]比～）：～量|两者相～，截然不同|斤斤计～。[引]对比着显得更进一层的：中国应当对于人类有～大的贡献|成绩～佳。❷明显：彰明～著|两者～然不同。

教 ㊀jiào ❶指导，教诲（[连]～导）：施～|受～|指～。❷使，令：风能～船走。❸宗教：佛～|道～|～会。㊁jiāo 看韵。

酵 jiào（俗读 xiào） 发酵，有机物由于某些真菌或酶而分解。能使有机物发酵的真菌叫“酵母菌”。有的地区把含酵母菌的面团叫“酵子”。

窖 jiào ❶收藏东西的地洞：地～|白菜～。❷把东西藏在窖里：～萝卜|～地瓜。

漖 jiào 【东漖】地名，在广州市郊区。

滘 jiào 地名用字。双滘，沙滘，都在广东省。（啸韵同）

斠 jiào ❶古时平斗斛的器具。❷校订。

覂 jiào 〈方〉只要。（啸韵同）

噍 jiào 嚼，吃东西。【噍类】尚生存的人。【倒噍】【倒嚼】（dǎo jiào）反刍。（啸韵同）

唠（嘮） lào 〈方〉说话，闲谈：来，咱们～一～。又音“láo”，看韵：～～叨叨。

貌 mào ❶相貌，长（zhǎng）相（[连]容～）：不能以～取人。❷外表的样子：～合神离|他对人有礼～。❸样子：工厂的全～。❹古书注解里表示状态用的字，如“飘飘，飞貌”等。

闹（鬧） nào ❶不安静：1.人多声音杂：～市。2.喧哗，搅扰：不要～了！[引]戏耍，耍笑：～着玩儿。❷发生（疾病或灾害）：～眼睛|～嗓子|～水灾。❸发泄，发作：～情绪|～脾气。❹搞，弄：～生产|

～革命|把问题～清楚再发言。

淖 nào 烂泥。【淖尔】（蒙）湖泊：达里～～（就是达里泊，在内蒙古自治区）|库库～～（就是青海）|罗布～～（就是罗布泊，在新疆维吾尔自治区）。

奅 pào 虚大。

泡 ㊀pào ❶（～儿）气体在液体内使液体鼓起来的球状体（连～沫）：冒～儿。❷（～儿）像泡一样的东西：脚上起了一个～|电灯～儿。❸用液体浸物品：～茶|～饭。㊁pāo 肴韵。

炮（砲、礮） ㊂pào ❶重型武器的一类，有迫击炮、高射炮、火箭炮等。❷炮仗：鞭～。㊀páo 肴韵。㊁bāo 肴韵。

疱（皰） pào 皮肤上长的像水泡的小疙瘩。也作"泡"。

稍 ㊁shào 【稍息】军事或体操的口令，命令队伍从立正姿势变为休息的姿势。㊀shāo 肴韵。

潲 shào ❶雨点被风吹得斜洒：雨往南～。引洒水：马路上～些水。❷〈方〉泔水：～水|猪～。

靿 yào 靴筒，袜筒：高～靴子。

笊 zhào 【笊篱】（zhào·li）用竹篾、柳条、铅丝等编成的一种用具，可以在汤水里捞东西。

棹（櫂） ㊀zhào 划船的一种工具，形状和桨差不多。引 1.船。2.〈方〉划（船）。㊁zhuō 觉韵。见第 317 页"桌（棹）"字条。

罩 zhào ❶（～子|～儿）覆盖物体的东西：口～|灯～子。❷扣盖，覆盖：把菜～起来。❸捕鱼养鸡用的竹笼子。

号（號） ㊀hào ❶名称：国～|别～|牌～。[转]商店：本～|分～。❷记号，标志：暗～|信～灯|做记～。❸表示次第或等级：挂～|第一～|大～|中～。【号码】代表事物次第的数目字。【号外】报社为报道重要消息而临时印发的报纸。❹记上号数：把这件东西～上。❺号令，命令：发～施令。【号召】召唤（群众共同去做某一件事）：坚决响应党的～～。❻军队或乐队里所用的西式喇叭：吹～|～兵。㊁háo 豪韵。

好 ㊁hào 爱，喜欢（[连]爱～）：～学|～劳动|这孩子不～哭。㊀hǎo 皓韵。

耗 hào ❶减损，消费（[连]～费|消～）：消～品|别～灯油了。❷拖延：～时间|别～着了，快去吧！❸音信，消息：噩～（指亲近或敬爱的人死亡的消息）。

鄗 hào 【鄗县】古地名，在今河北省柏乡县。

岙（嶴） ào 浙江、福建等沿海一带把山间平地叫"岙"。

奡 ào ❶同"傲"。❷矫健：排～（文章有力）。❸上古人名。

傲 ào ❶自高自大（[连]骄～）：～慢无礼。❷藐视，不屈：红梅～霜雪。

骜 ào ❶快马。❷马不驯良。[喻]傲慢，不驯顺：桀～不驯。

鏊 ào 一种铁制的烙饼的炊具，平面圆形，中间稍凸。

奥 ào 含义深，不容易懂：深～|～妙。

墺 ào 可居住的地方。

懊 ào 烦恼，悔恨：～悔。【懊丧】因失意而郁闷不乐。

澳 ào ❶海边弯曲可以停船的地方。❷指澳门：港～（香港和澳门）同胞。❸（外）指澳洲（大洋洲），世界七大洲之一。

报（報） bào ❶传达，告知：～捷|～信。【报告】对上级或群众的陈述。❷传达消息和言论的文件或信号：电～|情～|警～。❸报纸，也指刊物：《人民日～》|《新华月～》|画～|黑板～。❹回答：～恩|～分。【报复】用敌对的行动回击对方。【报酬】1. 由于使用别人的劳动或物件而付给的钱或实物。2. 答谢。

抱（❸菢） bào ❶用手臂围住（[连]拥～）：～孙子|～头鼠窜。[引]围绕：山环水～。【抱负】愿望，志向：做有志气有～～的革命青年。【合抱】物体有两只手臂合围过来那么粗。❷心里存着：～不平|～歉|～着必胜的决心。❸孵（fū）：～窝|～小鸡。

暴 ㊀bào ❶强大而突然来的，又猛又急的：～风雨|～病。❷过分急躁的，容易冲动的：这人脾气真～。❸凶恶残酷的（[连]～虐|凶～）：～行|～徒|～虐的行为。❹糟蹋，损害：自～自弃。【暴露】显露：～～目标。㊁pù 屋韵，同"曝"（俗读bào）。

瀑 ㊀bào ❶暴雨。❷瀑河，水名，在河北省。也作"鲍河"。㊁pù 屋韵。

导（導） dǎo ❶领导：马克思是无产阶级革命的导师：～言。【导演】指导排演戏剧或指导拍摄电影，也指担任这样工作的人。❷传导，引导：～热|～电|～体。

蹈 dào 踩，践踏：手舞足～|～白刃而不顾（[喻]不顾危险）|赴汤～火。[引]实行，遵循：循规～矩。

到 dào ❶达到，到达：～北京|～十二点|不～两万人|坚持～底。【到处】处处，不论哪里。❷往：～祖国最需要的地方去。❸周到，全顾得着：有不～的地方请原谅。❹表示动作的效果：办得～|做不～|达～先进水平。

倒 ㊀dào ❶上下或前后颠倒：这面镜子挂～了|把那几本书～过来|～数第一。❷把容器反转或倾斜使里面的东西出来：～茶|～水。❸反而，却，相反：这～好了|跑了一天，～不觉得累。❹向后，往回退：～车（车向后退）。㊁dǎo 皓韵。

帱（幬） ㊀dào 覆盖。㊁chóu 尤韵。

焘（燾） ㊀dào 覆盖。㊁tāo 豪韵。

悼 dào 悲伤，哀念（连 哀～）：追～（追念死者）。

盗（盜） dào ❶偷（连 ～窃）：～卖｜～取｜掩耳～铃。引 用不正当的方法谋得：欺世～名。【盗汗】因病在睡眠时出汗：患肺病的人夜间～～。❷ 偷窃或抢劫财物的人（连 ～贼）。

道 dào ❶（～儿）路（连 ～路）：火车～｜水～。❷方向，途径：志同～合。❸道理，正当的事理：无～｜治世不一～。❹说：说长～短｜常言～。

纛 ㊀dào 古代军队里的大旗。㊁dú 沃韵。

告 gào ❶说给别人，通知（连 ～诉）：报～｜你～诉我。【告白】旧时对公众的通告。【忠告】规劝。❷提起诉讼（连 控～）：～发｜原～｜被～。❸请求：～假｜～饶。❹表明：～辞｜自～奋勇。

诰 gào 古代帝王对臣子的命令：～命｜～封。

郜 gào 姓。

锆 gào 一种金属元素，符号 Zr，灰色结晶体或灰色粉末。应用于原子能工业和在高温高压下用作耐蚀化工材料。

膏 ㊁gào ❶把油加在车轴或机械上：～油｜～车。❷把毛笔蘸上墨汁在砚台边上掭：～笔｜～墨。㊀gāo 豪韵。

烤 kào（今读 kǎo） ❶把东西放在火的周围使干或使熟：～烟叶子｜～白薯。❷向着火取暖：～手｜围炉～火。

铐 kào ❶（～子）手铐子，束缚犯人手的刑具。❷用手铐束缚：把犯人～起来。

犒 kào 旧社会指用酒食或财物慰劳：～劳。

靠 kào ❶倚着，挨近（连 倚～）：～着墙站着｜船～岸了。❷依靠：要创造人类的幸福，全～我们自己｜依～群众。【靠山】喻 所依赖的人。❸信托：可～｜～得住。【牢靠】1.稳固。2.稳妥可信赖：这人做事最～～。

潦 ㊀lào ❶雨水大。❷路上的流水，积水。㊁liáo 萧韵。

唠（嘮） lào 〈方〉说话，闲谈：来，咱们～一～。（láo 肴韵，lào 效韵通）

涝（澇） lào 雨水过多，水淹，跟"旱"相反：防旱防～。

耢（耮） lào ❶用荆条等编成的一种农具，功用和耙（bà）相似，也叫"耱"、"盖"或"盖擦"。❷用耢平整土地。

嫪 lào 姓。

耄 mào 年老，八九十岁的年纪。

冒 ㊀mào ❶向外透，往上升：～泡｜～烟｜～火。❷不顾（恶劣的环境或危险等）：～雨｜～险。❸不加小心，鲁莽，冲撞：～昧｜～犯。【冒进】不顾具体条件，急躁进行。【冒失】鲁莽，轻率。❹用假的充当真的，假托：～牌｜～名。㊁mò 职韵。

帽 mào ❶帽子。❷（～儿）作用或形状像帽子的东西：螺丝～儿｜～钉｜笔～儿。

瑁 mào 见第 254 页"玳"字条"玳瑁"（dài mào，旧读 dài mèi）。"瑁"（mèi）队韵。

鄚 mào（旧读 mò，药韵） 【鄚州】地名，在河北省任丘县。

眊 mào 眼睛看不清楚。

臑 mào 牲畜前肢的下半截。

扫（掃） ㊁sào 扫帚（sào·zhou），一种用竹枝等做的扫地用具。㊀sǎo 皓韵。

埽 sào ❶修建或保护堤岸时用的秫秸、树枝、芦苇等材料。❷用秫秸等修成的堤坝或护堤。

瘙 sào 皮肤发痒的病。

臊 ㊁sào 害羞：～得脸通红｜不知羞～。㊀sāo 豪韵。

套 tào ❶（～子｜～儿）罩在外面的东西：褥～｜外～儿｜手～儿｜书～。【河套】地域名，在内蒙古自治区和宁夏回族自治区

境内，黄河三面绕着。❷加罩：～上一件毛背心|～鞋。❸（～子|～儿）装在衣物里的棉絮：被～|袄～|棉花～子。❹同类事物合成的一组：一～制服|一～茶具|全～新机器|他说了一大～。❺（～儿）用绳子等做成的环：双～结|用绳子做个活～儿|牲口～|大车～。【圈套】陷害人的布置：他不小心，上了～～|那是敌人的～～。

灶（竈）zào 用砖土等垒成的生火做饭的设备。

造 zào ❶制作，做，建立（连制～）：～船|～林|～句|～厂房。引瞎编：～谣|捏～。❷成就：～诣。❸培养：深～。❹到，去：～访|登峰～极。【造次】仓促，匆忙：～～之间。引鲁莽，草率：不敢～～。

慥 zào （叠）忠厚诚实的样子。

噪（❷譟）zào ❶许多鸟或虫子乱叫：鹊～|蝉～。引声音杂乱：～音。❷许多人大声吵嚷：鼓～而进。

燥 zào 干（连干～）：～热|天气干～。

躁 zào 急躁，性急，不冷静：性情暴～|戒骄戒～|急～病。

箇（个、個） gè 今多用“个”。❶量词：洗～澡|一天走～百儿八十里|一～人|一～不留神|打他～落花流水。❷单独的：～人|～体。❸（～子|～儿）身材或物体的大小：高～子|小～儿|馒头～儿不小。“个（個）”又音 gě，哿韵。

簸 ㊀bò 【簸箕】（bò·ji）扬糠除秽的用具。㊁bǒ 哿韵。

啵 bò 助词，同“吧”。

剉 cuò ❶折伤。❷同“锉”。

莝 cuò ❶莝草，铡碎的草。❷铡（草）。

挫 cuò ❶挫折，事情进行不顺利，失败：经过了许多～折|事遭～阻。❷按下，使音调降低：语音抑扬顿～。

锉 cuò ❶用钢制成的磨铜、铁、竹、木等的工具。❷用锉磨东西：把锯～一～。

驮 ㊀duò （～子）骡马等负载的成捆的货物：把～子卸下来，让牲口休息一会儿。㊁tuó 歌韵。

剁（剁） duò 用刀向下砍：～碎|～饺子馅。

垛（垜、稞） ㊀duò ❶庄稼、砖、瓦等堆积成的堆：麦～|一～砖。❷整齐地堆积起来：柴火～得比房还高。㊁duǒ 哿韵。

惰 duò 懒，懈怠，跟“勤”相反（连 懒～|怠～）。

饿 è 肚子空，想吃东西：肚子～了。

过（過） ㊀guò ❶从这儿到那儿，从甲方到乙方：～江|没有～不去的河|～户|～账。❷经过，从此到彼的经历：～冬|～节|日子越～越好。❸超出：1.数量：～半数|～了一百。2.程度：～分|～火|未免太～。❹错误（连 ～错）：改～自新|知～必改。❺（guo）放在动词后：1.表示曾经或已经：看～|听～|用～了|你见～他吗？2.跟“来”、“去”连用，表示趋向：拿～来|转～去。㊁guō 歌韵。

和 ㊀hè 声音相应。特指依照别人所作诗词的题材和体裁而写作：～诗。㊁hé 歌韵。㊂huó 歌韵。㊃huò 箇韵。㊄hú 虞韵。

贺 hè 庆祝，祝颂（连 庆～）：～年|～喜|～功|～电。

荷 ㊀hè ❶独力负担，扛：～锄。❷承受恩惠（常用在书信里表示客气）：感～|为～。㊁hé 歌韵。

划（劃） ㊀huà ❶分开：～清敌我界限。【划时代】由于出现了具有伟大意义的新事物，在历史上开辟一个新的时代。❷设计（连 计～|筹～）：工作计～|你去筹～筹～这件事。【划一】使一致：～～制度。㊁huá 麻韵。㊂huai 卦韵。

和 ㊃huò ❶粉状或粒状物掺和在一起，或加水搅拌：～药。❷洗衣物换水的次数：衣裳已经洗了两～。❸煎药加水的次数：头～药|二～药。㊀hé 歌韵。㊁hè 箇韵。㊂huó 歌韵。㊄hú 虞韵。

货 huò ❶货物，商品：进～|订～。【货郎】旧时卖零星商品的流动小贩，现借用指农村流动的售货员。❷钱币：通～。【货币】即钱币，是充当一切商品的一般等价物的特殊商品，可以购买任何别的商品。❸卖。

课 kè ❶功课，有计划的分段教学：上～|今天没～。【课题】学习或讨论的主要事项。❷旧指教书：～徒|～读。❸古赋税的一种。❹使交纳捐税：～以重税。❺迷信占卜的一种：起～。

骒 kè 雌的骡马。

锞 kè （～子）小块的金锭或银锭。

摞 luò ❶把东西重叠地往上放：把书～起来。❷重叠着放起来的东西：砖～。

磨 ㊀mò ❶把粮食弄碎的工具：石～|电～。❷用磨把粮食弄碎：～豆腐|～面。❸掉转：小胡同不能～车。㊁mó 歌韵。

礳 mò 【礳石渠】地名，在山西省。

耱 mò 耢（lào）。

那 ㊀nà 指较远的时间、地方或事物，跟“这”相反：～里|～个|～样|～些|～

时。【那么】1. 那样：就～～办吧｜要不了～～多｜～～个人｜～～个脾性。2. 承接连词，跟前面“如果”、“若是”等相应：如果敌人不投降，～～就消灭他。㊁nèi 箇韵。㊂nā 歌韵。

娜 ㊀nà 用于人名。㊁nuó 歌韵。

哪 ㊂na 助词，“啊”受到前一字韵母 n 收音的影响而发生的变音：同志们，加油干～！㊀nǎ 哿韵。㊁něi 哿韵。㊃né 歌韵。

那 ㊁nèi “那”(nà)和“一”的合音，但指数量时不限于一：～个｜～些｜～年｜～三年。㊀nà 箇韵。㊂nā 歌韵。

懦 nuò 怯懦，软弱无能（连～弱）：～夫。

糯（穤、稬） nuò 糯稻，稻的一种，米富于黏性：～米。

哦 ㊀ò 叹词，表示领会、醒悟：～，我明白了。㊁ó 歌韵。㊂é 歌韵。

破 pò ❶碎，不完整：碗打～了｜衣服～了｜手～了｜牢不可～。【破绽】(pò zhàn) 衣服裂开。❷分裂（连～裂）：势如～竹｜一～两半。❸使损坏（连～坏）：～釜沉舟。喻破除，批判：～旧立新｜不～不立。❹超出：～例｜～格｜打～纪录｜突～定额。❺花费，耗费：～费｜～工夫。❻冲开，打败：～阵｜大～敌军。❼揭穿：～案｜说～｜～除迷信。

唾 tuò ❶唾沫，唾液，口腔里的消化液，无色，无臭。❷啐，从嘴里吐(tǔ)出来：～手可得（喻容易得）｜～弃（轻视，鄙弃）。

肟 wò 有机化合物的一类，通式是 RC—NOH，是羟氨（NH_2OH）与醛或酮缩合而成的化合物。

卧（臥） wò ❶睡倒，躺或趴：仰～｜～倒｜～病。特指禽兽趴伏：猫～在炉子旁边｜鸡～在窝里。❷有关睡觉的：～室｜～铺。

涴 wò 〈方〉弄脏，泥沾在器物上。

坐 zuò ❶把臀部放在椅子、凳子或其他物体上，以支持身体：～在凳子上。引 1. 乘，搭：～车｜～船。2. 坐落，在那里：～北朝南。❷物体向后施压力：房子往后～了｜这枪～力很小。❸把锅、壶等放在炉火上。❹因：～此解职。❺旧指定罪：连～｜反～。❻同“座❶”。

唑 zuò 见第 47 页“噻”字条“噻唑”(sāi zuò)。

座 zuò ❶（～儿）座位：入～｜～位已满｜～右铭。❷（～子｜～儿）托着器物的东西：钟～儿。❸量词：一～山｜三～楼。

做（△作） zuò ❶干，进行工作或活动：～活｜～工。❷制造：～制服｜甘蔗能～糖。❸当，为(wéi)：～父母的｜～无产阶级革命事业接班人。❹装，扮：～好～歹。【做作】表情或动作不自然。

祃 mà 古代行军时,在军队驻扎的地方举行的祭礼。

蚂 ㊂mà 【蚂蚱】(mà·zha)蝗虫的俗名。㊀mǎ 马韵。㊁mā 麻韵。

犸 mà 【猛犸】一种古脊椎动物,像现代的象,全身有长毛,已绝种。也叫“毛象”。

骂(罵) mà ❶用粗野的话侮辱人:不要~人。❷〈方〉斥责。

啊 ㊃à 叹词,表示应诺或醒悟:~,好吧|~,原来是你呀!㊀ā 麻韵。㊁á 黠韵。㊂ǎ 马韵。㊄a 助词,用在句末,常因前面字音不同而发生变音,因而也随之变韵。

靶 bǎ 练习射击用的目标:打~。

坝(壩) bà ❶截住河流的建筑物:拦河~。❷河工险要处巩固堤防的建筑物。❸(~子)平地。常用于西南各省地名。

把(欛) ㊁bà (~儿)物体上便于手拿的部分,柄:刀~儿|扇子~儿。【话把儿】被人作为谈笑资料的言论或行为。㊀bǎ 马韵。

爸 bà 称呼父亲(叠)。

耙(耬) ㊀bà ❶把土块弄碎的农具。❷用耙弄碎土块:地已经~过了。㊁pá 麻韵。

䶕 bà 〈方〉牙齿外露:~牙。

罢(罷) ㊀bà ❶停,歇(连~休):~工|~手|欲~不能。❷免去(官职)(连~免):~职。❸完了,毕:吃~饭。〈古〉又同“疲”(pí)。支韵。㊁ba 麻韵。

灞 bà 【灞水】水名,在陕西省。

汊 chà 河流的分岔。

杈 ㊁chà (~子|~儿)树的分枝:树~儿|打棉花~。㊀chā 佳韵。

衩 ㊀chà 衣服旁边开口的地方。㊁chǎ 马韵。

岔 chà ❶分歧的,由主干分出的:~道|三~路。❷(~子|~儿)乱子,事故。❸转移主题:拿话~开|打~。❹互相让开(多指时间):把这两个会的时间~开。

侘 chà 【侘傺】(chà chì)形容失意。

诧 chà 惊讶,觉着奇怪。

姹 chà 美丽:~紫嫣红(形容百花艳丽)。

差 ㊀chà ❶错(连~错):说~了。❷不相当,不相合:~得远|~不多。❸缺欠:~一道手续|还~一个人。❹不好,不够标准:成绩~。㊁chā 麻韵。㊂chāi 佳韵。㊃cī 支韵。

化 ㊀huà ❶性质或形态改变:~整为零|变~|感~|开~|冰都~了。【化合】两种以上的物质互相结合变成一种性质跟原来物质都不相同的新东西。❷佛教徒、道教徒募集财物:~缘|~斋(乞食)。❸放在名词或形容词后,表示转变成某种性质或状态:革命~|农业机械~|工业现代~|科学~|绿~。㊁huā 麻韵。见第99页“花(❼△化)”字条。

华(華) ㊁huà ❶姓。❷华山,五岳中的西岳,在陕西省。㊀huá 麻韵。㊂huā 麻韵。

话 huà ❶语言:~里有~|谈了几句~。【话剧】用平常口语和动作表演的戏剧。❷说,谈:~别|茶~|~旧。【话本】说书的底本,宋元以来民间口头文学。

价(價) ㊀jià 价钱,商品所值的钱数:~目|物~稳定|减~。【价格】用货币表现出来的商品的价值。【价值】1.政治经济学上指凝结在商品中的生产者的社会必要劳动。2.通常指用途或重要性:有~~。㊁jiè 卦韵。㊂jie 祃韵。

驾 jià ❶把车套在牲口身上:~辕|~轻就熟(喻担任熟悉的事)。❷古代车乘的总称。引敬辞:劳~。❸操纵,使开动:~飞机|~驶员。

架 jià ❶(~子|~儿)用作支承的东西:书~儿|葡萄~|笔~儿|房~子|车~

子。❷支承：1. 支搭：把枪～住|～桥。2. 搀扶：他受伤了，～着他走。【架不住】抵不住。❸互相殴打，争吵：打了一～|劝～。❹量词，多指有架的东西：五～飞机|一～机器|一～葡萄。【架次】一架飞机出动或出现一次叫一架次。如飞机出现两次，第一次五架，第二次十五架，共二十架次。

假 ㊀jià 照规定或经请求暂时离开工作、学习场所：例～|寒～|～期|请～。㊁jiǎ 马韵。

嫁 jià ❶女子结婚：出～|～娶。❷把祸害、怨恨推到别人身上：～怨|～祸于人。

稼 jià 种田。【稼穑】(jià sè)种谷和收谷，农事的总称。【庄稼】五谷，农作物：种～～。

借 jiè ❶暂时使用别人的财物等：～钱|～车|～用。❷暂时把财物等给别人使用：～给他几块钱。❸假托：～故|～题发挥。❹凭借，依靠。

唶 ㊂jiè 赞叹。㊀jī 陌韵。㊁zhǎi 职韵。

藉 ㊀jiè ❶垫在下面的东西。❷垫衬：枕～。❸同"借❸❹"。㊁jí 陌韵。

褯 jiè （～子）婴儿的尿布。

价(價) ㊂jie 词尾：震天～响|成天～闹。㊀jià 祃韵。㊁jié 卦韵。

家 ㊂jie 词尾：整天～|成年～。㊀jiā 麻韵。㊁gū 虞韵。

卡 ㊂kǎ （外）【卡叽】【咔叽】(kǎ jī)一种很厚的斜纹布。㊀qiǎ 马韵。㊁kǎ 马韵。

挎 kuà 把东西挂在肩头上或挂在腰里：肩上～着文件包|腰里～着盒子枪。

跨 kuà ❶抬起一条腿向前或旁边移动：一步～过|～着大步。❷骑，两脚分在器物的两边坐着或立着：～在马上|小孩～着门槛。❸超越时间或地区之间的界限：～年度|～两省。❹附在旁边：～院|旁边～着一行小字。

胯 kuà 腰和大腿之间的部分。

落 ㊂là 丢下，遗漏：丢三～四|～了一个字|大家走得快，把他～下了。㊀luò 药韵。㊁lào 药韵。

帕 ㊀pà （～子）包头或擦手脸用的布或绸：首～|手～。㊁pà 陌韵。

怕 pà ❶害怕：老鼠～猫。❷恐怕，或许，表示疑虑或猜想：他～不来了|恐～他别有用意。

髂 qià 髂骨，腰部下面腹部两侧的骨，下缘与耻骨、坐骨连成髋(kuān)骨。

偌 ruò 这么，那么：～大年纪。

沙 ㊁shà 经过摇动把东西里的杂物集中，以便清除：把小米里的沙子～一～。㊀shā 麻韵。

啥 shà 〈方〉什么：你姓～？|他是～地方人？

厦(廈) ㊀shà ❶大屋子：广～千万间|高楼大～。❷房子后面突出的部分：前廊后～。㊁xià 祃韵。

嗄 ㊀shà 嗓音嘶哑。㊁á 黠韵。见第332页"啊(嗄)"字条。

猞 shè 【猞猁】(shè lì)哺乳动物，像狸猫，毛多黄色，有黑斑，四肢粗长。皮毛珍贵。

厍 shè 〈方〉村庄(多用于村庄名)。

舍 ㊀shè ❶居住的房子：旅～|宿～。❷古代行军三十里叫一舍：退避三～(喻对人让步)。㊁shě 马韵。

射 shè ❶放箭，用推力或弹力送出子弹等：～箭|扫～|高～炮。❷液体受到压力迅速流出：喷～|注～。❸放出光、热等：反～|光芒四～。❹有所指：暗～|影～。

麝 shè 野兽名，也叫"香獐子"，有獠牙，没有角，雄的脐部有香腺，能分泌麝香。麝香可做香料或药材。

赦 shè 免除刑罚：大～|～罪。

瓦 ㊁wà 盖瓦：～瓦(wǎ)。【瓦刀】瓦工用来砍断砖瓦并涂抹泥灰的工具。㊀wǎ 马韵。

下 xià ❶位置在低处的，跟"上"相反：楼～|山～|～面|～部。[引] 1. 次序靠后

的：～篇｜～卷｜～月。2.级别低的：～级服从上级。谦辞：～情｜正中（zhòng）～怀。3.质量低的：～品｜～策。❷由高处到低处：～山｜～楼。引 1.进去：～狱｜～水。2.离开：～班｜～课｜～岗。3.往……去：～乡｜～江南。4.投送，颁布：～书｜～令。5.向下面：～达｜权力～放。6.降落：～雨｜～雪。❸用：～工夫。❹攻克，攻陷：连～数城｜攻～。❺退让：各不相～。❻（～子｜～儿）量词，指动作的次数：打十～｜把轮子转两～子。❼（动物）生产：牛～犊子｜鸡～蛋。❽少于某数：不～三百人。

吓（嚇） ㊀xià 使害怕：困难～不倒英雄汉。【吓唬】（xià·hu）使人害怕，威胁：你别～～人。㊁hè 陌韵。

夏 xià ❶四季中的第二季，气候最热。❷华夏，中国的古称，泛指中华民族。❸夏朝，传说是禹建立的（约公元前 21 世纪～约公元前 16 世纪）。【夏历】阴历，农历，旧历，这种历法的基本部分是夏朝创始的。

厦（廈） ㊁xià 【厦门】市名，在福建省。㊀shà 祃韵。

唬 ㊁xià 同“吓”。㊀hǔ 麌韵。

罅 xià 裂缝。

泻（瀉） xiè ❶液体很快地流：一～千里。❷拉稀屎：～肚。

卸 xiè ❶把东西去掉或拿下来：～货｜～车｜大拆大～。❷解除，推脱：～责｜～任｜推～。

谢 xiè ❶表示感激（叠）：～～你！❷道歉或认错：～罪。❸辞去，拒绝：～绝参观。❹凋落，衰退：花～了｜新陈代～。

榭 xiè 台上的屋子：水～。

玡 yá 似玉的骨。【琅玡】【琅琊】山名，在山东省。

亚（亞） yà ❶次，次一等的：～军｜～热带。❷（外）指亚洲，世界七大洲之一。

垭（埡） yà 〈方〉两山之间的狭窄地方：黄桷～（地名，在重庆市）。

挜（掗） yà 〈方〉硬把东西送给或卖给别人。

娅（婭） yà 连襟。

氩（氬） yà 一种化学元素，在通常条件下为气体，符号 Ar 或 A，无色无臭，不易跟其他元素化合。可用来放入电灯泡或真空管中。

讶 yà 惊奇，奇怪：十分惊～。

迓 yà 迎接（连 迎～）：～之于门｜未曾迎～。

砑 yà 用卵形或弧形的石块碾压或摩擦皮革、布帛等使紧实而光亮。

夜（亱） yè 从天黑到天亮的一段时间，跟“日”、“昼”相对：日日～～｜白天黑～｜昼～不停。

乍 zhà ❶忽然：～冷～热。❷刚，起初：新来～到。

诈 zhà ❶假装：～死。❷使手段诓骗（连 欺～）：～财｜你不必拿话～我。【诈语】（zhà·yǔ）骗人的话。

咋 ㊀zhà 咬住。【咋舌】惊讶，害怕，说不出话来。㊁zǎ 陌韵。㊂zhā 陌韵。

炸 ㊀zhà ❶突然破裂（连 爆～）：～弹｜玻璃杯～了。❷用炸药、炸弹爆破：～碉堡。❸发怒：他一听就～了。㊁zhá 黠韵。

痄 zhà 【痄腮】（zhà·sai）一种传染病，又叫“流行性腮腺炎”，耳朵下面肿胀疼痛，病原体是一种滤过性病毒。

蚱 zhà 【蚱蜢】（zhà měng）一种有害的昆虫，身体绿色或褐色，触角短，吃稻叶，不能远飞。

榨（❷搾） zhà ❶压出物体里液汁的器具。❷用力压出：～油｜压～。

奓 zhà 张开：头发～着｜这件衣服下面太～了。

咤（△吒） zhà 发怒时对人大声嚷。“吒”又音 zhā，麻韵。

蛇 zhà 〈方〉海蜇。

溠 zhà 【溠水】水名，在湖北省。

蜡（䄍） ㊁zhà 古代年终的一种祭祀名。㊀là 合韵。

柘 zhè 【柘树】落叶灌木或小乔木，叶子卵形或前端有浅裂，可以喂蚕。木可以提取黄色染料，为"柘黄"。

蔗 zhè 【甘蔗】多年生草本植物。茎有节，含甜汁很多，可以吃，也可制糖。

嗻 zhè 答应的声音，表示"是"的意思。

鹧 zhè 【鹧鸪】（zhè gū）鸟名，背部和腹部黑白两色相杂，头顶棕色，脚黄色。吃谷粒、昆虫、蚯蚓等。

䗪 zhè 䗪虫，即土鳖。体扁，棕黑色，雄的有翅，雌的无翅。雌的制干后可入药。

漾 yàng ❶水面微微动荡。❷液体溢出来：～奶|～酸水|汤太满都～出来了。

羕 yàng 形容水长（cháng）。

恙 yàng 病：无～|偶染微～。

烊 ㊀yàng 【打烊】〈方〉商店晚上关门停止营业。㊁yáng 阳韵。

样（樣） yàng ❶（～子，～儿）形状：模～|这～|不像～儿。❷（～儿）种类：一～儿|两～儿|～～儿都行。❸（～子|～儿）做标准的东西：～品|货～|～本。〈又〉yàng 养韵。

怏 yàng 不服气，不满意：～～不乐|～然不悦。〈又〉yǎng 养韵。

盎 ㊀àng ❶古代的一种盆，腹大口小。❷盛：兴趣～然。【盎司】（外）英美制重量单位，常衡一盎司是一磅的十六分之一。㊁áng 养韵。

傍 ㊀bàng ❶靠：依山～水。❷临近（多指时间）：～亮|～晚。㊁páng 阳韵。

谤 bàng 恶意地攻击别人（连 诽～|毁～）。

搒 ㊀bàng 摇橹使船前进，划船。㊁péng 庚韵。

磅 ㊀bàng （外）❶英美制重量单位。一磅合 0.9072 市斤。❷磅秤。㊁páng 阳韵。

怅（悵） chàng 失意，不痛快（叠）：～然。

韔（韔） chàng 古代盛弓的袋子。

畅（暢） chàng ❶没有阻碍地：～达|～行|～销。❷痛快，尽情地：～谈|～饮。

倡 ㊀chàng 发动，首先提出：～议|～导。㊁chāng 阳韵。

唱 chàng ❶歌唱，依照音律发声：～歌|～戏|～曲。引 高呼：～名。❷（～儿）歌曲：唱个～儿。

鬯 chàng ❶古代祭祀用的一种酒。❷同"畅"：一夕～谈。

闯（闖） ㊀chuàng 【闯荡】旧时指离家在外谋生：～～江湖。㊁chuǎng 养韵。

创（創、刅、剏） ㊀chuàng 开始，开始做：～举|～造|～刊|首～。㊁chuāng 阳韵。

怆（愴） chuàng 悲伤：凄～|～然泪下。

当（當） ㊀dàng ❶恰当，合宜：处理得～|这个字用得不恰～|妥～的|办法。❷抵得上，等于：一个人～两人用。❸作为：安步～车。❹表示在同一时间：他～天就走了。【当年】本年，在同一年：～～种，～～收，～～受益。❺旧社会里用实物作抵押向当铺借钱。㊁dāng 阳韵。

挡（擋） ㊀dàng 【摒挡】（bìng dàng）收拾，料理。㊁dǎng 养韵。

档（檔） dàng ❶存放案卷用的带格子的橱架：归～。❷档案，分类保存的文件、材料等：查～。❸（～子|～儿）件，桩：一～子事。

凼（氹） ㊀dàng 塘：水～|～肥。㊁hàn 咸韵。

砀（碭） dàng 【砀山】县名，在安徽省。

荡（蕩、❶～❸盪） dàng ❶清除，弄光：地主的剥削使农民倾家～产。❷洗涤。❸摇动（连 摇～）：～舟|～秋千。【荡漾】（dàng yàng）水波一起一伏地动。❹不受约束或行为不检点（连 浪～）。❺浅水湖：芦花～|黄天～。

宕 dàng 延宕，拖延，搁置起来不解决。

菪 dàng 见第 289 页"莨"字条"莨菪"（làng dàng）。

放 fàng ❶解除约束，得到自由：释～|～行。引 1. 赶牲畜、家禽到野外去觅食：～牛|～羊|～鸭子。2. 散：～工|～学。【放晴】阴雨后转晴。❷任意，随便：～任|～纵|～肆。❸发出：～枪|～光|～电。❹扩展：～大|～宽|把领子～出半寸。❺搁，置：存～|手～下。【放心】安心，解除

挂虑：～～吧，一切都准备好了！❻流放，旧时把人驱逐到边远的地方去。

桄 ㊀guàng ❶绕线的器具。❷量词，用于线：一～线。㊁guāng 阳韵。

逛 guàng 闲游，游览：～公园。

沆 hàng 大水。【沆瀣】（hàng xiè）露气。【沆瀣一气】喻气味相投的人联合在一起。

晃（**搖**） ㊀huàng 摇动，摆动（连 摇～）：树枝来回～。㊁huǎng 养韵。

匠 jiàng 有手艺的人：木～|瓦～|铁～|能工巧～。

将（**將**） ㊁jiàng ❶军衔名，在校级之上。【将领】较高级的军官。❷统率指挥：～兵。㊀jiāng 阳韵。

酱（**醬**） jiàng ❶用发酵后的豆、麦等做成的一种调味品，有黄酱、甜酱、豆瓣酱等。❷用酱或酱油腌制（菜）：把萝卜～一～。❸像酱的糊状食品：芝麻～|果子～|虾～。

弶 jiàng ❶捕捉老鼠鸟雀等的工具。❷用弶捕捉。

强（**強**、**彊**） ㊂jiàng 固执，强硬：倔～。㊀qiáng 阳韵。㊁qiǎng 养韵。

犟（**勥**） jiàng 固执己见和人争辩，不服劝导：～嘴|～脾气。

糨（**糡**、△**浆**） jiàng 稠，浓：粥太～了。【糨子】（jiàng·zi）【糨糊】（jiàng·hu）用面等做成的可以粘贴东西的物品。“浆”又音 jiāng，阳韵。

亢 kàng ❶高。引 高傲：不卑不～。❷过甚，极：～旱。

伉 kàng 【伉俪】（kàng lì）旧指配偶，夫妇。

抗 kàng ❶抵御（连 抵～）：～日战争|～旱|～涝。引 1.不妥协：～辩。2.拒绝，不接受（连 ～拒）：～命|～粮|～税。❷对，抵：～衡（不相上下，抵得过）|分庭～礼（行平等的礼节，喻势均力敌）。

炕 kàng ❶北方用砖、坯等砌成的睡觉的台子，下面有洞，连通烟囱，可以烧火取暖。❷〈方〉烤：把湿衣服放在火边～一～。

钪 kàng 一种金属元素，符号 Sc，灰色，常跟钆、铒等混合存在，产量很少。

圹（**壙**） kuàng ❶墓穴。❷旷野。【圹埌】（kuàng làng）形容原野一望无际的样子。

纩（**纊**） kuàng 棉絮。

旷（**曠**） kuàng ❶空阔（连 空～）：～野|地～人稀。【旷世】当代没有能够相比的：～～功勋。❷心境阔大：心～神怡|～达。❸荒废，耽搁：～工|～课。

矿（**礦**、**鑛**） kuàng（旧读 gǒng） ❶矿物，蕴藏在地层中的自然物质：铁～|煤～|油～。❷开采矿物的场所：～井|～坑|下～。

况（**況**） kuàng ❶情形：近～。❷比，譬：以古～今。❸文言连词，表示更进一层：～仓卒吐言，安能皆是？|此事成人尚不能为，～幼童乎？【况且】连词，有“再说”的意思：这本书内容很好，～～也很便宜，买一本吧。【何况】连词，表示反问：小孩都能办得到，～～是我呢？

贶 kuàng 赠送。

框 ㊀kuàng ❶门框，安门的架子。❷（～子|～儿）镶在器物外围有撑架作用或保护作用的东西：镜～儿|眼镜～子。㊁kuāng 阳韵。

眶 kuàng （～子|～儿）眼的四周：眼～子发青|眼泪夺～而出。

埌 làng 见本页“圹”字条“圹埌”（kuàng làng）。

莨 làng 【莨菪】（làng dàng）多年生草本植物，开黄褐色微紫的花，全株有黏性腺毛，并有特殊臭味。有毒。根、茎、叶可入药。

浪 làng ❶大波（连 波～）：海～打在岩石上。❷像波浪的：声～|麦～。❸放纵：

～游|～费。

阆 làng 【阆中】县名,在四川省。

亮 liàng ❶明,有光:天～了|敞～|刀磨得真～。❷(～儿)光线:屋里一点～儿也没有。[引]灯烛等照明物:拿个～儿来。❸明摆出来:～相。❹明朗,清楚:你这一说,我心里头就～了|打开窗子说～话。❺声音响:洪～。

喨 liàng 见第82页“嘹”字条“嘹喨”(liáo liàng)。

凉(涼) ㊀liàng 放一会儿,使温度降低。㊁liáng 阳韵。

谅 liàng ❶原谅:体～。【谅解】由了解而消除不满。❷信实。❸推想:～他不能来。

晾 liàng 把衣物放在太阳下面晒或放在通风透气的地方使干:～衣服。

靓 ㊀liàng 〈方〉漂亮,好看。㊁jìng 敬韵。

量 ㊀liàng ❶计算东西体积多少的器具的总称。【量词】表示事物或行动单位的词,如张、条、个、只、遍等。❷限度:酒～|气～|饭～|胆～。❸数量,数的多少:质～并重|大～生产新式农具。【分量】(fèn·liang)重量:不够～～|～～分配均匀。❹估量,审度(duó):～力而行|～入为出。㊁liáng 阳韵。

踉 ㊀liàng 【踉跄】(liàng qiàng)走路不稳。㊁liáng 阳韵。

齉(㶞) nàng 鼻子堵住,发音不清:～鼻子。

酿(釀) niàng ❶利用发酵作用制造:～酒|～造。[引]1.蜜蜂做蜜:蜜蜂～蜜。2.逐渐形成:～成水灾。❷指酒:佳～。

胖(胖) ㊀pàng 人体内含脂肪多:他长得很～。㊁pán 寒韵。

呛(嗆) ㊀qiàng 有刺激性的气体使鼻子、嗓子等器官感到不舒服:烟～嗓子|辣椒味～得难过。㊁qiāng 阳韵。

戗(戧) ㊀qiàng 支持,支撑:墙要倒,拿杠子～住。【够戗】形容很重,很难支持:他忙得真～～|他病得～～。㊁qiāng 阳韵。

炝(熗) qiàng 烹饪法的一种,将菜肴放在沸水或热油中略煮后取出加作料拌。

跄(蹌、蹡) qiàng 见本页“踉”字条“踉跄”(liàng qiàng)

让(讓) ràng ❶不争,尽(jǐn)着旁人:～步|谦～。[引]请:把他～进屋里来。❷索取一定代价,把东西给人:出～|转～。❸许,使:不～他来|～他去取。❹被:那个碗～他摔了|笔～他给弄坏了。

丧(喪、丧) ㊀sàng 丢掉,失去([连]～失):～命|～失立场。【丧气】(sàng qì)不吉利(迷信),倒霉。㊁sāng 阳韵。

上 ㊀shàng ❶位置在高处的,跟“下”相反:山～|～面。[引]1.次序在前的:～篇|～卷|～星期。2.等级高的:～等|～级。3.质量高的,好的:～策|～等货。❷由低处到高处:～山|～楼。[引]1.去,到:你～哪儿?～北京|～街去。2.向前进:同志们快～啊!3.进呈:～书|谨～。❸增加:1.添补:～水|～货。2.安装:～刺刀|～螺丝。3.涂上:～颜色|～药。4.登载,记上:～报|～账。❹按规定时间进行某种活动:～课|～班。❺拧紧发条:～弦|表该～了。㊁shǎng 养韵。

尚 shàng ❶还(hái):年纪～小|～不可知。【尚且】连词,表示进一层的意思,跟“何况”连用:你～～不行,何况是我|细心～～难免出错,何况粗枝大叶。❷尊崇,注重。【高尚】崇高。

绱(鞝) shàng 把鞋帮、鞋底缝合成鞋:～鞋。

烫(燙) tàng ❶温度高,皮肤接触温度高的物体感觉疼痛:开水很～|～手|小心～着!❷用热的物体使另外的物体起变化:～酒(使热)|～衣服(使平)。

趟 tàng ❶来往的次数:他来了一～|这～火车是到上海去的。❷(～儿)行

(háng)，行列：屋里摆着两～桌子|用线把这件衣服缝上一～。

王 ㊁wàng 古代指统治者用所谓仁义的欺骗手段进行统治。㊀wáng 阳韵。

旺 wàng 盛，兴盛（连～盛、兴～）：火很～|～季。

望 wàng ❶看，往远处看：登高远～|～尘莫及。❷拜访，探望（连看～）。❸希图，盼（连盼～|希～）：喜出～外|丰收有～。❹名望，声誉：德高～重|威～。❺夏历每月十五日。❻向：～东走|～上瞧。

妄 wàng 乱，荒诞不合理：～动|～想|勿～言。

忘 wàng 忘记，不记得，遗漏：别～了拿书|喝水不～掘井人|翻身不～共产党。

往 ㊁wàng 同“望❻”。朝，向：～东走|～前看。㊀wǎng 养韵。

向（❶❹嚮、❹曏） xiàng ❶对着，朝着，表示动作的方向：这间房子～东|～前看|～工农兵学习。【向导】引路的人。❷方向，目标：我转(zhuàn)～（认错了方向）了|方～错了。引意志所趋：志～|意～。❸偏袒，袒护：偏～。❹从前：～日|～者。引从开始到现在：本处～无此人。【向来】【一向】从来，从很早到现在：他～～不喝酒。

相 ㊁xiàng ❶（～儿）样子，容貌（连～貌）：长～|凶～儿|可怜～。❷察看：～马|～机行事|人不可以貌～。❸辅助，也指辅佐的人，古代特指最高级的官。【相声】曲艺的一种，盛行于华北地区。㊀xiāng 阳韵。

象 xiàng ❶哺乳动物，多产在印度、非洲等热带地方。鼻子圆筒形，可以伸卷。多有一对特长的门牙，突出唇外。❷形状，样子（连形～）：景～|万～更新。❸同“像”。

像 xiàng ❶相似：他很～他母亲。【好像】似乎，仿佛：我～～见过他。❷比照人物做成的图形：画～|塑～。❸比如，比方：～这样的事是值得注意的。

橡 xiàng ❶橡树，就是栎树。【橡子】橡树的果实。❷橡胶树，原产巴西，我国南方也有，树的乳汁可制橡胶。

蟓 xiàng “蚕”的古名。

脏（臟） ㊁zàng 身体内部器官的总称：内～|五～六腑。㊀zāng 阳韵。

奘 ㊁zàng 玄奘，唐代一个和尚的名字。㊀zhuǎng 养韵。

葬 zàng 掩埋死人，泛指处理死者遗体：埋～|火～。【葬送】喻断送，毁灭：旧礼教不知～～了多少人的幸福生活。

藏 ㊂zàng ❶储放东西的地方：宝～。❷佛教道教经典的总称：大～经|道～。【三藏】佛教经典分“经”、“律”、“论”三部分。唐玄奘(zàng)号三藏法师。❸西藏自治区的简称。❹藏族，我国少数民族名。㊀cáng 阳韵。㊁zāng 阳韵。

丈 zhàng ❶长度单位，十尺。【丈夫】1.(zhàng fū) 成年男子的通称。2.(zhàng·fu)妇女的配偶，跟“妻”相对。❷测量长度面积：清～|～量地亩。❸对老年男子的尊称：老～。【丈人】1.(zhàng rén)旧称老年男子。2.(zhang·ren)称妻子的父亲。

仗 zhàng ❶兵器：仪～。转战争：胜～|败～。【打仗】交战，发生战事。❷凭借，依靠（连倚～、～恃）：～着大家的力量。❸拿着（兵器）：～剑。

杖 zhàng ❶拐杖，拄着走路的棍子：手～。❷泛指棍棒：擀面～。

帐（帳） zhàng ❶（～子）用布或其他材料做成的帷幕（多指张在床上的）：蚊～|圆顶～子。❷同“账”。

账（賬） ❶关于银钱财物出入的记载：记～|流水～。又指记载银钱财物出入的本子或单子：一本～|一篇～。❷债务：欠～|不认～（喻不承认自己做的事）。

胀（脹） zhàng ❶膨胀，体积变大：热～冷缩。❷身体内壁受到压迫而产生不舒服的感觉：肚子～。

涨(漲) ㊁zhàng ❶体积增大：豆子泡～了。❷弥漫：他气得～红了脸|烟尘～天。❸多出来：～出十块钱。㊀zhǎng 养韵。

障 zhàng ❶阻隔。【障碍】阻挡进行的事物：扫除～～。❷用作遮蔽、防卫的东西：风～|屏～。

嶂 zhàng 形势高险像屏障的山峰：层峦叠～。

幛 zhàng (～子)上面题有词句的整幅绸布，旧时用作庆贺或吊唁的礼物。

瘴 zhàng 瘴气，热带山林中的湿热空气。

壮(壯) zhuàng ❶健壮，有力(连强～)：～士|年轻力～。❷雄伟，有气魄：～志凌云。❸增加勇气或力量：～一～胆子。❹壮族，我国少数民族名。

状(狀) zhuàng ❶形态(连形～、～态)：狼的形～像狗。❷事情表现出来的情形(连～况)：病～|生活～况。❸旧时叙述事件的文字：行～(死者传略)|诉～。❹特种格式的凭证：奖～。

敬 jìng ❶尊重，有礼貌地对待（[连]尊～）：～客｜～之以礼｜～赠｜～献。❷旧时表示敬意的礼物：喜～。❸有礼貌地送上去：～酒｜～茶。

静 jìng ❶停止的，跟"动"相反：～止｜安～地坐着｜风平浪～。❷没有声音：这个地方很清～｜更深夜～｜～悄悄的。

靖 jìng ❶安静，平安。❷旧指平定，使秩序安定。

靓 ㊀jìng 妆饰，打扮。㊁liàng 漾韵。

镜 jìng ❶（～子）用来反映形象的器具，古代用铜磨制，现代用玻璃制成。❷利用光学原理特制的各种器具：显微～｜望远～｜眼～｜凸透～｜三棱～。

獍 jìng 古书上说的一种像虎豹的兽，生下来就吃生它的母兽。

竞（競） jìng 比赛，互相争胜：～走｜～渡。【竞争】为了自己的利益而跟人争胜。【竞赛】互相比赛，争取优胜：劳动～～。

竟 jìng ❶终了（liǎo），完毕：读～｜继承先烈未～的事业。[引]1.到底，终于：有志者事～成｜他的话毕～不错。2.整，从头到尾：～日。❷居然，表示出乎意料：这样巨大的工程，～在短短半年中就完成了。

净（淨、凈） jìng ❶干净，清洁：～水｜脸要洗～。❷洗，使干净：～面｜～手。❸什么也没有，空，光：钱用～了。❹单纯：1.纯粹的：～利｜～重。2.仅，只：～剩下棉花了。3.全（没有别的）：满地～是树叶。❺旧戏曲里称花脸。

劲（勁） ㊀jìng 坚强有力：～旅｜～敌｜疾风知～草。㊁jìn 沁韵。

泵 bèng （外）把液体或气体抽出或压入用的一种机械装置。

迸 bèng 爆开，溅射：火星儿乱～。

甏 bèng 〈方〉瓮一类的器皿。

镚 bèng （～子｜～儿）原指清末发行的无孔的小铜币，今泛指小的硬币：金～子｜钢～儿。

蹦 bèng 两脚并着跳：欢～乱跳｜～了二尺高。

并（❶併、❷❸並、竝） bìng ❶合在一起（[连]合～）：～案办理。❷一齐，平排着：～驾齐驱｜～肩作战｜～排坐着。【并且】连词。1.表示平列：他每天做工八小时，～～学习两小时。2.表示进一层，常跟"不但"相应，也可单用：他不但赞成，～～肯帮忙。❸放在否定词前面，表示不像预料的那样：～不太冷｜～非不知道。"并"又音 bīng，庚韵。见第116页"并"字条。

摒 bìng 排除（[连]～除）。

病 bìng ❶生物体发生不健康的现象（[连]疾～）：害了一场～｜他～了。❷弊端，错误：语～。

柄 ㊀bìng 见第206页"柄"字条。㊁bǐng 梗韵。

更 ㊀gèng ❶再，重（chóng）：～上一层楼。❷越发，愈加：天～冷了｜～明显了。㊁gēng 庚韵。

横 ㊀hèng ❶凶暴，不讲理（[连]蛮～）：这个人说话很～。❷意外的：～事｜～死。㊁héng 庚韵。

另 lìng 另外，别的，以外：～买一个｜那是～一件事。

令 ㊀lìng ❶命令，上级对下级的指示：明～规定｜遵守法～。❷古代官名：县～。❸使，使得：～人起敬｜～人兴奋。❹时令，时节：月～｜夏～。❺美好，善：～名。旧时敬称：～兄｜～尊（称对方的父亲）。㊁lǐng 梗韵。

孟 mèng ❶旧时兄弟姊妹排行有时用孟、仲、叔、季作次序，其中孟是老大：～兄｜～孙。❷四季中月份在开头的：～春（春季第一月）。【孟浪】鲁莽，考虑不周到：此事不可～～。

命 mìng ❶生命，动物、植物的生活能力，也就是跟矿物、水等所以有区别的地方：救～｜拼～。❷上级对下级的指示（[连]～令）：奉～｜遵～｜～令大军前进。❸给予（名称等）：～名｜～题。【命中】（mìng zhòng)射中或击中目标。

拧(擰) ㊂nìng 倔强,别扭,不驯服:~脾气。㊀nǐng 梗韵。㊁níng 庚韵。

碰(掽) pèng ❶撞击:~杯(表示祝贺)|~破了皮|~钉子|~壁(喻事情做不通)。❷相遇:我在半路上~见他。❸没有把握地试探:~一~机会。

聘 pìn ❶请人担任工作:~请老工人当顾问。❷旧婚姻制度中指订婚或指女子出嫁。

庆(慶) qìng ❶祝贺(连~贺):~功大会|~祝五一劳动节。❷可祝贺的事:国~|大~。

亲(親) ㊁qìng 【亲家】夫妻双方的父母彼此的关系或称呼。㊀qīn 真韵。

箐 qìng 〈方〉山间的大竹林,泛指树木丛生的山谷。

圣(聖) shèng ❶最崇高的:革命~地。❷旧时称在学问、技术方面有特殊成就的:~手。❸封建时代美化帝王的说法:~旨。【圣人】旧时称具有最高智慧和道德的人。

晟 shèng 光明。

盛 ㊀shèng ❶兴旺:繁荣昌~|梅花~开|旺~。❷丰富,华美:~宴|~装。❸热烈,大规模的:~会|~况。❹深厚:~意|~情。❺姓。㊁chéng 庚韵。

姓 xìng 表明家族系统的字:~名。

绗 ㊁xìng 见第108页"绗"字条。㊀háng 阳韵。

性 xìng ❶性质,人或事物的本身所具有的能力、作用等:碱~|弹~|向日~|药~。【性命】生命。【个性】【性格】个人的思想、行动上的特点。【性子】脾气:他的~~很急。❷男女或雌雄的特质:~别|男~|女~。

诇 xiòng 刺探。

敻 xiòng ❶远,辽阔。❷久远:~古。

映 yìng 照射而显出:影子倒~在水里|放~电影|夕阳把湖水~得通红。【反映】反照。

硬 yìng ❶物体组织紧密,性质坚固,跟"软"相反:~煤|~木。❷刚强有力:欺软怕~。引 1.坚强,不屈服(连强~):~汉子|态度强~。2.蛮横:~抢|生拉~拽。❸固执(多指不顾实际的):~不承认|他干不了~干。❹能力强,质量好:~手|货~。

咏(詠) yòng ❶声调抑扬地念,唱(连歌~|吟~)。❷用诗词等来叙述:~梅|~雪。

泳 yòng 在水里游动(连游~):仰~|俯~。

锃 ㊀zèng 器物等经过擦磨或整理后闪光耀眼:~亮|~光。㊁chēng 庚韵。

正 ㊀zhèng ❶不偏不斜:~午|~中|~南|~北。❷恰:你来得~好。❸表示动作在进行中:现在~开着会。❹改去偏差或错误(连改~):~误|给他~音。㊁zhēng 庚韵。

证(證) zhèng ❶用人物、事实来表明或断定:~明|~几何题。❷凭据,帮助断定事理的东西:~据|工作~。

政 zhèng ❶政治:~党|~纲|参~。❷国家某一部门主管的业务:财~|民~|邮~。❸旧指集体生活中的事务:家~|校~。

钲 ㊁zhèng 化学元素,镄(fèi)的旧称。㊀zhēng 庚韵。

郑(鄭) zhèng 周代诸侯国名,在今河南省新郑县一带。【郑重】审慎,严肃:~~其事。

诤 zhèng 谏,照直说出人的过错,叫人改正:谏~|~言。【诤友】能直言规劝的朋友。

阐 zhèng 【阐阐】(zhèng chuài)同"挣揣"(多见于元曲),见下。

挣 ㊀zhèng ❶用力支撑或摆脱:~脱|~开。【挣揣】(zhèng chuài)挣扎。❷出力量而取得报酬:~钱。㊁zhēng 庚韵。

帧 zhèng(今读 zhēn) 图画的一幅:一~水彩画。【装帧】书画等物的装潢设计。

径（徑、❶❸逕） jìng ❶小路：山～。喻 达到目的的方法：捷～|门～。❷直径，两端以圆周为界，通过圆心的直线或指直径的长度：半～（圆心至圆周的直线）|口～。❸直截了当：～启者|～向有关单位联系。

胫（脛、踁） jìng 小腿，从膝盖到脚跟的一段。【胫骨】小腿内侧的骨头。

蹭 cèng 磨，擦：～了一身泥|～破了皮。引 拖延：快点，别磨～了|走路老磨～。【蹭蹬】（cèng dèng）遭遇挫折。

秤（△称） chèng 衡量轻重的器具。"称"又音 chèn，震韵；又音 chēng，蒸韵。

邓（鄧） dèng 邓县，在河南省。

僜 dèng 僜人，住在我国西藏自治区察隅县。

凳（櫈） dèng （～子|～儿）有腿没有靠背的坐具：板～|小～儿。

嶝 dèng 山上可攀登的小路。

澄 ㊀dèng 让液体里的杂质沉下去：水～清了再喝。㊁chéng 蒸韵。

磴 dèng ❶石头台阶。❷台阶或楼梯的层级。

瞪 dèng 睁大眼睛：把眼一～|你～着我做什么？|～眼。

镫 dèng 挂在马鞍子两旁的东西，是为骑马的人放脚用的。

订 dìng ❶改正，修改：～正初稿。考～|校～。❷立（契约），约定：～约|～婚。❸用线、铁丝等把书页等连在一起：装～|～一个笔记本儿。

饤 dìng 见第 297 页"饾"字条"饾饤"（dòu dìng）。

钉 ㊀dìng ❶把钉或楔（xiē）子打入他物：拿个钉子～上|墙上～着木橛。❷连接在一起：～扣子。㊁dīng 青韵。

定 dìng ❶不可变更的，规定的，不动的：～律|～期|拿～主意。❷使确定，使不移动：～案|～胜负|否～|决～章程|～制度。❸安定，安靖，平靖（多指局势）：大局已～。❹镇静，安稳（多指情绪）：心神不～|～～神再说。❺预先约妥：～货|～作。

啶 dìng 见第 319 页"嘧"字条"嘧啶"（mì dìng）。

腚 dìng 〈方〉屁股：光～。

碇（椗、矴） dìng 系船的石礅：下～（停船）|起～（开船）。

锭 ❶（～子）纺车或纺纱机上绕纱的机件：纱～。❷（～子、～儿）金属或药物等制成的块状物：钢～|金～儿|紫金～。

亘（亙） gèn 空间或时间上延续不断：绵～数十里|～古及今。

堎 lèng 【长堎】地名，在江西省新建县。

愣 lèng ❶呆，失神：两眼发～|吓得他一～。❷鲁莽，说话做事不考虑对不对：～头～脑|他说话做事太～。引 蛮，硬，不管行得通行不通：～干|明知不对，他～那么说。

宁（寧、甯） ㊀nìng ❶宁可，表示选择后决定的语词，情愿：～死不屈|～缺毋滥。❷姓。㊁níng 青韵。

泞（濘） nìng 【泥泞】1. 有烂泥难走：道路～～。2. 淤积的烂泥：陷入～～。

佞 nìng ❶有才智：不～（旧日谦称）。❷善辩，巧言谄媚：～口|～人（有口才而不正派的人）。

綮 qǐng 相结合的地方。参看第 209 页"肯❷"字条"肯綮"。

磬 qìng ❶古代打击乐器。用玉或石做成，悬在架上，形略如曲尺。❷和尚敲的铜铁铸的钵状物。

罄 qìng 尽，用尽，器皿已空：告～|售～|～竹难书（诉说不完，多指罪恶）。

胜（勝） ㊀shèng ❶赢，胜利，跟"败"相反：打～仗|以少～多。❷超过：今～于昔|一个～似一个。❸优美的：～地|～景。❹（又 shēng）能担任，能承受：～任|不～其烦。❺（又 shēng）尽：不～感激|不～枚举。㊁shēng 蒸韵。

乘 ㊀shèng 量词(指古代四匹马拉的兵车):千～之国。㊁chéng 蒸韵。

剩(賸) shèng 多余,余留下来(连～余):～饭。

嵊 shèng 【嵊县】在浙江省。

兴(興) ㊀xìng 兴趣,对事物感觉喜爱的情绪:～高采烈。【高兴】愉快,喜欢。㊁xīng 蒸韵。

应(應) ㊀yìng ❶回答或随声相和:～声虫|山鸣谷～|呼～。❷应付,对待:～战|随机～变|～接不暇。【供应】供给。❸适合,配合(连适～):～时|～用|得心～手。❹接受,答应:～邀|有求必～。❺应县,在山西省。㊁yīng 蒸韵。

媵 yìng 〈古〉❶随嫁的人。❷妾。

缯 ㊀zèng 〈方〉捆,扎:把那根裂了的棍子～起来。㊁zēng 蒸韵。

甑 zèng(旧读 jìng) ❶古代蒸饭的一种瓦器。❷蒸馏或使物体分解用的器皿:曲颈～。

赠 zèng 把东西无代价地送给别人:～品|～阅。

症(證) ㊀zhèng 病:～候|霍乱～|急～。㊁zhēng 蒸韵。

宥 yòu 宽容，饶恕，原谅：～我｜请原～。

狖 yòu 古书上说的一种猴子。

柚 ㊁yòu 常绿乔木，种类很多。果实叫柚子，也叫文旦，比橘子大，多汁，味酸甜。㊀yóu 尤韵。

釉 yòu （～子｜～儿）以石英、长石、硼砂、黏土等为原料制成的东西，涂在瓷器、陶器外面，烧制后发出玻璃光泽，可增加陶瓷的机械强度和绝缘性能。

鼬 yòu 【黄鼬】俗叫“黄鼠狼”，毛黄褐色，遇见敌人能由肛门附近分泌臭气自卫，常捕食田鼠，毛可制狼毫笔。

诱 yòu（旧读 yǒu） ❶劝导，教导：循循善～。❷引诱，使用手段引人：～敌｜利～。

囿 yòu ❶养动物的园子：鹿～。❷局限，被限制：～于成见。

侑 yòu 旧指在筵席旁助兴，劝人吃喝：～食。

有 ㊁yòu 〈古〉同“又❹”。㊀yǒu 有韵。

幼 yòu 年纪小，初出生的：～儿｜～虫｜～苗。【幼稚】年纪小的。喻知识见解浅薄，缺乏经验的：思想～～。

又 yòu ❶重复，连续，指相同的：他～立功了｜今天～下雨了。❷表示加重语气，更进一层：他～不傻｜你～不是不会。❸几项平列的连词：～高～大｜～多～快｜～好～省｜我～高兴，～着急。❹再加上，还有：十～五年｜一～二分之一。

右 yòu ❶跟“左”相对，面向南时靠西的一边：～手｜～边。转西方（以面向南为准）：江～｜山～。❷政治思想上属于保守的或反动的：～倾｜～派。

佑 yòu 扶助，保护。【保佑】迷信的人称神帮助。

祐 yòu 同“佑”。

臭 ㊀chòu 气味难闻的，跟“香”相反：～气熏人。喻惹人厌恶的：遗～万年｜放下～架子，甘当小学生。㊁xiù 宥韵。

凑（湊） còu ❶聚合：～在一起｜～钱。【凑合】（còu·he）1. 同“凑❶”。2. 将就：～～着用吧。❷接近：～上去｜往前～。【凑巧】碰巧。

辏 còu 车轮的辐聚集到中心。

腠 còu 肌肤上的纹理。

斗（鬥、鬬、閗） ㊁dòu ❶对打（连战～）：搏～。❷比赛胜负：～智｜～力。❸〈方〉拼合，凑近：那条桌子腿还没有～榫（sǔn）｜用碎布～成一个口袋。㊀dǒu 有韵。

豆（❶荳） dòu ❶豆科，双子叶植物的一科，草本木本都有，如绿豆、黄豆、落花生、槐树、紫檀等都属这一科。通常统称豆类植物，有大豆、黄豆、豌豆、蚕豆等。又指这些植物的种子。❷（～儿）形状像豆粒的东西：山药～儿｜土～儿。❸古代盛肉或其他食品的器皿。【豆蔻】（dòukòu）多年生草本植物，开淡黄色花，果实扁球形，种子有香味。果实和种子可入药。

饾 dòu 【饾饤】（dòu dìng）供陈设的食品，喻文辞堆砌。

逗 dòu ❶停留（连～留）。❷引，惹弄：～笑｜～趣。

脰 dòu 脖子，颈。

痘 dòu 病名：1. 水痘，一种传染病，小儿容易感染。2. 痘疮，天花。【牛痘】牛身上的痘疮，制成牛痘苗，接种在人身上，可以预防天花，也省称“痘”。

读（讀） ㊁dòu 旧指文章里一句话中间念起来要稍稍停顿的地方：句～。㊀dú 屋韵。

窦（竇） dòu 孔，洞：鼻～｜狗～。【疑窦】可疑的地方：顿生～～。

附（坿） fù ❶另外加上，随带着：～录｜～设｜～注｜信里面～着一张相片。❷靠近：～近｜～耳交谈。

富 fù ❶财产多，跟“贫”、“穷”相反：开发～源｜新中国走向繁荣～强。❷充裕，

多，足（连 ～足|～饶|丰～）：我国人民～于创造精神|西红柿的丙种维生素很丰～。

佝 gòu 【佝偻】（gòu·lóu）佝偻病，俗称小儿软骨病。由于食物中缺少钙、磷和丁种维生素并缺乏日光照射而引起的骨骼发育不良。症状有方头、鸡胸、两腿弯曲等。

勾 ㊁gòu ❶勾当（gòu·dàng），事情（多指坏事）。❷同"够❷"。❸姓。㊀gōu 尤韵。

构（構、❶搆） gòu ❶结成，组合：～屋|～图|～词。【构造】各组成部分及其相互关系：人体～～|飞机的～～|句子的～～。❷结成（用于抽象事物）：～怨|虚～。【构思】做文章或艺术创作时运用心思。❸品：佳～|杰～。❹构树，就是榖（gǔ）树。

购（購） gòu 买（连 ～买）：统～统销|～买力强|采～原料。

诟 gòu ❶耻辱。❷辱骂。

垢 gòu ❶污秽，脏东西：油～|牙～|藏污纳～。❷耻辱，也作"诟"。

够（夠） gòu ❶足，满足一定的限度：～数|～用|～多|～好。转 腻，厌烦：这个话我真听～了。❷达到，及：～得着|～格。

遘 gòu 相遇。

媾 gòu 联合，结合：婚～（亲上做亲）|交～（雌雄配合）|～和（讲和）。

觏 gòu 遇见：罕～（不常见）。

彀 gòu ❶同"够"。❷使劲张弓。【彀中】箭能射及的范围。喻 牢笼，圈套。【入彀】喻 进牢笼，入圈套。

后（❸❹後） hòu ❶上古称君王：商之先～（先王）。❷皇后，帝王的妻子。❸跟"前"相反：1. 指空间，在背面的，在反面的：～门|村～。2. 指时间，晚，未到的：～天|日～|先来～到。3. 指次序：～排|～十名。【后备】准备运用的：～～军。❹后代，子孙：～嗣。

郈 hòu 姓。

逅 hòu 见第252页"邂"字条"邂逅"（xiè hòu）。

侯 ㊁hòu 【闽侯】县名，在福建省。㊀hóu 尤韵。

候 hòu ❶等待（连 等～）：～车室|你先在这儿～一～，他就来。❷看望。转 问候，问好。❸时节：时～|气～|季～风。【候鸟】随气候变化而迁移的鸟，像大雁、燕子都是。❹事物在变化中间的情状：症～|火～。

堠 hòu 古代瞭望敌情的土堡。

鲎（鱟） hòu ❶节肢动物，甲壳类，生活在海中，全体黄褐色，剑状尾。肉可以吃。❷〈方〉虹。

究 jiù 推求，追查：～办|追～|推～|必须深～。【究竟】1. 到底：～～是怎么回事？2. 结果：大家都想知道个～～。【终究】到底：问题～～会弄清楚的。

疚 jiù 长期生病。转 忧苦，内心痛苦：负～|内～。

柩 jiù 装着尸体的棺材：灵～。

救（捄） jiù ❶援助，使脱离困难或危险：～援|～命。❷援助人、物使免于灾难或危险：～亡|～灾。【救星】指帮助人脱离苦难的人。

厩（廄） jiù 马棚，泛指牲口棚：～肥。

就 jiù ❶凑近，靠近：～着灯光看书。❷从事，开始进入：～学|～业。❸依照现有情况，顺便：～近|～地解决|～事论事。❹随同着吃下去：大葱～煎饼。❺表示肯定语气的词：1. 加强：这么一来～好办了。2. 在选择句中跟否定词相应：不是你去，～是我去。❻立刻，不用经过很多时间：他一来，我～走|他～要参军了。

僦 jiù 租赁：～屋。

鹫 jiù 一种大型猛禽。

叩 kòu ❶敲打：～门。❷磕头，一种旧时代的礼节：～头。❸询问，打听：～问。

扣(❷釦) kòu ❶用圈、环等东西套住或拢住：把门～上｜把纽扣～好。❷(～子｜～儿)衣纽：衣～。❸(～子｜～儿)绳结：活～儿。❹把器物口朝下放或覆盖东西：把碗～在桌上｜用盆把鱼～上。[引]使相合：这句话～在题上了。❺扣留，强留：～起来。❻从中减除：九～(减到原数的百分之九十)｜七折八～(喻一再减少)。

筘(簆) kòu 织布机上的一种机件，旧式织布机上的是用竹子做成的，新式织布机上的是用钢做成的，经线从筘齿间通过，它的作用是把纬线推到织口。

寇 kòu ❶盗匪，侵略者。❷侵略者来侵略：～边。

蔻 kòu 见第297页“豆”字条“豆蔻”。

鷇 kòu 初生的小鸟。

馏 ㊀liù 把凉了的熟食品再蒸热：把馒头～一～。㊁liú 尤韵。

溜(❷❸霤) ㊀liù ❶急流：大～｜今天河水～很大。❷顺房檐滴下来的水：檐～。❸房檐上安的接雨水用的长水槽。❹(～儿)行列：一～三间房。㊁liū 尤韵。

遛(蹓) ㊀liù ❶散步，慢慢走，随便走走。❷为了使牲畜解除疲劳牵着牲畜慢慢走：他～马去了。㊁liú 尤韵。

镏 ㊀liù 〈方〉镏子，戒指。㊁liú 尤韵。

飂 ㊀liù 西风。㊁liáo 萧韵。

鹨 liù 鸟名，身体小，嘴细长，吃害虫，是益鸟。

陋 lòu ❶丑的，坏的，不文明的：～规｜～习。❷狭小：～室｜～巷。❸少，简略：学识浅～｜因～就简｜孤～寡闻(见闻少)。

镂(鏤) lòu 雕刻：～花｜～骨铭心(喻感激不忘)。

瘘(瘻、瘺) lòu 【瘘管】身体里面因发生病变而向外溃破所形成的管道，病灶里的分泌物可以由这管里流出来。

漏 lòu ❶物体由孔缝透过或滴下：水壶～了｜油箱～了。【漏斗】灌注液体到小口的器具里的用具。❷泄漏，泄露：～了风声｜走～消息。❸遗落：这一项可千万不能～掉。❹漏壶，古代计时的器具，用铜制成。

露 ㊀lòu 义同“露㊀❸”，用于一些口语词语：～怯｜～马脚。㊁lù 遇韵。

呣 m̀ 叹词，表示答应：～，我知道了。

茂 mào 茂盛，草木旺盛：根深叶～。

贸 mào ❶交换财物：抱布～丝。【贸易】商业活动：国际～～。❷冒冒失失或轻率的样子(叠)：～然参加｜～～然来。

袤 mào 南北距离的长度：广～。

瞀 mào ❶看不清楚。❷精神昏乱([连]～乱)。

懋 mào 盛大。

谬 miù ❶错误的，不合情理的：～论｜荒～。❷差错：失之毫厘，～以千里。

缪 ㊀miù 【纰缪】(pī miù)错误。㊁miào 啸韵。㊂móu 尤韵。

仫 mù 【仫佬】(mù lǎo)仫佬族，我国少数民族名。

牟 ㊁mù 【牟平】市名，在山东省。㊀móu 尤韵。

耨(鎒) nòu ❶古代锄草的器具。❷锄草：深耕易～。

怄(慪) òu 故意惹人恼怒，或使人发笑，逗弄：你别～人了｜～得他直冒火。【怄气】闹别扭，生闷气：不要～～。

沤(漚) ㊀òu 长时间地浸泡：～麻。㊁ōu 尤韵。

朴 ㊀pò 朴树,落叶乔木,花淡黄色,果实黑色。木材供制家具。【厚朴】落叶乔木,花大,白色,树皮可入药。㊁pǔ 屋韵。㊂pō 觉韵。㊃piáo 萧韵。

寿(壽) shòu ❶活的岁数大:人～年丰。❷年岁,生命:～命。❸寿辰,生日。

授 shòu ❶给予:～旗|～奖|～意(把自己的意思告诉别人,让别人照着办)。❷传授:～课。

绶 shòu 一种丝质带子,古代常用来拴在印纽上。

狩 shòu 打猎。古代指冬天打猎。

售 shòu 卖:～票|零～|销～。

兽(獸) shòu 有四条腿,全体生毛的哺乳动物。

瘦 shòu ❶体内含脂肪少,肌肉不丰满,跟"肥"相反:身体很～。❷衣服鞋袜等窄小:这件衣裳穿着～了。

漱 shù 含水荡洗口腔:～口。

嗖 sòu 象声词,形容迅速通过的声音:子弹～～地飞过。

嗽 sòu 咳嗽。见第365页"咳(ké)㊀"字条。

擞(擻) ㊀sòu 用通条插到火炉里,把灰摇掉或抖掉:把炉子～一～。㊁sǒu 有韵。

透 tòu ❶穿过,通过:钉～了|这块厚纸扎不～|～光|～气|～过现象看本质。引 1.很通达,极明白:话说得十分～彻|理讲～了。2.泄漏:～信|～露风声。❷极度:恨～了。❸显露:他～着很老实|这朵花白里～红。❹达到饱满的、充分的程度:雨下～了。

戊 wù 天干的第五位,用作顺序的第五。

秀 xiù ❶植物吐穗开花,多指庄稼:高粱～穗了|六月六看谷～。❷特别优异的(连优～):挺～|～拔|优～。❸美丽(连～丽):山明水～|祖国的河山分外～丽。【秀气】1.清秀。2.器物灵巧轻便:这个东西做得很～～。

绣(繡) xiù ❶用丝线等在绸、布上缀成花纹或文字:～花|～字。❷绣成的物品:湘～|苏～。

琇 xiù 像玉的石头。

锈(鏽) xiù ❶金属表面所生的氧化物:铁～|铜～|这把刀子长～了。❷生锈:门上的锁～住了。

岫 xiù ❶山洞。❷山。

袖 xiù ❶(～子|～儿)衣服套在胳膊上的部分。【袖珍】小型的:～～字典。❷藏在袖子里:～着手|～手旁观。

臭 ㊁xiù ❶气味。❷同"嗅"。㊀chòu 宥韵。

嗅 xiù 闻,用鼻子辨别气味。

溴 xiù 一种非金属元素,符号Br,赤褐色的液体,性质很毒,能侵蚀皮肤和黏膜。可制染料、照相底版、镇静剂等。

宿 ㊂xiù 我国古代的天文学家把天上某些星的集合体叫做宿:星～|二十八～。㊀sù 屋韵。㊁xiǔ 锡韵。

畜 ㊀xù 养禽兽:～产|～牧业。㊁chù 屋韵。

酎 zhòu 醇酒。

㑇(㑳) zhòu 乖巧,伶俐,漂亮(元曲中常用)。

绉(縐) zhòu 一种有皱纹的丝织品。

皱(皺) zhòu ❶脸上起的褶纹。引 物体上的褶纹:～纹。❷使生褶纹:～眉头。

咒(呪) zhòu ❶某些宗教或巫术中的密语:～语。❷说希望人不顺利的话:～骂。

咮 zhòu 鸟嘴。

宙 zhòu 古往今来，指所有的时间。

籀 zhòu 副，附属的。

胄 zhòu ❶盔，古代作战时戴的帽子。❷后代人。

昼（晝） zhòu 白天：～夜不停。

甃 zhòu ❶井壁。❷用砖砌。

骤 zhòu ❶快跑（连驰～）。❷急，疾速，突然：暴风～雨｜天气～然冷起来了。

籀 zhòu ❶籀文，古代的一种字体，即大篆，相传是周宣王时太史籀所造。❷阅读：～绎｜～读。

奏 zòu ❶作乐，依照曲调吹弹乐器：～乐｜提琴独～｜伴～。❷封建时代臣子对皇帝说话：上～。❸呈现，做出：～效｜～功。

揍 zòu 打人。

沁 qìn ❶渗入,浸润:~人心脾。❷〈方〉纳入水中。❸〈方〉头向下垂:~着头。❹【沁水】源出山西省沁源县,东南流至河南省注入黄河。

揿(撳) qìn 〈方〉用手按:~电铃。

吣(唚、吢) qìn 猫狗呕吐。

谶 chèn 迷信的人指将来要应验的预言、预兆。

妗 jìn ❶舅母。❷(~子)妻兄、妻弟的妻子:大~子|小~子。

劲(勁、劤) ㊀jìn (~儿)力气,力量:有多大~使多大~。引 1.精神、情绪、兴趣等:干活儿起~|一股子~头|一个~地(一直地)做。2.指属性的程度:你瞧这块布这个白~儿|咸~儿|香~儿。㊁jìng 敬韵。

浸 ㊀jìn 泡,使渗透:~透|~入|把种子放在水里~一~。㊁jīn 侵韵。

祲 ㊀jìn 迷信的人称不祥之气。㊁jīn 侵韵。

禁 ㊀jìn ❶不许,制止:~止攀折花木。❷法律或习惯上制止的事:入国问~|犯~。❸拘押:~闭|监~。❹旧时称皇帝居住的地方:~中|紫~城。引不能随便通行的地方:~地。㊁jīn 侵韵。

噤 jìn 闭口,不做声:~若寒蝉。

掯 kèn 压迫,强迫:勒(lēi)~。

裉(褃) kèn 衣服腋下前后相连的部分:杀~(把裉缝上)|抬~(称衣服从肩到腋下的宽度)。

赁 lìn 租(连租~):~房|~车|出~。

淋 ㊀lìn ❶过滤:~盐|~硝。❷淋病,一种性病,病原体是淋病球菌,病人尿道红肿溃烂,重的尿里夹带脓血。也叫“白浊”。㊁lín 侵韵。

恁 ㊀nèn 〈方〉❶那么:~大|~高|要不了~些。❷那:~时|~时节。㊁něn 寝韵。

任 ㊀rèn ❶相信,依赖(连信~)。❷任命,使用,给予职务:~用。❸负担或担当(连担~):~课|连选连~|~劳~怨。❹职务:到~|接受~务|一身而二~。❺由着,听凭:~意|~性|放~|不能~其自然发展。❻随便,不论:~何困难也不怕|~什么都不懂。㊁rén 侵韵。

妊(姙) ㊀rèn 【妊娠】(rèn shēn)怀孕:~妇。㊁rén 侵韵。

纴(紝) ㊀rèn ❶织布帛的丝缕。❷纺织。㊁rén 侵韵。

衽(袵) rèn 〈古〉❶衣襟。❷衽席,睡觉时用的席子。

葚 ㊀rèn 【葚儿】桑葚儿,桑树结的果实,用于口语。㊁shèn 沁韵。

甚 ㊀shèn ❶很,极:进步~快|他说得未免过~。【甚至】【甚至于】连词,表示更进一层:不学习,就会落后,~~会犯错误|旧社会劳动人民生活极端困难,~~~连糠菜都吃不上。❷超过,胜过:更有~者|日~一日。❸同“什么”:要它做~?|姓~名谁?㊁shèn 真韵,见第53页“什(△甚)”字条。

葚 ㊀shèn 桑树结的果实。㊁rèn 沁韵。

椹 ㊀shèn 同“葚”。㊁zhēn 侵韵。

渗(滲) shèn 液体慢慢地透入或漏出:水~到土里去了|天很热,汗~透了衣服。

瘆(瘮) shèn 使人害怕:~人|~得慌。

罧 shèn 积鲜树枝叶于水中以聚鱼,俗叫“下枝子”蒙网捕鱼。

侺 shèn 【傄侺】(lìn shèn)头向前。

芯 ㊀xìn 【芯子】1.装在器物中心的捻子,如蜡烛的捻子、爆竹的引线之类。2.蛇的舌头。㊁xīn 侵韵。

饮 ㊀yìn 给牲畜水喝:~马|~牛。㊁yǐn 寝韵。

荫(蔭、❷廕) ㊀yìn ❶不见日光,又凉又潮:这屋子很~。

❷封建时代帝王给他的功臣的子孙读书或为官的特权。㊀yīn 侵韵。

窨 ㊀yìn 地窨子，地下室。㊁xūn 侵韵。

谮 zèn 说坏话诬陷别人。

枕 ㊁zhèn 躺着的时候把头放在枕(zhěn)头或器物上：～着枕头。㊀zhěn 寝韵。

鸩（❷❸△酖） zhèn ❶传说中的一种毒鸟，把它的羽毛放在酒里，可以毒死人。❷用鸩的羽毛泡成的毒酒：饮～止渴（喻满足一时需要，而不顾后果）。❸用毒酒害人。"酖"又音 dān，覃韵。

揕 zhèn 刺，拟击：持匕首～之。

勘 ㊀kàn ❶校对，复看核定（连 校～）：～误|～正。❷细查，审查：～探|～验|～测|推～|实地～查。㊁kān 覃韵。

崁 kàn 【赤崁】地名，在台湾省高雄县。

墈 kàn 〈方〉高的堤岸。多用于地名。【墈上】地名，在江西省。

磡 kàn 山崖。

瞰（矙） kàn 望，俯视，向下看。【鸟瞰】1.从高处向下看。2.事物的概括描写：世界大势～～。

暗（❶❸闇） àn ❶不亮，没有光，跟“明”相反：～中摸索|这间屋子太～。【暗淡】不光明。喻 景象悲惨：前途～～。❷不公开的，隐藏不露的，跟“明”相反：～号|～杀|心中～喜。❸愚昧，糊涂：明于知彼，～于知己。

甔 chàn 瓦瓶。

啖（啗、噉） dàn ❶吃或给人吃。❷拿利益引诱人：～以私利。

淡 dàn ❶含的盐分少，跟“咸”相反：菜太～|～水湖。❷含某种成分少，稀薄，跟“浓”相反：～绿|～酒|云～风轻。❸不热心：态度冷～|他～～地说了一句话。❹营业不旺盛：～月|～季。

澹 ㊀dàn 安静。㊁tán 覃韵。

绀 gàn 红青，微带红的黑色。

淦 gàn 【淦水】水名，在江西省。

赣（贑、灨） ㊀gàn ❶赣江，水名，在江西省。❷江西省的别称。㊁gǎn 感韵。㊂gòng 送韵。

憾 hàn 悔恨，心中感到不美满：～事|遗～。

琀 hàn 古代含于死者口中的珠、玉、贝等的通称。

缆（纜） lǎn 系船用的粗绳子或铁索：解～（开船）。引 许多股绞成的粗绳：钢～。【电缆】一种导电的装置，通常是一束绝缘的金属丝，外面裹着外皮。海底电线就是电缆的一种。

惏（㜮） làn 贪图。

爁（爁） làn 火焰。

滥（濫） làn 涌泉。

滥（濫） làn ❶泛滥，流水漫溢：解放前黄河常泛～。【滥觞】（làn shāng）转 事情刚开始。❷不加选择，不加节制：～交|～用|宁缺毋～。引 浮泛不合实际：～调。

探 ㊁tàn ❶寻找，探测：～源|～矿。❷侦察，暗中考察：～案子|～听消息。❸做侦察工作的人：密～。❹探望，访问：～亲|好久没来～望你了。❺头或上体伸出：～出头来，车行时不要～身车外。㊀tān 覃韵。

揝 zàn 手摇动。

暂（蹔） zàn 暂时，不久，短时间：～行条例|～停|此事～不处理。

錾 zàn ❶（～子）凿石头的小凿子。❷在金石上雕刻：～花|～字。

艳（艷、豔） yàn 鲜艳，色彩鲜明：～丽|～阳天|旧时指关于爱情方面。【艳羡】非常羡慕。

滟（灧、灔） yàn 【滟滪堆】重庆市瞿塘峡口的巨石，为便利长江航运，1958 年将它炸除。

验（驗、騐） yàn ❶检查，察看：～血|～收。❷有效果：屡试屡～。❸预期的效果：效～。

焰（燄） yàn 火苗：火～。【气焰】气势：～～万丈。

焱 yàn 火焰。

酽（釅） yàn 浓，味厚：这碗茶太～。

厌（厭） yàn ❶嫌恶，憎恶（连～恶）：讨～|～弃。❷满足：贪得无～。

餍（饜） yàn 吃饱。引满足。

焰（爓） yàn 火花，火焰。

㷔（㷔） yàn ❶旧时称女子许嫁。❷【㷔婆】（yàn qiàn）美貌。

悺（俺） yàn 甘心，忘记。

掩（揜） ㊀yàn ❶缫丝以手捋（lǚ）出头绪。❷【掩茂】岁名。㊁yǎn 琰韵。

俺 ㊀yàn ❶大。❷我。㊁ǎn 琰韵。

燄 yàn ❶舒展。❷通"燄"。

齞 yàn 齿参差不齐。

唅（噞） yàn 鱼因短气而向上露出水面喘息：水浊则鱼～|～喁（yóng）。

䶮（噞） yàn 证明，凭证。

酓 yàn 酒味苦，酒满量。

砭 ㊀biàn 古代用石针扎皮肉治病。㊁biān 盐韵。

窆 ㊀biàn 下棺埋葬。㊁biǎn 琰韵。

韂 chàn 马鞍子下面垫的东西。

襜 chàn 襟，披衣。

阽 diàn（又音 yán） 临近（危险）。

坫 diàn 屏障。

沾 ㊀diàn 水名。水出上党壶关，东入淇。㊁zhān 盐韵。

耇 diàn 老人面有黑斑处。

店 diàn ❶商店，铺子：书～|零售～|～员。【饭店】1. 卖食的铺子。2. 都市中的大旅馆。❷旧式的旅馆：住～|大车～。

惦 diàn 惦记，记挂，不放心：请勿～念。

玷 diàn 白玉上面的污点。【玷污】使有污点。

垫（墊） diàn ❶衬托，放在底下或铺在上面：～桌子|～上个褥子|路面～上点土。❷（～子|～儿）衬托的东西：草～子|鞋～儿|椅～子。❸替人暂付款项：～款|～钱。

簟 diàn 竹席。

渐 ㊀jiàn 慢慢地，一点一点地（叠）：逐～|～进|～入佳境。㊁jiān 盐韵。

嚵 jiàn 【嚵啜】不廉，奢丽。

僭 jiàn 超越本分，庶位逾节，旧时指地位在下的冒用在上的名义或器物等等：～越。

䂹 jiàn 陶器。有耳的小瓶。

鲳 jiàn 鱼名。

潋（瀲） liàn 【潋滟】（liàn yàn）水波泛涟的样子。

稴 liàn ❶禾不实。❷稻不黏。❸青稻白米。

赊 liàn 买东西预先付钱。

殓（殮） liàn 装殓，把死人装入棺材里：入～|大～。

熑 liàn 火不灭。【熑焱】火相延的样子。

澰(䨬) liàn 小雨浸沾。

廿 niàn 二十:～四史。(原音入,俗读 niàn。)

念(❷唸) niàn ❶惦记,常常地想(连惦～):我们深切怀～伟大领袖毛泽东主席和敬爱的周恩来总理。【念头】思想,想法:不该有这种～～。❷诵读:～书|～诗。❸"廿"的大写。

埝 niàn 用土筑成的小堤或副堤。

欠 qiàn ❶借别人的财物还(hái)没归还(huān):我～他十块钱。❷短少,不够:文章～通|身体～安。❸身体稍稍向上移动:～身|～脚。❹呵欠(qiàn),疲倦时张口出气:打呵～|～伸。

纤(縴) ㊀qiàn 拉船的绳。【纤手】旧社会介绍买卖产业的人。【拉纤】1.拉着纤使船前进。2.旧社会介绍买卖产业从中取利。㊁xiān 先韵。

堑 qiàn 作防御用的壕沟:长江天～(喻险要)。喻挫折:吃一～,长一智。

阛(闞) qiàn 小开户。

岒 qiàn ❶崖下。❷山崖间。

苫 ㊀shàn 用席、布等遮盖:拿席～上点。㊁shān 盐韵。

掞 shàn 舒展,铺张。

赡 shàn ❶供给人财物:～养亲属。❷富足,足够。

煔 shàn 火外窜延行,火光。

痁 shàn 病,有热无寒的疟疾。

䀡 shàn ❶目垂的样子。❷窃视。

掭 tiàn ❶拨动:～灯草。❷用毛笔蘸墨汁在砚台上弄均匀:～笔。

煔 tiàn 火光。

䑙(甛) tiàn 吐出舌的样子。

忝 ㊀tiàn 辱。㊁tiǎn 琰韵。

棪 tiàn 火杖。

𧃚 tiàn 支撑,支物不平。

萲 wàn 草木芜蔓。

猃(獫) xiǎn 长吠犬。【猃狁】(xiǎn yǔn)我国古代北方的民族,战国后称"匈奴"。

穖 xiàn 草不实。

脋 xiàn 妨碍。

嫢 xiàn 好样。

裣(襝) xiàn 被,胡被。

占(佔) ㊀zhàn 据有,用强力取得(连～据):～领|攻～敌军据点|～优势。㊁zhān 盐韵。

椠 zhàn 牍朴,未成书的牍版:松～。

瞻 zhàn 闭目内思,忧而不动。

陷 xiàn ❶掉进，坠入，沉下：～到泥里去了｜地～下去了。【陷阱】为捉野兽挖的坑。喻害人的阴谋。❷凹进：两眼深～。❸设计害人：～害｜诬～。❹攻破：冲锋～阵｜～落。

馅 xiàn （～子｜～儿）包在面食、点心等食品里面的肉、菜、糖等东西。

忏（懺） chàn 梵语“忏摩”的省称。佛教指请人宽恕。又指佛教、道教讽诵的一种经文。【忏悔】悔过。

儳 chàn ❶不整齐。❷通“搀”，搀入，混杂。【儳言】别人说话未完，插进去说话：《礼记·曲礼上》：“长者不及，毋～～。”

帆（颿） ㊀fàn 张帆行驶。㊁fān 咸韵。

泛（❶❸汎、❸❹氾） fàn ❶漂浮：～舟。引透出：脸上～了红。❷肤浅，不切实（叠）：～～之交（友谊不深）｜这文章做得浮～不切实。❸广泛，一般的：～览｜～问｜～论｜～称。❹泛滥，水向四处漫流：黄～区（黄河泛滥过的地区）。

梵 fàn 梵语“梵摩”的省称，意思是清静，常指关于佛教的：～宫｜～刹。【梵语】印度古代的一种语言。【梵书】略称梵，印度佛典之古文，梵王手造，故曰梵书。

撖 hàn 姓。

剑（劍、劒） jiàn 古代的一种兵器，两面有刃。

监（監） ㊀jiàn 帝王时代的官名或官府名：太～｜国子～｜钦天～（掌管天文历法的官府）。㊁jiān 咸韵。

鉴（鑑、鑒） jiàn ❶镜子。引可以作为警戒或引为教训的事：前车之覆，后车之～｜引以为～。【鉴戒】可以使人警惕的事情。❷照：光可～人。❸观察，审察：～定｜～赏｜～别真伪｜某某先生台～（旧时书信用语）。【鉴于】看到，觉察到：～～旧的工作方法不能适应新的需要，于是创造了新的工作方法。

甏 jiàn 大盆，大瓮。

槳（漿） jiàn 把食物放在冷水中防腐。

阚 ㊀kàn 姓。㊁hǎn 感韵。

嵌 ㊀qiàn 把东西卡在空隙里：镶～｜～人｜匣子上～着象牙雕的花。㊁qián 咸韵。

歉 qiàn ❶觉得对不住人：抱～｜道～｜深致～意。❷收成不好：～收｜～年。

钐（鐥、釤） ㊀shàn 抡开镰刀或钐镰割：～草｜～麦。【钐镰】【钐刀】一种把儿很长的大镰刀。㊁shān 咸韵。

赝 yàn 【赝口】地名，在浙江省富阳县南。

䶮 yàn 微声，声小不能越扬。

猏 yàn 洞中犬吠声。

站 zhàn ❶立：～岗｜中国人民～起来了。❷停：不怕慢，就怕～。❸为乘客上下或货物装卸而设的停留的地方：车～｜起点～。❹分支办事处：工作～｜保健～。

湛 zhàn ❶深：精～的演技。❷清。

蘸 zhàn 在汁液或粉末里浸一下就拿出来：～墨水｜～酱。

赚（賺） ㊀zhuàn 做买卖得利：～钱。㊁zuàn 陷韵。

赚 ㊀zuàn 诳骗：～人。㊁zhuàn 陷韵。

屋 wū ❶房（连 房～）。引〈方〉家。❷房间：他住在东房的北～。

醭 bú（旧读 pú）（～儿）醋、酱油等表面上长的白色的霉。

卜 ㊀bǔ 占卜，古代社会用来决定生活行动的一种迷信的举动。转 料定，猜想，先知道：预～｜吉凶未～。【卜辞】商代刻在龟板兽骨上记录占卜事情的文字。㊁bo 职韵。

卟 bǔ 【卟吩】有机化合物，结构式为

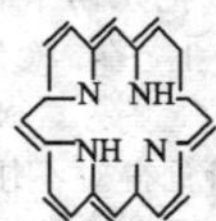

是叶绿素、血红蛋白等的重要组成部分。

畜 ㊀chù 禽兽，有时专指家养的禽兽：家～｜牲～｜幼～｜～力。㊁xù 屋韵。

搐 chù 牵动。【抽搐】肌肉不自主地、剧烈地收缩。

滀 chù 水聚积。

俶 ㊀chù ❶开始。❷整理。㊁tì 锡韵。

矗 chù 直立，高耸：～立｜高～。

蔟 cù 蚕蔟，用麦秆等做成，蚕在上面做茧。

簇 cù 丛聚，聚成一团：～拥｜花团锦～｜一～鲜花。

踧 cù ❶惊惧不安貌。❷通"蹙"。【踧踖】（cù jí）恭敬而不安的样子。

蹙 cù ❶紧迫：穷～。❷缩小，收敛：～眉｜颦～（皱眉头）。

蹴（蹵） cù ❶踢：～鞠（踢球）。❷踏：一～而就（一下子就成功）。

豚（启） dū （～子｜～儿）〈方〉❶屁股。❷蜂或蝎子等尾部的毒刺。

独（獨） dú ❶单一（连 单～）：～唱｜～幕剧｜无～有偶（多指同样的坏）。❷没有依靠或帮助（连 孤～）。【独立】自立自主，不受人支配。❸只，唯有：大家都到了，～有他没来。【独龙】独龙族，我国少数民族名。

读（讀） ㊀dú 依照文字念：宣～｜朗～｜～报。引 1. 阅读，看书，阅览：～书｜～者。2. 求学：～大学。㊁dòu 宥韵。

渎（瀆、❷凟） dú ❶水沟，小渠（连 沟～）。❷亵渎，轻慢，对人不恭敬。【渎职】不尽职，在执行任务时犯错误。

椟（櫝） dú ❶柜子。❷匣子。

犊（犢） dú （～子｜～儿）牛犊，小牛：初生牛～不怕虎。

牍（牘） dú 古代在上面写字的木简。引 1.【文牍】机关里面的公文：反对文～主义｜案～。2.【尺牍】书信。

黩（黷） dú ❶污辱。❷随随便便，不郑重。【黩武】好战：反对穷兵～～，扩军备战。

讟（讟） dú 诽谤，怨言。

髑 dú 【髑髅】（髑髏）（dú lóu）死人头骨。

伏 fú ❶趴，脸向下，体前屈：～在地上｜～案读书。❷屈服，承认错误或受到惩罚：～罪｜～法。❸低下去：此起彼～｜时起时～。❹隐藏：～兵｜～击｜潜～期。❺伏日，夏至后第三个庚日叫初伏，第四个庚日叫中伏，立秋后第一个庚日叫末伏，统称"三伏"。初伏到中伏相隔十天，中伏到末伏相隔十天或二十天。通常也指夏至后第三个庚日起到立秋后第二个庚日前一天的一段时间。

茯 fú 【茯苓】（fú líng）寄生在松树根上的一种菌类植物，外形呈球状，皮黑色，有皱纹，内部白色或粉红色，包含松根的叫茯神，都可入药。

洑 ㊀fú ❶水流回旋的样子。❷旋涡。㊁fù 屋韵。

栿 fú 古指房梁。

袱（△幞、襆） fú （～子）包裹、覆盖用的布单。【包袱】1. 包裹衣物的布单。2. 用布单包成的包裹：白布

～～。喻 思想上的负担或使行动受到牵制的障碍：放下～～，轻装前进。

服 ㊀fú ❶衣服，衣裳（连 ～装）：制～｜～装整齐。旧时特指丧服。❷穿（衣裳）。❸作，担任：～兵役。❹信服，顺从（连 ～从）：说～｜心悦诚～｜心里不～｜～软（认错）｜～从党的领导。❺习惯，适应：不～水土。❻吃（药）：～药。㊁fù 屋韵。

菔 fú 【莱菔】（lái fú）萝卜。

箙 fú 古代盛箭的器具。

匐 fú 见第 33 页“匍”字条“匍匐”（pú fú）。

幅 fú ❶（～儿，读 fǔr）幅面，布匹、呢绒等的宽度：这块布的～面宽｜这种布是双～的。【幅员】宽窄叫幅，周围叫员。转 疆域：我国～～广大。❷（～儿，读 fǔr）量词：一～画。

辐 （fú） 连接车辋和车毂的直条。【辐射】光、热等向四周放射的现象。【辐辏】（fú còu）车辐聚于车毂。喻 人、物聚集。

福 fú 幸福，跟“祸”相反：为人类造～。【福利】幸福和利益：职工的～～｜～～事业。

蝠 fú 见第 72 页“蝙”字条“蝙蝠”（biān fú）。

幞（襆） fú 同“袱”。【幞头】古代男子用的一种头巾。

服 ㊁fù 量词，中药一剂叫一服：吃～药就好了。㊀fú 屋韵。

复（❶～❹復、❺複） fù ❶回去，返：循环往～。❷回答，回报：～仇｜～命｜函～。❸还原，使如旧：身体～原｜～员军人｜光～。❹重复，再：～习｜旧病～发｜～诊。❺不是单一的，许多的：～分数｜～式簿记｜～利｜～杂。

腹 fù 肚子，在胸部的下面：～部｜～背（前后）受敌。【腹地】内地，中部地区。

蝮 fù 【蝮蛇】体色灰褐，头部略呈三角形，有毒牙。

鳆 fù 【鳆鱼】动物学上叫“石决明”，俗叫“鲍鱼”，软体动物的一种，生活在海中，有椭圆形贝壳。肉可以吃，壳可以入药。

覆 fù ❶遮盖，蒙：天～地载｜大地被一层白雪～盖着。❷翻，倒过来：～舟｜天翻地～。【覆没】（fù mò）船翻沉。喻 军队被消灭。【覆辙】在那里翻过车的车辙。喻 失败的道路、方法。【颠覆】车翻倒。喻用阴谋推翻合法政权，也指政权垮台。❸同“复❶❷”。

馥 fù 香气。【馥郁】香气浓厚。

洑 ㊁fù 游泳：～水。㊀fú 屋韵。

副 fù ❶居第二位的，辅助的（区别于“正”或“主”）：～主席｜～排长。❷附带的或次要的：～业｜～作用｜～食。【副本】1. 书籍原稿以外的誊录本。2. 重要文件正式的、标准的一份以外的若干份。【副词】修饰动词或形容词的词，如“很”、“太”等。❸相称，相配：名不～实｜名实相～。❹量词：1. 实物的一组一套：一～对联｜全～武装。2. 指行动、态度的情况：一～笑容｜一～庄严而和蔼的面孔。

谷（❷～❹穀） ㊀gǔ ❶山谷，两山中间的水道。又指两山之间：万丈深～。❷庄稼和粮食的总称：五～。❸（～子）一种禾本科植物，子实碾去皮以后就成小米，供食用，茎可喂牲口。❹〈方〉稻，也指稻的子实：糯～｜粳～｜轧～机。㊁yù 沃韵。

毂 gǔ 车轮中心，有窟窿可以插轴的部分。

榖 gǔ 榖树，落叶乔木，开淡绿色花。果实红色。树皮纤维可造纸。也叫“构”或“楮”（chǔ）。

瀔 gǔ 【瀔水】地名，在湖南省湘乡县。也作“谷水”。

斛 hú 量器名，古时以十斗为一斛，后来又以五斗为一斛。

槲 hú 落叶乔木或灌木，花黄褐色，果实球形。叶子可以喂柞蚕，树皮可做染料，果壳可入药。木材坚实，可供建筑或制器具用。

縠 hú 【觳觫】(hú sù)恐惧得发抖。

縠 hú 有皱纹的纱。

掬 jū 用两手捧(东西):以手～水|笑容可～(形容笑得明显)。

鞠 jū ❶养育,抚养。❷古代的一种皮球:蹴(cù)～。【鞠躬】弯腰表示恭敬谨慎。现指弯身行礼。

鞫 jū 【鞫讯】审问犯人。

菊 jú 【菊花】多年生草本植物,秋天开花,种类很多。有的花可入药,也可以作饮料。

哭 kū 因痛苦悲哀而流泪发声:痛～流涕|～～啼啼。

六 ㊀liù ❶数目字。❷旧时乐谱记音符号的一个,相当于简谱的"5"。㊁lù 屋韵。

陆(陸) ㊁liù "六"的大写。㊀lù 屋韵。

碌(磟) ㊁liù 【碌碡】(liù·zhóu)农具名,圆柱形,用石头做成用来轧脱谷粒或轧平场院。㊀lù 沃韵。

六 ㊁lù 【六安】1.山名,又县名,都在安徽省。2.指六安山产的茶叶。【六合】县名,在江苏省。㊀liù 屋韵。

甪(甪) lù 【甪直】地名,在江苏省苏州市。【甪里堰】地名,在浙江省海盐县。

陆(陸) ㊀lù 陆地,高出水面的土地:登～|～路|～军。【陆离】形容色彩繁杂:光怪～～。【陆续】接连不断:开会的人～～地到了。㊁liù 屋韵。

录(録) lù ❶记录,抄写,记载:～音|把这份公文～下来。【录取】选取。❷记载言行或事物的书刊:语～|备忘～|革命回忆～。

菉 lù (壮)土山间平地。

盝 lù ❶古代的一种盒子。❷过滤。

箓(籙) lù ❶簿子,册子。❷符箓,道士画的驱使鬼神的符号,是一种迷信骗人的东西。

醁 lù 见第124页"醽"字条"醽醁"(líng lù)。

鹿 lù 哺乳动物,反刍类,尾短,腿细长,毛黄褐色,有白斑,性情温驯,雄的有树枝状的角,角可入药。

漉 lù 水慢慢地渗下。

辘 lù 【辘轳】(lù·lú)1.安在井上绞起汲水斗的器具。2.机械上的绞盘。

簏 lù 竹箱。

麓 lù 山脚下:泰山之～。

僇 lù ❶侮辱。❷同"戮"。

戮(剹) lù 杀(连 杀～)。【戮力】合力,并力:～～同心。

木 mù ❶树木,树类植物的通称。❷(～头)供制造器物或建筑用的木料:～器|～犁。❸棺材:棺～|行将就～。❹感觉不灵敏,失去知觉(连 麻～):手脚麻～|舌头发～。

沐 mù 洗头:栉(zhì)风～雨(喻奔波辛苦)。【沐浴】洗澡。

霂 mù 见第350页"霢"字条"霢霂"(mài mù)。

目 mù ❶眼睛:～瞪口呆|～空一切(自高自大)。❷看:一～了然。❸大项中再分的小项:大纲细～。

苜 mù 【苜蓿】(mù·xu)多年生草本植物,叶子长圆形,花紫色,果实为荚果。可以喂牲口,做肥料。

睦 mù 和好,亲近(连 和～):～邻(同邻家或邻国和好相处)。

钼 mù 一种金属元素,符号MO,银白色,在空气中不易变化。可与铝、铜、铁等制成合金。为电子工业重要材料。

牧 mù 放养牲口:～羊|～童|～场|～畜业|游～。【牧师】基督教的教士,管理教学及礼拜等事务。

穆 mù ❶温和。❷恭敬(连 肃～)(叠)。

楘 mù 车辕上用皮束缚作为饰品的叫楘。

忸 niǔ 【忸怩】(niǔ ní)不好意思、不大方的样子。

拗（抝） ㊂niù 固执，不驯顺：执～|脾气很～。㊀ǎo 巧韵。㊁ào 效韵。

恧 nù 惭愧。

衄（衂、䶊） nǜ ❶鼻～，鼻子流血：鼻～。❷战败：败～。

朒 nǜ 亏缺，不足。

仆 ㊀pū 向前跌倒：前～后继。㊁pú 屋韵。㊂fù 遇韵。

扑（撲） pū ❶轻打，拍：～粉|～打～打衣服上的土。❷冲：向敌人猛～|香气～鼻。

噗 pū 象声词。【噗哧】(pū chī)也作"扑哧"，形容笑声或水、气挤出来的声音。

仆（僕） ㊁pú ❶剥削阶级对被雇来伺候他们的人的蔑称：～人|女～。【仆从】旧时剥削阶级指跟随在身边的人。喻受人控制并追随别人的：～～国。❷旧谦称"我"。㊀pū 屋韵。㊂fù 遇韵。

濮 pú ❶【濮阳】县名，在河南省。❷姓。

朴（樸） ㊁pǔ 没有加细工的木料。喻朴实，朴素。㊀pò 宥韵。㊂pō 觉韵。㊃piáo 萧韵。

蹼 pǔ 青蛙、乌龟、鸭子、水獭等动物脚趾中间的膜。

瀑 ㊀pù 瀑布，水从高山陡直地流下来，远看好像垂挂着的白布。㊁bào 号韵。

曝（△暴） pù（俗读 bào） 晒：一～十寒（喻没有恒心）。"暴"又音 bào，号韵。

麴 qū ❶同"曲❷"。❷姓。

肉 ròu ❶人或动物体内红色、柔软的物质。某些动物的肉可以吃。【肉搏】徒手或用短兵器搏斗：跟敌人～～。❷果肉，果实中可以吃的部分：桂圆～。❸果实不脆，不酥：～瓤西瓜。❹〈方〉行动迟缓，性子慢：做事真～|～脾气。

熟 shóu 屋韵。义同"熟"(shú)。见本页"熟"(shú)字条。

叔 shū ❶兄弟排行，常用伯、仲、叔、季为次序，叔是老三。❷叔父，父亲的弟弟。又称跟父亲同辈而年纪较小的男子：大～。

菽（尗） shū 豆的总称。

淑 shū 善，美，过去多指女人的品德好。

倏（倐、儵） shū 极快地，忽然：～忽|～尔而逝。

孰 shú ❶谁：～谓不可？❷什么：是(这个)可忍，～不可忍？

塾 shú 旧时私人设立的教学的地方：私～|村～。

熟 shú ❶食物烧煮到可吃的程度：饭～了|～菜。❷成熟，植物的果实或种子长成：麦子～了。❸程度深：深思～虑|～睡。❹习惯，常见，知道清楚：～悉|～人|这条路我～。❺熟练，做某种工作时间久了，精通而有经验：～手|～能生巧。❻经过加工炼制的：～铁|～皮子。又音 shóu，屋韵。

嗖（嗽） ㊀sù 笑声。㊁sōu 宥韵。

夙 sù ❶早：～兴夜寐(早起晚睡)。❷素有的，平素：～愿|～志。

肃（肅） sù ❶恭敬：～立|～然起敬。❷严正，认真。【肃清】清除：～～反革命分子。

骕（驌） sù 【骕骦】古书上说的一种良马。

鹔（鷫） sù 【鹔鹴】(sù shuāng)古书上说的一种水鸟。也作"鹔鹴"。

涑 sù 【涑水】水名，在山西省。

速 sù ❶快(连迅～)：～成|火～。【速度】运动的物体在单位时间内所走的路程，也省称"速"：加～进行。【速记】一种用便于速写的符号记录口语的方法。❷邀请：不～之客。

觫 sù 见第 310 页"觳"字条"觳觫"(hú sù)。

宿 ㊀sù ❶住,过夜,夜里睡觉:住~|~舍。❷年老的,长久从事某种工作的:~将(经历多、老练的指挥官)。❸平素,素有的:~愿得偿。㊁xiǔ 锡韵。㊂xiù 宥韵。

缩 ㊁sù 【缩砂蔤】多年生草本植物,种子可入药,叫砂仁。㊀suō 屋韵。

谡 sù 起,起来。

蔌 sù 菜肴,野菜:山肴野~。

簌 sù 【簌簌】1.象声词:忽然听见芦苇丛里~~地响。2.纷纷落下的样子:热泪~~地往下落。

蹜 sù 【蹜蹜】举足促狭的样子。【踧蹜】(cù sù)犹"蹴蹴"。《礼记·玉藻》:"~~如也。"

缩 ㊀suō ❶向后退:不要畏~|遇到困难决不退~。❷由大变小,由长变短:热胀冷~|~了半尺|~短战线。【缩影】比喻可以代表同一类型的具体而微的人或事物。㊁sù 屋韵。

秃 tū ❶没有头发:~顶。❷(树木)没有枝叶,(山)没有树木:~树|山是~的。❸羽毛等脱落,物体失去尖端:~尾巴鸡|~针。❹表示不圆满,不周全:这篇文章写得有点~。

突 tū ❶忽然:~变|~然停止。【突击】战斗中出其不意地攻击敌人的要害。喻集中力量在较短的时间内完成某种紧急的任务:~~队|~~工作。❷超出,冲破:这是个~出的例子|~破过去的纪录|~围。❸烟突,烟囱,灶囱:曲~徙薪(喻防患于未然)。

畜 ㊀xù 养禽兽:~产|~牧事业。㊁chù 屋韵。

蓄 xù 积聚,储藏(连储~):~财。引 1.保存:~电池|~洪|养精~锐。2.心里存着:~意已久。

蓿 xu 见第310页"苜"字条"苜蓿"(mù·xu)。

唷 yō 叹词,表示惊讶或疑问:~,这是怎么了?

郁(❶❷鬱) yù ❶树木丛生。❷忧愁,愁闷(连忧~)(叠):~~不乐。❸有文采(叠):文采~~。❹形容香气:馥~。

育 yù ❶生养(连生~):生儿~女|积极提倡计划生~。❷养活:~婴|~蚕|~林。❸培育:德~|智~|体~。

淯 yù 【淯河】水名,在河南省,又名"白河"。

昱 yù ❶日光。❷光明。

煜 yù 照耀。

彧 yù 有文采。

毓 yù 同"育",多用于人名。

燠 yù 暖,热:~热(闷热)|寒~失时。

鬻 yù 卖:旧社会逼得劳动人民卖儿~女。

噢(噢) yù 悲痛声。【噢咻】(yù xǔ)病人呼痛的声音。

轴 ㊂zhòu 【(大)轴子】旧时戏曲一次演出的节目中排在最末的一出戏:压~~(倒数第二出戏)。㊀zhú 屋韵。㊁zhóu 屋韵。

碡 zhóu 见第310页"碌"字条"碌碡"(liù·zhóu)。

粥 ㊁zhōu 义同"粥"(zhū)。㊀zhū 屋韵。

妯 ㊁zhóu 义同"妯"(zhú)。㊀zhú 屋韵。

粥 ㊀zhū 用米、面等煮成的比较稠的半流质食品。〈古〉又同"鬻"(yù)。㊁zhōu 屋韵。

妯 ㊀zhú 【妯娌】(zhú·lǐ)兄和弟的妻室互称。㊁zhóu 屋韵。

轴 ㊀zhú ❶贯通物体中心可以旋转的物体。❷(~儿)像车轴的:~儿线。㊁zhóu 屋韵。㊂zhòu 屋韵。

竹 zhú (~子)常绿多年生植物,茎节明显,节间多空。质地坚硬,可做器物,又可做建筑材料。

竺 zhú 姓。【天竺】印度的古称。

筑 ㊁zhú ❶古乐器名。❷贵阳市的别称。㊀zhù 屋韵。

逐 zhú ❶赶走,强迫离开(连驱~):追亡~北|追~残敌。❷依照先后次序,一一挨着:~日|~步进行|~字讲解|~渐提高。

舳 zhú 【舳舻】(zhú lú)1.船尾和船头。2.大船:~~千里(首尾相接的许多船只)。

祝 zhù 衷心地表示对人对事的美好愿望:~身体健康。

筑(築) ㊀zhù 建造,修盖(连建~):~路|~堤|建~楼房。㊁zhú 屋韵。

族 zú ❶民族:汉~|回~|蒙古~。❷聚居而有血统关系的人群的统称:宗~|家~。❸事物有共同属性的一大类:水~|芳香~。

硖 zú 同"镞",箭头,特指石制箭头。

镞 zú 箭镞,箭头。

沃 wò ❶土地肥（连 肥～）：～土|～野。❷灌溉，浇。

亍 chù 见第348页“彳”字条“彳亍”（chì chù）。

触（觸） chù ❶抵，顶：羝羊～藩。❷碰，遇着：～礁|～电|～景生情|一～即发。【触觉】皮肤、毛发等与物体接触时所产生的感觉。

促 cù ❶近，迫切：～膝谈心|急～|短～。❷催，推动：督～|～进。

厾（豛） dū 用指头、棍棒等轻击轻点：～一个点儿。【点厾】画家随意点染。

督 dū 监督，监管，察看：～师|～战|～促。

毒 dú ❶凡对生物体有危害的性质，或有这种性质的东西：～气|中～|消～|砒霜有～。引 对思想品质有害的：洗刷旧社会的污～。❷害，有毒的东西使人或物受到伤害：用药物～杀害虫。❸毒辣，凶狠，厉害：～计|～手。

笃 dǔ ❶忠实，全心全意：～学|～信。❷病沉重：病～。

梏 gù 古代拘住罪人两手的刑具。见第318页“桎”字条“桎梏”（zhì gù）。

鹄 ㊀hú 水鸟名，俗叫“天鹅”。颈长，多是全身白色，分有疣、无疣两类，无疣的鸣声洪亮：～立（静静地站着等候）。㊁gǔ 月韵。

局（❼跼、❽侷） jú ❶部分：～部麻醉。❷机关及团体组织分工办事的单位：教育～|公安～|邮电～。❸商店的称呼：书～。❹棋盘。又指下次棋：一～棋。❺着棋的形势。喻 事情的形势、情况：结～|大～|时～。【局面】1.一个时期内事情的状态：稳定的～～。2.〈方〉规模。❻弯曲。❼【局蹐】（跼蹐）（jú jí）拘束不敢放纵。❽【局促】（侷促）1.狭小。2.拘谨不自然：他初到这里，感到有些～～。

锔 ㊀jú 一种人造的放射性元素，符号CM。㊁jū 虞韵。

喾（嚳） kù 传说中上古帝王名。

酷 kù ❶残酷，暴虐，残忍到极点的：～刑。❷极，程度深：～暑|～似|～爱。

渌 lù 【渌水】水名，在湖南省。

碌 ㊀lù ❶平凡：庸～。【碌碌】平庸，无所作为：庸庸～～。❷繁忙：忙～。㊁liù 屋韵。

逯 lù 姓。

绿（綠） ㊁lù 义同“绿㊀”（lǜ）。【绿林】1.原指西汉末年聚集湖北绿林山的农民起义军，后来泛指聚集山林、反抗封建统治者的人们。2.旧时也指占山为王、抢劫财物的盗匪。㊀lǜ 沃韵。

禄 lù 古代官吏的俸给：高官厚～。

氯 lǜ 一种化学元素，在通常条件下为气体，符号Cl。黄绿色，味臭有毒，能损伤呼吸器官。氯可用来漂白、消毒。

绿（綠） ㊀lǜ 一般草和树叶的颜色，蓝和黄混合成的颜色：红花～叶。㊁lù 沃韵。

镤 pú 一种放射性元素，符号Pa。

曲（❺麯、❺粬、❺△麴） ㊀qū ❶弯，跟“直”相反（连 弯～）：～线|山间小路～～弯弯。喻 不公正，不合理：～解|理～|是非～直。❷弯曲的地方：河～。❸偏僻的地方：乡～。❹姓。❺酿酒或制酱时引起发酵的块状物，用某种霉菌和大麦、大豆、麸皮等制成。㊁qǔ 麌韵。

蛐 qū ❶【蛐蛐儿】（qū · qur）蟋蟀。❷【蛐蟮】（qū · shàn）蚯蚓，同“曲蟮”。

辱 rǔ ❶羞耻：奇耻大～。❷使受到羞耻：中国人民不可～。❸旧时谦辞：～承|～蒙。

蓐 rù 草席，草垫子。【坐蓐】临产。

溽 rù 湿：～暑。

缛 rù 繁多，繁重：～礼|繁文～节。

褥 rù (～子)装着棉絮铺在床上的东西:被～。

赎(贖) shú ❶旧社会中用财物换回抵押品:～当(dàng)。❷用行动抵消弥补罪过(旧时特指用财物减免刑罪):立功～罪。

属(屬) ㊀shǔ ❶同一家族的:家～。❷类别:金～。❸有管辖关系的(连隶～):直～|～局|～员。❹归类:～于自然科学。❺为某人或某方所有:这本书～于你。❻用于支纪年,十二支配合十二种动物,人生在哪年,就属哪种动物,叫"属相":甲子、丙子等子年生的都～鼠。㊁zhǔ 沃韵。

蜀 shǔ ❶朝代名。1.三国之一,刘备建立(公元221～263年),在今四川省,后来扩展到贵州、云南和陕西汉中一带。2.十国之一,王建建立(公元903～925年),在今四川和甘肃东南部、陕西南北、湖北西部一带,史称前蜀。3.十国之一,孟知祥建立(公元933～965年),在今四川和甘肃东南部、陕西南北、湖北西部一带,史称后蜀。❷四川省的别称。

束 shù ❶捆住:～发|～手～脚。【束缚】捆绑。❷捆儿:一～鲜花。❸控制(连约～)整～。

俗 sú ❶风俗:移风易～。❷大众化的,最通行的,习见的:～语|通～读物。❸趣味不高的,令人讨厌的:这张画画得太～。【庸俗】肤浅的,鄙俗的。

粟 sù 谷子,一年生草本植物,花小而密集,子实去皮后就是小米。旧日泛称谷类。

僳 sù 见第319页"傈"字条"傈僳"(lì sù)。

鋈 wù ❶白色金属。❷镀。

顼 xū 姓。见第79页"颛"字条"颛顼"(zhuān xū)。

旭 xù 光明,早晨太阳才出来的样子。【旭日】才出来的太阳。

勖(勗) xù 勉励(连～勉)。

续(續) xù ❶连接,接下去(连继～):～假|《华盖集～编》。❷在原有的上面再加:把茶～上|炉子该～煤了。【手续】办事的程序。

玉 yù ❶矿物的一种,质细而坚硬,有光泽,略透明,可雕琢成簪环等装饰品。❷旧时敬辞:～言|～体|敬候～音。

钰 yù 宝物。

谷 ㊁yù 【吐谷浑】(tǔ yù hún)我国古代西部民族名。㊀gǔ 屋韵。

峪 yù 山谷。

浴 yù 洗澡:～室|沐～。

欲(❶慾) yù ❶欲望,想得到某种东西或想达到某种目的的要求:食～|求知～。❷想要,希望:～盖弥彰(想要掩饰反而弄得更显明了)。❸需要:胆～大而心～细。❹将要,在动词前,表示动作就要开始:摇摇～坠|山雨～来风满楼。

鹆 yù 见第34页"鸲"字条"鸲鹆"(qú yù)。

狱(獄) yù ❶监禁罪犯的地方(连监～)。❷旧社会指官司、罪案:冤～|文字～。

瘃 zhú 古书上指冻疮。

烛(燭) zhú 蜡烛,用线绳或苇子做中心,周围包上蜡油,点着取亮的东西。

蠋 zhú 蝴蝶、蛾子等的幼虫。

躅 zhú 见第353页"踯"字条"踯躅"(zhí zhú)。

属(屬) ㊁zhǔ ❶连缀:～文|前后相～。❷(意念)集中在一点:～意|～望。㊀shǔ 沃韵。

嘱(囑) zhǔ 托付:以事相～|遗～。【嘱咐】(zhǔ·fù)告诫。

瞩(矚) zhǔ 注视:高瞻远～。

足 zú ❶脚:～迹|画蛇添～。❷满,充分,够量(连充～):～数|心满意～。❸值得:微不～道。

觉(覺) ㊀jué ❶(人或物的器官)对刺激的感受和辨别:视～|听～|他～得这本书很好|不知不～。❷醒悟:提高～悟|如梦初～。㊁jiào 效韵。

珏 jué 合在一起的两块玉。

桷 jué 方形的椽(chuán)子。

角 ㊁jué ❶竞争,争胜:～斗|～逐|口～(吵嘴)。❷(～儿)演员,角色,也作"脚":主～|他去什么～?【角色】【脚色】1.戏曲演员按所扮演人物的性别和性格等分的类型。旧戏中分生、旦、净、丑等,也叫"行当"。2.戏剧或电影里演员所扮演的剧中人物。❸古代五音"宫、商、角、徵(zhǐ)、羽"之一。㊀jiǎo 觉韵。

傕 jué 用于人名。

剥(剝) ㊀bāo 去掉外面的皮壳或其他东西:～花生|～皮。㊁bō 觉韵。

雹 báo (～子)空中水蒸气遇冷结成的冰粒或冰块,常在夏季随暴雨下降。

剥(剝) ㊁bō 同"剥㊀",用于复合词。【剥夺】1.以强制的方法夺去。2.依照法律取消:～～政治权利。【剥削】(bō xuē)凭借生产资料的私人所有权、政治上的特权无偿地占有别人的劳动或产品。㊀bāo 觉韵。

驳(❶❸駁) bó ❶说出自己的理由来,否定旁人的意见:真理是～不倒的|反～|批～。❷大批货物用船分载转运:起～|把大船上的米～卸到堆栈里。【驳船】转运用的小船,也作"拨船"。❸颜色不纯,夹杂着别的颜色(连斑～)。

戳 chuō ❶用尖端触击:用手指头～了一下。❷因猛触硬物而受伤:打球～伤了手。❸竖立:把秫秸～起来。❹(～子|～儿)图章:盖～子。

婥 chuò 谨慎(叠)。

龊 chuò 见第317页"龌"字条"龌龊"(wò chuò)。

滈 hào ❶水名,在陕西省。❷水沸涌的样子。❸水激声。

角 ㊀jiǎo ❶牛、羊、鹿等头上长出的坚硬的东西。【画角】古代军中吹的乐器。❷形状像角的:菱～|皂～。❸(～儿)物体边沿相接的地方:桌子～儿|墙～儿。❹货币单位,一元钱的十分之一。❺量词:1.从整块划分成角形的:一～饼。2.旧时指公文的件数:一～公文。㊁jué 觉韵。

壳(殼) ㊀ké (～儿)坚硬的外皮:核桃～儿|鸡蛋～儿。㊁qiào 药韵。

荦(犖) luò 【荦荦】明显,分明:举出的都是～～大端。

藐 ㊀miǎo ❶草名,茈草(zǐ cǎo),即紫草,一名紫丹。可以染紫。❷旷远,(又)不听受的样子:听者～～(～～然:听而不入也)。㊁miǎo 筱韵。

邈 miǎo 远。

喔 ㊀ō 叹词,表示了解:～,就是他|～,我懂了。【喔唷】【喔哟】(ō·yō)叹词,表示惊异、痛苦:～～,这么大的西瓜|～～,好痛!㊁wō 觉韵。

噢 ㊀ō 同"喔"(ō)。㊁yù 屋韵。

朴 ㊂pō 【朴刀】旧式武器,一种窄长有短把的刀。㊀pò 宥韵。㊁pǔ 屋韵。㊃piáo 萧韵。

钋 pō 一种放射性元素,符号Po。

璞 pú 含玉的石头或没有雕琢过的玉石:～玉浑金(喻品质好)。

埆 què 土地不肥沃。

确(碻、塙、礭) què ❶真实,实在(连～实):千真万～|正～|他～实进步很快。❷坚固,固定:～定不移|～保丰收。

搉 què 敲打。

榷(❷△搉) què ❶专利,专卖。❷商讨(连商～)。

朔 shuò ❶夏历每月初一日。❷北:～风|～方。

蒴 shuò 【蒴果】干果的一种，由两个以上的心皮构成，成熟后自己裂开，内含许多种子，如棉花、百合等的果实。

搠 shuò 扎，刺。

槊 shuò 长矛，古代的一种兵器。

数（數）㊂shuò 屡次（连 频～）：～见不鲜。㊀shù 遇韵。㊁shǔ 麌韵。

嗍 suō 用唇舌裹食，吮吸：～奶。

喔 ㊀wō 鸡叫声。㊁ō 觉韵。

偓 wò 用于人名。

握 wò 攥（zuàn），手指弯曲合拢来拿：～手。

幄 wò 帐幕。

渥 wò 沾湿，沾润。【优渥】优厚。

龌 wò 【龌龊】（wò chuò）〈方〉肮脏，不干净。

峃（嶨） xué 【峃口】地名，在浙江省文成县。

学（學、斈） xué ❶学习：活到老，～到老。【学生】1. 在校学习的人。2. 对前辈谦称自己。【学徒】在工作中学习技能的人。❷学问，学到的知识：饱～｜博～多能。【学术】一切学问的总称。【学士】1. 学位名。2. 古代官名。❸分门别类的有系统的知识：哲～｜物理～｜语言～。❹学校：中～｜大～｜上～。

鸴（鷽） xué 鸟名，小形鸣禽。体形似雀，头部黑色，背青灰色，胸腹赤色。吃昆虫、果实等。

乐（樂） ㊁yuè ❶音乐：奏～。【乐清】市名，在浙江省。❷姓。㊀lè 药韵。

岳（❶嶽） yuè ❶高大的山。【五岳】我国五座名山，即东岳泰山，西岳华山，南岳衡山，北岳恒山，中岳嵩山。❷称妻的父母或妻的叔伯：～父｜叔～。

鸑（鸑） yuè 【鸑鷟】（yuè zhuó）古书上指一种水鸟。

捉 zhuō ❶抓，逮：～老鼠｜～蝗虫｜捕风～影。【捉弄】玩弄，戏弄。❷握：～刀｜～笔。

卓 zhuō 高，不平凡：～见｜～越的成绩。【卓绝】超过寻常，没有能比的：坚苦～～。

倬 zhuō ❶显著。❷大。

桌（△棹） zhuō （～子｜～儿）一种日用家具，上面可以放东西：书～｜饭～｜八仙～。"棹"又音 zhào，效韵。

焯 ㊀zhuō 显明，明白。㊁chāo 药韵。

涿 zhuō 【涿县】在河北省。

浊（濁） zhuó ❶水不清，不干净，跟"清"相反（连 浑～）。❷混乱：～世（旧时用以形容时代的混乱）。❸（声音）低沉粗重：～音｜～声～气。

镯（鋜） zhuó （～子）套在腕子上的环形装饰品。

浞 zhuó 淋，使湿：让雨～了。

诼 zhuó 造谣毁谤。

啄 zhuó 鸟类用嘴叩击并夹住东西：鸡～米｜～木鸟。

椓 zhuó ❶击。❷宫刑。

琢 zhuó 雕刻玉石，使成器物：精雕细～。【琢磨】喻 精益求精。

禚 zhuó 姓。

鷟 zhuó 见本页"鸑"字条"鸑鷟"（yuè zhuó）。

擢 zhuó ❶拔：～发难数（喻罪恶多得像头发那样数不清）。❷提拔：～用。

濯 zhuó 洗：～足。

质（質） zhì ❶本体，本性：物～｜流～｜铁～｜问题的实～。【质量】1.产品或工作的优劣程度：提高～～。2.物理学上指物体所含物质之量。❷朴实（连～朴）。❸依据事实来问明或辨明是非：～问｜～疑｜～之高明。❹抵押，抵押品。

锧（鑕） zhì 〈古〉砧板。【斧锧】斩人的刑具。

踬（躓） zhì 被东西绊倒。引事情不顺利。

栉（櫛） zhì ❶梳子和篦子的总称：～比（像梳子齿那样挨着）。❷梳头：～风沐雨（喻辛苦勤劳）。

秩 zhì ❶秩序，有条理，不混乱的情况：社会～序良好。❷十年：七～寿辰。

帙（袠） zhì 包书的套子。

铚 zhì ❶古代一种短的镰刀。❷古地名，在今安徽省宿县西南。

窒 zhì 阻塞不通：～息（呼吸被阻停止）。

蛭 zhì ❶【水蛭】能吸人畜的血，古时医学上用来吸血治病。❷【肝蛭】肝脏里的一种寄生虫，通常由螺蛳和鱼等传到人体内。

膣 zhì 阴道，女性生殖器的一部分。

庢 zhì 见第137页“盩”字条“盩厔”（zhōu zhì）。

郅 zhì ❶最，极。❷姓。

桎 zhì 古代拘束犯人两脚的刑具。【桎梏】（zhì gù）脚镣和手铐，喻束缚人或事物的东西。

侄（姪） zhí 弟兄的儿子，同辈亲友的儿子。

笔（筆） bǐ ❶写字、画图的工具：毛～｜画～｜钢～。❷笔画，组成汉字的点、横、直、撇等：“天”字有四～。❸写：代～｜～者｜～之于书。【笔名】著作人发表作品时用的名字。❹（写字、画画、作文的）笔法：败～｜工～画｜伏～。❺像笔一样（直）：～直｜～挺。❻量词：把节约下来的这～钱，用到生产建设上去。

必 bì 一定：～能成功｜侵略者～败。【必须】一定要：个人利益～～服从整体利益。【必需】不可少的：～～品。【必然】必定如此：资本主义制度～～要灭亡。

邲 bì 古地名，在今河南省郑州市东。

苾 bì 芳香。

泌 ㊀bì 【泌阳】县名，在河南省。㊁mì 质韵。

铋 bì 一种金属元素，符号Bi。银白色微带赤色。合金熔点很低，可做保险丝和汽锅上的安全塞等。

毕（畢） bì ❶完成，完结：礼～｜话犹未～。【毕竟】究竟，到底：他的话～～不错。【毕业】学生学习期满，达到一定的要求。❷全，完全：真相～露｜群贤～至。❸二十八宿之一。

哔（嗶） bì （外）【哔叽】（bì jī）一种斜纹的纺织品。

筚（篳、蓽） bì 用荆条、竹子等编成的篱笆或其他遮拦物：蓬～生辉｜蓬门～户（喻穷苦的人家）。

跸（蹕） bì ❶帝王出行时清道，禁止行人来往：警～。❷泛指帝王出行的车驾：驻～。

弼 bì 辅助。

滗（潷） bì 挡住渣滓或泡着的东西，把液体倒出：壶里的茶～干了｜把汤～出去。

觱（篳） bì 【觱篥】（bì lì）古代的一种管乐器。

叱 chì 呼呵（hē），大声斥骂。【叱咤】（chì zhà）发怒的声音。

出（⑩齣） chū ❶跟“入”、“进”相反：1.从里面到外面：～门｜从屋里～来｜～汗。2.支付，往外拿：～一把力｜～主意｜量入为～。❷来到：～席｜～勤。❸离开：～轨。❹产，生长：～品｜这里～米。❺发生：～事｜～问题了。❻显得量多：这米很～饭。❼显露：～名｜～头。❽超过：～众。【出色】特别好，超出一般

的：～～地完成了任务。❾放在动词后，表示趋向或效果：提～问题|做～贡献。❿传奇中的一回，戏曲的一个独立剧目。

怵（怵） chù 恐惧：～惕（恐惧警惕）。

绌 chù ❶不足，不够：经费支～|相形见～。❷同"黜"。

黜 chù 降职或罢免：～退|～职。

吉 jí 幸福的，吉利的（连～祥|～庆）：～日|～期。

佶 jí 健壮。【佶屈】【诘屈】曲折：～～聱（áo）牙（文句拗口）。

诘 ㊀jí 【诘屈】同"佶屈"。㊁jié 屑韵。

疾 jí ❶病，身体不舒适（连～病）：目～|积劳成～。引一般的痛苦：关心群众的～苦。❷恨：～恶如仇。❸快，迅速：～走|～风知劲草|～言厉色（指发怒的样子）。❹疼痛：痛心～首。

蒺 jí 【蒺藜】（jí·lí）1.一年生草本植物，茎横生在地面上，开小黄花。果实也叫蒺藜，有刺，可入药。2.像蒺藜的东西：铁～～|～～骨朵（旧时一种兵器）。

嫉 jí 因别人比自己好而憎恨（连～妒|妒～）：～才|他很羡慕你，但并不～妒你。

桔 ㊀jú "橘"俗作"桔"。㊁jié 屑韵。

橘 jú 橘树，常绿乔木，初夏开花，白色。果实叫橘子，味甜酸，可以吃，果皮可入药。

莅（蒞、涖） lì 到（连～临）：～会。

栗（❷慄） lì ❶栗（子）树，落叶乔木。果实叫栗子，果仁味甜，可以吃。木材坚实，供建筑和制器具用，树皮可供鞣皮及染色用，叶子可喂柞蚕。❷发抖，因害怕或寒冷而肢体颤动：不寒而～。

傈 lì 【傈僳】（lì sù）傈僳族，我国少数民族名。

溧 lì 【溧水】【溧阳】县名，都在江苏省。

篥 lì 见第318页"觱"字条"觱篥"（bì lì）。

律 lǜ ❶法则，规章。【律诗】一种诗体，有一定的格律和字数，分五言、七言两种。【规律】事物之间的内在的必然的联系，也叫"法则"。它具有十分明显的重复性。它决定事物发展的必然趋向，是不以人的主观意志为转移的。❷约束：严于～己。❸我国古代审定乐音高低的标准，把声音分为六律（阳律）和六吕（阴律），全称"十二律"。

葎 lǜ 【葎草】一年生草本植物，茎能缠绕他物，开黄绿色小花，果实可入药。

率 ㊀lǜ 指两个相关的数在一定条件下的比值：速～|增长～|出勤～。㊁shuài 寘韵。

泌 ㊀mì 分泌，从生物体里产生出某种物质：～尿。㊁bì 质韵。

宓 mì 安，静。

秘（祕） ㊀mì（旧读 bì） 不公开的，不让大家知道的（连～密）：～方|～诀。【秘书】掌管机要和文书的人员。㊁bì 寘韵。

密 mì ❶事物和事物之间距离短，空隙小，跟"稀"、"疏"相反（连稠～）：小株～植|我国沿海人口稠～|枪声越来越～。转精致，细致：精～|细～。❷关系近，感情好（连亲～）：～友|他俩很亲～。【密切】紧密，亲切：～～地配合。❸不公开：～谋|～码电报。引秘密事物：保～。

蜜 mì ❶蜂蜜，蜜蜂采取花的甜汁酿成的东西。❷甜美：甜言～语。

谧 mì 安静（连安～）。

嘧 mì 【嘧啶】（mì dìng）有机化合物，分子式 $C_4H_4N_2$，无色结晶，有刺激性气味，溶于水、乙醇和乙醚，供制化学药品。

匹（❶疋） pǐ ❶量词：1.指骡、马等：三～马。2.指布或绸缎等：一～红布。❷相当，相敌，比得上。【匹配】配合（指婚姻）。【匹敌】彼此相等。

芘 pǐ 存在于煤焦油中的一种有机化合物。

七 qī 数目字。

柒 qī “七”字的大写。

沏 qī 用开水冲茶叶或其他东西：～茶。

漆 qī ❶各种黏液状涂料的统称，可分为天然漆和人造漆两大类。【漆树】落叶乔木，用树皮里的黏汁制成的涂料就是漆。❷用漆涂。

焌 ㊀qū ❶把燃烧着的东西弄灭。❷用不带火苗的火烧烫。❸烹饪法，在热锅里加油，油热后先放作料，然后放菜：～锅儿。㊁jùn 震韵。

黢 qū 形容黑：～黑的头发｜屋子里黑～～的，什么也看不见。

日 rì ❶太阳。❷白天，跟“夜”相反：～班｜～场。❸天，一昼夜：阳历平年一年三百六十五～。[引]某一天：纪念～｜生～。【日子】1.天：这些～～工作很忙。2.指某一天：今天是过节的～～。3.生活：美好的～～万年长。❹时候：春～｜往～｜来～方长。

瑟 sè 一种弦乐器。

失 shī ❶丢（[连]遗～）：～物招领｜机不可～。[引]1.违背：～信｜～约。2.找不着：～群之雁｜迷～。❷没有掌握住：～足｜～言｜～火。❸没有达到目的：～意｜～望｜～着（zhāo）。【失败】计划或希望没能达到。❹错误，疏忽：千虑一～。❺改变常态：～色｜～声痛哭。

实（實、△寔） shí ❶充满：虚～｜～心的铁球｜～足年龄。❷真，真诚：～心～意｜～话～说｜～事求是。❸种子，果子：开花结～。“寔”又音shí，职韵。

室 shì ❶屋子：～内｜教～。❷机关团体内的工作单位：教研～｜人事～。

秫 shú 黏高粱，可以做烧酒。有的地区就指高粱：～米｜～秸（高粱秆）。

术（術） ㊀shù ❶技艺：武～｜技～｜美～。【术语】学术和各种工艺上的专门用语。❷方法：战～｜防御之～。㊁zhú 质韵。

沭 shù 【沭河】发源于山东省，流经江苏省入新沂河。

述 shù 讲话，陈说（[连]叙～）：口～。

鉥 shù ❶长针。❷刺。❸引导。

摔（❹踤） shuāi ❶用力往下扔：把帽子往床上一～。❷很快地掉下：上树要小心，别～下来。❸因掉下而破坏：把碗～了。❹跌跤：他～倒了｜～了一跤。

帅（帥） shuài ❶军队中最高级的指挥官：元～｜统～。❷同“率❺”。

蟀 shuài 见本页“蟋”字条“蟋蟀”（xī shuài）。

肸 xī 多用于人名。

膝 xī（俗读 qī） 大腿和小腿相连的关节的前部。

螅 xī 【水螅】一种腔肠动物，身体圆筒形，上端有小触手，附着在池沼、水沟中的水草上。

悉 xī ❶知道：获～｜熟～此事。❷尽，全：～心｜～数捐献。

窸 xī 【窸窣】（xī sū）细小的声音。

蟋 xī 【蟋蟀】（xī shuài）北方俗叫“蛐蛐儿”，是一种有害的昆虫，身体黑褐色，雄的好斗，两翅摩擦能发声。

戌 xū ❶地支的第十一位。❷戌时，指下午七时到九时。

恤（卹、賉） xù ❶对别人表同情，怜悯：体～。❷救济：抚～金｜抚～。❸忧虑。

一 yī ❶数目字。❷纯，专：～心～意。❸满，全：～屋子人｜～冬｜～路平安。❹相同：～样｜大小不～。❺另外的：番茄～名西红柿。❻放在重叠的动词中间，表示稍微，轻微：看～看｜听～听。❼乃，竟：～至于此。❽〈古〉放在“何”字前，表示程度深：～何怒｜～何悲。❾旧时乐谱记音符号的一个，相当于简谱的低音“7”。

壹（弌） yī “一”字的大写。

乙 yǐ ❶天干的第二位，用作顺序的第二。❷旧时乐谱记音符号的一个，相当于简谱的“7”。

钇 yǐ 一种金属元素，符号Y，灰黑色粉末，有金属光泽。可制特种玻璃和合金。

佚 yì 同“逸❷❸”。

泆 yì ❶放纵。❷同“溢”。

轶 yì ❶超过：～群（比一般的强）｜～材（突出的才干）。❷散失：～事（史书不记载的事）。

昳 ㊀yì 【昳丽】美丽：形貌～～。㊁dié 屑韵。

佾 yì 古时乐舞的行列。

溢 yì 充满而流出来：河水四～｜～美（喻过分夸奖）引超出：～出此数。〈古〉又同“镒”。

镒 yì 古代重量单位，合古代的二十两，一说是二十四两。也作“溢”。

逸 yì ❶跑，逃跑。❷散失（连亡～）：～书（已经散失的古书）。❸安闲，安乐（连安～）：不能一劳永～｜劳～结合。

燚 yì 人名用字。

聿 yù 〈古〉助词，用在一句话的开头。

矞 yù 矞云，瑞云。

潏 yù 水涌出。

遹 yù 遵循。多用于人名。

燏 yù 火光。多用于人名。

鹬 yù 鸟名，羽毛茶褐色，嘴、脚都很长，趾间无蹼，常在水边或田野中捕吃小鱼、小虫和贝类。【鹬蚌相争，渔翁得利】喻两败俱伤，便宜了第三者。

术 ㊁zhú 植物名：1.白术，多年生草本植物，秋天开紫花。根状茎有香气，可入药。2.苍术，多年生草本植物，秋天开白花，根状茎有香气，可入药。㊀shù 质韵。

物 wù ❶东西：～价｜万～｜新事～。[引]具体内容：言之有～。❷"我"以外的人或环境，多指众人：～望所归｜待人接～。

岉 wù 【崛岉】（jué wù）高高突起的样子。

勿 wù 别，不要：请～动手｜闻声～惊。

不 bù 否定词：1. 表示否定的意义：他～来｜～好｜～错｜～简单。2. 表示否定对方的话：他刚来农村吧？～，他到农村很久了。3. 表示否定效果，跟"得"相反：拿～动｜说～明白｜跑～很远。4.〈方〉用在肯定句末，构成问句：他来～？｜你知道～？

吥 ㊀bù 1. 否定词。2. 见第 222 页"唝"字条"唝吥"（gòng bù）。㊁póu 尤韵。

钚 ㊀bù 一种放射性元素，符号 Pu，化学性质跟铀相似，是原子能工业的重要原料。㊁pī 支韵。

吃（喫） ㊀chī ❶吃东西：～饭｜～药。❷吸：～墨纸｜～烟。❸感受：～惊｜～紧。【吃力】费力气。❹承受，禁受：这个任务很～重｜这根绳子～不住太大的分量。❺被（宋元小说戏曲里常用）：～那斯骗了。㊁jī 锡韵。

弗 fú 不：～去｜～许。

佛（彿、髴） ㊀fú 见第 202 页"仿"字条"仿佛"（fǎng fú）。㊁fó 月韵。

茀 fú 道路上草太多，不便通行。

咈 fú 违，戾，否：从谏弗～。

坲 fú 【坲坲】（fú bó）尘起的样子。

拂 fú ❶掸（dǎn）去，轻轻擦过：～尘｜春风～面。【拂晓】天将明的时候。【拂袖】甩袖子，表示生气。❷违背，不顺：～意（不如意）。〈古〉又同"弼"（bì）。

怫 fú 忧郁或愤怒的样子：～郁｜～然作色。又音 fèi，未韵。

绋 fú ❶大绳。❷旧指出殡时拉棺材用的大绳：执～（送殡）。

氟 fú 一种化学元素，在通常条件下为气体，符号 F，淡黄色，味臭，性毒。液态氟可作火箭燃料的氧化剂。含氟塑料和含氟橡胶有特别优良性能。（旧作"弗"）

艴 fú 【艴然】生气的样子。

岪 fú ❶山胁道。❷【岪鬱】山貌。❸山气暗昧之状。

芾 ㊀fú ❶草木茂盛。❷同"黻"。宋代书画家米芾，也作"米黻"。㊁fèi 未韵。

绂 fú ❶古代系印纽的丝绳。❷同"黻"。

韨（韍） fú 古祭服。也作"芾"、"黻"。

祓 fú 古代迷信的习俗，用斋戒、沐浴等方法除灾求福。[引]清除。

黻 fú ❶古代礼服上绣的半青半黑的花纹。❷同"韨"。

圪 gē 【圪垯】1. 同"疙瘩"。2. 小土丘。

噉 hū ❶气，飙歘气狂。❷【呵噉】掩鬱不明的样子。

欻 ㊀hū ❶有所吹起。❷忽。❸【奄欻】去来不定的意思。㊁chuā 黠韵。

颮（䬍） hū 疾风。

倔 ㊀jué 倔强（jiàng），顽强，固执：人很直爽，就是性情～强。㊁juè 物韵。

掘 jué 挖，刨：～地｜临渴～井。

崛 jué 高起，突起：～起。

倔 ㊀juè 言语粗直，态度不好：那老头子真～。㊁jué 物韵。

乞 qǐ 乞求，向人讨、要、求：～怜｜～恕｜～食。

讫 qì 完结，终了：收～｜付～｜验～。

汔 qì 庶几，差不多。

迄 qì ❶到：～今未至。❷始终：～未成功。

忥 ㊀qì ❶喜。❷心不欲：数～食饮。㊁yì 物韵。

讫 qì “迄”或字。至,止,终,尽,毕。亦“竟”的意思。

诎 qū ❶弯曲。❷屈服,折服。

屈 qū ❶使弯曲,跟“伸”相反:~指可数。【屈戌】【屈戌儿】(qū·qur)门窗箱柜等上面两个脚的小环儿,多用来挂锁、钉锦等。❷服输,低头:~服|威武不能~|宁死不~。❸委屈,使人不痛快:受~。[引]冤枉([连]冤~):叫~。

魆 xū 暗:黑~~。

屹 yì 山势高耸。[喻]坚定,不可动摇:~立|~然不动。

仡 ㊀yì ❶勇壮。❷举头。❸【仡仡】高大的样子。㊁wù 月韵。㊂gē 药韵。

忽 ㊀yì 痴貌。㊁qì 物韵。

尉 ㊀yù ❶【尉迟】复姓。❷【尉犁】县名,在新疆维吾尔自治区。㊁wèi 未韵。

蔚 ㊀yù 蔚县,在河北省。㊁wèi 未韵。

熨 ㊀yù 【熨帖】(yù tiē)1.妥帖舒服,贴切。2.(方)(事情)完全办妥。㊁yùn 问韵。

月 yuè ❶月亮,地球的卫星,本身不发光,它的光是反射太阳的光。【月食】【月蚀】地球在日、月中间成一条直线,遮住太阳照到月亮上的光。❷计时单位,一年分十二个月。❸形状像月亮的,圆的:~饼|~琴。【月氏】(yuè zhī)我国古代西部民族名。

刖(跀) yuè 古代的一种酷刑,把脚砍掉。

玥 yuè 古代传说中的一种神珠。

钥(鑰) ㊀yuè 锁。【锁钥】喻 1.做好某件事情的重要关键。2.边防要地:北门~~。㊁yào 药韵。

曰 yuē 说:荀子~|其谁~不然?

钺(戉) yuè 古代兵器名,像斧,比斧大些。

越 yuè ❶度过,超出:1.度过阻碍:爬山~岭。2.不按照一般的次序,超出范围:~级|~权|~俎(zǔ)代庖(喻越职做别人应做的事)。❷扬起:声音清~。❸越……越……,表示程度加甚:~快~好|~跑~有劲儿|天气~来~暖和。【越发】更加:今年的收成~~好了。❹周代诸侯国名,在今浙江省东部,后扩展到浙江省北部、江苏省全部、安徽省南部及山东省南部。后来用作浙江省东部的别称:~剧。

樾 yuè 树荫凉儿。

粤 yuè 广东省的别称。【两粤】指广东和广西。

蠘 yuè 【蟚蠘】(péng yuè)似蟹而小,生长在水边,对农作物有害。

蚏(蚎) yuè 【蟚蜞】小蟹生海边泥中,食土。

蚔 yuè 【蠊蚔】(lián yuè)小蚌,长寸而白,可食。

跋 yuè ❶轻足。❷走动的样子。

泧 yuè ❶飞走的样子。❷大水,水势汹涌。

抈 yuè ❶折:以手~物。❷动。

狘 yuè 兽名。【獝狘】(yù yuè)兽走动,惊走。

荸 bí 【荸荠】(bí·qí)多年生草本植物,生在池沼或栽培在水田里。地下茎也叫荸荠,球状,皮赤褐色,肉白色,可以吃。

饽 bō 〈方〉【饽饽】(bō·bo)1.馒头或其他块状的面食。2.甜食,点心。

勃 bó 旺盛:~起|生气~~。【勃然】1.兴起旺盛的样子:~~而兴。2.变脸色的样子:~~大怒。

脖 bó ❶(~子)颈、头和躯干相连的部分。❷像脖子的:脚~子。

渤 bó 【渤海】由辽东半岛和山东半岛围抱着的海。

鹁 bó 【鹁鸪】(bó gū)鸟名,羽毛黑褐色,天要下雨或天刚晴的时候,常在树上咕咕地叫。有的地方叫"水鸪鸪"。

卒 ㊀cù 同"猝"。㊁zú 月韵。

猝 cù 忽然:~生变化|~不及防。

顿 ㊁dú 见第359页"冒"字条"冒顿"(mò dú)。㊀dùn 愿韵。

饳 duò 见第325页"馉"字条"馉饳"(gǔ duò)。

柮 duò 见第325页"榾"字条"榾柮"(gǔ duò)。

发(發) ㊀fā ❶交付,送出,跟"收"相反:~选民证|~货|信已经~了。【发落】旧指处理、处分:从轻~~。【打发】派遣:~~专人去办。❷表达,说出:~言|~问|~誓。【发表】用文字或语言表达意见。❸放射:~炮|~光。引 枪弹炮弹一枚称一发:五十~子弹。❹散开,分散:~汗|蒸~。❺开展,张大,扩大:~海带|面~了。❻打开,揭露:~掘潜力|揭~敌人的阴谋。【发明】创造出以前没有的事物:印刷术是我国首先~~的。【发现】找出原先就存在而大家不知道的事物或道理:马克思~~了社会发展的规律。❼显现:1.显出,显着:脸上~黄。2.出,生:~芽|~病。3.觉得:~麻|~烧。❽开始动作:~端|朝~夕至|~动机器|队伍出~。㊁fà(髮)月韵。

伐 fá ❶砍：～树|采～木材。❷征讨，攻打（连讨～）：北～。

垡 fá ❶耕地，把土翻起来：秋～地（秋耕）。也指翻起来的土块：晒～。❷量词，相当于次、番。

筏（栰） fá （～子）用竹、木等平摆着编扎成的水上交通工具。

罚（罸） fá 处分犯错误的人（连惩～）：他受～了。

阀 fá ❶阀阅，封建时代指有权势的家庭在社会上的地位：门～|～阅之家。❷凭借权势造成特殊地位的个人或集团：军～|财～。❸（外）又叫"活门"、"阀门"或"凡尔"，是管道或其他机器中调节流体的流量、压力和流动方向的装置。

发（髮） ㊁fà 头发：理～|脱～|令人～指（喻使人非常气愤）。㊀fā（發）月韵。

佛 ㊀fó 梵语"佛陀"的省称，是佛教徒对"得道者"的称呼。特指佛教的创始人释迦牟尼。【佛教】释迦牟尼创立的宗教。㊁fú 物韵。

骨 ㊀gū 【骨朵】（～～儿）没有开放的花朵。【骨碌】滚动。㊁gú 月韵。㊂gǔ 月韵。

蓇 gū 【蓇葖】（gū tū）1.果实的一种，如芍药、八角的果实。2.骨朵儿。

扢 ㊀gū ❶摩，拭。❷奋舞的样子。㊁hú 月韵。㊂jié 屑韵。

汩 ㊀gū ❶扰乱。《书·洪范》："～陈其五行。"《尚书正义》言五行陈列皆乱。❷疏通。《国语·周语下》："决～九川。"❸水流飞貌。《楚辞·九章·怀沙》："分流～兮。"❹行貌。《楚辞·九章·怀沙》："～徂南土。"㊁hū 月韵。

汨 ㊁gū ❶没。❷波浪声。《文选·（木华）海赋》："浤浤～～。"㊀mì 锡韵。

纥 ㊂gū 束。㊀hé 月韵。㊁jié 月韵。㊃xié 屑韵。㊄gē 药韵。

搰 ㊁gū ❶发掘。❷用力的样子。㊀kū 月韵。

骨 ㊁gú 【骨头】同"骨㊂❶"。喻品质，气节。㊀gū 月韵。㊂gǔ 月韵。

馉 gǔ 【馉饳】（gǔ duò）（～儿）一种面制食品。

榾 gǔ 【榾柮】（gǔ duò）截成一段一段的短木头。

鹘 ㊁gǔ 【鹘鸼】（gǔ zhōu）古书上说的一种鸟，羽毛青黑色，尾巴短。㊀hú 月韵。

鹄 ㊁gǔ 射箭的目标。【鹄的】（gǔ dì）箭靶子的中心，练习射击的目标。㊀hú 沃韵。

骨 ㊂gǔ ❶脊椎动物身体里面支持身体的坚硬组织：脊椎～。【骨骼】全身骨头的总称。【骨节】1.两骨（或更多）相连接的关节。2.（gǔ jié）两个骨节间的一段。泛指长条形东西的一段。❷像骨的东西：钢～水泥。㊀gū 月韵。㊁gú 月韵。

纥 ㊀hé 【叔梁纥】孔子父亲的名字。【回纥】唐代西北的民族，当时据有今外蒙古之地，唐以后散布于新疆南部。亦作"回鹘（hú）"。㊁jié 月韵。㊂gū 月韵。㊃xié 屑韵。㊄gē 药韵。

龁 hé 咬。

籺 ㊀hé 舂捣不破的坚米。㊁hú 月韵。㊂qì 月韵。㊃xié 屑韵。

覈 ㊀hé 不破的麦糠，亦食糠覈（核）。㊁qiào 啸韵。

昒 hū 【昒昕】【昒爽】天快亮的时候。

曶（㫚） hū 古人名：～鼎。

唿 hū 【唿哨】见第275页"哨"字条"呼哨"。

忽 hū ❶粗心，不注意：～略|～视|疏～。❷忽然，突然地：工作情绪不要～高～低。❸单位名，十忽是一丝，十丝是一毫。

惚 hū 见第203页"恍"字条"恍惚"（huǎng hū）。

汩 ㊁hū 涌波。《庄子·达生》："与～偕出。"㊀gū 月韵。

滹 hū 【滹浴】（方）洗澡。

囫 hú 【囫囵】（hú lún）整个的，完全不缺：～～吞枣（喻不加分析地笼统接受）。

核 ㊁hú （～儿）同职韵"核㊀❶❷"，用于某些口语词，如杏核儿、煤核儿等。㊀hé 职韵。

鹘 ㊀hú 隼(sǔn)。㊂gǔ 月韵。

麧 ㊀hú 麦糠中的粗屑。㊁hé 月韵。㊂qì 月韵。㊃xié 屑韵。

扢 ㊀hú 撞击。㊁gū 月韵。㊂jié 屑韵。

笏 hù 古代大臣上朝拿着的手板。

羯 jié ❶公羊,特指骟过的。❷我国古代北方的民族。

纥 ㊀jié 急。㊁hé 月韵。㊂gū 月韵。㊃xié 屑韵。㊄gē 药韵。

撅(❶噘) juē ❶翘起:~嘴|~着尾巴|小辫~着。❷折:把竿子~断了。

孓 jué 【孑孓】(jié jué)蚊子的幼虫。

厥 jué ❶气闭,昏倒:晕~|痰~。❷其,他的,那个的:~父|~后。

劂 jué 见第13页"剞"字条"剞劂"(jī jué)。

蕨 jué 多年生草本植物,野生,用孢(bāo)子繁殖。嫩叶可吃,地下茎可制淀粉。

獗 jué 【猖獗】(chāng jué)闹得很凶:~~一时。

溅 jué 【溅水】水名,在湖北省。

橛 jué (~子|~儿)小木桩。

蹶(蹷) ㊀jué 跌倒。喻挫折,失败:一~不振。㊁juě 月韵。

蹶 ㊀juě 【尥蹶子】(liào juě·zi)骡马等跳起来用后腿向后踢。㊁jué 月韵。

矻 kū 【矻矻】努力、勤劳的样子。

圐 kū 【薛圐圙】地名,在山西省山阴县。

窟 kū 洞穴:石~|狡兔三~。【窟窿】孔,洞,喻亏空、债务:拉~~(借债)。

搰 ㊀kū 穿凿,动转。㊁gū 月韵。

抹 ㊂mā ❶擦:~桌子。❷用手按着并向下移动:把帽子~下来|~不下脸来(碍于脸面或情面)。㊀mǒ 曷韵。㊁mò 曷韵。

摩 ㊁mā 【摩挲】(摩抄)(mā·sā)用手轻轻按着并一下一下地移动。㊀mó 歌韵。

没 ㊀mò ❶隐在水中:~入水中。引隐藏:深山有猛虎出~。【没落】衰落:资本主义已经到了~~时期。❷漫过,高过:水~了头顶|庄稼都长得~人了。❸把财物扣下:~收赃款。❹终,尽:~世。㊁méi 职韵。

殁 mò 死。也作"没"。

呐 nà 【呐喊】大声叫喊。

肭 nà 见本页"腽"字条"腽肭"(wà nà)。

讷 nè 语言迟钝,不善讲话。

桲 po 见本页"榅"字条"榅桲"(wà po)。

麧 ㊂qì 麦糠中的粗屑。㊁hé 月韵。㊀hú 月韵。㊃xié 屑韵。

阙 ㊀quē ❶古代用作"缺"字。【阙疑】有怀疑的事情暂时不下断语,留待查考。【阙如】空缺:尚付~~。❷过错:~失。㊁què 月韵。

阙 ㊀què 〈古〉❶皇宫门前面两边的楼。❷墓道外所立的石碑坊。㊁quē 月韵。

窣 sū 【窸窣】(xī sū)细小的声音。

凸 tū 高出,跟"凹"相反:~出|~透镜。

葖 tū 见第325页"蓇"字条"蓇葖"(gū tū)。

腯 tú 肥(指猪)。

袜(襪、韤) wà (~子)穿在脚上的东西,用布、纱线等做成。

腽 wà 【腽肭】(wà nà)就是"海熊",通称"海狗",海里的一种哺乳动物,毛皮很美。阴茎和睾丸叫腽肭脐,可入药。

兀 wù 高而上平。

伆 ㊀wù ❶舟动的样子。❷不安的样子。㊁yì 物韵。㊂gē 药韵。

扤 wù ❶摇动。❷不安。扤乃假借字，阢乃正字，故乃船行不安也。

杌（❷阢） wù ❶杌凳，小凳。❷【杌陧】(wù niè)不安定。

靰 wù 【靰鞡】(wù·la)东北地区冬天穿的一种用皮革做的鞋，里面垫的靰鞡草。也写作“乌拉”。

歇 xiē ❶休息：坐下～一会儿。❷停止：～工|～业。【歇枝】果树在一定年限内停止结果或结果很少。【歇斯底里】(外)即癔(yì)病。喻 情绪激动，举止失常。

蝎（蠍） xiē （～子）一种节肢动物，卵胎生。下腮长成钳子的样子，胸脚四对，后腹狭长，末端有毒钩，用来防敌和捕虫，干制后可入药。

暍 yē 中暑。

卒 ㊀zú ❶古时指兵：小～|士～。❷旧称差役：走～。❸死亡：生～年月。❹完毕，终了：～业 引 究竟，终于：～胜敌军。㊁cù 月韵。

崒（崪） zú 险峻。

捽 zuó 揪：～他的头发。

曷 hé 古代疑问词：1. 怎么。2. 何时。

饧 ㊀hé 馓子，一种油炸的面食。㊁ài 卦韵。

鹖 hé 古书上说的一种善斗的鸟。

鞨 hé 见第 330 页“靺”字条“靺鞨”（mò hé）。

盍（盇） hé 何不：～往观之。

喝（欱） ㊀hē 吸食液体饮料或流质食物。饮：～水｜～酒｜～粥。㊁hè 曷韵。

喝 ㊀hè 大声喊叫：呼～｜大～一声。【喝彩】大声叫好。㊁hē 曷韵。

褐 hè ❶粗布或粗布衣服。❷黑黄色。

茇 bá 草根。

拔 bá ❶抽，拉出，连根拽（zhuài）出：～草｜一毛不～（喻吝啬）｜不能自～。[引]夺取军事上的据点：连～数城｜～去敌人的据点。【拔河】一种集体游戏，人数相等的两队，对拽一条大绳，把对方拽过界线（代替河），就算胜利。❷吸出：～毒｜～火罐。❸挑选，提升：选～人才。【提拔】挑选人员使担任更重要的职务。❹超出：出类～萃（人才出众）。【海拔】地面超出海平面的高度。

钹 ㊀bá 是一种用铜制而合击的乐器，大的叫铙（náo），小的叫钹。㊁bó 曷韵。

胈 bá 大腿上的毛。

菝 ㊀bá 【菝葜】（bá qiā）落叶藤本植物，叶子多为卵圆形，茎有刺，花黄绿色，浆果红色。根茎可入药。㊁bā 黠韵。

跋 bá ❶翻过山岭：长途～涉（喻行路辛苦）。❷写在文章、书籍等后面的短文，多是评介内容的。【跋扈】（bá hù）骄傲而专横。

魃 bá 【旱魃】迷信说法指造成旱灾的鬼怪。

䟦 bá 见第 97 页“䮠”字条“䮠䟦”（tuó bá）。

鲅（鲃、△鲌） bà 【鲅鱼】背部黑蓝色，腹部两侧银灰色，生活在海洋中。“鲌”又音 bó，陌韵。

拨（撥） bō ❶用手指或棍棒等推动或挑动：～灯。【拨冗】推开杂事：务希～～出席。❷分给：～款。❸（～儿）量词，用于成批的，分组的：一～儿人｜分～儿进入会场。

钵（鉢） bō ❶（～头）盛饭、菜、茶水等的陶制器具。【乳钵】研药使成细末的器具。❷梵语“钵多罗”的省称，和尚用的饭碗。【衣钵】泛指传下来的思想、学术、技能等（现用于贬义）。

钹 ㊀bó 铜质圆形的乐器，中心鼓起，两片相击作声。㊁bá 曷韵。

袯（襏） bó 【袯襫】（bó shì）1. 古蓑衣。2. 粗糙结实的衣服。

礤 cǎ 粗石。【礤床】把瓜、萝卜等擦成丝的器具。

撮 ㊀cuō ❶聚起，现多指把聚拢的东西用簸箕等物铲起：～成一堆｜把土～起来。【撮合】给双方拉关系。【撮口呼】ü 韵母和拿 ü 开头的韵母叫做“撮口呼”。❷取，摘取：～要（摘取要点）。❸容量单位，一升的千分之一。❹（～儿）量词：一～米｜一～儿土。㊁zuǒ 曷韵。

哒（噠） dā 象声词，马蹄声、机关枪声等（叠）。

达（達） dá ❶通，到达：四通八～｜火车从北京直～上海｜抵～。❷通达，对事理认识得透彻：通～事理｜通权～变（不拘常规，采取变通办法）。【达观】旧时指对人生采取一切听其自然，随遇而安的态度。❸达到，实现：目的已～｜～成协议。❹告知，表达：转～｜传～命令｜词不～意。❺旧时称人得到有权有势的地位（[连]显～）：～官。【达斡尔】（dá wò'ěr）达斡尔族，我国少数民族名。

荙（薘） dá 莙（jūn）荙菜，就是“菾（tián）菜”。参见第 57 页“莙”字条。

鞑（韃） dá 【鞑靼】（dá dá）古代我国对北方少数民族的统称。

怛 dá 忧伤，悲苦。

妲 dá 用于人名。

笪 dá 姓。

靼 dá 见第 328 页“鞑”字条“鞑靼”(dá dá)。

垯（墶） da 见第 322 页“圪”字条“圪垯”(gē·da)。

纮（繨） da 见第 341 页，“纥”字条“纥纮”(gē·da)。

咄 duō 表示呵叱。【咄咄】表示惊怪：～～怪事。【咄嗟】(duō jiē)吆喝：～～立办（马上就办到）。

掇 duō ❶拾取（连拾～）。❷〈方〉用双手拿（椅子、凳子等），用手端。

剟 duō ❶刺，击。❷削，删除。

敠 duō 见第 144 页“敁”字条“敁敠”(diān·duo)。

裰 duō ❶缝补破衣：补～。❷直裰，古代士子、官绅穿的长袍便服，也指僧道穿的袍子。

夺（奪） duó ❶抢，强取（连抢～）：把敌人的枪～过来。【夺目】耀眼：光彩～～。❷争取得到：～丰收。❸冲出：泪水～眶而出。❹决定如何处理：定～|裁～。

遏 è 阻止：怒不可～。【遏制】制止，禁绝：～～敌人。

頞 è 鼻梁。

欸（誒） ㊀ē 叹词，表示招呼：～，你快来！㊁é 曷韵。㊂ě 贿韵。㊃è 卦韵。

噶 gá 译音用字。

割 gē 切断，截下：～麦|～草。引舍去：～舍|～爱。【割据】一国之内有武力的人占据部分地区，形成分裂对抗的局面。【交割】一方交付，一方接收，双方结清手续。【收割】把熟了的庄稼割下收起。

葛 ㊀gé 多年生草本植物，花紫红色。茎可编篮做绳，纤维可织葛布。根可提制淀粉，又供药用。㊁gě 曷韵。

葛 ㊁gě 姓。㊀gé 曷韵。

括 ㊁guā ❶榨取：搜～（也写作“搜刮”）。❷〈方〉包容：一塌～子（一古脑儿，全部）。㊀kuò 曷韵。

栝（❷苦） guā ❶即桧(guì)树。❷【栝楼】（苦蒌）(guā lóu)多年生草本植物，爬蔓(wàn)，开白花，果实卵圆形。块根和果实都可入药。

鸹 guā 老鸹，乌鸦的俗称。

聒 guō 声音嘈杂，使人厌烦：～耳|～噪。

害 (〈古〉又同“曷”) ㊀hé 古代疑问词：1.怎么。2.何时。㊁hài 泰韵。

豁 ㊀huō ❶残缺，裂开：～口|～了一个口子|～唇。【豁子】(huō·zi)残缺的口子：碗上有个～～|城墙拆了一个～～。❷舍弃：～出性命|～着几天时间。㊁huò 曷韵。

活 huó ❶生存，能生长，跟“死”相反：鱼在水里才能～|新栽的这棵树～了。喻逼真地：～像一只老虎|神气～现。❷不固定，可移动的：～期存款|方法要～用|～塞|～扣。【活泼】不呆板：孩子们很～～。❸(～儿)工作或生产品：做～|这～儿做得真好。【活该】表示事实应该这样，一点也不委屈：～～如此。

豁 ㊁huò ❶开通，敞亮：～达|～然开朗。❷免除（连～免）。㊀huō 曷韵。

渴 kě 口干想喝水：我～了。喻迫切地：～望。

括 ㊀kuò ❶扎，束：～发|～约肌（在肛门、尿道等靠近开口的地方，能收缩、扩张的肌肉）。❷包容（连包～）：总～。㊁guā 曷韵。

蛞 kuò 【蛞蝼】(kuò lóu)蝼蛄。【蛞蝓】(kuò yú)一种软体动物，身体像蜗牛，但没有壳，吃蔬菜或果瓜的叶子，对农作物有害。

适（△适） kuò 人名用字。"适"又音 shì，陌韵。

阔（濶） kuò ❶面积宽广（连广～）：广～天地｜高谈～论。引时间距离长远：～别。❷富裕的，旧社会称财产多、生活奢侈的：～气｜～人。

喇 lǎ 【喇叭】（lǎ·ba）1．一种管乐器。2．像喇叭的东西：汽车～～｜扩音～～。【喇嘛】（lǎ·ma）（藏）蒙、藏佛教的僧侣，原义为"上人"。

剌 ㊀là 〈古〉违背常情、事理：乖～｜～谬。㊁lá "拉（❶△剌）"合韵。

辣 là 姜、蒜、辣椒等的味道。喻凶狠，刻毒：手段毒～。

瘌（鬎） là 【瘌痢】（鬎鬁）（là·lì）〈方〉秃疮，生在人头上的皮肤病。

捋 ㊀lǚ 用手指顺着抹过去，整理：～胡子。㊁luō 曷韵。

捋 ㊀luō 用手握着东西，顺着东西移动：～榆钱｜～虎须（喻冒险）。㊁lǚ 曷韵。

抹 ㊀mǒ ❶涂（连涂～）：伤口上～上点药｜～上石灰。❷揩，擦：～～一手灰｜～眼泪。❸除去：～零儿（不计算尾数）。【抹杀】一概不计，勾销：一笔～～。㊁mò 曷韵。㊂mā 月韵。

末 mò ❶梢，尖端，跟"本"相反：本～倒置｜秋毫之～｜～节（不重要的）。❷最后，终了，跟"始"相反（连～尾）：十二月三十一日是一年的最～一天。❸（～子｜～儿）碎屑（连粉～）：粉笔～儿｜茶叶～儿｜把药材研成～儿。❹旧戏曲里扮演中年男子的角色。

沫 mò （～子｜～儿）液体形成的许多细泡（连泡～）：肥皂～儿｜唾～（mo）。

茉 mò 【茉莉】（mò·lì）1．常绿灌木，花白色，很香，常用来熏制茶叶。2．紫茉莉，也叫"草茉莉"，一年生或多年生草本植物，花有红、白、黄、紫各色。胚乳粉质，可作化妆粉用。

妺 mò 古人名用字。

秣 mò ❶牲口的饲料：粮～。❷喂牲口：～马厉兵（喂马、磨兵器）。

靺 mò 【靺鞨】（mò hé）我国古代东北方的民族。

抹 ㊁mò 泥（nì）：他正在往墙上～石灰。㊀mǒ 曷韵。㊂mā 月韵。

捺 nà ❶用手按。❷（～儿）汉字从上向右斜下的笔画（㇏）："人"字是一撇一～。

泼（潑） pō ❶猛力倒水使散开：～水｜～街。❷野蛮，不讲理：撒～。【泼辣】凶悍。转有魄力，不怕困难：他做事很～～。

钹（鏺） pō ❶〈方〉用镰刀、钐（shàn）刀等抡开来割（草、谷物等）。❷一种镰刀。

酦（醱） pō 酿（酒）。

撒 ㊀sā ❶放，放开：～网｜～手｜～腿跑。❷尽量施展或表现出来：～娇。【撒拉】撒拉族，我国少数民族名。㊁sǎ 曷韵。

潵 sǎ 【潵河桥】地名，在河北省迁西县。

撒 ㊁sǎ 散播，散布：～种。㊀sā 曷韵。

脎 sà 有机化合物的一类，通式是 R—C=N—NHC$_6$H$_5$ R—C=N—NHC$_6$H$_5$ 由同一个分子内的两个羰基和两个分子的苯肼缩合而成。

搬 sà 侧手击。

萨（薩） sà 姓。

獭 tǎ 【水獭】一种生活在水边的野兽，能游泳，捕鱼为食。皮毛棕色，很珍贵，可做衣领、帽子等。另有一种旱獭，生活在陆地上。

佻（㒓） tà 见第 83 页"佻"字条"佻㒓"（tiāo tà）。

挞（撻） tà 打，用鞭、棍等打人：鞭～。

闼（闥） tà 门，小门：排～直入（推开门就进去）。

汏（澾） tà 滑。

脱（❸侻） tuō ❶离开，落掉：～皮｜～节｜～逃｜走～。转遗漏（文字）：～误｜这中间～去了几个字。【脱离】断绝了关系，离开：一刻也不～～群众。❷取下，去掉：～衣裳｜～帽。❸【通脱】放达，不拘小节。

挖（空） wā 掘，掏：～个坑｜～战壕。【挖苦】（wā·ku）用尖刻的话讥笑人：～～人｜这话真～～。

斡 wò 转，旋。【斡旋】喻居中调停，把弄僵了的局面扭转过来：从中～～。

拶 ㊀zā 逼迫。㊁zǎn 旱韵。

铡 zhá ❶铡刀，一种切草或切其他东西的器具。❷用铡刀切东西：～草。

緅 zuǒ ❶结。❷缝余。❸丝织品。❹病名。

攥 ㊀zuǒ 手把。㊁zuàn 翰韵。

撮 ㊀zuǒ （～子｜～儿）量词，用于成丛的毛发：剪下一～子头发。㊁cuō 曷韵。

黠 xiá 聪明而狡猾：狡～|慧～。

辖(鎋、❶舝) xiá ❶车辖，车键。❷管理(连管～)：直～|统～。

瞎 xiā ❶眼睛看不见东西。❷胡，乱，没来由：～忙|～说八道。❸〈方〉乱：把线弄～了。

磍 xiā 【碣磍】(yà xiá)猛兽盛怒貌。

啊(△嗄) ㊀á 叹词，表示疑问或反问：～，你说什么？|～，你再说！㊁ā 麻韵。㊂ǎ 马韵。㊃à 祃韵。㊄a 助词，用在句末，常因前面字音不同而发生变音，因面也随之变韵。"嗄"又音 shà，祃韵。

八 bā 数目字。

扒 ㊀bā ❶抓住，抓着：～着栏杆|～着树枝。❷刨开，挖，拆：城墙～了个豁口。【扒拉】(bā·la)拨动：～～算盘|～～开众人。❸剥，脱：～皮|～下衣裳。㊁pá 麻韵。

叭 bā 象声词：～的一声，弦断了。

机 bā 无齿的耙子。

汃 bā 水波相击声。【澎汃】湍声。

捌 bā "八"字的大写。

柭 bā 棓棁(bàng tuō)、棁杖(袖棁)，就是小杖。

菝 ㊀bā 【菝葜】(bā qiā)落叶藤本植物，根茎可入药。原称瑞草。㊁bá 曷韵。

擦 cā ❶抹(mā)，揩拭：～桌子|～脸。❷摩，搓：摩拳～掌。❸贴近：～黑(傍晚)|～着屋檐走过。

嚓 ㊀cā 象声词：摩托车～的一声站住了。㊁chā 黠韵。

礤 cā 【礓礤】(jiāng cā)台阶。

嚓 ㊀chā 【咔嚓】(kā chā)象声词，折断的声音。㊁cā 黠韵。

察(詧) chá 仔细看，调查研究：考～|视～。

镲 chǎ 小钹。

刹 ㊀chà 梵语，原义土或田，转为佛寺：古～。【刹那】梵语，极短的时间。㊁shā 黠韵。

欻 ㊀chuā 象声词。㊁hū 物韵。

砎 gā 小石。

圿 gā 尘垢。

嘎 ㊀gā 象声词。【嘎吧】【嘎叭】(gā bā)象声词。【嘎吱】(gā zhī)象声词。【嘎巴】(gā·ba)1. 黏东西凝结在器物上。2.(～～儿)凝结在器物上的东西：衣裳上有好多～～。【嘎渣】(gā·zha)1. 疮伤结的痂。2.(～儿)食物烤黄的焦皮：饭～～|饼子～～儿。㊁gá 同"尜"，黠韵。㊂gǎ 同"生"，黠韵。

轧 ㊀gá 〈方〉❶挤，拥挤。❷结交。❸查对(账目)。㊁yà 黠韵。㊂zhá 黠韵。

钆 gá 一种金属元素，符号 Gd。它的氧化物和硫化物都带淡红色。

尜(△嘎) gá 【尜尜】(gá·ga)1. 一种儿童玩具，两头尖中间大，也叫"尜儿"。2. 像尜尜的：～～枣|～～汤(用玉米面等做的食品)。"嘎"又音 gā，黠韵。又音 gǎ，黠韵。

生 gǎ 〈方〉❶乖僻。❷调皮。

尕 gǎ 〈方〉小：～娃|～李。

嘎 ㊂gǎ 同"生"(gǎ)。㊀gā 黠韵。㊁gá 黠韵。

尬 gà 见第 147 页"尴"字条"尴尬"(gān gà)。

刮(❷颳) guā ❶用刀子去掉物体表面的东西：～脸|反动派的官吏只会～地皮(喻搜取民财)。❷风吹动：～倒了一棵树。

猾 huá 同"滑❸"，狡猾，奸诈。

滑 huá ❶滑溜，光溜，不粗涩：下雨以后地很～|桌面很光～。❷在光溜的物体

表面上溜动：～了一跤｜～雪｜～冰。【滑翔】航空上指借着大气浮力飘行：～～机。❸狡诈，不诚实：～头｜狡～｜这人很～。【滑稽】诙谐，使人发笑：他说话很～～。（在古书中读 gǔ jī，如“突梯滑稽”）

揢 huá 揢拳，也作“划拳”。

恝 jiá 无忧愁，淡然。【恝置】不在意，置之不理。

戛（戞） jiá ❶打击。❷象声词：～然而止。【戛戛】困难：～～乎难哉。

秸（稭） jiē 农作物脱粒以后剩下的茎：麦～｜秫～｜豆～。

诘 ㊀jié 追问：反～｜盘～。㊁jí 质韵。

劼 jié ❶坚固。❷谨慎。❸勤勉。

葜 qiā 见第 328 页“菝”字条“菝葜”（bá qiā）。

杀（殺） shā ❶使人或动物失去生命：～敌立功｜～虫药｜～鸡焉用宰牛刀。❷战斗：～出重围。❸消减：～风景｜～暑气｜拿别人～气。❹药物等刺激身体感觉疼痛：这药上在疮口上～得慌。❺收束：～尾｜～账。❻勒紧，扣紧：～车（把车上装载的东西用绳勒紧）｜～一～腰带。❼在动词后，表示程度深：气～人｜笑～人。

刹 ㊀shā 止住（车、机器等）：～车。㊁chà 黠韵。

铩（鎩） shā ❶古代一种长矛。❷摧残，伤残：～羽之鸟（伤了翅膀的鸟）。

煞 ㊀shā ❶同“杀❸❺❻❼”。❷同“刹”（shā）。㊁shà 黠韵。

煞 ㊀shà ❶极，很：～费苦心。❷迷信的人指凶神：～气｜凶～。㊁shā 黠韵。

刷 ㊀shuā ❶（～子｜～儿）用成束的毛棕等制成的清除东西或涂抹东西的用具。❷用刷子或类似刷子的用具来清除或涂抹：～牙｜～鞋｜～锅｜用石灰～墙。引 淘汰：在第一轮比赛就被～掉了。❸象声词，同“唰”。㊁shuà 屑韵。

唰 shuā 象声词，形容迅速擦过去的声音：小雨～～地下起来了。

颉 ㊀xié 【颉颃】（xié háng）1. 鸟向上向下飞。2. 不相上下：他的书法与名家相～～。转 对抗：～～作用。㊁jié 屑韵。

轧 ㊀yà 圆轴或轮子等压在东西上面转：把马路～平了｜～棉花｜～花机。㊁zhá 黠韵。㊂gá 黠韵。

揠 yà 拔：～苗助长（喻性急欲求速成反而做坏）。

猰（貏） yà 【猰貐】（yà yǔ）古代传说中的一种凶兽名。

扎（紮、紥） ㊂zā ❶捆，缠束：～辫子｜～腿｜～彩牌楼。❷把儿，捆儿：一～线。㊀zhā 黠韵。㊁zhá 黠韵。

哳 zhā 【啁哳】【嘲哳】（zhāo zhā）形容声音杂乱细碎。

扎（❶❷劄、❷紮、紥） ㊀zhā ❶刺：～针｜～花（刺绣）。❷驻扎：～营。❸钻：～猛子（游泳时头朝下钻入水中）。【扎煞】（zhā·shā）〈方〉同“挓挲”。㊁zhá 黠韵。㊂zā 黠韵。“劄”又音 zhá，黠韵，见本页“札（❶❸劄）”字条。

扎 ㊁zhá 【扎挣】〈方〉勉强支持。㊀zhā 黠韵。㊂zā 黠韵。

札（❶❸劄） zhá ❶古代写字用的木片。【札记】读书时摘记的要点和心得。❷信件（连 信～｜书～）：手～｜来～。❸（～子）旧时的一种公文。“劄”又 zhā，见“扎㊀”黠韵。

轧 ㊁zhá 义同“轧㊀”，用于轧辊、轧钢、轧钢机等。【轧钢】把钢坯压成一定形状的钢材。【轧辊】轧钢机中最主要的、直接完成轧制工作的部件。㊀yà 黠韵。㊂gá 黠韵。

炸（煠） ㊁zhá 把食物放在煮沸的油或水里弄熟：～糕｜～鱼｜把菠菜～一～。㊀zhà 祃韵。

屑 xiè 碎末：竹头木～｜煤～。【琐屑】细小的事情。【不屑】认为事物轻微而不肯做或不接受：他～～于做这件事。

卨（卨、离） xiè 用于人名。

亵（褻） xiè ❶轻慢，亲近而不庄重：～渎。❷旧指贴身的衣服。

契（偰） ㊁xiè 商朝的祖先，传说是舜的臣。㊀qì 霁韵。

渫 xiè 除去。

绁（絏） xiè ❶绳索。❷系，拴。

泄（洩） xiè ❶液体、气体排出。❷漏，露：～气｜～漏秘密｜～底（揭穿内幕）。

紇 ㊃xié 同"籺"，米麦的粗屑。㊀hé 月韵。㊁hú 月韵。㊂qì 月韵。

血 ㊁xiě 义同"血㊀"，用于口语。㊀xuè 屑韵。

缬 xié 有花纹的丝织品。

撷 xié ❶摘下，取下。❷用衣襟兜东西。

絜 xié 量度物体周围的长度。〈古〉又同"洁"（jié）。

揳 xiē 捶，打。特指把钉、橛等捶打到其他东西里面去：在墙上～钉子｜把桌子～一～。

楔 xiē （～儿）填充器物的空隙使其牢固的木橛、木片等：这个板凳腿活动了，加个～儿吧。【楔子】1. 义同"楔"。2. 杂剧里加在第一折前头或插在两折之间的小段或小说的引子。

鳖（鼈） biē 也叫"甲鱼"、"团鱼"，俗叫"王八"。爬行动物，形状像龟，背甲无纹，边缘柔软。肉供食用，甲可入药。

憋 biē ❶气不通：门窗全关着，真～气。【憋闷】（biē · men）心里不痛快：这事真叫人～～。❷勉强忍住；把嘴一闭：～足了气｜心里～了许多话要说。

瘪（癟） ㊁biē 【瘪三】〈方〉解放前上海人称城市中无正当职业而以乞讨或偷窃为生的游民为瘪三，他们通常是极瘦的。㊀biě 屑韵。

别 ㊀bié ❶分离（连 分～｜离～）：告～｜临～赠言。❷分辨，区分（连 辨～）：分门～类｜分～清楚｜天渊之～。【区别】1. 划分：正确～～和处理敌我矛盾和人民内部矛盾。2. 差异：～～不大。❸类别，分类：性～｜职～。❹另外的：～人｜～名｜～开生面。【别致】跟寻常不同的，新奇的：花样～～。【特别】与众不同：这人真～～｜～～好。❺不要（禁止或劝阻的语气）：～动手！｜～开玩笑！❻绷住或卡（qiǎ）住：用大头针把两张表格～在一起｜～针｜腰里～着短枪。

别（彆） ㊁biè 【别扭】不顺，不相投：心里～～｜闹～～。

蹩 bié 跛，扭了脚腕子。【蹩脚】〈方〉质量不好，本领不强：～～货。

瘪（癟） ㊀biě 不饱满，凹下：～花生｜干～｜车带～了。㊁biē 屑韵。

彻（徹） chè 通，透：冷风～骨｜～头～尾（自始至终）｜～夜（通宵）｜响～云霄。【彻底】根本的，不是表面的：～～改造世界观。

掣 chè 拽，拉：～后腿｜风驰电～（喻迅速）。

撤 chè ❶除去，免除：～职｜～销。❷向后转移，收回：～兵｜～回。

澈 chè ❶水清：清～可鉴。❷同"彻"。

惙 chuò ❶忧愁（叠）。❷疲乏。

啜 ㊀chuò ❶饮，吃：～茗（喝茶）｜～粥。❷哭泣的时候抽噎的样子：低声～泣。㊁chuài 霰韵。

辍 chuò 中止，停止：～学｜岂能中～。

歠 chuò ❶吸，喝。❷指可以喝的。

跌 diē 摔倒：～了一跤｜～倒。引 下降，低落：～价。【跌足】顿足，跺脚。

迭 dié ❶交换，轮流：更～｜～为宾主。❷屡，连着：～次会商｜近年来，地下文物～有发现。❸及：忙不～。

昳 ㊀dié 〈古〉日过午偏斜。㊁yì 质韵。

瓞 dié 小瓜。

垤 dié 小土堆（连丘～）：蚁～。

咥 ㊀dié 咬。㊁xì 未韵。

绖 dié 古代束丧服用的麻带儿：首～|腰～。

耋 dié 年老，七八十岁的年纪。

嵽 dié 【嵽嵲】（dié niè）形容山高。

节（節） ㊀jiē 【节骨眼（儿）】〈方〉比喻紧要的、能起决定作用的环节或时机。㊁jié 屑韵。

疖（癤） jiē （～子）小疮。

结 ㊀jiē 植物长果实：树上～了许多苹果。【结实】1. 植物长果实：开花～～。2. 坚固耐用：这双鞋很～～。3. 健壮：他的身体很～～。㊁jié 屑韵。

揭（❹楬） jiē ❶把盖在上面的东西拿起或把黏合着的东西分开：～锅盖|把这张膏药～下来。❷使隐瞒的事物显露：～短|～发|～露|～穿帝国主义的阴谋。❸高举：～竿而起（指人民起义）。❹【揭橥】（楬橥）（jiē zhū）标明，揭示。

孑 jié 单独，孤单：～立|～然一身。

节（節） ㊀jié ❶（～儿）植物学上称茎上长叶的部位。❷（～儿）物体的分段或两段之间连接的地方：骨～|两～火车。❸段落：季～|时～|章～。【节气】我国历法把一年分为二十四段，每段的开始叫做一个节气，如立春、雨水等，共有二十四个节气。也省称"节"。❹节日，纪念日或庆祝的日子：五一国际劳动～|春～。❺礼度：礼～。❻音调高低缓急的限度：～奏|～拍。❼省减，限制（连～省|～约）：～制|精简～约|～衣缩食。❽操守，其内容对不同阶级来说，是完全不同的（连～操）：革命晚～|守～（封建礼教称夫死不再嫁）。❾古代出使外国所持的凭证。【使节】派到外国的外交官员。㊁jiē 屑韵。

讦 jié 揭发别人的隐私：攻～。

杰（傑） jié ❶才能出众的人（连豪～）：英雄豪～。❷特异的，超过一般的：～作|～出的人才。

桀 jié ❶凶暴。❷〈古〉也同"杰"（傑）。❸古人名，夏朝末代的君主，相传是荒淫无道的暴君。

诘 ㊀jié 追问：反～|盘～。㊁jí 质韵。

拮 jié 【拮据】（jié jū）经济境况不好，困窘。

洁（潔） jié 干净（连～净）：街道清～|～白。喻不贪污：廉～。

结 ㊀jié ❶系，绾：～网|～绳|张灯～彩。【结舌】因害怕或理屈说不出话来：问得他张口～舌。【结构】1. 各组成部分搭配的形式：文章的～～。2. 建筑上指承重的部分：钢筋混凝土～～。❷（～子）用绳、线或布条等绾成的扣：打～|活～。❸聚，合：1. 凝聚：～冰|～晶。2. 联合，发生关系：～婚|～交|集会～社。❹收束，完了（liǎo）：～账|～局。【结论】对人或事物所下的总结性的论断。❺一种保证负责的字据：具～。㊁jiē 屑韵。

桔 ㊀jié ❶【桔梗】（jié gěng）多年生草本植物，花紫色，根可以入药。❷【桔槔】（jié gāo）一种汲水的设备。㊁jú 质韵。

袺 jié 用衣襟兜东西。

颉 ㊀jié 多用于人名。【仓颉】上古人名。㊁xié 黠韵。

鲒 jié 古书上说的一种蚌。【鲒埼亭】（jié qí tíng）古代地名，在今浙江鄞（yín）县。

扢 ㊀jié ❶提引，颂扬：扬～千秋事。❷扬起：忽然又把眉一～。㊁gū 月韵。㊂hú 月韵。

絜 jié 同"洁"。多用于人名。

偈 ㊀jié ❶勇武。❷跑得快。㊁jì 霁韵。

碣 jié 圆顶的石碑：残碑断～。

竭 jié 尽，用尽：～力｜～诚｜声嘶力～｜取之不尽，用之不～。

截 jié ❶割断，弄断：～开这根木料｜～长补短。【截然】分明地，显然地：～～不同。❷（～子｜～儿）段：上半～儿｜一～儿木头｜一～路。❸阻拦：～住他。【截止】到期停止：报名～～｜到月底～～。

决（決） jué ❶堤岸被水冲开口子：堵塞～口。【决裂】破裂（指感情、关系、商谈等）：谈判～～。❷决定，决断，断定，拿定主意：～心｜迟疑不～。【决议】经过会议讨论决定的事项。❸执行死刑：枪～。

诀 jué ❶诀窍，高明的方法：秘～｜妙～。❷用事物的主要内容编成的顺口的便于记忆的词句：口～｜歌～。❸辞别，多指不再相见的分别：永～。

抉 jué 剔出。【抉择】挑选，选择。

駃 jué 【駃騠】（jué tí）1. 驴骡。2. 古书上说的一种骏马。

玦 jué 环形有缺口的佩玉。

鴃 jué 鸟名，即“伯劳”。【鴃舌】比喻语言难懂。

觖 jué 【觖望】不满所望。

绝 jué ❶断：～望｜络绎不～。【绝句】我国旧体诗的一种，每首四句，每句五字或七字，有一定的平仄和押韵的限制。❷尽，穷尽：气～｜法子都想～了。【绝境】没有希望，没有出路的情况。❸极，极端的：～妙｜～密。[引]精湛的，少有的：～技｜这幅画真叫～了。【绝顶】山的最高峰：泰山～～。【绝对】一定的，肯定的：～～可以胜利｜～～可以办到。❹一定地，无论如何：～不允许资本主义复辟。

谲 jué 欺诈，玩弄手段：诡～。

鐍 jué 箱子上安锁的环状物。

咧 ㊀lié 【咧咧】（lié·lie）〈方〉乱说，乱讲：瞎～～。㊁liě 哿韵。㊂lie 屑韵。

列 liè ❶行（háng）列，排成的行：站在前～。❷陈列，排列，摆出：姓名～后｜～队｜开～账目。【列席】参加会议，而没有表决权。❸众多，各：～国｜～位。❹量词，用于成行列的事物：一～火车。

冽 liè 寒冷（[连]凛～）：北风凛～。

洌 liè ❶水清。❷酒清。

烈 liè ❶猛烈，厉害：～火｜～日。❷气势盛大（叠）：轰轰～～。❸刚直，有高贵品格的，为正义、人民、国家而死难的：向刘胡兰～士学习｜先～。

鴷 liè 鸟名，就是啄木鸟。

踩 ㊀liè 跳。㊁cǎi 贿韵。

裂 ㊀liè 破开，开了缝：～痕｜～缝｜手冻～了｜感情破～｜四分五～。㊁liě 哿韵。

趔 liè 【趔趄】（liè·qie）身体歪斜，脚步不稳要摔倒的样子。

劣 liè 恶，不好，跟“优”相反（[连]恶～）：不分优～｜土豪～绅｜品质恶～。

埒 liè ❶矮墙。❷同等。

捩 liè 扭转：转～点（转折点）。

咧 ㊀lie 〈方〉助词，意思相当于“了”，“啦”：好～｜他来～。㊁liě 哿韵。㊂lié 屑韵。

灭（滅） miè ❶完，尽，使不存在（[连]消～）：消～敌人｜功绩不会磨～｜长自己的志气，～敌人的威风。❷火熄（[连]熄～）：～火器｜～灯｜火～了。❸被水漫过：～顶。

蔑（❸衊） miè ❶无，没有：～以复加。❷小：～视（看不起，轻视）。❸涂染。【诬蔑】【污蔑】造谣毁坏别人的名誉。

篾 miè （～子|～儿）劈成条的竹片：竹～子。泛指劈成条的芦苇、高粱等的茎皮：苇～儿。

蠛 miè 【蠛蠓】（miè měng）古书上指蠓。参见第149页“蠓”字条。

捏（揑） niē ❶用拇指和其他手指夹住：～着一粒糖。❷用手指把软的东西做成一定的形状：～饺子|～泥人儿。❸假造，虚构：～造|～报。

苶 niè 〈方〉疲倦，精神不振：发～|～呆呆的。

臬 niè ❶箭靶子。❷标准，法式：圭～。

嵲 niè 见第335页“嵽”字条“嵽嵲”（dié niè）。

镍 niè 一种金属元素，符号Ni，银白色，有光泽，有延展性。可用来制造器具、货币等，镀在其他金属上可以防止生锈，是制造不锈钢的重要原料。

啮（齧、囓） niè 咬：虫咬鼠～。

蘖（櫱） niè 树木砍去后又长出来的芽子：萌～。【分蘖】稻、麦等农作物的种子生出幼苗后在接近地面主茎的地方分枝。

孽（孼） niè 恶因，恶事：造～|罪～。

糵（糱） niè 酒曲。

撇 ㊀piē ❶丢开，抛弃：～开|～弃。【撇脱】〈方〉1.简便。2.爽快，洒脱。❷由液体表面舀取：～油。㊁piě 屑韵。

氕 piē 氢的同位素之一，符号^1H，质量数1，是氢的主要成分。

瞥 piē 短时间地大略看看：只是～了一眼。

苤 piě 【苤蓝】（piě·la，也读piě·lán）二年生草本植物，叶有长柄。茎扁球形，可吃。

撇 ㊁piě ❶平着向前扔：～砖头|～球。❷（～儿）汉字向左写的一种笔形（丿）：八字先写一～儿。❸（～儿）像汉字的撇形的。㊀piē 屑韵。

鐅 piě 地名用字：曹～（在江苏省东台县）。

切 ㊀qiē ❶用刀从上往下割：～成片|把瓜～开。【切磋】喻 在业务、思想等各方面互相吸取长处，纠正缺点。❷几何学上直线与弧线或两个弧线相接于一点：两圆相～|～线|～点。

切 ㊁qiè ❶密合，贴近：～身利益|不～实际。【切齿】咬牙表示痛恨。❷紧急：迫～需要|回国心～|急～。❸切实，实在，着实：言辞恳～|～记|～忌。❹旧时汉语标音的一种方法，取上一字的声母与下一字的韵母，拼成一个音，也叫“反切”。如“同”字是徒红切。【一切】所有的，全部。

窃（竊） qiè ❶偷盗：～案。喻 用不合法不合理的手段取得：～位|～国。❷私自，暗中：～笑。旧时谦辞：～谓|～以为。

朅 qiē ❶离去。❷勇武。

挈 qiè ❶用手提着：提纲～领。❷带，领：～眷。

锲 qiè 用刀子刻：～金玉。

醛 qiè 酒变了味。今读quán，先韵。

炔 quē 有机化学中分子式可以用C_nH_{2n-2}表示的一系列化合物。乙炔是烧焊及制作有机玻璃、聚氯乙烯、合成橡胶、合成纤维的重要原料。

缺 quē ❶短少，不够（连 ～乏）：东西准备齐全，什么也不～了。❷残破（连 残～）：～口|残～不全。【缺点】工作或行为中不完美、不完备的地方。【缺陷】残损或不圆满的地方。❸空额（指职位）：补～。

阕 què ❶停止，终了：乐～（奏乐终了）。❷量词，指词或歌曲。

热（熱） rè ❶物理学上把凡能使物体的温度升高的那种“能”叫“热”。❷温度高，跟“冷”相反：天～|～饭。❸使热，使温度升高：把菜～一～。❹情意深：亲～|～情|～心。

舌 shé ❶（～头）人和动物嘴里辨别滋味、帮助咀嚼和发音的器官。【舌锋】转 尖锐流利的话。❷铃或铎中的锤。

折 ㊁shé ❶断：绳子～了｜棍子～了。❷亏损：～本。【折耗】亏耗，损失：青菜～太大。❸姓。㊀zhé 屑韵。㊂zhē 屑韵。

设 shè ❶布置，安排：～立学校。【设备】为某一目的而配置的建筑与器物等：这个工厂～～很完善。【设计】根据订出来的计划制出具体进行实现计划的方法和程序。❷假使。

虱（蝨） shī （～子）寄生在人、畜身上的一种昆虫，吸食血液，能传播疾病。

刷 ㊁shuà 【刷白】色白而略微发青。㊀shuā 黠韵。

说 ㊀shuō ❶用话来表达自己的意思。❷说合，介绍。❸言论，主张：学～｜著书立～。❹责备：他挨～了｜～了他一顿。㊁shuì 霁韵。㊂yuè 屑韵。

铁（鐵、銕） tiě 一种金属元素，符号Fe，纯铁灰白色，质坚硬，有光泽，富延展性，在潮湿空气中易生锈。工业上的用途极大，可以炼钢，也可以制造各种器械、用具。[喻] 1.坚硬：～蚕豆｜～拳。2.确定不移：～的纪律｜～案如山。

餮 tiè 见第91页“饕”字条“饕餮”（tāo tiè）。

薛 xuē 周代诸侯国名，在今山东省枣庄市。

穴 xué ❶窟窿，洞：不入虎～，焉得虎子？｜～居野处。❷穴位，人体或某些动物体可以进行针灸的部位，多为神经末梢密集或神经干经过的地方，也叫“穴道”：太阳～。

茓 xué （～子）作囤用的狭而长的席，通常是用秫秸篾或芦苇编成的。也作“踅”。

踅 xué ❶折回，旋转：～来～去｜这群鸟飞向东去又～回来落在树上了。❷同“茓”。

雪 xuě ❶冷天天空落下的白色结晶体，是空气中的水蒸气冷至摄氏零度以下凝结而成的：～花｜冰天～地。❷洗去，除去：～耻｜～恨。

鳕 xuě 【鳕鱼】又叫“大头鱼”，下颌有一条大须。鳕鱼的肝脏含有大量的维生素甲、丁，是制鱼肝油的重要原料。

血 ㊀xuè ❶血液，动物体内的一种红色液体（由红细胞、白细胞、血小板和血浆组成），周身循环，分配养分给各组织，同时把废物带到排泄器官内：～压｜～泊（pō）｜出～。❷同一祖先的：～统｜～族。㊁xiě 屑韵。

噎 yē 食物塞住食道：吃得太快～住了｜因～废食（喻因为偶然出毛病而停止正常的活动）。

咽 ㊂yè 呜咽，哽咽，悲哀得说不出话来。㊀yān 先韵。㊁yàn 霰韵。

页（頁、^△^叶、葉） yè ❶篇，张（指书、画、纸等）：活～。❷量词，我国旧指书本中的一张纸，现多指书本一张纸的一面。“叶”又音 yè，叶（葉）韵。

曳（拽、^△^拽） ㊀yè 拉，牵引：～光弹｜弃甲～兵。㊁yì 霁韵。“拽”又音zhuài，卦韵。又音 zhuāi，佳韵。

谒 yè 拜见：～见｜拜～。

说 ㊂yuè 古代用作“悦”字。㊀shuō 屑韵。㊁shuì 霁韵。

悦 yuè ❶高兴，愉快（[连]喜～）：和颜～色｜心～诚服。❷使愉快：～耳｜赏心～目。

阅 yuè ❶看，察看（[连]～览）：～报｜传～｜检～军队。❷经历：～月｜经验～历。❸阀阅，见“阀（fá）❶”，月韵。

折 ㊂zhē 翻转，倒腾：～跟头｜用两个碗把开水～一～就凉了。㊀zhé 屑韵。㊁shé 屑韵。

蜇 ㊀zhē 有毒腺的虫子刺人或牲畜：被蝎子～了。（“蜇”与“螫”同义不同音，“螫”读 shì，陌韵。）㊁zhé 屑韵。

折（❹～❻摺） ㊀zhé ❶断，弄断：禁止攀～花木。[喻] 幼年死亡：夭～。【折磨】苦难：解放前劳动人民受尽了～～。❷损失：损兵～将。❸弯转，屈曲：～腰｜转～点。[引] 返转，回转：走到半路又～回来了。❹叠（[连]～叠）：～衣服｜～尺。❺（～子｜～儿）用纸折叠起来的本子：存～。❻杂剧一本分四折，一折相当于现代戏曲的一出。❼心服：～服｜心～。❽折扣，按成数减少：打～｜九～。❾抵作，对换，以此代彼：～账｜～变。㊁shé 屑韵。㊂zhē 屑韵。

哲 zhé ❶有智慧：～人。【哲学】社会意识形态之一，是关于自然知识和社会知识的概括和总结，是关于世界观的理论。马克思主义哲学是唯一正确的无产阶级世界观和方法论。❷聪明智慧的人：先～。

蜇 ㊀zhé 海蜇，海里生的一种腔肠动物，形状像张开的伞，可供食用。㊁zhē 屑韵。

筣 zhé 〈方〉（～子）一种粗的竹席。

喆 zhé 同"哲"，多用于人名。

蛰（蟄） zhé 动物冬眠，藏起来不食不动：～伏｜入～｜～虫。

詟（讋） zhé 〈古〉恐惧。

辙 zhé 车辙，车轮轧过的痕迹。引 1.（～儿）车行的一定路线：抢（qiāng）～儿｜顺～儿。2.歌词、戏曲、杂曲所押的韵：合～｜十三～。3.〈方〉办法：没～了。

这（這） ㊀zhè ❶此，指较近的时间、地方或事物，跟"那"相反：～里｜～些｜～个｜～块。【这么】如此：～～办就好了。❷这时候，指说话的同时：我～就走。㊁zhèi 职韵。

浙（淛） zhè 浙江，古水名，又叫"浙江"、"之江"、"曲江"，即今钱塘江，是浙江省第一大河流。

拙 zhuō ❶笨，不灵巧（连～笨）：～嘴笨舌｜手～｜弄巧成～｜勤能补～。❷谦辞：～作｜～见。

棁 zhuō 梁上的短柱。

茁 zhuó 植物才生长出来的样子。【茁壮】1.壮，盛：庄稼长得～～。2.健壮：牛羊～～。

药(藥) yào(旧读 yuē) ❶可以治病的东西。❷有一定作用的化学物品：火～|焊～|杀虫～。❸用药物医治：不可救～。❹毒死：～老鼠。

疟(瘧) ㊁yào 疟子，疟(nüè)疾。㊀nüè 药韵。

钥(鑰) ㊁yào 同“钥㊀”。【钥匙】(yào·shi)开锁的东西。㊀yuè 月韵。

薄 ㊀báo ❶厚度小的：～饼|～片|～纸|这块布太～。❷(感情)冷淡。❸(味道)淡：酒味很～。❹不肥沃：土地～。㊁bó 药韵。㊂bò 药韵。

泊(❸△魄) ㊀bó ❶停船靠岸(连 停～)：～船。❷安静。【淡泊】旧时指不贪图功名利禄。也作“澹泊”。❸见第 343 页“落(luò)”字条“落泊”(luò bó)。㊁pō 陌韵。“魄”又音 pò，陌韵。又音 tuò，药韵。

铂 bó 白金，一种金属元素，符号 Pt，富延展性，导电传热性都很好，熔点很高。可制坩埚、蒸发皿。化学上用作催化剂。

箔 bó ❶用苇子、秫秸等做成的帘子。❷养蚕的器具，多用竹制成，像筛子或席子。也叫“蚕帘”。❸金属薄片：金～|铜～。❹敷上金属薄片或粉末的纸：锡～。

魄 ㊂bó 见第 343 页“落”字条“落魄”(luò bó)。㊀pò 陌韵。㊁tuò 药韵，见第 343 页“落”字条“落魄”(luò tuò)。

亳 bó 亳州，在安徽省。

博 bó ❶多，广(连 广～)：地大物～|～学|～览。【博士】1.学位名。2.古代掌管学术的官名。【博物】动物、植物、矿物、生理等学科的总称。❷知道得多：～古通今。❸用自己的行动换得：～得同情。❹古代的一种棋戏，后泛指赌博。

搏 bó ❶对打：～斗|肉～(打交手仗)。❷跳动：脉～。

馎 bó 【馎饦】(bó tuō)古代食品名。

膊 bó 上肢，近肩的部分。【赤膊】光膀子，赤裸上身。

镈 bó ❶大钟，古乐器，形圆。❷古代锄一类的农具。

礴 bó 见第 112 页“磅”字条“磅礴”(páng bó)。

蒲 ㊁bó 通“薄”，蒲(bó)姑城。㊀pú 虞韵。

薄 ㊁bó ❶同“薄㊀”，用于合成词或成语，如厚薄、单薄、淡薄、浅薄、薄田、尖嘴薄舌等。❷轻微，少：～技|～酬。❸不庄重：轻～。❹看不起，轻视，怠慢：菲～|鄙～|厚此～彼。❺迫近：～暮(天快黑)|日～西山。㊀báo 药韵。㊂bò 药韵。

薄 ㊂bò 【薄荷】(bò·he)多年生草本植物，叶和茎有清凉香味，可入药。㊀báo 药韵。㊁bó 药韵。

焯 ㊁chāo 把蔬菜放在开水里略微一煮就捞出来：～菠菜。㊀zhuō 觉韵。

逴 chuō 远。

踔 chuō ❶跳：～腾。❷超越。

绰 ㊀chuò 宽裕：～～有余|这间屋子很宽～。【绰号】外号。㊁chāo 肖韵。

厝 cuò ❶安置：～火积薪(喻隐患)。❷停柩(jiù)，把棺材停放待葬，或浅埋以待改葬。

错 cuò ❶不正确，不对，与实际不符(连 ～误)：你弄～了|没～儿。【错觉】跟事实不符的知觉：视、听、触各种感觉有～～。❷差，坏(用于否定式)：今年的收成～不了|他的身体真不～。❸交叉着：～杂|～综复杂|～乱|犬牙交～。❹岔开：～车|～过机会。❺磨玉的石：他山之石，可以为～。

度 ㊁duó 忖度，揣度，计算，推测：～德量力。㊀dù 遇韵。

踱 duó 慢慢地走：～来～去。

铎(鐸) duó 大铃，古代宣布政教法令时或有战事时用的。

恶(惡、噁) ㊂ě 【恶心】(ě·xin)要呕吐。转 厌恶(wù)。㊀è 药韵。㊁wù 遇韵。㊃wū 虞韵。

恶(惡) ㊀è ❶恶劣，不好：～感|～习。❷凶狠(连 凶～)：～狗|～战|

～霸。❸犯罪的事，极坏的行为：无～不作。㊁wù 遇韵。㊂ě 药韵。㊃wū 虞韵。

垩（堊） è ❶白土。泛指可用来涂饰的土。❷涂，用白色的土粉饰。

谔 è 正直的话。【谔谔】直言争辩的样子。

鄂 è 湖北省的别称。【鄂伦春】鄂伦春族，我国少数民族名。【鄂温克】鄂温克族，我国少数民族名。

萼 è 花萼，在花瓣下部的一圈绿色小片。

愕 è 惊讶：～然。

腭（齶） è 口腔的上膛，分为两部，前面叫“硬腭”，后面叫“软腭”。

锷 è 刀剑的刃。

鹗 è 鸟名，又叫“鱼鹰”，性凶猛，背暗褐色，腹白色，常在水面上飞翔，捕食鱼类。

颚 è ❶某些节肢动物摄取食物的器官。❷同“腭”。

鳄（鱷） è 俗叫“鳄鱼”，一种凶恶的爬行动物，皮和鳞很坚硬，生活在热带河流池沼中，捕食小动物。

噩 è 惊人的：～梦｜～耗（指亲近或敬爱的人的死亡消息）。

缚 fù 捆绑：束～。

仡 ㊀gē 【仡佬】仡佬族，我国少数民族名。㊁wù 月韵。㊂yì 物韵。

纥 gē ㊄【纥繨】（gē·da）同“疙瘩”。多用于纱、线、纺织物等。㊀hé 月韵。㊁jié 月韵。㊂gū 月韵。㊃xié 屑韵。

疙 gē 【疙瘩】1. 皮肤上突起或肌肉上结成的病块。2. 小球形或块状物。3. 难以解决的问题：思想～～。

咯 ㊂gē 【咯噔】象声词（叠）：～～～～的皮鞋声。【咯吱】象声词（叠）：～～～～响。【咯嗒】同“疙瘩❷”：面～～｜芥菜～～。㊀kǎ 马韵。㊁lo 药韵。

袼 gē 【袼褙】（gē·bei）用纸或布裱糊成的厚片，多用来做纸盒、布鞋等。

搁 ㊀gē 放，置：把书～下｜盐～在水里就化了。[引]耽搁，放在那里不做：这事～了一个月。【搁浅】船停滞在浅处，不能进退。[喻]事情停顿。㊁gé 药韵。

阁（△閤） gé 类似楼房的建筑物：亭台楼～。【阁子】小木头房子。【内阁】明清两代大臣在宫中处理政务的机关。民国初年的国务院和现在某些国家的最高行政机关也叫内阁。省称“阁”。【阁下】对人的敬称，今多用于外交场合。“阁”又音 hé，合韵。

格（❹挌） gé ❶（～子｜～儿）划分成的空栏和框子：方～儿布｜～子纸｜打～子｜架子上有四个～。❷规格，标准：～言｜合～。[引]人的品质（[连]品～）：人～。【格外】特别地：～～小心｜～～帮忙。❸阻碍，隔阂（叠）：～～不入。❹击，打：～斗｜～杀。❺推究：～物。

搁 ㊁gé 禁（jīn）受，承受：～不住这么沉｜～不住揉搓。㊀gē 药韵。

骼 gé 骨头：骨～。

颌 ㊁gé 口。㊀hé 合韵。

各 ㊁gě 特别，与众不同。㊀gè 药韵。

各 ㊀gè 每个，彼此不同的：～种职业｜～处都有｜～不相同。㊁gě 药韵。

硌 ㊁gè 凸起的硬东西跟身体接触使身体感到难受或受到损伤：～脚｜～牙。㊀luò 药韵。

铬 gè 一种金属元素，符号 Cr，颜色灰白，质硬而脆。主要用于制不锈钢和高强度耐腐蚀合金钢。铬又可用于电镀，坚固美观，胜于镀镍。

虼 gè 【虼蚤】（gè·zao）见第 195 页“蚤”（zǎo）字条。

弨（彍） guō 拉满弩弓。

郭 guō 城外围着城的墙（[连]城～）。

崞 guō 【崞县】在山西省，1958 年改为原平县。

椁(槨) guǒ 棺材外面套的大棺材。

蠚 hē 〈方〉蜇(zhē)。

涸 hé 水干:~辙(水干了的车辙)。

貉 ㊀hé 野兽名,毛棕灰色,耳小,嘴尖,昼伏夜出,捕食虫类,皮很珍贵:一丘之~(喻彼此相似,没什么差别,指坏人)。〈古〉又同"貊"(mò)。㊁háo 陌韵。

鹤 hè 仙鹤,又叫"白鹤"、"丹顶鹤"。全身白色,头顶红色,颈、腿细长,翼大善飞,叫的声音很高,很清脆。

壑 hè 山沟:沟~。

郝 ㊀hè ❶郝乡,乡名,在今陕西鄠(hù)县及盩厔县境。❷姓,商帝乙封子期于太原郡郝乡,因以为氏。㊁hǎo 皓韵。

攉 huō 把堆在一起的东西铲起掀到另一处去:~土|~煤机。

漷 huǒ 【漷县】地名,在北京市通州区。

获(獲、❷穫) huò ❶得到,取得:俘~|不~全胜,决不收兵。❷收割庄稼。【收获】1.割取成熟的农作物。2.田地里的生产。引 所得到的成果:这次学习有很大的~~。

霍 huò 迅速,快:~然病愈。【霍乱】一种急性传染病,病原体是霍乱弧菌,多由不洁的食物传染,患者上吐下泻,手脚冰凉,重的几小时就死。【霍霍】象声词:磨刀~~。

藿 huò 【藿香】多年生草本植物,茎叶香气很浓,可入药。

镬 huò ❶〈方〉(~子)锅:~盖。❷古代的大锅:鼎~(常用为残酷的刑具)。

蠖 huò 【尺蠖】尺蠖蛾的幼虫,生长在树上,颜色像树皮,行动时身体一屈一伸地前进,害虫。

嚼 ㊀jiáo 用牙齿磨碎食物。【嚼舌】信口胡说,搬弄是非。㊁jué 药韵。㊂jiào 啸韵。

脚(腳) ㊀jiǎo ❶人和动物身体最下部接触地面的肢体。❷最下部:山~|墙~。【脚本】剧本,上演戏剧或电影所根据的底本。㊁jué 觉韵,见第316页"角㊁"字条"脚色"。

屩(屫、蹻) juē 草鞋。"蹻"又qiāo,见第83页"跷(蹺、蹻)"字条。

噱 ㊀jué 大笑。㊁xué 药韵。

爵 jué ❶古代的酒器。❷爵位,君主国家封贵族的等级:侯~|封~。

嚼 ㊁jué 义同"嚼㊀",用于书面语复合词:咀~。㊀jiáo 药韵。㊂jiào 啸韵。

爝 jué 火把。又音jiào,啸韵。

矍 jué 【矍铄】(jué shuò)形容老年人精神好。

攫 jué 用爪抓取。引 夺取(连 ~夺)。

镢(鐝) jué (~头)刨土的工具。

恪 kè 恭敬,谨慎:~遵。

廓 kuò ❶物体的周围:轮~|耳~。❷空阔:寥~。❸扩大。【廓清】肃清,把有害的事物排除净尽:残余土匪已经~~。

络 ㊁lào 同"络㊀❶",用于一些口语词。【络子】1.线绳结成的网状袋子。2.绕线、绕纱的器具。㊀luò 药韵。

烙 ㊀lào ❶用器物烫、熨:~衣服。【烙印】在器物上烧成的作标记的印文。喻 不易磨灭的痕迹:阶级~~。❷放在器物上烤熟:~饼。㊁luò 药韵。

落 ㊁lào 同"落㊀",用于一些口语词,如落炕、落枕等。㊀luò 药韵。㊂là 祃韵。

酪 lào ❶用动物的乳汁做成的半凝固食品:奶~。❷用果实做的糊状食品:杏仁~|核桃~。

乐(樂) ㊀lè ❶快乐,欢喜,快活:~趣|~事。【乐得】正好,正合心愿:~~这样做。❷(~子|~儿)使人快乐的事情:取~|逗~儿。❸笑:可~|把一屋子人都逗~了|你~什么?❹姓。㊁yuè 觉韵。

咯 ㊁lo 助词：那倒好～！㊂kǎ 马韵。㊃gē 药韵。

掠 lüè ❶夺取（连～夺）：～取｜～人之美（把别人的好处说成是自己的）。❷轻轻擦过：燕子～檐而过。

略（畧） lüè ❶大致，简单，不详细：～图｜～表｜～知一二｜～述大意｜粗～地计算一下｜叙述过～。❷省去，简化：～去｜忽～。❸简要的叙述：史～｜要～。❹计谋：方～｜策～｜战～｜雄才大～。❺抢，掠夺：攻城～地。

泺（濼） ㊀luò 泺水，在山东省。㊁pō 陌韵，见第351页“泊（△泺）”字条。

跞（躒） ㊀luò 【卓跞】卓绝。㊁lì 见锡韵“跞”字条。

洛 luò ❶【洛河】水名，在陕西省。❷【洛水】发源于陕西省洛南县，东流经河南省入黄河。古作“雒”。

骆 luò 姓。【骆驼】哺乳动物，反刍类，身体高大，背上有肉峰。能耐饥渴，适于负重物在沙漠中行走。也叫“橐驼”。单称“驼”。

络 ㊀luò ❶像网子那样的东西：脉～｜橘～｜丝瓜～。❷用网状物兜住，笼罩：用络（lào）子～住。【笼络】使用手段拉拢人。❸缠绕：～纱｜～线。【络绎】连续不绝：参观的人～～不绝。㊁lào 药韵。

珞 luò 见第121页“璎”字条“璎珞”（yīng luò）。【珞巴】珞巴族，我国少数民族名。

烙 ㊀luò 见第87页“炮”字条“炮烙”（páo luò）。㊁lào 药韵。

硌 ㊀luò 山上的大石。㊁gè 药韵。

落 ㊀luò ❶掉下来，往下降：～价｜飞机降～｜太阳～了。❷衰败：没～地主｜破～户。❸遗留在后面：～后｜～伍｜～选。❹停留：插队～户｜～脚｜小鸟在树上～着。引留下：～款｜不～痕迹。❺停留或聚居的地方：村～｜下～｜着～。【部落】1.由若干血缘相近的氏族结合成的集体。2.我国史书上多指少数民族。❻归属：今天政权～在人民手里了。❼古代指庆祝建筑物完工：新屋～成。❽【落泊】【落魄】（luò bó，又读 luò pò）穷困，不得意。❾【落拓】【落魄】（luò tuò）1.自由散漫。2.潦倒失意。㊁lào 药韵。㊂là 祃韵。

雒 luò 伊洛的“洛”字古作“雒”。【雒南】县名，在陕西省，今作“洛南”。

摸 ㊀mō ❶用手接触或轻轻抚摩：～小孩儿的头｜～～多光滑。❷用手探取：从口袋里～出一张钞票来｜～鱼。引 1.揣测，试探：～底｜我～准了他的脾气了。2.暗中行进，在认不清的道路上行走：～黑｜～了半夜才到家。【摸索】多方面探求，研究：工作经验靠大家～～。㊁mó 虞韵。

膜 mó ❶（～儿）动植物体内像薄皮的组织：肋～｜耳～｜横膈～｜苇～。❷（～儿）像膜的薄皮：橡皮～儿

鄚 mò 【鄚州】地名，在河北省任丘县。今读 mào，见第280页“鄚”字条。

漠 mò ❶地面为沙石覆盖，缺乏流水，气候干燥，植物稀少的地区。❷【广漠】广大看不到边际。❸冷淡地，不经心地：～视｜～不关心。

寞 mò 寂静，清静（连寂～）：～～｜～然。

蓦 mò 突然，忽然：他～地站起来。

瘼 mò 病：民～（人民的痛苦）。

幕 mò 帷～｜莲～｜翠～。〈古〉又同沙漠的“漠”。今读（mù），见第239页“幕”字条。

嚒 niā 〈方〉句末语气词，表示希望：来～。

疟（瘧） ㊀nüè 疟疾，又叫“疟子”（yào·zi），是一种按时发冷发烧的传染病。病原体是疟原虫，由疟蚊传染到人体血液中。发疟子，有的地区叫“打摆子”。㊁yào 药韵。

虐 nüè 残暴（连暴～）：～待。

诺 nuò ❶答应的声音，表示同意（叠）：唯唯～～。❷应允：～言｜慨～。

喏 ㊁nuò ❶叹词，表示让人注意自己所指示的事物：～，这不就是你的那把伞？❷同“诺”。㊀rě 马韵。

锘 nuò 一种人造的放射性元素，符号NO。

嚄 ㊁ǒ 叹词，表示惊讶。㊀huō 陌韵。

雀 ㊂qiāo 雀子，雀（què）斑。㊀què 药韵。㊁qiǎo 药韵。

雀 ㊁qiǎo 义同“雀㊀”用于一些口语词。㊀què 药韵。㊂qiāo 药韵。

壳（殼） ㊁qiào 坚硬的外皮：甲～｜地～。㊀ké 觉韵。

却（卻） què ❶退（连 退～）：打得敌人连夜退～｜望而～步。❷退还，不受：盛情难～。❸表示转折的连词：这个道理大家都明白，他～不知道。❹和“去”、“掉”用法相近：了～一件心事｜失～力量。

悫（愨、慤） què 诚实，谨慎。

雀 ㊀què 鸟的一类，身体小，翅膀长，雌雄羽毛颜色多不相同，吃粮食粒和昆虫。特指麻雀，泛指小鸟。【雀斑】脸上密集的褐色斑点。【雀盲】夜盲。也说雀盲眼（qiǎo·mang yǎn）。【雀跃】喻 高兴得像麻雀那样跳跃。㊂qiāo 药韵。㊁qiǎo 药韵。

鹊 què 喜鹊，背褐黑色，肩、颈、腹等部白色，翅有大白斑，尾较长。常栖息于园林树木间。

若 ruò ❶若是，如果，假如：～不努力学习，就要落后。❷如，像：年相～｜～有～无。❸你，汝：～辈。【若干】多少（问数量或指不定量）。

婼 ruò 【婼羌】（ruò qiāng）县名，在新疆维吾尔自治区。今作“若羌”。

箬（篛） ruò ❶箬竹，竹子的一种，叶大而宽，可编竹笠，也可用来包粽子。❷箬竹的叶子。

弱 ruò ❶力气小，势力差，跟“强”相反：身体～｜～小。引 不够，差一点：三分之二～。❷〈古〉年纪小：老～。❸丧失（指人死）：又～一个。

蒻 ruò 古书上指嫩的香蒲。

爇 ruò 点燃，焚烧。

勺 sháo ❶（～了｜～儿）一种有柄的可以舀（yǎo）取东西的器具：饭～｜铁～。❷容量单位，一升的百分之一。

芍 sháo 【芍药】（sháo yào）多年生草本植物，根可入药，花像牡丹，供观赏。

杓 sháo 同“勺❶”。

妁 shuò 旧时媒人。

烁（爍） shuò 光亮的样子：闪～。

铄（鑠） shuò ❶熔化金属：～金｜～石流金（喻天气极热）。❷销毁，消损。❸同“烁”。

嗦 suo 见第93页“哆”字条“哆嗦”（duō·suō）第95页“罗”字条“罗唆”（luō·suō）。

托（❹～❻託） tuō ❶用手掌承着东西：～着枪。❷衬，垫：烘云～月。❸（～儿）承托器物的东西：茶～儿｜花～儿。❹寄，暂放：～儿所。❺请别人代办（连 委～）：～你买本书。❻推托，借故推诿或躲闪：～病｜～故。

饦 tuō 【馎饦】（bó tuō）古代食品名。

橐（槖） tuó 一种口袋。【橐驼】骆驼。

庹 tuǒ 成人两臂左右伸直的长度（约五尺）。

拓（❷△魄） ㊀tuò ❶开辟，扩充。❷见第343页“落”字条“落拓”（luò tuò）。㊁tà 合韵，见第366页“拓（搨）”字条。“魄”又音 pò，见第351页“魄”字条；又音 bó，见第340页“泊（❸△魄）”字条。

柝（欜） tuò 〈古〉打更用的梆子。

跅 tuò 【跅弛】（tuò chí）放荡。

蘀（蘀） tuò 草木脱落的皮或叶。

籜（籜） tuò 竹笋上一片一片的皮。

魄 ㊀tuò 见第 343 页“落”字条“落魄”（luò tuò）。㊁pò 陌韵。㊂bó 药韵。

削 ㊁xuē 义同“削㊀”，用于一些复合词：～除｜～减｜～弱｜剥～。㊀xiāo 萧韵。

噱 ㊁xué 笑：发～。【噱头】〈方〉逗笑的话或举动。㊀jué 药韵。

谑 xuè 戏谑，开玩笑。

哟 ㊀yō 叹词，表示疑问或惊讶。同“唷”。㊁yo 药韵。

哟 ㊁yo 助词：1.用在句末或句中停顿处：大家齐用力～！｜话剧～，京戏～，他都很喜欢。2.歌词中作衬字：呼儿嗨～！㊀yō 药韵。

约 ㊀yuē ❶拘束，限制（连～束）。❷共同议定的要遵守的条款：条～｜立～｜爱国公～。❸预先说定：预～｜和他～好了。❹请：～他来｜特～记者。❺算术上指用公因数去除分子和分母使分数简化：5/10 可以～成 1/2。❻俭省：节～。❼简单：由博返～。❽大约，大概，不十分确定的：～计｜～数｜大～有五十人。㊁yāo 萧韵。

彟 yuē 尺度，标准。

矱（彠） yuē 量度。

栎（櫟） ㊁yuè 【栎阳】地名，在陕西省临潼县。㊀lì 锡韵。

跃（躍） yuè 跳（连跳～）：飞～｜龙腾虎～（喻生气勃勃、威武雄壮的战斗姿态）｜～～欲试。【跃进】1.跳着前进。2.极快地前进：大～进。

龠 yuè ❶古代管乐器名。❷古代容量单位，两龠是一合（gě）。

瀹 yuè 煮：～茗（烹茶）。

籥 yuè 同“龠❶”。

篗（籆） yuè 〈方〉（～子）络丝、纱等的工具。

凿（鑿） ㊀záo ❶（～子）挖槽或穿孔用的工具。❷穿孔，挖掘：～个眼｜～井。㊁zuò 药韵。

着 ㊂zhāo ❶（～儿）下棋时下一子或走一步叫一着。喻计策，办法：你出个高～儿｜我没～儿了。❷放，搁进去：～点儿盐。❸〈方〉用于应答，表示同意：～你说得真对。㊀zhuó 药韵。㊁zháo 药韵。㊃zhe 药韵（同叶韵）。

着 ㊁zháo ❶接触，挨上：上不～天，下不～地。❷感受，受到：～慌｜～凉｜～水。❸使，派，用：～个人来一趟｜～盆装上。❹燃烧，也指灯发光：～火｜火～了｜路灯都～了。❺入睡，睡着：躺下就～了。❻用在动词后表示达到目的或有结果：猜～了｜打～了。㊀zhuó 药韵。㊂zhāo 药韵。㊃zhe 药韵（同叶韵）。

着 ㊃zhe （同药韵）❶助词，在动词后：1.表示动作正进行：走～｜等～｜开～会呢。2.表示存在的方式：桌上放～一本书｜墙上挂～一幅画。❷助词，表示程度深，常跟“呢”（ne）连用：好～呢｜这小孩儿精～呢！❸助词，用在动词或表示程度的形容词后表示祈使：你听～｜步子大～点儿。❹动词，加在某些动词后，使变成介词：顺～｜照～。㊀zhuó 药韵。㊁zháo 药韵。㊂zhāo 药韵。

镯 zhuō 〈方〉❶镯钩，刨地的镐（gǎo）。❷用小镐刨：～高粱｜～玉米。

灼 zhuó ❶烧，炙：～热｜心如火～。❷明白：真知～见。

酌 zhuó ❶斟酒：自～自饮。引饮酒宴会：便～。❷度量，考虑（连～量）：～办｜～情处理。

斫（斲） zhuó 砍削：～伐树木｜～轮老手（喻经验多）。【斫丧】（zhuó sàng）摧残，伤害，特指因沉溺酒色以致伤害身体。

着（△著） ㊀zhuó ❶穿（衣）：～衣。❷接触，挨上：附～｜～陆｜不～边际。❸使接触别的事物，使附着在别的物体上：～眼｜～手｜～色｜不～痕迹。❹着落：寻找无～。【着落】下落，来源：遗

失的东西有了～～了|这笔费用还没有～～。㊁zháo 药韵。㊂zhāo 药韵。㊃zhe 药韵(同叶韵)。"著"又音zhù,御韵。

缴 ㊁zhuó 系在箭上的绳。㊀jiǎo 筱韵。

作 ㊁zuō ❶作坊,旧时手工业制造或加工的地方:油漆～|洗衣～。❷义同"作㊀"(zuò),用于作揖等。㊀zuò 药韵。㊂zuó 药韵。

作 ㊂zuó 用于下列各条。【作践】(zuó·jian)糟蹋。【作料】(zuó·liao)烹调食物时用的油、盐、酱、醋等。㊀zuò 药韵。㊁zuō 药韵。

昨 zuó 昨天,今天的前一天。

笮(筰) ㊀zuó 用竹子做成索。【笮桥】用竹索编成的桥。㊁zé 陌韵。

岞 zuò 【岞山】地名,在山东省昌邑县。

怍 zuò 惭愧(连愧～)。

柞 ㊀zuò 柞树,见第355页"栎"(lì)字条,俗叫"柞(zuò)树":～蚕|～丝(柞蚕吐的丝)。㊁zhà 马韵。

酢 ㊀zuò 客人用酒回敬主人。㊁cù 遇韵。

作 ㊀zuò ❶起,兴起:振～精神|锣鼓大～。【作用】功能,使事物发生变化的力量:起～～|带头～～。❷做成,制造:～文|～画|深耕细～|装腔～势。转 作品,指文学、艺术方面的创作:佳～|杰～。❸举行,进行:～报告|向不良倾向～斗争。【作风】人们在工作或行动中表现出来的态度和风格。❹同"做"。㊁zuō 药韵。㊂zuó 药韵。

凿(鑿) ㊁zuò ❶同"凿㊀",用于书面语。【穿凿】对于讲不通的道理,牵强附会,以求其通。❷〈古〉器物上的孔,是容纳枘(ruì)的。❸明确,真实(叠)(连确～):证据确～。㊀záo 药韵。

陌 mò　田间的小路（连阡～）：～头杨柳。【陌生】生疏，不熟悉。

貊 mò　我国古代称东北方的民族。

脉（脈、脤）㊁mò　【脉脉】形容用眼神表达爱慕的情意：～～含情。㊀mài 陌韵。

莫（❹鏌）mò　❶不要：闲人～入。❷没有，无：～不欣喜｜～大的光荣。【莫非】难道：～～是他回来了吗？【莫逆】朋友之间感情非常好：～～之交。【莫须有】也许有吧。后用来表示凭空捏造。❸不：变化～测。❹【莫邪】（鏌鋣）（mò yé）古宝剑名。〈古〉又同"暮"。

蓦 mò　突然，忽然：他～地站起来。

貘 mò　野兽名，哺乳类动物。像猪，略大，鼻子圆而长，能伸缩。产于热带，善游泳。

霸（覇）bà　❶依靠反动势力横行无忌，迫害人民的人：他是过去码头上的一～。【霸权主义】凭借国家的实力，在国际交往中把自己摆在统治和支配别国的特殊地位，妄图在世界上称王称霸的反动主张。【霸道】1.蛮横：横行～～。2.猛烈的：这药够～～的。❷霸占，强力独占：～住不让。❸我国春秋时代诸侯联盟的首领：春秋五～。

刯 bāi　【刯划】（刯劃）（bāi·huai）1.处置，安排。2.修理，整治。

掰（△擘）bāi　用手把东西分开或折断：～老玉米｜把这个蛤蜊～开。"擘"又音 bò，陌韵。

白 bái　❶雪或乳汁那样的颜色：～面｜他头发～了。转 1.有关丧事的：办～事。2.反动的：～党｜～匪。❷清楚（连明～）：真相大～｜你听明～了吗？❸亮：东方发～。❹空空的，没有加上其他东西的：～卷｜～开水。❺陈述，说明：自～｜表～｜道～（戏曲中不用唱的语句）。❻把字写错或说错：写～了｜说～了。【白字】别字。❼白族，我国少数民族名。

百 ㊀bǎi　数目，十个十。引 众多，所有的：～花齐放，～家争鸣｜～战～胜。【百姓】人民。㊁bó 陌韵。

佰 bǎi　"百"字的大写。

伯 ㊁bǎi　【大伯子】（dà bǎi·zi）丈夫的哥哥。㊀bó 陌韵。

柏（栢）㊀bǎi　常绿乔木，有侧柏、圆柏、罗汉柏等多种。木质坚硬，纹理致密，可供建筑及制造器物之用。㊁bó 陌韵。㊂bò 陌韵，见第 348 页"檗（△柏）"字条。

辟 ㊀bì　❶君主。【复辟】失位的君主恢复君位。引 被打垮的反动统治者恢复原有的统治地位，被消灭的反动制度复活。❷旧指君主招来，授予官职。〈古〉又同"避"。㊁pì 陌韵。

薜 bì　【薜荔】（bì lì）常绿灌木，爬蔓，花小，叶卵形，果实球形。可做凉粉，叶及乳汁可入药。

璧 bì　古代玉器，平圆形中间有孔。【璧还】转 敬辞，用于归还原物或辞谢赠品：谨将原物～～。

襞 bì　古代指给衣裙打褶（zhě）子，也指衣裙上的褶子。

躄（躃）bì　❶两腿瘸。❷仆倒。

碧 bì　青绿色：～草｜～玉｜青松～柏｜金～辉煌。

百 ㊁bó　【百色】（bó sè）县名，在广西壮族自治区。㊀bǎi 陌韵。

伯 ㊀bó　❶兄弟排行常用"伯"、"仲"、"叔"、"季"作次序，伯是老大。【伯仲】转 不相上下，好坏差不多。❷伯父，父亲的哥哥，也称大爷。又用作对年龄大、辈分高的人的尊称：老～。❸我国古代五等爵位的第三等。㊁bǎi 陌韵。

帛 bó　丝织品的总称。

柏 ㊁bó　【柏林】德国的首都。㊀bǎi 陌韵。㊂bò 陌韵，见第 348 页"檗（△柏）"字条。

舶 bó 大船：船～｜～来品（旧称外国输入的货物）。

鲌 ㊀bó 鱼名，身体侧扁，嘴向上翘，生活在淡水中。㊁bà 曷韵，见第 328 页“鲅（鲃、△鲌）”字条。

檗（△柏） bò 【黄檗】落叶乔木，羽状复叶，开黄绿色小花，木材坚硬。茎可制黄色染料。树皮可入药。“柏”又音 bǎi，又音 bó，皆陌韵。

擘 ㊀bò 大拇指。【巨擘】旧时比喻杰出的人物。㊁bāi 陌韵，见第 347 页“掰（△擘）”字条。

拆 ㊁cā 〈方〉排泄（大小便）：～烂污（喻不负责任）。㊀chāi 陌韵。

册（冊） cè ❶古时称编串好的许多竹简，现在指装订好的纸本子：第三～｜纪念～。❷量词，指书籍。

策（筞、筴） cè ❶计谋，主意（连 计～）：决～｜束手无～。【策动】设法鼓动或促成。【策略】在一定的政治路线指导下，根据具体条件而规定的斗争原则和方式方法。❷古代的一种马鞭子，头上有尖刺。❸鞭打：～马｜鞭～。❹古代称编连好的竹简：简～。❺帝王时代考试的一种文体：对～｜～论。

拆 ㊀chāi 把合在一起的弄开，卸下来：～信｜～卸机器。㊁cā 陌韵。

䃎 chǎi （～儿）碾碎了的豆子、玉米等：豆～儿。

尺 ㊁chě 旧时乐谱记音符号的一个，相当于简谱的“2”。㊀chǐ 陌韵。

坼 chè 裂开：天寒地～。

哧 chī 象声词。

尺 ㊀chǐ ❶长度单位，十寸是一尺，十尺是一丈：一米等于三市～。【尺牍】书信（因古代的书简约长一尺）。【尺寸】衣物的大小长短：开个～～好照着做｜～～要量得准确。❷量长短的器具。❸像尺的东西：铁～｜仿～。㊁chě 陌韵。

呎 chǐ（也读作 yīng chǐ） 英美制长度单位，一呎是十二吋，约合我国市尺九寸一分四厘。现写作“英尺”。

彳 chì 【彳亍】（chì chù）慢慢走路的样子。

斥 chì ❶责备（连 ～责）：遭到～责｜痛～这种荒谬的论调。❷使退去，使离开：排～｜～退。❸多，广。【充斥】多得到处都是（含贬义）。【斥候】旧时军队称侦察（敌情）。也指进行侦察的士兵。

赤 chì ❶比朱色稍暗的颜色。泛指红色：～小豆｜～血球。【赤心】诚心。【赤子】初生婴儿。【赤字】国家财政上亏空的数字。❷空无所有：～手空拳｜～贫。❸裸露：～脚｜～背。

鶒 chì 见第 39 页“鸂”字条“鸂鶒”（xī chì）。

刺 ㊁cī 象声词：～棱｜～溜｜～～地冒火星儿。㊀cì 寘韵。

措 cuò ❶安放，安排：～辞｜～手不及（来不及应付）。❷筹划办理：～借｜筹～款项｜～施（对事情采取的办法）。

嘀（啾） dí 【嘀咕】（dí · gu）1. 小声说私话：他们俩～～什么呢？2. 心中不安，犹疑不定：拿定主意别犯～～。

额（頟） é ❶俗叫“脑门子”，眉上发下的部分。❷规定的数量：超～完成任务｜定～｜名～。【额外】超出规定以外的：～～的要求。

厄（❷❸阨） è ❶困苦，灾难：～运。❷阻塞。❸险要的地方。

苊 è 有机化合物，分子式 $C_{12}H_{10}$，无色针状结晶，溶于热酒精，可作媒染剂。

扼（搤） è 用力掐着，抓住：力能～虎。【扼守】把守要地，防止敌人侵入。【扼要】抓住要点，简要。

呃 è 呃逆，因横膈膜拘挛引起的打嗝儿。

轭 è 驾车时搁在牛颈上的曲木。

胳（❷△骼、肐） gē ❶【胳膊】（gē · bo）【胳臂】（gē · bei）上肢，肩膀以下手腕以上的部分。❷同“骼”。

革 ㊀gé ❶去了毛，经过加工的兽皮（连 皮～）：制～。❷改变（连 改～）：～新｜

洗心～面。[引]革除，取消职务。【革命】1.被压迫阶级用暴力夺取政权，摧毁旧的社会制度，建立新的进步的社会制度。2.事物的根本变革：思想～～|社会主义～～。㊁jí 职韵。

鬲 ㊁gé 【鬲津河】古水名，即今漳卫新河，是河北、山东两省的界河。㊀lì 锡韵。

隔（隔） gé ❶遮断，隔开：～着一条河|～靴搔痒（[喻]不中肯）。【隔膜】1.情意不相通，彼此有意见。2.不通晓，外行：我对于这种技术实在～～。3.即"膈膜"。【隔阂】（gé hé）同"隔膜"。【隔离】使互相不能接触，断绝来往。❷距离：相～很远。

嗝 gé （～儿）打嗝，胃里的气体从嘴里出来而发出声音，或横膈膜拘挛，气体冲过关闭的声带而发出声音。

滆 gé 【滆湖】湖名，在江苏省。

膈 gé 膈膜，横膈膜，人或哺乳动物胸腔和腹腔之间的膜状肌肉。

镉 gé 一种金属元素，符号 Cd，银白色，在空气中表面生成一层保护膜。用于制合金、釉料颜料，并用作原子反应堆中的中子吸收棒。

掴（摑） ㊁guāi 用巴掌打：～耳光。㊀guó 职韵。

鲑 guī 鱼名，身体大，略呈纺锤形，鳞细而圆，肉味美。

硅 guī 一种非金属元素，符号 Si，旧名矽（xī），有褐色粉末、灰色晶体等形态。硅是一种极重要的半导体材料，能制成高效率的晶体管。硅酸盐在制造玻璃、水泥等工业上很重要。

啯（嘓） guō 象声词（叠）。

蝈（蟈） guō 【蝈蝈】（～～儿）一种昆虫，身体绿色或褐色，翅短，腹大，雄的前翅根部有发声器，能振翅发声。对植物有害。

漍（漍） guó 河流。

腘（膕） guó 膝部的后面。

虢 guó 周代诸侯国名：1.在今陕西省宝鸡县东，后来迁河南省陕县东南。2.在河南省郑州市西北。

馘（聝） guō 古代战争中割取敌人的左耳以计数献功。

貉 ㊁haó 同"貉㊀"，用于貉子、貉绒。㊀hé 药韵。

翮 hé ❶鸟翎的茎，翎管。❷翅膀：奋～高飞。

吓（嚇） ㊁hè ❶恫吓，恐吓。❷叹词，表示不满：～，怎么能这样呢！㊀xià 祃韵。

赫 hè 显明，盛大（叠）：显～|声势～～。【赫哲】赫哲族，我国少数民族名。

砉 ㊁huā 象声词，形容迅速动作的声音：乌鸦～的一声飞了。㊀xū 锡韵。

划（劃） ㊀huà ❶分开：～分阶级|～清敌我界限。【划时代】由于出现了具有伟大意义的新事物，在历史上开辟一个新的时代。❷设计（[连]计～|筹～）：工作计～|你去筹～筹～这件事。【划一】使一致：～～制度。㊁huá 麻韵。㊂huai 卦韵。

婳（嫿） huà 见第 155 页"姽"字条"姽婳"（guǐ huà）。

騞（剨） huō 【騞然】用刀解剖东西的声音。

劐 huō ❶用耕具划开土壤或用剪刀等划开东西：铧是～地用的|用剪刀～开。❷同"耠"。

嚄 ㊁huō 叹词，表示惊讶：～，好大的水库！㊀ǒ 药韵。

謋 huò 謋然，骨肉分离的声音。

迹（跡、蹟） jī 脚印（[连]踪～）：足～|兽蹄鸟～。[引]1.物体遗留下的印痕（[连]痕～）：～象。2.前人遗留下的事物（多指建筑、器物等）：古～|陈～。

积（積） jī ❶聚集：～少成多|～年累月|～习|～劳成疾。【积极】向上的，进取的，跟"消极"相反：工作～～|～～

分子。❷乘积,乘法的得数。

屐 jī 木头鞋。泛指鞋。

唶 ㊀jī 赞叹。㊁zhǎi 职韵。㊂jiè 祃韵。

脊 ㊀jí 同"脊㊀"。【脊梁】1.同"脊㊀❶"。2.指背:光着~~。㊁jǐ 陌韵。

嵴 jí 山脊。

鹡 jí 【鹡鸰】(jí líng)鸟名,头黑额白,背部黑色,腹部白色,尾部较长,生活在水边,捕食小虫。

瘠 jí ❶瘦弱。❷土地不肥沃:~土|把贫~的土地变成良田。

蹐 jí 小步。

踖 jí 【踧踖】(cù jí)恭敬而不安的样子。

藉 ㊀jí 【狼藉】乱七八糟:杯盘~~。㊁jiè 祃韵。

籍 jí ❶书,书册(连书~):六~(六经)|古~。❷登记隶属关系的簿册,隶属关系:户~|国~|党~|学~。【籍贯】自身出生或家庭久居的地方。

脊 ㊀jǐ ❶背中间的骨头:~椎骨|~髓。❷中间高起的部分:屋~|山~。㊁jí 陌韵。

戟(戟) jǐ 古兵器的一种,长杆头上附有月牙状的利刃。

剧(劇) jù ❶厉害,很,极:~痛|病~|争论得很~烈。❷戏剧,文艺的一种形式,作家把一定的主题编写出来,利用舞台由演员化妆演出。

揢 ké 〈方〉❶卡(qiǎ)住:抽屉~住了,拉不开|鞋小了~脚。❷刁难:~人|你别拿这事来~我。

可 ㊀kè 【可汗】(kè hán)古代鲜卑、突厥、回纥、蒙古等族君主的称号。㊁kě 哿韵。

客 kè ❶客人,跟"主"相对(连宾~):来~了|招待~人。【客观】1.离开意识独立存在的,跟"主观"相反:人类意识属于主观,物质界属于~~。2.依据外界事物而作观察的,没有成见的:他看问题很~~。【客气】转谦让,有礼貌。❷出门在外的:旅~|~居|~籍|~商。【客岁】去年。

缂 kè 【缂丝】我国特有的一种丝织的手工艺品。织纬线时,留下要补织图画的地方,然后用各种颜色的丝线补上,织出后好像是刻出来的图画,所以也叫"刻丝"。

扩(擴) kuò 放大,张大:~音机|~充机构|~大范围。

唛(嘜) mà 译音字。进出口货物的包装上所作的标记。

麦(麥) mài (~子)一年生或二年生草本植物,分大麦、小麦等多种,子实磨面可供食用。通常专指小麦。

脉(脈、衇) ㊀mài ❶分布在人和动物周身内的血管:动~|静~。❷脉搏,动脉的跳动:诊~。❸像血管那样分布的东西:山~|矿~|叶~。㊁mò 陌韵。

霡 mài 【霡霂】(mài mù)小雨。

逆 nì ❶方向相反,跟"顺"相反:~水行舟|~风|~境|倒行~施。❷抵触,不顺从:忠言~耳。❸背叛者或背叛者的:~产。❹迎接。转预先:~料。

搦 nuò 握,持,拿着:~管(执笔)。

帕 ㊀pà (~子)包头或擦手脸用的布或绸:首~|手~。㊁pà 祃韵。

拍 pāi ❶用手掌轻轻地打:~球|~手。引(~子)乐曲的节奏(连节~):这首歌每节有四~。❷(~子|~儿)拍打东西的用具:蝇~儿|球~子。❸摄影:~照片。❹发:~电报。

劈 ㊀pǐ 分开:~柴|~成两份儿|~一半给你。㊁pī 锡韵。

擗 pǐ 分裂,使从原物体上分开:~棒子(玉米)。

癖 pǐ 对事物的偏爱成为习惯:烟~|酒~。

辟(❶❷闢) ㊀pì ❶开辟,从无到有地开发建设:开天~地|在那里开~一片新园地。❷驳斥,排除:~邪说|

～谣。❸法，法律。【大辟】古代指死刑。㊁bì 陌韵。

僻 pì ❶偏僻，距离中心地区远的：～静｜穷乡～壤。❷不常见的：冷～。❸性情古怪，不合群（连 乖～）：孤～。

澼 pì 见第125页“洴”字条“洴澼”（píng pì）。

甓 pì 未烧的砖。

䴙 pì 【䴙䴘】（pì tī）水鸟名，形状略像鸭而小，羽毛黄褐色。

泊（△泺） ㊁pō 湖：湖～｜血～（一大摊血）。【罗布泊】地名，在新疆维吾尔自治区。【梁山泊】在今山东省。㊀bó 药韵。“泺”又音 luò，药韵。

迫（廹） ㊀pò ❶用强力压制，硬逼（连 逼～）：～害｜饥寒交～｜～使敌人投降（xiáng）。❷接近：～近。❸急促（连 急～）：～切需要｜从容不～｜～不及待。㊁pǎi 蟹韵。

珀 pò 见第167页“琥”字条“琥珀”（hǔ pò）。

粕 pò 米渣滓。参看第92页“糟（zāo）❶”字条“糟粕”。

魄 ㊀pò ❶旧指依附形体而存在的精神（连 魂～）：丢魂落～。❷精神，精力：气魄｜体～健全｜做工作要有～力。㊁tuò 见第343页“落”字条“落魄”（luò tuò）。㊂bó 见第343页“落”字条“落魄”（luò bó）。

碛 qì 水中沙堆。【沙碛】沙漠。

郄 qiè 姓。〈古〉又同郤（xì）。

阒 qù 形容寂静：～无一人。

石 ㊀shí （～头）构成地壳的坚硬物质，是由矿物集合而成的。㊁dàn 翰韵。

祏 shì 古时宗庙中藏神主的石室。

鼫 shì 古书上指鼯（wú）鼠一类的动物。

适（適） ㊀shì ❶切合，相合（连 ～合）：～宜｜～意｜～用。❷舒服：稍觉不～。❸刚巧：～逢其会。❹刚才，方才：～从何处来？❺往，到：无所～从。引 旧称女子出嫁。㊁kuò 曷韵，见第330页“逭（△适）”字条。

释（釋） shì ❶说明，解说（连 解～｜注～）：解～字句｜古诗浅～。❷消散：冰～｜～疑。❸放开，放下：～放｜手不～卷｜如～重负。❹佛教创始人“释迦牟尼”的省称。泛指关于佛教的：～氏（佛家）｜～子（和尚）｜～教。

奭 shì 盛大。

襫 shì 见第328页“袯”字条“袯襫”（bó shí）。

螫 shì 蜇（zhē）。“螫”和“蜇”同义不同音，今多读“螫”为“蜇”。

硕 shuò 大：～果｜～大无朋（喻无比的大）。【硕士】学位名。

索 suǒ ❶（～子）大绳子：麻～｜船～｜铁～桥。❷搜寻，寻求（连 搜～）：进行搜～。❸讨取，要：～钱｜～价｜～欠。❹尽，毫无：～然无味。❺单独：离群～居。【索性】径直，干脆：～～走了。

夕 xī ❶日落的时候：朝（zhāo）～｜～照。❷夜：前～。

汐 xī 夜间的海潮。

矽 xī 硅（guī）的旧称。

穸 xī 【窀穸】（zhūn xī）墓穴。

昔 xī 从前：～者｜～日｜今～对比。

惜 xī ❶爱惜，重视，不随便丢弃：～阴（爱惜时间）｜爱～公物。【怜惜】爱惜，同情。❷舍不得，吝（连 吝～）：～别｜不～牺牲｜～指失掌（喻因小失大）。❸可惜，感到遗憾：～未成功。

腊 ㊁xī 干肉。㊀là 合韵。

皙 xī 人的皮肤白。

席(❶蓆) xí ❶(～子、～儿)用草或苇子等编成的东西,通常用来铺(pū)床或炕。❷座位:出～(到场)|缺～(不到场)|入～。❸酒席,成桌的饭菜:摆了两桌～。

媳 xí 儿媳,儿子的妻子。【媳妇】儿子的妻子。【媳妇儿】(xí·fur)1.妻子:兄弟～～～。2.已婚的年轻的妇女。

郤 xì ❶同"隙"。❷姓。

舄 xì ❶鞋。❷同"潟"。

潟 xì 咸水浸渍的土地:～卤(盐碱地)。

隙 xì ❶裂缝:墙～|门～。喻 1.感情上的裂痕:有～。2.空(kòng)子,机会:乘～。❷空(kòng),没有东西的:～地。

掖 ㊀yē 把东西塞在衣袋或夹缝里。㊁yè 陌韵。

液 yè 液体,能流动,有一定体积而没有一定形状的物质:血～|溶～。

腋 yè 夹(gā)肢窝,上肢同肩膀相连处靠里凹入的部分。

掖 ㊁yè ❶用手扶着别人的胳膊。【奖掖】鼓励,提拔。❷【掖县】在山东省。㊀yē 陌韵。

亦 yì 也(表示同样),也是:反之～然|～步～趋(喻自己没有主张,跟着别人走)。

弈 yì ❶古代称围棋。❷下棋:对～。

奕 yì 美丽。【奕奕】精神焕发的样子:神采～～。

役 yì ❶战事:淮海战～。❷旧指劳力的事,需要出力气的事:服劳～。❸服兵役:现～|预备～。❹使唤(连～使):奴～。❺旧日称被役使的人:校～。

疫 yì 瘟疫,流行性急性传染病的总称:防～|鼠～。

译(譯) yì 把一种语文依照原义改变成另一种语文:翻～|～文。

峄(嶧) yì 【峄山】山名,在山东省邹城市南。【峄县】旧县名,在山东省。1960年撤销,划归枣庄市。

怿(懌) yì 欢喜。

驿(驛) yì 旧日传递政府文书的人中途休息的地方:～站。

绎(繹) yì 抽出,理出头绪:寻～。

易 yì ❶容易,不费力:通俗～懂|轻而～举。❷平和:平～近人。❸改变:移风～俗。❹交易,交换:以物～物。

埸 yì ❶田界。❷边境:疆～。

蜴 yì 见第354页"蜥"字条"蜥蜴"(xī yì)。

益 yì ❶增加:进～|延年～寿。❷利,有好处(连利～):～处|～虫|良师～友。❸更:日～壮大|如水～深,如火～热。

嗌 ㊀yì 咽喉。㊁ài 卦韵"嗌"字条。

咋(唕) ㊀zǎ 〈方〉怎,怎么:～好|～办。㊁zhà 祃韵。见第286页"咋"字条。㊂zhā 陌韵。

责 zé ❶责任,分内应做的事:我们要对人民负～|尽～|爱护公物,人人有～。❷要求:求全～备|～己严于～人。【责成】要求某人负责办好:这个问题已～～专人研究解决。❸指摘过失:～罚|斥～。❹责问,质问,诘(jié)问。❺旧指为惩罚而打:鞭～|杖～。〈古〉又同"债"(zhài)。

啧 zé 争辩:～有烦言(很多人说不满意的话)。【啧啧】表示赞叹。

帻 zé 古代的一种头巾。

箦 zé 床席。

迮 zé 姓。

笮 ㊀zé 姓。㊁zuó 药韵。

舴 zé 【舴艋】(zé měng)小船。

泽（澤） zé ❶水积聚的地方：大～|水乡～国。❷光泽，金属或其他物体发出的光亮：色～俱佳。❸恩惠。

择（擇） ㊀zé 挑拣，挑选（[连]选～）：不～手段|～友。㊁zhái 陌韵。见第353页"择"字条。

咋 ㊂zhā 【咋呼】（zhā·hu）〈方〉1.吆喝。2.炫耀。㊀zhà 祃韵。㊁zǎ 陌韵，见第352页"咋(唣)"字条。

栅（柵） ㊀zhà 栅栏，用竹、木、铁条等做成的阻拦物：篱笆～|铁～栏。㊁shān 寒韵。

摘 zhāi ❶采取，拿下：～瓜|～梨|～帽子。❷选取：～要|～记。【指摘】指出缺点。❸借：东～西借。

宅 zhái 住所。

择（擇） ㊁zhái 同"择㊀"，用于口语：～菜|～席（换个地方就睡不安稳）。㊀zé 陌韵。

翟 ㊁zhái 姓。㊀dí 锡韵，见第354页"翟"字条。

窄 zhǎi ❶狭，不宽，宽度小（[连]～狭|狭～）：路太～|地方太狭～。[引]气量小，不开阔：他的心眼太～。❷生活不宽裕：以前的日子很～，现在可好了。

谪（謫） zhé ❶谴责，责罚。❷封建时代特指贬官。

磔 zhé ❶分裂肢体，古代的一种酷刑。❷汉字书法的捺笔。

只（隻） ㊁zhī ❶量词：一～鸡|两～手。❷单独的，极少的：～身（一个人）|片纸～字。【只眼】[转]特别见解：独具～～。㊀zhǐ 纸韵。

掷（擲） ㊁zhī 撒下。㊀zhì 陌韵。

跖 zhí 同"蹠"。

摭 zhí 拾取：～拾。

蹠 zhí ❶脚面上接近脚趾的部分：～骨。❷脚掌。

踯（躑、△蹢） zhí 【踯躅】（zhí zhú）徘徊不进：旧社会有多少失业者～～街头。"蹢"又音dí，锡韵。

炙 zhì ❶烤。【亲炙】直接得到某人的教诲或传授。❷烤肉：脍（kuài）～人口（喻诗文等受人欢迎）。

掷（擲） ㊀zhì 扔，投，抛：～铁饼|～手榴弹。㊁zhī 陌韵。

锡 xī ❶一种金属元素，符号Sn，银白色，有光泽，质软，富延展性，在空气中不易起变化。❷赏赐。【锡伯】（xī bó）锡伯族，我国少数民族名。

裼 ㊀xī 脱去上衣，露出身体的一部分（连袒～）。㊁tì 霁韵。

晰（晳） xī 明白，清楚：看得清～｜十分明～。

蜥 xī 【蜥蜴】（xī yì）一种爬行动物，俗叫"四脚蛇"。身上有细鳞，尾巴很长，脚上有钩爪，生活在草丛里。

析 xī 分开：条分缕～｜分崩离～。引解释：～疑｜分～。

菥 xī 【菥蓂】（xī míng）又名遏蓝菜，二年生草本植物，叶匙形，花白色，果实扁圆形。叶可作蔬菜，种子可榨油。全草可入药。

淅 xī 淘米。【淅沥】（xī lì）象声词，雨雪声或落叶声。

觋 xí 男巫。

檄 xí 檄文，古代用于征召或声讨等的文书。

阋（鬩） xì 争吵。【阋墙】弟兄们在家里互相争吵。喻内部不和。

掰（△擘） bāi 用手把东西分开或折断：～老玉米｜把这个蛤蜊～开。"擘"又音 bò，陌韵，见第348页"擘"字条。

壁 bì ❶墙（连墙～）：四～｜～报｜铜墙铁～。【壁虎】爬行动物，身体扁平，尾巴圆锥形，四肢短，趾上有吸盘，捕食蚊、蝇等。❷陡峭的山石：绝～｜峭～。❸壁垒，军营的围墙：坚～清野｜作～上观（坐观双方胜败，不帮助任何一方）。

刺 ㊀cī 象声词：～棱｜～溜｜～～地冒火星儿。㊁cì 寘韵。

滴 dī ❶一点一点落下的液体：汗～｜水～。【点滴】零星少。❷液体一点一点地落下，使液体一点一点地落下：汗水直往下～｜～眼药。【滴沥】（dī lì）象声词，雨水下落的声音。【滴溜】（dī liū）1. 滚圆的样子：～～圆。2. 形容很快地旋转：～～转。

镝 ㊀dī 一种金属元素，符号Dy。㊁dí 锡韵。

狄 dí 我国古代对北部少数民族的统称。

荻 dí 多年生草本植物，生长在水边，叶子长形，跟芦苇相似，秋天开紫花。

迪 dí 开导（连启～）。

笛 dí （～子｜～儿）乐器名，通常是竹制的，有八孔，横着吹。引响声尖锐的发音器：汽～｜警～。

的 ㊀dí 真实，实在：～当｜～确如此。㊁dì 锡韵。㊂de 职韵。

籴（糴） dí 买粮食：～米。

涤（滌） dí 洗（连洗～）：～除旧习。

敌（敵） dí ❶敌人：划清～我界限。❷相当：势均力～。❸抵挡：军民团结如一人，试看天下谁能～。

觌（覿） dí 相见：～面。

髢 ㊀dí（旧读 dì） 假头发（叠）。㊁tì 霁韵。

嘀（啾） dí 【嘀咕】（dí·gu）1. 小声说悄悄话：他们俩～～什么呢？2. 心中不安，犹疑不定：拿定主意别犯～～。又 zé，陌韵。

嫡 dí ❶封建宗法制度中称所谓正妻。引正妻所生的：～子｜～嗣。❷亲的，血统最近的：～亲哥哥｜～堂兄弟。引系统最近的：～系。

镝 ㊀dí 箭头：锋～｜鸣～（响箭）。㊁dī 锡韵。

蹢 ㊀dí 〈古〉蹄子。㊁zhí 见陌韵"踯"字条。

翟 ㊀dí 长尾山雉。古代哲学家墨子名翟。㊁zhái 陌韵，见第353条"翟"字条。

的 ㊀dì 箭靶的中心：中（zhòng）～｜有～放矢。【目的】要达到的目标、境地：中国共产党的最终～～是实现共产主义。㊁dí 见锡韵。㊂de 见职韵。

菂 dì 〈古〉莲子。

吃 ㊁(旧读)jī 【口吃】结巴。㊀chī 物韵。

击(擊) jī ❶打,敲打:~鼓|~柝(tuò,敲梆子)。❷攻打:迎头痛~|游~。❸碰:撞~|肩摩毂(gǔ)~(喻来往人多拥挤)。[引]接触:目~(亲眼看见)。

绩(❷勣) jī ❶把麻搓(cuō)捻成线或绳。❷功业:成~|战~|伟大的功~。

墼 jī 【土墼】未烧的砖坯。【炭墼】用炭末做成的块状物。

激 jī ❶水冲击或急速浇淋:~起浪花|他被雨~病了。[引]使动,使人的感情冲动:刺~|用话~他。【激昂】(情绪、语调等)激动昂扬:慷慨~~。❷急剧的,强烈的([连]~烈):~变|~战。

寂 jì 静,没有声音([连]~静):~然无声。【寂寞】(jì mò)清静,孤独。

湨 jú 【湨水】水名,在河南省。

鶪 jú 古书上说的一种鸟,就是"伯劳",背灰褐色,尾长,上嘴钩曲,捕食鱼、虫、小鸟等,是一种益鸟。

历(歷、❹曆、厤) lì ❶经历,经过:~尽甘苦|~时十年。❷经过了的:~年|~代|~史。【历来】从来,一向:中国人民~~就是勤劳勇敢的。【历历】一个一个很清楚的:~~在目。❸遍,完全:~览。❹历法,推算年、月、日和节气的方法:阴~|阳~。[引]记录年、月、日节气的书、表、册页:日~|~书。

坜(壢) lì 坑。

苈(藶) lì 见第125页"葶"字条"葶苈"(tíng lì)。

呖(嚦) lì 【呖呖】象声词:~~莺声。

屴(嶇) lì 【屴崌山】(lì jū shān)山名,在江西省乐平县。

沥(瀝) lì ❶液体一滴一滴地落下:~血。【沥青】蒸馏煤焦油剩下的黑色物质,可用来铺路。❷滤。

枥(櫪) lì 马槽。

疬(癧) lì 见第197页"瘰"字条"瘰疬"(luǒ lì)。

雳(靂) lì 见本页"霹"字条"霹雳"(pī lì)。

郦(酈) lì 姓。

栎(櫟) ㊀lì 俗叫"柞(zuō)树"或"麻栎",落叶乔木,花黄褐色,果实叫橡子或橡斗。树皮质地轻软,富有弹性,是制造软木的主要原料。叶子可喂柞蚕,树皮可鞣皮或做染料。㊁yuè 药韵。

轹(轢) lì 车轮碾轧。[喻]欺压。

砾(礫) lì 小石,碎石:砂~|瓦~。

跞(躒) ㊀lì 动:骐骥一~,不能千里。㊁luò 药韵。

鬲(鬲瓦) ㊀lì 鼎一类的东西。㊁gé 陌韵。

镉(鎘) ㊀lì "鬲"或字,鼎属。㊁gé 陌韵。

汨 mì 【汨罗江】水名,在湖南省。

觅(覔) mì 找,寻求([连]寻~):~食|~路。

幂(冪) mì ❶覆盖东西的巾。❷表示一个数自乘若干次的形式叫幂。

溺 nì ❶淹没:~死。❷沉迷不悟,过分:~信|~爱。

劈(❺噼) ㊀pī ❶用刀斧等破开:~木头。❷冲着,正对着:~脸|大雨~头浇下来。❸雷电毁坏或击毙:大树让雷~了。❹尖劈,物理学上两斜面合成的助力器械,刀、斧等都属于这一类。❺【劈啪】(噼啪)象声词。㊁pǐ 陌韵。

霹 pī 【霹雳】(pī lì)响声很大的雷,是云和地面之间强烈的雷电现象。

戚(❷慼) qī ❶亲戚,因婚姻联成的关系。❷忧愁,悲哀:休~相关。

嘁 ㊀qī 【嘁嘁】象声词:~~喳喳地说个不停。㊁zā 合韵。

槭 qì 落叶小乔木，花黄绿色，叶子掌状分裂，秋季变成红色或黄色。

剔 tī ❶把肉从骨头上刮下来：～骨肉|把肉～得干干净净。[引]从缝隙或孔洞里往外挑(tiāo)拨东西：～牙|～指甲。❷把不好的挑(tiāo)出来([连]～除)：把有伤的果子～出去|～庄(旧指挑出有缺点的货品廉价出卖)。

踢 tī 用脚触击：～球|～毽子|一脚～开。

倜(俶) tì 【倜傥】(俶傥)(tì tǎng)洒脱，不拘束。"俶"又音 chù，屋韵。

逖(逷) tì 远。

惕 tì 小心谨慎。【警惕】对可能发生的危险情况或错误倾向保持警觉：提高～～，保卫祖国|～～资产阶级思想的侵蚀。

趯 tì ❶跳跃。❷汉字一种笔形(亅)的旧称。今称"钩"。

宿 ㊁xiǔ 夜：住了一～|谈了半～。㊀sù 屋韵。㊂xiù 宥韵。

砉 ㊀xū 皮骨相离声。㊁huā 陌韵。

鹢 yì 古书上说的一种水鸟。

职（職） zhí ❶职务，分内应做的事：尽～。❷职位，执行事务所处的一定的地位：调～|兼～。【职员】机关、企业、学校、团体里担任行政或业务工作的人员：～工。❸掌管。

陟 zhì 登高，上升：～山。

骘 zhì 排定：评～高低。

埴 zhí 黏土。

植 zhí ❶栽种（连种～）：～树|种～五谷。【植物】谷类、花草、树木等的统称。❷戳住，立住：～其杖于门侧。

殖 ㊀zhí 生息，孳生（连生～）：繁～。㊁shi 寘韵。

值 zhí ❶价格，价钱：两物之～相等。❷物和价相当：～一百元。引值得，有意义或有价值：不～一提。❸数学上指依照数学式演算所得的结果。❹遇到：相～。引当，轮到：～日|～班。

直 zhí ❶不弯曲：～线|～立。喻 1. 公正合理：是非曲～|理～气壮。2. 径：～通北京|～达客车。❷使直，把弯曲的伸开：～起腰来。❸爽快，坦率（连～爽）：～言。❹一直，一个劲儿地，连续不断：～哭。❺竖，跟“横”相反。❻汉字自上往下写的笔形（丨）。

稙 zhī 庄稼种得较早或熟得较早：～谷子|白玉米～（熟得早）。

织（織） zhī 用丝、麻、棉纱毛线等编成布或衣物等：～布|～毛衣|～席。

北 běi ❶方向，早晨面对太阳左手的一边，跟“南”相对：由南往～|～门。❷打了败仗往回跑：三战三～|追奔逐～（追击败走的敌人）。【北京】是我们祖国的首都，中央直辖市，全国政治、经济、文化和交通的中心。

逼（偪） bī ❶强迫，威胁（连～迫）：地主～死农民|～上梁山|寒气～人。❷切近：～近|～真。❸狭窄。

愎 bì 倔强，固执：刚～自用（固执己见）。

皕 bì 二百。

僰 bó 我国古代西南的少数民族。

踣 bó 跌倒：屡～屡起。

卜（蔔） ㊁bo 见第 95 页“萝”字条“萝卜”。㊀bǔ 屋韵。

厕（廁） ㊀cè ❶厕所，茅厕（si）。❷参与，混杂在里面：～身其间。㊁si 寘韵。

侧 ㊀cè ❶旁：楼～|～面。❷斜着：～目|～耳细听|～身而入。【侧重】（cè zhòng）偏重。㊁zhāi 职韵。㊂zè 职韵。

恻 cè 悲痛。【恻隐】指对遭难的人不加分析地表示同情。

测 cè ❶测量，利用仪器来度量：～角器|～绘。【测验】用一定的标准检定。❷推测，料想：预～|变化莫～。

饬 chì ❶整顿，使整齐（连整～）：整～纪律。❷旧日指上级命令下级：～知|～令。

敕（勅、勑） chì 帝王的诏书、命令。

得 ㊀dé ❶得到（连获～）：大～人心|～奖|～胜。引遇到：～空|～便。❷适合：～当|～法|～手（顺利）|～劲。❸得意，满意：扬扬自～。❹完成：衣服做～了|饭～了。引 1. 表示禁止：～了，别说了。2. 表示同意：～，就这么办。❺可以，许可：不～随地吐痰|正式代表均～参加表决。㊁děi 职韵。㊂de 职韵。

锝 dé 一种放射性元素，符号 Tc，是第一个人工制成的元素。

德（悳） dé ❶好的品行：～才兼备。❷道德，人们共同生活及其行为的准则、规范。在阶级社会里，道德具有鲜明的阶级性。❸信念：同心同～。

地 ㊁de 用在词或词组后表明副词性：胜利～完成任务。㊀dì 寘韵。

的 ㊂de ❶1.在词或语后表明形容词性：伟大～、光荣～、正确～中国共产党|英勇无敌～中国人民解放军。2.同"地㊂"。❷代替所指的人或物：买菜～|吃～|穿～。❸表示所属的关系的词：我～书|社会～性质。❹助词，用在句末，表示肯定的语气，常跟"是"相应：他是刚从北京来～。㊀dì锡韵。㊁dí锡韵。

底 ㊁de 同"的㊂❸"。㊀dǐ荠韵。

得 ㊂de ❶在动词后表可能：1.再接别的词：冲～出去|拿～起来。2.不再接别的词：要～|要不～|说不～。❷用在动词或形容词后连接表结果或程度的补语：跑～快|急～满脸通红|香～很。㊀dé职韵。㊁děi职韵。

肋 de 见第359页"肋"字条"肋腻"(lē・de)。

得 ㊁děi ❶必须，须要：你～用功|可～注意。❷〈方〉满意，高兴，舒适：挺～。㊀dé职韵。㊂de职韵。

国(國、囯) guó ❶国家：抗美援朝，保家卫～|～内|祖～。【国家】1.是阶级压迫阶级的工具，是暴力的机器。主要由军队、警察、法庭等组成。2.一个独立的国家政权所领有的区域。❷属于本国的：～货|～歌。

掴(摑) ㊀guó 用巴掌打。㊁guāi陌韵。

帼(幗) guó(旧读guī，陌韵) 古代妇女包头的巾、帕：巾～英雄(女英雄)。

劾 hé 揭发罪状(连 弹～)。

阂 hé 阻隔不通：隔～。

核 ㊀hé ❶果实中坚硬并包含果实的部分。❷像核的东西：细胞～。❸原子核的简称。❹对照，考察：～实。㊁hú月韵。

黑 hēi ❶煤或墨那样的颜色，跟"白"相反：～布|～头发。❷暗，光线不充足：天～了|那间屋子太～。❸反动而隐蔽的：～话。❹恶毒：～心。

嘿(△嗨) ㊀hēi 叹词：1.表示惊异或赞叹：～，这个真好！|～，你倒有理啦！【嘿嘿】象声词，多指冷笑。2.表示招呼或提起注意：～，老张，快走吧！|～，你小心点，别滑到！㊁mò职韵，见第359页"默(△嘿)"字条。"嗨"又音hāi，灰韵。

或 huò ❶或者，也许，表示不定的词：～远～近|～者你去，～者我去。❷某人，有人：～告之曰。

惑 huò ❶疑惑，不明白对与不对：大～不解|我很疑～。❷使迷乱(连 迷～)：～乱人心|谣言～众。

唧 jī ❶用水射击：～筒|～他一身水。❷象声词，虫叫声(叠)。

极(極) jí ❶顶端，最高点，尽头处：登峰造～|南～|北～|阳～|阴～。❷最，达到顶点：大～了|～好|穷奢～侈|穷凶～恶。❸竭尽：～力|～目。

即 jí ❶就是：团结～力量。❷当时或当地：～日～刻|～席发表谈话|～景生情。❸便，就：胜利～在眼前|用毕～行奉还。【即使】连词，常和"也"字连用，表示假定或就算是：～～我们的工作取得了很大的成绩，也不能骄傲自满。❹靠近：不～不离。【即位】指封建统治者登基做君主。

亟 ㊀jí 急切：～待解决|缺点～应纠正。㊁qì寘韵。

殛 jí 杀死：雷～。

革 ㊁jí 急：病～(病危)。㊀gé陌韵。

棘 jí ❶酸枣树，落叶灌木，开黄绿色小花，茎上多刺。果实小，味酸。❷针形的刺：～皮动物。【棘手】刺手，扎手。喻 事情难办。

鲫 jì 【鲫鱼】形似鲤鱼，无触须，背脊隆起；生活在淡水中，肉可吃。

稷 jì ❶古代一种粮食作物，有的书说是黍属，有的书说是粟(谷子)。❷古代以稷为百谷之长，因此帝王奉祀为谷神。【社稷】转 古代指国家：执干戈以卫～～。

克(❹△剋、尅) kè ❶能：不～分身。❷胜：我军～敌。转 战胜而取得据点：攻无不～|连～数城。【克复】战胜而收回失地。❸克服，制服：～

己奉公|以柔～刚。❹严格限定:～期|～日完成。【克扣】私行扣减,暗中剥削:旧社会工头经常～～工人的工资。❺(藏)容量单位,一克青稞约二十五斤。也是地积单位,播种一克种子的土地称为一克地,一克约合一市亩。❻(外)公制重量单位,一克等于一公斤的千分之一,旧称公分。"剋"(尅)又音 kēi,职韵。

氪 kè 一种化学元素,在通常条件下为气体,符号 Kr,无色、无味、无臭,不易跟其他元素化合。

刻 kè ❶雕,用刀子挖(连 雕～):～图章。【深刻】深入,对事理能深层分析:～～的检讨|批判很～～。❷十五分钟为一刻。❸时间:即～|顷～(时间短)。❹不厚道(连 ～薄):待人太～。【刻苦】不怕困难,肯吃苦:～～用功|生活很～～。

剋(尅) ㊀kēi ❶打(人)。【剋架】〈方〉打架。❷申斥。㊁ kè 职韵,见第 358 页"克"字条。

肋 ㊀lē 【肋脦】(lē·de)衣裳肥大,不整洁:瞧你穿得这个～～! ㊁lèi 职韵。

仂 lè 〈古〉余数。

叻 lè 【石叻】我国侨民称新加坡。也叫"叻埠"。

泐 lè ❶石头被水冲激而成的纹理。❷同"勒㊀❹":手～(亲手写,旧时书信用语)。

竻 lè ❶竹根儿。❷竹名。

勒 ㊀lè ❶套在牲畜头上带嚼子的笼头。❷收住缰绳不使前进:悬崖～马。❸强制:～令|～索。❹刻:～石|～碑。㊁lēi 职韵。

簕 lè 【簕竹】〈方〉一种竹子。

鳓 lè 【鳓鱼】也叫"鲙鱼"或"曹白鱼",背青灰色,腹银白色。

了 ㊂le ❶放在动词或形容后,表示动作或变化已经完成:买～一本书|水位低～两尺。❷助词,用在句子末尾或句中停顿的地方,表示变化,表示出现新的情况。如:下雨～|明天就是星期日～。㊀liǎo 见第 189 页"了"字条。

饹 le 见第 364 页"饸"字条"饸饹"(hé·le)。

勒 ㊁lēi 用绳子等捆住或套住,再用力拉紧:～紧点,免得散了。㊀lè 职韵。

肋 ㊁lèi 胸部的两旁:两～|～骨。㊀lē 职韵。

嘞 lei 助词,跟"喽"(lou)相似:雨不下了,走～!

力 lì ❶力量,力气,动物筋肉的效能:身强～壮。引 1.身体器官的效能:目～|脑～。2.一切事物的效能:电～|药～|浮～|说服～|生产～。❷用极大的力量,尽力:～战|据理～争|～争上游。

嚜 me 助词,跟"嘛"的用法相同。

没 ㊀méi ❶1.没有,无:他～哥哥|我～那本书。2.表示估量或比较,不够,不如:他～(不够)五尺高|汽车～(不如)飞机快。❷没有,不曾,未(在句尾时用"没有"):他们～做完|你去过上海～有? ㊁mò 月韵。

万 ㊁mò 【万俟】(mò qí)复姓。㊀wàn 愿韵。

冒 ㊁mò 【冒顿】(mò dú)汉初匈奴族的一个君主名。㊀mào 号韵。

墨 mò ❶写字绘画用的黑色颜料:一锭～|～汁。❷写字画画用的各色颜料:红～|蓝～。❸黑色或近于黑色的:～晶(黑色的水晶)|～菊。❹贪污:～吏。❺古代的一种刑罚,在脸上刺刻涂墨。

默(△嘿) mò 不说话,不出声(叠):沉～|～～不语|～读|～写(凭记忆写出)|～认(心里承认)。"嘿"又音 hēi,职韵。

匿 nì 隐藏,躲避(连 隐～|藏～):～名信。

色 ㊀sè ❶颜色,由物体发射、反射的光通过视觉而产生的印象:日光有七～|红～。❷脸色,脸上表现出的神气、样子:和颜悦～|喜形于～。❸情景,景象:行～匆匆。❹种类:各～用品|货～齐全。❺成

色，品质，质量：足～纹银|这货成～很好。❻情欲。㊁shǎi 蟹韵。

铯 sè 一种金属元素，符号Cs，色白质软，在空气中很容易氧化。铯可作真空管中的去氧剂，化学上可作催化剂。

啬(嗇) sè 小气，当用的财物舍不得用(连吝～)：不浪费也不吝～|这个人太～刻。

穑(穡) sè 收割庄稼。

涩(澀、澁) sè ❶不光滑，不滑溜：轮轴发～该上点油了。❷一种使舌头感到不滑润不好受的滋味：这柿子很～。❸文章难读难懂：文字艰～。

塞 ㊂sè 同"塞㊀❶"，用于若干书面语词，如闭塞、阻塞、塞责等。㊀sāi 灰韵。㊁sài 队韵。

识(識) ㊀shí ❶知道，认得，能辨别：～字|～别。❷知识，所知道的道理：常～|知～丰富。❸见识，辨别是非的能力：卓～。㊁zhì 寘韵。

食 ㊀shí ❶吃：～肉。【食指】手的第二指。喻家庭人口：～～众多。【食言】指失信：决不～～。❷吃的东西：素～|零～|面～|丰衣足～。㊁sì 寘韵。

蚀 shí 损伤，亏缺：侵～|腐～。

湜 shí 形容水清见底(叠)。

寔 ㊀shí 放置。㊁shí 质韵。

式 shì ❶物体外形的样子：新～。【形式】事物的外表。❷特定的规格：格～|程～。❸仪式，典礼，有特定程序的开会：开幕～|阅兵～。❹自然科学中表明某些规律的一组符号：方程～|分子～。

试 shì ❶按照预定的想法非正式地做：～用|～一～看。❷考，测验(连考～)：～题|口～。

拭 shì 擦：～泪|～目以待。

轼 shì 古代车厢前面用作扶手的横木。

饰 shì ❶修饰，装饰，装点得好看：油～门窗。喻假托，遮掩：～辞|文过～非。❷装饰用的东西：首～。❸装扮，扮演角色。

忑 tè 【忐忑】(tǎn tè)心神不定：～～不安。

忒 ㊀tè 差错：差～。㊁tuī 职韵。

铽 tè 一种金属元素，符号Tb，无色结晶的粉末。铽的化合物可作杀虫剂。

慝 tè 奸邪。

特 tè ❶特殊，不平常的，超出一般的：～色|～效|～产。❷专，单一：～为|～设|我～意来看你。❸只，但：不～此也。

忒 ㊁tuī 〈方〉太：风～大|路～滑。㊀tè 职韵。

息 xī ❶呼吸时进出的气：鼻～|喘～。❷停止，歇：～怒|经久不～|按时作～。❸消息：信～。❹利钱：年～。❺儿女：子～|贱～。

熄 xī 火灭，灭火：～灯|炉火已～。

洫 xù 田间的水道、沟渠。

弋 yì 用带着绳子的箭来射鸟：～凫与雁。

杙 yì 小木桩。

亿(億) yì 数目，一万万。旧时也指十万。

忆(憶) yì ❶回想，想念：回～|～苦思甜|～故人。❷记得：记～力。

抑 yì ❶压，压制：～制|～扬。【抑郁】忧闷。❷文言连词：1.表选择，相当于"还是"：舜古人邪？～非人邪？2.表转折，相当于"只是"：多则多矣，～君似鼠。

翊 yì 辅佐，帮助。

翌 yì 明天，明年：～日|～年|～晨。

翼 yì ❶翅膀：双～飞机。❷左右两侧中的一侧：侧～|左～|右～。❸帮助，辅佐。

臆（肊） yì ❶胸。❷主观的想法，缺乏客观证据的：～造|～测|～断。

癔 yì 【癔病】一种神经官能症，患者发病时喜怒无常，感觉过敏，严重时手足或全身痉挛，说胡话，可出现似昏迷状态。此病多由心理上剧烈的矛盾所引起。也叫“歇斯底里”。

域 yù 在一定疆界内的地方：～外。

阈 yù ❶门槛。❷界限。

棫 yù 古书上说的一种树。

蜮（魊） yù 传说中一种害人的动物：鬼～（喻阴险的人）。

则 zé ❶模范：以身作～。❷规则，制度，规程：办事细～。❸效法：～先烈之言行。❹表示因果关系的词，相当于“就”、“便”：兼听～明，偏信～暗。❺跟“做”义相近，宋、元、明小说戏剧里常用：～甚（做什么）|不～声。❻量词，指成文的条数：试题三～|新闻两～|随笔一～。

赜 zé 深奥：探～索隐。

仄 zè ❶倾斜。【仄声】古汉语中上声、去声、入声的总称。❷狭窄。❸心里不安：歉～。

昃 zè 太阳偏西。

侧 ㊂zè 同“仄”。“平仄”也作“平侧”。㊀cè 职韵。㊁zhāi 职韵。

贼 zéi ❶偷东西的人，盗匪。引严重危害人民和国家的坏人：工～|卖国～。❷伤害。❸邪的，不正派的：～眼|～头～脑。❹〈方〉狡猾：老鼠真～。

鲗 zēi 【乌鲗】乌贼，也叫“墨鱼”或“墨斗鱼”，软体动物，有墨囊，遇危险放出墨汁逃走，生活在海中。肉可吃。墨汁叫鲗墨，可制颜料。

侧 ㊁zhāi 【侧歪】（zhāi·wai）倾斜：车在山坡上～～着走。【侧棱】（zhāi·leng）向一边倾斜：～～着身子睡觉。㊀cè 职韵。㊂zè 职韵。

啧 ㊁zhǎi 赞叹。㊀jī 陌韵。㊂jiè 祃韵。

这（這） ㊁zhèi “这（zhè）”和“一”的合音，但指数量时不限于一：～个|～些|～年|～三年。㊀zhè 屑韵。

缉 ㊀jī 搜捕，捉拿：～私｜通～。㊁qī 缉韵。

及 jí ❶到：1.从后头跟上：来得～｜赶不～。引比得上：我不～他。2.达到：由表～里｜将～十载｜～格。❷趁着，乘：～时｜～早。❸连词，和，跟(通常主要成分在前)：烟、酒～其他有刺激性的东西对于儿童的身体都是有害的。【以及】连接并列的词、词组，意义和"及❸"相同：花园里种着状元红、矢车菊、夹竹桃～～各色的花木。

伋 jí 用于人名。

岌 jí 【岌岌】山高。喻危险。

汲 jí 从井里打水：～水。【汲引】旧时喻提拔人才。

级 jí ❶层次：那台阶有十多～｜七～浮屠(七层的塔)。❷等次：高～｜低～｜初～｜上～｜下～。❸年级，学校编制的名称，学年的分段：同～不同班｜三年～。

笈 jí 书箱。

急 jí ❶焦躁(连焦一)：真～死人了｜不要着～。引气恼，发怒：没想到他～了。❷匆促：～～忙忙｜～于完成任务。引迅速，又快又猛：水流得～｜～病。❸迫切，要紧：～事｜～件。引严重：情况紧～｜告～｜病～乱投医(喻临事慌乱)。

集 jí ❶聚，会合，总合(连聚～)：～思广益｜～会｜～中。【集体】许多人合起来的有组织的总体：～～利益｜～～所有制。❷会合许多著作编成的书：诗～｜文～｜选～。❸定期交易的市场：赶～。

楫(檝) jí 划船用的桨。

辑 jí ❶聚集，特指聚集材料编书：～录｜纂～。❷聚集很多材料而成的书：丛书第一～。

戢 jí 收敛，收藏：～翼｜载～干戈(把兵器收藏起来)。引止，停止：～怒。

蕺 jí 【蕺菜】多年生草本植物，茎上有节，花小而密。茎和叶有腥味，又叫"鱼腥草"。全草可入药。

给 ㊁jǐ ❶供应：自～自足｜补～｜～养(军队中主副食、燃料以及牲畜饲料等物资供应的统称)。❷富裕，充足：家～人足。㊀gěi 叶(葉)韵。㊂jié 叶韵。

圾 jī 见第365页"垃"字条"垃圾"(lā jī)。

芨 jī 【白芨】多年生草本植物，叶长形，块茎可入药。

立 lì ❶站：～正。引竖着，竖起来：～柜｜把伞～在门后头。❷做出，定出。1.建立，设立：设～学校｜建～工厂。2.建树：～功。3.制定：～合同。4.决定：～志。❸存在，生存：自～｜独～。❹立刻，立时，马上，即刻：～行停止｜～即去做。

粒 lì ❶(～儿)成颗的东西，细小的固体：米～儿｜盐～儿。❷量词，多指小的东西：一～米｜两～丸药｜三～子弹。

笠 lì 斗笠，用竹篾等编制的遮阳挡雨的帽子。

砬 ㊀lì 【砬礏】(lì qì)石声。㊁lá 合韵。

缉 ㊁qī 一种缝法，一针对一针地缝：～鞋口。㊀jī 缉韵。

㬤 qì 〈方〉❶东西湿了之后要干未干：雨过了，太阳出来一晒，路上就渐渐～了。❷用沙土等吸收水分：地上有水，铺上点儿沙子～一～。

泣 qì ❶小声哭：～不成声。❷眼泪：饮～。

葺 qì 用茅草覆盖房子：修～(修补)房屋。

礏 qì 【砬礏】(lì qì)石声。

入 rù ❶跟"出"相反：1.从外面进到里面：～场｜～夜｜～会｜纳～轨道。2.收进，进款：量～为出｜～不敷出。❷合乎，合于：～情～理｜～时。❸入声，古汉语四声之一。普通话没有入声。有的方言有入声，发音一般比较短促。

涩(澀、濇) sè ❶不光滑，不滑溜：轮轴发～，该上点油了。❷一种使舌头感到不滑润不好受的滋味：这柿子很～。❸文章难读难懂：文字艰～。

啃 ㊀sè 【咠啃】（qī sè）口声。㊁kěn 阮韵。

湿（濕、溼） shī 沾了水或是含的水分多，跟“干”相反：地很～｜手～了。

十 shí ❶数目。❷表示达到顶点：～全～美｜～分好看｜～足。

什 ㊀shí ❶同“十❶”（多用于分数或倍数）：～一（十分之一）｜～百。❷各种的，杂样的：～物｜家～（家用杂物）。【什锦】各种各样东西凑成的（多指食品）：～～糖｜素～～。㊁shén 真韵。

拾 ㊀shí ❶捡，从地下拿起来：～麦子｜～了一枝笔。❷“十”字的大写。【拾掇】（shí·duo）1.整理：把屋子～～一下｜把书架～～～～。2.修理：～～钟表｜～～机器。【收拾】～～房屋。㊁shè 叶（葉）韵。

吸 xī ❶从口或鼻把气体引入体内，跟“呼”相反：～气｜～烟。❷引取：药棉花能～水｜～墨纸｜～铁石。【吸收】摄取，采纳：植物由根～～养分｜～～先进经验。

翕 xī 合，和顺。

噏 xī 同“吸”。

歙 ㊀xī 吸气。㊁shè 叶（葉）韵。

习（習） xí ❶学过后再温熟，反复地学使熟练：自～｜复～｜～字｜～题。❷对某事熟悉：～兵（熟于军事）。引 常常地：～见｜～闻。❸习惯，长期重复地做，逐渐养成的不自觉的活动：积～｜铲除不良～气｜恶～。

嶍 xí 【嶍峨】山名，在云南省。

鳛 xí ❶古书上指泥鳅。❷【鳛水】县名，在贵州省。今作“习水”。

袭（襲） xí ❶袭击，趁敌人不备，给以攻击：夜～｜空～。❷照样做，照样继续下去：因～｜沿～｜世～。❸量词，指成套的衣服：衣一～。

隰 xí 低湿的地方。

滃 xì 水急流的声音。

揖 yī 旧时拱手礼。

邑 yì ❶都城，城市。❷县。

挹 yì 舀，把液体盛出来。【挹注】喻 从有余的地方取出来，以补不足。

悒 yì 愁闷，不安（叠）：～～不乐。

浥 yì 湿润。

熠 yì 光耀，鲜明。

蛰（蟄） ㊀zhī ❶臧善，褒。❷和集。㊁zhé 屑韵。

汁 zhī 混有某种物质的水：墨～｜橘～。

执（執） zhí ❶拿着，掌握：～笔｜～政。引 固执，坚持（意见）：～意要去｜～迷不悟。【争执】各执己见，不肯相让。❷行，实行：～礼甚恭。【执行】依据规定的原则、办法办事。❸凭单：回～｜收～。【执照】由机关发给的正式凭证。❹捕捉，逮捕。

絷（縶） zhí ❶拴，捆。❷拘捕，拘禁。

合 ㊀hé ❶闭，对拢：～眼｜～抱｜～围（四面包围）。【合龙】修筑堤坝或桥梁时从两端施工，最后在中间接合。【合口呼】u韵母和拿u开头的韵母叫做“合口呼”。❷聚，集：～力｜～办｜～唱。【合同】两方或多方为经营事业或在特定的工作中规定彼此职责所订的共同遵守的条文：产销～～。【合作】同心协力搞一件工作。❸总共，全：～计。❹不违背，一事物与另一事物相应或相符：～格｜～法｜～理。❺计，折算：这件衣服做成了～多少钱？㊁gě 合韵。

郃 hé 【郃阳】县名，在陕西省。今作“合阳”。

饸 ㊀hé 【饸饹】（hé·le）一种条状食品，多用荞麦面轧（yà）成。有的地区叫“河漏”。㊁jiā 洽韵。

阖 ㊀hé 同“阖❶”。㊁gé 合韵。

盒 hé （～子｜～儿）底盖相合的盛东西的器物：饭～儿｜墨～儿。

颌 ㊀hé 构成口腔上部和下部的骨头和肌肉等组织叫做颌。上部的叫上颌，下部的叫下颌。㊁gé 合韵。

阖 hé ❶全，总共：～家｜～城。❷关闭：～户｜～口。

耠 huō ❶（～子）翻松土壤的农具。❷用耠子翻土，代替耕、锄或耩的工作：～地｜～个二三寸深就够了。

耷 dā 大耳朵。【耷拉】（dā·la）向下垂：狗～～着尾巴跑了｜饱满的谷穗～～着头。

哒 dā （发音短促）吆喝牲口前进的声音。

答（荅） ㊁dā 同“答㊀”，用于口语“答应”、“答理”等词。【答理】打招呼，理睬。【答应】1.应声回答。2.允许：我们坚决不～～。㊀dá 合韵。

搭 dā ❶支起，架起：～棚｜～架子｜～桥。【搭救】帮助人脱离危险或灾难。❷共同抬：把桌子～起来。❸相交接：1.重叠，接触：两根电线～上了。2.凑在一起：～伙。3.配合：两种材料～着用。4.放在支撑物上：把衣服～在竹竿上。❹乘车船等：～载（zài）｜～车｜货船不～客人。

嗒 ㊀dā 象声词，马蹄声、机关枪声等（叠）。㊁tà 合韵。

铬 dā 铁铬，翻土的农具。

褡 dā 【褡裢】（dā·lián）一种口袋，中间开口，两头装东西。

沓 ㊁dá （～子｜～儿）量词，用于叠起来的纸张或其他薄的东西：一～子信纸。㊀tà 合韵。

答（荅） ㊀dá ❶回复（连～复）：问～｜～话。❷还报：报～｜～谢｜～礼。㊁dā 合韵。

瘩 ㊀dá 【瘩背】中医称生在背部的痈。也叫“搭手”。㊁da 合韵。

瘩 ㊁da 见第341页“疙”字条“疙瘩”（gē dá）。㊀dá 合韵。

鸽 gē （～子）鸟名，有野鸽、家鸽等多种，常成群飞翔。有的家鸽能够传递书信。欧美常用作和平的象征。

阁 ㊁gé 小门，旁门。㊀hé 合韵。

颌 ㊁gé 口。㊀hé 合韵。

蛤 ㊀gé 【蛤蜊】（gé li）软体动物，生活在近海泥沙中。体外有双壳，颜色美丽。肉可吃。【蛤蚧】（gé jiè）爬行动物，像壁虎，头大，尾部灰色，有红色斑点。中医用作强壮剂。㊁há 麻韵。

合 ㊁gě ❶容量单位，一升的十分之一。❷旧时量粮食的器具。㊀hé 合韵。

盖（葢） ㊁gě 姓。㊀gài 泰韵。

耠 huō ❶（～子）翻松土壤的农具。❷用耠子翻土，代替耕、锄或耩的工作：～地｜～个二三寸深就够了。

颏 ㊀kē 下巴颏儿，脸的最下部分，在两腮和嘴的下面。㊁hái 灰韵。

搕 kē 敲，碰：～烟袋锅子。

榼 kē 古时盛酒的器皿。

磕 kē 碰撞在硬东西上：～破了头｜碗～掉一块｜～头（旧时代的跪拜礼）。

瞌 kē 【瞌睡】困倦：打～～（坐着打盹儿）。

咳 ㊀ké 咳嗽，呼吸器官受刺激而起一种反射作用，把吸入的气急急呼出，声带振动发声。㊁hāi 灰韵。

嗑 kè 上下门牙对咬有壳的或硬的东西：～瓜子。

溘 kè 忽然：～逝（称人死亡）。

垃 lā 【垃圾】（lā jī）脏土或扔掉的破烂东西。

拉 ㊀lā ❶牵，扯，拽：～车｜把渔网～上来。引 1.使延长：～长声儿。2.拉拢，联络：～关系。【拉倒】算了，不再管：他不来～～。【拉杂】杂乱，没条理。❷排泄粪便：～屎。【拉祜】（lā hù）拉祜族，我国少数民族名。㊁lá 合韵。

邋 lā 【邋遢】（lā·tā）不利落，不整洁：他收拾得很整齐，不像过去那样～～了。

旯 lá 见第 369 页“旮”字条“旮旯”（gā lá）。

拉（❶△剌、❷△啦） ㊀lá ❶割，用刀把东西切开一道缝或切断：～下一块肉｜～了一个口子。❷闲谈：～话｜～家常。㊁lā 合韵。“剌”又音 là，曷韵。“啦”又音 la，合韵。

砬（磖） ㊀lá 〈方〉砬子，大石块，多用于地名。㊁lì 缉韵。

腊（臘） ㊀là 古代十二月的一种祭祀。转 夏历十二月：～八（夏历十二月初八）｜～肉（腊月或冬天腌制后风干或熏干的肉）。㊁xī 陌韵。

蜡（蠟） ㊀là ❶动物、植物或矿物所产生的某些油质，具有可塑性，易熔化，不溶于水，如蜂蜡、白蜡、石蜡等。❷蜡烛，用蜡或其他油脂制成的照明的东西，多为圆柱形，中心有捻，可以燃点。㊁zhà 祃韵，见第 287 页“蜡（褚）”字条。

镴 là 锡和铅的合金，可以焊接金属器物。也叫“白镴”或“锡镴”。

啦 ㊀la 助词，“了”（le）“啊”（a）合音，作用大致和“了（le）❷”一样：他已经来～｜他早就走～。㊁lá 合韵，见本页“拉”（❶△剌、❷啦）字条。

鞡 la 见第 327 页“靰”字条“靰鞡”（wù·la）。

蓝（藍） ㊀la 见第 337 页“苤”字条“苤蓝”（piě·la）。㊁lán 覃韵。

漯 ㊀luò 【漯河】市名，在河南省。㊁tà 合韵。

纳 nà ❶收入，放进：出～｜吐故～新。引 1.接受：采～建议。2.享受：～凉。❷缴付：～税｜缴～公粮。❸补缀，缝补，现在多指密密地缝：～鞋底。【纳西】纳西族，我国少数民族名。

钠 nà 一种金属元素，符号 Na，质地软，能使水分解放出氢，平时把它贮藏在煤油里。钠的化合物很多，如食盐（氯化钠）、智利硝石（硝酸钠）、纯碱（碳酸钠）等。

衲 nà ❶僧衣。转 僧人：老～。❷同“纳❸”。

靸 sǎ 〈方〉把布鞋后帮踩在脚后跟下穿（拖鞋）。【靸鞋】1.一种草制的拖鞋。2.一种劳动人民常穿的鞋，鞋帮纳得很密，前面有皮脸。

卅 sà 三十。

飒 sà 风声（叠）：秋风～～。【飒爽】豪迈而矫健：～～英姿。

趿 tā 【趿拉】（tā·la）穿鞋只套上脚尖：～～着一双旧布鞋｜～～着木板鞋。【趿拉儿】（tā·lar）拖鞋，只能套着脚尖没有后帮的鞋。

踏 ㊀tā 【踏实】（tā·shi）1.切实，不浮躁：他工作很～～。2.（情绪）安定，安稳：事情办完就～～了。㊁tà 合韵。

塌 tā ❶倒（dǎo），下陷（连 坍～）：房顶子～了｜墙～了｜人瘦得两腮都～下去了。❷下垂：这棵花晒得～秧了。❸安定，镇定：～下心来。

溻 tā 出汗把衣服、被褥等弄湿：天太热，我的衣服都～了。

褟 tā 〈方〉在衣物上缝缀花边：～一道绦（tāo）子。【汗褟儿】贴身衬衣。

塔 tǎ ❶佛教特有的建筑物。❷像塔形的建筑物：水～｜灯～｜纪念～。【塔塔尔】塔塔尔族,我国少数民族名。【塔吉克】1.我国少数民族名。2.苏联的民族之一。

溚 tǎ (外)通称“焦油”,用煤或木材制得的一种黏稠液体,颜色黑褐,是化学工业上的重要原料,通常用作涂料,有煤溚和木溚两种。

鳎 tǎ 鳎目鱼,种类很多,体形似舌头,两眼都在身体的一侧,有眼的一侧褐色。侧卧在海底泥沙中。

拓(搨) ㊀tà 在刻铸文字、图像的器物上,蒙一层纸,捶打后使凹凸分明,涂上墨,显出文字、图像来。㊁tuò 药韵。

沓 ㊀tà 多,重复:杂～|纷至～来。㊁dá 合韵。

踏 ㊀tà 用脚踩:大～步地前进。[引]亲自到现场去:～看|～勘。㊁tā 合韵。

嗒 ㊀tà 嗒然,失意的样子:～丧|～然若失。㊁dā 合韵。

遝 tà 相及。【杂遝】行人很多,拥挤纷乱。

阘 tà 【阘茸】低劣,卑贱。

榻 tà 床。

蹋 tà 见第92页“糟”字条“糟蹋”(zāo·tà)。

漯 ㊀tà 漯河,古水名,在山东省。㊁luò 合韵。

遢 ta 见第365页“邋”字条“邋遢”(lā·ta)。

匝(帀) zā ❶周:绕树三～。❷满,环绕:柳荫～地。

咂 zā ❶舌头与腭接触发声:～嘴。❷吸,呷:～一口酒。❸仔细辨别:～滋味。

噈 ㊀zā 【噈咨】忸怩,羞惭。㊁qī 锡韵。

杂(雜、襍) zá ❶多种多样的,不单纯的:～色|～事|～技表演|人多手～。❷掺杂,混合:夹～。

砸 zá ❶打,捣:～钉子|～地基。❷打坏,打破:碗～了。[转]失败:这件事搞～了。

叶（葉） ㊀yè ❶（～子、～儿）植物的营养器官之一，多呈片状，绿色，长在茎上：树～|菜～。❷像叶子的：铜～|铁～。❸同“页”。❹时期：20 世纪中～。㊁xié 叶（葉）韵。

邺（鄴） yè 古地名，在今河北省临漳县西。

烨（燁、爗、晔、曄） yè 火光很盛的样子。

靥（靨） yè 酒窝儿，嘴两旁的小圆窝儿：脸上露出笑～。

谍 dié 秘密探察军、政及经济等方面的消息：～报。【间谍】（jiàn dié）为敌方或外国刺探国家秘密情报的特务分子。

堞 dié 城上如齿状的矮墙。

喋 dié 【喋血】流血满地。【喋喋】啰唆，语言烦琐：～～不休。

牒 dié 文书，证件。【最后通牒】一国要求另一国接受其条件否则将采取强制措施的正式通知。

碟 dié （～子|～儿）盛食物等的器具，扁而浅，比盘子小。

蝶（蜨） dié 【蝴蝶】昆虫名，静止时，四翅竖立在背部，喜在花间、草地飞行，吸食花蜜。幼虫多对农作物有害。有粉蝶、蛱蝶、凤蝶等多种。

蹀 dié 【蹀躞】（dié xiè）迈着小步走路的样子。

鲽 dié 鱼名，比目鱼的一类，体形侧扁，两眼都在身体的右侧，有眼的一侧褐色，无眼的一侧黄色或白色，常见的有星鲽、高眼鲽等。肉可以吃。

叠（疊、疉） dié ❶重复地堆，累积（[连]重～）：～床架屋（喻重复累赘）：～假山|～罗汉。❷重复：层见～出。❸折：～衣服|铺床～被。

氎 dié 细棉布。

给 ㊀gěi ❶交付，送予：～他一本书。❷替，为：～大家帮忙。❸被，表示遭受：～水淹了|羊～狼吃了。❹〈方〉把，将：请你随手～门关上。❺跟前面的“把”字相应，可有可无：风把窗户～吹开了。㊁jǐ 缉韵。㊂jié 叶（葉）韵。

荚（莢） jiá 豆科植物的长形的果实：豆～（豆角）|皂～|槐树～。

铗（鋏） jiá ❶冶铸用的钳。❷剑。❸剑柄。

颊（頰） jiá 脸的两侧：两～绯红。

蛱（蛺） jiá 【蛱蝶】（jiá dié）蝴蝶的一类，翅有各种鲜艳的色斑。前足退化或短小，触角锤状。

接 jiē ❶连接（[连]～连|连～）：～电线|～纱头。❷继续，连续：～着往下讲。❸接替：～好革命班。❹接触，挨近：～洽|交头～耳。❺收，取：～到一封信。❻迎：～待宾客。

捷（捷） jié ❶战胜：我军大～|～报。❷快，速（[连]敏～）：动作敏～|～径|～足先登（比喻行动敏捷）。

婕 jié 【婕妤】（jié yú）汉代宫中女官名。

睫 jié 【睫毛】眼睑边缘上生的细毛。它的功用是防止尘埃等东西侵入眼内，又能遮蔽强烈的光线：目不交～。

给 ㊂jié 敏言。㊀gěi 叶（葉）韵。㊁jǐ 缉韵。

猎（獵） liè ❶打猎，捕捉禽兽：～虎|渔～。❷打猎的：～人|～狗。

躐 liè ❶超越：～等（越级）|～进（不依照次序前进）。❷踩，践踏。

鬣 liè 兽类颈上的长毛：马～。

聂（聶） niè 姓。

嗫（囁） niè 【嗫嚅】（niè rú，旧读 rè rú）口动，吞吞吐吐，想说又停止。

镊（鑷） niè 镊子，夹取毛发、细刺及其他细小东西的器具。

颞（顳） niè 【颞颥】（niè rú）头颅两侧靠近耳朵的部分，也省称“颞”。

蹑（躡） niè ❶踩：～足其间（指参加到里面去）。【蹑手蹑脚】行动很轻的样子。❷追随：～踪。

妾 qiè ❶旧社会剥削者娶的小老婆。❷谦辞，旧时女人自称。

惬（愜、㥦） qiè 满足，畅快：～意｜～心。【惬当】恰当。

箧（篋） qiè 箱子一类的东西。

慊 ㊀qiè 满足，满意：不～（不满）。㊁qiàn 琰韵。

趄 ㊀qiè 倾斜：～坡儿｜～着身子。㊁jū 鱼韵。

涉 shè ❶趟（tāng）着水走：跋山～水。❷经历：～险｜～世。❸牵连，关联：这件事牵～到很多方面｜不要～及其他问题。

摄（攝） shè ❶拿，取：～影（照相）｜～取养分。❷保养：珍～。❸旧指代理（多指统治权）：～政｜～位。

慑（懾、慴） shè 恐惧，害怕：～服。【威慑】用武力使对方感到恐惧。

滠（灄） shè 【滠水】水名，在湖北省。

歙 ㊀shè 【歙县】在安徽省。㊁xī 缉韵。

拾 ㊁shè 从下登上叫拾：～级而上。㊀shí 缉韵。

帖 ㊂tiē ❶妥适：妥～｜安～。❷顺从，驯服：～伏｜俯首～耳（含贬义）。㊀tiè 叶（葉）韵。㊁tiě 叶（葉）韵。

怗 tiē 平静。

萜 tiē 有机化合物的一类，多为有香味的液体。

贴 tiē ❶粘（zhān），把一种薄片状的东西粘合在另一种东西上（连 粘～）：～布告｜～邮票。❷靠近，紧挨：～身衣服｜～着墙走。【贴切】密合，恰当，确切。❸添补，补助（连 ～补）：煤～｜每月～给他一些钱。❹适合，妥当，同"帖㊂❶"。

帖 ㊁tiě ❶（～儿）便条：字～儿。❷（～子）邀请客人的纸片：请～｜喜～。㊀tiè 叶（葉）韵。㊂tiē 叶（葉）韵。

帖 ㊀tiè 学习写字时摹仿的样本：碑～｜字～。㊁tiě 叶（葉）韵。㊂tiē 叶（葉）韵。

叶 ㊁xié 和洽，合：～韵。㊀yè 叶（葉）韵。

协（協） xié 共同合作，和洽：～商问题｜～办。【协会】为促进某种共同事业的发展而组成的群众团体：对外友好～～。

挟（挾） ㊀xié ❶夹在胳膊底下：～山跨海逞英雄。❷倚仗势力或抓住人的弱点强迫人服从：要（yāo）～｜～制。❸心里怀着（怨恨等）：～嫌｜～恨。㊁jiā 洽韵，见第369页"夹（夾、❷△挟）"字条。㊂gā 洽韵。

勰 xié 同"协"，多用于人名。

燮 xiè 谐和，调和。

躞 xiè 见第367页"蹀"字条"蹀躞"（dié xiè）。

辄（輒） zhé 总是：每至此，～觉心旷神怡｜所言～听。

詟（讋） zhé 〈古〉恐惧。

褶（襵） zhē （～子｜～儿）❶衣服折叠而形成的印痕：百～裙。❷泛指折皱重复的部分：衣服上净是～子｜这张纸有好多～子。

着 ㊃zhe（同药韵） ❶助词，在动词后：1. 表示动作正在进行：走～｜等～｜开～会呢。2. 表示存在的方式：桌上放～一本书｜墙上挂～一幅画。❷助词，表示程度深，常跟"呢"（ne）连用：好～呢｜这小孩儿精～呢！❸助词，用在动词或表示程度的形容词后表示祈使：你听～｜步子大～点儿。❹助词，加在某些动词后，使变成介词：顺～｜照～。㊀zhuó 药韵。㊁zháo 药韵。㊂zhāo 药韵。

洽 qià ❶跟人联系，商量（事情）：接～事情|和他商～。❷谐和：感情融～。

恰 qià ❶正巧，刚刚：～到好处|～巧|～好他来了。❷合适，适当：这里有几个字不～当|～如其分（fèn）。

袷 ㊀qiā 【袷袢】（qiā pàn）（维）上衣。㊁jiá 洽韵，见本页“夹”（夾、裌、△袷）字条。

掐 qiā ❶用手指用力夹，用指甲按或截断。[引]割断，截去：～电线。❷（～子|～儿）量词，一只手或两只手指尖相对握着的数量：一小～韭菜|一大～子青菜。

祫 qià 【大合祭】祭先祖，合祭亲疏远近。

帢 qià ❶帽。❷土服，状如弁，缺四角，魏武帝制。

插 chā 扎进去，把细长或薄的东西扎进、放入：～秧|把花～在瓶子里。[引]加入，参与：～班|～嘴。

锸（臿） chā 铁锹（qiāo），掘土的工具。

乏 fá ❶缺少（[连]缺～）：～味|不～其人。❷疲倦（[连]疲～）：人困马～|跑了一天，身上有点～。

法 fǎ ❶法律，国家制定、颁布的维护统治阶级利益的规则：婚姻～|犯～|合～。❷法家，战国时期的一个学派。以商鞅、韩非为主要代表。他们主张以“法”治国，反对“礼治”，后人称之为法家。❸（～子|～儿）方法，处理事物的手段：写～|办～。❹仿效：效～。❺标准，模范，可仿效的：～书|～绘|～帖。❻佛教徒称他们的教义，封建迷信传说的所谓“超人力”的本领：佛～|～术。

砝 fǎ 【砝码】（fǎ mǎ）天平和磅秤上做重量标准的东西，用金属制成。也作“法马”。

珐（琺） fà 【珐琅】（琺瑯）（fà láng）用硼砂、玻璃粉、石英等加铅、锡的氧化物烧制成像釉子的涂料。涂在金属的表面作为装饰，可防锈。一般的证章、奖章等多为珐琅制品。珐琅制品景泰蓝是我国特产的手工艺品之一。

夹（夾） ㊂gā 【夹肢窝】腋下。㊀jiā 洽韵，见本页“夹（夾、❷△挟）”字条。㊁jiá 洽韵，见本页“夹（夾、裌、△袷）”字条。

旮 gā 【旮旯】（gā lá）（～子|～儿）角落：墙～～|门～～。[喻]偏僻的地方：山～～|背～～儿。

铪 hā 一种金属元素，符号 Hf，性质跟锆相似。

哈 ㊂hà 【哈什蚂】（hā shi mǎ）中国林蛙，雌的腹内有脂肪状物质，叫“哈什蚂油”，中医用做补品。㊀hā 麻韵。㊁hǎ 马韵。

夹（夾、❷△挟） ㊀jiā ❶从东西的两旁钳住：书里～着一张纸。[引]1. 两旁有东西限制住：～道|两山～一水。2. 从两面来的：～攻。❷夹在胳膊底下或手指等中间：～着书包|手指间～着一支雪茄烟。❸掺杂（[连]～杂）：～七杂八|～生。❹（～子、～儿）夹东西的器具：皮～儿。㊁jiá 洽韵。㊂gā 洽韵。“挟”又音 xié，叶（葉）韵。

浃（浹） jiā 湿透：汗流～背。

饸（餄） ㊀jiā 饵，饼。㊁hé 合韵。

夹（夾、裌、△袷） ㊁jiá 两层的衣物：～裤|～被。㊀jiā 洽韵。㊂gā 洽韵。“袷”又音 qiā，洽韵。

郏（郟） jiá 【郏县】地名，在河南省。

甲 jiǎ ❶天干的第一位，用作顺序的第一。[引]居首位的，超过所有其他的：桂林山水～天下。【甲子】我国纪日、纪年或计算岁数的一种方法。以十干和十二支顺序配合，六十组干支字轮一周叫一个甲子。❷古代军人打仗穿的护身衣服，是用皮革或金属做成的：盔～。❸动物身上有保护功能的硬壳：龟～|～虫。【甲鱼】鳖。【甲骨文】我国商代刻在龟甲兽骨上的文字。❹现代用金属做成有保护功用的装备：装～汽车。【甲板】轮船上分隔上下各层的板（多指最上面即船面的一层）。

岬 jiǎ ❶岬角（突入海中的尖形陆地，多用于地名）：成山～（也叫“成山角”，在山东省）。❷两山之间。

胛 jiǎ 【肩胛】肩膀后方的部位。【肩胛骨】肩胛上部左右两块三角形的扁平骨头。

钾 jiǎ 一种金属元素，符号K，银白色，蜡状。钾的化合物是极重要的肥料。

蚺 jiǎ 【蚺虫】即甲虫，体壁比较坚硬的昆虫的通称，如金龟虫、菜叶蚺等。

劫（刦、刧） jié ❶强取，掠夺（连 抢～）：趁火打～。❷威逼，挟制：～持（要挟）。❸灾难：遭～｜浩～。

擖 kā 用刀子刮。

俩（倆） ㊀liǎ 两个（本字后面不能再用“个”字或其他的量词）：夫妇～｜买～馒头。㊁liǎng 伎俩。

囡（△囝） niā 摄取，私取的样子。

怯 qiè 胆小，没勇气（连 ～懦）：胆～｜～场。

唼 shà 形容鱼、鸟等吃东西的声音。

歃 shā 用嘴吸取。【歃血】古人盟会时，嘴唇涂上牲畜的血，表示诚意。

箑 shà 扇子。

啑 shà 水鸟吃东西。【啑喋】（shà dié）鸭子吃东西。

霎 shà 小雨。【霎时】极短时间，一会儿。

呷 xiā 小口儿地喝：～茶｜～一口酒。

匣 xiá （～子｜～儿）收藏东西的器具，通常指小型的，有盖可以开合。【话匣子】1. 留声机的俗称。2. 指话多的人（含讽刺意）。

狎 xiá 亲近而态度不庄重：～侮。

柙 xiá 关猛兽的木笼。也指押解犯人的囚笼或囚车。

侠（俠） xiá 旧社会里仗着自己的力量帮助被欺侮者的人或行为，但大多是名为侠，实际上是为反动阶级服务的：武～｜～客。

峡（峽） xiá 两山夹着的水道：三～。【地峡】联结两部分陆地的狭长地带：马来半岛有克拉～～。【海峡】两旁有陆地夹着的形状狭长的海：台湾～～。

狭（狹、陿） xiá 窄，不宽阔（连 ～窄、～隘）：地方太～｜～隘的爱国主义｜～路相逢（指仇敌相遇）。

硖（硤） xiá 【硖石】地名，在浙江省海宁县。

胁（脅、脇） xié ❶从腋下到肋骨尽处的部分：～下。❷逼迫，恐吓：威～｜～制。【胁从】被胁迫而随从别人做坏事。❸收敛：～肩谄笑（谄媚人的丑态）。

压（壓） yā ❶从上面加重力：～住｜～碎。引 搁置，按住不发：积～资金。❷用威力制服，镇服：镇～｜～制。【压倒】转 绝对超过。❸制止：～咳嗽｜～住气｜～不住火。❹逼近：～境｜太阳～树梢。

押 yā ❶在文书契约上所签的名字或所画的符号：画～｜签～。❷把财物交给人作担保：～金。❸拘留：看～｜～起来。❹跟随看管：～车｜～运货物。

鸭 yā （～子）水鸟名，通常指家鸭，嘴扁腿短，趾间有蹼，善游泳，不能高飞。

业（業） yè ❶事业，事情，所从事的工作：1. 国民经济中的部门：农～｜工～｜渔～｜交通事～。2. 职务，工作岗位：就～。3. 学业，学习的功课：毕～。❷从事某种工作：～农｜～商。❸产业，财产：～主。❹已经（连 ～已）：～经公布。

闸 zhá ❶拦住水流的建筑物，可以随时开关：～口｜河里有一道～。❷使机械减速或停止运行的设备：电～｜自行车～。

牐 zhá ❶古时防守城门的用具。❷同“闸”。

眨 zhǎ （～巴）眼睛很快地一闭一开：一～眼（时间极短）就看不见了。【眨巴】（zhǎ · ba）〈方〉眨：他困得眼皮直～～。

霅 zhà 【霅溪】水名，在浙江省。

跋

《诗词平仄韵汇》是最新编著的诗家词人的必备之书，更是诗词爱好者，学习诗词、写作诗词的学者文人不可缺少的典籍和随时应用的工具书。新中国成立前，20世纪二三十年代的文人，清光绪年间科考及第的府学生员、文举等，无不懂诗词，无不会赋诗填词，因为诗词是那时府试、乡试乃至会试中必不可少的科目和课题，所以这些人也都有《诗韵集成》或《诗韵合璧》等韵书。而本书作者十二岁就读完“四书五经”，每月总共有六天不读书、不念文章（每月三、八课题），但必须写六篇文言议论文章、六首律诗，并对三十副对子（每天晚饭后读、背律诗和对一副对子）。写律诗、对对子的如不懂韵，不会押韵、查韵，是不行的，是对不出对子、写不出合格的律诗的。但旧时的韵书，每韵部的字都是用反切注音或用同音或近音字注音，所以现在的绝大多数人即使能买到那种韵书也不会使用。因为现在一是懂反切的人很少，二是近音字读音不准确。而作者今著之韵书，每个字音都是用汉语拼音字母标注。这样，如需查用同韵部的韵脚，连小学三年级的学生都能查得出来。譬如盛唐诗人王之涣的五言绝句《登鹳雀楼》：“白日依山尽，黄河入海流。欲穷千里目，更上一层楼。”所用“流”、“楼”之韵脚，掀开《诗词平仄韵汇》，找到下平声十一尤韵部的第133页，即可见此二字。这部韵书的最大特点，就是凡认真学、认真习作律诗者都能用、都会用。

作者对诗词平仄韵律，实可谓纯熟，特别对《平水新刊韵略》之一百零六个韵目，全部背完不过18秒的时间。随便说个字，他顺口就可确定平仄声。在2005年的一年业余时间里（主要是讲书画的课余时间），编著近六十万字的一百零六个韵目的韵书，其成书之速确实惊人。因而谨题是跋以记颂之。

中国作家协会一级作家
时　锋
2007年12月21日